霍松林选集

第二卷 诗词集

霍松林 著

HUO SONGLIN XUANJI

陕西师范大学出版总社有限公司

序一

秦陇之间，仰禀东井，是为艮乡。天水、平凉、庆阳诸郡，嶓冢之山，神禹导漾所自；麦积、崆峒、仙人崖，雄奇峭异，与岱、嵩埒。士生厥壤，俊伟倜傥，秀茂挺逸。然僻处穹远，不事表襮，与中原及兑方声气瞙阻。而当朱明之世，李梦阳以雄杰之才，主盟坛坫；清之仲世，诗人吴镇即为小仓所心折。至于叔季，尚有以诗歌高视一方，如任其昌、任承允诸家；而孤芳只以自赏，音响寥寂，采风者憾焉。迨轮轨棨通，自西徂东，行卷缥囊，一邮传可负之而趋。怀才之伦，遐穷亥步，负笈于吴楚之间者有之矣，吾友霍君松林其人也。

松林之为人，能文、能书、能倚声、能研说部、能雕文心，而尤长于诗。继其昌先生再传衣钵，实大声宏。自其少年攻读于中央大学时，胡小石、柳翼谋、卢冀野、罗根泽诸先生各以一专雄长桨敦，松林俱承其教而受其益。而于诗尤得精髓于汪方湖，于词则传法乳于陈匪石。师弟镞砺，恬吟密咏，情深而文明，志和而音雅，乃若不类秦陇间魁垒尚气之士所为者。余尝叹百年以来，禹域吟坛，大都不越闽赣二宗之樊，力薪咳唾与之相肖。金陵一隅，尤为赣派诗流所萃。松林独取其长而不为所囿，忧时感事，巨构长篇，层见叠出，含咀昌黎以入少陵，此其所以为豪杰之士也。

至松林为词，出入清真、白石间，昳丽多姿，一扫犷悍之习，一如其诗之卓绝。抑久习吴风，与结为构，乃能柔其拗怒而稍殊其陇右之音也欤！仍岁以来，松林都讲长安大庠。长安，固李唐诗人掉鞅之地也；至宋而少衰。终南、太华之气，郁久而后泄，松林乃及其时而出焉。其诗之雄伟壮阔，自辟户牖，启来轸以新途，将毋收功实者，终在于西北乎！吾于松林觇之矣。

余识松林也晚。比岁文会频参,探讨之时遂多,于松林之人之诗之词,乃深有所解会。今松林以其唐音阁诗词稿相示,诏为引喤。余挟其全帙,泛舟于五湖烟水之间,倚棹朗吟,秋菊春兰,对之隐若一敌国①矣。

注:①"隐若一敌国",见《后汉书》卷四八《吴汉传》。李贤注:"隐,威重之貌,言其威重若敌国。"

戊辰孟春八十叟钱仲联序于吴趋

序二

1989年冬,霍松林教授以《唐音阁吟稿》相贻。唐音阁者,千帆为松林所题之斋名,以示松林诗之蕲向也。松林游嵩山少林寺有"巨钟重铸振唐音"之句,尤昭昭然自明本志矣。松林之标举唐音,在《吟稿》中累累申其旨趣:"须抒虎虎英雄气,要鼓泱泱大国风",此松林所以颂唐音也;"论文今始窥三昧,管晏经纶稷契心",此松林所以尊李杜也;"翡翠兰苕虽可爱,还需碧海掣鲸人",此松林之审美观,亦其诗境也;"立志仍须追稷契,传薪岂必效黄陈",此松林对诗歌发展史之卓识也。举此数端,可以概见唐音阁诗学之指归矣。

近百年来,中华诗坛为闽赣二宗所风靡。松林游金陵久;金陵者,赣宗诗风之所萃也。而松林之诗,雄奇骏发,能出闽赣窠臼外。无盘空硬语,无缒幽凿险语。"传薪岂必效黄陈"。盖灼然见苦吟之无益,且与时代精神不侔也。松林之诗,劲健而充实,坦荡而不矜持,大气磅礴而控纵自如,情与景融而理趣盎然,善出新意,自成一家,韩昌黎所谓能自树立、不因循者。

松林之词,大声镗鞳,小声铿鍧,富豪情奇气,而以疏宕出之。调高而思深,言近而旨远,有一唱三叹之音矣。陈廷焯论近代词人:"豪放则嫌其粗,婉约则病其纤。"松林之词,不莽不纤,自饶逸致,赋手文心,为倚声家开一境,亦如其诗之能自树立、不因循者。

1948年,予长重庆南林学院。越一年,辞归成都。1949年秋,松林与陈匪石先生继主南林讲席,未获一面也。1987年中华诗词学会于北京成立时始晤松林,握手欣愉,叹相见之晚也。读《唐音阁吟稿》,见松林之游踪多与予同,松林之交友多与予同。旧游历历,如温昔梦,不谓已如隔世事也。松林壮心未已,犹欲为中华诗歌开创新风。矍铄哉!是翁也。吾将十驾以相从矣。

庚午孟春七十八叟刘君惠序于成都

序三

庚午仲春,卧疴小斋,适同门友霍松林以所撰《唐音阁吟稿》见寄。余虽数读松林诗,而今乃见其全,颇恨夙昔相知之未尽,因作笺称之。君复书以为溢美,且戏曰:"吾固乐闻。屈子不云乎:高余冠之岌岌兮,亦余心之所善也。诚如是,子盍为我序之?"余大笑,因忆数十年前,彭泽汪方湖先生以诗律教授南雍,及门者以千百数。松林与余实从之游,虽年次有后先,而刻意竞病,盖未始有别。先生深通流略之学,转以其法治诗,故于历祀作家,莫不尚论其流派,剖析其同异,而于文心之曲折、风格之迁变,尤三致意焉。诸生既信受师说,粗解吟咏,每出其稿以求诲迪。先生则博隆雅教,总领众流,各依其才性之所宜,授以则效前贤之道,初不欲其类已。故门下诸子渊源虽一,致力乃殊其方,宋雅唐风,皆斐然卓然有以自树立。松林之为诗,兼备古今之体,才雄而格峻,绪密而思清,至其得意处,即事长吟,发扬蹈厉,殆不暇斤斤于一字一句之工拙。或者遂以为与先师异趣,不知此正其善体先生之意,善承先生之教也。余以心脏病废学有年,何敢妄论松林之诗,今独取其不学即所以学先师之微旨,发明数语,庶几世之读君诗者,亦知方湖家法固如是云。

庚午年四月初吉,学弟程千帆谨序

序四

盖闻成纪桥山，人文肇始；关中岐下，王气所钟。唯其郅治之隆，丕显弦歌之盛。康衢击壤之谣，七月凿冰之什，载在简编，播之笙诗，尚已！汉唐而下，代有闻人。若夫长庚入梦，解贺监之金龟；西江湔肠，助王生之妙墨。莱公勋业，动杏花斜日之思；二曲清操，懔麦秀黍离之痛。信乎地灵人杰，蔚关陇之雄风；玉振金声，见炎黄之正道。振古如兹，于今维炽。

松林教授先生，嫖姚华胄，词赋名家；承显学于南雍，张高标于北地。中丁浩劫，弥坚松柏之操；晚际明时，丕展鲲鹏之志。膺博导之冰衔，擅人师之重望。汪洋千顷，黄叔度之风仪；奖掖多方，郭林宗之藻鉴。化行多士，悬绛帐于名都；业有专精，炳青箱之世泽。芸香溢于鸿案，潩南征述作之勤；超宗殊有凤毛，海外续弦歌之雅。

而先生琴书之暇，寄意微吟，岁月如流，遂成巨帙。综观全集，信无愧于青春作赋，早著锋芒；白首行吟，更征识力。卢沟战火之歌，沪渎壮士之颂；极执殳报国之忱；显投笔从戎之志。金陵城之血债，实深九世之仇；花园口之横流，岂止千村之哭。凡此虽云少作，已兆雄才。

已而负笈秦州，擗笺吟社。既请益于乡贤，复扬葩于风铎。吟怀弥健，好句疑仙。若夫踵寒山拾得之风，别寄情于禅趣；介坡老放翁之寿，更尚友于古贤。诵葩什而兴怀，俯玉泉而忆旧，井然章法，显见师承。譬诸美玉精金，或有俟乎大匠；然而裁云剪月，殆无愧于良工。

及其恣书剑之清游，得江山之力助。翔步上庠，希踪达道，承诗法于方湖而不囿于江西之垒;求倚声于匪石而取径于北宋之清。每每一篇出手,享誉青溪;百尺竿头,蜚声白下。紫金山登高之什,得昌黎之奥衍而兼其清新;玉烛新思归之吟,有耆卿之明快而益以厚重。游仙十首,取冬郎之绮丽而出诸真挚之情;海桑长诗,类元白之铺陈而参以排奡之势。信所谓多师为师、不似而似者也。

追乎晚岁,蔗境弥甘,豪情不减。虽则黄杨厄闰,曾经世味之千尝;然而赤手骑鲸,聿证诗家之三昧。诸如嬴政孱王,才人临宇,见史笔之森严;鸾凰枳棘,奴仆旌旄,浇书生之块垒。石林记景光之妙,茂陵知感慨之深。赴泰书感之什,于淡远处见深沉;寄李记趣之篇,于诙谐中寓奇崛。是皆以赤子之心,运白描之笔,状难言之景,写不尽之情。唐音之旨,胥在是已!司空表圣有言:"情之所至,妙不自寻,遇之自天,泠然希音。"先生诗作,所好者道,进乎技矣。

应求湖湘末学,坎壈余生。结习难忘,时亲楮墨。喜读新篇,敢矜同调。用遵雅嘱,遥献芜辞。是为序。

丁丑仲夏宁乡潘成应求谨识于纽约寓所,时年八十有三

序五

　　余与松林尊兄缔交有年矣,虽天各一方,然燕京粤桂川汉盛会,亦常把晤言欢。而最令人萦怀者:盖往年应广东中华诗词学会之约,作深圳、清远、惠州、罗浮之游,时余携新加坡国立大学校外系诗班诸生暨新声诗社弟子多人同行。珠海途中,女弟子姚少华因慕霍翁道德文章,娓娓清谈请益。而兄窥知其意,乃嘱其携来妙句索对,姚女往返传笺,虽一时游戏文字,而益增友谊。今姚女辞世数载,而兄与我健在,宁无感焉!1996年马来西亚怡保山城诗社拟主办第六届全球汉诗研讨大会,呈余核准,乃由星马寄发请柬,名家云集;松林兄固一代宗师,且与余交厚,料其必天马行空,欣然莅会。然会期已届,未闻好音。会后忽接华函,始知请柬误投他处,被扣多日。余深感不安,因请兄来星讲学畅叙,而兄复有东瀛之游,未能应邀,相聚复何日也!

　　今岁初秋,闻大著《唐音阁诗词集》增订重版,为之大喜。"唐音阁"斋名,乃程千帆先生题赠霍兄者,盖以其盛唐音韵词章之美复见于今日也。《唐音阁诗词初集》,仲联、千帆、迩冬、渊雷诸名公皆倾心赞誉,余昔曾获赠一册,读之亦豁然开朗,爱不忍释。盖霍兄为人方正,固恂恂儒者,初不知其笔下风云、胸中丘壑,若此其雄奇壮阔、幽邃秀逸也!况交游既广、阅历亦丰,赤子之心更跃然纸上。其诗其词,不特声情并茂,抑且熔铸万象、牢笼百态,诚少陵之诗史、时代之强音也。

　　吾中华屡受列强侵略,执柄者又多祸国殃民,每一忆及,悲愤不已。今者贤能主政,大展鸿图,上下协力,百废俱兴。香港回归,澳门踵至,国家民族,已跻身于世界富强之林。洵宜抒健笔,谱华章,鼓浩然之正气,振大汉之天声;中华诗词,必将随中华民族之振兴而再创辉煌。霍兄其勉乎哉!是为序。

戊寅中秋张济川序于新加坡全球汉诗总会

中华诗词终身成就奖颁奖暨五位诗家作品集首发仪式

国务委员马凯为霍松林先生颁发奖杯

1949年11月,霍松林先生与胡主佑女士同在重庆南林文法学院中文系任教时结婚。1951年3月以后,伉俪同在西北大学师院、西安师院、陕西师大中文系任教,先后主讲文艺学概论,参阅《霍松林诗词集》后记。

目录

师友题咏

成惕轩
招松林小酌/002

陈颂洛
喜读松林诗/002

陈匪石
满庭芳(怀松林羊城)/002

陈匪石
题松林仁弟花溪吟稿/003

彭铎
同刘持生访霍松林西安讲舍/003

陈迩冬
题松林老兄《唐音阁诗抄》/003

苏渊雷
题松林诗老《唐音阁吟稿》二首/004

朱金城
题《唐音阁吟稿》寄松林兄/004

羊春秋
读《松林词》怀松林教授/004

林从龙
读霍公游赤壁登泰山诸作感赋/005

庄严
读《松林诗词》三首/005

姚奠中
读《唐音阁诗词集》/005

成应求
集杜赠松林教授/006

棚桥篁峰
读《唐音阁吟稿》呈霍老/006

张济川
读《唐音阁诗词集》怀松林教授/006

陈子波
霍松林教授蜚声台岛喜遇于昆明赋此赠之/006

袁第锐
《唐音阁诗词集》再版奉题二首/007

童明伦
谢松林教授惠《唐音阁吟稿》/007

王澍
读《唐音阁吟稿》寄松林教授/007

谭雪纯

怀松林学长/008

贺 苏

读霍松林教授《唐音阁吟稿》
　　二首/008

吴柏森

读松林学长《唐音阁吟稿》/008

鞠国栋

读《唐音阁吟稿》赠霍老/009

陈雪轩

题松林教授《唐音阁诗词
　　集》/009

钟振振

松林师无孟嘉之嗜而诗追盛唐，
　　为今世吟坛之斗山。丁丑仲
　　夏，叩谒于长安唐音阁，蒙以
　　诗集见赐，喜为之赋/009

刘梦芙

长歌敬题霍师松林《唐音阁吟
　　稿》/010

毛谷风

敬题松林夫子《唐音阁诗词
　　集》/011

熊东遨

读《唐音阁诗词》呈霍老/011

蔡厚示

寄松林兄/012

赵玉林

怀松林教授/012

李汝伦

怀念松林兄/012

宋谋瑒

奉怀松林教授/013

杨金亭

寄松林教授/013

熊盛元

读《唐音阁诗词》/013

苏仲湘

读《唐音阁诗词》/014

欧阳鹤

读《唐音阁诗词》寄霍老/014

王春霖

奉怀松林教授/014

张树刚

读《唐音阁诗词》/015

袁本良

寄霍老/015

吴绍烈

寄松林诗老/016

王百谷

寄松林教授/016

王亚平

金缕曲/016

诗 · 卷一

卢沟桥战歌/018

哀平津，哭佟赵二将军/018

闻平型关大捷，喜赋/018

八百壮士颂/019

移竹/020

惊闻南京沦陷,日寇屠城(二首)/020

喜闻台儿庄大捷/021

夏日喜雨/021

惊闻花园口决堤/022

哀溺民/022

偕同学跑警报/022

自霍家川赴天水县城/022

旅夜/023

拟寒山拾得(三首)/023

春末咏怀/024

苦旱/024

久旱喜雨/024

痴儿/024

题《吊古战场文》/025

偶成/025

大同银行储蓄部开幕征诗,因赋/025

麦积山道中/025

仙人岩道中/026

石门/026

浴佛前一日晨偕强华宝琴由街子口出发,午后登麦积山。遍游诸佛窟。日暮始下山,诗以纪之,得六十四韵/026

洛阳、长沙先后陷落,感赋/028

读《诗三百》(十六首)/028

放翁生日被酒作/031

象棋研究社征诗,写寄三绝/032

怀友/032

寄友诗三十韵/033

寒夜怀人/033

游佛公峤,呈同游诸友/034

风起云涌,电闪雷鸣,而雨泽不至/034

送丁恩培入蜀参加高考/035

通渭旅夜/035

欣闻日寇投降/035

自兰州返天水,车攀山道,颠簸有如摇篮,昏昏入睡,觉时已抵华家岭矣。荞麦开花。遍野飘香,口占一绝/036

荡寇书感(二首)/036

月夜怀友/037

读《十八家诗钞》,因怀强华/037

过留坝/037

过马道/038

山村小景/038

望剑阁七十二峰/038

借宿重庆大学三层楼教室,阴雨连绵,凭栏有感/038

重阳自函谷场访友归,山巅小憩,适成登高之举/038

舟为浪欺,险象环生,口占一绝/039

中央大学柏溪宿舍,以竹竿稻

草为主要建筑材料,共四座,每座容三四百人,其少陵所谓"广厦"者非欤？戏为一律/039

题新购伦敦版拜伦全集/039

梦中得"已挟泰山超北海,还携明月跨南箕"之句,足成一律/040

遣怀(四首)/040

端节忆旧/041

晨出阻雾/041

月夜偕友人游城南公园,得夜字(三首)/041

应强华之邀,自天水赴郑州,汽车抛锚于娘娘坝,望月抒怀/042

乘慢车过关中/042

自陕州乘慢车,晚抵硖石驿遇雨,驿无旅馆,乃于车上枯坐达旦/042

次日晨雨止而车不能行,乘客乃冲泥至观音堂,扶老携幼,想见乱离时光景/043

二十日抵郑州,而强华已于三日前赴沪矣/043

谒子产祠/043

七月三十一日晨八时离郑,车行特慢,下午四时始抵荆隆宫,闻前路有阻,止焉/044

开封旅夜暴雨/044

诗·卷二

八月初抵南京。入中央大学/046

接家书,后附家君《课孙夜读感怀林儿游学》诗云："白露为霜射户明,书声夜籁吼秋声。诗人吟作苦寒月,游子衾单系我情。"敬和元韵(四首)/046

题灵谷寺塔前与友人合影/047

别强华/047

泊马当对岸/048

发马当/048

登鸡鸣寺豁蒙楼品茗/049

遣怀(四首)/049

月夜/050

贫农/050

二友诗柬无怠天水、强华郑州/050

丁亥九日于右任先生简召登紫金山天文台,得六十韵/051

雪夜醉歌/052

雪后同易森荣登北极阁/052

守岁同强华,时自沪来京,共度春节/053

上元前二日青溪诗社雅集,分韵得牵字/053

思亲二十韵/053

送强华回沪/054

观棋/054
清明/054
永夜/055
雷震停电，烧烛听雨，有忆往事/055
花朝社集秦淮停艇听笛水榭/055
读杜诗题后/056
北湖禊饮，分韵得彼字/056
邓宝珊将军莅宁，畅谈竟日，写上四首/056
陪邓宝珊、汪辟疆、王新令诸先生游灵谷寺，示骎程/057
寄侄/057
沪上谒墨巢翁/058
无端/058
闻鸡/058
戊子九日于右任先生简召小仓山登高/059
奉次辟疆师灵谷寺茗坐韵，并呈证刚、颂洛、新令诸先生/059
送新令前辈赴甘青宁监察使任/060
至日/060
腊八/060
食脍/061
访东坡遗迹不得/061
牛塘桥杂诗（三首）/061

喜持生至/061
随于右任先生自沪飞穗，机中作/062
荔枝湾吃荔枝同冯国璘/062
星期日陪于右任先生园中消暑/062
次韵奉酬匪石师见赠（二首）/063
附原诗《重晤霍松林》/063
寄山中故人/064
渝州火，和匪石师/064
附原作/064
孔某/065
将赴南林学院/065
雨夜/065
倒和原韵酬惕轩/065
附原作/066
南泉六咏
　花溪/066
　仙女洞/066
　虎啸口/066
　温泉/066
　建文峰/067
　飞泉/067
拟游仙诗十首/067
游虎啸口同主佑/068
南泉杂诗（十四首）/068
夜读集放翁诗句/070
寄怀冯仲翔先生/070

诗·卷三

解放次日自南温泉至重庆市/072
南泉书怀示主佑(五首)/072
瓶中梅竹,主佑嘱赋/073
读主佑《慰母篇》/073
附原作/073
归计不售,口占一绝/074
穆济波教授嘱题《海桑集》/074
离渝前夕呈匪石师,次送别原韵/075
附匪石师《送霍松林赴皋兰》/076
济波先生以诗饯行,次韵酬谢,兼示主佑。济波先生,主佑之师也/076
附原作《送松林主佑赴兰州》/077
别南温泉/077
庚寅年癸未月庚辰日寅时得子/077
汪剑平先生以《书怀》诗见赠,次韵奉酬(二首)/077
附原作《书怀赠松林》(二首)/078
城南行饭同主佑/078
初登大雁塔/079
过张茅/079
过曲阜/080
登青岛回澜阁/080
大港晚眺/080
黄海即兴/080
自上海回西安车中作/081
回乡偶书(三首)/081
四月下旬连得喜雨/081
赴骊山道中(三首)/082
骊山杂咏(七首)/082
题蔡鹤汀兄弟夫妇画展(四首)/084
题孙雨廷先生《壶春乐府》(四首)/084
雨廷先生出谜语"帽子",余打"戴高乐",因题一绝/085
胜利七场政委王无逸老友寄示新疆生产建设兵团左齐政委《读胜利七场生产捷报》七律,因次原韵祝贺/085
延安革命纪念馆内有战马遗体,意态如生,感而有作/085
附裴慎和诗/086
同彭铎、持生谒杜祠,次彭兄韵/086
附原作/086
别邓宝珊先生/086
"文革"中潜登大雁塔(二首)/087
放逐偶吟(四首)/087
劳改偶吟(二首)/088
乾陵二首/089
望昭陵,时在泾阳农场劳改/089

狗年(庚戌)除夕/089

"文革"书感/090

寄明儿(二首)/090

寄光、辉两儿(二首)/090

悼念周恩来总理(二首)/091

寄秋岩苏州,求画梅/092

诗·卷四

丁巳元旦试笔/094

春节回天水,与恩培、尚如夜话,兼怀无怠、无逸兰州/094

清明书感(二首)/094

题蔡鹤汀《梅谱》/095

郭克画枇杷、梅花两幅见寄,各题一绝/095

水天同教授离京回兰州讲学,途经西安,冒雨来访,茗话移时,口占一律送行/096

挽郑伯奇/096

滇游杂咏(十二首)/096

石林行/099

昆明遇南雍同学/100

成都谒武侯祠/100

游草堂口占/100

赠日本京都学术代表团(三首)/101

怀江南友人/101

参加中国文学艺术工作者第四次代表大会感赋/101

自蜗居搬入教授楼最高层。地接杏园,雁塔、终南皆在眼底,喜赋/101

全国红学会在哈尔滨友谊宫召开,口占一绝/102

同舒芜、周绍良乘群众游艇夜泛松花江/102

武昌东湖即兴/102

赤壁留题/103

十八院校合编古文论教材审稿会在重庆召开,公推余任主编,因赋小诗赠与会诸同志/103

与主佑及中大校友陈君同游沙坪坝,遂至松林坡(三首)/103

于济南参加全国第二次《红楼梦》学术讨论会,会间游泰山,欣赋两绝/104

访全椒吴敬梓故居(二首)/104

题醉翁亭/104

题宝宋斋,中有苏东坡书《醉翁亭记》刻石/105

黄山三题

  自黄山大门至桃源宾馆/105

  桃源亭纵目/105

  游前山至慈光阁,游后山至入胜亭/105

访母校南京中央大学旧址/105

首届《水浒》学术讨论会在武昌召开,应邀参加,喜赋五绝/106
东湖长天楼屈原研究座谈会口占/106
张慕槎远寄新作《雁荡吟》,读后书怀/107
首届唐诗讨论会在西安召开,海内学人,纷纷应邀,喜赋拙诗相迓/107
唐诗讨论会杂咏,录呈与会诸公,兼以送别八首/107
成都杜甫研究学会第二届年会在浣花草堂召开,因事不克赴约,写寄三绝以代发言/108
赠丘良任先生/109
谒杜公祠次苏仲翔先生韵/109
附原作/110
李国瑜教授抄示近作,备言与少年时代同学郭君阔别五十馀年,重逢把酒,旋复惜别,颇有老杜赠卫八处士诗情韵,漫题两绝,聊以志感/110
参加教育部《中国历代著名文学家评传》教材审稿会,与季镇淮、王达津、周振甫、吴调公、乔象钟、陈贻焮、曹道衡、侯敏泽、牟世金诸同志在颐和园后之中央党校共同审稿,偶吟两绝/110
赠于植元教授/111
辽宁省第四次红学讨论会于棒槌岛举行,应邀参加,海滨即目,吟成四绝/111
棒槌岛宾馆楼顶闲眺/111
洛阳杂咏(八首)/112
同主佑游嵩山少林寺/114
少林寺立雪亭书感/114
题嵩阳书院/115
与河南师大华钟彦教授主持郑州大学研究生答辩毕,同车至开封。华老约中文系数老师作陪,盛馔相款,并亲作导游,游览市容及名胜古迹/115
题汤阴岳飞纪念馆/116
升杰来信言家乡近况,喜赋两绝/116
题茹桂《书法十讲》/117
酬王达津师寄诗见怀/117
附原作/117

诗·卷五

酬日本文化研究所所长大井清教授/120
自西安赴广州参加中国古代文学理论学会第三次年会,三日抵达,适遇大雨/120
中国古代文学理论会在广州珠

岛宾馆召开,喜赋七律三首/120

寄李汝伦(三首)/121

酬三馀轩主人/121

祝骊山学会成立,并贺《骊山古迹名胜志》出版/122

青海文学学会成立,会长聂文郁教授驰书索诗,赋此祝贺。并题文集/122

车中杂咏(五首)/122

参加岳麓诗社会雅集,喜赋一律/123

附内子胡主佑诗/124

岳麓诗社讨论中华诗歌继承发展问题,因献长歌/124

随诗社诸公渡湘江,游岳麓山,遂至岳麓书院小憩。诸公多吟诗作书,因题一律以纪之/125

酬庄严教授见赠(二首)/125

酬田翠竹先生见赠/126

附赠诗/126

南岳杂咏(六首)

  半山亭/126

  铁佛寺/126

  石廪峰/126

  入南天门望祝融/126

  登祝融阻雪/127

  磨镜台宾馆过夜/127

酬南岳诗社社长羊春秋教授见赠/127

题衡阳回雁峰(四首)/127

船山书院留题/128

过宁乡花明楼/128

过益阳怀亡友胡念贻/128

陪内子至澧县访旧居/128

长沙、衡阳开会讲学期间,便中游南岳,访澧县,不觉已岁暮矣。乘特快列车返陕,车中过元旦。口占一绝,以抒豪情/129

题《黄河诗词》/129

郑州市黄河游览区抒怀/129

登郑州二七烈士纪念塔/129

附内子题黄河游览区诗/130

寄叶嘉莹教授/130

黄河摇篮曲/130

别张挥之教授/131

浙游杂咏(九首)/131

贺《洛阳大学学报》创刊/132

题《雁北师专学刊》/133

游云岗石窟/133

游悬空寺/133

登应县木塔/134

游五台/134

重游兰州(二首)/134

宁卧庄消夏/135

自敦煌乘汽车至古阳关。缅想

丝绸之路，口占八句/135
登嘉峪关城楼/136
游敦煌千佛洞/136
古阳关/136
赠蔡厚示教授/136
赠兰州裴慎医师/137
祝中国韵文学会成立/137
登长沙天心阁/137
偕中国韵文学会诸公登岳阳楼/137
金坛段玉裁纪念馆落成/138
寄题许慎纪念馆/138
友人嘱题狱中诗草/138
赠马生宏毅/139
题重修黄鹤楼/139
题彭鹤濂红茶山房煮茗图，次原韵（二首）/139
《兰州晚报》创刊五周年/140
采石太白楼诗词学会成立感赋/140
全国外语院系汉语教学研讨会在西安召开，应邀出席开幕式，赋诗祝贺/140
林则徐二百周年诞辰，有感于戍新疆事，偶吟八句/141
第三届《水浒》讨论会在秦皇岛召开/141
山海关抒怀/141
得端砚/141

酬日本坂田教授（五首）/142
赠书画家周君（四首）/143
陕西人民出版社成立三十五周年/144

诗·卷六

读《于右任诗集》（十首）/146
楼观台杂咏（五首）/148
寄李易/149
赴泰车中书感（五首）/150
双目复明，登岱放歌/151
出院回校，视力日增，喜赋/151
武鸣伊岭岩杂咏（九首）/152
高元白教授出示于右任翁祭其先德高又宜先生文，题七绝七首/154
丙寅春暮，全国唐代文学学会第三次讨论会于洛阳召开，恰逢牡丹花会，喜赋/155
黄河游览区杂咏（二首）
　河清轩/155
　披襟亭/155
题罗国士神农架山水长卷/155
赠程莘农教授/156
祝河南黄河诗社成立/156
茂陵怀古/157
霍去病墓/157
李夫人墓前书感/158
教师节书怀/158

贺阎明教授新居落成/158
祝日中友好唐诗协会机关杂志《一衣带水》创刊/159
湖北安陆李白纪念馆落成/160
南雍老同学易森荣来访，话旧终宵，吟一律送行/160
附易森荣《西安访霍松林老友》/161
贺《人文杂志》创刊三十周年/161
贺中华诗词学会成立/161
与日本第一次日中友好汉诗访华团联欢，口占两绝/162
天水市国画在西安展出，观后抒怀/162
美籍甘肃人袁士容女士归国祭扫黄陵，与余相遇桥山，畅叙乡谊/162
丁卯端阳节在京成立中华诗词学会，国内外与会者近五百人，即席吟成一律，未能记盛况于万一也/162
题华锺彦教授《五四以来诗词选》/163
新常德颂/163
游桃花源(二首)/163
附内子诗/164
索溪峪夜起/164
索溪峪观奇峰/164
游十里画廊/164
游黄龙洞/165
赞民兵发现黄龙洞/165
宝峰湖放歌/165
游常德德山柱水/166
曹菁先生临别赠诗，情意至殷，次韵奉酬，亦"海内存知己"之意也/166
附原作/166
应明治大学客座教授之聘，自上海飞抵东京/166
赠日本明治大学/167
参观静嘉堂文库(二首)/167
赠东洋文库/167
奈良中秋夜望月/168
东京/168
亚细亚文化会馆楼顶观东京夜景/168
赠岩崎富久男教授(四首)/168
西岗晴彦教授邀往信州大学讲学，盛设家宴相款，又陪游著名风景区上高地，临别依依，写赠四绝/169
赠信州大学英语教授桥本功/169
名古屋日本中国学会遇门人马歌东/170
离日飞沪，恰遇重阳，机中口占一绝，落帽龙山旧典，不复可用也/170

题张謇《送王生新令毕业归天水》诗卷/170
题红楼梦人物馆/172
上海植物园盆景/172
挽刘锐教授/172
于右任书法流派展览/172
台湾作家王拓自美归国祭扫黄陵,邵燕祥赠以七律。毕朔望约余同和/173
贺陕西省诗词学会暨长安诗社成立/173
读《晚霁楼诗》寄永慎/173
搬家三首/173
题仇池诗草/174
有亮一珠新婚/174
游晋祠/175
陕西诗词学会成立放歌/176
题江海沧《法门寺印谱》/176
祭黄帝陵/177
祭伏羲庙/178

诗·卷七

贺陕西省楹联学会成立/180
登南城门楼,观西安书法艺术馆所藏珍品/181
寄李般木乌鲁木齐(三首)/181
游大雁塔(四首)/182
参加郑州黄河游览区诗会,观牡丹园,登大禹岭,赋呈与会诸友/182
赠黄河诗社诗人泡沫塑料厂厂长田君/183
答厚示见责/183
示天翔小孙孙/183
终南印社成立三十周年/184
自西安赴广西,车过中州作/184
陕西省考古研究所成立三十周年/184
午日(二首)/185
无怠嘱题怀飞楼山水画辑(二首)/185
题《雁塔区民间文学集成》/185
晴野假玉泉观创办天水诗书画院/186
游药王山抒怀(三首)/186
《陕西师大学报》创刊三十周年/186
题《兰州古今诗词选》/186
超然兄来函索题《阅读与写作》,因忆旧游,写寄一律/187
首届海峡两岸元曲研讨会在石家庄召开(四首)/187
读国璘兄台北书,怅触往事,吟成九绝句,却寄/188
应顾问之聘,赴凤翔参加苏轼研讨会,畅游东湖,主事者索诗刻石,因题四绝/189
游钓鱼台/189

周公庙/190

门人邓小军、尚永亮、程瑞钊俱获博士学位，设宴谢师。口占四句以赠/190

附邓小军《庚午夏毕业长安呈别松林师》/190

庚午深秋，中国唐代文学学会于南京双门楼宾馆召开国际学术研讨会，四海名流云集，盛况空前，喜赋一律/191

偕唐代文学国际学术研讨会诸公游扬州，登平山堂/191

南京会后，与学会其他领导人陪同台湾学者杨承祖、罗联添、汪中、罗宗涛、吴宏一、李丰楙诸教授及日本学者兴膳宏、笕文生、笕久美子、横山弘、西村富美子诸教授赴浙东临海市考察郑虔史迹，途经绍兴，畅游兰亭。主人索书，因题一绝/191

临海展郑虔墓/192

题郑虔纪念馆/192

登赤城/192

入天台/193

登天台望远/193

游天台至方广寺茗坐/193

观石梁飞瀑/193

隋梅宾馆过夜，馆在隋代古刹国清寺前，寺内有隋梅/194

辛未人日国璘自台北来电话贺年，畅谈良久/194

偕王维学会诸公游辋川（二首）/194

经女娲庙至水陆庵观泥塑/195

辛未孟夏，《当代诗词》创刊十周年及广东诗词学会成立三周年纪念大会于广州珠岛宾馆召开，应邀参加，并在开幕式发言。会后撮发言之意为五言古体，得四十五韵，呈与会诸公/195

清远市领导及诗社负责人盛情款待，驱车游览，欣然命笔以抒观感/197

题峡山飞来寺/197

游飞霞山，宿飞霞洞宾馆/197

晨起登松峰极顶，小立移时/198

别霞山/198

翠亨村谒中山先生故居（二首）/198

珠海市/198

蛇口市（二首）/199

听介绍深圳创业史/199

游深圳"锦绣中华"/199

游惠州西湖怀东坡/200

吊朝云（二首）/200

游罗浮山（二首）/200

罗浮山会仙桥口占/201
甄瑞麟教授嘱题诗集/201
中华书局创立八十周年/201

诗·卷八

赠空军后勤某部/204
主持雁塔题诗盛会/204
登陈子昂读书台/204
《西北师大学报》创刊五十周年/204
题《方君纪游诗画集》/205
赠某书家/205
阳台种花/206
老年节感怀/206
壬申深秋于广东清远主持首届中华诗词大赛终评,吟成七绝六首/206
题画/207
长延堡村首届书画展/207
偶成/208
纽约四海诗社社长李骏发先生惠寄该社名誉社长聘书,即赠一律/208
忆麦积一首题《石窟艺术》/208
题《论诗之设色》后/208
韩马二君邀游渼陂/209
长安农民艺术节/209
谒司马迁墓/209
题中学生刊物《七彩虹》/210
题舒心斋/210
天水海外联谊会成立/210
赠麦积山风景名胜管理局/211
于右任翁为麦积山撰书"艺并莫高窟,文传庚子山"联刻石立碑,余作碑记,并主持揭碑典礼/211
偕故里诸友游南郭寺/211
南郑陆游纪念馆落成,余有幸参加剪彩揭像仪式,喜赋/211
南郑跃居全国百富县前列,向百强县进军,而门人高君任县委书记,负领导重责,因赠小诗/212
重游汉中/212
登汉中拜将坛/212
城固张骞纪念馆/213
《书法教育报》创刊/213
题陕西师大畅志园/214
又题校园/214
题《西安事变灞桥风雪图》/214
题萧君《花鸟写意册》/214
题区丽庄女士画狮虎/215
题区丽庄女士画白猫孔雀/215
题淄博市赵执信纪念馆/216
次子有明应日本国立信州大学教授之聘东渡讲学,儿媳同往任教,喜赋七绝四首/216
西铭画春华秋硕图见赠,诗以

致谢/216
题《献给孩子》丛书/217
武陵诗社建社十周年喜赋/217
中国杜甫研究会成立大会在巩义市举行,赋呈与会诸公(二首)/217
一九九四年十一月二十四日至二十七日在京参加国家文科基础学科人才培养和科学研究基地评审会,我系幸得入选,喜赋小诗六首/218
赴广州主持"李杜杯"诗词大赛终评/219
贺梦芙仁弟"李杜杯"大赛夺魁,并题诗集/219
从化温泉次厚示韵(二首)/219
乙亥元旦。西安子女有光、有辉、有亮三家络绎而至,有明一家亦从日本信州大学赶来相聚/220
有明春节前夕归来度假,团聚匝月,又东飞讲学。适遇瑞雪普降,凭几望窗外琼花缤纷,吟成八句/220
棚桥篁峰先生五十次访华纪念/220
主持"鹿鸣杯"全国诗词大赛终评(三首)/221
游江心屿/221
登池上楼/221
雁荡纪游(五首)/222
大龙湫观瀑与诗友合影(二首)/222

诗·卷九

赠记者刘荣庆/224
赠兰州书法家/224
护城河滨品茗垂钓/224
附主佑诗/224
题《中华诗词学会人名辞典》/224
北京遇天水老乡,各赠小诗
　赠张钜、范梓/225
　赠漆永新/225
　赠毛选选/225
题胡迎建《江西诗活》(三首)/226
题马兰鼎为余画牡丹/226
应澳门中国语文学会与澳门中华诗词学会联合邀请,偕内子南游讲学,冯刚毅先生以华章相迓,口占八句奉和,兼呈澳门诗友/226
初抵澳门,欲谒梁披云词丈而先承过访/227
登松山灯塔迎澳门回归/227
游澳门路环岛/227
附主佑诗/228

题《书乡》杂志/228

乙亥除夕/228

《中国书法》杂志李廷华君奉派自京来作专题采访,畅谈与于右任先生交往及于先生草书,并示《廷华吟草》,赠两绝句/228

重游桃花源(二首)/229

游石门夹山寺,观闯王陵、地道及纪念馆(五首)/229

自常德乘轮船至岳阳/229

重游君山/230

重上岳阳楼(二首)/230

赠陕报老记者吉虹/230

题福建侨乡安溪县凤山公园/230

自西安飞重庆机中作(二首)/231

参加第九届中华诗词研讨会(四首)/231

重庆朝天门码头候船闲望(二首)/231

朝天门发船/232

巫山神女/232

秭归谒屈原祠/232

偕第九届中华诗词研讨会诸公游宜昌三游洞/232

告别老三峡/233

天水影印《二妙轩帖》,并摹刻于南郭寺碑林,喜题/233

题《中华当代女子诗词三百首》/234

诗词吟诵家陈炳铮为余少作《青玉案》谱曲,口占一绝致谢/234

天水杂咏(七首)

　　南山古柏/234

　　画卦台/235

　　麦积石窟雕塑艺术/235

　　天水关/235

　　玉泉观/235

　　东柯草堂遗址/235

　　秦亭/235

应邀赴京都参加日中友好汉诗协会创立十周年盛典,赠理事长棚桥篁峰/236

参加墨水篁峰吟咏会创立二十周年盛典,赠棚桥篁峰会长/236

棚桥、小吉陪游岚山、妙心寺、二条城、清水寺,口占七绝五首/236

诗会、吟会盛典结束,棚桥自驾新车邀余游览京都北山诸胜,小吉随行翻译,极一时之乐,口占七绝六首/237

留别棚桥(二首)/238

怀小吉(四首)/238

重访信州大学(四首)/239

有明寓庐家宴(二首)/239

离松本回家,小辉送上电车,有明同乘电车送余至名古屋机场/239

诗·卷十

第三届国际赋学会于一九九六年十二月下旬在台北召开,邀余夫妇参加,已交论文并办完手续,因须在香港中转、换证,恐年老不堪劳累。遂不果行。吟成十绝,寄台湾亲友/242

迎牛年/243

悼念小平同志八首(新声韵)/243

迎香港回归(二首)/245

俊卿画竹百幅以迎香港回归/245

赴广州主持"回归颂"诗词大赛终评/246

女杰唐群英赞/246

访于右任先生故里(二首)/246

题匡一点兄《中华当代绝句精选》/247

汤峪宾馆新浴赠同游/247

昆明杂咏(五首)

　　登龙门/248

　　游石林望阿诗玛/248

　　谒聂耳墓/248

　　游民族村/248

　　中华诗词研讨会/248

观黄果树瀑布,祝诗赛成功/248

《江海学刊》创刊四十周年/249

贺广东中华诗词学会成立十周年(二首)/249

于右任纪念馆落成/249

赠陕西青年篆刻家郑朝阳/250

自名古屋飞西安,凭窗望云/250

题包君书法《菜根谭百题》/250

清明祭帝喾陵/250

题邓剑老友《邈学管窥》/251

赠鞠国栋老友/251

题《生命系列摄影集》/251

赞新疆生产建设兵团/251

石河子诗会/252

天山雪莲/252

游天池/252

游吐鲁番葡萄沟/252

吐鲁番白杨/253

交河古城/253

访亚洲地理中心/253

登乌鲁木齐红山眺远楼/253

彭德怀将军百周年诞辰献诗(五首)/254

题傅嘉仪《髯翁名号印谱》/254

题董丁诚乡友《故园情思》/255

怀姚奠中教授/255

十一届三中全会二十周年感赋

（二首）/255
己卯元旦试笔（二首）/256
赠西安自动化健康检查中心/256
贺甘肃诗词学会换届/256
示天航小孙孙/257
谢长安画家张君以八松图祝寿/257
题南郭寺艺文录/258
赠钟明善教授/258
题王治邦阿房宫长卷/258
题《当代大学生诗选》/259
题茹桂画梅/259
金婚谢妻七首（新声韵）/259
题《诗咏阴平》/261
读《龙吟曲——引大入秦工程纪实》/261
题王广香花鸟画/262
游开封清明上河园/262
题《勾漏诗词》/262
鸡铭/262
题匡一点《当代律髓》/263
天水文物书画腊八联展/263
寄家乡亲友/263

诗·卷十一

长安画派创始四十周年/266
题北大荒书法长廊/266
挽赵朴老/266
赞西部山川秀美工程/266
《陕西师大学报》创刊四十周年/267
题《当代中学生诗词选》/267
题兰州《西部开发》报/267
赠林家英教授/267
八十述怀二十首（新声韵）/268
全国第十三届中华诗词研讨会在深圳西丽湖宾馆召开，口占两绝/273
荔园小住/273
赠汝伦/273
赠度先，时任广东省安全厅长/273
世纪之交杜甫国际学术研讨会在济南舜耕山庄举行，欣赋两绝/274
赞舜耕山庄/274
十年前游泉城，泉水已枯竭，今见绿化奏效，喜赋两绝/274
大明湖谒稼轩祠/275
趵突泉瞻李清照遗像/275
登泰山/275
游曲阜/275
谢杜甫研究会诸公设宴祝寿/276
洛阳文会期间赴铁门镇观千唐志/276
题《三秦楷模》/276

题王澍王屋山房诗文集/276

新世纪新春颂/277

秀荣以岁寒三友图祝寿,题小
　诗致谢/277

蓝田猿人/278

游王顺山悟真寺/278

武夷山柳永研讨会(二首)/278

柳永纪念堂(三首)/278

桃源洞/279

武夷精舍(二首)/279

大王峰/279

玉女峰/279

九曲清溪/280

一线天/280

北如赠武夷新茶(二首)/280

汉城遗址/280

厦大校园瞻仰陈嘉庚塑像/281

鼓浪屿观郑成功练兵处/281

拔荆丽珠邀住寓楼畅谈/281

游集美赞陈嘉庚/281

延平颂——为纪念郑成功收复
　台湾340周年作/282

明锵设宴接风,杭州名流毕集,
　口占纪盛/283

明锵邀住西湖别墅,畅话今
　昔/283

人间天堂/283

双堤怀古/283

冒雨游西湖/284

岳飞墓/284

龙井饮新茶/284

游灵隐寺/284

浙江省诗词学会慈溪诗会开
　幕/285

达蓬山巅望海/285

慈溪怀古(三首)/285

金轮集团/286

文昌阁/286

丰镐房/286

张学良将军第一幽禁地/287

雪窦寺将军楠/287

商量岗/287

千丈岩瀑布/288

妙高台/288

合肥"五四"以来名家诗词研讨
　会杂咏/288

李鸿章故居/289

包公祠、墓/289

翠华山度假偕主佑有亮一农天
　航/290

游新郑古枣园/290

谒欧阳修墓/290

始祖山谒黄帝庙/290

赠秦淮诗社/291

游无锡吴文化公园/291

游华西村(六首)/291

华西村盛宴相款,邀住金塔十
　一层(二首)/292

赠南京金箔集团江总裁/292
儋州诗会/293
东坡桄榔庵(二首)/293
东坡书院/293
偕儋州诗会诸友游三亚/293
海瑞墓/294
海南大学赠周伟民唐玲玲伉俪/294
香积寺/294
"桥山杯"诗词大赛征稿,海内外炎黄子孙争寄华章。喜赋/294
读李锐《庐山会议纪实》/295
易森荣学长八十荣庆/295
题益阳老干诗协《金秋吟》诗刊/295
长相思(五首)/295
题《黄海诗潮》/296
题韩城司马迁图书馆/296
中央大学百年校庆/296
题《盛世盛典诗联大观》/297
山西赵鼎新诗友忽患肺病,诗以慰之,兼题诗集/297
赠《苦太阳》作者庞瑞林/297
题尽心《中国当代青年诗词选粹》/297
南宁诗书画联展/297
龙泉山庄小住/298
赤壁杂咏(五首)/298

题李子逸纪念集/298
鸿章嘱题《华岳远眺集》(三首)/299
袁第锐先生八十荣庆/299
赵仲才先生八十荣庆/299
题戴盟先生诗集/300
天水李广墓扩建飞将公园/300
兰州龙园落成/300
题《中华诗词》/301
江城绘群驴图见赠,报以三绝/301
西安日报社建社五十周年/301
丹凤县为商山四皓建碑林喜赋/301
挽匡一点学兄/302
赠留兰阁主梁玉芳/302
贺钱仲联先生九五荣寿/302

诗·卷十二

清明恭谒黄帝陵/304
西安钟楼/304
游兰州五泉山公园/304
游兰州碑林/305
登三台阁/305
《继续教育学报》创刊百期/305
题徐乂生诗画集/305
题《诗圣吟风颂》/306
咏画梅/306
题乡友随笔集/306

癸未除夕/306

读《涉江集》兼贺沈祖棻研究会成立/307

题《清源集》/307

读林岫自书诗词/307

游白水谒仓颉庙、墓/307

游孟州谒韩愈祠/308

酬黄君寄赠书刊/308

咸阳怀古三首/308

老过邯郸/309

题《中国名胜诗词辞典》/309

生良老弟乔迁/309

绍良老乔迁/309

李浩老弟乔迁/309

题南京陇上柳山水画集/310

丁芒老友八十寿庆/310

赠罗金保画师/310

甲申上巳雅集兰亭二首/310

题《中国西部诗歌选》/311

题邢德朝诗集《年轮》/311

孙老板果园吃樱桃/311

题孟醒《在兹堂吟稿》/311

王权逝世一百周年感赋/312

小平百年诞辰献诗/312

汪祚民博士论文《〈诗经〉的文学阐释》审毕喜赋/312

题《当代诗人咏中州》/312

右任翁《望大陆》发表四十周年/313

中秋飞温州为"诗之岛"揭幕/313

书条幅赠张桂生老友/313

西安电视台西部学子频道/313

题《湘君选集》/314

华山放歌二首/314

题《百年情景诗词》/314

赠韩莉画师/315

大雁塔北广场杂咏十首/315

鸡年元旦放歌/316

鸡年咏鸡九首/317

秦腔正宗李正敏纪念馆落成/318

香港梁通先生推崇黄遵宪,喜赠/318

入芙蓉园登紫云楼参加唐文化论坛三首/318

杏园分韵得四支二首/319

畅游芙蓉园观《梦回大唐》电影三首/319

曲江流饮赋诗/319

南京师大钟振振教授来访畅叙往事/320

金水次拙韵七律见赠依韵致谢/320

抗日胜利六十周年二首/320

挽启功先生/321

挽兰州碑林创建者流萤/321

题唐世政选编《红羊悲歌》/322

咏张良二首/322
狗年元旦/322
参加三秦名流闹元宵盛会应邀
　　朗吟八句/323
游户县牡丹山/323
题萧宜美《新声韵绝句选》/323
题梁东老友诗集/323
贺《中州诗词》创刊二十周
　　年/323
《华商报·文坛演义会馆》创
　　刊百期,将另辟专栏/324
汉风台桃园吃仙桃/324
诗圣颂/324
诸葛庐二首/327
张衡读书台二首/327
医圣祠/327
丙戌老年节文史馆雅集/328
丙戌兰亭秋禊(四首)/328
龙岩海峡笔会赠台湾诗友/329
偕海峡诗会诸公游冠豸山泛
　　石门湖/329
题周拥军《柴桑集》/329
为汝伦贺岁,步见怀诗原韵/329
题骊山女娲文化论文集/330
题于右任墨宝暨两岸名家书
　　展/330
杨凌六咏/330
读《汉三颂专辑》及《石门石刻
　　大全》赠著者/331

贺《榆林诗词》创刊/331
题台湾刘延涛先生书画展/331
天翔孙女攻国际金融博士学
　　位,书条幅嘉勉/332
题王延年山水长卷/332
内蒙杂咏四首
　　呼和浩特/332
　　青冢/332
　　成吉思汗陵/332
　　鄂尔多斯/332
泰山南天门/333
嫦娥一号/333
黄河壶口瀑布/333
甘肃光明峡倒吸虹/333
莲芬吟长以《八十生日》七律
　　索和,次韵祝嘏/334
腊八赏雪/334
全民抗雪灾四首/334
读《犁破荒原》赠汝伦/335
丁亥除夕,儿孙辈欢聚拜年,兼
　　祝米寿,老妻率众设宴,一室
　　生春,喜缀八句/335
贺汝昌老九秩荣寿,次笃文老
　　韵/335
汝昌笃文老赐诗祝米寿,次韵奉
　　酬/336
附笃文老《贺松老米寿》/336
附汝昌老《霍松老步笃文韵为
　　我贶寿击节吟赏欣喜不已因

和笃文寿松老佳韵略表愚衷想不哂其拙陋矣》/336
贺钱谷融老友九秩荣寿/337
贺天水书画院成立/337
偕老妻儿孙辈春游/337
远望高冠瀑布/338
告别棉衣/338
赠宪生/338
全民救灾谱新声
　一、救灾/338
　二、哀悼/339
　三、重建/339
汉风台吃葡萄/339
八八生日，看"神七"直播，兴奋不已，口占八句/340
右任翁百卅周年诞辰献诗/340
惕轩先生百岁诞辰献诗/340
题梅村《走近唐音阁》/341
题《周易新解》/341
喜庆钻石婚之际，老妻跌伤住院，诗以慰之/342
庚寅迎春/342
《霍松林选集》十卷编成，口占八句/342
庚寅人日遣怀二首/343
九十思亲七首（新声韵）/343
陶文鹏吟友赐诗祝九十寿，次韵致谢/346
附原作《诗翁赞——恭贺霍松林先生九十大寿》/346
2008年冬获"中华诗词终身成就奖"后，又于2010年春获中国作协颁发的"对新中国文学事业作出贡献"的"从事文学创作六十周年荣誉奖"，感赋一律/346
六言杂咏百八首
　打黑有感/347
　抗震抒怀/347
　空城计/348
　赵作海冤案/348
　阿扁贪案/348
　校园惨案/348
　通江四桥/349
　如此校友/350
　故里之争/350
　邯郸某县强拆民房/350
　欣闻分配制度改革/351
　我是局长/351
　富士康"N连跳"/351
　打掉"小霸王"团伙/352
　教授争当处长/352
　"神医"怎样成"神"/353
　文强如此辩护/353
　武汉某法院"前腐后继"/354
　精神疾病患者过亿/355
　沙也有霸/355
　"提拔"为何"突击"/356

情人湖如此消亡/356
富士康两次加薪/357
农民工、蚁族与房地产商/357
寄语西湖/357
纪念朱熹/359
杀鸡该用何刀/359
悼念汝伦/359
观"相亲"卫视有感/361
喜闻天水重建石作蜀祠,壤、秦祠亦应重建/361
九十自寿二首/362
新诗二首
 打更声/362
 去吧！辛勤的园丁（散文诗）/363

词·卷十三

莺啼序·寄友人/376
高阳台·东坡生日作/376
鹧鸪天/377
卜算子/377
鹧鸪天·居南京古林寺作二首/377
八声甘州·登豁蒙楼/378
八声甘州·与友人北极阁踏月/378
点绛唇/379
高阳台/379
木兰花·梦归/379

满江红·病疟和匪石师立秋韵/380
过秦楼/380
鹊踏枝/380
浣溪沙/381
摸鱼子·访方湖师不值/381
大酺·和清真/381
瑞龙吟·豁蒙楼和清真/382
浪淘沙慢·匪石师和清真,嘱余继声/382
青玉案·用贺梅子韵,时中原战火又起/382
玉蝴蝶/383
水调歌头·寄友/383
八声甘州/384
水调歌头·偕友人泛北湖/384
满庭芳·织女/384
望海潮·惕轩嘱题藏山阁读书图/385
玉烛新·梦归/385
台城路·新令丈返里,旋又回京,喜赋/385
菩萨蛮二首/386
满庭芳·友人斋读画听筝,时在常州牛塘桥/386
东风第一枝·春雪和梅溪/387
应天长·匪石师自重庆寄示和清真之作,依韵奉怀/387
龙山会·匪石师损词见怀,因

为此解,同师集中韵/387

满江红·登玩珠峰,用白石平声调/388

清平乐·重至渝州和清真/388

水调歌头·己丑中秋/388

醉蓬莱·重九和东坡/389

减字木兰花·登《为人民服务》讲话台怀张思德/389

浪淘沙·示明儿/389

水调歌头·周恩来总理逝世一周年/390

鹧鸪天·闻明儿喜讯/390

念奴娇·庚申初冬游赤壁,次东坡韵/390

水调歌头·登岳阳楼/391

减字木兰花·西湖抒情(四首)/391

菩萨蛮·陇南春颂/392

水调歌头·题《延安文艺精华鉴赏》/392

采桑子·题甘肃十二青年诗词集/392

水调歌头·题电视连续剧《司马迁》/393

沁园春·赞引大入秦/393

金缕曲/393

沁园春·三秦发展赞/394

浣溪沙·迎二〇〇一新春/394

声声欢·贺北京申奥成功/395

陆湖讴/395

鸣沙山下月牙泉/395

全民战非典/396

飞龙吟·贺神五载人飞船发射成功/396

鹧鸪天·贺《中华诗词》创刊10周年/397

鹧鸪天·贺中华诗词学会成立20周年/397

沁园春·十七大颂/397

减字木兰花·己丑岁除,老妻康复出院,举家欢庆(二首)/398

散曲三首

[仙吕·一半儿]戊子除夕,举家欢聚/398

[正宫·叨叨令]己丑元旦放炮/398

[自度曲]团圆赞/398

集评/399

外编卷一·赋

香港回归赋/402

长安雅集赋/404

陕西师大赋/404

百凤和鸣赋/406

天水诗书画院赋/406

外编卷二·楹联

集《兰亭序》字/410
集《东方朔画赞》字/410
霍去病墓/410
唐太宗昭陵/410
马嵬坡杨贵妃墓/411
黄河游览区极目阁/411
黄河游览区榴园/411
乾陵/411
喜闻粉碎四人帮/412
民生百货大楼/412
西安和平门春联/412
药王山孙思邈纪念馆/412
西安市书法艺术博物馆/412
西安松园/413
西安钟楼/413
华清池海棠汤/413
西安古文化艺术节和平门联/413
兴庆公园沉香亭/413
天水风伯雨师庙/414
天水秦城区伏羲庙太极殿/414
天水玉泉观三清殿/414
天水南郭寺卧佛殿/414
南郭寺山门/414
琥珀中学校门/415
天水卦台山伏羲庙/415
黄帝陵/415
炎帝陵/415
岳阳楼/416
南郑南湖陆游纪念馆/416
常德春申楼联/416
石门夹山寺闯王殿/417
挽缪钺教授/417
挽丛一平书记/417
福建南平市/417
乙亥年春联,为《陕西广播电视报》作/417
大雁塔/418
迎香港回归/418
曲江安灵苑/418
三兆公墓/418
牛年元旦试笔/418
酷暑偶得/418
虎年春联/418
药王宫/419
唐圭璋先生诞辰百周年献联/419
于右任书法展/419
天水龙园成纪殿/419
钱明锵西湖别墅/419
挽吴调公先生/419
挽程千帆先生/420
慈恩寺山门/420
慈恩寺大雄宝殿/420
长沙贾谊故居/420
挽陈贻焮教授/420

挽羊春秋教授/420
新世纪祝福/420
题《歌颂郑成功诗词集》/421
闽侯旗山风景区山门/421
临海湖心亭/421
临海烟霞阁/421
临海大成殿/421
临海骆宾王祠/421
天水北宅子/422
天水南宅子/422
麦积山书画院/422
翠华山/422
陇城娲皇宫/423
云南巍山县拱辰楼/423
麦积山瑞应寺/423
昆明市官渡镇赐书楼/423
香积寺/423
自勉/423
兰州碑林/424
岳飞九百周年诞辰/424
李广公园/424
挽钱仲联先生/424
丁玲百周年诞辰/424
挽陈冠英/424
汉阴三沈纪念馆/424
少林寺天王殿/425
少林寺大雄宝殿/425
少林寺方丈室/425
长沙杜甫江阁/425

杭州西溪景点联六则
　深潭口/425
　烟水渔庄/425
　秋雪庵/426
　梅竹山庄/426
　西溪草堂/426
　高庄独醒斋/426
芙蓉园联十二则
　紫云楼北正门二层/426
　西大门正门西立面/426
　西大门正门东立面/426
　西大门正门东立面二层/426
　南大门（九天门）二则/426
　北大门（春明门）二则/427
　剧院舞台/427
　陆羽茶社水云轩/427
　杏园南大展厅内院正面/427
　杏园二门东立面/427
荥阳刘禹锡公园/427
题《大家水墨》/427
教师节自勉/427
元旦试笔/428
梦游玄武湖为清洁工撰联/428
右任翁《标准草书千字文》初版
七十周年献联/428
西湖冷泉飞来峰/428
法门寺联五则/428
杜甫故里联四则
　"杜甫故里"大门/429

"盛世大厅"大门/429

"三友堂"房门/429

"上院"杜甫父母住房门/429

台北版《唐音阁诗词集》跋/430

《唐音阁诗词集》在台再版跋/431

新编《唐音阁诗词集》跋/433

《霍松林诗词集》后记/434

附录

才胆识力　大气包举——读霍松林先生的《唐音阁吟稿》/436

一代骚坛唱大风——评霍松林先生《唐音阁吟稿》/444

终南晴翠扑眉来——评霍松林教授《唐音阁吟稿》/459

霍松林教授和他的《唐音阁吟稿》/465

一个学者型诗人成功的逻辑之链——评霍松林先生《唐音阁吟稿》/473

学古善化　启来轸以新途——读霍松林先生《唐音阁吟稿》/482

"时代风云越汉唐　应有鸿篇凌百代"——评霍松林先生《唐音阁诗词集》/487

唐音阁歌行"大气"探源/493

琴趣无弦有会——读《唐音阁词稿》札记/505

读《唐音阁诗词集》札记/514

雄深雅健　气象高华——读霍松林先生的近体诗/536

诗友题咏

招松林小酌

成惕轩

小园风雨盼君来,笑口尊前月几开。
近局莫辞鸡黍约,妙年谁识马班才?
钓鳌碧海今何世,市骏黄金旧有台。
拔剑未须歌抑塞,良辰一醉付深杯。

(一九四六年秋南京)

注:惕轩教授时任《今代诗坛》主编。

喜读松林诗

陈颂洛

西球何必逊东琳,太学诸生孰善吟?
二十解为韩杜体,美才今见霍松林。

(一九四七年秋南京)

满庭芳(怀松林羊城)

陈匪石

笼柳堤烟,过墙淮月,寄情今古悠悠。径开三益,松菊几番秋。琴趣无弦有会,新声播、山晚青留。烟波外、连绵不断,天北是神州。

云浮。游子意,秦关万里,终日凝眸。溯书光藜杖,机影灯篝。无恙春晖寸草,归期阻、清渭东流。桃榔下,鹓枝偶托,重赋仲宣楼。

(一九四九年秋重庆)

原注:"君曾手录拙稿,所造亦日进千里,故以山村、蜕岩为比。"按宋末词人仇远号山村,著有《金渊集》六卷、《无弦琴谱》二卷。其门人张翥字仲举,学者称蜕岩先生,著有《蜕岩集》五卷、《蜕岩词》二卷。其著名词篇《多丽》,以"晚山青"开头。

题松林仁弟花溪吟稿

陈匪石

天水儒家承世业,方湖诗教有传人。
为云我竟逢东野,寂寞溪头点勘春。

(一九四九年冬)

同刘持生访霍松林西安讲舍

彭铎

鸡黍成前约①,吟朋得近招。
依然曲江路,高树自亭苕。
坐胜公荣饮,谈深主客嘲。
诗坛今选将,应拜汉嫖姚。

(一九六四年夏)

原注:①元遗山句。

题松林老兄《唐音阁诗抄》

陈迩冬

一阁连天水,唐音继汉讴。
南东多绮丽,西北自高遒。
盟会执牛耳,群贤仰马头。
归来霍去病,不愧冠军侯。

(一九八二年春)

题松林诗老《唐音阁吟稿》二首

苏渊雷

文病江南弱,才真北地雄。
诗骚千载后,吾子启新风。
远涉奚囊富,偕游我愿同。
何当书万本,不胫走寰中。

在昔金陵盛,南雍讲席通。
胡卢腾雅谑,酬唱诱深衷。
论道于髯美,填词仲子工。
平生知遇感,此意足磨砻。

(一九八二年春)

题《唐音阁吟稿》寄松林兄

朱金城

白下诗风天水传,雄才崛起霍家川。
唐音千首初吟罢,如睹香山长庆编。

(一九八二年春)

读《松林词》怀松林教授

羊春秋

珠玉随风散九州,新词一卷胜封侯。
已惊腕底波澜阔,更喜胸中岩壑幽。
贾祸每因诗作祟,感时常借酒浇愁。
羊城别后君知否?赢得相思两鬓秋。

(一九八二年春)

读霍公游赤壁登泰山诸作感赋

林从龙

拍岸惊涛万古雄，词林又谱大江东。
秋霜莫更侵斑鬓，重领风骚仗此翁。

贷岳参天气象雄，沧溟无际水云浑。
江山正待纵横笔，莫道桑榆是晚晴。

（一九八一年秋）

读《松林诗词》三首

庄严

诗家几个割江山？已近深秋觅句难。
莫向西风怨萧瑟，排云一鹤唱秦关。

惯将桃李向阳栽，更筑诗坛渭水隈。
巨刃金针皆在手，羡公分得少陵才。

披溯源流注释多，度人何止数恒河？
唐音复振兴华夏，直上昆仑写战歌。

（一九八二年秋）

读《唐音阁诗词集》

姚奠中

秦陇青云士，文章一世雄。
盈门桃李艳，高唱振唐风。

（一九八八年秋）

集杜赠松林教授

成应求（纽约）

道为诗书重，如公复几人。
声华当健笔，文雅见天伦。
破的由来事，行高不污尘。
平生树桃李，直取性情真。

（一九九七年秋）

读《唐音阁吟稿》呈霍老

棚桥篁峰（日本）

语妙情真意境雄，五洲硕彦仰词宗。
京都讲学传诗教，桃李常怀化育功。

（一九九七年秋）

读《唐音阁诗词集》怀松林教授

张济川（新加坡）

太乙干云引领望，骊龙何处莽苍苍。
厘经久佩颜师古，绛帐尤钦马季常。
璀燦流金知毓秀，甘香喷玉见琼浆。
地灵人杰今犹昔，一卷诗成大纛扬。

（一九九七年秋）

霍松林教授蜚声台岛喜遇于昆明赋此赠之

陈子波（台湾）

大名早已噪瀛东，文采翩翩众所崇。

著述等身资世用，昆明何幸得逢公。

（一九九七年秋）

《唐音阁诗词集》再版奉题二首

袁第锐

巴渝曾见学而优，每向吟坛识唱酬。
驰骋中原探碧海，文宗今日仰秦州。

神州寂寞莫邪沉，风雨如磐暗士林。
晓起独看华岳秀，唐音阁里听唐音。

（一九九七年秋）

谢松林教授惠《唐音阁吟稿》

童明伦

鸿藻文章惊海外，鳣堂夫子誉关西。
士衡赴洛奇才显，长吉谒韩令望齐。
历劫毁珠三昧集，披遗合璧十签题。
新声锵鞳蒙嘉赐，雄笔横空气吐霓。

（一九九八年冬）

读《唐音阁吟稿》寄松林教授

王澍

陇鹤排云上碧霄，鸣声嘹亮动人豪。
攘夷旧作成诗史，爱国新吟续楚骚。
青女见欺松益茂，红兵任劫稿犹饶。
与公一事差堪拟，学圃髫年技未抛。

（一九九八年冬）

原注：人豪，指于右任、张溥泉、贾景德、汪方湖诸公。

怀松林学长

谭雪纯

曾记金陵负笈游，莘莘学子数君优。
唐音阁上呈丰采，国务院中展壮猷。
雁邑谈诗石鼓畔[①]，衡峰题字"御书楼"[②]。
何时策杖秦川道，瞻仰长安一豁眸。

（一九九八年冬）

原注：①一九八四年松林与柳倩、李国瑜等著名诗人应湖南诗词协会之邀，来湘讲学，复应南岳诗社之请，至衡阳市作学术报告，会址在衡阳邮电大礼堂，距石鼓书院不远。②松林教授到南岳时，应南岳管理局之请，为南岳大庙御书楼题额，至今"御书楼"三字，犹高悬楼上，赫然夺目。

读霍松林教授《唐音阁吟稿》二首

贺苏

唐诗音乐美，时代最强音。
天水唐音阁，高吟傲古今。

诗国起雄风，呼风赖霍公。
追求新意境，开路一诗雄。

（一九九八年冬）

读松林学长《唐音阁吟稿》

吴柏森

海内文章伯，幽情满素襟。

功名垂绛帐，声价重儒林。
朗抱云间月，清才爨下琴。
风骚沦落后，洗耳听唐音。

（一九九八年冬）

读《唐音阁吟稿》赠霍老

鞠国栋

高咏唐音阁，常怀长者风。
吟旗招展处，醉菊喜逢公。
岁月匆匆去，交情日日浓。
挥毫洒珠玉，宏著九州雄。

（一九九九年春）

题松林教授《唐音阁诗词集》

陈雪轩

一自琴余爨，风骚久寂寥。
长安雕翮健，天水马蹄骄。
一阁饶唐韵，千秋接舜韶。
承传兴堕绪，谁不仰风标！

（一九九九年春）

松林师无孟嘉之嗜而诗追盛唐，为今世吟坛之斗山。丁丑仲夏，叩谒于长安唐音阁，蒙以诗集见赐，喜为之赋

钟振振

李白斗酒诗百篇，先生不饮诗亦仙。

诗才高下未易论,即此已占一着先。
椽笔每曾干气象,驭风抟海回星躔。
新编读罢《唐音阁》,旧辞不复慕昔贤。
吁嗟乎,"江山代有才人出,各领风骚五百年",
旨哉瓯北真名言!

(一九九八年夏)

长歌敬题霍师松林《唐音阁吟稿》

刘梦芙

陇南古郡诞菁英,少年麟角何峥嵘!
抗倭热血化诗赋,深宵起舞闻鸡鸣。
南雍负笈春衫薄,一堂济济弦歌乐。
冠裳毕集紫金巅,共讶新星升灼烁。
堂堂国士钦髯翁,忘年交契为云龙。
图南乍展银燕翼,珠玑咳唾吟天风。
红旗耀日人间换,黉宫革旧群科建。
指路高擎马列灯,丹忱宜为工农献。
洪炉锻玉无休息,狂燃劫火弥空赤。
虎豹张牙据道衢,鸾凰铩羽栖荆棘。
朔雪悲风独牧羊,谁悯灵均须发苍?
龙泉未闷光芒紫,松柏犹存气节刚。
忧危共下人天泪,雷霆一怒诛邪祟。
十载终欣恶梦醒,着鞭重奋长征骥。
上庠振铎迎良师,九畹芬芳甘雨滋。
三都价重雕龙笔,四海声扬吐凤辞。
风骚伫待扶轮手,坛坫同心推祭酒。
国运兴时诗运兴,名山事业千秋久。

榴园春色喜鲜妍，长忆中州翰墨缘。
河滨嘉会聆高咏，振鬣鱼龙跃巨渊。
频开大赛尊盟主，法眼衡诗明若炬。
骊颔灵珠许我探，恩深知遇铭心腑。
抠衣合执门生礼，忝列宫墙外桃李。
锡我瑶章勖壮图，开疆诗国毋停趾。
高楼西北望岩峣，如公不愧诗中豪。
汉唐气象焕新貌，风云吟啸超前朝。
我诵公诗畅胸臆，酌以大白酣醇醪。
通途已辟启来轸，骅骝驰骋鸣萧萧。
太华眉间耀晴翠，黄河腕底掀惊涛。
从公更欲翔八极，培风九万鹏逍遥。

（一九九九年春）

敬题松林夫子《唐音阁诗词集》

毛谷风

雁塔题诗处，春来柳色深。
晓窗迎海日，高阁振唐音。
世纪风云幻，山川雨雪侵。
毫端驱万象，取次入长吟。

（一九九九年春）

读《唐音阁诗词》呈霍老

熊东遨

云帆济沧海，斯世更何人？
韵继三唐胜，风开一代新。
不矜红日近，长与白鸥亲。

安得摈尘俗,从公钓碧鳞。

(一九九九年春)

寄松林兄

蔡厚示

松林吾好友,廿载意相倾。
文论开风气,辞章见道行。
诗坛推祭酒,学府颂耆英。
祝罢乔松寿,扬旌更远征。

(一九九九年秋)

怀松林教授

赵玉林

历雪经霜意坦然,珠玑无数落山川。
唐音一卷堪名世,拔剑悲歌在少年。

高会频年遍九州,芒鞋踏破万山秋。
骚坛峻望推盟主,一帜前擎汇众流。

(一九九九年秋)

怀念松林兄

李汝伦

识韩端在渭城南,高阁凌霄傲蔚蓝。
大振唐音诗统立,精研汉学骊珠探。
同寻洛水惊鸿影,已沐春风出岫岚。
姚黄魏紫双行令,兄也师焉酒战酣。

忆上层台楚望空，金陵吊古竞霜锋。
摛词共羡于髯美，命意还推霍子雄。
堪笑群儿诬国士，终闻当路起文宗。
巍然西北高楼有，四海英才拜马融。

（一九九九年冬）

奉怀松林教授

宋谋瑒

葱茏佳气古皇州，坐拥皋比集胜流。
文字渊源穷考较，江山文藻任搜求。
千秋河岳英灵在，重译衣冠过往稠。
菊艳东篱秋正好，几时杖履得从游。

（一九九九年冬）

寄松林教授

杨金亭

慷慨唐音起陇东，救亡歌哭战刀红。
劫波未老诗人笔，更领风骚唱大同。

（二〇〇〇年春）

读《唐音阁诗词》

熊盛元

火炽薪传道岂孤，泱泱活水溯方湖。
诗吟岸柳三冬尽，笔挟春雷万象苏。
海晏何期经浩劫，时衰端赖有醇儒。

亲持玉尺衡高下,不许人间紫夺朱。

鸳鸯绣罢授金针,露浥莘莘学子衿。
百劫仍衔精卫石,一生长续广陵琴。
星光垂处天将曙,诗教敷时陆岂沉?
意自恢宏身自健,摩云阁绕盛唐音。

(二〇〇〇年春)

读《唐音阁诗词》

苏仲湘

忆靖边器树汉旌,诗坛大纛递昆曾。
春风广厦繁桃李,文阵龙旗总甲兵。
道润三秦施法雨,光徕四海振唐声。
彩云西北凝天水,恰护儒林鹤寿星。

(二〇〇〇年春)

读《唐音阁诗词》寄霍老

欧阳鹤

骚坛风雨赖扶持,树蕙滋兰一代师。
阁诵唐音扬古调,情萦时运唱新词。
育英绛帐公犹健,立雪程门我恨迟。
齿德俱尊桃李盛,神州祝嘏竞飞诗。

(二〇〇〇年春)

奉怀松林教授

王春霖

振臂骚坛唱大风,唐音阁上响黄钟。

中华诗赛尊三序①,吟苑旗擎峙一峰。
曾慨世途多坎坷,相期黎庶少贫穷。
兴观群怨宏诗教,还待期颐不老翁。

(二〇〇〇年春)

原注:①中华诗词学会主办的历史诗赛霍老皆任评委会主任,并为获奖诗集写序,尤以《金榜集》、《回归颂》、《世纪颂》三序最脍炙人口。

读《唐音阁诗词》

张树刚

诗国双峰四海钦,梦苕而外有唐音①。
劫中几许忧民泪,化作灵均泽畔吟。

笔挟风霜六十春,求新图变未因循。
吟坛待扫颓靡气,碧海还期掣巨鳞。

(二〇〇〇年春)

原注:①当代诗坛,唐音阁与梦苕庵双峰并峙。梦苕庵为钱钟联先生斋号。

寄霍老

袁本良

名重骚坛与杏坛,先生学养自无前。
旗亭画壁三千首,绛帐传经六十年。
形象思维惊卓论,诗文鉴赏赞名篇。
南山正是秋光好,日照松林霞满天。

(二〇〇〇年春)

寄松林诗老

吴绍烈

诗帜满神州，先生居上游。
育才跨域外，德业共春秋。

（二〇〇〇年春）

寄松林教授

王百谷

一任青毡破，劳劳得此翁。
文章传海外，学派奠关中。
问字三千众，论交一代雄。
嗟嗟予草野，长揖拜高风。

（二〇〇〇年春）

金缕曲

王亚平

一寸心如铁。记当年、黄流乱注，地维将绝。小试锋芒腾五彩，腕底惊湍碧血。听万里、旌旗猎猎。堪笑大和魂不保，竟一朝枯萎飘残叶。诗百首，补天裂[1]。

神州高挂团圆月。叹宝刀、雄心未改，鬓先飞雪。欲以鸿篇凌万代，对酒高歌击节。看起舞、中流鼓楫。万丈龙光冲牛斗，向长天吞吐皆虹霓。诗亦史，浪千叠。

（二〇〇〇年春）

原注：[1]先生少作抗日诗词百首，慷慨激昂，雄伟悲壮，久为诗坛所传诵，诚一代诗史。

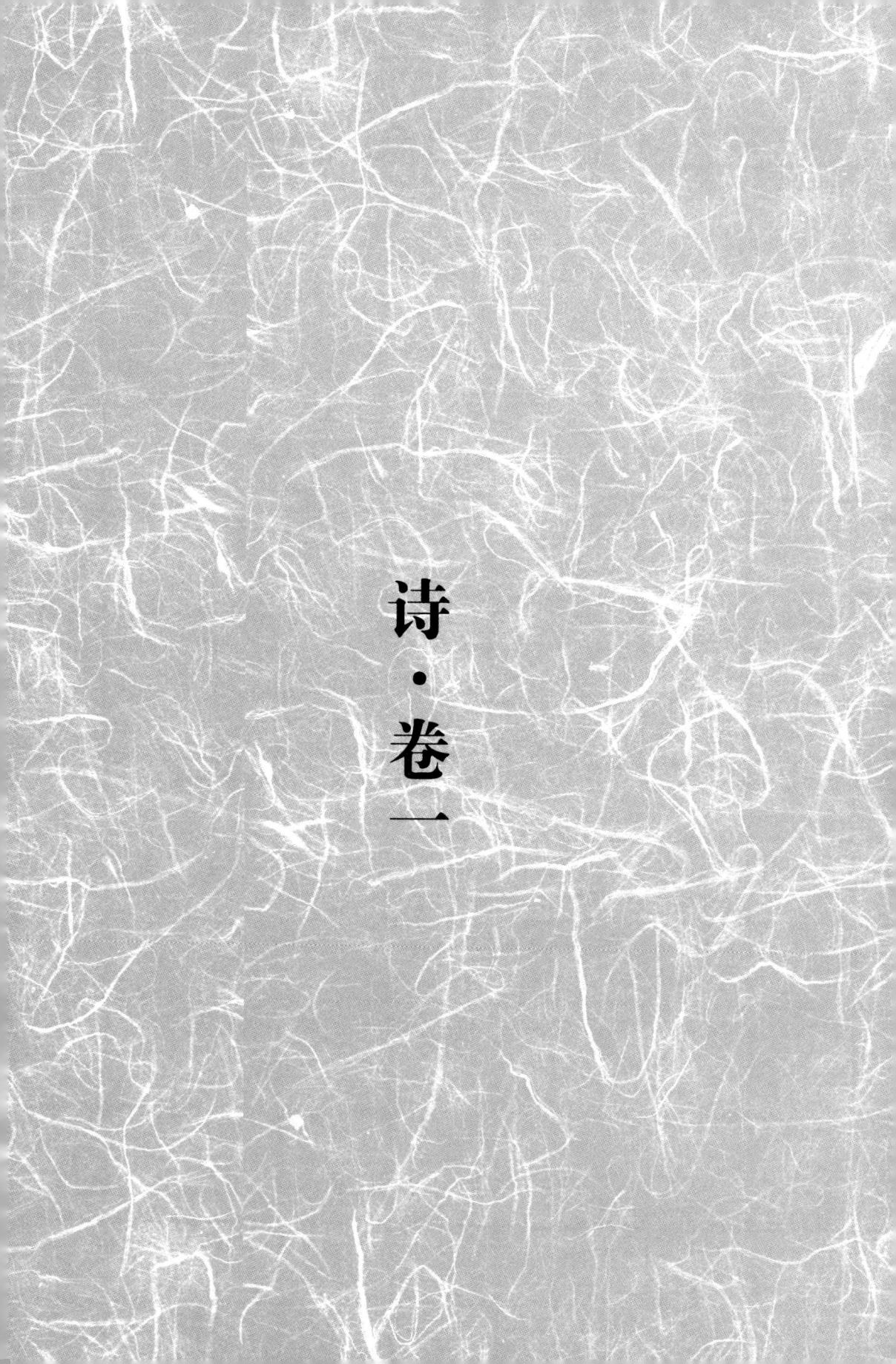

诗·卷一

卢沟桥战歌

侵华日寇愈骄矜，救亡大计误和亲。东北已陷热河失，倭骑三面围平津。燕台西南三十里，宛平城外起妖氛。卢沟桥上石狮子，饱阅兴亡又惊心。"七七"深宵巨炮吼，永定河畔贪狼奔。攻城夺桥势何猛，欲将城桥一口吞。阴谋控制平汉路，南北从此断车轮。伟哉我守军，爱国不顾身。寸步不让寸土争，直冲弹雨摧枪林。守桥健儿力战死，守城壮士分兵出西门。挥刀横扫犬羊群，左砍右杀血染襟。以一当十十当百，有我无敌志凌云。征尘暗，晓月昏。屡仆屡起战方殷。天已亮，炮声喑。城未毁，桥尚存。守军有多少？区区只一营。竟使强虏心胆裂，一夕丢尽大和魂。朝阳仍照汉乾坤，谁谓堂堂华夏真无人！

（一九三七年七月）

哀平津，哭佟赵二将军①

失桥夺桥战正酣，撤军军令重如山，妄说和平未绝望，欲将仁义化凶顽。元戎已订约，将士仍喋血。敌酋暗指挥，贼兵大集结。一夜鞞鼓渔阳震，虏骑长驱风雷迅。疲兵再战勇绝伦，十荡十决挥白刃。滚滚贼头落如驶，纷纷贼众来不止。孤军力尽可奈何，白虹贯日将军死！将军战死举国哭，平津沦陷何时复？玉池金水汙虾腥，琼殿瑶宫变贼窟！将军者谁赵与佟，名悬日月警愚蒙。呜呼，安得军民四亿尽学将军勇，一举歼敌清亚东！

（一九三七年七月）

注：①佟赵二将军，指二十九军副军长佟麟阁和师长赵登禹。

闻平型关大捷，喜赋

平津既陷寇氛张，欲使中国三月亡。速战速决纵侵略，虏骑所至烧杀奸淫抢掠何疯狂！夺我南口复夺张家口，长城防线大半落敌手。板垣率兵掠晋北，千村万落无鸡狗。直闯横冲扑太原，中途入我伏击圈。平型关上军号响，健儿突起搏魍魉。机关枪扫炸弹飞，杀声震天地摇晃。人仰车翻敌阵乱，我军乃作白刃战。追奔逐北若迅风，刀起刀落如闪电。一举歼敌过一千，捷报传来万众欢。转败为胜时已到，地无南北人无老幼奋起杀敌还我好河山！

（一九三七年九月）

八百壮士颂

"中国不会亡"，歌声传四方。八百壮士守沪渎，七层楼上布严防①。倭贼冲锋怒潮涌，壮士杀贼如杀羊。倭贼轰楼开万炮，壮士凭窗发神枪。倭贼凌空掷巨弹，壮士穿云射天狼。倭贼围困断给养，市民隔岸投干粮②。倭贼纵火火焰张，壮士举旗旗飘扬③。激战四昼夜，愈战愈坚强。热血洒尽不投降，以身许国何慷慨④！堂堂壮士，壮士堂堂。四夷望汝正冠裳，中华赖汝扬国光。士气为之振，民气为之张。"八百壮士作榜样"，一曲颂歌传四方。颂歌传四方："中国不会亡"⑤。

（一九三七年十二月）

注：①日寇自"八·一三"进犯上海，我军顽强抵抗。激战近三月。为了掩护大部队撤退，谢晋元将军率领四百一十一名官兵进驻苏州河北岸的一幢七层大楼，布防坚守。上海市民不知实际人数，呼为"八百壮士"。②大楼对岸就是公共租界，谢晋元将军呼吁接济粮食，住在租界的上海人民便隔岸投掷面包、罐头。③上海市商会为了表达市民们的敬意，派出一位女童子军从一家杂货店后壁潜入大楼，献上一面国旗。④壮士们初入大楼布防，公共租界的记者闻讯采访，谢晋元坚决表示："以身许国是我军人的天职。"⑤正当壮士们与敌激战之时，租界里的上海人民已经谱出歌颂壮士的歌曲，很快在全市的大街小巷里传唱，不久传遍四方："中国不会亡，中国不会亡，你看那民族英雄谢团长！……宁愿死，不退让，宁愿死，不投降！……同胞们起来，同胞们起来，快快赶上战场，

拿八百壮士作榜样。"

移 竹

曾无千章万章松,摩空弩日判鸿濛。安得千竿万竿竹,拂云浮天接地轴。我家门迎渭川开,畴昔千亩安在哉①?化龙之笋没榛莽,栖凤之条埋苍苔。哪有劲簳射豺狼,更无长枝扫旗枪。愁雾漫漫塞四极,碧血浩浩染八荒。我今移得两瘦根,霜枝欹斜护儿孙。星寒月苦凄迷夜,为报平安到柴门②。

(一九三八年三月)

注:①旧有"渭川千亩竹"之说。②《酉阳杂俎》有"竹报平安"故事。

惊闻南京沦陷,日寇屠城(二首)

虎踞龙盘地①,仓皇竟撤兵。
元戎方媚敌,狂寇已屠城。
血染长江赤,尸填南埭平②。
此仇如不报,公理更难明!

嘉定三回戮③,扬州十日屠④。
暴行污汗简,公论谴狂胡。
忍见人文薮,又成地狱图!
死伤盈百万,挥泪望南都。

(一九三八年四月)

注:①诸葛亮论金陵形势,有"钟山龙盘,石城虎踞"语。②南埭(dài):即南京鸡鸣埭。埭,水坝、水闸。李商隐《咏史》云:"北湖南埭水漫漫",北湖,南埭连用,统指玄武湖。③顺治二年(1645)清军南下江南,在嘉定(今属上海市)进行三次大屠杀,史称"嘉定三屠"。④顺治二年清军南下,明将史可法

坚守扬州,城破后清兵进行十日大屠杀,惨绝人寰,史称"扬州十日",详见王秀楚《扬州十日记》。

喜闻台儿庄大捷

大明湖畔角声死,千佛山上佛亦耻。"长腿将军"丢济南①,望风逃窜急如驶。倭贼乘虚南下夺徐州,烧杀掳掠鬼神愁。岂料未到徐州先遇阻,中华健儿誓死守国土。倭酋咆哮驱三军,天上地下齐动武。台儿庄上阵云黄,贼机结队如飞蝗。台儿庄前尘土扬,百门贼炮巨口张。更驰坦克作掩护,贼众狼奔豕突冲进庄。守庄将士目炯炯,满腔热血怒潮涌。再接再厉胆更豪,屡仆屡起气愈勇。白日巷战短兵接,黑夜奇袭捣贼穴。粮将尽兮弹将绝,伤亡过半不退却。觥觥李将军②,指挥何英明!十万火急调援兵,违令者斩不留情。守军忽闻友军到,震天吹响冲锋号。内外夹击山海摇,蠢尔倭贼何处逃?弃甲遗尸抛辎重,嚣张气焰一时消。举国闻捷齐欢忭,海外纷纷来贺电③。稍洗南京屠城冤,喜作台庄歼敌赞。

(一九三八年四月)

注:①1937年冬,日军攻济南,国民党第三集团军司令兼山东省主席韩复榘不战而逃,被讥为"长腿将军"。②指第五战区司令长官李宗仁。③台儿庄大捷,海外华侨和国际友人纷纷来电祝贺。

夏日喜雨

陇山重叠大麦黄,收谷争如布谷忙。
万户欢腾一夜雨,叱牛牵马趁朝阳。

(一九三八年六月)

惊闻花园口决堤

闻道花园口,决堤雪浪高。

千秋夸沃野,一夜卷狂涛。

日寇宁能拒?吾民底处逃?

田园沉水底,何处艺良苗!

(一九三八年七月)

哀溺民

田园起大波,邱陇翻巨浪。汪洋混穹窿,势压洪河壮。荒鸡饿树巅,瘦犬溺深巷。鼋鼍喜出没,蛟螭森相向。天意果何居,小民固无状!可怜四壁屋,乃作千年圹!江山信清美,干戈争揖让。一死等长眠①,无因观霸王②。

(一九三八年八月)

注:①等,等同、等于。②霸,古代指以暴力取得、并统治天下;王(wàng旺),古代指以仁义取得、并统治天下。

偕同学跑警报

警报何凄厉!千家尽熄灯。

防空无好洞,作伴有良朋。

避地寻幽谷,藏身觅古藤。

饿鸮声渐远,归路日东升。

(一九三九年一月)

自霍家川赴天水县城

望日月在寅,村子适城市。九天散罗绮,百川披朱紫。行行履危岩，阳和忽僵死。积雪莽牢落，皓皓自太始。惊风驱彤云，偃压山欲驶。毒雾复东来，苍然迷遐迩。雾既瞽我目，风又聋我耳。蹒跚起复踣，铿若刀在砥。前途正险艰，我征殊未止。拔山非项羽，御风岂列子！聊歌行路难，飞沙击堕齿。

（一九三九年三月）

旅　夜

　　1941年秋，因触忤天水中学训导主任，被开除学籍。辗转赴兰，止于通渭，旅舍客满，遂露宿车上。虫声凄厉，月色迷离，久不成寐，因成一绝。

　　无端辜负早秋天，饮露餐风车上眠。
　　蟋蟀声声惊旅梦，星光如雾月如烟。

（一九四一年八月）

拟寒山拾得（三首）

　　李四失一物，张三乃得之。盈虚适相抵，此物终在兹。何况张三帽，李四戴多时。虽曰非神交，亦云有恩私。得既无足喜，失亦安用思？患失复患得，嗟尔世俗儿。

　　当仁谁肯让，庸才比皋夔。张三夸其能，李四耀其威。赵跛周麻子，牛皮复善吹。纷纷扰扰间，愚者究阿谁？达矣庄生言，彼此各是非。是非失其偶，混沌亦佳哉！

　　麟角峥嵘露，碰壁烂其首。龟头索缩藏，乃享千年寿。所以旷达人，混迹在屠狗。知雄常守雌，忧愤复何有！自古怀珠士，蹭蹬徒奔走。飞腾富贵场，几见才八斗？

（一九四一年十月）

春末咏怀

迅雷裂云峰，熏风动岩岫。绿满夏日肥，红销春容瘦。万物易柔烈，阴阳变节候。我亦换刚肠，壮志溢肤腠。虎跃决世网，龙骧观宇宙。男儿尚勇毅，安用眉头皱！

（一九四二年四月）

苦　旱

吾乡渭河流过，原可引水灌田，奈无有力者倡之，受制于天，良可慨也。

吃饭穿衣总靠天，天公亦自擅威权。
火云六月无甘雨，枯叶纷纷落旱田。

（一九四二年六月）

久旱喜雨

骄阳灼万卉，四野遍伤痕。
老圃肌将烂，小农发已鬈。
云头出河汉，雨脚下昆仑。
蛙鼓催檐马，欢声闹远村。

（一九四二年七月）

痴　儿

痴儿读损遗编字，窗外东风苦笑人。
谁信春衣洁如许，出门仍自染流尘。

（一九四三年四月）

题《吊古战场文》

佳文莫强分今古,大地由来一战场。
颖士精思谁匹配？曛皮汗纸亦荒唐①。

（一九四三年四月）

注：①新、旧《唐书·李华传》载：李华字遐叔，自认文章胜过萧颖士，想试试萧的看法，便闭门精思，写成《吊古战场文》，然后醺汗成古书的样子，夹杂在佛书中间。萧颖士来翻佛书，发现此稿，细读一遍，连声说好。李华问，"当代作家谁能赶上？"萧答："你就可以赶上。"

偶　成

亭亭竹菊两三栽，竹自无言菊自开。
岂爱荒村甘寂寞，高标从古远尘埃。

（一九四三年十月）

大同银行储蓄部开幕征诗，因赋

玄黄龙斗久，四海愁困穷。开源废节流，卮漏五湖空。矧乃当今战，经济第一功，贫富关成败，荣枯判污隆。日阀弄戎马，凶焰摩苍穹。消耗才几载，倾国已疲癃。煌煌炎黄胄，握算风云从。储财裕国帑，蓄锐剪敌锋。银行光国史，世界歌大同。

（一九四三年十月）

麦积山道中

幽径纵横压古藤，行经烟霭亦无僧。

前山隐隐闻清磬，知在云峰第几层？

（一九四四年五月）

仙人岩道中

山径纡回傍水行，山围水绕彩云生。
欲将花草志归路，琪草瑶花不识名。

（一九四五年五月）

石　门

隐隐双峰接帝阍，无云犹自气氤氲。
山花绚烂中秋夜，便有金波涌石门。

（一九四五年五月）

浴佛前一日晨偕强华宝琴由街子口出发，午后登麦积山。遍游诸佛窟。日暮始下山，诗以纪之，得六十四韵

东出街子口，两山若为门。行行入门里，绿草铺如茵。野花媚幽独，山鸟间关鸣。牧童逐群戏，农夫歌耦耕。曲径转更幽，双眸豁又新。绕足千溪水，入眼万壑云。好山争秀异，奇峰竞峥嵘。不辨仙源路，何处问迷津？停杖正踟蹰，忽闻清磬音。前山如麦积，积麦知几层[①]？夙昔劳梦想，今兹奋登临。石栈凝瑞霭，铁锁湿碧雾。猿猱犹绝迹，鹰隼亦惊魂。探幽心不馁，履险气益增。攀登万仞梯，问讯六朝僧。石窟敞蜂窝，金相耀鱼鳞。面壁坐欲化，拈花笑可闻。慈航渡隐隐，爱水波粼粼。智灯明不夜，慧眼睡犹醒。北朝精绘塑，此中留菁英。沧桑几变化，光彩尚飞腾。不思良工苦，匠心费经营；浪传天界物，呵护赖吉神。残碣嵌绝壁，摩娑字转明。杜甫山寺诗[②]，庾信佛龛铭[③]。照耀足今古，清风资朗吟。白

日灿衣袂，男女来纷纭。香花结贝叶，宝烛动梵声。如何云雾窟，犹多世俗民？佳节值浴佛，灵湫期洗心。禅光昭觉路，法雨滋善根。欲证罗汉果，来种菩提因。徙倚立多时，山风吹我襟。飘飘若霞举，抖落万斛尘。俗怀于焉淡，凡虑为之清。浑欲空色相，真疑无我人。频穿深深洞，屡过巍巍厅。耸身牛耳堂④，俨如立玉京。下见九霄翼，俯闻三界经。檐前低落日，户外小乾坤。仙山不易得，如斯更可珍。那能拾瑶草，放旷终此生？许由耕箕山，严光钓富春。高节傲王侯，脱略谁能驯？生逢圣明世，岂为避帝秦？仁智乐山水，动静足天真。及遭丧乱际，至道悲陆沉。大厦势将倒，一木宁可擎！种桃武陵叟，采芝商山翁。洁身逃泥滓，浩然歌隐沦。举目观斯世，三岛纵长鲸。毒舌卷钜野，妖氛动昆仑。拳岑涂血肉，勺水潜酸辛。纵有高蹈志，奈无乐土存！兹山冷西鄙，幸免污臊腥。山水钟灵秀，岩壑养风翎。倘有垂钓者，俊彦与结邻。回首画卦台⑤，极目清渭滨。俯仰难忘世，低徊愧多情。良时苦易逝，桑榆隐日轮。明霞西天散，新月东岭升。松涛涨林莽，浮光耀星辰。阴森难久留，搔首别山灵。芳草迷归路，幽香不忍行。

(一九四五年五月)

注：①麦积山，以山形如农家积麦得名。《秦州地记》云："麦积山者，北跨清渭，南渐两当，五百里冈峦，麦积处其中。崛起一石块，高万寻，望之团团，如民间积麦之状，故有此名。其青云之半，峭壁之间，镌山成佛，万龛千室，虽自人力，疑其鬼功。"②杜甫《山寺》诗，系写麦积山瑞应寺者。诗云："野寺残僧少，山园细路高。麝香眠石竹，鹦鹉啄金桃。乱水通人过，悬崖置屋牢。上方重阁晚，百里见秋毫。"③据《秦州地记》，庾信《秦州天水郡麦积崖佛龛铭并序》原"刊于岩中"，今遍觅未得，故就《庾子山集》卷十二录全文如下："麦积崖者，乃陇底之名山，河西之灵岳。高峰寻云，深谷无量。方之鹫岛，迹遁三禅；譬彼鹤鸣，虚飞六甲。鸟道乍穷，羊肠或断。云如鹏翼，忽已垂天；树若桂华，翻能拂日。是以飞锡遥来，度杯远至，疏山凿洞，郁为净土。拜灯王于石室，乃假驭风；礼花首于山龛，方资控鹤。大都督李允信者，籍于宿植，深悟法门，乃于壁之南崖，梯云凿道，奉为亡父造七佛龛。似刻浮檀，如攻水

玉。从容满月，照耀青莲。影现须弥，香闻忉利。如斯尘野，还开说法之堂；犹彼香山，更对安居之佛。昔者如来造福，有报恩之经，菩萨去家，有思亲之供。敢缘斯义，乃作铭曰：镇地郁盘，基乾峻极。石关十上，铜梁九息。百仞崖横，千寻松直。阴兔假道，阳乌回翼。载樺疏山，穿凫架岭。糺纷星汉，回旋光景。壁累经文，龛重佛影。雕轮月殿，刻镜花堂。横镌石壁，暗凿山梁。雷乘法鼓，树积天香。噭泉珉谷，吹尘石床。集灵真馆，藏仙册府。芝洞秋房，檀林春乳。冰谷银砂，山楼石柱。异岭共云，同峰别雨。冀城馀俗，河西旧风。水声幽咽，山势崆峒。法云常住，慧日无穷。方域芥尽，不变天宫。"④牛耳堂，乃麦积石窟中最高一石窟，窟前"悬崖置屋"，凭栏俯视山底，目为之眩。⑤画卦台，在天水城北三十余里卦台山上，渭河从山脚流过。相传伏羲画八卦于此，为秦州八景之一。

洛阳、长沙先后陷落，感赋

湖湘添贼垒，伊洛遍狼烽。
南犯贪无已，西侵欲岂穷？
秦兵须秣马，陇士要弯弓。
莫恃函关险，丸泥那可封①？

（一九四四年七月）

注：①东汉初，隗嚣据天水自立，他的将领王元对他说："今天水完富，士马最强，元请以一丸泥为大王东封函谷关。"事见《后汉书·隗嚣传》。丸泥封关，意谓函谷关十分险要，只用极少数兵力，就可防守，东方之敌，无法西进。

读《诗三百》（十六首）

1942年春至1944年冬作于天水，共五十余首，存十六首。

游泳就其浅，方舟就其深。黾勉求有无，匍匐救凡民。生育兹安乐，恐鞠凤苦辛。葑菲薄下体，洸溃违德音。恋恋行复息，迟迟息还行。行行又回首，回首思难任。象床临绮户，鸳帏透朱棂。今欢同昔爱，新婚换旧人。我梁能毋逝？我笱能毋更？我躬尚不阅，我后复何云！哀哀人间事，悠悠世上情。三复风人诗，泪下沾衣襟。（《邶风·谷风》）

文武赫斯怒，整旅遏不恭。骏声弥诸夏，西顾宅镐丰。麀鹿伏灵囿，鼍鼓动辟雍。诒谋燕孙子，穆穆四方同。汤池千寻固，金城万雉雄。板荡歌未已，促促堕犬戎。茂草鞠周道，丛稷满故宫。哀哀黍离诗，千载冠王风。（《黍离》）

鸡栖于埘久，落日满柴门。樵牧来曲径，羊牛下远村。人物各有适，君子无归辰。徙倚徒尔思，饥渴共谁论。暮色从西来，苍然迷四邻。晚风摇短木，恐是别离人。（《君子于役》）

积辐为巨轮，集栋结高阁。栋牢阁常稳，辐坚轮不弱。国者民之会，官者民之卓。官民交相利，孜孜各有作。民饥官亦饥，官乐民弗乐。汲汲谋其政，所以贵天爵。斯义如皎日，嗟嗟堕溟漠。素餐尸高位，国运委飘箨。不猎拥悬貆，不稼取丰获。遂令诗人诗，迄今振木铎。（《伐檀》）

敲剥没泰华，掘穿漏江河。屋倾千疮溃，地頮万窟罗。乾坤失乐土，陇亩坏佳禾。不见猫威振，徒闻硕鼠歌。（《硕鼠》）

不戢兵犹火，师至生荆棘。战苦阵云深，昏黑连太极。流矢挟风雨，飞弹动霹雳。争地亦有限，杀人在瞬息。由来百战卒，望风且逃匿。谁忍捐室家，白骨暴绝域。乃读无衣诗，士卒何戮力。修我戈与矛，驰驱剪公敌。岂非同敌忾，忠愤填胸臆！残贼弄戎马，懦夫或颤栗。仁者作其勇，一举奏勋绩。直壮曲为老，千载铸铁律。（《无衣》）

天下久疮痍，公庭犹万舞。侯侯谁家子，执辔力如虎。矫首眷西方，吁嗟此神武！（《简兮》）

周厉昔肆暴，虐政播野燎。鸿雁何嗷嗷，劳人亦草草。物腐而虫生，外寇乘飘狡。蛮荆仇大国，猃狁侵方镐。矫矫宣王作，祖业耿再造。任贤扬仁风，烟尘乃如扫。吉甫固铮铮，方叔亦佼佼。后世宁无匹，所忧终潦倒！遂令神州民，千载苦戎扰。掩卷长太息，怒焉心如捣。（《六月》）

沔流朝大海，飞隼栖高冈。翳谁无父母，能毋念故乡？不迹势方煽，祸机起萧墙。铜驼卧荆棘，铁马饱豺狼。今日烽火窟，昔年锦绣场。归欤复安归，悲愤心飞扬。弭乱果何人，讹言亦孔将。浮云难蔽日，圣德倘汪洋？（《沔水》）

西周曩云季，师尹擅势权。岩岩南山石，赫赫北辰天。四方皆尔维，百姓亦尔瞻。不平乃谓何，羽翼似蝉联。群小争趋竞，纷若蝇附膻。王盍惩其心，驱恶猛扬鞭。乃复怨其正，前愆未肯捐。国危似垒卵，民困如倒悬。沉吟家父诵，忧愤掩遗编。（《节南山》）

正月履繁霜，君子忧坚冰。惸独既云殆，毗芘方比邻。讹言殊未已，而王尚莫惩。雌雄谁能知，予圣各自矜。虺蜴塞其谷，阴雨暗其陵。载车而弃辅，险绝安可登！茫茫天地间，孰与指迷津？（《正月》）

君子仕乱世，惴惴如夜行。自审虽非盗，何免犬吠声！所贵知远引，匿迹待天明。不见周孟子，遭噬成寺人？（《巷伯》）

谷风颓周道，习习今尚仍。鲁叟不可作，薄俗孰与敦！禽兽难共居，生人重序伦。浩荡六合间，岂无圣与仁？还向幽谷里，嘤嘤听鸟鸣。（《小雅·谷风》）

织女不报章，牵牛岂服箱！南箕翕其舌，安可用簸扬？北斗揭其柄，孰能挹酒浆？雍雍西人子，粲粲耀衣裳。鞘鞘佩我璲，曾不以其长。草草哀劳人，契契适何方。杼柚既已空，葛屦履严霜。周道虽如砥，眷顾泪浪浪。（《大东》）

钱谷不患寡，劳役不患频。颁课倘公允，四海颂升平。不见幽王时，悍然背天经，使民畸以虐，遇士僻而矜。燕燕耽逸乐，劳劳茹苦辛。如何有轩轾？同是王之臣。立国若置器，不平势自倾。矧乃国中士，役役互争衡！（《北山》）

三复白驹诗，浩然思古人。我道既不用，还我物外身。故人伤我去，恋恋不胜情。絷我征途驹，食彼场上苗。今夕虽已永，明朝那可仍！遁思谁能弭，超然按辔行。其人诚如玉，空谷音尚闻。遥见驱征马，蹴踏出岫云。（《白驹》）

放翁生日被酒作[①]

辛风批破屋，欲捉入隙月。而吾手挽之，酒酣怪事发。飘然自轻举，乃与放翁接。挟我坐苍虬，双胁插劲翮。星斗入怀袖，风雷生喉舌。移步千万里，乾坤一茅宅。竭来扶桑侧，妖氛撼危堞。豺虎噬黔黎，积尸抵天阙。因缘攀其巅，双鬟通请谒。行行及帝里，神官森两列。帝曰咨尔游，忠愤塞肝膈。御侮致升平，尔其秉节钺。游再拜曰俞，兹惟臣是责。衔命趋疆场，万骑拥马鬣。先声夺胡虏，降幡一夜白。元恶磔诸市，从者还其役。铸甲作农器，百谷没牛脊。诣阙告成功，治理析毫忽。畜麟兽不狨，蓄凤鸟不鹬[②]。善政待其人，嘉猷昭在昔。初度方鼎来，天帝为前席。谓言究始终，千祀犹旦夕。卿云飞雅奏，仙女来绰约。拜贺舞鸾龙，欢声天地彻。翁顾余而喜，归耕申前说。咒杖跨其背，授我以诗诀。源汲大海涸，根蟠厚地裂。下袭黄泉幽，上穷苍冥赜。复诵文章篇，及其示子遹[③]。元音归正始，淳风动寥廓。我方听耸默，失足千仞跌。哇然惊坐起，寒日射窗格。

（一九四四年十一月）

注：[①]爱国诗人陆游生于宋徽宗宣和七年十月十七日（1125年11月13日）。[②]《礼记·礼运》："凤以为畜，故鸟不狨。麟以为畜，故兽不狨。"大意是：凤凰

是鸟类中最杰出的,众鸟都佩服它。所以只要重视凤凰,一旦凤凰归属于你,众鸟也就跟来了。不獝(xù),不会受惊飞走。麒麟是兽类中最杰出的,众兽都佩服它。所以只要重视麒麟,一旦麒麟归属于你,众兽也就跟来了。不狘(xuè),不会受惊逃走。比喻执政者应引用贤人。③《文章》及《示子遹》,皆陆游论诗,强调作诗主要应有"诗外"功夫。

象棋研究社征诗,写寄三绝

日丽金沟好剧棋,玄黄胜负有谁知?
差将一子难饶借,翻怪康猾放手迟。

却闻日下传新势,漫向窗前复旧图。
制胜还期争一着,须知国手未全无。

所志休言只此枰,由来妙算契神明。
看君射马擒元恶①,始信年时枉用兵。

(一九四四年十一月)

注:①杜甫《前出塞九首》第六首:"挽弓当挽强,用箭当用长。射人先射马,擒贼先擒王。杀人亦有限,立国自有疆。苟能制侵凌,岂在多杀伤?"

怀 友

微雨欲红桃,和风已绿柳。自与故人别,白衣忽苍狗。常恐病离忧,相见成老丑。况复终日间,案牍劳尔手。入门复出门,出门将安走?新月隐天末,遥望徒搔首。徘徊入我室。欲醉无斗酒。聊学白傅诗,千里寄元九①。

(一九四五年四月)

注:①白居易曾任太子少傅,故称白傅。元稹排行第九。故称元九。元白友善,白居易寄元稹表达怀念之情的诗很多。

寄友诗三十韵

余在国立五中高中部学习三年，与好友许强华同住天水城北玉泉观无量殿。毕业后各谋生路，晤面为难，因作忆旧诗三十韵以寄。

度陇春风拂渭城，玉泉桃李共争荣。新花灼灼千株紫，嫩叶蓁蓁万树青。青紫迷离泛彩霞，认取翠柏笼檐牙。无量朝日无量月，写将花鸟满窗纱。窗内狼藉书满床，手倦抛书笑语忙。肯邀皓月呼兄弟，曾对奇花倾壶觞。一觞一咏效兰亭，会意欣然俱忘形。对床谈诗明月夜，联袂踏青艳阳晨。晨光如赭遍山阿，柳阴深处莺抛梭。琅琅解诵拜伦诗，烦君殷勤教诲多。多恨垂杨斗舞腰，散漫杨花落满郊。开卷为怜春事了，凭几因憎夏日骄。骄日炎炎欲烁金，缓步城南觅绿阴。闲倚小亭翻青史，香满荷塘风满林。林际忽丹几树枫，白云出塞雁横空。穿扉远澄秋水碧，入户遥抹晚霞红。红叶妖艳白露初，苍烟空漾翠雨馀。新学商量鸡声远，旧句推敲月影虚。虚室日射寒枝影，玉阶风传败叶声。才辞兰菊订后约，便寻梅竹缔前盟。盟主阿松自逸群，岂与凡卉斗芳芬？傲岸既卧商山雪，孤高还拂华岳云。云去云来乐性天，无量殿里共悠然。陈雷情投胶漆固，山阮神交金石坚。共砚同窗岁几周，无边乐事水东流。离绪杂逐雪絮舞，别恨纷随梦魂游。游侣星散何处寻，拂檐犹记柏森森。千重殷忧百浔水，一怀积愫万里岑。岑寂荒村啼夜乌，独对残灯忆旧庐。空对桃红与柳绿，妆点楼阁入画图。

（一九四五年四月）

寒夜怀人

皓皓天上月，皎皎意中人。寂寂身伴影，冷冷足前冰。徘徊蹊路侧，忧思结我心。忆昔三五夜，山月透窗棂。携手出门去，共引月为朋。银光漾四野，灯火散满城，浩歌相酬答，此乐乐无伦。一样团圞月，应照双影同。自与君别后，怕见山月明。

（一九四五年一月）

游佛公峤,呈同游诸友

夙已爱山水,今尤厌尘嚣。春色万里来陇上,山花映水泛雪涛。胡为逐名利,奔走入市朝?虚掷二月已三月,三月忽复一半抛。夭桃开老胭脂腮,嫩柳舞困金缕腰。丁陈二君有好怀[①],携杖沽酒来相邀:"环城名山孰第一?耤河萦绕佛公峤。况遇好风日,游兴应转豪。负此暮春者,山灵或见嘲。"我乃欣然试春服,携徒挈友出西郊[②]。西郊有水流潺湲,西郊有山耸嶕峣。蓦地奇峰入眼底,陡然翠障插云霄。四周之山咸俯首,俨同羽客礼仙曹。急换谢公屐,速赴鹿门招。攀藤附葛问鸟道,抚松援竹寻凤巢。泠然御长风,手足更勇骁。下临地何低,仰面天犹高。奇花招展开锦帐,异卉纷披散碧绡。转眼花花皆仙子,掉头树树尽琼瑶。或寻吴刚折月桂,或倚王母醉仙桃。已觉斧柯烂,忽见落日遥。童子鸣归号,帽挥更旗摇。尘心缕缕起,灵境步步消。不见仙姬浮天凝秋波,但闻耤河帖地响春潮。神州自有佳山水,多少高人老渔樵。只今猿鹤落浩劫,水涯山陬森兵刀。匡庐面目昨已非,西子颜色今更凋。剩水残山总伤神,何当弯弓射天骄!莫负男儿好身手,收复大任在吾曹。遍扫狼烟洗疮痍,尽辟荆榛播良苗。大起高楼压废墟,广织锦绣铺荒郊。彼时再践远游约,五湖五岳任逍遥。伯夷何必歌采薇,屈原空自著离骚。

(一九四五年四月)

注:①丁陈,丁恩培,陈启基。②携徒,农历三月十五日带领玉泉小学学生春游。时与丁陈二君同在该校任教。

风起云涌,电闪雷鸣,而雨泽不至

乍见狂风起,云飞地改容。

电鞭抽百嶂，雷鼓震千峰。

尘压山村暗，雾迷野树浓。

苍生待霖雨，天上斗群龙！

（一九四五年五月）

送丁恩培入蜀参加高考

兰渝之车轻且坚，掣雷驰电去如烟。少陵目极秦树直[①]，太白心惊蜀道难。蜀道难，君莫怕。相如子云今已矣[②]，谁复与子争王霸。王与霸，谁复争，五月南风动离襟。忆昔共话前程夜，只今空馀惜别情。惜别情，古亦有，谅无似我愁八斗。送君一去渭城空，欲坦心胸向谁某？

（一九四五年六月）

注：①杜甫诗："两行秦树直，万点蜀山尖。"②司马相如、扬雄（字子云），都是西汉著名文学家，蜀郡成都人。

通渭旅夜

一九四五年七月赴兰州参加高考，夜宿通渭。因忆1941年秋露宿于此，不胜感喟，追和前诗，吟成四句，以志鸿爪。

旧地重来一怅然，几番客里宿风烟。

劳人哪有邯郸梦，茅店鸡声月满天。

（一九四五年七月）

欣闻日寇投降

一九四五年八月十日午后七时许，余与无忌、无逸、强华等在兰州逆旅闲谈，而窗外砰砰之声愈响愈烈。初疑变作，侦之始知日寇投降，鸣炮所以志庆也。因同游街头，狂欢不可名状。作长歌记之。

霹霹复轰轰，前音乱后音。初如长江毁堤闸，滚浪翻波迷九津。继若大漠起风暴，飞沙走石动八垠。仿佛七月初七夜，依稀八月十三晨。人扰攘，马纷纭，铿尔刀枪撞击频。渐响渐近渐分明，细辨始知非日军。蜂拥工农商学兵，男女老幼笑欣欣。争说日寇树白旗，争掷鞭炮入青云。乍见此景信复疑，细思此事假还真。一自妖氛来东海，神州万里任鲸吞。明眸皓齿委荒郊，青燐白骨伴空村。黄裔赫斯怒，睡狮忽迅奔。父训其子兄勖弟，妻嘱其夫爷告孙。临行洒泪苦叮咛，毋宁死敌不苟存。尺城必守寸土争，百战威焰薄海浔。遂使虎狼之敌成羔羊，神社之神已不神。欢声那可倭皇闻，闻之何异敲丧钟。遥知今夜卢沟月，清光应比三岛明。

（一九四五年八月）

自兰州返天水，车攀山道，颠簸有如摇篮，昏昏入睡，觉时已抵华家岭矣。荞麦开花。遍野飘香，口占一绝

茫茫征路未能穷，百里崎岖一梦中。
晓日惺松明睡眼，荞花香里满山红。

（一九四五年八月）

荡寇书感（二首）

三岛肆长鲸，奔腾混八瀛。
神州持正义，天下结同盟。
东海一朝靖，黄河万里清。
建功岂徒武，殷鉴在秦嬴。

炎日落天外，凉风浴九州。
烟笼千岭树，月满万家楼。
制梃能摧锐，投鞭岂断流？
民心即天意，妙悟静中求。

（一九四五年八月）

月夜怀友

优游越万里，吟啸逾三年。
孰谓人分散，不同月共圆？
一心忘尔我，两地隔秦燕。
访戴无舟楫，悠悠望渭川。

（一九四五年八月）

读《十八家诗钞》，因怀强华

日夜苦相思，相思安所之。
感君高士义，贻我古人诗。
皓月明东岭，清光照北池。
狂歌谁与和，掩卷立多时。

（一九四五年九月）

过留坝

古城留坝画图间，半绕清渠半倚山。
青鸟出林翻翠翼，白鸥临岸照芳颜。
门通险径人烟少，屋傍危桥生计艰。
辟谷仙方何处觅，辞家采药几时还？

（一九四五年十月）

过马道

绿柳丹枫翠浪间,鸥闲鹭静鸟绵蛮。
渔人收网愁云散,柔橹轻歌下碧湾。

(一九四五年十月)

山村小景

茅舍竹篱三两家,小桥流水映桑麻。
炊烟散尽人方到,牛背锄犁带月华。

(一九四五年十月)

望剑阁七十二峰

昔曾刻舟求,今看倚天剑。大地为洪炉,寒暑经百炼。不作匣里吟,时飞空中电。岂为一人敌?欲报九州怨。崚嶒七二峰,奇正酣野战。鹰隼不敢窥,豺狼亦远窜。安得欧冶子,铸汝遍海甸?

(一九四五年十月)

借宿重庆大学三层楼教室,阴雨连绵,凭栏有感

宿雨天涯恨不胜,重楼聊借曲栏凭。
乡关北望情何限,蜀水巴山雾几层!

(一九四五年十月)

重阳自函谷场访友归,山巅小憩,适成登高之举

黄云割尽水泱泱,细雨斜风送晚凉。
十里烟峦临绝顶,伶俜客里过重阳。

(一九四五年十月)

舟为浪欺,险象环生,口占一绝

破浪初行逆水舟,犯风触礁去何求。
每临险境休回首,万叶轻舟逐下流。

(一九四五年十月)

中央大学柏溪宿舍,以竹竿稻草为主要建筑材料,共四座,每座容三四百人,其少陵所谓"广厦"者非欤?戏为一律

突然见此屋,矗立蜀江隈。
烽火燃不到,烟尘锁又开。
宏嵌百页户,大庇万国才。
秋雨秋风夜,鼾声起众雷。

(一九四五年十月)

题新购伦敦版拜伦全集

往在天水玉泉观,读拜伦哀希腊、赞大海诸诗,爱其宏丽,欲购其集不可得。今获全豹,珍若拱璧,即题其首。

朗日翻云海,春华正堪怜。竭来雪梨里,徙倚烟杨间。金石鸣肺腑,狂歌大海篇。逸情来绝岛,高韵入遥天。年光催霜露,既往难再攀。几许迷离梦,迢递到玉泉。点点蜀山秀,涓涓蜀水妍。山石列几案,水竹弄琴弦。永怀拜伦诗,相对每悄然。一朝获全集,倾囊价十千。和璧苟可得,岂惜十城连。咀华振丽藻,含英吐秀兰。得鱼忘筌后,落日看归船。

(一九四五年十一月)

梦中得"已挟泰山超北海,还携明月跨南箕"之句,足成一律

梦魂扶我欲安之,地远情多不自知。
已挟泰山超北海,还携明月跨南箕。
此怀浩渺须谁尽,彼美娇娆倘可期。
惆怅人天无觅处,却抛心力夜敲诗。

(一九四五年十一月)

遣 怀(四首)

我生信懒拙,简慢畏驰驱。几年琢瑕尤,终然仍故吾。夏与蚊蚋伍,冬还厌鼠鼫。衣物啮为穴,血肉供所需。犹复砺其齿,往往坏吾书。岂无捕捉力,因循不尔除。有人盗乾坤,是亦尔之徒。天地诚高厚,杞忧一何愚!

晨兴离学舍,田野且闲行。蚕豆已扬花,麦苗绿成茵。蹒跚者谁子?乞食过北邻。力农岂不好,艰难剩一身。萧疏溪边竹,绵蛮谷里莺。犹见有巢居,而无羲皇人!

驾言游东岭,登高望四荒。归路长漫漫,逝水浩汤汤。白云西北驰,飘渺去何乡?今夜云息处,或是渭之阳。渭川清且涟,蜿蜒抱我庄。槐柳荫柴门,兰蕙上高堂。高堂双亲老,萧萧两鬓霜。而我缺温清,远游来殊方。养志嗟何时,陟岵徒彷徨!

连山若合围,长林摇旌旆。寂寂鸟不闻,风雨正如晦。徘徊将何适,度此日如岁。忽枉故人书,喜极还拭泪。上言处穷荒,无人同气味。旧游各一方,亹亹思余最。下言冬意穷,江山行如绘。寒梅已吐花,行吟诗成未?诗成复何益,悲此人寰隘。何当刷劲翮,一举冲天外?

(一九四六年二月)

端节忆旧

明霞初染晓晴天,昨夜人传烂锦笺。
节序频移愁似海,良辰应放酒如泉。
怜才昔有凌云客,拯溺今无上濑船。
南郭清游已陈迹,异乡风物为谁妍?

(一九四六年六月)

晨出阻雾

晨曦失形影,瘴雾掩东西。
吠吠谁家犬,潺潺何处溪。
更无天在上,最怕路临歧。
不识青云客,登阶孰指迷?

(一九四六年七月)

月夜偕友人游城南公园,得夜字 (三首)

火云东南收,赤日西北下。清风消炎热,良夜美无价。逍遥出城来,万树拥高榭。一水涨前溪,灿烂银光射。陈子喜欲狂,脱屣竟先跨。余亦随其后,足踏月影破。丁君声嗷嘈,惊呼水没胯。蹒跚各登岸,相顾有馀讶。

胯既未终没,讶亦成虚讶。行行兴转赊,坎壈一笑罢。患来乃共忧,喜至还相贺。盈盈一水滨,亭亭几茅舍。有茗绿如菘,有酒甘如蔗。天上月八分,樽前人三个。一饮长河乾,一唱群山和。非如广文寒,未似渊明饿。不乐复何如,流光谁能借?

流光借未能,天籁清午夜。振衣入深林,月华漏微罅。竹响犬来迎,荷动蛙出迓。飘摇柳高垂,扶疏花低亚。寂寂倚层楼,悠悠观大化。城中百万人，百万酣高卧。吾欲骋逸足，何人与并驾？长歌归去来，数绕蔷薇架。

（一九四六年七月）

应强华之邀，自天水赴郑州，汽车抛锚于娘娘坝，望月抒怀

皓月明东岭，旅人出户看。
透松金破碎，映水玉团圞。
俯仰怜孤影，吟哦忆比肩。
一自悲折柳，于今几度圆？

（一九四六年七月）

乘慢车过关中

百感中来不可宣，凭窗日夜望秦川。
五陵佳气诚何似？三辅繁华已渺然。
零落秦宫馀断瓦，萧疏灞柳剩孤蝉。
怀人吊古瞻前路，海日初明远树边。

（一九四六年七月）

自陕州乘慢车，晚抵硖石驿遇雨，驿无旅馆，乃于车上枯坐达旦

车头如老牛，蹒跚复号叫。已时发陕州，张茅酉始到。已叹行路难，况复伤流潦。晚抵硖石驿，玄夜设天罩。牛困不肯行，雨狂风更暴。盈车千万人，千万声嗷噪。何处觅床褥，无地设锅灶。因省长者食，徒增小儿尿。甲倾压乙股，丙欹碰丁帽。一语不相能，四处飞讥诮。空闻南北音，不辨东西貌。侵凌起争端，攫夺酿祸酵。

力服借军旅，言折赖老耄。未下蕃君榻，难寻挏翁觉。众相此间多，枯坐裁诗料。

（一九四六年七月）

次日晨雨止而车不能行，乘客乃冲泥至观音堂，扶老携幼，想见乱离时光景

嚚声息复作，雨止天渐晓。车胃饿火苗，洛阳何能到？归心啮万人，双足溅泥沼。迤逦壮扶弱，蹭蹬弟援嫂。咿咿儿索乳，嘤嘤女呼抱。山泥沾于胶，山石滑似藻。泥沾鞋已脱，石滑身屡倒。纨袴谁家郎，扬鞭驰腰褭。堕地声砰訇，面溃目几眇。垂天云墨墨，匝地雾浩浩。萧条荒山中，寂寞绝飞鸟。我生巨乱时，栖身桃源表。何尝见流离，几曾识饿殍。于此见飘零，忧心恝如捣。

（一九四六年七月）

二十日抵郑州，而强华已于三日前赴沪矣

行路难如此，乃上万里途。熙熙人亦众，寂寂影自孤。驰驱无日夜，今始至君庐。离怀浩如海，倾吐在斯须。造物量何隘，蓄意乖尔吾。吾来尔已去，去去向三吴。徘徊梁下榻，怅望屋上乌。相思寄何许，临风一长吁。

（一九四六年七月）

谒子产祠

子产有祠堂，寂寞飞埃外。虫蚀高栋折，蛛翳疏棂晦。凄凉劫火余，何人起废坠！夫子当国时，宽猛交相济。忠俭从而与，泰侈因之毙。弗许以政学，所以锡伦类。操刀且未能，使割岂不害！蕞尔一郑相，遽令晋垣坏。岂惟饰虚辞，抑亦昭实惠。无齿身何焚，

有德国安败。嘉言裕后昆，善政淑当代。再拜沐清风。千载想遗爱。

（一九四六年七月）

七月三十一日晨八时离郑，车行特慢，下午四时始抵荆隆宫，闻前路有阻，止焉

车迟心愈远，天阔野初平。
吾友何时见，艰难复此行。
无人平险阻，何计破愁城。
怅望烟霞里，如弓月又生。

（一九四六年七月）

开封旅夜暴雨

颓云压屋屋欲坠，崩雷碾城城欲碎。骤雨泼地地为渠，吁嗟微禹吾其鱼！斯须风起云根灭，青天皎皎挂新月。振衣纳履踏长街，溢浍盈沟水已竭。呜吁溢浍盈沟水已竭！

（一九四六年八月）

诗·卷二一

八月初抵南京。入中央大学

六代繁华梦,八年沦陷悲。
劫收忙大吏,供给苦遗黎。
南雍复开讲,多士又盈墀。
致富图强路,抠衣问导师。

(一九四六年八月)

接家书,后附家君《课孙夜读感怀林儿游学》诗云:"白露为霜射户明,书声夜籁吼秋声。诗人吟作苦寒月,游子衾单系我情。"敬和元韵(四首)

长江滚滚到天明,入耳常疑渭水声。
客里思亲频有梦,庭帏夜冷不胜情。

北雁南来月正明,遥传慈父唤儿声。
旧衾儿已添新絮,为慰高堂念子情。

谕子课孙夜继明,天涯万里共书声。
他年问礼趋庭日,呼侄同申反哺情。

鹑衣破屋雪霜明,几处流民呵冻声。
广厦长裘儿有愿①,本仁陈义治人情②。

(一九四六年十一月)

注:①杜甫《茅屋为秋风所破歌》:"安得广厦千万间,大庇天下寒士俱欢颜,风雨不动安如山。"白居易《新制布裘》:"安得万里裘,盖裹周四垠;稳暖皆如我,天下无寒人。"②《礼记·礼运》:"故圣王修义之柄,礼之序,以治人情。故人情者,圣王之田也。修礼以耕之,陈义以种之,讲学以耨之,本仁以聚之,播乐以安之。"

题灵谷寺塔前与友人合影

兹塔突兀何雄哉！高标疑从天上来。九层直出苍烟外，足底惊风起迅雷。瞥眼乍觉乾坤小，远浦遥岑带飞鸟。胭脂井畔暮云深，洪武陵前翁仲老。钟山如虎踞石城，大江犹嘶万马声。苁茏佳气吞落日，角鼓喧阗何处营？万里极目一回首，天际白衣变苍狗。乌啼鹊噪催归人，"铭鼎垂勋"①知谁某？人海相逢知音寡，同游况是同心者！摄取山光留寸楮，落叶萧萧满四野。

（一九四六年十一月）

注：①塔前巨鼎镌此四字。

别 强 华

许子与余共松窗，玉泉雪月夜联床。三年形亲情愈密，久拟春光共绿杨①。偶寻名山到麦积，峭壁幽壑森开张。奇峰突起插天外，琼花湿雨落山阳。四月仙风冷佛骨，六代寒云栖画廊。残僧犹能说杜老，石竹丛前见麝香。陇月团圞如有意，便欲西枝结草堂。茶茗来往自风流，饥冻逼人那可当！为求衣食向人间，怜君随我出秦关。寸步蹉跌黉门扃，利嘴金距难追攀。我留君去寄外家，离恨牢愁百不堪。太学富儿酣高宴，竭来阔步骄且闲。乾坤无私昭大德，于彼何厚此何悭！折简和泪几相呼，篱下踢踏非所甘。蜀山万点尖如削，只割愁肠不破颜。去春复有渭城别，山花满眼杜鹃血。寻君直过紫金山，灼肤不道三伏热。兀坐苦读声破屋，昼饱蚊蚋夜蛇蝎。相持不辨昔时容，犹期来日慰饥渴。谁料渥洼汗血驹，名场复叹霜蹄蹶。俗子嘲弄母促归，索居终日书咄咄。别来两处共秋风，凋尽碧梧瘦尽松。天长翼短鸿飞苦，月寒星冻叫云中。一朝惠书书千字，字字撮述相思事。斗柄插寅一岁更，下榻待我除日至。君家雄宅压东里，五亩庭园足桐梓，胡马踏毁东西厢，独留高楼连天起。推窗静赏三日雪，时闻戚友祝年喜。割鲜截脂且为乐，玉斝金罍酬知己。恃醉博塞不成卢，我输十千君倍蓰。兴来策蹇出长街，碧沙岗外雪皑皑。酤酒高歌颇恣横，八荒云物开壮怀。时光于人何怨懑，别时苦迟见时促。元日欢醉到人日，同游更秉元夜烛。元夜完月欲西沉，掷炮飞球乐未足。恋君当归不忍言，但吟别诗望鸿鹄。"子其行矣"君启齿，君言激切震我耳："理纷起废子有责，我亦下帷穷书史；会待新日照神州，同访名山跨骡骍"。北风烈烈雪飘飘，散乱离愁满兰沚。驱车回首不见君，万里征途从此始。

（一九四七年一月）

注：①白居易《欲与元八卜邻，先有是赠》："绿杨宜作两家春。"

泊马当对岸

长风鼓浪连天起，浪花直扑船窗里。
船身奋进几多时，才过小孤三十里。
系缆抛锚对马当，酒帘斜飘村酒香。
沽酒持杯呼杯语："君不见天寒日暮云翻雨！"

（一九四七年二月）

发 马 当

马当连日浪如雪，客心欲逐大江发。半夜急风震天来，阴云吹尽见残月。东舟爆竹响舟头，西船香花祝未歇。东舟雀跃呼顺风，西船逆风行不得。浮生无地息征棹，去来顺逆那可料？江湖风浪几时休，斫樯裂帆行直道？

（一九四七年二月）

登鸡鸣寺豁蒙楼品茗

振衣直上豁蒙楼,手拍栏杆望五洲①。
乔木厌言兵后事,春波初泛雨馀舟。
谁家玉树翻新调,别院残僧欲白头。
尘劫几经何必问,龙芽遮莫负金瓯。

(一九四七年二月)

注: ①玄武湖有樱洲、菱洲等五洲,今称五洲公园。

遣 怀 (四首)

春风昨夜来,吹我楼前柳。柳色上高楼,令我频搔首。萧条书斋中,寂寞黄昏后,柳梢悬孤月,已复窥窗牖。之子阻重深,烟月暗林薮。何以永今宵,有口惟饮酒。笙歌沸凤城,灯烛乱星斗。岂无新相识?要非平生友。

我家千株树,半我儿时栽。前年辞家日,复种两株槐。春色入凤城,园林郁佳哉!我怀翻不乐,时登望乡台。家传种树书,于今种者谁?龙钟念老父,踯躅荒山隈。旧木已臃肿,新枝不中规。客游不归去,彷徨欲何为?

人生家居好,胡为弃山林?恶木求大匠,驰驱遂至今。尝慕彭泽令,数咏贫士吟。乃遇彭泽师①,得契瘖瘂钦。独开诗世界,百炼道精金。溯源穷汶阜,蕴真见天心。能留春风住,莫畏夏日侵。容我持杯器,一窥江海深。

苦寒念春风,炎暑思秋雨。及乎春秋来,已又逼寒暑。生涯间悲欢,日月互吞吐。夫我岂独然,浩浩同千古。永怀尘嚣外,桃花灿乐土。黄发与垂髫,怡然相笑语。未尝识魏晋,复何论节序。高风如可揖,愿言接俦侣。

(一九四七年三月)

注:①指汪辟疆先生(江西彭泽人)。

月 夜

夭夭溪畔桃,霭霭桃间雾。
旧花随风落,新葩灿复吐。
明月入溪中,反照溪前树。
树边看花人,心随流水去。

(一九四七年三月)

贫 农

三之日于耜,四之日举趾。民以食为天,岂为田畯喜?南亩老此生,此生南亩死。生死一贫农,不挂富农齿。我贫地瘦瘠,彼富地肥美。烈日龟我田,彼田车汲水。我日一食蔬,彼食日甘旨。况彼马与牛,胜我妻我子。祷神神怜我,一雨油相似。彼种一朝毕,我种何时已!彼智笑我愚,愚诚我之耻。为学岂不然,我亦贫农耳!

(一九四七年五月)

二友诗柬无怠天水、强华郑州

独我何踟蹰?天高地亦厚;独我何寂寥?虱此人文薮。昼眠看浮云,夜起步星斗。梦阻千重山,愁摇万丝柳。忆自垂髫年,游学辞南亩。至今逾十载,知心得二友。王子何英特,挺生名家后,傲兀难众偕,落落独余偶。家有留月楼,花影移窗牖。邀我居其间,书声巨雷吼。继乃识许君，与俗殊禀受。譬夫玉井莲，洒然出尘垢。共砚三载余，形若并生藕。春夜觅子猷，花间泛美酒。佐饮有佳肴，王子谋诸妇。上下极千年，纵横遍九有。击掊到西欧，吹求及孔某。沫溅风雨来，词驱龙蛇走。皓月落金樽，奋吻吞八九。更残兴未阑，浩歌还击缶。陵谷有变迁，此乐宁可朽！功名尔何物。鞭人如刍狗。同车去兰州，七月岁在酉。一战各天涯，参商亦已久。王子近失恃，往往断粮糗。许君亦索居，相依惟老母。时世论人才，荣枯判妍丑。所贵能自拔，幸勿丧我守。风霜验松柏，琢磨出琼玖。乾坤将再造，万牛倘回首？

（一九四七年八月）

丁亥九日于右任先生简召登紫金山天文台，得六十韵

钟阜压江湄，势与泰华埒。陡起插天关，穴此日与月。烟岚相颓洞，云霞忽变灭。积想通山灵，约我黄花节。驱车何太驶，倏入虚皇阙。枫楠吟断涧，松桧啸深樾。石廪与天厨，神物司扃鐍。百怪眩左右，一道通箭筈。着我天吴宫，侍坐文章伯。堂堂三原公，勋名光史册。馀事擅书法，挥毫当座客。龙蛇入金石，鳞甲动碑碣。诗亦如其书，威棱不可遏。掣鲸碧海中，浩气驾虹霓。沁水今礼部，量才衡玉尺。平生诗万首，传诵累重译。沧州领史局，雅有征南癖。陈范羞前辈，班马实联璧。三老气精爽，同据主人席①。以次置几椅，嘉宾森成列。商翁头已童，冒先鬓如雪。方湖吾本师，眉宇何朗彻。王陈称沉灉，词坛两健鹘。卢师忽落帽，喧笑声稠叠②。济济七十人，鲰生亦忝窃。篱畔开高宴，肴饵纷陈设。活脔庖丁解，霜脍昆吾切。风伯拭杯器。日车送曲蘖。酒酣斥八极，顾盼小吴越。万山斗姿媚，殊态争趋谒。或驰而甲胄，或拱而袍笏。或腰大羽箭，控鞍而振策。或手旌与旗，夹道而引喝。如狮或奔腾，如虎或咆勃。或如鹏摩空，或如鹰奋翻。或宛若鸥鹭，或翩若蜻蜓。或虫而蠕蠕，或马而鬣鬣。或鲸而欻䬔，或鳄而饕餮。百

谷栖平野，田田若补缀。此乃民之天，尔曹慎勿夺。大江泻千里，势欲吞溟渤。一气苍茫中，冯夷之所宅。蛎奴亲珠母，虾姑混鱼妾。硍磕打石城，沧桑几代阅。碎云泻日影，一望摇金碧。绿泛子胥涛，朱化湘娥血。造物闷灵异，不与世俗接。当其遇合时，玄机偶一泄。在昔天宝间，艺苑郁蓬勃。众贤登雁塔，俯仰宇宙阔。追琢鬼神愁，乃启委宛穴。大句照千古，灵变犹恍惚。奈何朝政昏，巨乱起胡羯。河岳遍腥膻，黎庶尽流血。李杜诸诗人，忧时徒哽咽。何如金风凉，盛会夸今日。登高豁远眺，述志舒健笔。同室忌阋墙，兆民贵团结。致富追西欧，图强继先烈。奚用观天文，岂徒理秋袯？

（一九四七年十二月）

注：①三原、沁水、沧州，分别指于右任、贾景德、张继三先生，为此次盛会东道主。②商翁、冒先、方湖、王、陈、卢，分别指商衍鎏、冒鹤亭、汪辟疆、王新令、陈颂洛、卢冀野诸先生。

雪夜醉歌

岁聿其暮寒飕飗，端居何以解客愁。笔挟风云斡造化，酒兵十万助戈矛。蒙龙为马行太空，天阶踏碎飞琳球。广厦区区羞杜二，弹指即现百琼楼。无肉瘦人坡有说①，更须入海掣潜虬。倚栏大嚼三万六千日，人间富贵等浮沤。

（一九四七年十二月）

注：①苏东坡诗："无竹令人俗，无肉令人瘦。"

雪后同易森荣登北极阁

不惜埋蛮触，何辞战齿牙。

却来崇阁望，天地净无哗。
云自今朝散，树从昨夜花。
同君留指爪，险韵斗尖叉。

（一九四七年十二月）

守岁同强华，时自沪来京，共度春节

急景催人又岁除，休翻尔雅注虫鱼。
云连雁塞迷归路，雪暗江城似故居。
赌酒为欢良不恶，闻鸡起舞欲何如？
几年肝胆分胡越，此夜能同亦起予。

（一九四八年二月）

上元前二日青溪诗社雅集，分韵得牵字

野鹤孤云不受牵，青溪今夜会群贤。
试灯花市人如海，敲韵高楼月满川。
便有和风翻麦浪，从知春水洗烽烟。
清樽正要当窗饮，坐待霞明万里天。

（一九四八年二月）

思亲二十韵

人生居家好，胡为浪出山。读书亦何用，煮字宁可餐？夜夜梦高堂，白发垂两肩。积雪迷天地，倚门眼欲穿。惊呼未出口，忽隔万里天。感叹还坐起，揽衣涕汍澜。趋庭思往日，明珠掌上圆。七岁卒四书，五经十二全。闲来骑竹马，登高放纸鸢。此外百无事，惟望过新年。新年有何乐？其乐不可言。拉母索新衣，看爷写春联。年集购所爱①，盈筐发笑颜。守岁常不睡，张灯满屋檐。爆竹

随意放，声破远村寒。腾欢累半月，如今剧可怜！亲老家日落，一钱贷人难。犹自念痴儿，何以度年关！年关今已度，乡思日转添。愁看邻家子，各自媚膝前。归计倘能售，贵命宁弃捐。石田亦堪种，衣彩为亲欢。

（一九四八年二月）

注：①乡俗称年终集市为"年集"，即买卖"年货"（新年所用货物）的集市。

送强华回沪

岁暮能来慰我思，相携匝月又春时。
惟耽浊酒同君醉，未说归期各自知。
世路而今纷虎豹，男儿于此斗腰肢。
扬鞭欲去还须去，莫放离愁乱柳丝。

（一九四八年二月）

观　棋

一局相持殊未阑，孤灯照影夜漫漫。
斧柯烂尽浑闲事，春雨飘萧入指寒。

（一九四八年三月）

清　明

几年不到槐湾路，有梦犹能识旧踪。
一气苍茫通紫极，众山合沓护文峰①，
难忘上冢儿时事，永忆吟风月下松。
麦饭倘容来日荐，待回天地赋归农②。

（一九四八年四月）

注：①槐树湾乃吾家祖茔所在，儿时上冢（扫墓），每闻吾父指某峰云："此文笔峰也！"又指某峰云："此笔架山也！"②李商隐《安定城楼》："永忆江湖归白发，欲回天地入扁舟。"王安石极叹赏。

永 夜

板荡中原事可哀，峥嵘岁月暗相催。
有心汲古怜修绠，无地埋忧托酒杯。
三辅惊传其火炽，尺书难盼鲤鱼回。
櫜弓卧鼓知何日，永夜寒声拍枕来。

（一九四八年四月）

雷震停电，烧烛听雨，有忆往事

未得长檠弃短檠，残书照眼电光明。
却因触彼雷霆怒，正尔撩人古寺情。
影瓦龙髭窥点易，声窗凤尾伴吹笙。
可堪此夜还听雨，直北关山角鼓鸣。

（一九四八年四月）

花朝社集秦淮停艇听笛水榭

春风应已到天涯，休上高楼苦忆家。
未信中原添战垒，行看南亩艺桑麻。
良辰入手须行乐，大木逢春自著花。
旧是承平觞咏地，不妨醉墨任笼纱。

（一九四八年四月）

读杜诗题后

许身欲使世风淳,要路如天未易登。
奏赋明光空自尔,致君尧舜亦何曾!
隋珠纵有投蛙用,干将真无补衮能。
诗圣大名垂日月,至今谁以省郎称?

(一九四八年四月)

北湖禊饮,分韵得彼字

钟山天外来,下饮晴湖水。
诗翁若有竞,流觞饫众美。
宇宙开奇观,龙蛇奋笔底。
岂惟祓不祥,乃能燮政理。
哲人塞两间,所以异蝼蚁。
吾道宁有穷,大德生不已。
坠韵振兰亭,闻者当兴起。
胜事踵他年,视今犹视彼。

(一九四八年四月)

邓宝珊将军莅宁,畅谈竟日,写上四首

莽荡乾坤入望赊,中原落日隐悲笳。
疾风我忆王元伯,远略谁如邓仲华。
百战威名昭汗简,几年旗骥绊盐车。
南来北往非无意,故国兵戈信有涯。

廿载闻名入耳雷,长城今喜见崔嵬。
论兵妙变孙吴法,经世权衡管乐才。

阅武千军临大漠，观风万户乐春台。
榆林众志浑如铁，岂惧狂飙卷地来。

忍履繁霜话土崩，谁除虐政解悬民。
轲言犹在毋驱爵，吴事堪师便指囷。
病药相攻须固本，存亡未定判持钧。
时危莫负回澜手，砥柱真宜借寇恂。

云连西极动乡愁，欲买归帆怨石尤。
已见鼓鼙惊蓟北，肯容烽燧祸秦州？
将军自有回天力，故老争传射虎侯。
惟愿折冲能息战，不须惆怅仲宣楼。

（一九四八年五月）

陪邓宝珊、汪辟疆、王新令诸先生游灵谷寺，示骤程

挠之不浊激仍清，大度汪汪似海溟。
失喜今朝随杖履，得闻高论化顽冥。
风云万里从龙虎，草木三春染战腥。
如此江山需我辈，可能终岁抱残经？

（一九四八年五月）

寄 侄

梦里吾携汝，亭亭及我肩。
新书添几本，大字写连篇。
荷耒牵黄犊，随爷种石田①。
男儿多变化，不见已三年！

（一九四八年六月）

注：①吾家有石滩地十余亩，吾幼年常随父提竹筐捡石子。今大石子已捡光，可种棉花。

沪上谒墨巢翁①

吾师每为说先生②，有梦连宵落沪滨。
得与斯文天亦幸，维扬我武笔如神。
湔肠不吝西江水，出语能回太古春。
板荡乾坤当此日，却怜何地老麒麟！

（一九四八年六月）

注：①李宣龚（1876—1952），字拔可，号墨巢，闽派著名诗人，有《硕果亭诗》、《墨巢词》等行世。②指汪辟疆先生。

无 端

无端一病复谁知，不合风凄月冷时。
怯剪残灯歌庾赋，惯来荒径验陶诗。
凌寒独秀人应妒，入梦犹馨我欲私。
天亦有情矜傲骨，故教霜霰试幽姿。

（一九四八年十月）

闻 鸡

无端掩卷复挑灯，啼杀荒鸡夜未明。
风雨迷天人好睡，干卿底事放恶声①？

（一九四八年十月）

注：①《诗·郑风·风雨》："风雨如晦，鸡鸣不已。"毛传："《风雨》，思君子也。乱世则思君子，不改其度焉。"《晋书·祖逖传》：祖逖与刘琨"同被共寝，

中夜闻荒鸡鸣,蹴琨觉曰:'此非恶声也!'因起舞。"

戊子九日于右任先生简召小仓山登高

今来登高小仓山,绝胜去年钟山顶。小仓未必压钟山,却见钟山如趋尹。环而拱者百万家,南冶西盔列仓廪。远水遥岑势逶迤,若欲有言来上请。譬如北辰居其所,不以形貌辨差等。坐阅兴亡变陵谷,郁郁连林自清挺。天为胜会勒轻阴,山亦迎客凝妆靓。夹道黄花映竹篱,挂枝红叶摇疏影。三原沁水人中杰,从游贤士车连轸。国事縻盬日万几,即得暂暇犹好整。茱萸消灾信荒唐,清字题糕应警省。藐兹吾体塞两间,俯仰宜为天地准。正有奇策振乾纲,岂独大句奋唇吻。忆昨曾共逐虾夷,笑彼元恶如朝菌。不见神社久不神,易以国殇名彪炳①。凛然是气所磅礴,宁容狐鼠同斯境。往者如此来可知,杞人莫浪忧肝肾。相约待谱大同曲,更作随园文字饮②。

(一九四八年十月)

注:①南京沦陷期间,日寇于小仓山建"神社",抗战胜利后改建抗日阵亡将士纪念堂。②小仓山有清代著名诗人袁枚随园遗址。

奉次辟疆师灵谷寺茗坐韵,并呈证刚、颂洛、新令诸先生

曾亲谈麈及春浓,醉倚禅关百丈松。
王粲未能传枕秘,班超先已为官佣①。
案头积牍常遮眼,天际层云欲荡胸。
绕郭青山应有主,何当携酒侍吟筇。

(一九四八年十月)

注:①时在考试院兼差。

送新令前辈赴甘青宁监察使任

曩以螳臂摩俗垒，狂生之名溢乡里。三人成虎古犹然，惟公信目不信耳。得随杖履及三载，大度潭潭谁能揣。奇辞连犿未易穷，许涤心脾倾艺海。博以众流约以经，不惮往复究端委。似我疏顽尚可绳，推以为政政其理！比闻持节向西鄙，咸为乡邦得人喜。子告其父弟告兄，倏忽传布遍遐迩。如渴待饮饥待食，万人空巷跂而俟。公其速试囊中方，振衰起废日可指。昆仑秀而峙，黄河清且沘。公也游息啸傲于其间，原野浮绿禾垂紫。呜呼，何时真见河清野绿禾垂紫，我亦归田事耘耔！

（一九四八年十一月）

至　日

"至日常为客，穷愁泥杀人①。"
今朝吟此语，老杜是前身。
雨急收烽燧，阳回待好春。
男儿家四海，莫自望西秦。

（一九四八年十二月）

注：①杜甫诗句。

腊　八

家中已啜腊八粥，客里难消岁暮寒。
思儿举箸浑忘食，念母停杯却倚栏。
经霜始忆春晖暖，无路休言大地宽。
鲲鹏变化谁能料，有翼终期万里抟。

（一九四九年一月）

食 脍

食脍由来不厌精,难谋一饱抵河清。
旁观莫笑贪馋甚,欲养胸中十万兵。

(一九四九年一月)

访东坡遗迹不得

戢戢杉松甚处求,清风明月自千秋。
我来不见苏夫子,"空作三吴浪漫游"①。

(一九四九年一月)

注:①东坡《游常州僧舍诗》云:"稚杉戢戢三千本,且作凌云合抱看。"又云:"空作三吴浪漫游。"

牛塘桥杂诗(三首)

湾环流水绕柴门。三五人家各自村。
鸡犬相闻千万里,寒原无语恋黄昏。

叶尽柔桑树始闲,春风欲动尚沉眠。
浣纱何事溪边女。却理倾筐似去年!

村儿叠鼓报新年,灯火疏疏出暮烟。
可有闲人闲似我,桥头独立数归船!

(一九四九年一月)

喜持生至

月落空梁久费思,玉关消息故迟迟。

蓦然回首惊疑梦,忽漫逢君喜可知。
桃李后时仍拚醉,江湖夜雨好谈诗。
何妨暂置人间事,共勺西江有导师①。

(一九四九年四月)

注:①指汪辟疆先生。

随于右任先生自沪飞穗,机中作

海运风旋事亦奇,图南何处是天池!
投怀星斗撩新梦,入望云山惹故悲。
有限乾坤仍逐鹿,无边烽火正燃萁!
凌霄欲洒银河水,遍洗疮痍待曙曦。

(一九四九年五月)

荔枝湾吃荔枝同冯国璘

秦淮玄武两兼之①,清晓同来吃荔枝。
万树殷红妃子笑②,广州风物耐人思。

(一九四九年六月)

注:①广州荔枝湾,入口处似秦淮河,摇舟许久,豁然开朗,又似玄武湖。②妃子笑,一种荔枝的名称。大约从杜牧诗句"一骑红尘妃子笑,无人知是荔枝来"化出。

星期日陪于右任先生园中消暑

雨露难均造化私,何年始见太平时?
满腔愤世忧民意,闲坐榕阴解杜诗①。

(一九四九年七月)

注：①时久旱苦热，先生从天时谈起，转向人事，屡引杜诗而加以解释发挥。计所引杜诗有《北征》"雨露之所濡，甘苦齐结实"、《写怀》"无贵贱不悲，无富贫亦足"等等，其解释发挥之言，皆不同流俗，发人深省。

次韵奉酬匪石师见赠（二首）

有意随夫子，麻鞋万里来。
已知新弈局，休问旧楼台。
孤抱向谁尽，蓬门为我开。
灯前听夜雨。一笑散千哀。

天地悲歌里，光阴诗卷中。
重开樽酒绿，又见醉颜红。
吾道犹薪火①，浮生亦駏蛩②。
绛帷还自下，秋树起西风。

（一九四九年八月）

注：①《庄子·养生主》："指穷于为薪，火传也，不知其尽也。"意谓柴虽烧尽，火种仍在传播，比喻道术学业之师弟相传，连绵不绝。②駏（ju 巨）蛩，兽名。韩愈《醉留东野》诗："愿得始终如駏蛩。"以两种互相帮助始能生存的兽比喻朋友互相爱护。

附原诗 《重晤霍松林》

执手兼悲喜，飘然万里来。
饯春江令宅，访古越王台。
远梦啼难唤，层阴郁不开。
西征新赋稿，多少断鸿哀！

我亦飘零久，颓颜隐雾中。
断肠春草碧，顾影夕阳红。
秋老怀霜隼，宵长感砌蛩。
浊醪温别绪，何地醉东风？

寄山中故人

路难何况出无车，且袖乾坤入敝庐。
瓮牖当空吞日月，蜗涎着地篆虫鱼。
微躯岂系千秋史？壮志犹消一卷书。
渺渺予怀寄天末，归耕何日偶长沮①？

（一九四九年九月）

注：①《论语·微子》："长沮、桀溺，耦而耕。"

渝州火，和匪石师

此间不是蛟龙窟，何事犹烦日夜熏？
万点流星奔紫极，一轮落日隐红云。
已无额烂将谁救，尚有薪移莫浪云。
世事离奇难自料，吾曹宁敢诩多闻！

（一九四九年九月）

附原作

那信昆冈玉石焚，终宵狂焰竟天熏。
文明原不占风火，身世无端念水云。
谁假炎威成赫赫，可堪诗谶偶云云。
江流东汇经行地，灰烬形骸怆见闻。

孔 某

孔某何尝愿执鞭,从吾所好亦非难①。
心危未必天方蹶,意远才知地自宽。
客去孤轩归一统,吟成七字有馀欢。
世间多少荣枯事,付与闲人冷眼看。

注:①《论语.述而》:"富贵如可求,虽执鞭之士,吾亦为之。如不可求,从吾所好。"

将赴南林学院

又见蓬蒿作栋梁,忍随燕雀处华堂。
休将腐鼠来相嚇,自有高梧待凤凰。

(一九四九年九月)

雨 夜

井梧战风雨,天地入秋声。
忽似秦关夜,而闻塞马鸣。
病魔欺久客,经卷守孤檠。
忍负浮槎意,黄河未肯清!

(一九四九年九月)

倒和原韵酬惕轩

杜老足无袜,尼山席不温。
一身阨陈蔡,数口滞夔门。
儒道千秋在,诗名万古存。

吾曹行乐耳,得酒且开樽。

附原作

国蹙怀安骋,时危道岂尊!
横流今日最,硕果几人存?
问礼谁求野,哦诗自闭门。
何当浣尘垢,一试圣泉温!

南泉六咏

花　溪
青摇一线天,绿堕万峰影。
悔不及花时,呼朋荡烟艇。

仙女洞
仙人何处去?一洞窈然深。
古木生远籁,如闻环珮音。

虎啸口
长啸生风处,峡口奔流急。
却笑山下人,谈虎毛发立。

温　泉
清浊非我意,寒暖亦天功,
众生本无垢,试问玉局翁。

建文峰

诸峰侍其侧,一峰插天起。
持语白帽人,万乘应敝屣。

飞　泉

匹练破空下,夜来新雨足。
珍重在山意,溪流深几曲!

(一九四九年九月)

拟游仙诗十首

江上遥峰故故青,钱郎从此识湘灵。
几生修到神仙福,一鼓云和仔细听。

即托微波亦是媒,神光离合漫疑猜。
区区一篇洛神赋,却费陈王八斗才。

半瓯何幸饮琼浆,一往情深不可忘。
倘许蓝桥桥畔住,便持玉杵捣玄霜。

分明昨夜共辰星,一日三秋信有征。
传语早回鸾凤驾,相迎欲跨九天鹏。

不惜吹箫作凤鸣,木桃聊以报瑶琼。
还将一枕游仙梦,未卜他生卜此生。

炼成奇石补情天,小别娲皇几万年。
昨夜挐舟溪上过,一轮明月证前缘。

天风吹上五云车,一洞深深锁绛霞。
恐有樵人入仙境,门前休种碧桃花。

谁道银河待鹊填，有仙合是自由仙。
玉皇巧会天孙意，不向牛郎要聘钱。

偶然游戏到人间，常恐流尘污素颜。
何日骑鲸入瀛海，与君同住小蓬山。

读遍瑶函万卷馀，绮思丽藻入元虚。
织成云锦三千匹，待写人间未见书。

（一九四九年十月）

游虎啸口同主佑

挂席君自三峡来，飞瀑惊湍战风雷。我亦驱车过剑阁，云里危峰扑人落。年少那知蜀道难，与君几度上青天。寻常山水蚁垤蹄涔耳，更欲东越大海西跨昆仑巅。安能局促守一廛！天公相慰意何厚，办此奇观付吾手。溅沫跳珠起白烟，九派喧豗争一口。双崖雾合昼冥冥，万马齐喑兽王吼。堕涧奔流去不还，何当随汝出深山。涓滴岂是无情物，化作时雨洗尘寰。

（一九四九年十月）

南泉杂诗（十四首）

无毡不厌广文贫，有客相寻寂寞滨。
自赏孤芳谢时辈，肯留青眼向畸人。

几年辜负好河山，独抱遗经独闭关。
即此与君偿游债，夕阳西下不须还。

听惯梧桐滴雨声，人间好梦正沉沉。
清辉有意私吾辈，夜半云开月满林。

图画天然那可题，清光写影入花溪。
几人不负迢迢夜？缓步高歌月渐西。

栏外花溪自在流，四围山色一亭收。
偶来小坐堪入画，谁是传神顾虎头？

岂爱崎岖路不平？此怀难与世人明。
山寒木瘦寂寥甚，冲雨来听虎啸声。

雾鬟梳成天外绿，黛眉描就画中颦。
不辞日暮倚修竹，且为青山做主人。

偶然吐气出长虹，一望云山几万重。
更欲立身向高处，振衣直上建文峰。

未肯常闲射雕手，不妨偶写换鹅经。
悠悠此意何人会？入户遥山数点青。

藏山信有千秋业，下酒宁无万卷书？
记取一年将尽日，与君邂逅醉蓬庐。

长镵托身恐未能，独留诗句到今称。
天寒日暮深山里，愁杀当年杜少陵。

恸哭真怜阮籍愚，男儿不信有穷途。
攀藤直到无人处，一抹烟林好画图。

香飘桂子我来思，照眼寒梅又几枝。
除却闲游无一事，偶经川上立移时。

一溪春水涨新晴，不尽烟波万里情。
何日能回天地了？扁舟颇忆玉溪生。

（一九四九年八月至一九五〇年二月）

夜读集放翁诗句

屠龙工巧竟何成？残火昏灯伴五更。
一枕凄凉眠不得，奏书无路请长缨！

（一九四九年十月）

寄怀冯仲翔先生

坐领风骚最上游，几番翘首望兰州。
诗名远迈王仁裕，学派遥传张介侯。
叔世人才凭启迪，乡邦文献赖搜求。
追陪杖履知何日，万里烽烟一夜收？

（一九四九年十月）

冯先生为余乡前辈，早年毕业于清华国学研究院，颇受梁启超、王国维诸名家器重，著述宏富。时任兰州大学中文系主任，约余任教，因兵戈阻绝，未能成行。

诗·卷三

解放次日自南温泉至重庆市

休向胡僧问劫灰，江山再造我重来。
一轮旭日烧空赤，万里沉阴彻地开。
腰鼓声声催腊尽，秧歌队队报春回。
蹉跎忍负莳花手，艳李秾桃着意栽。

（一九四九年十一月）

南泉书怀示主佑（五首）

凤泊鸾飘未肯驯，花溪邂逅亦前因。
一窗灯火能消夜，万卷诗书岂误身！
浩气由来塞天地，高标那许混风尘？
林泉小住原非隐，尺蠖逢时亦自伸。

几年残贼肆淫威，莽荡神州待解围。
行见生民离浩劫，还从建设挽危机。
豪情欲蹴刘琨舞，枵腹休言曼倩饥。
大任天将降吾辈，不须相对泣牛衣。

黔川墨与端溪砚，壮志华年两见磨。
岂有长绳拴日月？空将大笔泻江河。
千村健妇朝于耜，百队强兵夜枕戈。
辟地开天宁袖手，试濡血汗谱铙歌。

蛟烂龙僵百怪颠，蓬莱浅尽见桑田。
乾坤不负英雄手，群众能操造化权。
历史已开新世纪，天津将转旧星躔。
太平有象君须记，处处楼台奏管弦。

休向渔人更问津，已无汉魏已无秦。

无边春色来千里，大好云山付万民。
便铸精钢作机器，即栽香稻辟荆榛。
烽烟定逐残冬尽，一入新年事事新。

瓶中梅竹，主佑嘱赋

一瓶绿水养幽姿，竹瘦梅寒各自奇。
肯与高人共遥夜，孤灯写影上窗帷。

（一九四九年十二月）

读主佑《慰母篇》

读君慰母篇，令我心悲酸。吁嗟天下母，鞠育同艰难。生女原无罪，世俗重生男。重男却生女，母女受人嫌。男女果何异？但看愚与贤。君贤知自励，十载勤磨研。大庠求深造，徒步入蜀川。养志常在念，慰母愿何坚！我母如君母，慈爱出天然。贫家养骄子，万苦一身担。我亦思慰母，鼓翼效鹏抟。蹉跎成底事？徒令母心悬。神州今解放，万事开新端。所学如有用，跃马竞扬鞭。阿母均健在，驰书劝加餐。待筑三间屋，菽水共承欢。

（一九四九年十三月）

附原作

山以愚公移，海以精卫填；独有母女情，不绝如连环。方儿未生时，吾家丁口单；知母望子切。悲喜心久悬。望子偏得女，难夺造化权。既生望儿长，鞠育废宵眠；既长望儿学，教诲废晨餐。一自就外傅，不得依膝前；倚门复倚闾，老泪何曾乾！玄黄龙战野，沧桑几变迁；父兮忽见背，忧患一身兼。念我已长大，不纾母艰难；念我已学成，不救母饥寒。茫茫者大地！悠悠者苍天！此恨何时已，思之摧心肝。

思之重思之，化悲忽成喜。收泪入墨池，濡笔伸素纸。一写我衷肠，驰书慰母氏。窃念女儿身，何异奇男子。况得霍家郎，其人固卓尔。弱龄弄柔翰，诗名噪遐迩。神州庆止戈，百废方待理。先鞭岂让人，鹏程从此始。迎养待来日，朝夕奉甘旨。

甘旨暂时缺，知母不儿嗔。十载干戈后，母今惯食贫。独念最娇女，万里隔音尘。天寒岁云暮，思儿恐伤神。数言重慰母，且收泪纵横。古亦有母女，古亦有离情。儿心常随母，形远心则亲。况今交通便，四海即四邻。有日云天外，轧轧响机声。送儿落母前，母见必大惊。一笑寿吾母，母寿千万春。

归计不售，口占一绝

行既未能住亦该，直须拭眼待花开。
江山何处非吾土，休赋登楼枉费才。

（一九四九年二月）

穆济波教授嘱题《海桑集》

蜀中山水天下清，中有彦者穆先生。转战名场四十载，健笔所至无坚城。昨宵示我海桑集①，别有奇文血写成。展卷三复长太息，何物柔情苦缚人！垂老犹思少年日，豪风逸气干星辰。吹箫偶逢秦弄玉，异体共命结同盟②。提壶烂醉太华月，刺船坐领西湖春。遨游南北三万里，如风从虎影随形。人心反复谁能料，前夕之炭今晨冰。踽踽御沟叹流水，东流到海无回声③。遽怜扶床小儿女，索母号呼动四邻④。向之所欢皆陈迹，凄凉翠被泣馀馨。鸾胶幸补情天缺，重鼓琴瑟慰伶俜⑤。无端寇氛掩尧甸，众雏适为二竖婴。救死扶伤原非易，况复道阻不易行。彩云忽散琉璃碎，邓攸无后天不仁⑥。芒鞋辗转回乡国，百感茫茫丛一身。孤负高堂含饴望，每欲趋庭先泪零。爰有江生脱虎口，蹑屩襆被来峨岷。父仇岂容共覆载，誓将东下椎狂秦。彼独此孤各抱恨，遇合谁言倾盖新[7]。陶家亦有无母儿，亡者有嘱宜拊循[8]。喜于路穷车绝处，豁然又见百花明。已拚埙篪协商徵[9]，真成螟蠃负螟蛉[10]。类我类我诚佳士，何异天上石麒麟。吾闻人体塞天地，不独子子而亲亲。久矣时衰大义晦，今乃见之能无惊！推心置腹非难事，金石之开以精诚。奈何世人不解此，骨肉之间森刀兵。杀劫相寻无穷已，干戈直欲尽生灵。安得穆翁千万亿，宏开四海为家庭。男女长幼皆相爱，天伦之乐乐无伦。未免多情吾亦尔，几年奔走困风尘。有家欲归归未得，有亲欲养养未能。登楼望损伤高目，渝州春老雨冥冥。

（一九四九年四月）

注：①《海桑集》，专收穆先生与秦氏结婚及婚变以后有关诗文。②穆先生早年与秦德君女士相爱结婚。③汉乐府《白头吟》"蹀躞御沟上，沟水东西流"，上句写婚变后徘徊彷徨情景，下句喻爱情破裂，各自东西。穆先生系创造社初期重要成员，其妻秦德君因而与当时著名作家多有交往，后随茅盾东渡日本，与穆先生离异。④秦氏所生一儿一女都留给穆先生。⑤穆先生悲愤交加，因而生病住院。后与照料他的护士结婚。⑥抗日战争开始，穆先生携眷回川，秦氏所生一子一女病死途中。续弦护士不育，遂有伯道无儿之嗟。⑦江生乃抗战孤儿，穆翁抚为己子。⑧穆翁又收养陶氏孤儿为己子。⑨埙（xūn）篪（chí）：两种古代乐器。《诗·大雅·板》："如埙如篪。"毛传："言相和也。"通常喻兄弟和谐相处。商、徵（zhǐ），我国古代五声中的两声，声音和谐。⑩《诗·小雅·小宛》："螟蛉有子，蜾蠃负之。"蜾蠃常捕螟蛉喂它的幼虫，古人误认为蜾蠃养螟蛉为子，因称养子为螟蛉或螟蛉子。

离渝前夕呈匪石师，次送别原韵

治学遵师法，为文拟化工。
明朝归塞北，何日返江东？
火炽薪犹在，时移道岂穷！
趋庭须学礼，莫虑太匆匆[1]。

（一九五〇年五月）

注：①当时应兰州大学中文系主任冯国瑞教授之约，与主佑离渝赴兰谋事。匪石师赠诗，嘱路过天水时回老家拜见父母，多留些天，莫匆匆离去，故尾联以"莫虑"为解。至天水后，因长子有光将出世，未赴兰，在天水师范任教半年，次年年初即赴西北大学任教。

附匪石师 《送霍松林赴皋兰》

吾党二三子①，文章汝最工。随缘萍聚散。惜别水西东。音许千江嗣②，途非阮籍穷。门闾延伫久，经过莫匆匆③！

注：①松林注：吾党二三子，我们的学生们。《论语·公冶长》："子在陈，曰：'归与！归与！吾党之小子狂简，斐然成章，不知所以裁之'。"《论语·述而》："子曰：'二三子以我为隐乎？吾无隐乎尔。吾无行而不与二三子者，是丘也。'"②松林注：邓千江，金代临洮（今属甘肃）人，生卒年不详。元人陶宗仪《南村辍耕录》云："金人大曲，如吴彦高《春草碧》、蔡伯坚《石州慢》、邓千江《望海潮》，可与苏子瞻《百字令》、辛幼安《摸鱼儿》相颉颃。"明人杨慎《词品》云："金人乐府，称邓千江《望海潮》为第一。"因邓是甘肃人，与余同乡，故匪石师连类而及，勉励我在词的创作方面上追邓千江。③匪石师自注："松林籍天水，父母均老健。"

济波先生以诗饯行，次韵酬谢，兼示主佑。济波先生，主佑之师也

万斛舟扬百丈帆，他年国史待书衔。
横磨大剑驱狂虏，力罄长鲸染战衫。
好建殊勋光日月，肯将奇质混尘凡？
相期无负知音者，去去休辞玉手掺！

（一九五〇年五月）

附原作　《送松林主佑赴兰州》

　　　　一江春水送归帆，两岸青山列辔衔。
　　　　湘芷澧兰饶秀色，秦关汉阙点征衫。
　　　　长安日近庸非远，短后衣裁迥不凡。
　　　　好去西征传露布，何须女手惜掺掺。

别南温泉

　　　　欲去频添惜别情，林泉无分寄劳生。
　　　　大鹏尚有扶摇路，野鸟休呼缓缓行。
　　　　　　　　　　　　　　（一九五〇年五月）

庚寅年癸未月庚辰日寅时得子

　　己丑孟冬，余与主佑结婚于重庆迤南之小温泉，时同任教于南林学院中文系，住小泉行馆。婚后即孕，预名小泉，志地也。已而学院停办，生徒星散。门兰当除，盘蓿既竭。奔走衣食，遂无宁日。今夏附舟出峡，由汉口北上至郑州，转陇海路西归。露宿风餐，间关万里，极人世之苦。今者鹏翼犹垂，鹣枝安在，而小泉呱呱堕地矣！深宵不寐，记之以诗。

　　　　即是明珠亦暗投，年来苦为稻粱忧。
　　　　龙争虎斗真三国，凤泊鸾飘欲九州。
　　　　初惧啼声惊里巷，旋疑骨相类王侯。
　　　　黎民愿作升平犬，敢望生儿似仲谋？
　　　　　　　　　　　　　　（一九五〇年八月）

汪剑平先生以《书怀》诗见赠，次韵奉酬（二首）

　　　　留身劫罅俟河清，无意时名却有名。
　　　　许自书怀知阮籍，未须品藻待钟嵘。
　　　　何人能解纵横略，是处犹推月旦评。

往日铜驼今在否？可堪衰泪洒荒荆！

相从几日古城阴，一往深情似海深。
敢说文章通性命，肯怜尘垢满衣襟。
颓风浩浩谁能挽，坠绪茫茫讵可寻！
大瓠㖆然宁自举，休讥惠子有蓬心。

（一九五〇年八月）

附原作　《书怀赠松林》（二首）

湘帘冰簟夜凄清，散乱心情不可名。
旧梦如烟难捉搦，新诗入手见峥嵘。
横身桑海求宁处，末世文章少定评。
失喜佳人逢岁晏，跫然舃履莅柴荆。

古槐新柳不成阴，失悔年时计未深。
病肺何由能止酒，逢人多事枉推襟。
沉沉天醉真难问，渺渺遐踪已莫寻。
试讯空山归棹日，有无风雨稻粱心①？

注：①剑平先生久以诗文书法名世，余在天水上中学时，狂傲未尝趋谒。顷以诗稿为贽，谈论甚欢，知余夫妇生计维艰，即嘱专区教育局长李殷木安排工作，俱在天水师范学校任教。古道热肠，殊堪感佩。

城南行饭同主佑

城南行饭好，携手与君同。
万柳连天碧，馀霞入水红。
偶闲心岂懒？多病气犹雄。
试上山头立，披襟待晚风。

（一九五〇年十月）

初登大雁塔

童年读唐诗,神驰慈恩寺。高标跨苍穹,题咏留佳制①。今始到长安,此塔仍耸峙。奋足凌绝顶,三秦入俯视。终南青无极,洪河远奔逝。纵横十二街,矮屋若鳞次。汉殿委荒烟,唐宫何处是?缅怀古西都,繁华留文字!堪叹天宝末,君荒臣骄恣。高岑与老杜,登临殒涕泗。达夫思报国,末宦嗟壅滞。嘉州悟净理,挂冠欲逃世。伟哉杜少陵,忧时情如炽。痛惜瑶池饮,呼唤贞观治。大笔气淋漓,才思何雄鸷!独力难回天,皇州践胡骊。我来正芳春,江山初易帜。铁道驰飚轮,绿野见良耜。建设待英才,大庠招多士。作育献绵力,凭高抒素志②。

(一九五一年三月)

注: ①唐代著名诗人多有登大雁塔诗,以杜甫、高适、岑参所作最有名。②当时应侯外庐校长之聘,在西北大学师范学院中文系任教。

过 张 茅

铁轮如掣电,驰过张茅站。站上高楼红旗飘,站外平畴绿涛泛。忽忆少年游学赴南京,车如老牛行复停。到此一停一日夜,四野寥落无居民。饥不得食,渴不得饮。车内拥挤难容足,车外蚊虻奋毒吻。时当溽暑热难熬,昏昏欲睡何处寝?况闻前有危桥常覆车,多少乘客肝脑涂涧阿!民贼只顾吸民膏,建国方略付逝波。一自神州解放民昭苏,淋漓彩笔绘蓝图。荒山弹指翻麦浪,废墟转瞬变钢都。高山低头水让路,鸟道羊肠化坦途。思潮正汹涌,震耳汽笛鸣。推窗一望工厂如棋布。列车已到洛阳城。

(一九五六年六月)

过 曲 阜

儿时读论语，迷信孔圣人。
思欲沾化雨，梦到洙泗滨。
今来洙泗境，无复昔日梦。
神州尽舜尧，圣人即群众。

（一九五六年六月）

登青岛回澜阁

青岛有栈桥，自北岸直伸入海，宽十公尺，长四百二十公尺。桥南一阁突起，榜曰"回澜"。阁内陈列人造卫星、星际旅行之图片模型甚多。扶螺旋梯而上，海天奇景，历历在目；而矗立于小青岛上之巨型灯塔，尤引人注目。

长虹摇影海波寒，杰阁凌空蔚壮观。
落井初疑红日隐，登高始信大鹏抟。
飞船隐隐通星际，灯塔巍巍矗岛端。
协力同心人六亿，建功何止挽狂澜！

（一九五六年六月）

大港晚眺

万片银帆队队排，晚霞倒影泛琼瑰。
船船捕得鱼儿满，高唱渔歌入港来。

（一九五六年六月）

黄海即兴

万里蓝天四面垂，琼田无际浪花开。

少陵诗内无斯境，未掣鲸鱼入海来。

（一九五六年六月）

自上海回西安车中作

入夏连月无好雨，昔年定是千里赤。祷神祈雨神不灵，农家愁租愁赋愁衣食。今乘火车驰过南北数十县，却见硕果累累瓜满蔓。玉米绿阴森，棉田碧潋滟。高粱泛红霞，中稻摇金练。炎炎烈日失淫威，川原如绣闪光艳。今昔迥异岂无因，神州今日属人民。民力无穷党领导，再造乾坤气象新。试看赤旗飘处山河变，凿井累亿渠累万。引河上高原，蓄水溢深堰。抗旱大军不知疲，日夜争与天作战。岂仅夺棉粮，也要好风光。水边处处漾垂杨，鹅鸭游戏水中央。凉风有意添诗兴，阵阵吹送芰荷香。

（一九五六年七月）

回乡偶书（三首）

声声跃进火浇油，上任新官办法稠。
鸟道也须车子化，窗框门板一时休。

钢帅威风孰可当，高炉日夜吐霞光。
刀勺锅铲都熔铸，敞开肚子上食堂。

报产八千未表扬，公粮交够剩空仓。
引洮欲上高山顶，干劲冲天饿断肠。

（一九六〇年一月）

四月下旬连得喜雨

办粮声里雨潺湲，春满山河笑语喧。人奉指挥齐尽力，天遵号令亦支援。青连塞北麦云涌，绿遍江南稻浪翻。已卜丰收仍奋战，方针调整纪新元①。

（一九六二年五月）

注：①当时贯彻"八字方针"，稍宽松。

赴骊山道中（三首）

轻车飞过曲江隈，绿树红楼扑面来。
未到骊山心已醉，郊原处处画图开。

多谢东风管物华，灞桥柳色绿无涯。
长条拂地谁攀折，祖国而今是一家。

恍疑碧海泛霞光，弥望榴林出道旁。
硕果满枝红欲透，依依垂首恋朝阳。

（一九六二年七月）

骊山杂咏（七首）

入门便觉百花香，姹紫嫣红绕画廊。
都道廊西消暑好，飞霜殿敞水风凉①。

凫雁鱼龙逐玉荷，几人曾此沐"恩波"？
今来池畔游人众，浴罢莲汤笑语多②。

偶来亭上倚游筇，猛忆张杨不世功。
联肩并马驱狂寇，中华正气贯长虹③。

登山不畏路崎岖，才到高峰景便殊。
一览秦川如锦绣，何须神往范宽图④！

笑脸曾闻摧戏垒⑤,舞腰谁信破潼关⑥。
不知祸水流何处,烽火台前望庆山⑦。

骊山处处任君游,水木清华殿阁幽。
非复皇家行乐地,缭墙塌尽不须修⑧。

斗鸡故址牛羊众⑨,校猎遗场禾黍稠⑩。
渭水亦知人世换,只流欢笑不流愁⑪。

(一九六二年七月)

注:①唐华清宫飞霜殿在正门东,明皇寝殿也,今重建,颇壮丽。南对九龙池,水风习习,凉爽宜人。②宋敏求《长安志》卷十五:"御汤九龙殿亦名莲花汤。"注引《明皇杂录》云:"玄宗幸华清宫,新广汤池,制作宏丽。安禄山于范阳以白玉石为鱼龙凫雁,仍以石梁及石莲花以献,雕镂巧妙,殆非人工。上大悦,命陈于汤中。"郑嵎《津阳门诗》:"刻成玉莲喷香液,漱回烟浪深逶迤。犀屏象荐杂罗列,锦凫绣雁相追随。"今于其故址开九龙池,略具昔时规模。③西安事变后,于骊山半腰蒋介石被捉处建亭,榜曰"正气";解放后改题"捉蒋"。上山游人,多于此小憩。④北宋大画家范宽(陕西华原人)有《秦川图》,麻九畴题诗云:"山水人传范家笔,画史推尊为第一。揭来因看《秦川图》,天下丹青能事毕。"惜此图已失传。⑤戏垒又名幽王垒,在骊山下戏水上。《史记》谓褒氏不好笑,幽王举烽燧,诸侯以为有寇,褒氏乃大笑。其后犬戎攻幽王,幽王举烽火征兵而兵莫至,遂被杀。潘岳《西征赋》:"履犬戎之侵地,疾幽王之诡惑。举伪烽以沮众,淫嬖褒而纵慝。军败戏水之上,身死骊山之北。"⑥仆散汝弼《风流子·题温泉》:"羯鼓数声,打开蜀道;霓裳一曲,舞破潼关。"⑦庆山,在临潼县东南三十五里。《谭宾录》云:新丰县因风雷有山涌出,高二百尺。荆州人俞文俊诣阙上书曰:"臣闻天气不和而寒暑并,人气不和而疣赘生,地气不和而堆阜出。今陛下以女主处阳位,反易刚柔,故地气隔塞而山变为灾。陛下谓之庆山,臣以为非庆也。"疏奏,天后(武则天)大怒,放之于岭外。⑧杜牧《华清宫三十韵》云:"绣岭明珠殿,层峦下缭墙",缭墙,围墙也。⑨唐明皇好斗鸡,于华清宫东北隅观风台之南建斗鸡殿。遗址今为公社饲养室。⑩郑嵎《津阳门诗》:"五王扈驾夹城路,传声校猎渭水湄。羽林六军各出射,笼山络野张罝维。……人烦马殆禽兽尽,百里腥腥禾黍稀。"⑪移剌林《骊山诗》:

"苍苔径滑明珠殿，落叶林荒羯鼓楼。渭水都来细如线，若为流得许多愁！"

题蔡鹤汀兄弟夫妇画展（四首）

闽海曾闻比二阎，长安今更羡灵鹣①。
各师造化出新意，画稿纵横满绣衾。

宗风远绍蔡天涯②，点染浓鲜世艳夸。
几树夭桃红欲滴，翩翩凤子饮流霞。

一门风雅古来难，竞艳百花蔚壮观③。
墨舞笔飞春意动，巨屏开处万人欢。

翠楼碧野大旗红，祖国山河日改容。
竞写春光无限好，冲霄干劲学工农④。

（一九六四年一月）

注：①蔡氏兄弟早年创荻芦庵画社于福州，后各偕其妻来西安。二阎，即初唐大画家阎立德，立本兄弟。②蔡远字天涯，清初闽中画家。③鹤汀、丽庄合作《竞艳》巨幅，鹤洲、金秀合作《百花》巨幅。④鹤汀夫妇有小印一方，镌《学工农》三字。

题孙雨廷先生《壶春乐府》（四首）

风雨如磐昼晦冥，攫人豺虎出郊坰。
当年我亦巴山客，一卷樵歌不忍听①。

豪门九酝溢金罍，万户贫民化劫灰。
莫怪鸣声忒凄咽，江山如此鹤归来②！

五花爨弄又翻新，谁说天朝迹已陈？
写就中华流血史，红旗一夜遍江滨③。

朝阳温煦惠风和，春意无边雨露多。
老树犹然花烂漫，新松不长欲如何④？

（一九六四年二月）

注：①散曲《巴山樵唱》集，乃抗日战争期间流亡重庆时所作。②散曲《辽鹤哀音》集，乃抗战胜利回上海后所作。③戏曲《太平三鬟》集，写太平天国历史。④散曲《老树新花》集，乃解放后所作。

雨廷先生出谜语"帽子"，余打"戴高乐"，因题一绝

忤目黄绢幼妇辞，箇中深意又谁知？
高低大小关忧乐，误尽平生是帽儿！

（一九六四年五月）

胜利七场政委王无逸老友寄示新疆生产建设兵团左齐政委《读胜利七场生产捷报》七律，因次原韵祝贺

十万旌旗出玉关，乾坤再造气无前。
金牛铁马惊荒野，麦海棉山庆有年。
绿树成林扶巨厦，清渠作网溉良田。
南泥传统花争发，胜利赢来岂偶然？

（一九六四年七月）

延安革命纪念馆内有战马遗体，意态如生，感而有作

不负平生愿，驰驱百战场。
皮毛宁异众？肝胆不寻常。
未敢惜筋力，常思斗虎狼。
临风犹侧耳，待命欲腾骧。

（一九六四年七月）

附裴慎和诗

  陶醉青骢咏，神驰展览场。
  千山无所阻，百战是其常。
  载日亲麟凤，追风敌虎狼。
  好诗与骏马，一样似龙骧。

同彭铎、持生谒杜祠，次彭兄韵

少陵文采炳於菟，同访城南旦至晡。
此日声名传四海，当年奔走露双趺。
乐郊时送民歌好，艺苑谁言哲匠徂？
深入工农诗境阔，骊珠莫叹失东隅。

（一九六四年七月）

附原作

  坡陀一径领於菟①，来憩空阶日未晡。
  尘暗诗龛馀蠹简，藓侵碑字隐龟趺。
  天旋几见星辰近，树老从知岁月徂。
  试觅牛头瞻象设，颓檐依旧傍庭隅。

注：①松林幼子有亮行恒在前。

别邓宝珊先生

  1965年暑假，邓先生哲嗣成城来访，见余哮喘病发，困顿不堪，返兰后因言及。邓先生即电邀余至邓家花园疗养，食宿医药，备极关照。不久，病稍愈，每日谈诗论学，兼及时事。离兰前夕，先生偶谓杜甫七律中有四联皆讲对仗者，如《登高》；五律四联皆对者似少见。余因作此诗留别，先生喜曰："此四联皆对，而尾联用流水对，故不板耳。"

河声清北户，山色绿南楹。
园果秋初熟，庭花晚更馨。
谈诗倾白堕，说剑望青冥。
屡月亲人杰，终生想地灵。

（一九六五年七月）

"文革"中潜登大雁塔（二首）

打砸狂飙势日增，凌霄雁塔尚崚嶒。
幽囚未觉精神减，放眼须攀最上层。

盘空磴道出尘嚣，四望三秦万卉凋。
奋臂倘能回斗柄，洪河清渭起春潮。

放逐偶吟（四首）

　　六六年五月，余因十年前在《新建设》发表论述形象思维文章而被揪出批判。八月被抄家。此后层层加码，关牛棚、监督劳改、上斗争会、拼刺刀、坐喷气式……险象环生，惊心动魄，何暇吟诗！自六九年冬至七〇年夏，被放逐于永寿上营，妻子相随。虽历尽艰危，然比之前数年，则略可喘息。偶吟诗以记所遭，录存四首。

一息犹存虎口馀，破窑权寄野人居。
翻天覆地吾兹惧，淑世匡时愿岂虚？
休恨无门可罗雀，也知有釜亦生鱼。
携家放逐宁关命，佳气曾传夜满闾！

奴仆旌旄又一时，不须出处费然疑。
已无枳棘栖鸾凤，尚有生灵餍虎黑。
南郭子綦将丧我，东方曼倩欲忘饥。
凭窗尽日嗒焉坐，却为看云每挂颐。

庑下相依事事非，更怜无复董生帏。
顽蝇尽日纷成阵，黠鼠深宵屡合围。
不战何能驱逆类，图存未肯树降旗。
防身莫叹无馀物，残卷犹堪奋一挥。

劳心劳力费商量，辟谷休言旧有方。
斯世宁容嵇散懒①，何人更许接舆狂？
著书壮岁谗犹烈，学圃鬓年技未荒。
窑畔拟开三亩地，倘能种菜老山乡！

（一九七〇年七月）

注：①嵇康官至中散大夫，世称嵇中散，简称嵇散。清钮琇《觚剩·序》云："嵇散挥絃，《广陵》之音欲绝。"

劳改偶吟（二首）

1970年夏自上营转至泾阳，先后在王桥、船头农场劳改达三年之久，中间一度牧羊，因病羊为野狼咬伤而遭重罚。吟诗只打腹稿，能记得全篇者，不过数首而已。

横风吹雨打牛棚，黑地昏天岁几更！
毒蝎螫人书屡废，贪狼呼类梦频惊。
久闻大汉尊侯览，休叹长沙屈贾生。
剩有孤灯须护惜，清光照夜盼鸡鸣。

泾河曲似九回肠，河畔伶俜牧羝羊。
戴帽难禁风雨恶，挥鞭敢斗虎狼狂？
雪中抖擞松含翠，狱底沉埋剑有光①。
不信人妖竟颠倒，乾坤正气自堂堂。

（一九七〇年十二月）

注：①《晋书·张华传》：晋初，牛斗之间，常有紫气照射。雷焕告诉张华：宝剑之精，上彻于天。张华命雷焕寻觅，结果于丰城牢狱地下掘出宝剑一双，一名龙泉，一名太阿。

乾陵二首

砍李摘瓜周代唐，奶头双耸墓深藏。
乾陵那有乾纲在？惟见游人说女皇。

昭陵高耸九峻阳，遥望乾陵气郁苍。
当日才人临玉宇，不知功过怎评量？

（一九七一年九月）

望昭陵，时在泾阳农场劳改

一统中华四百州，烟尘扫尽放骅骝。
兴邦端赖人为镜，固本深知水覆舟。
首倡六诗鸣盛世，兼综三教展鸿猷。
大唐气象今何在？欲访昭陵泪已流。

（一九七〇年十二月）

狗年（庚戌）除夕

牛棚除夜拨寒灰，五十年华唤不回。
囊内钱空辞狗去，肠中脂尽盼猪来。
恶攻罪大犹添谤，劳改期长未换胎。
明日饿羊何处放？谁施春雨润枯荄！

（一九七一年一月）

"文革"书感

熬过严寒待物华,狼奔豕突毁春芽。
凋零文化连年火,寥落人才到处枷。
吉网罗钳通地狱,蛇神牛鬼遍天涯。
"史无前例"夸新创,忍对神州看暮鸦。

(一九七二年五月)

寄明儿(二首)

有明于1970年秋赴紫阳修襄渝铁路,年不满十六。两年多来,打猪草、开电锯,打风枪、长途搬运,经受住了无数严峻考验,曾六次获连部嘉奖,加入共青团。然仍因家庭问题而受歧视,常惴惴不安,恐犯错误。因寄此诗以勉之,言不尽意。

雪暴风狂忆上营,窑中灯火倍温馨。
候门喜我还家早①,阅课夸儿用力勤。
虎卧龙跳临晋帖,蟹行鴂语学英文。
裁诗问字无休歇,谈笑浑忘夜已深。

洪炉三线炼纯钢,慷慨驱车赴紫阳。
髫岁离家怜稚弱,经年苦战喜坚强。
心向北京开电锯,胸怀世界握风枪。
出身难选路能选,换骨脱胎看导航!

(一九七二年十一月)

注:①余每日天亮出门劳改,黄昏回窑,明儿已等在门口,高兴地说:"今天回来得还早!"

寄光、辉两儿(二首)

有光、有辉于1970年自宝鸡转至天水老家插队。1971、1972两年,先后被推荐上大学。有辉上甘肃师大中文系，有光上兰州大学地质系。

潇湘秦陇各西东①，雪里寒梅几度红。
八里村边望明月②，五峰山外盼归鸿③。
老牛舔犊情如海，乳虎登山气似虹。
四野坚冰双手茧，战天斗地建新功。

争夸"琥珀放红光④，人换灵魂地换装。"
数载辛劳终结果，两枝丹桂竞飘香。
文心穷究知规律，地质精研发蕴藏。
更炼铁肩挑重担，莫将华胄愧炎黄。

（一九七二年十一月）

注：①1968年冬，有光、有辉在宝鸡插队，备受歧视。有辉因于1970年春转至天水老家；同年夏，有光亦转去。1969年冬余被放逐永寿上营后，有明、有亮随行，余妻主佑曾回湖南澧县娘家数月。②陕西师大在八里村附近。1970年夏，有明、有亮回校上附中，主佑时往照料。③上营南对五峰山。④老家琥珀乡，"文革"中改名红光公社。

悼念周恩来总理（二首）

妖雾迷灵曜，哀音泣电波。
兆民垂热泪，四海咽悲歌。
竟毁擎天柱，谁挥返日戈？
短狐犹射影，伟绩岂能磨？

心血都抛尽，遗言撒骨灰。
人间挥泪雨，天际响惊雷。
大海消冰窟，高山化雪堆。
阳和回禹甸，会见百花开。

（一九七六年一月）

寄秋岩苏州,求画梅①

经霜历雪更精神,无意争春只报春。
羡煞秋翁梅格好,还期写赠陇头人。

(一九七七年二月)

注:①此诗寄出一周,即收到梅花立幅,题字数行云:"松林同志由西安赐诗索画梅,遵嘱写此幅,并步韵以题云:'雪后梅花倍有神,严冬度过又新春。今年更比往年艳,盛放欢迎大治人。'兴犹未尽,加题:'西北念年犹未识,几枝疏影结神交。赐诗并惠宣城素,涂幅赠君慰寂寥。'"

诗·卷四

丁巳元旦试笔

此心常似艳阳红，浮想联翩兴不穷。
赞枣讥桃宁有罪？驱蚊伏虎竟无功①！
覆盆撞碎头虽白，插架焚残腹未空。
形象思维终解放②，吟鞭欣指万花丛。

（一九七七年二月）

注：①六十年代初，我在《光明日报·东风》发表过《枣树的赞歌》、《谈蚊》、《谈虎》等杂文，又由少年儿童出版社出版过一本《打虎的故事》，"四害"为虐之时，都被打成"毒草"。②1966年4月，"四人帮"把形象思维论打成"反马克思主义的认识论体系"，多次点我的名，我因而被揪斗，长期遭受迫害，株连全家。毛泽东给陈毅谈诗的信发表，形象思维已得到解放，我也必将得到解放。

春节回天水，与恩培、尚如夜话，兼怀无怠、无逸兰州

回首同窗几少年，劫馀重见各华颠。
围炉话尽苦寒夜，开户迎来初霁天。
未有微功伤往日，犹存壮志写新篇。
冰消花放前程好，衰病仍须共着鞭。

（一九七七年二月）

清明书感（二首）

"文革"无前例，玄黄战未休。
横眉排逆浪，俯首护清流。
磊落人民爱，光明鬼蜮愁。
徒劳织贝锦，处处起歌讴。

民心不可侮，"四五"谱新章。

终扫妖氛净，空馀镜殿凉①。

乾坤初转正，葵藿自倾阳。

四化宏图展，甘棠百世芳。

（一九七七年四月）

注：①镜殿，古代贵妃之寝殿也。

题蔡鹤汀《梅谱》

鹤汀吾友，艺坛飞将。运书入画，笔法独创。隶朴篆古，草狂行畅。心师造化，手摄万象。虎吼狮腾，鸟鸣花放。山水雄奇，人物豪壮。写照传神，惟意所向。每忆昔年，黑云压顶。雪深三尺，冰封万井。百花绝迹，众鸟灭影。狂风怒号，兆民悲哽。鹤汀挥毫，冲寒破冷。树长须臾，花开俄顷。影漾西湖，香飘五岭。乃有鬼蜮，心怀鬼胎。诬曰"黑画"，竟毁奇材。彩笔可夺，壮志难埋。不见冰山，已化飞埃。山花烂漫，大地春回。驱冬迎春，视此寒梅。春深如海，魂兮归来。

（一九七八年四月）

郭克画枇杷、梅花两幅见寄，各题一绝

狼奔豕突几摧残，垂老欣逢大治年。
露叶风枝无限意，争将硕果献尧天。

挥毫落纸起东风，老树新花烂漫红。
华岳犹存岁寒友，岂能无意写虬龙？

（一九七九年三月）

水天同教授离京回兰州讲学，途经西安，冒雨来访，茗话移时，口占一律送行

秋雨连朝独闭庵，款扉来共陕茶甘。
探奇偶涉清宫秘，话旧欣闻海外谈。
老去还乡传绝学，晚来留眼看晴岚。
相期更有名山业，时盼音书过陇南。

（一九七九年三月）

挽郑伯奇

紫阁之东绣岭西，一峰突起见雄奇①。
匡时远访维新策，振艺高悬创造旗②。
祸国群妖成粪土，催花春雨落珠玑。
馀生待读河清颂，彩笔忽抛泪满衣。

（一九七九年三月）

注：①郑伯奇，长安人。终南山紫阁峰在长安西，骊山东西绣岭在长安东。②郑伯奇于1917年留学日本，1921年参加创造社，为该社主要成员。

滇游杂咏（十二首）

万里云涛吼巨鲸，抟风俄顷到昆明。
温汤一洗十年垢①，新地新天赏嫩晴。

注：①3月21日自陕飞滇，参加古代文学理论研讨会，住昆明温泉宾馆，得浴"天下第一汤"。

相逢樽酒话曾经，杜圣韩豪各瘦生。

换骨脱胎馀一息①，诗家三昧要重评。

注：①"脱胎换骨"乃江西诗派诗法，原有推陈出新之意；至末流则"剽窃"、"挦剥"，致使前辈诗人"衣服败敝"，"气息奄奄"。此处双关时事。

潭中岂有黑龙眠①？梅老杉衰不计年。
宋柏依然舒健笔，白衣苍狗写南天。

注：①游黑龙潭。潭上古寺中有唐梅、宋柏、元杉及明代山茶，号称"四绝"。宋柏笔立千尺，黛色参天，虽经千年风雨，仍健旺异常。

烧残红烛夜未阑①，死水终然卷巨澜。
宁舍头颅要民主，丰碑留与后人看。

注：①谒闻一多墓，读碑文。《红烛》、《死水》，皆闻先生诗集。

高楼万栋拂晴岚，底事夷平心始甘？
除却乌云遮望眼，太阳从古照滇南①。

注：①游昆明市，听群众谈"四人帮"毁文化宫辟"红太阳广场"的"革命行动"。

休觅昆明劫后灰，大观须上好楼台①。
奔来眼底嗟何物，黄竹歌曾动地哀！

注：①髫年读梁章钜《楹联丛话》，见"海内第一长联"，口诵神驰，作诗有云："万顷碧波来眼底，何时得上大观楼。"今登此楼远眺，所见乃与长联所云迥异；因问游人，方知围湖造田始末，不胜怅惘。

悲剧根源异古今，古今悲剧总伤心。
几番欲唤阿诗玛，却自吞声看石林①。

注：①游石林，联想阿诗玛传说结局及《阿诗玛》长诗、电影遭遇，感慨系之。

　　龙门奇险接天门①，况有狰狞虎豹蹲！
　　今日天门亦开放，试裁云锦访天孙。

注：①游西山，登龙门。贾勇直上，遂至通天阁。

　　伏枥频年老不鸣，过都越国忆秦坑①。
　　而今所向皆空阔，金马何妨万里行。

注：①登通天阁纵目，雾敛云消，阳光普照，碧鸡引颈，金马奋鬣。诵孙髯翁"东骧神骏"、"喜茫茫空阔无边"之句，为之神旺。

　　美人一睡几千春①，辜负滇池照影明。
　　梳洗何当临晓镜，中华儿女正长征。

注：①睡美人山倒映滇池之中，春风吹拂，倩影摇漾，栩栩欲活。

　　南疆万里画图开①，驱虎方消养虎灾。
　　白鹤碧鸡都起舞，健儿高唱凯歌回。

注：①惩越奏凯，水歌山舞，南疆父老，箪食壶浆，以迎健儿归来。碧鸡、白鹤，皆山名，一在滇池之西，一在滇池之南，即孙髯翁所谓"西翥灵仪"、"南翔缟素"者也。

　　新苗老树竞开花①，万紫千红胜彩霞。
　　雪虐霜欺成昨梦，春城春色美无涯。

　　　　　　　　　　（一九七九年三月）

注：①昆明四季如春，素有"春城"之目；然偶遇霜雪，则春色骤减。古代文学理论讨论会召开及学会成立之时，严冬过尽，春意盎然，老树飘香，新苗吐艳，真个繁花似锦！

石 林 行

4月2日，中国古代文学理论讨论会结束，云南大学派专车送代表游大小石林，留连两日。钱仲联、程千帆、周振甫、王达津、顾学颉、马茂元诸先生皆有诗。余试作长歌以抒怀抱。其中问答辩难之辞，皆出想象，非纪实也。

盛会昆明兴未穷，神往石林少长同。东道主人亦好事，专车远送情何隆！相随步入石林丛，百态千姿玉玲珑。古藤垂枝发冷艳，时有幽鸟鸣苍松。左穿右绕忽迷路，细听涧水流淙淙。寻声攀援得曲径，拾级直欲扪苍穹。望峰亭上倚阑望①，赞叹之声震耳聋。"人间安得此奇境？"驰骋想象劳诗翁：或云"李白斗酒难浇块磊平，一吐变作千奇峰"；或云"范宽胸中多丘壑，挥毫落纸忽然飞向南陬养潜龙"。"李、范之前久已有石林，此说虽美吾不从。想是当年鲧治水，鸠集天下石族来堵壅。壅川之祸有似防民口，羽山一殛化黄熊。大禹聪明知水性，疏江导河弭巨洪。此辈流散徒作梗，挥鞭驱赶聚滇中。不见石林深处犹有石监狱②，狱中永囚石族之元凶。"辩口未合遭反问："大禹岂有此神通？颂扬周孔且获罪，况乃'禹是一条虫'！我闻两亿八千万年以前海水涌，海底凸起露龙宫，瑶阙玉殿遽崩坼，琼花琪树失葱茏，有生之物亦化石，遂留石林万顷青濛濛。"同游闻此俱解颐，东指西点认遗踪：孰为云师孰风伯；孰为雷公孰雨工；鬼母兴妖献狐媚，夜叉丑态难形容；一峰之顶如花萎，应是当年御苑之芙蓉；彩凤高翔忽堕地，虽展双翅难腾空；长剑插天忽断折③，虾兵蟹将怎称雄？曼衍鱼龙演百戏，涛喧浪吼何汹汹！海桑巨变谁能料，人间正道愁天公。回想往日关牛棚，钳舌垂首腰似弓；岂意终能笑开口，八方冠盖此相逢。揽胜小试谈天技；论文初奏雕龙功。莫叹明朝便分手，前程万里朝阳红。

(一九七九年四月)

注：①大石林—高峰之顶建"望峰亭"，登亭四望，石林全景，尽收眼底。②小石林中有"石监狱"。③石林中有"莲花峰"、"凤凰展翅峰"、"剑峰"诸名胜，皆以形似得名。

昆明遇南雍同学

夜雨巴山共一灯，同窗三载又南京。
重逢莫话沧桑事，且看昆明花满城。

(一九七九年四月)

成都谒武侯祠

劫后重寻蜀相祠，纶巾羽扇更生姿①。
治戎治国存公论，为法为儒岂自知！
后汉倾颓徒叹息②，益州疲敝赖扶持。
森森古柏添新绿，春雨春风又一时。

(一九七九年四月)

注：①"四人帮"封诸葛亮为法家人物，故武侯祠非惟未遭破坏，反而修缮粉刷，焕然一新。②诸葛亮《出师表》云："亲贤臣，远小人，此先汉所以兴隆也；亲小人，远贤臣，此后汉所以倾颓也。先帝在时，每与臣论此事，未尝不叹息痛恨于桓灵也。"

游草堂口占

"锦江春色来天地，玉垒浮云变古今。"
重访草堂凭水槛，少陵佳句一长吟！

(一九七九年四月)

赠日本京都学术代表团（三首）

文化交流继盛唐，一衣带水一舟舠航。
慈恩塔畔同酬唱，友好新歌播五洋。

树有深根水有源，京都风貌似长安。
莫愁日近长安远，回首长安在日边。

"邃密群科济世穷"，当年总理掉头东。
而今四化催征马，要跨蓬莱第一峰。

（一九七九年四月）

怀江南友人

江花如火水如蓝，画意诗情老更酣。
日暮碧云生远树，却从渭北望江南。

（一九七九年五月）

参加中国文学艺术工作者第四次代表大会感赋

文艺精兵意气豪，"争鸣"、"齐放"振风骚。
春浓赤县香花艳，日丽红旗斗志高。
已挽狂澜驱虎豹，争歌四化掣鲸鳌。
人寰正要新诗史，万国衣冠看彩毫。

（一九七九年十二月）

自蜗居搬入教授楼最高层。地接杏园，雁塔、终南皆在眼底，喜赋

豪气徒招十载囚，暮年着我最高楼。

日迎红日檐前过，手拨乌云槛外收。
　　雁塔题诗怀俊彦，南山献寿傲王侯。
　　童心不老春常在，休叹蹉跎志未酬。
　　　　　　　　　　　　（一九八〇年六月）

全国红学会在哈尔滨友谊宫召开，口占一绝

　　名言伟论古无俦，友谊宫高集胜流。
　　快事平生夸第一，松花江畔话红楼。
　　　　　　　　　　　　（一九八〇年七月）

同舒芜、周绍良乘群众游艇夜泛松花江

　　万顷烟波好放船，松花江水远连天。
　　变穷苍狗浮云敛，散尽红霞落照圆。
　　士女歌呼消假日，媪翁指点话当年。
　　且看皓月清光满，莫倚危栏叹逝川。
　　　　　　　　　　　　（一九八〇年七月）

武昌东湖即兴

　　几年空说东湖好，今日扁舟得自由①。
　　仙侣已随黄鹤去，诗人肯为白云留？
　　沁脾山色明如洗，泼眼波光翠欲流。
　　楚国殊姿亦堪恋，不寻西子到杭州。
　　　　　　　　　　　　（一九八〇年九月）

注：①住地原为禁区，即"行宫"也。

赤壁留题

髫年早读坡仙赋,垂老欣为赤壁游。
东去大江风浪静,只流欢笑不流愁。

(一九八〇年九月)

十八院校合编古文论教材审稿会在重庆召开,公推余任主编,因赋小诗赠与会诸同志

绿树繁花映,红岩一帜飘。
良朋来四海,盛会喜今朝。
文论追曹丕[①],诗评逮慰高[②]。
众流融汇处,浩荡看江潮。

(一九八一年五月)

注:①《中国古代文论名篇详注》选曹丕《典论·论文》。②《中国近代文论名篇详注》选柳亚子《胡寄尘诗序》,亚子原名慰高。

与主佑及中大校友陈君同游沙坪坝,遂至松林坡(三首)

茅棚板屋杂烟尘,犹记摩肩赶考晨。
四望凌云开广厦,弦歌羡汝后来人。

松林坡上浴松风,石磴摊书夕照红。
三十六年弹指过,老松凋剩见新松。

归车绕道绿阴浓,一瞥依稀旧市容。
曾卖苏诗交学费,沙坪书店认遗踪。

(一九八一年五月)

于济南参加全国第二次《红楼梦》学术讨论会，会间游泰山，欣赋两绝

红楼缥缈与天齐，珠箔银屏入梦迷。
历历谁知梦中事，来寻东鲁孔梅溪。

评红登岱力虽屡，重累惊心未肯还[①]。
历尽艰危凌绝顶，果然一览小群山。

（一九八一年八月）

注：①东汉马第伯《封禅仪记》写登泰山情状有云："后人见前人履底，前人见后人顶，如画重累人矣。"唐时升《游泰山记》中的"为十八盘，若阶而升天，……前行者当后人之顶上，后行者在前人之踵下。惴惴不暇四顾"；袁中道《登泰岱》中的"前人踏皂帽，后侣戴青鞋"；都是对"重累"的具体描绘。

访全椒吴敬梓故居（二首）

图貌传神更写心，一编开处见儒林。
分明点破文人厄，谁识先生托意深！

画意诗情两浩茫，低徊文木旧山房。
才高莫写移家赋，四化花开处处香。

（一九八一年九月）

注：吴敬梓作《移家赋》，其故居名文木山房。

题醉翁亭

六一风神想象中，满亭泉韵满林枫。
我来陶醉非关酒，滁水滁山秋意浓。

（一九八一年九月）

题宝宋斋，中有苏东坡书《醉翁亭记》刻石

滁州从古擅风骚，欧记苏书两凤毛。
口诵手摩忘宠辱，满山红叶晚萧萧。

（一九八一年九月）

黄山三题

自黄山大门至桃源宾馆
出云入雾低复高，东转西旋过险桥。
车似老牛鸣又喘，桃源盼到已深宵。

桃源亭纵目
竹翠枫红槲叶黄，奇松异柏郁苍苍。
峰峰都似仙娥美，况复秋来锦绣妆！

忽然雾谷掩林涛，云海茫茫雪浪高。
多少仙娥海中浴，黛眉微露更含娇。

游前山至慈光阁，游后山至入胜亭
入胜亭前几淹留，慈光阁上纵双眸。
何当直上光明顶，七十二峰一望收。

访母校南京中央大学旧址

早岁弦歌地，情亲土亦馨。
徘徊晒布厂，眷恋曝书亭①。
北极阁仍在，南雍门未扃②。
六朝松更茂③，新叶又青青。

（一九八一年九月）

注:①业师汪辟疆先生住晒布厂五号,余与同学常至书房求教。师偶发问:"晒布厂可有的对否?"余曰:"可对以曝书亭。"师甚喜。此后,余等遂借曝书亭称汪师书斋。②中央大学向称南雍,犹北京大学之称北雍也,在北极阁下。③六朝松,在原中央大学校园内,今尚健旺。

首届《水浒》学术讨论会在武昌召开,应邀参加,喜赋五绝

侵凌割剥恨难消,除暴终然涌怒潮。
谁继史迁挥彩笔,千年埋没几英豪!

赖有人民说宋江,勾栏瓦舍细评量。
攻城略县均贫富,月黑风高上太行。

踵事增华画卷开,义旗飘处起风雷。
一编水浒传千古,忍屈施罗旷代才!

李评金批别愚贤,简本繁文辨后先。
远韵深情须品味,梁山曾否反皇权?

楚天明丽雁南翔,四海名流聚此堂。
共赏奇文解疑义,出门一笑看长江。

(一九八一年十一月)

东湖长天楼屈原研究座谈会口占

橘林掩映切云冠,秋菊芳馨又可餐。
二次沉渊终出水①,楚骚光焰照长天。

(一九八一年十一月)

注:①长天楼侧为屈原纪念馆。馆前屈原造像,"文革"中被造反派打倒,抛入

东湖,故武汉一带,有"屈原二次投水"之说。

张慕槎远寄新作《雁荡吟》,读后书怀

霞翁妙笔记游踪①,壮岁神驰百二峰。
此日听君吟雁荡,何时挂杖访浙东?
龙湫雪瀑清尘梦,仙岫云涛洗俗容。
更欲振衣天柱顶,同看碧海万芙蓉。

(一九八二年三月)

注:①指《徐霞客游记》关于雁荡山的描述。

首届唐诗讨论会在西安召开,海内学人,纷纷应邀,喜赋拙诗相迓

终南突兀叩天阍,唐代文明举世尊。
学海珠玑光简册,诗坛星月耀乾坤。
新春好景繁花簇,四化前程万马奔。
政教昌明风雅盛,云开仙掌捧朝暾。

(一九八二年三月)

唐诗讨论会杂咏,录呈与会诸公,兼以送别八首

李杜遗踪信可寻,胜流云集曲江浔。
论文今始窥三昧,管晏经纶稷契心①。

登临高唱入云霄,岑杜而还久寂寥。
塔顶新吟晴翠句②,连山天际涌波涛。

绣岭东西花欲燃,绿杨晴袅万丝烟。

温泉尽付游人浴,遗事休提天宝年。

嬴政雄图并八荒,畏儒如虎亦孱王。
神州此日夸多士,奋智输能日月光。

坑儒千古祸无穷,坑俑翻垂不朽功。
想见挥师壹华夏,弯弓列阵起雄风。

荒祠寂历鸟声哀,遗像凭谁洗劫灰?
万里桥西花似海③,诗魂宁返杜陵来!

嗣响唐音我未能,多君大笔赐嘉名④。
渭城欢聚才旬日,忍唱阳关第四声!

中华诗教赖吾俦,万里黄河竞上游。
惜别休折灞桥柳,明年高会在兰州。

(一九八二年三月)

注:①李白《代寿山答孟少府移文书》:"申管晏之谈,谋帝王之术,奋其智能,愿为辅弼,使寰区大定,海县清一。"杜甫《自京赴奉先县咏怀五百字》:"许身一何愚,窃比稷与契。"②程千帆先生《唐诗讨论会杂题》有"拾级便应登雁塔,终南晴翠扑眉来"之句。③成都杜甫草堂在万里桥之西,杜甫《狂夫》诗云:"万里桥西一草堂,百花潭水即沧浪。"④唐诗讨论会期间,程千帆先生为余书"唐音阁"斋榜。

成都杜甫研究学会第二届年会在浣花草堂召开,因事不克赴约,写寄三绝以代发言

几番春雨涨花溪,溪上繁花泛彩霓。
闻道草堂花径扫,神驰万里到桥西。

茅飞屋漏布衾单,夜雨曾忧天下寒。

广厦宏开迟日丽,扬风榷雅万人欢。

森罗万象一时新,胸有阳春笔有神。
翡翠兰苕虽可爱,还需碧海掣鲸人。

(一九八二年三月)

赠丘良任先生

同门遇丘子,劫后兴犹豪。
照影芹溪净①,论心雁塔高②。
芳辰足时雨,艺海涌春涛。
老手仍堪用,相期掣巨鳌。

(一九八二年三月)

注:①八一年秋赴滁县参加吴敬梓纪念会,于会上遇丘老,同游琅琊山,醉翁亭。芹溪,滁县水名,欧阳修有《芹溪记》。②唐诗讨论会期间,与丘老同登雁塔。

谒杜公祠次苏仲翔先生韵

偕唐代文学学会诸公谒杜祠,各以野花奉荐。苏仲翔(渊雷)先生献酒毕,举杯笑谓余曰:"饮此可多作好诗!"遂分饮。归途,苏作七律索和,因次原韵奉酬,时尚带醉意也。

十载京华未见春,杜陵谁与缔芳邻!
独留诗卷腾光焰,共爇心香慰苦辛。
立志仍须追稷契,传薪岂必效黄陈。
村醪荐罢还分饮,倘有高歌献兆民!

(一九八二年四月)

附原作

    杜公祠接草堂春，况与牛头山寺邻。
    今日肃临同展谒，一杯薄酿慰酸辛。
    山花权作心香爇，粢粔聊充供设陈。
    愿乞凌云分健笔，好凭歌哭起生民。

李国瑜教授抄示近作，备言与少年时代同学郭君阔别五十馀年，重逢把酒，旋复惜别，颇有老杜赠卫八处士诗情韵，漫题两绝，聊以志感

    乡音在口鬓成丝，忽漫相逢共把卮。
    五十馀年陵谷变，还将乐事忆儿时！

    新诗读罢酒频倾，犹记当年说斗争。
    上线抓纲今已矣，人间毕竟有温情。

（一九八二年四月）

参加教育部《中国历代著名文学家评传》教材审稿会，与季镇淮、王达津、周振甫、吴调公、乔象钟、陈贻焮、曹道衡、侯敏泽、牟世金诸同志在颐和园后之中央党校共同审稿，偶吟两绝

    昆明湖畔共衡文，天际奇峰变夏云。
    时有清风消暑热，诸贤争运郢人斤。

    文苑宏扬百代豪，岂徒借鉴振风骚？
    此中亦有心灵美，摄取精华育俊髦。

（一九八二年七月）

赠于植元教授

　　八二年夏赴棒棰岛参加红学讨论会，大连师专副校长于植元兄专车迎接，设宴洗尘，并以英和诗题扇相赠，因缀俚句奉酬。于老以擅长书法流誉海外，新从日本讲学归来，而所居不过斗室，且在五层危楼之顶，故首联及之。

　　　　醉墨淋漓带晓霞，层楼高处着方家。
　　　　龙翔虎卧谁能识，铁画银钩世所夸。
　　　　倾盖昔曾登岱岳，举觞今更话灵槎。
　　　　吾侪面目诚难掩，纵有阴风挟暗沙。

辽宁省第四次红学讨论会于棒棰岛举行，应邀参加，海滨即目，吟成四绝

　　　　浮沉俯仰任逍遥，波面风来暑意消。
　　　　队队鸳鸯谁复打，惟馀一棒海边飘。

　　　　中华儿女尽欢颜，海碧天青任往还。
　　　　梦里都无绛珠草，世间宁有大荒山！

　　　　曾自大荒山里回，千红万艳总同悲。
　　　　红楼一梦原非梦，阅古知今好教材。

　　　　探微索隐各成军，艺术精研吐异芬。
　　　　红学更开新领域，辽东诸子著雄文。

　　　　　　　　　　　　　　（一九八二年七月）

棒棰岛宾馆楼顶闲眺

　　　　岛上雄楼压翠峦，偶来楼顶独凭栏。

宏开眼界天犹小，顿豁胸怀海自宽。
健羽联翩迎晓日，轻帆络绎逐晴澜。
会心不数濠梁乐，鲲化龙潜一例看。

（一九八二年七月）

洛阳杂咏（八首）

占尽春光带露开，牡丹端合洛阳栽①。
洛阳别有迷人处，不是花时我亦来。

注：①近闻洛阳牡丹盛开之时，万人空巷，车马若狂，一如唐代长安情景。我来已近中秋，早过花时矣。

王风何处觅东周①？洛水新波送旧愁。
万栋雄楼平地起，黍离弥望庆丰收。

注：①《王风》乃《诗经》十五国风之一，东周诗歌。东周建都洛邑，故址在今洛阳附近。《黍离》为《王风》中的一篇，传为周大夫哀周室倾颓而作。今来洛阳，但见一片兴旺景象，令人欢欣鼓舞。

日月当空迹已陈①，丰碑无字怎传神？
偶嫌脂粉污颜色，石窟依稀见金轮。

注：①游龙门奉先寺。相传此寺乃武则天捐脂粉费修成，寺中造像，酷肖则天。武氏掌权后号金轮圣神皇帝，造曌（照）字为自己命名，取"日月当空"之意。临终命于乾陵立无字碑，待后人论定。

声声饥冻只心酸，万丈长裘制作难。
唤起香山歌四化①，好将锦绣盖河山。

注：①谒白居易墓。白居易早年作讽喻诗，以"惟歌生民病"为旨归。晚居洛阳，与香山僧人如满结香火社，自称香山居士，思想渐趋消极；但仍存兼济之志，其《新制绫袄成，感而有咏》诗有云："百姓多寒无可救，一身独暖亦何情！心中为念农桑苦，耳里如闻饥冻声。争（怎）得大裘长万丈，与君都盖洛阳城！"这与前此所作《醉后狂言赠萧殷二协律》的末段一脉相承："我有大裘君未见，宽广和暖如阳春。此裘非缯亦非纩，裁以法度絮以仁。刀尺钝拙制未毕，出亦不独裹一身。果令在郡得五考，与君展覆杭州人。"

　　开凿龙门八节滩①，挽舟犹自畏风湍。
　　诗灵今日应含笑，无复人间行路难。

注：①龙门潭之南，原有八节滩、九峭石，船筏难行。舟人推挽，饥冻之声，闻于终夜。白居易因捐资开凿，有《开龙门八节滩诗二首并序》记其事。

　　英雄割据总堪哀，大好头颅亦贱哉！
　　祖国山河须统一，关林古柏待群来①。

注：①游关林，有怀台湾亲友。关林古柏森森，殿宇巍峨，相传曹氏葬关羽头颅于此。

　　白马寺前双白马，争骑猛士照新妆。
　　英姿不减当年勇，万里驮经到洛阳①。

注：①白马寺门外，左右两马，乃宋代石雕。相向而立，坚毅沉雄，令人想见一千九百多年以前驮经东来时气象，实为珍贵文物。惜至今略无保护措施，不徒一任风雨剥蚀，而且游人争骑，摄影留念，鞍鞯雕文，已磨损殆尽矣！

　　新开大道直如弦，灿烂前程竞着鞭。
　　更点明灯千万盏，须防歧路误青年①。

注：①河南省社会科学院及中州书画社等单位筹办之《歧路灯》讨论会于洛阳宾馆召开，应邀与会，颇受教益。

（一九八二年九月）

同主佑游嵩山少林寺

嵩高胜迹梦中寻①，此日相携访少林。
关过轘辕佳气合②，峰连御寨碧云深③。
白衣殿古观拳谱④，甘露台平见佛心⑤。
四海名山推第一⑥，巨钟重铸振唐音⑦。

（一九八二年九月）

注：①《诗·大雅·嵩高》："嵩高维岳，峻极于天。"故中岳嵩山亦称嵩高。②轘辕关在少林寺北，为登封八景之一。刘牲《轘辕关》诗有云："陡仄轘辕道，翠屏列上巅。高峰常碍日，密树不开天。"足以道其仿佛。③少室山有三十六峰，葱青耸翠，秀美绝伦。其主峰名御寨山，海拔1512米，为嵩岳最高峰。少林寺，即在山北五乳峰下。④殿内供奉白衣菩萨铜像，故名白衣殿。殿壁绘少林拳谱，故亦称拳谱殿。游人蚁聚，观摩少林拳法。⑤寺西土台高耸，古柏参天。相传少林寺创始者印度高僧跋陀在此译经，天降甘露，因名甘露台。⑥寺内有米芾所书《第一山》碑。⑦据《少林寺志》记载：寺内原有巨钟高悬，重11000斤。

少林寺立雪亭书感

菩提达摩方面壁①，神光侍立雪没膝②。
伊川先生偶瞑坐，龟山侍立寒雪堕③。
由来重道便尊师，中州故事令人思。
四凶已灭四化始，立雪亭上立多时。

（一九八二年九月）

注：①达摩于少林寺面壁九年，首传禅宗，为禅宗初祖。今寺内有面壁石，初祖庵北有面壁洞。②神光，荥阳虎牢人，入少林寺投达摩为师。适逢降雪，达摩面壁不语，神光侍立，雪没双膝，犹不肯去。达摩见状，收为弟子，改名慧可，传以衣钵，为禅宗二祖。此后连续单传，直至六祖。③《宋史》卷四二八《杨时传》载：杨时潜心经史，中进士第，年已四十，犹赴洛阳拜程颐为师。"颐偶瞑坐，时与游酢不去。颐既觉，见门外雪深一尺矣。"程颐，学者称伊川先生。杨时，学者称龟山先生。

题嵩阳书院

峻极青峰下①，二程设讲堂②。
儒林传洛派，书院颂嵩阳。
历史翻新页，文明忆旧邦。
根深枝叶茂，周柏尚苍苍③。

（一九八二年九月）

注：①嵩阳书院，位于嵩山之阳，峻极峰下。是我国古代四大书院之一。北魏太和八年（四八四）在此地建嵩阳寺，宋至道三年（九九七）改为太室书院，景祐二年（一○三五）重修，更名嵩阳书院。②北宋理学大师程颐、程颢曾在此聚生徒数百人讲学，其门人多有政绩。二程是洛阳人，其学称洛派。③嵩阳书院有汉武帝游嵩山时封为"将军"的古柏两株，据专家考证，已三千余岁，犹生机盎然。

与河南师大华钟彦教授主持郑州大学研究生答辩毕，同车至开封。华老约中文系数老师作陪，盛馔相款，并亲作导游，游览市容及名胜古迹

郑邑抡材毕，梁园访旧来。
徜徉相国寺，俯仰禹王台。
铁塔凌霄汉，龙亭辟草莱。

古城看新貌，广厦万间开。

中州黉宇峻，弦诵起风雷。
名噪中文系，士夸铁塔牌①。
红羊留数老②，绛帐育英才。
莫畏高峰险，人梯接九垓。

（一九八二年九月）

注：①河南师大及其前身中州大学、河南大学毕业生遍布河南各地，人称"铁塔牌"，因校址在铁塔之侧也。②华老及任访秋、高文等著名老教授，皆在河南师大中文系任教。

题汤阴岳飞纪念馆

河溃山崩地欲沉，大鹏高举出汤阴。
乾坤整顿终生志，日月光辉百战心。
武略文才陷冤狱，忠肝义胆付瑶琴。
擎天一岳谁能撼，爱国英风万古钦。

（一九八二年十月）

升杰来信言家乡近况，喜赋两绝

寂寞千年金凤凰①，而今展翅待飞翔。
好凭百万愚公力，换得全身锦绣妆。

莺啼燕语报春忙，梦里迷离觅故乡。
谁说陇南山水恶，新山新水看新阳。

（一九八三年四月）

注：①新阳川渭水流其东，凤山峙其南。关于此山命名由来，民间有"金凤凰"

传说,十分优美。

题茹桂《书法十讲》

苍茫一画辟鸿濛,伟矣笔参造化功。
岳峙川流心摄像,鹏抟虎跃腕生风。
艺舟赖此传双楫,草圣从渠越九宫。
四化新铺天样纸,且看墨海舞蛟龙。

(一九八三年二月)

酬王达津师寄诗见怀

出海云霞若可扪,几回翘首望津门。
穷年讲学心常热,终夜笺书席未温。
信有文思浮渤澥,能无诗兴咏昆仑?
西来东去非难事,桃李春风酒一樽。

(一九八三年二月)

附原作

迢递西飞一纸书,起居可有不时无?
料知华髪贪黄卷,那管青阳逼岁除。
门对终南诗兴远,步登雁塔郁怀舒。
文章每发凌云气,定是江山入画图。

诗·卷五

酬日本文化研究所所长大井清教授

亲书禧字意绵绵,一纸瑶笺万里传。
念我凭栏望朝日,劳君隔海贺新年。
曲江柳浪无穷碧,三岛樱花别样鲜。
同咏春光曾有约,何时并辔舞吟鞭!

(一九八三年二月)

自西安赴广州参加中国古代文学理论学会第三次年会,三日抵达,适遇大雨

夕发秦川大麦黄,夜经洛浦稻花香。
平畴弥望辞新郑,大厦连云过武昌。
作赋长沙颂橘柚,洗尘粤海看桄榔。
神州处处风光好,万里驱车乐未央。

(一九八三年六月)

中国古代文学理论学会在广州珠岛宾馆召开,喜赋七律三首

东湖初到雨翻盆,盛会开时见晓暾。
放眼中西拓文境,骋怀今古觅诗魂。
宗经尚许参三传,谈艺宁容定一尊!
继往开来创新局,喜看百派下昆仑。

武昌文会继昆明,岚影湖光俱有情。
盛事须吟千字律,群贤又集五羊城。
雕龙绝艺超刘子,夺席雄谈压戴生。
窗外无边木棉树,清风时送海涛声。

休将小技薄雕虫，文艺从来有异功。
哺育新人供美馔，勃兴华夏振洪钟。
须抒虎虎英雄气，要鼓泱泱大国风。
二百方针速芳讯，群莺飞啭万花红。

（一九八三年六月）

寄李汝伦（三首）

羊城文论会期间，与王达津师共约李汝伦于东湖相会，久待未至。后闻患软腭癌，深以为忧。顷接来书，言就医于梁任公后裔，已获痊愈，喜赋小诗三首。

曲江酬唱未能忘，荔枝红时访五羊。
十里荷香悭一面，东湖无际水云凉。

回春幸试越人方，一纸书来喜欲狂。
读画论文坚后约，明年万里上敦煌[①]。

欲将风雅继三唐，当代诗词赖表扬[②]。
坐拥花城花似海，百花齐放吐芬芳。

（一九八三年七月）

注：①唐代文学学会第二届年会预定于1984年夏在兰州、敦煌召开，约汝伦参加。②汝伦主编《当代诗词》。

酬三馀轩主人

林从龙兄惠寄陈葆经先生《三馀轩吟稿丛集》铅印本，内有见赠诗云："见山诗好久相闻，片羽《昆仑》足证君。自有丘迟传韵在，时期晤对老人文。"盖读《昆仑诗刊》所载拙作《见山楼诗钞》及老友丘良任先生传钞《唐诗讨论会杂咏》之后所作也。次韵奉酬。

气求声应久知闻,读罢新诗似见君。
万里河清人自寿,更挥健笔著雄文。

(一九八三年八月)

祝骊山学会成立,并贺《骊山古迹名胜志》出版

连天烽火葬幽王,匝地兵戈送始皇。
春满新丰鸡犬乐,月明绣岭管弦忙。
几番桑海留文物,一卷图经展画廊。
揽胜休徒赞秦俑,神州万里正龙骧。

(一九八三年八月)

青海文学学会成立,会长聂文郁教授驰书索诗,赋此祝贺。并题文集

骨肉相亲汉藏回,金山玉树雪崔嵬[①]。
昔闻青海出龙马[②],今见高原育俊才。
经济源多宝争聚,文明花艳会初开。
鸿篇结集流传远,珍重昆仑顶上来。

(一九八三年十月)

注: ①金山玉树,指阿尔金山及玉树藏族自治州。②《北史·吐谷浑传》:"青海周回千馀里,内有小山。每冬冰合后,以良牝马置此,来春收之,所生得驹,号为龙种。"

车中杂咏(五首)

灞桥犹见柳疏疏,华岳莲峰望已无[①]。
夜半朦胧闻报站,列车摇梦过东都。

歌声破梦日临窗，闻说车行到许昌。
忽遇学人谈学会，三分天下又奔忙②。

茅店鸡声驻马听，今来广厦郁峥嵘。
猛忆当年临别语，晓风残月不胜情③。

鄂豫相联耸峻峰，云中谁养大鸡公④？
天昏月暗茫茫夜，引颈高歌日渐红。

昔人一去不回头，黄鹤重来又有楼⑤。
两岸龟蛇齐踊跃，虹桥飞跨大江流。

(一九八三年十二月)

注：①与内子应邀赴长沙参加岳麓诗词讨论会，下午五时许自西安发车，至华阴，华岳三峰已隐没于夜幕中矣。②与武汉师院李悔吾兄偶遇于软卧车厢，言赴成都开《三国演义》学会筹备会始归。问筹备情况如何，蒙告知：以魏（河北）、蜀（四川）、吴（江苏）三方为主，邀北京及其他方面参加，他自己，则代表荆州方面。会长、秘书长等人选，已达成协议，定于1984年4月在洛阳开会，正式成立学会，并观赏牡丹。③1946年腊月底，友人许强华邀余赴郑州过年，狂欢二十余日。饯别之夜，偶吟柳永词云："今宵酒醒何处？"强华谑曰："驻马店晓风残月！"经驻马店时，闻茅店鸡声，因下车徘徊，果然晓风残月，不胜凄凉。④鸡公山以形似公鸡得名。当地人称公鸡为鸡公。⑤黄鹤楼正重建，将竣工，规模宏丽。

参加岳麓诗社雅集，喜赋一律

诸峰叠秀瞰清湘，万木经秋更郁苍。
高建诗坛张赤帜，宏开吟馆待华章。
江山壮丽供描绘，人物风流任品量。
盛会长沙昭史册，勃兴骚雅迈三唐。

(一九八三年十二月)

附内子胡主佑诗

卅五年前歌哭地,重来无处不关情。
湘江浪阔千帆举,岳麓云开百鸟鸣。
劫火连天萦旧梦①,雄楼弥望换新城。
长征亦有扬鞭意,不独吟诗颂晚晴。

注:①指1938年11月12日长沙大火。

岳麓诗社讨论中华诗歌继承发展问题,因献长歌

衡岳苍翠摩天阙,洞庭浩淼日出没。湘水澄碧道林秀①,地灵自古萃人杰。此日岳麓开盛会,诗坛百丈树丰碣。挥毫欲写中兴颂,缅怀今古心潮热。三闾大夫楚同姓,洞明治乱娴辞令。竭忠尽智窜沉湘,呵壁问天天方梦。多少骚人步后尘,吊屈伤时同一恸。贾谊谪长沙,赋鹏抒悲愤。杜老滞长沙,吟诗叹朱凤②。济民活国志未酬,徒留诗赋争传诵。历代王朝尚专制,惊世才华难为用。周秦汉唐逮清亡,久矣吾民苦虐政。内忧外患狼引虎,列强炮舰蹙吾土。鸡鸣未已夜难明,马列旌旗忽飘舞。湘江评论唤云雷,海燕迎接暴风雨。寒秋独立橘子洲,粪土当年万户侯。北战南征逐腐恶,人民从此主沉浮。四凶作乱已覆灭,天马翻天堕荒丘。十亿神州奔四化,扬帆破浪纵飞舟。千载难逢形势好,江山如画日杲杲。添彩增光需健笔,两鬓虽霜不伏老。中华由来号诗国,李杜苏辛诚佼佼。都将爱国忧民心,化作匡时淑世稿。文艺矿藏在生活,胸有洪炉炼瑰宝。优秀传统要发扬,泥古诗风须清扫。历史日夜转飙轮,时代精神旷古新。论诗岂下前贤拜,宜有新诗胜古人。屈子乡国逢初冬,水态山容春意浓。胜友如云发高论,继往开来气似虹。建设文明振诗教,伫看泱泱大国风。

(一九八三年十二月)

注：①《方舆胜览》："自湘西古渡登岸，夹径乔松，泉涧盘绕，诸峰叠秀，下瞰湘江。"岳麓寺在山上百馀级，道林寺在其下。杜甫《岳麓山道林二寺行》云："玉泉之南麓山殊，道林林壑争盘纡。"②杜甫大历四年留滞潭州（今长沙），作《北风》诗云："北风破南极，朱凤日威垂。"又作《朱凤行》云，"君不见潇湘之山衡山高，山巅朱凤声嗷嗷。侧身长顾求其曹，翅垂口噤心劳劳。下愍百鸟在罗网，黄雀最小犹难逃。愿分竹实及蝼蚁，尽使鸱鸮相怒号。"

随诗社诸公渡湘江，游岳麓山，遂至岳麓书院小憩。诸公多吟诗作书，因题一律以纪之

层林尽染山如绣，倩影初惊照碧湘。
胜境优游夸四绝①，群贤吟咏继三唐。
南轩讲学儒风远②，北海题碑书道昌③。
蔚起人文创新局，宏开广厦浴金阳④。

（一九八三年十二月）

注：①岳麓山有"四绝堂"，在道林寺侧。②岳麓书院，北宋开宝九年潭州守朱洞建，乾道元年，张栻（南轩）主教事；三年，朱熹讲学其中。绍兴五年，朱熹为湖南安抚，兴学岳麓，四方学子来学者至几千人。张南轩有记。③李邕（北海）《岳麓山寺碑》，在岳麓书院右，世称"三绝碑"。④岳麓书院，今为湖南大学一部分。

酬庄严教授见赠（二首）

盛会长沙辱赠诗，琼瑶欲报费沉思。
排云高唱吾何敢，惭愧黄绢幼妇辞。

弹丸脱手水溶盐，堪羡吟须总未拈。
霭霭春云任舒卷，诸天妙相现庄严。

（一九八三年十二月）

酬田翠竹先生见赠

南社凋零馀晚翠，三湘明丽谱新声。
诗心已许搴兰芷，老鹤明年更远征。

（一九八三年十二月）

附赠诗

一鹤飘然任往还，看云看水又看山。
遗踪屈贾犹能觅，定有诗心撷芷兰。

南岳杂咏（六首）

半 山 亭

拔地九千丈，南岳入青冥。
须凌绝顶望，且憩半山亭。

铁 佛 寺

佛言不坏身，铁铸亦多事。
红兵打复砸，无佛空有寺。

石 廪 峰

我佛石作廪，可要广积粮？
福田不自种，荒草怨斜阳。

入南天门望祝融

南天门上立，风云动脚底。
祝融犹争高，奇峰插天起。

登祝融阻雪

冰雪封道路,祝融不可攀。
奈何司火者,无计驱严寒!

磨镜台宾馆过夜

小住磨镜台,平生享奇福。
松涛碧入户,梅蕊香彻骨。

(一九八四年一月)

酬南岳诗社社长羊春秋教授见赠

曾闻悬赏购头颅,游击当年敌万夫。
赤帜终飘三户楚,青灯更读五车书。
蛇神牛鬼荒唐梦,国富民殷锦绣图。
结社联吟南岳顶,不须前后论王卢。

(一九八四年一月)

题衡阳回雁峰（四首）

南方瘴雨北冰霜,往日北荒南亦荒。
北雁秋来春便返,避寒何必过衡阳。

峰头广厦长廊护,峰下红楼绿树围。
北雁惊呼风物美,只须长住不须回。

衡阳南去冬尤暖,水秀山明胜昔年。
闽粤黔滇须遍访,海南岛上过春天。

四化红花塞上开,神州处处响春雷。
家乡更比江南好,回雁峰头北雁回。

(一九八四年一月)

船山书院留题

少年喜读通鉴论,斧钺华衮堂堂阵。
中年喜读正蒙注,一气弥纶万象铸。
垂老有幸游衡阳,船山书院久徜徉。
关学馀绪千秋在,手迹犹存翰墨香。

(一九八四年一月)

过宁乡花明楼

浮云苍狗变阴晴,车过宁乡百感生。
劫后何人寻故宅,花明楼下看花明?

(一九八四年一月)

过益阳怀亡友胡念贻

同学南雍夜对床,熟闻乡里话桃江。
西风吹泪桃江过,邻笛凄迷暮雨凉。

(一九八四年一月)

陪内子至澧县访旧居

岳麓谈诗笑语哗:"回门女婿过长沙!"
怜君卅载悲风木,白首同来访故家。

兰芷飘香澧水环,胡家楼子倚青山。
儿时乐事休追忆,陵变谷移五十年!

(一九八四年一月)

长沙、衡阳开会讲学期间，便中游南岳，访澧县，不觉已岁暮矣。乘特快列车返陕，车中过元旦。口占一绝，以抒豪情

放眼神州万里天，奇峰无限待登攀。
才辞南岳奔西岳，高速迎来八四年。

(一九八四年一月)

题《黄河诗词》

嵩岳参天翠霭浮，八方文物萃中州。
新诗一卷闲披览，浩荡黄河掌上流。

(一九八四年一月)

郑州市黄河游览区抒怀

雨霁风恬旭日红，振衣直上五龙峰。
波光溢岸河声壮，岚翠浮空岳势雄。
休叹鸿沟分汉土[①]，欣闻台岛颂尧封。
春随杖履开图画，揽胜寻幽兴未穷。

(一九八四年一月)

注：①鸿沟，即楚汉相争划界处，今与五龙峰等同为游览区内风景区。

登郑州二七烈士纪念塔

绿林如海飐红旌，四望中原眼倍明。
琪树三花添岳秀[①]，荣光五色庆河清[②]。
蝗汤水旱诸灾去，科技工农百废兴。

一语欣然慰先烈,前程似锦正长征。

注:①《齐民要术》引《嵩山记》:"嵩山寺中忽有思维树,即贝多也,一年三花。"初唐李适《送唐永昌赴任东郡》诗云:"因声寄意三花树,少室岩前几过香。"②《尚书中侯》云:"帝尧即政,荣光出河。"河,即黄河,荣光,五色瑞气也。

附内子题黄河游览区诗

银翼飙轮日夜喧,八方冠盖聚中原。
寄怀太室丹霞艳,放眼黄河锦浪翻。
岳寺龙峰堪啸咏,鸿沟驼岭任盘桓①。
和风丽日新天地;始见人间有乐园。

注:①岳山寺、五龙峰、鸿沟、驼岭,为黄河游览区四大风景区。

寄叶嘉莹教授

白下悲摇落,登高忆旧词①。
漫嗟如隔世,终喜遇明时。
四海飘蓬久,三春会面迟。
曲江风日丽,题咏待新诗。

(一九八四年四月)

注:①1948年秋,嘉莹先生与余同在南京。重九登高,卢冀野师作套曲,余二人各有和章,同在《泱泱》发表,其后卢师俱刻入《饮虹乐府》。

黄河摇篮曲

黄河之水来天上,九曲风涛天下壮。

炎黄于此肇文明，源远流长世无两。
为利为灾万斯年，吾民起夺造化权。
尽除水灾兴水利，摇篮旧曲换新篇。

（一九八四年四月）

别张挥之教授

　　甲子暮春，全国高校古籍整理研究所所长会议在杭州西子宾馆召开，与张挥之兄同住，听雨谈诗，乐不可言。挥之善书，求之者众。散会之夕，彻夜挥毫，凌晨犹写一律相赠，并作跋云："不知此等劣书，能为誊清大稿否？"因口占小诗，既以惜别，又坚其约。

窗外垂杨识张绪，案前草圣见张芝。
我诗君写闲来读，便忆西湖听雨时。

（一九八四年四月）

浙游杂咏（九首）

　　古籍所长会议结束之前，教育部邀约部分专家赴宁波参观天一阁，便道游阿育王寺、禹王陵、鉴湖及鲁迅故居，漫吟数绝。

暂辞西子立湖头，西子殷勤劝我留。
微雨润花千树艳，轻风梳柳万丝柔。

游兴浓如带雨桃，轻车快似出云雕。
凭窗正望六和塔，已过钱塘十里桥。

西兴四望雨丝繁，车过萧山日又暄。
油菜花开麦抽穗，金黄碧绿绣平原。

卅载收藏化劫灰，白头万里访书来。
匆匆一瞥《琼台志》，百柜千箱锁未开①。

阁名天一意殊深，避火欲藏稀世珍。

百宋千元何处去,空余池水碧粼粼②。

地下钟鸣事渺茫,太康名刹鄞山阳。
劫波历尽吾犹健,渡甬来朝阿育王③。

百草园中百草丰,咸亨酒店酒香浓。
翻身乙己知多少,饱喝花雕吊迅翁。

贺监风流何处寻,鉴湖烟柳变鸣禽。
于髯大笔传秋瑾,女侠英名照古今④。

混流洪水祸无穷,万古难忘疏导功。
大禹陵前舒望眼,江河淮汉总朝东。

(一九八四年四月)

注:①至天一阁,主人只拿出《琼台志》等三四种明刻本令轮流观看,不准手摸,自不得翻阅,殊令人失望。书柜书箱颇多,皆上锁,求藏书目录一阅,亦未获允。②阁名取"天一生水"之义。阁前凿池蓄水,用以防火。主人介绍:此阁未遭火灾,原藏宋、元刻本,多陆续为人偷去。③阿育王寺在宁波市东鄞山之阳,有舍利殿、大雄宝殿等建筑,景色清幽,为中国佛教名寺。相传西晋太康二年,沙门慧达于此闻地下钟声,因知阿育王拟造八万四千塔中之一塔,应在此处,遂建精舍。④秋瑾烈士碑文,为于右任所书。

贺《洛阳大学学报》创刊

溪绯左紫胜姚黄①,独占春风洛水阳。
国色休夸牡丹艳,学刊花放四时香。

(一九八四年六月)

注:①溪绯、左紫、姚黄,皆洛阳牡丹品种,见欧阳修《洛阳牡丹记》。

题《雁北师专学刊》

　　1984年七月下旬,全国师专元明清文学教学、科研学术讨论会由雁北师专主办,在大同召开,余与内子应邀参加,赋一律纪其事,并题会议专刊。

　　　　阴山遥望郁葱茏,北渡桑乾访大同。
　　　　四野能源赞煤海,千年边患息狼烽。
　　　　论文况有登临乐,造士还求化育功。
　　　　教学科研开异境,更攀恒岳最高峰。

(一九八四年七月)

游云岗石窟

　　　　访古云岗去,专车似燕轻。
　　　　蜂房千户敞,佛窟一灯明。
　　　　听法从顽石,随缘乐此生。
　　　　如来同摄影,掌上莫留行。

(一九八四年七月)

游悬空寺

　　同姚奠中、宋谋瑒诸教授游恒山悬空寺,寺有送子观音及药王等塑像。三教殿中老子居左,须眉雪白;孔子居右,须眉乌墨;释迦牟尼居中,无须,戏为打油诗。

　　　　楼殿耀苍冥,悬空垂典型。
　　　　兼容儒释道,结合老中青。
　　　　送子皆麟种,求医得鹤龄。
　　　　高峰藏妙境,切莫畏攀登。

(一九八四年七月)

登应县木塔

  塔建于辽代,八角九层,其时代之早与结构之精巧、高大、宏丽,均居世界木塔第一。因采取保护措施,游人不得攀登。我等被特许,登至第四级,群燕环飞,已在其下矣。

  檐牙高耸啄苍冥,九级才登第四层。
  槛外回翔群燕乐,天边挺秀数峰青。
  汴京杰构宁专美①,紫塞良工敢竞能。
  传统何须限辽宋,神州文化总堪矜。

(一九八四年七月)

注:①指开封铁塔。

游 五 台

  与内子承雁北师专领导同志专车护送至台怀镇,小住两日,遍游菩萨顶、显通寺、塔院寺、碧山寺、南山寺、龙泉寺诸胜境。台怀,谓在东台、南台、西台、北台、中台等"五台"怀抱中也。

  滴翠萦青卉木稠,千岩竞秀万壑幽。
  时闻古刹传钟韵,偶见遥峰露佛头。
  三辅连年困烦暑,五台仲夏浴凉秋。
  相携信步菩萨顶,不羡人间万户侯。

(一九八四年七月)

重游兰州(二首)

  皋兰山下看奔涛,年少鏖兵忆票姚①。
  旧地重游陵谷改,和风已动画图娇。
  虹桥压浪黄河静,绿树连云白塔高。

丝路缤纷花雨密,交流文化起新潮。

金城何用锁重关[2],开放宏图纳九寰。
学海冥搜千佛洞,文坛高筑五泉山。
速传信息通欧美,广建功勋待马班。
莫道西陲固贫瘠,要将人巧破天悭。

(一九八四年八月)

注:[1]1941年秋曾至兰州,欲投笔抗日。[2]金城关,汉置。在兰州黄河北岸白塔山下,极险要,为丝绸之路咽喉。

宁卧庄消夏

昔日泥窝子,今时宁卧庄。
红楼连柳径,曲槛绕荷塘。
入圃繁花艳,窥园硕果香。
招邀谢贤主[1],小住纳新凉。

(一九八四年八月)

注:[1]谓杨植霖同志。

自敦煌乘汽车至古阳关。缅想丝绸之路,口占八句

万里丝绸路,长安接大秦。
风驼输锦绣,天马送奇珍。
经济鲜花盛,文明硕果新。
汉唐留伟业,崛起看今人。

登嘉峪关城楼

长城东起老龙头,万里蜿蜒至此留。
高建雄关司锁钥,重围峻堡控咽喉。
雕盘大漠烽烟靖,雪化祁连黍稷稠。
开放河山无限好,敌楼极顶纵双眸。

游敦煌千佛洞

莫高胜境久倾心,垂老来寻稀世珍。
万壁图形俱入妙,千尊造像总传神。
伤心耻问藏经洞,警众仍防盗宝人。
四海遗书应遍览,敦煌学派冠群伦。

古 阳 关

西游兴未阑,挂杖访阳关。
残垒烽烟靖,新村鸡犬喧。
犹余沙漠漠,切盼水涓涓。
会见丝绸路,连林绿到天。

赠蔡厚示教授

毕门皆好友,蔡子更心倾。
永忆滇池会,毋忘瀚海行。
谈禅入佛窟,炼句过油城。
更有明年约,棹歌九曲清。

赠兰州裴慎医师

开缄章句美，入户芝芩香。
爱国还医国，诗囊伴药囊。
虫沙同历劫，葵藿自倾阳。
馀热犹堪献，休嗟鬓有霜。

（一九八四年八月）

祝中国韵文学会成立

风骚流誉遍寰瀛，况有雄才赋两京。
远韵深情须继美，重光汉业振天声。

（一九八四年十一月）

登长沙天心阁

杰阁凌空起，送目偶登临。
湘水清波漾，麓山绿树深。
风和惬人意，日朗见天心。
屈子重来日，新歌换旧吟。

（一九八四年十一月）

偕中国韵文学会诸公登岳阳楼

喜共无双士，来登第一楼。
馀寒随雾散，初日际天浮。
碑献中兴颂，帆扬四化舟。
凭栏何限意，放眼看潮流。

（一九八四年十一月）

金坛段玉裁纪念馆落成

铁骨支贫砚种忙①,乾嘉巨擘起长塘。
东原绝学堪绳继②,叔重遗编赖表扬③。
花采千红勤酿蜜,书经九译远流芳④。
金坛建馆非无意,风范宜师段茂堂。

(一九八五年一月)

注:①段氏幼年即受"不耕砚田无乐事,不撑铁骨莫支贫"家教。②段氏早年师事戴东原。③《说文解字注》是段氏力作。④段氏著作早译为日文。

寄题许慎纪念馆

河南郾城重修许慎陵,新建许慎纪念馆,并于今年四月举办许慎国际学术讨论会。来函索诗,写寄七律一首。

泱泱汝水溉桑麻,百劫犹存祭酒家。
造字曾惊天雨粟,说文还羡笔生花。
弘开智力须坟籍,遍访灵源赖斗槎。
济济群贤光汉学,许祠高耸灿朝霞。

(一九八五年四月)

友人嘱题狱中诗草

诗以写情境,未可拘一格。雕琢丧天真,效颦失本色。卢子情何深,境遇尤奇特。缧绁非其罪,忧国肝肠热。长夜频书空,追录成兹册。读之起共鸣,我亦牢中客。四凶已伏诛,四化谁能遏?春风绿禹甸,百卉发红萼。妖氛无留影,海天共澄澈。勿忆楚囚泣,且效铅刀割。馀事倘耽吟,振兴作喉舌。豪情遍八极,奋飞刷劲翮。

(一九八五年四月)

赠马生宏毅

援朝子投笔,吾作送行诗。子少吾方壮,敢效弄潮儿。悠悠卅六载,艰危各自知。大难幸不死,垂老遇明时。儿女皆成长,鹏翼刷天池。吾辈有馀力,亦可奋驱驰。羲里春光好,亲友系我思。何当共樽酒,分韵捋吟髭。

(一九八五年四月)

题重修黄鹤楼

乌云拨尽起层楼,黄鹤归来赞不休。
笛里新声梅未落①,眼前佳景画难侔②。
帆扬江汉雄三镇,桥跨龟蛇通五洲。
望远凭高无限意,春潮澎湃接天流。

(一九八五年四月)

注:①翻李白"黄鹤楼中吹玉笛,江城五月落梅花"。②翻"眼前有景道不得,崔颢题诗在上头"。

题彭鹤濂红茶山房煮茗图,次原韵(二首)

炎威曾逼万千家,铄石流金日未斜。
独有清风生两腋,松阴自煮玉川茶。

日汲源头活水清,烹诗心意烹茶情。
诗心更比茶情酽,写向遥天颂晚晴。

(一九八五年四月)

《兰州晚报》创刊五周年

换羽移宫格调新,五年夜夜启朱唇。
浩歌簸荡黄河水,浇灌皋兰万象春。

(一九八五年四月)

采石太白楼诗词学会成立感赋

谪仙虽谪终是仙,锦衣笑傲王侯前。沉香亭畔百花鲜,一枝红艳动吟笺。愿为辅弼清海县,已有乐章奏御筵。出游况有五花马,曲江两岸春风颠。饭颗独怜杜甫瘦,万卷读破更辛酸。岂意文章同憎命,行路亦如上天难。世人欲杀魑魅喜,天上沦谪人间复播迁。风急滩险猿啼苦,夜郎西望迷瘴烟。冤魂频入少陵梦,同行携手复何年!采石矶边庆生还,江心捞月月在天。诗卷飘零人何在?千秋怅望意茫然。欣闻群彦结诗社,太白楼高摩星躔。楼上联吟吾有梦,斗酒未尽诗百篇。举头望明月,登月有飞船。瞑目想蜀道,飙轮飞跨峨岷巅。创作自由新天地,穷幽探胜各争先。敢向班门弄大斧,新秀岂宜逊前贤?

(一九八五年五月)

全国外语院系汉语教学研讨会在西安召开,应邀出席开幕式,赋诗祝贺

终南晴翠扑眉梢,一雨长安暑气消。
冠盖云屯逢盛会,讦谟泉涌促新潮。
精研文史胸怀广,淹贯中西眼界高。
开放宏图通九译,神明华胄亦天骄。

(一九八五年五月)

林则徐二百周年诞辰，有感于戍新疆事，偶吟八句

远戍犹能立异功，天留荒野试英雄。
桑麻人颂林公井，耕战家操后羿弓。
获罪仍谋驱海寇，筹边还为扫狼烽。
盱衡世界存华夏，立马昆仑第一峰。

（一九八五年六月）

第三届《水浒》讨论会在秦皇岛召开

英雄无地避权奸，专制淫威记昔年。
造反投降谁有理？秦皇岛上说梁山。

（一九八五年八月）

山海关抒怀

1985年8月秦皇岛讲学期间，偕主佑游山海关。登城楼，漫步长城顶上。望内外东西，想今来古往，激情喷涌，因吟小诗。

天围碧海海连山，万里长城第一关。
徒令防胡祸黔首，漫将失险罪红颜。
欢腾内外车同轨，捷报东西国去奸。
千雉拂云烽燧靖，永留奇迹壮人寰。

（一九八五年八月）

得 端 砚

何处求佳砚，端溪割紫云。
石交同冷暖，身世不缁磷。

书画宁泥古？诗文待创新。
　　精研忘岁月，落笔自超群。

（一九八五年八月）

酬日本坂田教授（五首）

　　水击风抟跨海来①，玩珠峰下讲筵开。
　　宏观博取通今古，六代江山出异才。

注：①坂田君游学南京，从孙望教授治中国古典文学，造诣颇深。

　　金陵游罢又西驰，把酒曲江花满枝。
　　疑义奇文同赏析，未开风气敢为师①？

注：①癸亥七月，君自南京执贽礼及程千帆教授介绍信来访，备言专程投师之意。定庵诗云："但开风气不为师。"予未能开风气，更何敢为师？

　　弦诵南雍我亦曾，至今犹梦草玄亭。
　　君来共话南雍事，师友凋零感不胜！

君询南雍诸老遗事，因详言之，以见师友渊源。

　　一去蓬莱路渺漫，几番相望隔风烟。
　　书来恰值中秋夜，东海西天月共圆。

乙丑中秋得君书，备述怀念之情。

　　寄我新诗韵味浓，宏文卓见论词宗。
　　先师泉下宜心许，海运重开吾道东。

君寄新著《谈词续语》，遍论吴瞿安、汪旭初、陈匪石、乔大壮诸先生词。诸先生皆曾以词学教授南雍者也。其论匪石师部分，引拙文数百字，益动怀旧之情。

（一九八五年九月）

赠书画家周君（四首）

荐函读罢笑颜开，喜见乡邦出俊才。
嗜印工书尤擅画，冰天弹指现红梅。

六五年春，君持新作雪里红梅图等及王新令先生荐书来访。书中言其工书、善画、兼长篆刻，实家乡新秀，嘱余于西安艺术界觅一适当工作，以利发展。

花明柳暗艳阳天，来访长安正少年。
一代名流夸绝艺，汝南月旦岂虚传？

余携君走访美协主席石鲁。石鲁细看作品，连声称赞。"字、画、印都好，印更好！"并愿调君来美协工作，不料石鲁因故罹祸，自顾不暇，此事遂寝。

脱身虎口觅侯芭，绕树巡檐泣冻鸦。
火暖情温肴馔美，难忘岁暮宿君家。

"文革"中余陷文字狱，株连全家。六九年冬脱身回天水，欲觅往日门人为子女谋生路而苦于无从探问，已绝望矣。深夜至君家投宿，周老伯一见大喜，让出住房，生炉火，备肴馔，并言知门人马宏毅、刘肯嘉住处。次日，宏毅、肯嘉分购酒肴，于宏毅处设宴为余压惊，方入席而周老伯至，笑谓："你们准备了山珍海味，我做好了浆水面。我看霍老师吃我的浆水面，还是吃你们的山珍海味？"我只好说："吃浆水面！"既至，则盛宴相款，且邀郑旭东先生作陪。时周、郑亦属牛鬼蛇神，忧心忡忡，然皆强为笑语，百端解慰，余意稍舒。

曲江重见话前游,物换星移二十秋。
驰誉寰瀛亦堪慰,休嗟伯乐弃骅骝!

　　今秋君赴郑州参加国际书法展览,领奖归,途经西安,特来相访,为余作画。自言尚在天水雕漆厂当技工,忆及二十年前王翁推荐与石鲁赞许,不胜感叹。王、石墓木已拱,然世界甚大,伯乐代有,书法于国际展览中获奖。既足以慰王、石于地下,亦堪自慰也。

(一九八五年九月)

陕西人民出版社成立三十五周年

雄关百二古皇州,一换新天释众囚。
更有群贤图改革,宁无谠论助潮流。
艺文拔萃鲜花艳,科技撷英硕果稠。
三十五年劳绩著,还期开拓建鸿猷。

(一九八五年九月)

诗·卷六

读《于右任诗集》（十首）

启蛰春雷动八埏，诗坛哭笑记当年。
一编四海流传遍，不恨无人作郑笺。

　　于先生以天下兴亡为己任，不屑以诗人自限，故早年有"转战身轻意正酣，无端失足堕骚坛"之叹。然正因其以天下国家为己任，故发而为诗，大声鞺鞳，振聋发聩，启迪民智之功，自不可没。其少作《半哭半笑楼诗集》早佚，王陆一选入《右任诗存》者，不过其中一部分。

椎秦助纣细评量，痛斥夷齐颂子房。
石破天惊呼革命，划开时代谱新章。

　　王陆一《右任诗存笺》以《杂感》组诗弁首，此乃于先生少作，写于1896年前后，在南社成立（1909）前十多年。诗中斥助纣而颂椎秦，高呼革命，力倡民主，以"心中有商纣，目中无商民"之铁谳翻数千年赞颂夷齐之成案。思想新，格调新，实开诗坛一代新风。

唤起同胞勿自囚，欧风美雨看潮流。
图强要辟新天地，众手推开老亚洲。

　　辛亥革命前诸什，内恫专制淫威，外怵列强相逼，呼唤同胞再造神州，自辟乐土，激情喷涌，高唱入云。或谓于先生"少作最堪珍"，信然。

天灾人祸困三秦，靖国谁援子弟兵。
寄兴无端吟草木，情深意婉迈茈经。

　　于先生领导靖国军，处境艰危，其诗风亦一变而为沉郁顿挫、悲壮苍凉。《民治学校园纪事》七律二十首，则另辟蹊径，用草木花卉之名六十馀，以植物学之论据，写校园中之景物，而以景寓情，因物托事，设喻新奇，寄兴遥深，为《诗三百》比兴手法之运用开疆拓土，真杰作也。

> 真理寻求马克思，西征万里赴俄时。
> 红场赤帜乌城会，竟入髯翁解放诗。

于先生于1926年往返苏联期间所作诗，如《东朝鲜湾歌》、《红场颂》、《克里木宫歌》等。以新观念表现新事物，驱遣新词汇，诗句有长达十七字者，堪称"解放诗"。

> 壮士争操逐寇戈，岂容胡马遍山河？
> 苏辛效命酸甜助，铁板铜琶唱战歌。

八年抗战，于先生每以"执戈无我"、"不为名将"为恨。其鼓舞士气之作，多用词曲，以其适于制谱传唱也。词宗苏、辛，曲效酸、甜，豪放俊爽，明畅如话。《黄钟·人月圆》曲云："苏辛为友，李杜为师。"《馀事》诗云："风云祈卫霍，鼓吹唤酸甜。"皆足以明其志。元曲著名作家贯云石号酸斋、徐再思号甜斋，并称"酸甜"，后人合辑其曲，名《酸甜乐府》。

> 告庙钟山祈宪章，满腔宏愿付东洋。
> 不堪太武山头立，雨湿神州望故乡。

于先生预见日寇将败，豪情满怀，作《满江红》词，有"看马前开遍自由花，天散香"，"待短时告庙紫金山，祈宪章"之句。曾几何时，希望化为泡影！去台后多思念大陆、缅怀往事之作。《望雨》诗云："更来太武山头望，雨湿神州见故乡。"其情其境，亦可悲矣！

> 鸡犬相闻人未回，每闻鸡唱便兴哀。
> 应知故里甘棠在，树树繁花已盛开。

于先生去台后所作，如《鸡鸣曲》、《基隆道中》等，屡引台湾民歌"福州鸡鸣，基隆可听"以抒怀抱。望云树，思故乡，恋家乡，念亲友，一往情深，催人泪下。骨肉亲朋，相隔一水，鸡犬之声相闻而老死不相往来，岂人情之常乎？

髫年我亦牧羊儿，常记金陵夜话时。
馀事诗豪兼草圣，读翁遗集愧深知。

余肄业南京中央大学期间，因汪辟疆、卢冀野诸业师之介，得识于先生。每于日夕趋谒，倘座无他客，则论学谈艺，恒至夜深。因谈及《牧羊儿自述》，于先生问余童年情况，狡答以"我也放过羊！"于先生喜曰："出身清贫，洞察闾阎疾苦，往往能立大志，成大业。"余以诗法书法为问，则曰："有志者应以造福人类为己任，诗文书法，皆馀事耳。然馀事亦须卓然自立，学古人而不为古人所限。"呜呼，不见芝眉，已三十七年矣！于先生墓木已拱，余则徒增马齿，百无一成！读遗集，想教言，何胜惭恧。

终喜神州殄四凶，风和日丽万花红。
台湾亲友归宜早，一统金瓯祭右翁。

（一九八五年九月）

楼观台杂咏（五首）

函关来紫气，秦岭散丹霞。
老子传经处，碧桃树树花。

楼观台本周康王太史尹喜宅。喜见紫气东来，因迎老子至此，著《道德经》五千言。

尹喜楼仍在，青牛去不还。
流沙万里外，争读五千言。

老子著《道德经》后西去流沙，不知所终。近来西方世界极重老子，研究其学说者甚众。

　　周秦留古迹，欧美亦知名。
　　不见闻仙里，游人多外宾。

周穆王谓尹喜得道，因于其故宅建祠修观。秦汉以来，屡有兴修，以居道士，其所在地曾称闻仙里。

　　古碣多残毁，仙家有废兴。
　　新碑已林立，楼观焕青春。

苏轼《楼观》诗云："门前古碣卧斜阳，阅世如流事可伤。"此后屡立屡毁，而以"文革"中破坏最烈，今于此建新碑林。

　　暴政生民怨，求仙笑始皇。
　　富强兼善美，处处是仙乡。

秦始皇好神仙，求长生，于尹喜楼南立老君庙祈福，晋惠帝扩建，莳木万株，连亘七里，给供洒扫三百户。

寄李易

　　岁云暮矣风酿雪，唐音高阁冻欲裂。瑟缩墙角盼暖气，抚摸管道冰已结。忽传李易寄书至，字字如火光烨烨。初读血液渐流通，再读思想亦活跃。喜君妙选唐贤诗，各派各家多系列。名篇鉴赏流传远，佳什翻译又盈箧①。劳改归来才几年，编著屡补艺坛缺。况复吟哦不绝口，硬语盘空耐咀嚼。飞将谪仙长爪郎，射虎骑鲸呕心血。君有异才堪继武，摘帽端宜露头角。忽忆同上岳阳楼，洞庭之野仍张乐②。风激浪涌八万顷,陵变谷移三千劫。白银盘子如许大,青螺飘渺谁能撷③?下楼扬帆真豪举,水态山容恣戏谑。主人好客设盛宴,巴陵美酒信芳冽。饮似长鲸惊四座,瓮尽罍空意未惬。李白复活万灵喜,只有君山怕划却④。宴罢纷纷爬车去,车行百里忽停脚。逐车查点——"丢李易!"回车遍觅音尘绝。有人入厕忽狂笑,众往观之亦大噱。白眼四顾君嗔怪:"入我裈中何太亵!我方静卧汝且去,明朝有酒再来接。"此景历历犹在目,屈指已是经年别。君妇有酒我亦有⑤,共酌其奈隔山岳!推窗东望疑见君,天际云开吐明月。

(一九八五年十二月)

注:①君编《唐诗鉴赏集》早出版,《唐诗今译》已结稿。②《庄子·天运篇》:北门成问黄帝曰:"帝张咸池之乐于洞庭之野。"③刘禹锡《望洞庭》诗云:"遥望洞庭山水翠,白银盘里一青螺。"④李白《陪侍郎叔游洞庭醉后三首》其三云:"划却君山好,平铺湘水流。巴陵无限酒,醉杀洞庭秋。"⑤苏轼《后赤壁赋》:"妇曰'我有斗酒,藏之久矣,以待子不时之需。'"

赴泰车中书感(五首)

浩劫中备受摧残,双目生障,视力渐减,今已濒于失明。1986年元月九日,由老妻照料,赴泰安就医。车轮滚滚,中心摇摇,粗理思绪,得诗五章。每章皆有"眼"、"目",诗为此作也。

儿时在农村,顽皮不殊众。捕雀上高枝,逐兔入深洞。打仗领一军,陷阵杀声动;徒手擒敌酋,受伤不呼痛。惟惮塾师严,每苦日课重,背书始许玩,过目强成诵。谬得神童名,未顶一钱用。束书矜妙悟,时贤争赞颂;"死记"与"硬背",久矣受嘲弄!

青年怀远志,力学不知疲。醉心文史哲,亦爱理工医。英文啃名著,几何解难题。书法夙所好,临池追献羲。报刊辟专栏,人称写作迷。维时遭国难,战火起东夷。学府屡播迁,学子苦流离。栖身谢寺庙，果腹赖粥齑。继暑短檠灯，伴读五更鸡。双目常红肿，双手未停披。师友虽夸奖，乡党竟相讥："某某上学时，年级比汝低。数年当乡长，豪强谁敢欺？大院起高楼，全家着鲜衣。沾亲与带故，一一得提携。汝意果何在，苦读无了期？"斯言诚俗鄙，未便反唇稽。读书为救国？河山遍疮痍！读书为济民？闾阎啼寒饥！反躬每自问，深夜独嘘唏。

将近而立年，祖国庆解放。人民掌政权，万事翻新样。建设展宏图，气与山河壮。自愧脑筋旧，脚步跟不上。刻苦学马列，当仁岂相让！发展探规律，历史辨真相。心胸既开阔，热情亦高涨。科研闯难关，教学打硬仗。读书廿余载，南北久飘荡。壮志何时酬，抚膺徒惆怅。何幸遇休明，努力知方向。前途愈灿烂，两眼更明亮。日夜须兼程，乘风破巨浪。

左倾煽毒雾，忧患迫中年。无端遭批判，典型号白专。"文革"更上线，罪恶竟滔天！假如爱双目，入夜即高眠。不读亦不写，日日逞巧言。准当革命派，劫舍又夺权！不然靠边站，饱食日三餐。逍遥十馀载，体胖心亦闲。何至关牛棚，妻子俱株连。抄家更放逐，牧羝老荒山！

历史宁倒退？"四五"响惊雷。浩劫存硕果，拨乱显神威。三中开盛会，百怪化寒灰。改革除积弊，开放破重围。举国奔四化，英雄竞夺魁。奈何当此日，双目失光辉！报国心如火，展翅难奋飞。欣闻医国手，悬壶泰山隈；拨雾有神术，金针盼一挥。去日冬将尽，扑面雪霏霏；归时春风动，庶可赏芳菲！

（一九八六年一月）

双目复明，登岱放歌

元月十日抵泰安，住陆军八十八医院。院领导极重视，从济南军区总部请来著名眼科专家宋振英主任会诊。并通过双人双目显微镜指导高如尧医师做摘除白内障手术。手术极成功。半月后验光,视力已基本恢复,遂动登岱之兴。真喜出望外矣!

> 泰山脚下兼旬住,却恨无由识泰山。
> 仰望几番迷浊雾,高攀何处越重关?
> 医师济困明双目,妻子扶危上极巅。
> 待看神州花满地,笑迎东海日升天。

(一九八六年一月)

出院回校,视力日增,喜赋

二月六日回校。路遇熟人,已能呼名问好;不似往日以不理人招怨。盆兰破蕊,已能赏其幽姿;不似往日雾里看花。教学,科研活动,自可重新开展矣。

> 即逢佳士未垂青,白眼睃人百怨生。
> 赖有神针除障翳,顿教前景放光明。
> 滋兰树蕙贪花好,点《易》笺《诗》爱晚晴。
> 更拟远游开视野,搜奇览胜谱新声。

(一九八六年二月)

武鸣伊岭岩杂咏(九首)

> 争传地下有蓬瀛,揽胜端宜访武鸣。
> 特遣双狮迎远客,壮乡儿女自多情。

第一景区名"欢乐的壮乡",有"双狮迎客"、"壮家妇女"等景。

> 喜看丰收几代人,芸花香里乐天伦。
> 游廊曲折通何处?行到仙源更问津。

第二景区有"芸花怒放"、"三代人喜看丰收"等景。游廊曲折，五彩缤纷。

  玉殿辉煌自启扉，座中王母是耶非？
  游人亦赴瑶池会，不食蟠桃那肯归？

第三景区名"瑶池盛会"，殿宇宏开，群仙毕集。

  忽从天上落人间，回望琼楼别众仙。
  金凤相邀红水引，前行更有一重天。

第四景区名"红水河畔"，直下三十多米，仰望如云中仙境，下视如世外桃源。金凤相迎，翩翩起舞。

  三姐歌声飞海滨，海滨满眼尽奇珍。
  更闻宝库藏深海，探宝还须入海人。

第五景区名"海滨公园"，有"刘三姐对歌"、"海底宝库"等景。

  山乡新貌喜人心，瓜满阳坡果满林。
  更有神医延鹤寿，灵芝采罢采人参。

第六景区名"山乡新貌"，有"瓜果丰收"、"神医采药"等景。

  对峙奇峰列翠屏，崚嶒怪石画难成。
  雌鸡俊美真良种，肉嫩汤鲜未忍烹。

第七景区名"江山多娇"，奇峰怪石，美不胜收。又有"良种母鸡"等景。

北国风光雪未消，竹林深处戏熊猫。
碧空忽见繁花坠，天女翩然下九霄。

第八景区名"天女散花"，有"北国风光"、"竹林熊猫"等景。

人间仙境诚堪恋，苦炼丹砂亦太痴。
鸡犬飞腾却回首，满山红豆寄相思。

伊岭岩前孤峰突起，有仙山院旧址。红豆满山，相思可托。

(一九八六年三月)

高元白教授出示于右任翁祭其先德高又宜先生文，题七绝七首

清酌时蔬祭故人，于翁健笔写真淳。
分明一纸先贤传，亮节高风百代新。

味经书院育英髦，宏道匡时跨海涛。
《秦陇》《夏声》张正义，推翻帝制鼓新潮。

武昌首义万人欢，继起西都战鼓喧。
参赞戎机终奏凯，神州从此纪新元。

薄宦关中有政声，观风化俗见经纶。
神奸祸国羞为伍，大隐燕京二十春。

梁州终老寇氛张，重光华夏盼诸郎。
从古仁人宜有后，芝兰玉树一时芳。

硕德如君不憖遗，于翁深为陕人悲。
汉唐馀烈飘零甚，正待英才振国威。

不见于翁四十年,银髯梦里尚飘然。
遗文读罢兴百感,应建殊功慰昔贤。

(一九八六年四月)

丙寅春暮,全国唐代文学学会第三次讨论会于洛阳召开,恰逢牡丹花会,喜赋

溢彩飘香百万家,清清洛水映朝霞。
喜随四海风流士,来赏中州富贵花。
抑白岂宜轻玉版?崇红宁独贵朱砂[①]?
和风甘雨春无价,斗丽争新尽足夸。

(一九八六年四月)

注:①玉版、朱砂,皆牡丹名。讨论会上,颇有全盘贬抑白居易其人其诗者,亦有全盘崇扬元稹其人其诗者。

黄河游览区杂咏(二首)

河清轩

开轩竞撰河清颂,出户同观麦秀图。
一例东风吹禹甸,中州好景似三吴。

披襟亭

送爽几曾分贵贱,披襟何用辨雌雄。
"快哉"声里游人众,小立亭前赞好风。

(一九八六年四月)

题罗国士神农架山水长卷

神农架,神农架!洪荒之世出神农,岂曾于此习耕稼?神农一

去不复回，留此奇观壮华夏。危峰拔地摩月窟，怪石凌空穿云罅。天风乍吼翠涛涌，雷雨初收彩虹挂。雾起云飞山隐形，海浪翻腾鱼龙怕。雾敛云散海失踪，千岩竞秀花争姹。挈云拂日松成林，神农往日憩林下。每当松际吐明月，犹有仙人来夜话。百兽率舞百鸟鸣，云中之君亦命驾。山深林密与世隔，几人知有神农架？偶传架上野人游，此语一出惊欧亚。渐有勇者窥奥秘，啧啧始羡乾坤大。频年梦游身未到，一朝喜见罗君画。画境更比梦境奇，连日披览不能罢。罗君真国士，妙笔参造化。且持此画赋远游，海外宁无知音迓？有欲买者慎勿卖，此乃瑰宝难论价。

（一九八六年四月）

赠程莘农教授

  1986 年 5 月下旬至 6 月初在京参加国务院学位委员会学科评审组会议，与程莘农教授同住京西宾馆 323 室。程系中医名家，兼擅书画，尝授余针灸秘诀，临别又书大寿字为余祝嘏，盛情可感，口占一律相赠。

    京华邂逅亦夙因，旬日联床笑语亲。
    医冠中西教博士，学兼书画羡通人。
    肯挥大笔祝双寿，更授金针济万民。
    别后相思倘相访，夕阳明处是三秦。

（一九八六年六月）

祝河南黄河诗社成立

  黄河纳百川，浩瀚谁与敌？后浪推前浪，万古流不息。中州涨春潮，改革风雨急。龙马负新图，文明今胜昔。奔走聚诗人，长鲸快一吸。结社名黄河，黄河泻诗笔。杜老与莎翁，闻风各效力。我虽隔函关，亦盼沾馀沥。芜辞遥祝贺：诗国辟疆埸[①]。

（一九八六年六月）

注：①疆埸（yì 易），疆界，边境。

茂陵怀古

旌旗十万映朝霞，大汉天声震海涯。
煊赫武功青史著，风流文采艺林夸①。
已知治国须多士，何用求仙罢百家？
王母不来银阙远，茂陵松桧绕啼鸦。

（一九八六年七月）

注：①鲁迅《汉文学史纲要》："武帝有雄才大略，……又早慕词赋，喜《楚辞》，尝使淮南王安为《离骚》作传。其所自造，如《秋风辞》、《悼李夫人赋》等，亦入文家堂奥。复立乐府，集赵代秦楚之讴，以李延年为协律都尉，多举司马相如等数十人作诗颂。"又云："武帝词华，实为独绝。……自作《秋风辞》，缠绵流丽，虽词人不能过也。"

霍去病墓

频仍外患乱如麻，奋起嫖姚奠众哗①。
孙子多谋宁拟古，匈奴未灭不为家②。
历摧战垒通西域，遍扫狼烟靖朔沙③。
冢象祁连功盖世④，陵园香溢四时花。

（一九八六年七月）

注：①《史记·卫将军骠骑列传》：霍去病年十八，为嫖姚校尉，以军功封冠军侯，不久，又为骠骑将军。②《史记·卫将军骠骑列传》："骠骑将军为人少言不泄，有气敢任。天子尝欲教之孙吴兵法，对曰：'顾方略何如耳，不至学古兵法。'天子为治第，令骠骑视之，对曰：'匈奴未灭，无以家为也。'由此上益爱重之。"③上句指去病开河西、通西域的战功，下句指去病出代郡、右北平千余里，击败北方匈奴主力的战功。④去病大破匈奴于祁连山，他死后，武帝"为

冢象祁连山（把他的坟筑得像祁连山那样），并在墓前置各种大型圆雕石刻，以表彰这次战功。

李夫人墓前书感

倾国倾城绝世姿，沉沦微贱惜良时。

倘非一曲佳人颂，安得平阳贵主知？

专宠何曾干大政，临终惟愿护连枝。

病容不使君王见，凄绝遗言莫浪嗤。

（一九八六年七月）

教师节书怀

坑馀逢盛世，劫后庆佳辰。

绛帐弦歌美①，杏坛雨露新②。

树人师乃贵，强国教堪珍。

桃李芳菲遍，神州处处春。

（一九八六年九月）

注：①东汉大儒马融设绛帐授生徒，后因以绛帐指讲座。古代学校里用弦乐器配合唱诗，故后人用弦歌指读书。②孔子讲学于杏坛，故后人以杏坛指学校。

贺阎明教授新居落成

指书指画擅风流，片羽珍传重亚欧①。

祖德清芬宜有继，孙枝挺秀自无俦。

长鲸破浪游三岛②，健隼凌霄斗九秋。

待得河清人更寿，晴阳满目焕新楼。

（一九八九年九月）

注：①阎甘园先生以擅长指书、指画名扬海外，有书画集传世。阎明教授是其长孙。②阎明教授抗战前留学日本明治大学。

祝日中友好唐诗协会机关杂志《一衣带水》创刊

扬帆破浪往来频，仙岛神州若比邻。
空海西航窥秘府①，鉴真东渡指迷津②。
晁王结友词峰峻③，皮载分襟气味亲④。
文化交流衣带水，唐诗高唱有传人⑤。

（一九八六年十月）

注：①空海（774～835），日本真言宗祖师，法号遍照金刚。于唐德宗贞元二十一年（805）随日本遣唐使来长安，受法于青龙寺高僧慧果。唐宪宗元和元年（806）回国时携去大量珍贵典籍，在中日文化交流史上起过重大作用。他为日本人民学习汉诗汉语而编著的《文镜秘府论》，讲述六朝至唐初关于诗歌体制、声韵、对偶等方面的理论，至今仍有参考价值。空海回国前，马总，胡伯崇、朱千乘、朱少端、昙靖、鸿渐、郑壬等都作诗送他。他在中国作的诗，尚有《别青龙寺义操阿阇梨》等传世。②鉴真于唐玄宗天宝十二年（753）以六十六岁高龄第六次东渡，始达日本，传布律宗，介绍中国的建筑、雕塑、医药等知识，对中日文化交流作出了重要贡献。日人元开，石上宅嗣，刷雄等，都为他写过颂诗和悼词。③晁衡（701～770），日本人，原名阿倍仲麻吕。到唐后改名晁衡，字仲满。他于唐玄宗开元五年（717）随第九次遣唐使来唐留学，在长安太学受业，后任官职。与王维、李白、储光羲等大诗人互相酬唱，交情甚深。日本天皇诏书中称赞他"身涉鲸波，业成麟角，词峰耸峻，学海扬漪。"现存王维、李白、储光羲、赵晔、包佶等送他的诗和他怀念本国的几首诗，在中日文化交流史上占有光辉篇章。④圆载于唐文宗开成三年（838）与圆仁等随日本第十六次遣唐使入唐求法，学天台宗。归国时携带大量儒书释典，可惜死于归途。他辞唐将行，大诗人皮日休、陆龟蒙等作诗送行，依依不忍分手。皮日休《重送圆载上人归日本》七律以"乘桴直欲伴师游"收尾，表现了深厚的友谊。⑤中日相隔，不过"一衣带水"。两国人民通过"一衣带水"交流文化，已形成悠久传统。被誉为世界文学高峰的唐诗"是中国文化的根本，也是受其影响而产

生的日本文化的中心"(《成立日中友好唐诗协会宗旨书》)。而晁衡、鉴真、空海、圆载等人为中日文化交流所作的卓越贡献,又都在唐诗中得到了生动的反映。《一衣带水》杂志的创刊,必将使这一优良的传统发扬光大。《日中友好唐诗协会宗旨书》所说的"重新认识唐诗和唐诗的韵律,并将他传给一衣带水的两国子孙",从而"推动友好车轮的向前",是符合两国人民的愿望的。

湖北安陆李白纪念馆落成

白兆山下配鸾凰,选幽开田有馀粮。芳草飞萝娱心目,闲卧云窗傲羲皇。一朝大笑出门去,猿愁鹤怨山荒凉。身骑天马随玉辇,紫绶相趋神飞扬。岂料青蝇乱白黑,铩羽辞京徒彷徨。大定寰区馀梦想,醉墨淋漓入华章。碧海风高雪浪涌,青霄日丽彩云翔。当时已羡诗无敌,后代仍惊光焰长。至今佳句在人口,五洲传诵声琅琅。故乡江油建新祠,应知安州亦故乡。桃花岩畔觅逸迹,诛茅拓土百亩强。水榭游亭弹指现,堂室宏敞连长廊。风骨凛然见遗像,河岳英灵想盛唐。许身稷契忧黎庶,追踪管晏清海疆。相顾飘蓬仍共勉,兴酣落笔接混茫。双子星座同炳耀,李杜优劣漫雌黄。时代强音典型在,蚓鸣蝉噪非新腔。喜见安陆太白馆,辉映成都浣花庄。

(一九八七年一月)

南雍老同学易森荣来访,话旧终宵,吟一律送行

负笈南雍结好朋,推窗共看蒋山青。
朝吟诗和尖叉韵,夜话床连上下层。
雨后分飞双翮健,劫馀重见二毛生。
成行儿女多英俊,莫叹沧桑惜晚晴。

(一九八七年二月)

附易森荣　《西安访霍松林老友》

霍子吾师友，文坛负盛名。
放言惊四座，纵笔振天声。
牛槛十年苦，鸡窗数载亲。
长安深夜话，肝胆照平生。

贺《人文杂志》创刊三十周年

一刊风行遍五洋，人文蔚起拓新疆。
扬清激浊分泾渭，继往开来迈汉唐。
四化腾飞鹏鼓翼，万民团结日增光。
欣逢盛世庆而立，更放奇葩吐异香。

（一九八七年四月）

贺中华诗词学会成立

巍巍我中华，万代创鸿业。山川毓灵秀，人物信奇杰。言志复缘情，情芳志更洁。风骚动讴吟，嗣响无时歇。唐诗尤辉煌，宋词亦卓越。流播通九译，佳什万国悦。传统贵发扬，精蕴待剔抉。诗圣尊少陵，"窃比稷与契"。词豪推稼轩，誓补金瓯缺。"功夫在诗外"，放翁传真诀。号呼关大计，岂徒弄风月？神州正腾飞，历史换新页。举国奔四化，前景何炜烨！京华开盛会，恰值诗人节。爱国追屈子，群贤齐踊跃。振兴擂战鼓，改革吹号角。开放抒衷情，统一溅心血。既育文明花，复除腐败叶。褒善荣华衮，诛恶严斧钺。不入象牙塔，争赴最前列。词源泻三江，笔阵摇五岳。五色绚华章，八音协雅乐。诗国起雄风，大纛已高揭。祝贺献俚曲，纪程树丰碣。

（一九八七年四月）

与日本第一次日中友好汉诗访华团联欢，口占两绝

东瀛俊彦访唐京，千卷唐诗结友情。
李杜高岑须继武，鸿篇脱手万人惊。

叠唱联吟抒壮怀，长安春暖万花开。
盛唐气象今重见，不负良朋跨海来。

（一九八七年四月）

天水市国画在西安展出，观后抒怀

笔歌墨舞意飞扬，画里依稀见故乡。
争羡陇南山水好，春风一夜换新装。

（一九八七年四月）

美籍甘肃人袁士容女士归国祭扫黄陵，与余相遇桥山，畅叙乡谊

跨海归来花正繁，桥山顶上祭轩辕。
长怀壮志追前烈，更吐深衷话故园。
胜迹犹存伏羲里，春波初涨渭河源。
乡情醇厚乡音好，共约明年访陇原。

（一九八七年四月）

丁卯端阳节在京成立中华诗词学会，国内外与会者近五百人，即席吟成一律，未能记盛况于万一也

榴花吐艳粽飘香，四海名流聚一堂。

颂橘佩兰怀屈子,扬骚榷雅过端阳。
抒情惟愿人心美,言志还期世运昌。
盛会燕京划时代,中华诗教焕新光。

(一九八七年五月)

题华锺彦教授《五四以来诗词选》

"五四"惊雷动万方,冲云破雾巨龙骧。
已除专制开新宇,更建文明育众芳。
伟业讴歌天远大,豪情抒写海汪洋。
华翁妙选存诗史,河岳英灵迈盛唐。

(一九八七年六月)

新常德颂

往日凄凉地①,今朝换旧容。
楚天摩巨厦,沅水跨长虹。
绣夺花光艳,酒添春意浓②。
刘郎倘重到,何处觅遗踪。

(一九八七年七月)

注:①刘禹锡从永贞元年(805)被贬出京,先任朗州司马,后任夔州刺史,故有"巴山楚水凄凉地,二十三年弃置身"之句。朗州,即今常德地。②常德所产湘绣及德山大曲极有名。

游桃花源(二首)

当年野洞忆藏身,洞里终难避暴秦①。
料得陶公驰想象,亦知无地问迷津。

无君无税有田园②,果大鱼肥稻浪翻。
我是秦人秦已灭,也思移住武陵源。

(一九八七年七月)

注:①"四害"为虐之时,余与妻子被放逐,住永寿窑洞数月,仍时时被揪斗。
②陶潜《桃花源》诗:"春蚕收长丝,秋熟靡王税。"

附内子诗

髫年负笈避秦燔,每见桃花想故园。
今日还乡访灵境,始知真有武陵源。

索溪峪夜起

悠悠梦里一声鸡,醒后时闻幽鸟啼。
出户看山山尚睡,朦胧残月照清溪。

(一九八七年七月)

索溪峪观奇峰

五岳归来兴愈浓,索溪游罢豁心胸。
初羡南天擎一柱,擎天更有万奇峰。

(一九八七年七月)

游十里画廊

溪绕峰围步步殊,画廊十里屡惊呼:
谁将原始天然美,幻作索溪万景图。

(一九八七年七月)

游黄龙洞

一洞幽深孰问津,流泉十里弄瑶琴。
此间果有真龙住,久旱何不降甘霖?

(一九八七年七月)

赞民兵发现黄龙洞

谁知此地可藏龙,洞口白云万古封。
不去持枪吓黎庶,敢来探险是英雄。

(一九八七年七月)

宝峰湖放歌

　　古往今来人人都说西湖好,欲看西湖只能跋涉万里到杭州。湘西去杭更辽远,欲餐秀色叹无由。历史已趋现代化,吾民争赴新潮流。改天换地非难事,巧夺造化迈前修。竟将西湖移向青山顶,更移四海奇峰妆点湖四周。我游索溪峪,好景不胜收。已探黄龙洞,复过白鹭洲。更欲拾级凌绝顶,宝峰湖上纵吟眸。游侣相扶将,初如上层楼。继惊山从人面起,前人脚踩后人头。汗若急雨,喘似吴牛。头晕腿酸惧失坠,幽壑岂宜伴老虬?投书正思效韩愈,忽闻耳畔欢声稠。放眼一看真奇绝,无数宝峰争与万顷宝湖结好逑。峰峦湖光各献媚,湖抱峰影似含羞。湖光明净谁忍唾,峰影倩丽孰与俦!清风飘拂烟鬟动,碧波摇漾翠黛浮。自幸几生修得到,携友挈妇弄轻舟。骄阳落峰后,炎威亦暂休。松涛送清籁,好鸟鸣啁啾。旅游胜地如此美,赞颂能不放歌喉!况闻不独自然风光甲天下,更泻万丈飞瀑发电利遐陬。无烟有烟皆工厂,欲探宝者请向此间求。

(一九八七年七月)

游常德德山枉水

德山尝居有德者，枉水尝沉冤枉人。冤未洗雪德未报，山水却以人出名。我游德山渡枉水，水澄明兮山秀美。山巅新起七级塔，旧塔"文革"被摧毁。"四凶"落网才十年，百乱已拨百废理。但愿而今而后有山皆有德，水不流枉流欢喜。

（一九八七年七月）

曹菁先生临别赠诗，情意至殷，次韵奉酬，亦"海内存知己"之意也

莫叹相见晚，莫嗟相离速。
暂聚神已合，远别情更笃。
君才追子建，命骚若奴仆。
新诗时见惠，亦足慰幽独。

（一九八七年七月）

附原作

相见一何晚，相离一何速！
趋庭席未温，侍坐情已笃。
沅水月依依，秦关尘仆仆。
无言久把袂，天地悠悠独。

应明治大学客座教授之聘，自上海飞抵东京

徜徉天外览寰球，鲲化鹏抟汗漫游。
眼底云涛方变灭，已随海客到瀛洲。

（一九八七年九月）

赠日本明治大学

巨厦连云作大猷,骏河台畔万花稠。
维新伟业光三岛,明治高风动五洲①。
广育英才扶正义,宏扬文化壮清流。
我来喜唱摇篮曲,从古蓬莱重自由②。

(一九八七年九月)

注:①明治大学创办于明治维新之时,至今已有 105 年校史。②明治大学校歌有"自由摇篮"语。

参观静嘉堂文库(二首)

曾上宁波天乙阁,又登蓬岛静嘉堂。
何当赁屋经年住,遍读奇书十万箱。

珍藏一夜付东流,太息江南皕宋楼①。
库主连声夸"国宝"②,几番回首望神州。

(一九八七年九月)

注:①陆心源字刚甫,号存斋,浙江归安人,光绪间官至福建盐运使。筑"皕宋楼"藏宋元旧刊、"十万卷楼"藏明及明后秘刻、"守先阁"藏寻常刊本。一时名噪江南,为清末四大藏书家之一。心源卒后,其子树藩耽于逸乐,以十万金售日本静嘉堂文库。②静嘉堂文库长米山寅太郎导余观看库藏宋元珍本,被赞为"国宝"者,皆陆氏"皕宋楼"旧物。

赠东洋文库

陆厨邺架放奇光,凤轴鸾笺吐异香。
楼接青霄书汇海,库名不愧唤东洋。

(一九八七年九月)

奈良中秋夜望月

蓬莱岛上中秋月，此月当年照鉴真①。
发愿传衣东渡海，倚栏无奈又思亲。

（一九八七年九月）

注：①鉴真（688—763），唐代僧人，于第六次渡海成功，在奈良建唐昭提寺，为日本律宗初祖。

东　京

辽阔蓝天衬白云，纵横坦道净无尘。
扶桑信是秋光好，却厌鸦群乱鸽群①。

（一九八七年九月）

注：①东京除白鸽、乌鸦外无他鸟。鸦群过处，"哇哇"之声不绝。

亚细亚文化会馆楼顶观东京夜景

雄楼栉比无馀隙，高下参差接远空。
亿万银灯汇银海，海中处处闪霓虹。

（一九八七年九月）

赠岩崎富久男教授（四首）

万象纷纭万籁鸣，游踪半月遍东京。
风驰电掣不迷路，多赖岩崎管送迎。

殷勤邀我访横滨，慰我乡思见性真。
凭栏饱吃中华饭，中华街上看华人。

共作镰仓半日游，看山看海看浮鸥。
露天大佛同留影，坐阅兴亡知几秋！

精研华夏救亡歌，每过皇宫议论多。
肯把裕仁呼战犯，从知正义满山河。

（一九八七年十月）

西岗晴彦教授邀往信州大学讲学，盛设家宴相款，又陪游著名风景区上高地，临别依依，写赠四绝

华灯灿烂开华宴，锦馔琳琅出锦心。
论史谈诗同一醉，难忘松本遇知音。

相邀讲学远驰车，陪我游山兴转赊。
西袋池前同照影，霜林红胜杜鹃花。

美酒盈樽追北海，奇书满染羡西岗。
以书下酒浑忘饿，举案齐眉有孟光。

博览和文住松本，精研汉籍客长安。
日中友好传佳话，仙岛神州任往还。

（一九八七年十月）

赠信州大学英语教授桥本功

异书精读蟹行文，豪迈诙谐更出群。
为我驱车三百里，雪山脚下看红云。

（一九八七年十月）

名古屋日本中国学会遇门人马歌东

异国相逢兴转豪,长安往事话滔滔。
五洲硕彦他山助,学海飞舟掣巨鳌。

(一九八七年十月)

离日飞沪,恰遇重阳,机中口占一绝,落帽龙山旧典,不复可用也

瀛洲争赏菊花黄,把酒持螯忆故乡。
归路登高万馀米,闲看云海过重阳。

(一九八七年十月)

题张謇《送王生新令毕业归天水》诗卷①

往日秦州见此卷,学行窃欲追乡贤。此卷今自皋兰至,回首前尘五十年。五十年前吾方少,鹏抟宁辞斥鷃笑。环顾何人似我狂,无怠无逸乃同调②。邀我留月楼上住,楼外幽花映芳树。下帷相期效董生,忍令韶华等闲度!盱衡今古拓心胸,月旦妄及新令翁。为我开箧出此卷,墨光熠耀惊双瞳。笔阵纵横迈张索,长风鼓浪走蛟龙。句律森严逼韩杜,思溢渤澥语盘空。卷首标题见原委,王生毕业归天水。丙寅饯送作长歌,张謇署名压卷尾。赞扬勖勉复惜别,情意殷殷言娓娓。十七负笈列门墙,五载磨研得精髓。攀窥历代诸儒贤,英气超绝萃众美。授琴操缦声泠然,正直无阿视朱弦。文法书法复指示,欲得鱼兔需蹄筌。炯炯风义摩云汉,长吟思绪如涌泉。南通状元人中杰,图强致富肝肠热。顺应潮流迈巨步,大办教育兴实业。作育英才重陇士,教泽西被仇池穴。取则不远须精进,共参文战各得俊。远赴金陵入上庠,鸿儒硕彦日亲近。尤幸王翁居左邻,奔走门下多雄骏③。数年私淑忽亲炙,每有疑难辄请问。因

诵濠南送行诗,畅谈不觉更漏尽。师承郑重说从头,倾筐倒庋传心印。从游三载乐无涯,一时酬唱尽名家。钟阜登高笔干象④,秦淮修禊诗笼纱⑤。沧桑几变如隔世,白门衰柳暮云遮。三原沁水久凋谢,王翁墓木啼寒鸦。浩劫十年文物尽,诗卷存亡每叹嗟。四凶既殄群妖逝,拨乱举国批凡是。四化花开遍神州,建设文明重德智。无忌无逸寄书来,鹊噪簷前报喜事。故物赫然入眼帘,诸家题咏亦编次。摩挲终夜不成眠,起视鸿雁书人字。嘱我作跋情倍亲,勉缀芜词酬故人。箕裘克绍君无忝,薪火能传我未贫。家珍护持原非易,流传应作千年计。乡邦文献归乡邦,乡人观览知奋励。何时修复留月楼,楼前仍种花木稠。上楼与君重展卷,浩歌无尽水长流。

(一九八七年十月)

注: ①新令先生于1926年毕业于通州师范本科,校长张謇题诗送行。新令先生精裱为长卷,陈衍、冒广生、高一涵等名家题咏。录张謇诗于后:"王生天水之少年,十七南学裹粮两月道路经六千。比于王伯舆,跋远而志坚。五载不归去,朱丹肆磨研。独爱文学探陈编,攀窥汉魏唐宋诸儒贤。吐弃世俗里儿语,侏㒇兜昧尤弗专。不知所造浅深与高下,英气超绝尘垢缠。岁时休暇窃娱乐,从人更受丝桐传。出视所蓄命操缦,欲其正直如朱弦。为语文法及书法,略指途径犹蹄筌。生家故有秦渭田,有父有母俱华颠。学成合借受经养,思归动引义以宣。河洛甲兵,秦陇烽烟。行不由陕,其必由川。川中四将兵满前,忧非五盘岭栈三峡船。闻生戒路心凛然,天下蜩螗羹沸煎。读书奉亲命苟全,夐世不谐无违天。生为奏一曲,吾为歌一篇。炯炯风义江云骞,行矣无慕何蕃欧阳詹。"②无忌,新令先生之侄;无逸,新令先生之子。二人皆余中学同学好友。无忌毕业于西北农学院,现为牧草专家、总畜牧师。无逸毕业于上海法学院,现为甘肃省人事局长。③余就学南京中央大学期间,与新令先生毗邻,时时趋访。新令先生以擅长诗文书法为于右任先生所器重,南都名流,多有交往,亦多绍介与余结忘年交。④1947年重阳节,于右任、贾景德两先生邀当时著名诗人于紫金山天文台登高赋诗,与会者七十馀人,余最年轻,作五古六十馀韵,载《中央日报》。⑤余与新令先生同参加青溪诗社,数度修禊于秦淮河上。

题红楼梦人物馆

游人瞻妙相,如进大观园。
悼玉频挥泪,悲金欲破天。
婚姻今自主,男女已平权。
休做红楼梦,长征竞着鞭。

(一九八八年一月)

上海植物园盆景

曲枝老干似虬龙,结果开花紫间红。
异态奇姿盆景好,争夸人巧济天工。

(一九八八年一月)

挽刘锐教授

同门劫后各参商,每到春申辄举觞。
解字精思通贾许,哦诗逸韵接苏黄。
方欣冬尽迁乔木,正盼书来话别肠。
乍见讣文难忍泪,还期好女继中郎。

(一九八八年三月)

于右任书法流派展览

推翻专制破群蒙,馀事犹参造化功。
豪迈情思惊虎豹,神奇符号走蛟龙。
千秋书史开新派,一代骚坛唱大风。
春满乡邦桃李放,争挥健笔颂髯翁。

(一九八八年四月)

台湾作家王拓自美归国祭扫黄陵，邵燕祥赠以七律。毕朔望约余同和

云天望断费沉吟，南燕常牵万里心。
一峡何堪分汉土，三生难改是乡音。
归来喜醉黄柑酒，别去愁弹绿绮琴。
重挽龙髯留后约，桥山回首柏森森。

（一九八八年四月）

贺陕西省诗词学会暨长安诗社成立

春满关中万卉繁，群贤云集古长安。
重光汉业心潮热，大振唐音视野宽。
华岳莲开添壮丽，黄河浪涌助波澜。
新人歌唱新时代，应有新诗胜杜韩。

（一九八八年四月）

读《晚霁楼诗》寄永慎

老杜行吟地，髫年烂漫游。
萍踪遍尧甸，梓里忆秦州。
树绿南山寺，花明晚霁楼。
何时共酬唱，尊酒慰离忧。

（一九八八年五月）

搬家三首

硬把搬家叫转移，心存馀悸笑孙犁①。
当年小将都成熟，放抢谁扛造反旗？

抬柜搬床半月忙,图书万卷待装箱。
高楼绝顶难常住,怕处尖端惹祸殃。

冬如冰库冻生梨,夏似铜锅煮嫩鸡。
元龙豪气都消尽②,层次而今不厌低。

(一九八八年七月)

注:①孙犁不久前于《光明日报·东风》发表以搬家为内容的散文,题为《转移》,极言不得不转移的种种原因,读之毛骨悚然。②1980年搬家,有"豪气徒招十载囚,暮年着我最高楼"之句,以陈元龙自嘲。

题仇池诗草

陇右夸名胜,仇池万古传。
云间飞峭壁,天外现平田。
游目清泉涌,息心俗虑蠲。
从来歌福地,此卷萃名篇。

(一九八八年七月)

有亮一珠新婚

鸳窗鸯帐掩红纱,乐奏合欢酒泛霞。
吉日得珠真有亮,良宵梦笔自生花。
三儿一女婚姻美,学海书山道路赊。
愿了向平①犹有愿,雕龙绣虎各成家。

(一九八八年八月)

注:①儿女婚事已毕,谓"向平愿了",见《后汉书·逸民传》。

游晋祠①

悬瓮高峰泻碧流，晋阳风物最宜秋。
桐封儿戏凭君说②，难老泉边半日游③。

周柏凌空尚郁苍，人间几度换沧桑。
亭台楼殿知多少，喜见儿孙作栋梁。

朱甍碧瓦荫高槐，作戏逢场万众来。
巨盗神奸难遁影，纷纭仍上水晶台④。

稻翻金浪水萦纡，千古犹留智伯渠⑤。
休叹头颅充"饮器"，且来渠上看游鱼。

（一九八八年九月）

注：①晋祠，在今太原市西南约五十里悬瓮山下晋水发源处。周初，成王封弟叔虞于唐，叔虞之子燮父迁晋水旁，更国号为晋。晋祠，即唐叔虞祠，有周柏、唐槐、智伯渠等古迹。圣母殿有宋代的仕女塑像数十座，极精美。②《史记·晋世家》载：成王与叔虞戏，削桐（古音与"唐"同）叶为珪（守邑的符信）给叔虞曰："以此封若（你）。"史佚请择日立叔虞，成王曰："吾与之戏耳。"史佚曰："天子无戏言。……"遂封叔虞于唐。柳宗元有《桐叶封弟辩》。③难老泉为晋祠三绝之一，是晋水的主要源头。泉上有八角亭，始建于北齐天保年间（550－559），名难老亭。④台系明代建筑，具有楼、台、殿、阁四种建筑风格：台的后面上部是重檐歇山顶，像楼；下部却是宽阔的宫殿式；前面上部是单檐卷棚顶，像阁；下部却是个戏台。此台供祀神演戏用，上覆唐槐，旁临清泉，取"清水名镜，不可以逃形"（《汉书·韩安国传》）之意，名"水晶台"。是说这个台子像水晶，上得台来，奸佞邪恶不管如何伪装，一照便现原形。⑤晋国自周定王十六年（前591）设"六卿"以后，政权下移，赵、智、韩、魏、范、中行"六卿专政"。春秋后期，智伯吞并了范氏和中行氏，又胁迫韩、魏两家攻赵，决汾晋二水灌晋阳城。赵襄子联合韩、魏，反攻获胜，杀智伯，漆其头为"饮器"（盛酒用）。后人因名智伯灌晋阳城所开渠道为"智伯渠"，现在是晋水的一道干渠，纵贯晋祠公园，蜿蜒向东，溉田千亩。

陕西诗词学会成立放歌

水潆傍,山屏障。太华终南气势雄,洪河泾渭波涛壮。钟灵毓秀出诗人,三秦处处歌声放。远源直溯《诗三百》,《豳风》《秦风》光万丈。大汉声威震四海,《西都》一赋传千载。况有《上林》与《甘泉》,《羽猎》《长杨》耀文彩[①]。吁嗟三国逮六朝,分疆裂土森戈矛。风土各殊民情异,南诗绮丽北雄豪。三唐复归大一统,国强民富慑天骄。南北融会结硕果,中外交流涌巨潮。春满西京百花艳,衣冠云集曲江畔。诗圣诗仙与诗佛,各舒彩笔干霄汉。当时岂仅唱旗亭,四裔普播腾光焰。至今万口赞唐诗,巨帙犹存九百卷。历史频换风俗图,赫赫唐都变古都。积年锁国忽开放,海客络绎夹道呼。休徒炫耀兵马俑,休徒艳羡子母蚨[②]。发扬传统拓新宇,世界文明探骊珠。振兴诗教复谁赖,李杜王白典型在。群贤结社古长安,放眼神州气豪迈。改革热浪已奔腾,四化宏图正描绘。诗境浩茫纳五洲,诗情漭瀁容九派。时代风云越汉唐,应有鸿篇凌百代。

(一九八八年十月)

注:①班固《西都赋》、司马相如《上林赋》、扬雄《甘泉赋》、《羽猎赋》和《长杨赋》,皆描写长安及其附近地区。②青蚨,虫名。昔人谓以其子母各若干置瓮中,埋墙下,三日后开瓮,以子母血各涂八十一钱,则子母相从。入市买物,用子留母,或用母留子,其钱自还,因称钱为青蚨。见《淮南子·万毕术》"青蚨还钱"注。

题江海沧《法门寺印谱》

忆昔夜诵昌黎诗,雪拥蓝关马行迟。朝奏夕贬缘底事,逆鳞浪批逞雄辞。当时年少识未广,废书忽作非非想。华夏果有真佛骨,祈福我亦驱车往。中年劳改胎欲脱,只拜领袖忌言佛。打翻批臭犹紧跟,颂法詈孔拒杨墨。垂老如入山阴道,万壑千岩春意闹。经济搞活富双倒，文化寻根崇三教。圣冢应运自开启，宝函八重护罗绮。四枚手指现函中，嗟尔何年离佛体！记载历历稽内典，释迦涅槃火光闪。宏扬释教阿育王，远送舍利来吾陕。法门建寺修琳宫，宝塔高耸摩苍穹。佛骨所在佛亦在，参谒车马塞扶风。迎入大内复送还，布施珍宝积如山。地宫一闭千馀载，谁知此中别有天？一朝开放惊欧亚，堪与秦俑争高下。地下文物固足夸，回顾地上能不结舌瞠目盼四化？江郎印谱谱法门，芥子须弥微意存。引喤我亦抒积愫，雨夜鸣钟唤晓暾。

（一九八八年十一月）

祭黄帝陵

赫赫元祖，继武羲农；奋起神州，斩棘披荆。
躬率貔貅，抵御侵凌；诸侯宾服，百姓康宁。
大展鸿猷，乃肇文明；功高万代，泽被后昆。
绵绵瓜瓞，咸秉懿行；建功立业，虎跃龙腾。
光辉历史，越五千春；吸引弥巨，凝聚日增。
子子孙孙，继继绳绳。世居本土，永播清芬，
流寓海外，亦皆寻根。时逢盛世，节届清明；
瞻仰桥山，霞蔚云蒸。心香亿万，恭献黄陵。
缅怀往烈，誓振天声；共兴华夏，壮志凌云。
邃密群科，勇攀高峰；开发智力，选贤任能。
四化建设，百废俱兴；四美教育，蔚成新风。
改革奏捷，除旧布新；开放收效，取精用宏。
严密法制，正气愈伸；发扬民主，众志成城。
艰苦创业，克俭克勤；文化昌盛，经济繁荣。
一国两制，五洲共钦；祖国一统，华胄同心。
昆仑毓秀，黄河澄清；美好现实，锦绣前程。
人歌乐土，史著丰功。敬告我祖，以慰威灵。

（一九八七年四月）

祭伏羲庙

煌煌华夏，地灵人杰；自强不息，乃创鸿业。
慎终追远，缅怀太古；曰有伏羲，世称人祖。
生于成纪，史有明文；乘时崛起，清渭之滨。
观法于地，观象于天；始画八卦，文字起源。
民处草昧，茹毛饮血；始作网罟，以渔以猎。
历史发展，有此阶段；如草方萌，如夜初旦。
继此而往，代有贤能；耕耘教化，日进文明。
四害既除，日月重光；绳其祖武，民气恢张。
深化改革，坚持开放；奋发图强，前途无量。
顾我西部，开发甚早。先哲遗泽，润及枯槁。
丝绸之路，横跨亚欧；汉唐文化，光耀寰球。
宋元以来，渐趋落后；人谋不臧，地利如旧。
今逢盛世，中华振兴；同奔四化，岂甘后人？
卦台效灵，麦积挺秀；羲皇故里，车马辐辏。
陇右贤达，海外赤子；齐心协力，繁荣桑梓。
人文蔚起，经济腾飞；工歌农舞，水美田肥。
敬告太昊，用表决心；超唐迈汉，共建奇勋。

（一九八八年六月）

诗·卷七

贺陕西省楹联学会成立

八法创艺术,六书凝智慧。
汉字传万祀,形完音义备。
一字一音节,音节殊抗坠。
一字一词性,词性异种类。
譬如地配天,又如兄偕妹。
凤翥媲鸾翔,桃红映柳翠。
联想摛翰藻,音义自成对。
经史乃散文,俪语亦不废。
骈文与律诗,属对尤精粹。
孟昶书桃符,新年祝祥瑞。
附庸蔚大国,楹联诚可贵。
金铿碧玉敲,璧合明珠缀。
辞约情意丰,醇美五洲最。
龙蛇舞健笔,书艺更相配。
雄迈兼俊逸,端严含妩媚。
历代出名家,杰作耐寻味。
吁嗟罹浩劫,四凶肆狂悖。
"扫荡"妖呼风,"打砸"鬼携魅。
焚书又坑儒,昏昏天沉醉。
大革文化命,神州沦草昧。
"四五"响惊雷,亿民热血沸。
元恶终见殛,群妖亦伏罪。
共建两文明,大声震聋聩。
晴阳丽五岳,和风绿万卉。
传统正发扬,新潮竞融汇。
政途辟荆榛,艺苑滋兰蕙。
三秦古皇州,人文久荟萃。

冠盖集长安，楹联立学会。
继往抒壮怀，开来竖高斾。
勋业规汉唐，清浊辨泾渭。
扬善展鸿猷，驱恶除废秽。
"四化"赞奇功，"两制"歌嘉惠。
胜迹细品题，江山增彩绘。
高手推髯翁，接武期吾辈。
早梅欲绽葩，皓雪兆丰岁。
愿各展红笺，豪情吐滂沛。
万户换新符，春色溢关内。

（一九八八年十二月）

登南城门楼，观西安书法艺术馆所藏珍品

迢递南城顶，琳琅艺术宫。
千箱藏篆隶，四壁走蛟龙。
书法三秦盛，文明万国崇。
登临开眼界，应振汉唐风。

（一九八九年三月）

寄李般木乌鲁木齐（三首）

轮虱谈诗意气投，劳君推毂赋东游。
城南万柳飘零尽，地覆天翻四十秋。

西出阳关更向西，冰河铁马战云迷。
解鞍洗砚瑶池上，犹有豪情化彩霓。

垂老情怀忆故丘，何年重聚古秦州？
还期远寄诗书画，三绝真堪豁两眸。

（一九八九年三月）

1950年夏与般木初遇于汪剑平先生轮虱室中，遂为余夫妇安排工作，余得东游，实促成之。

游大雁塔① （四首）

争拜慈恩古佛兹，五洲车马日奔驰。
仿唐宫殿连云起，可似开元全盛时？

开放潮催改革潮，长安新貌画难描。
雄楼巨厦摩银汉，揽胜休夸雁塔高。

挖洞当年未积粮，嗷嗷万口怨春荒。
而今饭馆连宾馆，地下天宫乐未央。

雁塔南通古杏园，杏摧园废变农田。
新栽异卉三千种，争媚游人互斗妍。

（一九八九年四月）

注：①雁塔东侧，唐华宾馆、唐歌舞餐厅及唐代艺术博物馆将竣工。雁塔西侧，"深挖洞，广积粮"时所挖深洞经整修，辟为地下宫，游人极众。植物园万木争荣，千花竞艳，士女络绎。

参加郑州黄河游览区诗会，观牡丹园，登大禹岭，赋呈与会诸友

大河南岸聚诗人，满眼芳菲惜暮春。
柳絮风轻舒燕翼，桃花浪阔闪鱼鳞。
彩毫竞绘姚黄艳，隽句谁传夏禹神？
遥望巨龙腾地起，浮天云气正纷纶①！

（一九八九年四月）

注：①黄河自郑州以下至开封一带，高出地面十余米，远望如巨龙腾空。万一决堤，后果何堪设想？大禹疏导之功，其可忘乎！

赠黄河诗社诗人泡沫塑料厂厂长田君

诗界谁先富？斯人我最钦。
"革新"挥健笔，"搞活"唱强音。
有料皆堪塑，无田不献金。
穷愁归一扫，虎啸代蛮吟。

（一九八九年四月）

答厚示见责

武夷屡负清游约^①，玉女凝眸有怨声。
击棹赓歌期异日，丹山碧水证前盟。

（一九八九年四月）

注：①武夷诸峰以玉女峰为最美。

蔡厚示兄屡邀参加武夷诗会，余皆欣然应诺，且吟"更有明年约，棹歌九曲清"之句纪其事，然届时皆因故未成行。蔡兄来书见责，因缀四句以解之，兼呈八闽诗友，其待我于丹山碧水之间乎！

示天翔小孙孙

天翔生交大，常来师大玩。
三岁讲故事，情节能编圆。
四岁背唐诗，知有李谪仙。
身体月月长，智慧日日添。
如今上小学，学习心更专。
再过八九岁，翩翩美少年。
高考必夺冠，科技善攻坚。
每逢寒暑假，骑车来请安。
奶奶好高兴，爷爷好喜欢。

作诗祝天翔，腾翔万里天。

（一九八九年四月）

终南印社成立三十周年

周鼎煌煌文字古，杰作何人镌石鼓！
先秦两汉留文物，玺印琳琅遍中土。
篆刻远源出雍州，万派分流吸法乳。
名家崛起皖闽浙，艺苑寂寥叹三辅。
浩劫已过万类苏，忽见长安铁笔舞。
宏开印社侔西泠，终南爽气日吞吐。
奏技活参十三法，取则博搜百二谱。
溯源穷流拓新疆，甘于方寸寄灵府。
燮理阴阳宰相贤，分割朱白将军武。
十年辛苦不寻常，积石成山宁无补？
不效时流向钱看，献身艺术轻阿堵。
秦山渭水见风格，雄浑豪放含媚妩。
老去我欲制闲章，投笔操刀请入伍。

（一九八九年四月）

自西安赴广西，车过中州作

连天麦浪绿无涯，车过中原兴转赊。
夏意初浓桃李嫁，村村开遍泡桐花。

（一九八九年四月）

陕西省考古研究所成立三十周年

卅年奔走破尘埋，文化寻根亦壮哉！
磨石蓝田人迹现，刻辞岐下曙光来。

九州一统秦兵出，万国同欢汉殿开。
鉴古知今前路远，振兴华夏赖雄才。

（一九八九年五月）

午　日（二首）

爱国常怀真屈子，驱邪难觅老雄黄。
采来艾叶门前挂，惟愿蚊蝇莫肆狂。

彩丝缠臂葛衣凉，角黍堆盘粽叶香。
老去年光如急溜，且沽浊酒过端阳。

（一九八九年六月）

无怠嘱题怀飞楼山水画辑（二首）

啸傲林泉晚照明，一邱一壑也关情。
眼前多少佳山水，都自兰翁笔下生。

秋波远映天边树，晓日遥明海上山。
有限丹青无限意，怀飞楼顶望台湾。

（一九八九年六月）

题《雁塔区民间文学集成》

雁塔俯唐京，凤原临汉城。
闾阎饶气象，人物富才情。
传说赖搜辑，歌谣待品评。
民间文学盛，吸取育文明。

（一九八九年七月）

晴野假玉泉观创办天水诗书画院

玉泉观上多情月,照我弦歌岁几周?
犹忆松窗温旧梦,忽传柏院起新楼。
文风大振诗书画,教泽宏施亚美欧。
便拟还乡挥健笔,光辉历史写秦州。

(一九八九年八月)

游药王山抒怀(三首)

参禅悟道杳难攀,伏虎降龙力更孱。
惟愿尽除天下病,暮年犹上药王山。

耀州瓷与华原磬,更有孙公晒药场。
来此休徒吊陈迹,几多传统待弘扬。

大唐医重孙思邈,北魏碑夸姚伯多。
万国游人频展谒,从知四海不扬波。

(一九八九年九月)

《陕西师大学报》创刊三十周年

雄楼栉比万花繁,雁塔凌霄瞰校园。
桃李发荣歌化雨,梗楠擢秀颂朝暄。
鸿文穷究天人秘,伟论深深治乱源。
学报风行三十载,开疆拓土纪新元。

(一九九〇年二月)

题《兰州古今诗词选》

东西万里丝绸路,雄镇皋兰控五凉。

欧亚通商曾结果，汉唐创业尚流芳。
阅墙苦斗余残梦，绕郭荒山换盛妆。
一卷诗词传往烈，更挥彩笔谱新章。

（一九九〇年二月）

超然兄来函索题《阅读与写作》，因忆旧游，写寄一律

水秀山明花满城，去年四月到南宁。
参天树见英雄美，倾盖人逢汉僮亲。
话别邕江萦宿恋，书来雁塔寄深情。
愿将读写传三昧，学海扬帆万里程。

（一九九〇年二月）

首届海峡两岸元曲研讨会在石家庄召开（四首）

珠玉随风散九天，美人含笑立花间。
西厢记与离魂记，语丽情芳万口传。

雪飞六月窦娥冤，雁唳三更汉帝寒。
谁道曲高终和寡，至今演唱遍梨园。

酸甜异味各名家，兰谷才高百代夸。
吟到梧桐秋夜雨，不知何处望蒹葭？

诗词流韵遍遐荒，元曲精微待发扬。
两岸学人齐努力，中华文化放光芒。

（一九九〇年二月）

第一首咏王实甫、郑德辉。《涵虚子论曲》谓"王实甫如花间美人"，其代表作为《西厢记》；"郑德辉如九天珠玉"，其代表作为《倩女离魂》。

第二首咏关汉卿、马致远。汉卿《感天动地窦娥冤》，致远《破幽梦孤雁汉宫秋》，至今以各种改编本演唱不衰。

第三首咏贯云石、徐再思、白朴。云石号酸斋、再思号甜斋,其散曲合刻本名《酸甜乐府》。白朴号兰谷,《唐明皇秋夜梧桐雨》是其代表作。

元曲研究,尚落后于唐诗宋词。

读国璘兄台北书,怅触往事,吟成九绝句,却寄

送暖春风放早梅,故人隔海寄书来。
休嫌纸短意难尽,声气能通亦快哉!

每思故里话秦州,夜雨巴山几唱酬。
屡变沧桑人亦老,嘉陵江水尚东流!

同学南雍正少年,秦淮烟月后湖船。
老来可有金陵梦?欲觅游踪已杳然!

满地残红惜暮春,连江风雨送飙轮。
髯翁殊遇宁轻负,与子相随到沪滨。

乡关北望断知闻,午夜南飞百虑纷。
烽火连天家万里,五羊城上看余曛。

抟风破雾到渝州,往事难忘己丑秋。
旧地重游情景异,思归同赋仲宣楼。

中秋送我赴南泉,贺我新婚寄锦笺。
正拟同舟归故里,忽成隔海望遥天!

多君海澨伴髯翁,书道传薪一代雄。
见说髯翁常念我,扪心愁对夕阳红。

四十余年事万端,难凭尺素说悲欢。
惟期老去皆安健,放眼家山共倚栏。

(一九九〇年二月)

应顾问之聘，赴凤翔参加苏轼研讨会，畅游东湖，主事者索诗刻石，因题四绝

初试锋芒判凤翔，匡时淑世岂无方？
果然刑赏存忠厚，不独诗文擅胜场。

新荷出水柳藏乌，轻棹探幽忆大苏。
遗泽至今犹润物，连云麦浪接东湖。

桐花照影竹摇飔，喜雨亭连饮凤池。
文采政声何处觅，游人争拜长公祠。

曾厌水浑山不青，诗人心意岂难明？
何年放眼凌虚望，千里秦川胜锦城！

（一九九〇年八月）

宋仁宗嘉祐二年（1057），苏轼试礼部，以《刑赏忠厚论》受知欧阳修，中进士。六年（1061）十二月起，任凤翔签书判官三年，多有政绩；又作诗文百余篇，《喜雨亭记》、《真兴寺阁诗》等皆传诵不衰。

苏轼任职不久，即扩展古饮凤池，植柳种竹栽荷。以在郡城之东，故名东湖。今经疏浚，湖面益广，天旱则引湖水以溉田。

新修苏文忠公祠颇壮丽。其东侧重建喜雨亭，南临东湖，即古饮凤池也。苏轼《东湖》诗自夸蜀江绿如蓝，而谓凤翔一带则"有山秃如赭，有水浊如泔"，独东湖清澳宜人。凌虚台在喜雨亭北，苏轼有记。

游钓鱼台

垂钓磻溪两鬓霜，一朝何幸遇文王！
兴周灭纣非吾事，潆暑来乘半日凉。

（一九九〇年八月）

周 公 庙

梦寐难寻尼父忧，我来亲入庙堂游。
遗容越世须眉古，老树摩云桧柏稠。
青史犹传周礼乐，黎民久厌纣春秋。
倚栏莫更思兴废，注目清泉自在流。

（一九九〇年八月）

《论语·述而》记孔子语云："甚矣吾衰也，久矣吾不复梦见周公"。孔子名丘字仲尼，后人尊称"尼父"。庙内有润德泉，史称"世乱则竭，时平则流"。导游冯君证以事实云：十年浩劫，此泉枯竭；改革开放以来，则日夜喷涌，清冽异常。

门人邓小军、尚永亮、程瑞钊俱获博士学位，设宴谢师。口占四句以赠

斯文重振迈前修，哲士宁忘黎庶忧？
九曲黄河通大海，瀛寰放眼看潮流。

（一九九〇年八月）

附邓小军　《庚午夏毕业长安呈别松林师》

渝州讲学得瞻依，叹是生公说法时。
诗史重溟亦传习，文心百世可宗师。
高情夫子深期我，大愿斯文共振之。
一曲骊歌何限意，青青灞柳万千枝。

庚午深秋，中国唐代文学学会于南京双门楼宾馆召开国际学术研讨会，四海名流云集，盛况空前，喜赋一律

栖霞红透秣陵秋，虎踞龙蟠夜雾收。
六代玄风凭想象，三唐文苑任优游。
中华典籍越重译，四海贤豪会一楼。
万派交融前景阔，倚栏遥看大江流。

（一九九〇年十月）

借唐代文学国际学术研讨会诸公游扬州，登平山堂

当年酬唱几人英，六一风神四座倾。
胜事宁随前哲尽？远山仍与此堂平。
绿杨城外枫林艳，红药桥边秋水清。
欲约群贤留半宿，共看淮月二分明。

（一九九〇年十月）

平山堂，欧阳修知扬州时所建，每与群贤酬唱其中。因远山与此堂平，故名。"绿杨城郭是扬州"，"天下三分明月夜，二分无赖是扬州"，"念桥边红药，年年知为谁生"，皆前人咏扬州名句。

南京会后，与学会其他领导人陪同台湾学者杨承祖、罗联添、汪中、罗宗涛、吴宏一、李丰楙诸教授及日本学者兴膳宏、笕文生、笕久美子、横山弘、西村富美子诸教授赴浙东临海市考察郑虔史迹，途经绍兴，畅游兰亭。主人索书，因题一绝

茂林修竹亦欣然，又见兰亭会众贤。

异域同声发高咏,风流岂让永和年?

(一九九〇年十月)

临海展郑虔墓

五洲硕彦拜孤坟,远谪翻垂不世勋。
忧国竟遭廊庙弃,化民终见蕙兰芬。
一杯难觅苏司业,三绝宜追郑广文。
莫叹才名误豪俊,甘棠犹护海隅云。

(一九九〇年十月)

题郑虔纪念馆

严谴人犹惜郑虔,台州远望海连天。
著书难展澄清志,造士潜行教化权。
已见奇才继三绝,更开华馆会群贤。
八仙岩畔花如绣,桃李逢春自斗妍。

(一九九〇年十月)

郑虔著述宏富,据《新唐书·艺文志》及《封氏闻见记》等记载,有《天宝军防录》、《会粹》、《胡本草》等,惜皆失传。贬台州司户参军后,教育虽非本职,却"选民间子弟教之","由是家敦礼让,户尽诗书,理学名臣,代不乏人",至今文风颇盛。

登 赤 城

赤似丹砂耸若城,山巅一塔势峥嵘。
振衣直上塔头立,待看红霞颂晚晴。

(一九九〇年十月)

入天台

青黛峰峦罨画溪,烟霞深处午鸡啼。
红尘历遍千般路,便入天台亦不迷。

(一九九〇年十月)

登天台望远

天台四万八千丈,梦里频游结古欢。
此日登临舒望眼,浙东无数六朝山。

(一九九〇年十月)

游天台至方广寺茗坐

松竹不惧寒,泼眼万壑绿。
杂以数株枫,点点燃红烛。
小憩方广寺,幽景看不足。
山鸟时一鸣,泉韵传深谷。
老衲出款客,水甘茶更馥。
顿觉尘嚣远,精爽若新沐。
倘借一禅室,容我啜僧粥。
成佛纵未能,亦可忘荣辱。

(一九九〇年十月)

观石梁飞瀑

挥别方广寺,揽胜穿林薮。天际无片云,乍闻巨雷吼。双涧若银龙,奔驰争一口。石梁忽飞来,势欲压龙首。双龙奋进不踌躇,破关直如摧朽株。冲出石梁无前路,一跌散作万斛珠。悬崖百丈寒光闪,水晶帘垂耀人眼。奇景如此天下稀,近观远望浑忘返。白练飞,银河落,前人妙喻诚活脱。我来恰是午晴时,品量所见亦相若。惟恨游山只半日,未看朝夕风雪阴雨变化多。明霞散绮,皓月扬波。狂风咆哮,大雪滂沱。更待山中连夜雨,千溪百涧汇江河。倘于此际望飞瀑,不知殊姿异彩又如何?

(一九九〇年十月)

隋梅宾馆过夜,馆在隋代古刹国清寺前,寺内有隋梅

隋刹香飘隋代梅,隋梅宾馆傍天台。
溪声子夜入残梦,疑是天台风雨来。

(一九九〇年十月)

辛未人日国璘自台北来电话贺年,畅谈良久

万里呼名如晤面,欣逢人日贺羊年。
扑檐喜气随春至,溢户欢声隔海传。
一样须眉添福寿,两家骨肉庆团圆。
同心莫叹分襟久,霞蔚云蒸共一天。

(一九九一年二月)

偕王维学会诸公游辋川(二首)

喜遇蓝田烟雨时,万峰隐隐现殊姿。
栗林深处黄鹂啭,劝觅王维画里诗。

新波渺渺漾欹湖,北垞南川换钓徒。
旧物幸留文杏在,凭君重绘辋川图。

(一九九一年四月)

经女娲庙至水陆庵观泥塑

女娲遗庙剩颓垣，礼佛争趋水陆庵。

妙相都如众生相，捏泥绝技是谁传①？

（一九九一年四月）

注：①古代神话谓女娲氏抟土为人，故云。

辛未孟夏，《当代诗词》创刊十周年及广东诗词学会成立三周年纪念大会于广州珠岛宾馆召开，应邀参加，并在开幕式发言。会后撮发言之意为五言古体，得四十五韵，呈与会诸公

岭南开诗派，远溯张曲江。

治世称贤宰，余事擅诗章。

遭贬更忧国，感遇吐光芒。

风骚发精蕴，元音启盛唐。

韩公与苏子，流放来斯乡。

隽句在人口，余韵播遐荒。

沾溉逮明清，名家竞翱翔。

邝陈屈梁黎①，冯黎宋李张②。

匡时陈利病，愤世歌兴亡。

沉雄间清丽，高格擅胜场。

欧风忽东渐，炮舰越重洋。

国门失锁钥，沦丧忧家邦。

维新图自救，奋起康与梁。

诗界呼革命，四海搜新腔。

伟哉黄公度，实绩尤辉煌。

睁眼看世界，救国拟药方。
拯溺批专制，御侮斥列强。
激昂抒民愤，慷慨颂国殇。
彪炳新诗史，振聩发群盲。
近代论诗艺，粤海自堂堂。
奈何一曲士，传统弃秕糠！
一例呼"旧体"，挞伐何轻狂！
神州脱浩劫，开放国运昌。
万众吐心声，诗词破严防。
发表需园地，一刊创五羊。
淘沙慎选择，佳什渐琳琅。
扶正献颂歌，刺邪掷金枪。
善政结硕果，善士流芬芳；
楷则端风尚，一一赖表彰。
官倒助私倒，枉法启贪赃；
任尔逞百巧，一一揭伪装。
写景蕴灵秀，抒情见温良。
题材搜万汇，风格显众长。
意境臻完美，声韵协宫商。
传诵遍遐迩，精神添食粮。
创刊庆十载，诗友来八方。
珠岛风物丽，红蕖蘸水香。
荔枝伴芒果，翡翠戏桄榔。
林海泛彩霞，花开火凤凰。
于此开盛会，高论摩穹苍。
争夸趋向正，传统宜发扬。
借鉴岭南派，淑世热衷肠。
激情注笔端，落纸腾精光。

与时同步履，诗国拓新疆。
　　绍唐复迈宋，前途未可量。

（一九九一年五月）

注： ①由明入清，邝露、陈恭尹、屈大均、梁佩兰、黎遂球诸家先后继起。屈、梁、陈并称岭南三大家。②乾嘉之间，冯敏昌、黎简、宋湘、李黼平、张维屏诸家，皆岭南重要诗人。

清远市领导及诗社负责人盛情款待，驱车游览，欣然命笔以抒观感

　　畅游清远市，四野见良苗。
　　坦道初争阔，雄楼正比高。
　　乡村办企业，领导倡诗骚。
　　万里扬帆急，北江起大潮。

（一九九一年五月）

题峡山飞来寺①

　　双峰对起破穹苍，万木森森佛寺藏。
　　底事飞来不飞去，却教东土慕西方？

（一九九一年五月）

注： ①峡山在清远县东，两山对峙，一江中流，《茅君传》称为第十九福地。山有飞来寺，亦名峡山寺，苏轼贬惠州时来游憩，有诗。

游飞霞山，宿飞霞洞宾馆

　　万松绿到洞门前，鸟唱蝉吟总自然。

翠嶂青溪无污染，我如久住亦成仙。

（一九九一年五月）

晨起登松峰极顶，小立移时

披霞直上最高峰，水绕山环指顾中。
绿鬓朱颜山下望，惊疑云际出仙翁。

（一九九一年五月）

别 霞 山

山中七日抵千年，一日盘桓亦夙缘。
多谢山灵犹惜别，松峰飞绿送归船。

（一九九一年五月）

翠亨村谒中山先生故居[①]（二首）

大同遗教少年魂，弹指光阴五十春。
雨过天晴风日丽，白头来访翠亨村。

自建层楼近海疆，登楼一望海汪洋。
楼前手种参天树，树树花开火凤凰。

（一九九一年五月）

注：①故居乃中山先生1892年亲自设计建造，其主体是一座融合中西建筑特点的两层楼房，为砖木结构。

珠 海 市

十载荒沙变异珍，蜃楼海市竟成真！

腾飞欲雪鲸吞耻,放眼时时见澳门。

(一九九一年五月)

蛇口市（二首）

十年已创新天地,蛇口繁荣举国夸。
举国争先学蛇口,终教欧美羡中华。

伶仃洋①里千帆过,号炮台前②百废兴。
英烈③神游观四化,扶摇直上赞飞鹏。

(一九九一年五月)

注：①文天祥"零丁洋里叹零丁"及陆秀夫负帝昺投海处,皆在此。②林则徐于此发号炮指挥虎门炮台炮击入侵英舰,其号炮与炮台均保存完整。新竖林则徐持望远镜铜像,极庄严雄伟,同游诗友于像前摄影留念。③英烈：指文天祥、陆秀夫、林则徐。

听介绍深圳创业史

欲致全民富,敢为天下先。
试将新面貌,对比十年前①。

(一九九一年五月)

注：①同游中多有十年前曾来此地者,咸谓当时极荒凉贫困。视今日繁荣豪富,真不可思议也。

游深圳"锦绣中华"

休疑禹鼎铸神州,浓缩翻惊胜迹稠。
孔庙西连秦俑馆,黄陵南对岳阳楼。
昆明西子湖争胜,大理慈恩塔比优。

锦绣中华无限好,更添锦绣待重游。

(一九九一年五月)

游惠州西湖怀东坡

山色迎人秀可餐,湖光泼眼绿如蓝。
荔枝红透杨梅熟,远谪真宜住岭南。

(一九九一年五月)

吊朝云(二首)

同甘共苦更分忧,直自杭州到惠州。
应恨无缘赴儋耳,风波无际海天秋。

惯随迁客送韶华,二十三年处处家。
纵悟人生如露电①,忍看孤月挂天涯②。

(一九九一年五月)

注: ①东坡《悼朝云》诗序云:"朝云病逝于惠州,葬之栖禅寺东松林中。……盖尝从泗上比丘尼义冲学佛,亦略闻大义。且死,诵《金刚经》四句偈而绝。"四句偈,即"如梦幻泡影,如露亦如电"等。东坡于墓前建"六如亭"。②东坡《丙子重九》诗有云:"此会我虽健,狂风卷朝霞。使我如霜月,孤光挂天涯。""狂风卷朝霞"句,指朝云病逝。朝云姓王字子霞,钱塘人,随东坡二十三年,《东坡集》有墓志。

游罗浮山(二首)

云海迷茫渡众仙,海中时露几烟鬟①。
此行岂为求灵药,来看华南第一山②。

葛叟成仙去不还③,药池丹灶委荒烟④。

我来饱吃酥醪菜⑤,闲看游人种福田。

(一九九一年五月)

注：①《罗浮山志》云："晨起，见烟云在山下，众山露峰尖，如在大海中。云气往来，山若移动，天下奇观也。"余晨起观之，信然。②罗浮山属博罗县，为我国十大名山之一，素称岭南第一山。③东晋葛洪在罗浮山冲虚观炼丹修道九年，世传服自炼九转金丹仙逝。④罗浮山有葛洪炼丹灶与洗药池。⑤山中产酥醪菜，清甜可口。

罗浮山会仙桥口占

早岁凌云志气高，中年苦盼出牛牢。
老来惟乞人间寿，怕会神仙过险桥。

(一九九一年五月)

甄瑞麟教授嘱题诗集

髯翁卓见选菁英①，百二关河出瑞麟。
游学西欧开慧眼，育材华夏献丹诚。
高歌四化波澜阔，大颂中兴气势雄。
八十腾飞犹未老，新诗一卷记鹏程。

(一九九一年六月)

注：①髯翁：指于右任。

中华书局创立八十周年

麟吐凤衔汗万牛，中华载籍耀寰球。

三台四部归笺释，酾宋千元助校雠。
广点智灯驱暗夜，博施德雨壮清流。
文明共建前程远，更庆飞驰跨紫骝。

（一九九二年二月）

诗·卷八

赠空军后勤某部

凌霄万里放歌喉,改革新潮一望收。
才见江村争办厂,旋知朔野又输油。
双眸闪电观千变,大翼穿云护九州。
为有后勤劳绩著,喜看飞将展鸿猷。

(一九九二年三月)

主持雁塔题诗盛会

劫波阅尽傲穹苍,结伴登临趁艳阳。
四海游人夸盛世,十朝帝里耀新装。
铁轮银翼联欧美,巨厦雄楼压汉唐。
储杜高岑题咏在,挥毫更写大文章。

(一九九二年四月)

登陈子昂读书台

危言傥论起风雷,高振唐音旷代才。
开放花繁千载后,万人争上读书台。

(一九九二年四月)

《西北师大学报》创刊五十周年

洪河故萦回,群山亦环护。
雄镇壮山河,星罗百万户。
大庠育师资,声名噪西部。
智力重开发,学报久流布。

忆昔创刊时，日寇方跋扈。
掠夺尽锱铢，杀戮到童竖。
救亡有何术，办刊急先务。
科技探尖端，学术扬国故。
歼敌吹号角，文艺亦兼顾。
师范乃专业，训练尤有素。
神州庆光复，再造施甘露。
艰难渡劫波，四化扫迷雾。
举国尽腾飞，三陇争速度。
皋兰焕丰姿，红楼映绿树。
黉宇沐春阳，弦诵无朝暮。
俊髦观念新，积学致民富。
鸿文汇此刊，开卷入宝库。
传统更弘扬，历程宜追溯。
煌煌五十年，迈进同国步。
开放展鸿图，博采资妙悟。
重译越亚欧，光辉丝绸路。

（一九九二年五月）

题《方君纪游诗画集》

踏遍东南十五州，云涛海浪豁双眸。
盈箱画稿诚堪羡，况有新诗纪壮游。

（一九九二年五月）

赠某书家

刚健见骨气，婀娜蕴情意。
毋徒耗精神，形体求怪异。

（一九九二年六月）

阳台种花

迷茫暗夜鬼喧哗,盼到天明鬓已华。
怕雾愁阴无好计,檐前遍种太阳花。

(一九九二年七月)

老年节感怀

插菊盈头莫笑狂,老年节喜遇重阳。
登高敢望摩云汉?行远犹思越海洋。
种橘经霜终结果,滋兰历劫又飘香。
壮心未已身常健,待看神州入小康。

(一九九二年十月)

壬申深秋于广东清远主持首届中华诗词大赛终评,吟成七绝六首

喜把燕台作奖台,扬风扢雅动春雷。
电波一夜传遐迩,十万华章四海来。

弥封回避见公心,免费却酬亦可钦。
要为神州扬正气,人寰处处播唐音。

十年劫后荡群魔,四化花开硕果多。
大震天声光汉业,好将彩笔绘山河。

清远重来菊已黄,铨楼宏敞浴金阳。
北江如镜明双眼,玉尺无私仔细量。

赛诗谁唱最强音?破壁情牵四海心。
昂首腾飞千万里,自应天际作甘霖。

高歌低咏泪纵横，诗史应推出塞行。
争论终须置前列，岂宜痛定忘伤痕！

（一九九二年十月）

大赛于1992年6月29日召开新闻发布会，定期截稿，参赛诗约十万首。《壬申春日观九龙壁有作》夺魁。《出塞行》写一代知识分子苦难历程，涵盖几十年历史，长歌当哭，感人至深。或视为"伤痕文学"，恐名列前茅可能犯"政治错误"。但经过讨论，仍按积分名列第四。

题　画

雪裹终南泾渭冻，九衢无尘四壁静。
百幅名画放光芒，取影摄神开快镜。
长安艺苑众英髦，观麻初罢竞挥毫。
玉兰破蕊黄鹂叫，春风骀荡驱寒潮。
雄鸡高唱夜雾散，牡丹浥露更娇艳。
原头红透山丹丹，鱼跃雀飞何欢忭！
呼吸之间换韶华，茨菇金菊各放花。
红梅飘香竹摇影，碧石掩映灿朝霞。
四季风光一纸收，况复题咏尽名流。
韵事争传壬申岁，笔情墨趣傲王侯。

（一九九二年十二月）

长延堡村首届书画展

乡村书画入城市，此是神州第几家？
两个文明齐绽蕊，城乡处处竞繁华。

（一九九二年十二月）

偶 成

情芳志洁心胸广,言志抒情尽好诗。
扬善扶贫除腐恶,堂堂华夏吼雄狮。

(一九九三年一月)

纽约四海诗社社长李骏发先生惠寄该社名誉社长聘书,即赠一律

全球环顾救诗亡,结社联吟雅道昌。
已见华章来四海,还期逸韵迈三唐。
开疆敢效哥伦布,泥古宁师李梦阳?
意境兼融真善美,风骚传统焕新光。

(一九九三年三月)

忆麦积一首题《石窟艺术》

叠嶂层林掩映中,一峰突起翠摩空。
已留麦积苏民困,更蹑霞梯役化工。
千窟宏开雕塑馆,万人争入艺文宫。
胜游奇绝频追忆,西望遥天绚彩虹。

(一九九三年四月)

题《论诗之设色》后

水碧山青白鸟飞,百花处处斗芳菲。
人间应有诗中画,彩笔还须着意挥。

(一九九三年四月)

韩马二君邀游渼陂

久羡少陵诗句奇，每读辄思游渼陂。紫阁峰阴劳梦想，梦中屡见碧琉璃。鄂西佳士韩与马，热爱乡邦倡风雅。编成历代咏渼诗，邀我评析泛玉罤。轻车电驶出西郊，入眼春色尽妖娆。麦陇浮绿铺绣毯，油菜花放涌金潮。老妻正赞田园美，忽惊波光漾湖水。便持短棹纵扁舟，万顷澄澜一望收。蓝天倒影白云净，楼影参差花影稠。浮萍嫩绿芦芽短，鹅鸭群游莺百啭。村姑临岸照新妆，陂鱼欢跃锦鳞闪。水天无际画图开，浩歌一曲抒壮怀。遥想岑参携杜甫，渼陂荡桨散千哀。蓝田险关浮水面，云际古寺扑船来。骊龙吐珠湘妃舞，巨鳌掀浪鲸鼓鳃。竟将陂水比渤澥，夸张想象骋雄才。浑忘残杯与冷炙，垂翅京华百事乖。顾我历劫逢盛世，河山明丽无纤埃。歌咏渼陂唯写实，实境已似入蓬莱。杜陵野老如见此，岂用虚拟浪铺排！马君为我画远景："拓湖下见南山影。文物古迹尽修复，楼馆亭台起俄顷。佳卉名花遍湖周，湖中更添荷万柄。万国衣冠俱神驰，结队来游不须请。无烟工厂乐融融，三秦胜境名彪炳。汉唐文化正弘扬，开放更须凌绝顶。彼时接翁翁勿却，即兴吟诗摇画艇。"

（一九九三年五月）

长安农民艺术节

城市文明盛，乡村艺术高。
汉唐歌舞地，开放起新潮。

（一九九三年六月）

谒司马迁墓

梁山挺秀大河奔，携仗来寻太史坟。

刑酷千秋怨蚕室，文雄四海仰龙门。
图强伟业尊先哲，致富名言启后昆。
放眼当年耕牧地，高楼处处建新村。

（一九九三年七月）

题中学生刊物《七彩虹》

刊小偏能立大功，怡情益智拓心胸。
少年前景知何似，万里蓝天七彩虹。

（一九九三年七月）

题舒心斋

钟楼影院前，高斋集众贤。
张口唯谈艺，舒心岂为钱？
吟诗声破屋，作画笔掀天。
书法开新派，三绝颂长安。

（一九九三年八月）

天水海外联谊会成立

麦积山高渭水清，羲皇裔胄振天声。
人文蔚起开新宇，经济腾飞更远征。
敢望繁花都结果，须知众志可成城。
谊联海外乡情厚，共建秦州献至诚。

（一九九三年八月）

赠麦积山风景名胜管理局

山青水秀胜江东,窟刹园林更出群。
赢得秦州风景美,还须人巧济天工。

(一九九三年八月)

于右任翁为麦积山撰书"艺并莫高窟,文传庾子山"联刻石立碑,余作碑记,并主持揭碑典礼

艺并莫高评论精,髯翁俪语本天成。
已知庾信铭文美,更羡秦州绘塑精。
大字龙腾光慧日,丰碑螭动耀青冥。
维摩天女都含笑,麦积声名四海倾。

(一九九三年八月)

偕故里诸友游南郭寺

重来老杜行吟处,物换星移四十秋。
匝地秦坑灰已冷,擎天汉柏叶新抽。
幸留数老谈今昔,喜与群贤竞唱酬。
下望城郊非旧貌,连山络谷起高楼。

(一九九三年八月)

南郑陆游纪念馆落成,余有幸参加剪彩揭像仪式,喜赋

诗情将略两无伦,四十从戎天汉滨。
挟电奔雷歌出塞,横戈跃马誓亡秦。

难酬壮志终生恨，待绘宏图万里春。
今日南湖拜遗像，骚坛谁唱最强音？

（一九九三年十月）

南郑跃居全国百富县前列，向百强县进军，而门人高君任县委书记，负领导重责，因赠小诗

从古兴邦先富民，脱贫致富建奇勋。
力争县列百强首，毋负官居七品尊。
汉水轻舟通四海，放翁豪句振斯文。
他年我再来南郑，定见风光更喜人。

（一九九三年十月）

重游汉中

炎汉发祥地，维新起大潮。
雄楼连市镇，工厂遍村郊。
路坦车流急，田肥稻浪高。
鹏程初展翼，万里莫辞遥。

（一九九三年十月）

登汉中拜将坛

烹狗藏弓古已然，猎人余技汉王传。
世间毕竟存公道，浩劫犹留拜将坛。

（一九九三年十月）

城固张骞纪念馆

花木葱茏楼殿新，酬他一使重千军。
若非重辟丝绸路，谁念张骞不世勋。

（一九九三年十月）

《书法教育报》创刊

六书造文字，八法创艺术。
实用兼审美，神气贯骨肉。
骨健血肉活，神完精气足。
顾盼乃生情，飒爽若新沐。
刚健含婀娜，韶秀寓清淑。
浑厚异墨猪，雄强非武卒。
或翩若惊鸿，或猛若霜鹘。
虎啸助龙骧，风浪起尺幅。
变化固在我，成家非一蹴。
入门切须正，一笔不可忽。
功到自然成，循序毋求速。
文字本工具，诗文载以出。
书写传情意，字随情起伏。
情变字亦变，万变宜可读。
东涂复西抹，信手画符箓。
自炫艺术美，谁能识面目。
觥觥李教授，书道久精熟。
办报传法乳，风行越四渎。
寄语学书者，照夜有明烛。
拾级攀高峰，放眼视正鹄。

买椟要得珠，求鱼勿缘木。
新秀争脱颖，艺苑花芬馥。
芜辞聊祝贺，玉斝泛醽醁。

（一九九三年十二月）

题陕西师大畅志园

日丽风和气象新，群芳各自显丰神。
栽培莫叹园丁苦，试赏千红万紫春。

（一九九四年三月）

又题校园

园小风光好，游人任品题。
花繁硕果艳，其下自成蹊。

（一九九四年三月）

题《西安事变灞桥风雪图》

兵谏雄师过灞桥，联骖御侮展龙韬。
承前启后兴华复，一统河山无限娇。

（一九九四年三月）

题萧君《花鸟写意册》

我传花鸟神，花鸟传我意。
笔墨乃媒介，安敢作儿戏。
萧君论画理，数语穷妙谛。

观其画花鸟，理论见实际。
孔雀秀彻骨，清韵掩绮丽。
引颈雀欲衔，秋实香满蒂。
凌寒梅自发，岂畏群芳忌！
双莺正鸣春，情笃如伉俪。
松鹤寿者相，静穆远势利。
花鸟各殊态，万态含灵气。
似与不似间，物我相默契。
意象美无伦，独创新天地。
乃知作画难，摹仿非长技。
师心师自然，二者交相济。
形貌不可忽，内蕴第一义。
画品见人品，毋徒夸技艺。

（一九九四年三月）

题区丽庄女士画狮虎

狮慑熊罴虎扬威，神州浩气起风雷。
兴邦欲展凌云志，只绘雄图不画眉。

（一九九四年三月）

题区丽庄女士画白猫孔雀

雪姑花畔浴金阳，画品如人丽亦庄。
孔雀开屏非媚俗，腾光溢彩焕文章。

（一九九四年三月）

题淄博市赵执信纪念馆

鄙薄香山厌少陵，独际"神韵"建门庭。
谈龙别有真龙在，未肯随人拜阮亭。

益都山水任优游，断送功名始自由。
能识古风声调美，长留一谱助吟讴。

（一九九四年三月）

次子有明应日本国立信州大学教授之聘东渡讲学，儿媳同往任教，喜赋七绝四首

万里鹏程比翼翔，樱花时节到东洋。
红云绛雪春如海，莫恋蓬莱忘故乡。

簧宫高敞万花稠，水秀山明古信州。
曾是而翁授经处，博施化雨建新猷。

一衣带水往来频，仙岛神州自古亲。
两汉三唐遗韵在，交流文化育新人。

宜师往圣惜分阴，淹贯中西汇古今。
雁塔凌霄舒望眼，望儿岁岁报佳音。

（一九九四年四月）

西铭画春华秋硕图见赠，诗以致谢

客来每怪香满堂，复惊奇观现粉墙。
牡丹迎风泛紫艳，葡萄带露凝清光。
一枝寒梅初绽蕊，胆瓶斜插傲雪霜。
初疑造物作实验，春华秋实共温凉。

细看非真亦非幻，西铭画笔破天荒。
装池惠我悬座右，葡萄常鲜花常芳。
祝我此心常灵眼常亮，赏花观果寿而康。

（一九九四年六月）

题《献给孩子》丛书

春种夏耘勤灌园，秋来硕果献黎元。
流光似水休虚度，祖国前途看少年。

（一九九四年十月）

武陵诗社建社十周年喜赋

结社扬旗仅十霜，武陵高咏动遐荒。
屈骚宋赋波澜阔，沅芷澧兰情韵芳。
十里诗墙腾异彩，千秋艺苑拓新疆。
振兴华夏昌文运，更掣长鲸入海洋。

（一九九四年十月）

中国杜甫研究会成立大会在巩义市举行，赋呈与会诸公（二首）

莽荡黄河广溉田，巍峨嵩岳上擎天。
山川浩气锺诗圣，禹稷仁风启后贤。
目悸诛求朝忍泪，心惊烽火夜难眠。
长歌短咏腾光焰，爱国华章万代传。

劫灰扫尽育春芽，开放潮翻五色霞。
经济腾飞鹏展翼，人文蔚起锦添花。

倡廉反腐风宜正,致富图强路岂赊?
济济群贤兴杜学,宁无高咏壮中华!

(一九九四年十一月)

一九九四年十一月二十四日至二十七日在京参加国家文科基础学科人才培养和科学研究基地评审会,我系幸得入选,喜赋小诗六首

广育英才未敢忘,岂容西部久荒凉。
为谋发展求基地,破雾冲寒过太行①。

京华重到喜盈怀,旧友新知次第来。
百校文科评甲乙,竟随强将夺金牌。

扶重保强理念新②,图强争重费经营③。
得来基地原非易,慎勿虚抛百万金④。

育人先育品行高,金浪商潮不动摇。
继往开来肩重任,勿谋私利损风标。

教学先教好学风,精研博览跨高峰。
披荆勇辟新大地,致用须求济世功。

品学应知相辅成,熏陶涵养重力行⑤。
昔贤时彦典型在,富国丰民献至诚⑥。

(一九九四年十一月)

注:①乘26次车绕道山西。②国家教委确定评选原则为"扶重保强,合理布局"。③国家教委通知文、史、哲三系有一个博士点或五个硕士点以上者始可申报。从申报材料看,委属院校15个中文系中有7个博士点者两系,6个博士点者一系,4个博士点者一系,2至3个博士点者8系,我系只有一个博士点,处

于明显劣势。图强争重,须费大力气急起直追;不然,则强者更强,弱者更弱,优胜劣汰,乃客观规律,不容逃避也。④评为基地者国家教委每年拨20万元,连拨5年,共百万元。⑤品与学相辅相成,古人谓"学问变化气质",又谓"学问深时意气平",如学习中华传统文化,并非单纯学知识,而应在传统优秀文化的熏陶中培养爱国爱民,匡时淑世,为万世开太平的高尚品格,身体力行,见诸行动。寓德育于智育,在课堂教学中贯彻思想品德教育,刻不容缓。⑥《国语·晋语》:"义以生利,利以丰民。"

赴广州主持"李杜杯"诗词大赛终评

放眼羊城景若何?摩天巨厦壮星河。
三江舶满新潮阔,万树花繁好雨多。
应献华章扶众美,更挥健笔荡群魔。
从来国运通文运,吟纛高扬起浩歌。

(一九九四年十二月)

贺梦芙仁弟"李杜杯"大赛夺魁,并题诗集

沉酣李杜杯中酒,拓展心胸热肺肠。
敢掣长鲸踏飞浪,肯随枯叶泣寒螀?
农村商化新时代,都市金迷旧战场。
自铸雄词抒百感,宁无杰构慰诗王①?

(一九九四年十二月)

注:①诗王,对杜甫的美称,见唐人冯贽《云仙杂记》卷一。结句照应首句,诗王兼包李杜。

从化温泉次厚示韵(二首)

高树浮红耀眼,群山飞翠沾衣。

腊鼓频催岁暮,依然绿涨幽溪。

入壑红花引路,出门翠蔓牵衣。
多谢山灵厚爱,留人更绕青溪。

(一九九五年一月)

乙亥元旦。西安子女有光、有辉、有亮三家络绎而至,有明一家亦从日本信州大学赶来相聚

换罢桃符酒满觥,儿孙罗拜贺新正。
全家饱吃团年饭,九衢微闻放炮声①。
休忆余生衔虎口,欣瞻健翼越掠程。
南山入户青无极,万里蓝天晚照明。

(一九九五年一月)

注:①今年禁放鞭炮,虽有犯禁者,却不似往年喧闹令人烦躁惊恐也。

有明春节前夕归来度假,团聚匝月,又东飞讲学。适遇瑞雪普降,凭几望窗外琼花缤纷,吟成八句

骨肉团圆笑口开,思亲万里赋归来。
偕游岸柳舒青眼,高咏溪梅晕素腮。
故里风光宜热恋,友邦兰蕙待新栽。
联翩又鼓冲天翼,冒雪排云亦壮哉!

(一九九五年二月)

棚桥篁峰五十次访华纪念

一衣带水自潆洄,跨水来游五十回。

黩武疮深宜永鉴，睦邻花好要勤栽。
春明禹甸千山绿，日丽瀛洲万卉肥。
喜见棚桥连两岸，相亲相助莫相违。

（一九九五年五月）

主持"鹿鸣杯"全国诗词大赛终评（三首）

灵运而还又四灵，温州从古以诗名。
鹿鸣杯举嘉宾集，十万华章起正声。

匡时淑世吐珠玑，爱国情深化彩霓。
拔萃端须量玉尺，点头何用看朱衣。

诗家何处着先鞭？时代精神妙语传。
致富须求真善美，倡廉反腐拓新天。

（一九九五年六月）

游江心屿

大谢题诗处，扬帆乘兴寻。
碧波摇塔影，孤屿耸江心。
趋静红尘远，迎凉绿树深。
永嘉留胜迹，山水助清吟。

（一九九五年六月）

登池上楼

池塘春草生无极，园柳鸣禽变未休。
始识谢公诗句好，日新月异看温州。

（一九九五年六月）

雁荡纪游（五首）

拔地奇峰各有情，一峰才过数峰迎。
欲挥彩笔传神韵，异态殊姿画不成。

鹤唳鹰飞马突围，龙拏狮吼虎扬威。
此间亦有听诗叟①，谁唱新诗响巨雷。

天然大美显精灵，元气淋漓各赋形。
岂待剪裁夸妙手，插天却有剪刀峰。

夜月朦胧景象新，双峰拥抱恋情深。
围观体认何真切，游人原是过来人。

携友评诗偶得闲，同来雁荡看灵岩。
何年更伴南飞雁，重访东南第一山。

(一九九五年六月)

注：①听诗叟，岩名。王思任《雁荡行》："过听诗叟岩，一人属耳于垣，似闻'大江流日夜'者。"

大龙湫观瀑与诗友合影（二首）

游人仰面忽惊呼，翠嶂连云与众殊。
云里银涛千丈落，飞烟散雾溅明珠。

洗头涤面祛烦忧，仰望青天泻玉流。
喜与吟朋留此影，俊游常忆大龙湫①。

(一九九五年六月)

注：①大龙湫乃我国著名瀑布，从连云嶂绝顶凌空泻下。

诗·卷九

赠记者刘荣庆

劫后神州致富饶,官场忽涌拜金潮。
须张正气消民怨,更扫歪风靖国妖。
岂有廉泉容腐恶?应无健隼畏鸱枭。
休嗟四化前程远,破浪扬帆赖俊髦。

(一九九五年七月)

赠兰州书法家

草圣张芝起五凉,临池池水尚生香。
乡人继起开新派,喜见书坛万马骧。

(一九九五年八月)

护城河滨品茗垂钓

品罢名茶把钓竿,一湾碧水映蓝天。
上钩还让脱钩去,鱼自逍遥我自闲。

(一九九五年八月)

附主佑诗

护城河水碧粼粼,欲钓鱼儿一两斤。
忽忆少年怀壮志,扬帆东海掣长鲸。

题《中华诗词学会人名辞典》

开放中华致富强,劫灰荡尽焕新光。
心潮正逐春潮涨,文运初随国运昌。
花圃群芳争绚丽,诗坛众彦创辉煌。

题名远绍《英灵集》，一代雄风继盛唐。

（一九九五年九月）

盛唐人殷璠选同时代二十四人诗编为《河岳英灵集》，有小传、评语。

北京遇天水老乡，各赠小诗

赠张钜、范梓

城南绿柳漾晴丝，常记晨操带队时。
四十五年弹指过，夫妇同来看老师。

张、范皆余1950年任天水师范学校语文教员时所教学生。当时余代妻子胡主佑当班主任，每日黎明带领学生跑步至城南公园早操，情景犹历历在目，曾几何时，师生俱已两鬓斑白矣。张钜曾戴"右派"帽子，现为国家一级演员，在电视剧《三国演义》中饰张松极传神。

赠漆永新

画卦台高渭水清，故乡常在梦魂中。
相逢何故亲如许？同是羲皇故里人。

永新上石佛小学时为老友刘尚如学生，其后学理科而酷爱文学，现任冶金部信息中心主任，业余创作散文，极优美。

赠毛选选

久寓京华毛选选，乡情墨趣结奇缘。
少陵陇右诗章好，颜楷书成四海传。

选选任北空机要处副处长，擅长书法，以颜体楷书书写杜甫秦州诗，余为作长序。

（一九九五年九月）

题胡迎建《江西诗话》（三首）

师韩祖杜拓新疆，双井神功接混茫。
诗派汪洋传近代，洪峰迭起看西江。

从师白下问骊珠，亲授江西宗派图。
上溯黄韩追老杜，脱胎换骨忆方湖。

开放中华万象新，胸罗万象笔如神。
扬帆岂限西江水，入海尤能掣巨鳞。

（一九九五年十月）

题马兰鼎为余画牡丹

皓首穷经求富贵，不知富贵落谁家。
谢君下笔春风起，寒舍忽开富贵花。

（一九九五年十月）

应澳门中国语文学会与澳门中华诗词学会联合邀请，偕内子南游讲学，冯刚毅先生以华章相迓，口占八句奉和，兼呈澳门诗友

图南万里豁双眸，好友相邀意气投。
横跨彩虹观镜海[①]，笑迎红日上琼楼。
人文蔚起诗风盛，经济腾飞商战优。
愿与群贤挥健笔，金瓯一统颂神州。

（一九九六年一月）

注：①镜海长虹为澳门八景之一，长虹，指海上拱桥。

初抵澳门，欲谒梁披云词丈而先承过访

神驰镜海仰名家，笔舞龙蛇口吐霞。
新建诗坛鸣盛世，曾挥铁腕救中华。
南游忽枉高轩过，伟论频闻暮鼓挝。
同忆髯翁思化雨①，相期老树绚新花。

(一九九六年一月)

注：①披云先生与余先后受知于于右任先生。

登松山灯塔迎澳门回归

长鲸簸浪破天关，痛史重翻血未干。
频引夷船来镜海，尚留灯塔压松山。
回归顿见风光好，开放方欣宇宙宽。
从此中葡隆友谊，新荷吐艳庆安澜。

(一九九六年一月)

游澳门路环岛

冬季寻春景，驱车入彩霞。
绿飞幽径竹，红炫茂林花。
狎海抟银浪，看云卧黑沙①。
路环诚足恋，何计可安家？

(一九九六年一月)

注：①海滨细沙黝黑，以此闻名。

附主佑诗

高树繁花耀眼明，朝阳红艳海风轻。
银波金浪连天远，垂老犹思万里征。

题《书乡》杂志

水美田肥鱼米乡，书乡何处拓封疆？
品高学富诗文美，挥洒方能迈二王。

（一九九六年二月）

乙亥除夕

深盆大碗并杯盘，济济融融笑语喧。
喜看儿曹争敬酒，笑闻孙辈劝加餐。
扬眉我忘牛棚苦，颔首妻夸蔗境甜。
守岁欲留猪永住，不迎硕鼠到门前。

（一九九六年二月）

《中国书法》杂志李廷华君奉派自京来作专题采访，畅谈与于右任先生交往及于先生草书，并示《廷华吟草》，赠两绝句

跫然来访雪晴初，同话髯翁论草书。
善解横渠"立心"语，曲江柳眼为君舒。

乱头粗服已超群，淡抹浓妆更动人。
情美还求声韵美，骚坛行见起新军。

（一九九六年二月）

重游桃花源（二首）

开放河山日改容，仙源重到兴无穷。
喜看万树参天绿，想象桃花十里红。

楼台重建倚青霄，景点新添无限娇。
堪叹碑联多讹误，焚坑遗患几时消？

（一九九六年五月）

游石门夹山寺，观闯王陵、地道及纪念馆（五首）

九宫代毙走湘西，重整乾坤志未移。
史料班班文物众，夹山禅隐不须疑。

联明旧部裹创伤，力战犹思复汉疆。
古寺何人传"诏""敕"，和尚原是奉天王。

均田有愿未能偿，却伴青灯二十霜。
卷土重来余梦想，夹山风雨夜苍茫。

不堪回首望天涯，曾取燕京作帝家。
尚有余情消未得，天寒日暮咏梅花。

闯遍神州夺政权，昙花一现散如烟。
昭昭史册留龟鉴，曾祭甲申三百年！

（一九九六年五月）

自常德乘轮船至岳阳

岸柳相迎列两行，夫妻同住二人舱。
比他老杜孤舟快，马达声中到岳阳。

（一九九六年五月）

重游君山

君山顶上沏银芽,吊罢湘灵日已斜。
散乱诗情收不住,碧波浩渺遍天涯。

(一九九六年五月)

重上岳阳楼(二首)

气蒸波撼几千秋,无数骚人上此楼。
吊古伤今成底事?徒留佳句至今讴。

湖上难寻老杜舟,低吟范记上层楼。
先忧后乐人何在?极目苍波起暮愁。

(一九九六年五月)

赠陕报老记者吉虹

无冕人犹贵,因君奉献多。
一腔兴国愿,千首育才歌[①]。
紧迫情如火,辛劳鬓已皤。
三秦新雨足,虹彩耀山河。

(一九九六年七月)

注:①吉虹热心教育事业,撰优秀教师特写多篇,编为《育才之歌》出版。

题福建侨乡安溪县凤山公园

安溪秀丽凤山奇,花绣名园柳拂堤。
闻说侨乡风物好,几时来听晓莺啼。

(一九九六年七月)

自西安飞重庆机中作（二首）

远空落日滚金丸，脚底银涛卷巨澜。
地上愁阴复愁雨，我于云外看蓝天。

银翼低翔现渝州，高下霓灯万点稠。
是我当年歌哭地，喜从天际望新楼。

（一九九六年八月）

参加第九届中华诗词研讨会（四首）

诗会重开老友多，扬风倡雅费研摩。
前贤各创当时体，莫误今朝叹逝波。

时代精神妙语传，清奇奥衍各争妍。
春浓赤县群花放，燕舞莺飞共一天。

民间曲调逞千姿，唐宋歌行万马驰。
融会中华自由体，善陈时事创新诗。

名家锤炼跨千年，声韵和谐对偶妍。
自铸新辞创新意，试拈律绝谱雄篇。

（一九九六年八月）

重庆朝天门码头候船闲望（二首）

荡桨花溪花欲燃，小泉行馆住经年。
难寻热恋新婚处，雾掩林遮一怅然。

朝天门外放船迟，凝望江干系我思。
疑是当年弹子市，夫妻落难住多时。

（一九九六年八月）

朝天门发船

二水相交款款流,殷勤为我送行舟。
因思挈妇离重庆,摧鬓凋颜五十秋。

(一九九六年八月)

巫山神女

江心日夜起波澜,玉立凝眸不计年。
过尽千帆皆不是,可怜高处不胜寒。

(一九九六年八月)

注:后两句借用前人词句。

秭归谒屈原祠

遣兴时高咏,离骚每独吟。
结茅怜子美,佩剑慕灵均。
海阔忧民意,火燃爱国心。
像前争摄影,谁与赋招魂!

(一九九六年八月)

《遣兴》三题十二首,乃杜甫秦州诗。

偕第九届中华诗词研讨会诸公游宜昌三游洞

元白中唐俊,欧苏北宋贤。
一朝游此洞,百世咏遗篇。
坝耸[①]江涛靖,景添人语喧。

吾曹瞻拜罢，诗界辟新天。

（一九九六年八月）

注：①坝，指葛洲坝。

告别老三峡

少年夫妇俱好奇，追踪李杜下巴蜀①。扁舟一叶入夔门，险滩恶礁任相扑。拚将生命付艄公，雾嶂云峰悦心目。赤甲白盐频招手，黄牛迎送情何笃。风急浪大辄靠岸，夜宿山家无灯烛。怜他终岁辛劳犹啼饥，未忍分食野蔬果吾腹。山花一束吊屈原，生民多艰吏仍酷。何幸垂老逢盛世，戡天制水变陵谷。闻道三峡亦将辞人世，乃来告别酹醽醁。三斗坪边筑高坝，钢筋插透蛟龙窟。工程浩大惊世界，鸟散猿逃虎豹伏。移民耗资难计数，弃掷老屋迁新屋。奈何歪风钻百孔，反腐倡廉非一蹴。时见翁媪来诉苦，诉苦之言难尽述。发财者笑，受害者哭。惟独巫山神女不哭亦不笑，伫待碧波万顷来濯足。拦洪弭水患，发电利百族。切盼高峡平潮东吐朝阳西吞月，万艘巨轮竞高速。先民曾赞"微禹吾其鱼"，过门不入导四渎。今人智力超古贤，一堵尤能造万福。顾我独抱杞人忧，敬拈一瓣心香向天祝：祝愿不遭大地震，祝愿仇敌导弹不吾毒；亿万斯年大江两岸物阜民康山水绿，蜀楚鄂赣皖吴良田弥望五谷熟。

（一九九六年八月）

注：①余夫妇于1950年5月自重庆乘木船出三峡。

天水影印《二妙轩帖》，并摹刻于南郭寺碑林，喜题

山阴王字美，陇右杜诗雄。
二妙传羲里，群贤赞宋公①。

访碑南郭寺，揽胜隗嚣宫。
喜作秦州颂，冲霄舞巨龙。

（一九九六年八月）

注：①清初诗人宋琬官秦州，集二王等昔贤法书摹刻杜甫陇右诗，后人称为《二妙轩碑》。碑早毁，今幸存拓本。

题《中华当代女子诗词三百首》

参政持家各冒尖，诗坛亦顶半边天。
中华男女平权久，济世经邦竞着鞭。

（一九九六年九月）

诗词吟诵家陈炳铮为余少作《青玉案》谱曲，口占一绝致谢

炳然炼就铁铮铮，吟诵频传爱国情。
为我谱成《青玉案》，中原梦断雨溟溟①。

（一九九六年九月）

注：①《青玉案》拙词1947年作于南京，时中原战火又起，故有"中原万里来时路，更策马，何年去！野火连宵鸿不度，月明池馆，绿深门户，有梦无寻处"等句。

天水杂咏（七首）

南山古柏

少陵题咏处，千载几桑沧。
老树犹浮绿，空庭夏亦凉。

杜甫《秦州杂诗》"山头南郭寺，水号北流泉，老树空庭得，清渠一邑传。"此"老树"后称"南山古柏"，为"秦州八景"之一。

画 卦 台
一画开天处，毗连大地湾。
羲皇如在目，渭水尚潺湲。

麦积石窟雕塑艺术
妙相无比伦，慈秀复英伟。
谁是模特儿？秦州人自美。

天 水 关
出师酬素愿，一统汉山河。
虽得姜维助，其如阿斗何？

玉 泉 观
救国求真理，玉泉育众才。
书声随逝水，香客拜神来。

抗战期间，国立五中假玉泉观办学八年，为国育才2000余人，余当时住无量殿。

东柯草堂遗址
先哲怀诗圣，东柯建草堂。
空闻振骚雅，遗址尚荒凉。

秦 亭
嬴秦发祥地，人犹骂祖龙。
焚坑诚酷虐，一统利无穷。

（一九九六年十月）

应邀赴京都参加日中友好汉诗协会创立十周年盛典，赠理事长棚桥篁峰

一衣带水碧盈盈，千首诗传两岸情。
大吕黄钟歌友谊，铜琶铁板唱和平。
神州斗韵来东士，仙岛联吟迓汉朋。
十载扶轮风雅盛，更迎新纪创新声。

（一九九六年十一月）

参加墨水篁峰吟咏会创立二十周年盛典，赠棚桥篁峰会长

访华足迹遍神州，风雅弘扬第一流。
仁爱胸怀师李杜，治平理想慕伊周。
吟诗自创棚桥派，结社交欢墨水俦。
邀我远来襄盛举，日中友好共歌讴。

（一九九六年十一月）

棚桥、小吉陪游岚山、妙心寺、二条城、清水寺，口占七绝五首

京都迎我祝皇天，磨洗晴空格外蓝。
更把层林着意染，红黄碧绿绣岚山。

信步同游意适然，京都犹似古长安。
瓦房小巷通郊外，渡月桥边看桂川。

花园街畔妙心寺，东土禅宗大本山。
我慕儒家思济世，偶临禅境亦参禅。

德川幕府尚留名，功过千秋有定评。
庭院幽深花木好，得闲来访二条城。

摩天佛阁三重赤，映日枫林万树丹。
已有良缘酬地主，更添智慧饮山泉。

（一九九六年十一月）

清水寺三重阁为赤红色，鲜艳夺目；地主神社之地主神专管人间姻缘，男女青年祈祷者甚众。寺内清泉，饮之可添智慧。

诗会、吟会盛典结束，棚桥自驾新车邀余游览京都北山诸胜，小吉随行翻译，极一时之乐，口占七绝六首

诗坛盛典树新猷，绮丽北山结伴游。
画意诗情浓似酒，谈诗论画赏金秋。

轻车驶驶复停停，景点繁多数不清。
人在画中还入画，时闻突按快门声。

池前红叶耀晨曦，池后青山换锦衣。
迎我题诗夸美景，石人拱手鸟咿咿。

广泽池前有石人拱手含笑，余与小吉并立其侧，棚桥摄影。

镜湖金阁浴金阳，松翠枫红橛叶黄。
风景亦如人艳秀，共留倩影傲群芳。

历阶直上小仓山，避暑离宫天已寒。
共享野餐尝美酒，满山红叶照朱颜。

小仓山清凉寺原为嵯峨天皇避暑离宫。

三人各掷两弹丸，振臂高峰笑语欢。
贫病忧烦与灾祸，一齐抛向保津川。

（一九九六年十一月）

留别棚桥（二首）

大雅同追杜少陵，日中友好结诗盟。
京都朗咏留佳话，艺苑千秋记姓名。

缓步轻车互唱酬，岚山风物正宜秋。
一衣带水频来往，惟愿年年续胜游。

（一九九六年十一月）

怀小吉（四首）

高坐讲台说汉诗，京都群彦静听时。
赖君翻译传神韵，赢得东瀛赞大师。

送我上车心始安，手提行李觅三番[1]。
匆匆话别车开动，多送一程到米原。

注：[1]余赴松本，电车票为三番 B 座。

君赴香江我信浓[1]，只缘送我误行程。
不知一路平安否，心焦日夜望碧穹。

注：[1]长野县古称信州，亦称信浓。香江，指香港。

识高学富性情真，秀靥明眸更慧心。
为汝成功频祝愿，年年盼汝报佳音。

（一九九六年十一月）

重访信州大学（四首）

信州讲学九年前，故地重游鬓已斑。
幸有佳儿承父业，滋兰树蕙写新篇。

扶桑俊彦大庠师，聚会听余讲汉诗。
每遇探微阐奥处，解颐何异鼎来时。

西汉匡衡善说诗。《西京杂记》卷二云："衡能说诗，时人为之语曰：'无说诗，匡鼎来；匡说诗，解人颐。'"解人颐，使人发出会心的微笑。颐，面颊也。

信大校歌"春寂寥"，倩余书写树高标。
围观教授齐拍手，窗外枫红似火烧。

人文学部盛筵开，父子相偕入座来。
老友新知频祝酒，睦邻桃李要勤栽。

（一九九六年十一月）

有明寓庐家宴（二首）

平和庄里小红楼，室雅厅宽环境幽。
户外青山时送爽，书城坐拥傲王侯。

陕菜秦椒饺子香，喜开家宴话家常。
频频祝我无疆寿，学海汪洋要导航。

离松本回国，小辉送上电车，有明同乘电车送余至名古屋机场

佳儿佳媳送翁行，雾散云收雨乍晴。
骨肉情深天意顺，前程万里放光明。

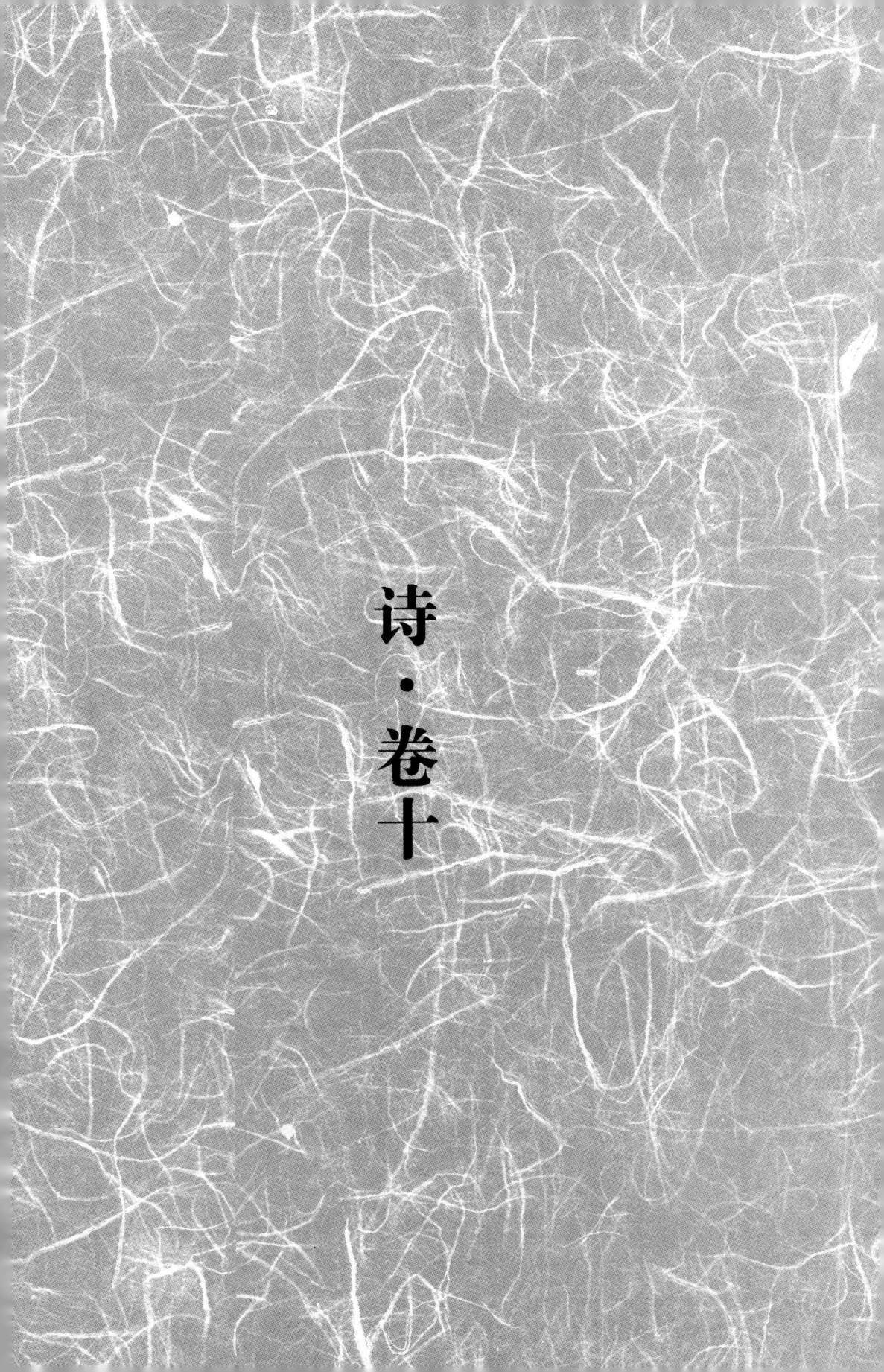

诗·卷十

第三届国际赋学会于一九九六年十二月下旬在台北召开，邀余夫妇参加，已交论文并办完手续，因须在香港中转、换证，恐年老不堪劳累。遂不果行。吟成十绝，寄台湾亲友

赋学衰微待振兴，曾编辞典助传承①。
欣闻研讨群贤集，夫妇承邀感盛情。

台岛亲朋故旧多，知余赴会喜如何！
电函来往商行止，日月潭边好放歌。

夫妻结伴欲登程，妻妹妻兄扫径迎。
已备专车游环岛，更邀亲旧叙离情。

羊城白下几相从，隔海犹劳问吉凶。
欲洒一腔知己泪，玉山极顶拜髯翁②。

同乡同学久分襟，滞留海澨长儿孙。
最怜侠骨埋荒草，待抚遗孤吊国璘③。

相迎倒屣忆白门，今代诗坛许异军。
难觅成公谈往事，待沽浊酒酹孤坟④。

分手渝州岁月多，春风词笔近如何？
鹤翁遗稿谁编印⑤，愧煞门人鬓已皤。

宝岛学人交契深⑥，长安寒舍屡光临。
今番会后须回访，阿里山前赋早春。

神驰日夜盼行期，盼到行期却起疑。
中转香江无接应，暮年颠簸岂相宜？

亲朋失望我失欢，隔海缘何便隔天。

待到三通通两岸,直飞弹指到台湾⑦。

(一九九六年十二月)

注:①拙编《辞赋大辞典》1996年5月江苏古籍出版社出版。②台湾最高峰玉山极顶有于右任翁铜像。③余同乡、同学居台者甚众;同乡而兼同学者亦逾十人,冯国璘兄即其中之一。国璘文采风流,任侠仗义。随右任翁多年,任主任秘书。与余交情至深,前年病重时特来西安叙旧,回台后即溘然长逝矣。④1946至1949年初,成惕轩先生主编《今代诗坛》,发表拙作最多,谬承奖掖,许为"异军突起",遂成忘年交。成公博学宏才,诗词骈文,皆卓然大家。尝许为拙集作序,而当拙集《唐音阁吟稿》寄至台北时,公已辞世半年矣。⑤姚蒸民兄与余同学词于陈匪石先生,而陈老师遗著《倦鹤诗文》、《倦鹤乐府》皆未梓行,赴台后拟相商编印。⑥台湾杨承祖、罗联添、汪中等十余位著名教授或在学术会议上相识,或来寒舍小叙,极交好。⑦大会主办者简宗梧教授复电:"顷奉电传,十分失望。赋学会由于您们不能前来将失色不少。近来有多人垂询先生行程,他们知您们不来,也必十分失望。"

迎牛年

做牛到老不知疲,况遇牛年万事宜。
食好不愁人挤奶,路平何惧轭磨皮。
耕田切盼新苗壮,砺角仍防恶犬欺。
绕膝儿孙齐祝愿:发光献热过期颐。

(一九九七年二月)

悼念小平同志八首(新声韵)

惊见长空陨大星,缅怀伟绩忆生平。
髫年跨海开新路,壮岁驱倭斩巨鲸。
天堑扬帆蒋巢覆,雪山跃马藏胞迎。
至今朝野歌刘邦,百战功高有定评。

创业艰难奠始基,措施唯务利群黎。
理财兼采中西计,建党高扬马列旗。
济困扶危心已瘁,纠偏反左路无迷。
长城自坏谁能料,炮打何年释众疑?

一张引爆万千张,赤县心惊红海洋。
冤狱株连除善类,群妖蚁聚毁新邦。
临危忽举擎天手,救苦频施渡海航。
整顿乾坤初奏凯,中伤其奈四人帮!

梁摧栋毁蕙兰焚,谁挽狂澜拯陆沉?
几度打翻终奋起,百般锤炼愈精纯。
敢凭实践衡真理,力戒盲从拜假神。
民主弘扬人解放,冰山融化庆新春。

劫海茫茫忆往年,愚民奸计祸群贤。
忽闻一语尊才智,顿见千军上顶巅。
科教兴国千果硕,诗文淑世万花妍。
精神物质求双富,两个文明蔚壮观。

改革频献济时方,开放花繁四季香。
外访南巡兴汉业,三通两制复尧疆。
争迎港澳珠还浦,谁信台澎子背娘?
已著奇勋光汗简,岂徒不做李鸿章!

御侮威名四海扬,经邦远略破天荒。
清除迷雾开航道,尽扫乌云放日光。
写就中华新历史,作成世界大文章。
抡材稳步交班后,犹赴华南验小康。

惊心噩耗震乾坤,永恸神州失伟人。
举世英髦齐悼念,寰球江海亦悲呻。

骨灰雨洒春潮涌，理论旗悬北斗尊。
莫负蓝图勤设计，继承遗志慰忠魂。

（一九九七年一月）

迎香港回归（二首）

痛史重翻遍血痕，东南巨港恨鲸吞。
蛮烟集散①江涛怒，华胄虔刘②海日昏。
五世遗黎兴大业，千年祖国焕青春。
东风浩荡归期近，骨肉深情待细论。

致富图强赞大猷，瓜分宁忍更增羞！
阋墙应识三通好，联手争夸两制优。
日丽香江迎赤帜，珠还禹甸固金瓯。
荆花含笑春常在，共建文明献五洲。

（一九九七年七月）

注：①林则徐《高阳台·和懈筠前辈》："蕃航别有蛮烟。"蛮烟，指鸦片烟。香港被占后曾为鸦片集散地。②归有光《论御倭书》："虔刘我人民。"虔刘，掠夺、杀戮也。

俊卿画竹百幅以迎香港回归

善写香江竹，千竿拂碧霄。
贞心傲寒雪，劲节战狂飙。
终见严冬去，欣瞻赤帜飘。
临风频起舞，争迓凤还巢。

（一九九七年七月）

赴广州主持"回归颂"诗词大赛终评

五洲华胄颂回归，十万瑶章十万碑。
迎澳迎台还作颂，神州一统响春雷。

（一九九七年九月）

女杰唐群英赞

衡山突兀摩云汉，湘水蜿蜒绕芳甸。山雄水秀巧结合，挺生女杰垂典范。不爱弓鞋爱自由，此生岂作家中囚？毅然撕却裹脚布，高视阔步追潮流。内反专制争民主，外御列强保吾土。相约秋瑾赴东瀛，岂徒习文更讲武！同盟会上识孙黄，义旗共举救危亡。独乘长风破巨浪，受命回乡建武装。武昌起义风雷迅，推翻帝制时已近。赴沪组织女英豪，救护后援担大任。复率女队夺南京，冲锋陷阵急如风。双枪神射寒敌胆，女将威名震亚东。献身革命奠新国，巾帼英雄爱巾帼。办报办学倡女权，妇女解放振木铎。工诗善词余事耳，久有文名播遐迩。文武兼济乃全才，驰骋六合跨骒骊。噫吁兮！妇女惨遭奴役蹂躏几千年，谁敢奋起推倒封建政权、族权、神权、夫权四座山？鸦片战败内忧外患接踵至，蛾眉队里乃出英杰救民救国着先鞭。早与鉴湖女侠结战友。复与庆龄、香凝奔走国是肩并肩。身教言教更兼发起女子参政会，有如春雷起蛰春阳照大千。名列近百年来中华八大女杰真无愧，君不见今日神州六亿妇女已顶半边天！

（一九九七年十月）

访于右任先生故里（二首）

嵯峨山下有高门，李靖家乡育伟人。
爱国赤忱燃笔底，诗豪草圣冠群伦。

隔海年年望故乡，故乡今已换新妆。
乡人纪念开宏馆，蔚起人文慰国殇。

（一九九七年十月）

题匡一点兄《中华当代绝句精选》

五绝二十字，易作最难工。
节短情韵长，辞约意味丰。
圆转珠走盘，明丽荷倚风。
唐人擅此体，王李冠群雄。
七绝稍宽裕，摇曳见风神。
音调贵婉转，语言要清新。
情遥味渊永，读之如饮醇。
历代多高手，白也独轶伦。
时变诗亦变，新创看时贤。
改革硕果艳，开放万花妍。
商潮正澎湃，鱼龙各争先。
美刺挥健笔，佳构何联翩。
匡子同门友，诗学久精专。
绝句操选政，一编待新镌。
出以建文明，崇朝四海传。
俚辞遥祝贺，把酒期来年。

（一九九七年十月）

汤峪宾馆新浴赠同游

太白山前绿树深，俗尘一洗畅心神。
民胞物与吾曹事，关学源头水尚温。

（一九九七年十月）

昆明杂咏（五首）

登 龙 门

照影滇池晓镜开，春城无限好楼台。
劫灰扫尽吾犹健，又上龙门高处来。

游石林望阿诗玛

翘首亭亭立石林，栉风沐雨望何人？
靓男争看阿诗玛，谁识苍茫万古心？

谒聂耳墓

拚将血肉筑长城，杀敌犹闻怒吼声。
每唱国歌思聂耳，堂堂华夏正龙腾。

游民族村

骈居百族一村宁，相助相亲乐太平。
海客来游齐赞颂："中华原是大家庭！"

中华诗词研讨会

吟坛高举邓公旗，求变求新各指迷。
创作源泉如大海，还须入海掣鲸鲵。

（一九九七年十月）

观黄果树瀑布，祝诗赛成功

拔地苍崖冷翠微，巨流直泻响惊雷。
诗心更比飞涛壮，会见群贤竞夺魁。

（一九九七年十月）

《江海学刊》创刊四十周年

江海名刊好,风行四十秋。
江长融九派,海大汇群流。
蔚起人文盛,腾飞经济优。
智灯如皎日,光焰照神州。

(一九九七年十一月)

贺广东中华诗词学会成立十周年（二首）

鼓荡诗坛革命风,岭南诸子辟鸿蒙。
仙根凌厉声情壮,公度瑰奇意境雄。
况有康梁扬大纛,更联麦邓战群龙。
创新竞效哥伦布,时彦无忘导路功。

粤海春潮接五洋,妖云扫尽日重光。
货轮密集财源广,诗会频开雅道昌。
继武前贤舒健笔,取材新世谱华章。
岭梅盛放群花放,华夏文明吐异香。

(一九九八年二月)

丘逢甲（字仙根）、黄遵宪（字公度）、康有为、梁启超、麦梦华、邓方皆为清季岭南诗派重要诗人,以"诗界革命"相号召,以发现新大陆之哥伦布自命,对中华诗词发展卓有贡献,丘、黄尤为近代诗坛大家,影响深远。开放以来,广东为中华诗词复兴基地,良有以也。

于右任纪念馆落成

草圣诗豪两绝伦,于公此处有高门。
承前启后开宏馆,会见三原起凤麟。

(一九九八年四月)

"于公"句，用"于公高门"典，指于右任先生旧宅。

赠陕西青年篆刻家郑朝阳

刻石镌金夜复晨，秦山渭水见精神。
兼综浙皖开新派，始信关中出印人。

（一九九八年四月）

自名古屋飞西安，凭窗望云

仰望天在上，俯视天在下；上天碧无极，下天云走马。白马成群忽分散，散作梨花千万片。随风簸扬渐膨胀，弥天涌起千叠浪。浪静波平云失踪，却于天际幻奇峰；下天峰接上天云，上天日照下天红。两重天间行万里，闲看浮云变未已。银翼渐低云渐高，眼底泾渭涌新潮。出机仰首唯见一重天，艳阳普照古长安。

（一九九八年四月）

题包君书法《菜根谭百题》

浓髯初掩少年狂，名利双忘书味长。
玉馔金肴休染指，寒窗闲品菜根香。

（一九九八年四月）

清明祭帝喾陵

洽川胜境久闻名，百劫犹存帝喾陵。
祖德弘扬拓新宇，中华文化播寰瀛。

（一九九八年四月）

题邓剑老友《逖学管窥》

剑气冲霄夜有光，敢将邪正辨毫芒。
兼综哲史融生化，通解千金济世方。

（一九九八年四月）

赠鞠国栋老友

弱龄求解放，壮岁补新天。
百炼酬秦火，八叉贵蜀笺。
扬风年鉴著，抟雅韵书传。
晚景犹堪醉，吟边菊正妍。

（一九九八年六月）

老鞠早岁革命，"文革"挨整，改革开放以来颇为振兴中华诗词尽力，主编《中华诗词年鉴》，著有《诗词曲韵手册》。

题《生命系列摄影集》

生命千万亿，种子随运落。运好勿骄傲，运坏须拼搏。爆发千钧力，绝境求开拓。破石裂壁抗风暴，扎根展叶花灼灼。郑君文华，慧眼堪夸。不摄公园树，不摄温室花。独于千难万险处，摄来异卉与奇葩。观者感发宜奋起，切莫徒怨运蹇时乖蹉跎叹日斜。

（一九九八年七月）

赞新疆生产建设兵团

旌旗十万扫烽烟，老幼同歌解放天。
更展宏图兴大业，尽开荒野变良田。
商城工厂霓灯闪，麦海棉山锦浪翻。

朗咏豪吟抒壮志，文明双建谱雄篇。

（一九九八年八月）

石河子诗会

地老天荒久，官兵竞挽犁。
绿畴吞大漠，巨厦撵群麋。
闹市花盈圃，晴湖柳漾堤。
民康风雅盛，吟帜舞虹霓。

（一九九八年八月）

天山雪莲

万丈雪岩无寸土，天惊石破迸新芽。
穆王远访西王母，忽绽中原未见花。

（一九九八年八月）

游 天 池

髫龄偶诵穆王传，西望瑶池五十年。
今驾飞车游瀚海，始偿夙愿上天山。
波澄万顷晴尤绿，雪耀三峰夏亦寒。
喜见琪花迎远客，从知王母尚红颜。

（一九九八年八月）

游吐鲁番葡萄沟

翠藤覆架蔽骄阳，串串葡萄阵阵香。
架下行吟忘远近，绿渠十里送清凉。

（一九九八年八月）

吐鲁番白杨

扎根沙漠战狂飙,列队田边护嫩苗。
生在中华最低处,凌云直干竞争高。

(一九九八年八月)

交河古城

交河曾是古王都,流水环城柳万株。
废垒残垣凭吊久,骄阳如火烘头颅。

(一九九八年八月)

车师前国王治交河城,河水交流绕城下,故号交河。唐贞观时于此置交河县。详见《汉书·西域传》及《元和郡县志》。

访亚洲地理中心

亚洲新测定,此地是中心。
人少牛羊众,田肥草木深。
预知楼碍日,会见土生金。
想象新都市,豪情吐朗吟。

(一九九八年八月)

登乌鲁木齐红山眺远楼

眺远上高楼,风光四望收。
长街商贸盛,绿野稻粱稠。
雄镇联蒙藏,通途贯亚欧。
腾飞鹏展翼,西部壮神州。

(一九九八年八月)

彭德怀将军百周年诞辰献诗（五首）

起义平江上井冈，长征万里救危亡。
八年血战驱倭寇，彭总威名四海扬。

战火延烧近国门，岂容狂虏肆鲸吞？
亲提义旅安东亚，抗美援朝举世尊。

除暴安民意气豪，关山万里战旗飘。
西陲解放功勋著，葱岭摩天华岳高。

悬崖勒马独高呼，举国疯狂跃进初。
一夜冤沉三字狱，千秋人颂万言书。

岳降湘潭庆百年，神州开放换新天。
巍峨铜像传宏愿：共建文明待后贤。

（一九九八年八月）

题傅嘉仪《髯翁名号印谱》

髯翁人中龙，变化谁能料。
诗文务趋新，愈变愈精妙。
书法亦如斯，存神竟遗貌。
名号变尤多，一一见襟抱。
傅君知其然，镌刻发幽奥。
磊落七十方，朱白闪光耀。
见印想其人，晴空日朗照。
恍惚紫金山，与翁接言笑。

（一九九八年十月）

题董丁诚乡友① 《故园情思》

　　长安文教界，董子久扬名。
　　犹忆童年乐，难忘耤水清。
　　深宵舒彩笔，百纸寄乡情。
　　一卷风行处，陇原千里青。

（一九九八年十月）

注：①老董天水人，笔名千里青。西北大学教授兼党委书记，散文家。

怀姚奠中教授

　　仲淹遗泽在①，奇士出河汾。
　　学入余杭室②，文空冀北群。
　　诗风追八代，笔阵扫千军。
　　永忆同游乐，何时酒共醺？

（一九九八年十一月）

注：①王通字仲淹，隋末讲学于河汾。②姚先生曾师事余杭章太炎。

十一届三中全会二十周年感赋（二首）

　　雪暴风狂万卉凋，哀鸿遍野正嗷嗷。
　　三中盛会春雷震，万里神州毒雾消。
　　辩论准绳明治乱，推翻冤案别人妖。
　　裕民富国兴科教，处处弦歌育俊髦。

　　改革开放涌春潮，经济繁荣文化高。
　　大野有田皆献宝，雄楼无处不凌霄。

香江已庆珠还浦，镜海赓歌凤返巢。
甘载腾飞超百代，南针指引邓旗飘。

（一九九八年十二月）

己卯元旦试笔（二首）

虎年华夏虎扬威，斗垮洪峰几万回。
虎旅勋劳何处见，长江两岸稻粱肥。

虎勇犹存兔瑞来，屠苏畅饮告群孩：
"欣逢镜海珠还日，邀我南游咏壮怀。"

（一九九九年一月）

赠西安自动化健康检查中心

兴善街东雁塔西，雄楼突起与云齐。
新型体检功勋著，除病常飘寿世旗。

（一九九九年二月）

贺甘肃诗词学会换届

陇上春风暖，民康雅道宏。
古风追赵壹，近体溯阴铿①。
新秀方舒锦，名家继主盟。
驱邪扶正气，吟帜更高擎。

（一九九九年二月）

注：①赵壹，东汉西县（今甘肃天水）人，其《刺世疾邪赋》后附诗两首，为早期五言诗中之佳作。阴铿，南北朝时武威（今属甘肃）人，其诗声律谐调，

开唐人律诗先河。

示天航小孙孙

天航才一岁，脸似苹果圆。
奶奶教汉字，读写心已专。
如今七岁半，好学不贪玩。
暑期随爸妈，爬上泰山巅。
向往高科技，一例敢登攀。
攀到最高处，晴空万里蓝。
东西任驰骋，天航要航天。

（一九九九年三月）

谢长安画家张君以八松图祝寿

东来紫气满关中，黄河泾渭走蛟龙。
沃野平畴八百里，群山环抱竞峥嵘。
太白积雪映白日，华岳叠翠摩苍穹。
百镇千村相拱卫，城阙壮丽楼殿雄。
周秦汉唐文物盛，十代名都万国崇。
钟灵毓秀出英杰，学林艺苑百花红。
长安画派重独创，领异标新声誉隆。
异军突起张剑石，大愿欲继南北宗。
登山临水观万象，九州处处遍游踪。
取势摄神传情韵，写生写意巧相融。
元气淋漓气魄大，长卷每出惊凡庸。
黄山云海收腕底，波翻浪涌何汹汹。
细雨霏霏烟霭霭，活现江南春意浓。

樵者负薪桥上过，山深林密水淙淙。
突出终南阴岭秀，林表霁色浮遥空。
尤爱劲松挺高节，兴酣振笔夺神功。
为我祝嘏意何厚，虬龙天矫化八松。
根干历劫更健旺，枝叶经雪愈葱茏。
翠盖笼烟迎五凤，香果披甲御百虫。
南山常在松不老，待看人寰乐大同。

（一九九九年四月）

题南郭寺艺文录

美哉南郭寺，胜迹冠秦州。
诗客留高咏，骚人记俊游。
名篇多散佚，乡彦苦搜求。
一卷艺文录，明珠耀陇头。

（一九九九年四月）

赠钟明善教授

元常遗泽在，继武拓新疆。
英才凭作育，书道赖弘扬。
墨妙人尤好，文雄名自彰。
老师今老矣，看汝播芬芳。

（一九九九年四月）

题王治邦阿房宫长卷

壮丽秦宫一炬焚，入关项羽蠢无伦。
王君不负丹青手，重建阿房献世人。

（一九九九年四月）

题《当代大学生诗选》

束缚情思岂是真？吟坛后继有新人。
一编入手群花放，试赏千红万紫春。

（一九九九年六月）

题茹桂画梅

诗情奇峭亦汪洋，草势奔腾更老苍。
草势诗情巧融汇，画梅别显一家长。

裂肤堕指北风吹，百卉凋零众鸟哀。
忽见虬枝红几点，冰天雪地绽寒梅。

霜欺雪压更昂扬，老干青枝吐异香。
哲士风神高士骨，中华文化赖弘扬。

新纪将临万象新，抒情写意现梅林。
繁如艳李红如火，热烈欢迎第一春。

（一九九九年十一月）

金婚谢妻七首（新声韵）

合并图书便缔姻[①]，不贪财势爱知音。
鸾迁凤徙终离蜀，虎斗龙争不帝秦。
百炼漫言成铁汉，三杯何幸庆金婚。
百灵呵护频频谢，患难扶持更谢君。

注：①1949年冬余与主佑同在重庆南林学院中文系任教时结婚。

滩险风狂浪打头①，竟将微命付扁舟。
三朝未过黄牛庙，半月方登鹦鹉洲。
愧我临危忽病喘，怜君有喜却分忧。
肩扛手抱搬行李，挤进车厢赴郑州。

注：①自重庆乘木船出三峡，风急浪大，惊险万状。余忽发哮喘，行动维艰。主佑怀孕已六月，至汉口后既搬行李，又扶余上岸登车。

火车拥挤汽车颠，扪腹时时唤小泉①。
终喜全生归故邑，却愁失业愧新天。
客堂宽敞茅房锁，老友真诚主妇嫌。
产后怜君犹忍饿，屠门肉好叹无缘。

注：①主佑于小温泉怀孕，故名所怀之儿为小泉。每于剧烈拥挤颠簸之后，扪腹呼唤小泉，看他有无活动。

灾害连年害万民，吾家口众更艰辛。
微掺杂面蒸糠饼，略放精盐煮菜根。
减膳惟求儿女饱，勤耘切盼蕙兰芬。
肝伤胃溃犹劳动，闯过难关独赖君。

我是吴晗汝沫沙①，虽无邓拓亦三家。
"文坛竟敢开黑店！诗海居然纵恶鲨！"
经典抄残天暗淡，刺刀拼罢眼昏花。
押回牛圈驱归寓，莫对娇儿泪似麻！

注：①60年代初《陕西日报》为我辟《诗海一瓢》专栏，颇有影响。"文革"初作为"西安的三家村"遭批斗。

《红旗》上线罪滔天①，狠触灵魂更不堪。
停俸抄家余四壁，牧羊涤厕近十年。
闺中幸有英雄在，浪里方知砥柱坚。
分谤挨批教子女，补衣挑菜抗饥寒。

注：①《试论形象思维》发表于《新建设》1956年第2期，1966年《红旗》第5期点名批判，无限上纲，我即被"揪出"批斗、抄家、劳改。

拨乱平妖万象新，蒙冤"牛鬼"也翻身。
相夫教子功尤巨，著论吟诗世亦钦。
窃喜儿曹争鼓翼，还期孙辈早成人。
好将余热殷勤献，莫负尧天雨露深。

(一九九九年十一月)

题《诗咏阴平》

古道阴平鸟度难，诗人吟咏有遗篇。
如今争献开发颂，车绕新楼货满船。

(一九九九年十二月)

读《龙吟曲——引大入秦工程纪实》

名"川"却无水，久旱困"秦王"。
赤日焚枯草，黄沙掩饿羊。
银河忽泻地，稻浪已翻江。
新谱龙吟曲，丰功播五洋。

(一九九九年十二月)

题王广香花鸟画

写生写意更传神，百鸟千花报好春。
祝愿广香香愈广，五洲画苑任飞奔。

（一九九九年十二月）

游开封清明上河园

汴京胜迹久成尘，妙手谁将画变真！
殿后楼前陈百戏，清明又见上河人。

（一九九九年十二月）

题《勾漏诗词》

弹琴炼汞尚流芳，勾漏山川吐异光。
四化新铺天样纸，新声新韵谱新章。

（一九九九年十二月）

鸡 铭

十二生肖，各有异能。牛耕马驮，虎跃龙腾。鸡虽体弱，品德超群。不贪美味，只吃害虫。不慕华居，随处栖身。遇敌敢斗何其勇，遇食相呼何其仁！雌者下蛋，无日或停；屁股银行，济困救穷，雄者知时，引颈司晨；风雨如磐鸣不已，云际唤出朝阳红。老霍属鸡，为鸡作铭。祝鸡入小康，祝鸡享太平；更祝勿被牛刀割，常为神州报好春。

（一九九九年十二月）

题匡一点《当代律髓》

三宗一祖倡方回，求变求新更夺魁。
堪羡江西匡一点，新编律髓继瀛奎。

（一九九九年十二月）

天水文物书画腊八联展

文物收藏证古今，寄情书画亦超尘。
万人空巷观联展，腊八寒梅已报春。

（一九九九年十二月）

寄家乡亲友

蟠龙山下霍家庄，开放花繁处处香。
渭水溉田衣食足，还须科技富吾乡。

（一九九九年十二月）

诗·卷十二

长安画派创始四十周年

云腾石耸壮长安,四十年来画派传。
继起群贤挥彩笔,五洲艺苑拓新天。

(二〇〇〇年一月)

题北大荒书法长廊

绿畴无际米粮仓,旧貌难寻北大荒。
林海深藏书法海,丰碑十万耸长廊。

(二〇〇〇年二月)

挽赵朴老

法门领袖圣门旗,济世康民力已疲。
诗好曾吟除四害,曲工犹记哭三尼①。
商潮暴涌谁登岸,人欲横流孰指迷?
"慈忍"②凄然留两字,每观绝笔泪沾衣。

(二〇〇〇年五月)

注:①《哭三尼》为赵老散曲名篇。②"日中书法大展"顷在西安开幕,大堂展出赵老"慈忍"一幅,已收入《日中书法展》,余获赠一册。

赞西部山川秀美工程

唐宫汉殿掩黄埃,植被摧残万事乖。
生态岂容长破坏?家园真要巧安排。
嘉禾遍野夺高产,绿树连云献异材。
山秀河清财路广,南飞孔雀又归来。

(二〇〇〇年五月)

《陕西师大学报》创刊四十周年

我校办学报,弹指四十年。"文革"历劫难,"开放"花渐繁。觥觥校领导,创新思路宽。科研带教学,教学促科研。筹资悬重奖,英才竞冒尖。学科拓新域,阵地占前沿。成果相继出,群星灿满天。学报诸编者,业务各精专。公心出慧眼,拔萃汇期刊。风行驰美誉,明珠耀杏坛。神州跨世纪,西部正腾骞,我校与学报,机遇喜空前。拼搏夺分抄,名牌四海传。

(二〇〇〇年五月)

题《当代中学生诗词选》

图强华夏迎新纪,报国英才出少年。
已有诗词惊艺苑,定攀科技占峰巅。

(二〇〇〇年五月)

题兰州《西部开发》报

开发西部创辉煌,万众腾欢万马骧。
一纸风行传喜报,穷山恶水变苏杭。

(二〇〇〇年八月)

赠林家英教授

复旦高才八闽英,甘于陇上献青春。
传薪广育千秋士,著论长燃五夜灯。
劫后方欣前景好,镜中休叹二毛生。
秦州访古豪情在,更谱华章继少陵。

(二〇〇〇年八月)

八十述怀二十首（新声韵）

童心未改不知愁，况遇晴阳照九州。
招手笑迎新世纪，引吭欣献好歌讴。
填平苦海甜方美，拔尽穷根富始优。
回顾航程瞻远景，布帆无恙水东流。

呱呱堕地秀才家，清渭迎门枣径斜。
无乳未殇慈母爱，见书即喜众人夸。
吟诗始解寻诗味，种豆方知赏豆花。
读史常思开眼界，龙山极顶望天涯。

翻山越岭赴新阳，自做羹汤自背粮。
夜诵三冬心更暖，日餐两顿味尤香。
作文特异多传写，考课全优屡表扬。
高小三年成绩好，神童美誉慰爹娘。

卢沟怒炮扫妖氛，负米求师更恪勤。
邃密群科谋济世，磨砻四体欲从军。
河山百战诗修史，敌寇全歼血写文。
"以笔为枪"诚有愧①，奖牌垂老竟酬勋！

注： ①在县城上省立天水中学初中、国立第五中学高中之时，正值全民抗日，屡欲投笔从戎而终未如愿。在学好正课及课外博览群籍之余，常以抗日为主题，撰写杂文、新诗及旧体诗词于后方各报刊发表。《陇南日报》辟有专栏，又曾主编《风铎》文艺副刊。1995年纪念抗战胜利50周年，中国作家协会特列名于"抗战时期老作家"名单中，颁赠"以笔为枪，投身抗战"奖牌。

龙蟠虎踞会群贤，白下游学正少年①。
六代诗文延寿史，后湖烟柳莫愁船。
国师讲舍传精义，时彦吟坛结胜缘。

　　　　钟阜长歌干气象，尚留佳话至今传。

注：①上南京中央大学时屡预吟坛盛会。丁亥重阳，于右任先生柬召登紫金山天文台，与会者70余人，余年最少，作五古六十韵，颇受商衍鎏、冒鹤亭、刘成禺、陈仁先、李宣龚诸前辈赞许。

　　　　抟风破雾到渝州，主讲南泉乐事稠。
　　　　济老情诗同品鉴，鹤翁乐府屡赓酬①。
　　　　论文正喜交良友，鼓琴旋知是好逑。
　　　　永忆结姻游赏地，数峰江上几回眸！

注：①业师陈匪石先生号倦鹤，时任重庆南林学院中文系主任，约我任教。同系教授穆济波先生为创造社初期重要成员，其妻秦德君与当时名作家多有接触，竟随茅盾东渡。穆先生辑与秦氏恋爱、结婚及婚变后诸诗为《海桑集》，嘱余题诗。

　　　　浪高滩险惧翻船，遥望庭帏眼欲穿。
　　　　腰鼓声中归故里①，秧歌队里舞新天。
　　　　分班授课秦风暖，携手承欢陇月圆。
　　　　更喜生儿如虎健，匡时淑世盼他年。

注：①返里看望双亲，同在天水任教。

　　　　半载秦州广艺禾，长安设帐又弦歌①。
　　　　新知博采开新课，旧史精研改旧科。
　　　　讲义交流评语好，论文发表赞声多。
　　　　夫妻共鼓冲天劲，育士兴邦颂共和。

注：①1951年初应西北大学侯外庐校长之聘，同赴西安任该校师范学院语文系

讲师。

钢花稻浪竞妖娆，放眼神州意气豪。
薪水虽微儿女小，课程愈重热情高。
京华盛会频参与，寰海名流亦见邀。
岂料初鸣便贻祸，孤松何计御狂飙！

马列居然是外衣，钻研诚意竟怀疑。
怒诛私货充公货，竞砍白旗树赤旗。
每有新书便挨整，况留旧著屡遭批。
心思跃进身无力，灾害连年腹久饥。

形象思维岂妄谈？《红旗》上线罪滔天！
灵魂狠触神犹旺，肉体频修骨尚坚①。
钱产图书齐掳掠，友朋妻子任株连。
牧羊种菜开荒地，劳改年年叹逝川。

注：①"文革"中造反派把"批斗"叫"触及灵魂"，把"毒打"叫"修一修"或"修理修理"，我被触及灵魂时也往往被修理肉体。

乍震雷霆殪巨奸，牛棚闻讯舞翩跹。
三中幕启春潮涌，四化花开旭日妍。
屡赴神京振文艺①，重开绛帐育英贤。
打翻十载终爬起，又见鹏飞万里天。

注：①1979年冬参加全国第四次文代会；稍后，又参加全国第四次作代会。

枉掷华年可奈何，人间应有鲁阳戈。
笺书得意浑忘饭，练字怡情欲换鹅。
雪夜摛文鸡报晓，花朝缀韵鸟赓歌。

雄心跃动伤痕退,欲上高山览大河。

研讨唐诗集胜流①,曲江日丽万花稠。
忧民李杜心胸广,济世韩刘思虑周。
联袂关中创学会,扬旗国际著宏猷。
筹资改稿编刊物,《年鉴》风行五大洲。

注：①1982年4月初在陕西师范大学主持全国唐诗研讨会,由我主编出版了论文集。同年5月上旬,全国唐代文学学会在西安成立,我被推选为第一届副会长。此后连任第二至第五届副会长兼秘书长,筹办、主持历届全国、国际学术研讨会,主编会刊《唐代文学研究年鉴》。

科教兴国战略高,攻读学位竞前茅。
叨陪硕彦评博导,忝列宗师育俊髦。
敢诩荫门桃李艳？还期构厦栋梁饶。
人才自古关成败,身教言传岂畏劳？

1985年起任国务院学位委员会学科评议组成员,数次进京评审全国高校及科研单位博士生导师及博士授权点。自1979年至今,本人作为硕士、博士生导师培养的数十名研究生皆卓有成就,颇受好评。

银翼穿云掠太阳,腾飞两度到扶桑。
东京讲赋夸炎汉,松本谈诗赞盛唐。
访古初游清水寺,观书三上静嘉堂。
一衣带水常来往,珍重邻邦是友邦！

少小耽吟述壮怀,却留诗案继乌台。
欣逢盛世昌文运,喜见骚坛出俊才。
大赛十年频奖励,华章四海竞飞来。
愧无玉尺量多士,赖有良朋共鉴裁。

中华诗词学会于1987年端午节在北京成立，我以筹备委员资格参加，被选为副会长。此后由中华诗词学会等单位联合举办的历次诗词大赛，我都被推举任评委会主任。乌台为御史台的别称。苏轼作诗讥议朝政，被人弹劾，下御史台问罪，时称"乌台诗案"。

  童年习字父为师，洗砚门前柳映池。
  壮岁犹思追索靖，浩劫哪许继张芝①！
  岂知地覆天翻后，又展龙翔虎卧姿。
  室亮桌宽情绪好，笔飞墨舞颂明时。

注：①张芝，东汉书法家，甘肃酒泉人，善草书，被称为"草圣"。索靖，西晋书法家，甘肃敦煌人，书法继承张芝而有创新。

  杜甫诗传济世心，百回吟诵百回亲。
  河南嗣响追遗韵，陇右扬芬访旧闻。
  往圣精神多取法，时贤德慧更超群。
  承前启后开新宇，应有鸿篇胜古人。

中国杜甫研究会于1994年秋在杜甫故里巩义市成立，我被选为会长，主持首届学术研讨会。1996年在甘肃天水市召开第二届会议，研讨杜甫陇右诗、考察杜甫遗迹遗闻。其后又在襄樊、济南召开杜甫学术研讨会。

  未酬壮志鬓先斑，已届姜公钓渭年。
  四海奇书思遍览，千秋疑案待重勘。
  高歌盛世情犹热，广育英才志愈坚。
  惟愿遐龄身尚健，更结硕果献尧天。

（二〇〇〇年九月）

全国第十三届中华诗词研讨会在深圳西丽湖宾馆召开,口占两绝

华夏诗词正振兴,五洲吟友会鹏城。
滨湖日丽群花艳,深树风和众鸟鸣。

盛会华南继武昌,英才培养系存亡。
校园从此兴诗教,蔚起人文致富强。

(二〇〇〇年九月)

武昌会议,讨论诗词进大学校园问题,深圳会议,讨论诗词进中小学校园问题。

荔园小住

西丽湖波映画栏,琼楼暂寓似登仙。
一朝移向荔园住,天外方知更有天。

(二〇〇〇年九月)

赠汝伦

高树红花照眼明,风骚坐领五羊城。
通衢一任商潮涌,心自康宁气自清。

(二〇〇〇年九月)

赠度先,时任广东省安全厅长

腹有诗书笔有神,岭南安定见经纶。
城郊富丽千家乐,村镇繁荣四季春。

(二〇〇〇年十月)

世纪之交杜甫国际学术研讨会在济南舜耕山庄举行，欣赋两绝

诗教衰微哲士忧，少陵学会创中州。
几番研讨发精蕴①，万古江河浩荡流。

又见群贤四海来，山庄明丽讲筵开。
济南自古多名士，倡雅宁无济世才②。

（二〇〇〇年九月）

注：①已在巩义市、天水市、襄樊市开过三次研讨会。②我因年老辞去会长职务，推选山东大学张忠纲教授接任。

赞舜耕山庄①

山庄广厦耀霓灯，宾至如归忆舜耕。
水木清华鱼鸟乐，阜财解愠颂南风。

（二〇〇〇年十月）

注：①《史记·五帝本纪》云："舜耕历山。"山庄在历山脚下，故名"舜耕"。《孔子家语·辩乐解》云："昔者，舜弹五弦之琴，造《南风》之诗，其诗曰：'南风之薰兮，可以解吾民之愠兮！南风之时兮，可以阜吾民之财兮！'"

十年前游泉城，泉水已枯竭，今见绿化奏效，喜赋两绝

"户户垂杨"渐不青，"家家泉水"已无声。
图强致富前途好，绿化山川第一程。

喜见还林耸翠屏，历山飞雨润泉城。
绿杨掩映红楼起，万顷湖波漾大明。

（二〇〇〇年十月）

大明湖谒稼轩祠

突围缚叛渡长江,欲统王师复旧疆。
怒斥投降呼战斗,雄词万古放光芒。

(二〇〇〇年十月)

趵突泉瞻李清照遗像

趵突清泉蘸绿杨,易安遗像浴秋光。
依稀北宋承平日,采菊归来满袖香。

国亡家破费沉吟,婉约新词百代珍。
"九万里风鹏正举",更留豪句压苏辛。

礼教森严更乱离,词宗漱玉羡雄奇。
女权高涨"强人"众,会见吟坛舞大旗。

(二〇〇〇年十月)

登 泰 山

岱宗突起斗牛间,继武拾遗上极巅。
诗史高峰谁跨越?写真求变拓新天。

(二〇〇〇年十月)

杜甫《望岳》诗只说"会当凌绝顶",晚年作于夔州的《又上后园山脚》补写道:"昔我游山东,忆戏东岳阳。穷秋立日观,矫首望八荒。"说明他曾爬上泰山顶上的日观峰。

游 曲 阜

苍松郁郁柏森森,洙泗泱泱教泽深。

曲阜重来兴百感,兴观群怨起诗魂。

(二〇〇〇年九月)

谢杜甫研究会诸公设宴祝寿

四凶留命沐晨曦,钓渭年华力未疲。
路远徒嗟增马齿,山高犹愿奋牛蹄。
欲师杜甫吟三吏,敢效梁鸿赋五噫?
珍重群公祝嵩寿,青灯不负五更鸡。

(二〇〇〇年九月)

洛阳文会期间赴铁门镇观千唐志

久慕千唐志,无缘到此斋。
欣逢金谷会,始向铁门来。
辨字惊书艺,析文叹史才。
留连日将暮,临去屡徘徊。

(二〇〇〇年十月)

题《三秦楷模》

彩笔传神展画廊,楷模创业战旗扬。
群英竞起学先进,荒漠秃山换盛装。

(二〇〇〇年十月)

题王澍王屋山房诗文集

沁水何清丽,王屋更郁苍。
山河犹表里,猿鹤几沧桑!

文羡波澜阔，诗钦韵味长。

知君炳灵秀，百炼吐光芒。

（二〇〇〇年十月）

新世纪新春颂

　　新千年，新世纪。神州万里庆新春，无边喜气盈天地。遥想百年前，政腐民凋敝。列强争瓜分，巢覆雏亦毙。辛亥革命初成功，推翻帝制申民意。卢沟怒炮扫妖氛，浴血御侮夺胜利。协力铲除三座山，全民解放齐奋励。致富敢为天下先，改革开放虎添翼。渔村弹指变名都，高速发展无前例。东西南北效特区，国际交流破封闭。雄楼栉比稻粱肥，城乡面貌月月异，一国两制迎回归，紫荆红莲竞艳丽。顾后喜无极，瞻前豪情溢。狮醒龙腾旭日红，继往开来人十亿。

　　新千年，新世纪，庆新春，念兄弟。焰火联海峡，骨肉心连系。切盼一统固金瓯，港澳珠还台澎继。并肩同建好家园，四化前程骋骐骥。育才高素质，创业高科技。航线绕全球，坦道通四裔。弘扬传统融众长，蔚起人文振经济。物阜民康戒骄奢，倡廉频注防腐剂。山青水绿春常在，果硕花繁香四季。国力日盛国威扬，维护和平持正义。龙门鲤跃，桥山雨霁。中华民族大复兴，清明共上黄陵祭。树丰碑，摩天际。

（二〇〇一年一月）

秀荣以岁寒三友图祝寿，题小诗致谢

老梅吐艳竹飞翠，誓与苍松斗岁寒。

彩笔初挥冰已化，迎来春色遍人寰。

（二〇〇一年一月）

蓝田猿人

茫茫一百万年前，谁辟洪荒混沌天？
崛起猿人磨石斧，曙光一线现蓝田。

（二〇〇一年二月）

游王顺山悟真寺①

昔梦悟真寺，今游王顺山。
丛林护瑶殿，叠嶂拄青天。
种玉蓝田在，开宗净土传。
沧桑留胜迹，题咏继唐贤。

（二〇〇一年二月）

注：①蓝田悟真寺为佛教净土宗祖庭，白居易等唐代诗人多有题咏。王顺山兼有黄山之秀和华山之险，今辟为国家级森林公园。

武夷山柳永研讨会（二首）

抒情写景逞千姿，突破花间创慢词。
继起群贤拓新境，宋人乐府比唐诗。

铁板红牙各擅场，女声何必逊男腔。
应从词史观全局，勿借坡仙压柳郎。

（二〇〇一年四月）

柳永纪念堂（三首）

悲歌煮海悯盐丁，小试牛刀有政声。
底事秦楼消永日，忍将低唱换浮名？

敢于词史辟新天,长调铺排意境宽。
恨别悲秋怨行役,动人情景扣心弦。

奇峰六六竞春妆,故里新修纪念堂。
谱曲填词歌盛世,丹山碧水焕文章。

(二〇〇一年四月)

桃 源 洞

武夷亦有桃源洞,欲访居人畏路难。
苛政消亡何用避,人间处处是桃源。

(二〇〇一年四月)

武夷精舍（二首）

欲将无限天然美,化作胸中万古奇。
遍览云峰三十六,还来精舍吊朱熹。

兼融佛道解儒经,理学千秋集大成。
九曲溪边弦诵处,源头活水尚能清？

(二〇〇一年四月)

大 王 峰

擎天一柱大王峰,玉女簪花久目成。
无奈中间横铁嶂,溪流九曲不胜情。

(二〇〇一年四月)

玉 女 峰

清潭浴罢尚留香,明镜台高耀晓妆。

万劫难消情与爱，凝眸日日送斜阳。

（二〇〇一年四月）

九曲清溪

丹嶂苍崖映碧溪，竹林飞翠湿人衣。
漂流想见朱夫子，九曲高歌化彩霓。

（二〇〇一年四月）

一 线 天

入洞争观一线天，少男少女赞新鲜。
仰头我独嫌光暗，忽忆牛棚住九年。

（二〇〇一年四月）

北如赠武夷新茶[①]（二首）

九寨悬岩六树高，乌龙极品大红袍。
我随游侣昂头望，只盼风吹一叶飘。

注：① 武夷九寨窠悬岩有六株茶树，已生长340多年，枝叶繁荣。嫩叶呈紫色，名大红袍，为乌龙茶极品。

妙手通天意气豪，居然赠我大红袍！
归来每饮辄昂首，九寨悬岩六树高。

（二〇〇一年四月）

汉城遗址

闽人文化溯先秦，发掘王城见异珍。

惊眼清澄宫井在，日星摇漾两千春。

（二〇〇一年四月）

厦大校园瞻仰陈嘉庚塑像

群楼面海倚青山，广育英才八十年。
大礼堂前拜遗像，毁家办学颂先贤。

（二〇〇一年四月）

鼓浪屿观郑成功练兵处

浩茫碧海映苍穹，百练精兵气似虹。
战舰长驱收宝岛，令人长忆郑成功。

（二〇〇一年四月）

拔荆丽珠邀住寓楼畅谈

凛然正气压群哗，历尽艰危蔗境佳。
学府育才双国士，吟坛夺锦两词家。
青山入户听敲韵，好鸟归林劝煮茶。
琴瑟和鸣春永驻，檐前手种四时花。

（二〇〇一年四月）

游集美赞陈嘉庚

村童好斗无文化，发愿经商办学堂。
校舍巍峨花似锦，树人树木创辉煌。

（二〇〇一年四月）

延平颂

——为纪念郑成功收复台湾340周年作

台湾接大陆,隔水闻鸡鸣①。
闾阎皆华胄,日月共尧封。
明季国积弱,荷夷纵长鲸。
宝岛竟沦陷,愁雾暗南溟②。
誓复吾疆土,郑帅练精兵。
出师鼓浪屿,万橹压洪峰。
长驱雷电迅,号令海天惊。
登陆禾寮港,歼寇赤嵌城。
打援缚困兽,缴械扫狼烽。
遗民庆光复,壶浆夹道迎。
屯田习耕战,物阜四方宁。
两岸频来往,亲友诉衷情③。
沧桑数百载,人寰尚竞争。
一国容两制,华夏正龙腾。
鸿业宜共创,大厦宁独擎!
一统山河壮,怀古倾延平。

(二〇〇一年四月)

注:①台湾民谚:"福州鸡鸣,基隆可听。"②明天启四年(1624)荷兰殖民者侵占台湾。③明永历十五年(1661)郑成功率兵数万自厦门渡海,经澎湖于禾寮港(在今台南境)登陆,围攻荷兰总督所在地赤嵌城(即今台南市西郊安平古堡),击溃从巴达维亚派来的援军,激战8个月,于清康熙元年(1662)二月一日收复台湾全境,实行屯田,发展生产。

明锵设宴接风，杭州名流毕集，口占纪盛

涌金门外最高楼，满座春风集胜流。
万顷湖光明几案，四围山影落觥筹。
友情浓郁频斟酒，诗兴高扬薄打油。
放眼全球振风雅，掣鲸碧海纵飞舟。

(二〇〇一年四月)

明锵邀住西湖别墅，畅话今昔

少有雄图决胜筹，遭逢偏与志为仇。
铁窗七载常遮眼，右帽廿年犹恋头！
四害忽除交好运，三光普照展鸿猷。
宏开别墅迎诗友，觞咏西湖傲五侯。

(二〇〇一年四月)

人间天堂

波光岚影映红楼，开放湖山任旅游。
游侣争夸西子美，天堂依旧在杭州。

(二〇〇一年四月)

双堤怀古[①]

东坡施政继乐天，宋雅唐风万口传。
缓步双堤舒望眼，能无高咏继前贤？

(二〇〇一年四月)

注：①双堤，指白堤、苏堤。

冒雨游西湖

细雨多情为洗尘，雨中西子更迷人。
蒙蒙远岫眉凝黛，渺渺平湖縠泛纹。
万柳浮烟翻翠浪，三潭腾雾跃金鳞。
匆匆领略朦胧美，明丽风神付梦魂。

（二〇〇一年四月）

岳 飞 墓

凤阙难容二圣回，狱成三字剧堪哀。
坟前纵有奸臣跪，十二金牌何处来？

（二〇〇一年四月）

龙井饮新茶

游湖日将午，渴欲饮新茶。
舟系苏堤柳，门敲陆羽家。
虎泉松下水，龙井雨前芽。
三碗诗情涌，何须手八叉？

（二〇〇一年四月）

游灵隐寺

飞来峰下寺，灵隐盛名扬。
海日明瑶殿，湖光耀画廊。
经风塔犹耸，历雪松更苍。
谁悟拈花笑？焚香拜佛忙。

（二〇〇一年四月）

浙江省诗词学会慈溪诗会开幕

浙江从古盛人文,"龚派"新诗起异军①。
开放中华除积弊,兴邦争唱最强音。

(二〇〇一年四月)

注:①龚自珍(1792-1841),清代思想家、文学家,杭州人,其诗求新图变,瑰丽奇肆,风靡一时,有"龚派"之称。

达蓬山巅望海

山花吐艳松浮翠,徐福辞家久未来。
童女童男何处去?达蓬峰顶望蓬莱。

(二〇〇一年四月)

慈溪怀古(三首)

客星犯座便还乡,钓水耕山乐未央。
立懦廉贪垂典范,高风千古颂严光①。

注:①范仲淹《严先生祠堂记》称严光"使贪夫廉,懦夫立,是大有功于名教也。"

品学诗文见性灵,《庙堂》笔法继山阴。
慈溪雅集名贤众,"五绝"宜追虞永兴①。

注:①虞世南为贞观名臣,封永兴县子,世称虞永兴。唐太宗"尝称世南有五绝:一曰德行,二曰忠直,三曰博学,四曰文辞,五曰书翰",见《旧唐书》卷七二本传。其书法亲承智永指授,取法二王,为初唐四大家之一。其正书碑刻以《孔子庙堂碑》为代表,余幼年曾临习。

猖狂海盗肆鲸吞，半壁东南叹陆沉。
电扫雷轰除外患，抗倭常忆戚家军。

（二〇〇一年四月）

金轮集团

户户洋楼接厂房，此间原是小村庄。
村民创业雄欧亚，科技金轮赶太阳。

（二〇〇一年四月）

文 昌 阁[①]

香樟夹径护芳踪，皓月窥窗想玉容。
秋水无言美人去，暮年流寓羡归鸿。

（二〇〇一年四月）

注：①文昌阁建于潭墩山顶，为溪口十景之一。1925年蒋介石改建为中西合璧的两层楼房，宋美龄曾居住避暑。

丰 镐 房[①]

潭墩山畔剡溪旁，人去空留丰镐房。
锦绣神州需一统，思乡何故不还乡？

保护功归解放军，维修未改旧伤痕。
游观万众如潮涌，忙煞门前售票人。

（二〇〇一年四月）

注：①丰镐房为蒋氏故居。溪口解放前夕，毛泽东电令指挥官"在占领奉化时要告诫部队，不要破坏蒋介石住宅、祠堂及其他建筑物"，故保护完好。1939年

冬日机轰炸溪口，蒋氏原配毛福梅于丰镐房遇难，蒋经国誓报母仇，手书"以血洗血"四字刻石立碑。1981年国家拨款修缮，唯日寇炸毁窗户保持原状。

张学良将军第一幽禁地①

少帅幽囚屋，装修一望新。
案头留笔砚，窗外换乾坤。
榴火红迎日，松涛绿到门。
游人说"兵谏"，救国建奇勋。

（二〇〇一年四月）

注：①张学良于禁室欣闻"七·七"抗战开始，写信给蒋介石"请缨杀敌"，蒋却要他"好好读书"。当时写作所用的笔砚尚留案头。

雪窦寺将军楠①

古刹徘徊志未销，请缨无路种楠苗。
将军九死双楠活，拂日凌云岁岁高。

（二〇〇一年四月）

注：①张学良禁室与雪窦寺毗连，尝在寺内徘徊，手种楠树幼苗，今已高达十余米，人称"将军楠"。

商 量 岗①

三仙建寺费商量，寺已灰飞剩此岗。
独立岗头望仙境，千峰隐现雾茫茫。

（二〇〇一年四月）

注：①商量岗以传说三仙商量建寺得名，登岗四望，千山万壑隐现于云海之中，

如临仙境,为溪口避暑胜地。

千丈岩瀑布①

是谁天外挥长剑,削出浙东千丈岩?
巨瀑轰雷云际落,忽翻雪浪现奇观。

(二〇〇一年四月)

注:①千丈岩峭壁如削,中部巨石突出,落瀑撞击,散若飞雪。宋真宗题名"浙东瀑布"。

妙 高 台①

振衣直上妙高台,四面青山送爽来。
俯瞰晴湖摇日影,不知人世几兴衰。

(二〇〇一年四月)

注:①妙高台三面峭壁,下临平湖,地势险峻,风景秀丽。清初于台上建栖云庵。1927年蒋介石下野回乡,拆除栖云庵建中西合璧别墅,自题"妙高台"堂额。此后每次回乡,必来此小住。解放后多次维修,房内陈设、用具等保存如故,供游人参观。

合肥"五四"以来名家诗词研讨会杂咏

诗亡词绝是耶非?四海吟旌聚合肥。
近百年来佳作众,探微抉奥起风雷。

"五四"惊雷震九州,南湖破雾纵飞舟。
群英力辟新天地,诗史长河涌巨流。

全民奋起救危亡,血战八年复汉疆。
气壮山河诗万首,人寰传诵戒贪狼。

三山推倒辟蒿莱，中国人民站起来！
建设新铺天样纸，笔歌墨舞画图开。

劫火延烧竟十年！殃民祸国史无前。
牛棚偷蘸忧天泪，警世奇诗万代传。

乍震春雷殪四凶，改革开放奏奇功。
高歌猛进诗潮涌，锦绣河山日更红。

一统神州更富强，诗迎港澳吐光芒。
研朱待舞如椽笔，宝岛归来谱乐章。

人文蔚起迎新纪，经济腾飞跨小康。
应有鸿篇迈唐宋，讴歌盛世创辉煌。

（二〇〇一年五月）

李鸿章故居

入门穿院上崇阶，来访华居日未斜。
宰相合肥天下瘦，休惊"一府半条街"。

务洋尚武练淮军，百计经营未建勋。
辱国丧权宁本愿，马关签约又何心？

（二〇〇一年五月）

包公祠、墓

重修祠墓万方崇，凛凛铡头虎问龙：
"官是公仆民是主，伸冤何故拜包公？"

祠有廉泉万口传，治贪灵药岂其然？
心源纯净无私欲，纵饮贪泉亦自廉[1]。

（二〇〇一年五月）

注：①广州石门有贪泉，误饮者必贪。清官吴隐之赴广州刺使任经此，故饮之，作《酌贪泉》诗，而为官愈廉。见《晋书》卷九一《吴隐之传》。铡、仆旧入今平，作平声用。

翠华山度假偕主佑有亮一农天航

双松迎远客，避暑翠华山。
林海绿涛涌，云峰素练悬。
千壑惊异态，万石叹奇观。
荡桨天池上，晴空月正圆。

(二〇〇一年七月)

游新郑古枣园①

老干新枝蔚壮观，飞红漾绿耀蓝天。
树王赐食还童枣，再献青春二十年。

(二〇〇一年七月)

注：①古枣园有树龄500年以上者580株，其中明代一株，已逾六百寒暑，依然叶茂果繁，被尊为"枣树王"，导游摘枣数枚见赐，谓食之可返老还童。

谒欧阳修墓

文并昌黎赋更佳，诗清词丽亦名家。
陵园重建尊传统，艺苑春浓放百花。

(二〇〇一年七月)

始祖山谒黄帝庙

携友同登始祖山，宏基初创颂轩辕。
刳舟辟道开新宇，除暴安良任大贤。

德教风行百蛮化，文明雨洒众芳妍。
承前启后兴华夏，霞蔚云蒸一统天。

（二〇〇一年七月）

赠秦淮诗社

巨厦雄楼竞比高，长江又架紫金桥。
秦淮结社诗情涌，应有鸿篇压六朝。

（二〇〇一年八月）

游无锡吴文化公园

建馆开园萃凤麟，无锡有宝胜黄金[①]。
花繁叶茂吴文化，吐艳飘香四季春。

（二〇〇一年八月）

注：①锡，旧入今平，作平声用。"无"、"有"对照，言没有"锡"，却有"宝"。

游华西村（六首）

摩云金塔表华西，纵览新村上电梯。
工厂书场歌舞院，高楼棋布飐红旗。

争优竞美压群芳，科技高新管理强。
百业拔尖名产众，法兰面料渡重洋。

争夸世界第一村[①]，旅贸工商并冠群。
先富还须求共富，思源兴教育新人。

注：①一，旧入今平，作平声用。

家家别墅起洋房,四季花飘满院香。
海客来游开眼界,始知华夏有天堂。

村官谁似吴仁宝,廉政懂行树典型。
但愿化身千百万,辟新天地练精兵。

女纺男耕纳税难,农家冻馁几千年。
华西指引金光道,会见千村变乐园。

(二〇〇一年八月)

华西村盛宴相款,邀住金塔十一层（二首）

空赞河豚味最鲜①,贪吃怕咽笑坡仙。
华西盛宴食八尾,谁谓今儒逊古贤!

注：①北宋诗人苏东坡等多有赞河豚诗,因其味美而有剧毒,故品尝而已,不敢多吃。华西河豚已去毒,席间各分一小碗。"吃"、"食"、"八"三字,旧入今平,作平声用。

寒儒陋室惯栖身,偶宿华居感慨深。
一夜房钱一万五,舌耕砚种半年薪。

(二〇〇一年八月)

注：一、舌二字,旧入今平,作平声用。

赠南京金箔集团江总裁

千锤万打闪光芒,名品行销五大洋。
发愿装成金世界,羡君真个"创辉煌"!

(二〇〇一年八月)

儋州诗会①

艰危未改济时心,最爱东坡儋耳吟。
此日蓝洋开盛会①,兴邦争唱最强音。

(二〇〇一年十月)

注:①全国第十五届中华诗词研讨会在儋州蓝洋温泉召开。

东坡桄榔庵(二首)

桄榔深处结茅庵,乐与诸黎互往还。
九死依然宣教化,文明火播海南天。

椰茂楼高稻浪翻,诗山歌海颂尧天。
儋人试用"东坡话"①,细述新风慰贬官。

(二〇〇一年十月)

注:①儋州尚有"东坡话"流传。

东坡书院

载酒名堂未建堂,噬人鹰犬伺南荒。
东坡永在章惇朽,书院千秋育栋梁。

(二〇〇一年十月)

偕儋州诗会诸友游三亚

鹿回头处绚朝霞,处处游人笑语哗。
已见商潮红海角,更掀诗浪绿天涯。

(二〇〇一年十月)

海瑞墓

逆鳞批处血斑斑,海瑞当年只罢官。
掘墓毁祠犹切齿,"文革"不愧"史无前"①!

(二〇〇一年十月)

注:①革,旧入今平,作平声用。

海南大学赠周伟民唐玲玲伉俪

万间广厦起南溟,化雨春风育众英。
比翼齐双教授,弦歌常伴海涛声。

(二〇〇一年十月)

香积寺

王维题咏处,古寺尚依然。
殿倚三明树,池开七宝莲。
红尘千劫换,净土一灯燃。
塔际晨钟响,霞明万里天。

(二〇〇一年十一月)

"桥山杯"诗词大赛征稿,海内外炎黄子孙争寄华章。喜赋

桥山柏翠大河清,开放神州万里晴。
十亿昂头创宏业,五洲联手谱新声。
图强致富国威震,倡雅扬骚士气升。
继武前修迎盛世,复兴华夏播文明。

(二〇〇二年一月)

读李锐《庐山会议纪实》

为民请命为国忧,敢顶台风抗逆流。
牢底坐穿头尚在,天留此老写春秋。

(二〇〇二年二月)

易森荣学长八十荣庆

游学南雍负令名,奇书遍览酒频倾。
忧时夜上鸡鸣寺,吊古秋登虎踞城。
屡遇难危育贞士,尽搜兴废谱新声。
桃芳李艳孙枝秀,待庆期颐颂晚晴。

(二〇〇二年三月)

题益阳老干诗协《金秋吟》诗刊

晚晴光景胜春朝,结社益阳逸兴高。
吟到金秋诗意涌,一刊传唱振风骚。

(二〇〇二年三月)

长 相 思（五首）

三月桃吐花,美人何处家?
相思随柳絮,飘荡遍天涯。

六月荷送香,哲人纳晚凉①。
相思随急雨,一夜满池塘。

注：①哲,旧入今平,作平声用。

九月菊花开,诗人安在哉?
相思随紫燕,飞上凤凰台。

腊月梅傲寒,高人欲觅难。
相思随暮雪,飘洒遍深山。

爱海无边际,相思跨古今。
年年种红豆,遥寄有情人。

(二〇〇二年三月)

题《黄海诗潮》

喜迎黄海涌诗潮,万橹争先掣巨鳌。
新韵新声新意境,讴歌盛世振风骚。

(二〇〇二年四月)

题韩城司马迁图书馆

万卷书发智慧光,晴窗披览浴春阳。
鱼龙变化兴西部,蔚起人文太史乡。

(二〇〇二年四月)

中央大学百年校庆

弦歌萦绕六朝松,化雨频沾鲤变龙。
硕彦传薪瞻北斗,群科拔萃颂南雍。
文追史汉争匡世,学贯中西各建功。
造士兴邦与时进,百年校庆蔚新风。

(二〇〇二年四月)

题《盛世盛典诗联大观》

浩荡东风万象春，梦中盛世已成真。
颂歌十亿舒豪气，精选华章献兆民。

（二〇〇二年四月）

山西赵鼎新诗友忽患肺病，诗以慰之，兼题诗集

每展来书惊墨妙，忽开选集叹诗工。
斯人谁信有斯疾，此世哪能无此雄！
难老泉声清四野，后凋松籁韵长空。
倚楼望月横羌笛，吹绿关山几万重。

（二〇〇二年四月）

赠《苦太阳》作者庞瑞林

禁区谁闯夹边沟，饿鬼冤魂帽压头。
终见庞君挥史笔，饱含热泪写春秋。

（二〇〇二年四月）

题尽心《中国当代青年诗词选粹》

绮想缤纷绚彩霞，青春岂独貌如花！
前程似锦激情涌，竞谱新声唱海涯。

（二〇〇二年五月）

南宁诗书画联展

三绝讴歌世纪新，邕江风暖艺林春。

琳琅满目诗书画，羡煞当年郑广文。

（二〇〇二年五月）

龙泉山庄小住

远游千里到龙泉，浴罢温汤倦欲眠。
我不寻诗诗恋我，万山飞翠染吟笺。

（二〇〇二年五月）

赤壁杂咏（五首）

挥师百万下江东，一统神州指顾中。
吐哺归心谁比美？《短歌》慷慨颂周公①。

注：①曹操《短歌行》："周公吐哺，天下归心。"

十万楼船竟化烟，三分天下又争权。
河山百战生灵尽，将相勋名代代传。

争王竞霸几千秋，终见人民享自由。
开放风吹江水绿，蒲圻如画万人游。

水泥万袋塑周郎，俯瞰三国古战场。
一样东风羞纵火，却铺锦绣遍江乡。

万国游侣赞名城，处处欢歌笑语声。
寄语核王休动武，须知人类要和平。

（二〇〇二年五月）

题李子逸纪念集

三辅夸豪俊，名传靖国军。

匡时舒韬略，审计著精勤。
诗好髯翁和，德高茹老亲。
象贤儿女众，四海仰清芬。

（二〇〇二年六月）

鸿章嘱题《华岳远眺集》（三首）

劫灰洗尽涌春澜，远眺高攀华岳巅。
耀眼神州铺锦绣，豪吟朗咏壮诗坛。

《写在前边》斥四凶，惩前警世震洪钟。
捉妖处处悬秦镜，五岳擎天旭日红。

国富民康蔗境甘，晚晴光景漫休闲。
中华崛起诗材广，更谱新声播管弦。

（二〇〇二年六月）

袁第锐先生八十荣庆

寄陇安能不思蜀，缘何押返又归来？
中枢拨乱昌文运，西部扬骚待俊才。
结社金城群彦集，滋兰丝路万花开。
耽吟忘却蟠溪钓，四海云雷费剪裁。

（二〇〇二年六月）

赵仲才先生八十荣庆

衡阳硕彦肯西游，设帐长安乐事稠。
绣虎金针传淑士，雕龙玉版献清流。
立身岂效陈惊座？觅句堪师赵倚楼。

试看南山松不老,清风朗月自千秋。

(二〇〇二年七月)

题戴盟先生诗集

钱塘流万古,开放起新潮。
经济繁花盛,文明硕果饶。
举旗联俊彦,结社振风骚。
酬唱诗千首,刊行夺锦袍。

(二〇〇二年七月)

天水李广墓扩建飞将公园

乡人慕飞将,护墓建公园。
杰瑶初迎日,乔松欲拄天。
公侯何足羡,桃李不须言。
百战摧强虏,英名万古传。

(二〇〇二年七月)

兰州龙园落成

西部开发战鼓喧[①],金城关上建龙园。
寻根入殿心潮涌,揽胜登楼眼界宽。
白塔巍峨迎旭日,黄河萦绕庆安澜。
还林已绿丝绸路,更绘新图耀九寰。

(二〇〇二年七月)

注:①发,旧入今平,作平声用。

题《中华诗词》

华夏文明盛，诗词耀日星。
弘扬主旋律，吟唱起雄风。

（二〇〇二年七月）

江城绘群驴图见赠，报以三绝

摄将造化入心源，堪羡江城画路宽。
腕底春风随意起，惊呼万象出毫端。
写照传神见性灵，娇娃曼舞马嘶风。
百驴百态追黄胄，画派长安享盛名。

赠我群驴任我挑，江城知我爱逍遥。
长安雪霁寒梅绽，驴背吟诗过灞桥。

（二〇〇二年七月）

西安日报社建社五十周年

煌煌一社建西安，两报风行五十年。
四海云雷收纸上，九州风雨现毫端。
芳林护养秦山秀，浊浪澄清渭水妍。
更鼓新潮导先路，开发西部辟新天。

（二〇〇二年七月）

丹凤县为商山四皓建碑林喜赋

才避秦坑胆尚寒，又逢汉溺命何艰！
为儒有愿须行道，济世无缘便入山。
丹水清心轻富贵，紫芝充腹鄙贪婪。

园林掩映碑高耸,四皓遗风百代传。

(二〇〇二年七月)

挽匡一点学兄

同学南雍忆往年,方湖门下屡留连。
力追老杜师双井,诗派江西一脉传。

方回律髓苦寻根,选政频操席未温。
沙海金多君竟去,忍挥老泪哭同门。

(二〇〇二年八月)

赠留兰阁主梁玉芳

玉溪漱玉是津梁,骈散诗词各擅场。
逸韵高情何处寄,留兰阁上赏幽芳。

(二〇〇二年九月)

贺钱仲联先生九五荣寿

"露似真珠月似弓"[①],文星耀彩降吴中。
兼综儒释开新路,坐领风骚振大镛。
钜著频刊笔仍健,英才广育兴方浓。
吟坛学苑常垂范,桃李芬芳日更红。

(二〇〇二年十月)

注:①白居易诗:"可怜九月初三夜,露似真珠月似弓。"九月初三夜,正钱老出生时也。

诗·卷十二

清明恭谒黄帝陵

桥山柏翠鼎湖清,共献心香拜祖陵。
功继三皇开草昧,泽流四海创文明。
国基丕建千秋固,道统弘扬百利兴。
华胄龙翔新世纪,图强致富振天声。

(二〇〇三年四月)

西安钟楼

喜见西安换盛装,钟楼高耸市中央。
朝阳破雾明金顶,新月飞光照画梁。
四海嘉宾争揽胜,千秋伟业正流芳。
凭栏望远心潮涌,国际名城耀五洋。

(二〇〇三年四月)

游兰州五泉山公园

重到金城兴更酣,扶筇直上五泉山。
悬空素练飞甘露,浴日清流漾碧澜。
瑶殿巍峨云变幻,芳林苍翠鸟绵蛮。
短兵鏖战功勋著,应有丰碑竖乐园①。

(二〇〇三年五月)

注: ①史载霍去病通西域,"合短兵鏖皋兰下"。又载:霍去病鏖战皋兰山麓,士卒疲渴,乃以鞭击地,即涌出五眼泉水,后人因称此山为五泉山。今五泉公园无纪念霍去病建筑,饮水而不思源,不无遗憾,故尾联提及。

游兰州碑林

红楼掩映绿林深,携友来游曙色新。
西部书家碑汇海,中华草圣像连云。
巍峨白塔归平视,浩荡黄河入朗吟。
似此奇观谁创建?退休流老尚垂勋。

(二〇〇三年五月)

登三台阁

绿涛摇漾遍山松,拔地擎天气象雄。
稳驾轻车盘鸟道,频移健步上仙宫。
池开玉镜时留影,云绕雕栏欲荡胸。
久坐敲诗无好句,三台阁外晚霞红。

(二〇〇三年五月)

《继续教育学报》创刊百期

施教创新型,百期刊愈精。
雄文开智慧,卓论启文明。
四海犹争霸,中华正振兴。
更须与时进,高效育群英。

(二〇〇三年六月)

题徐义生诗画集

周情汉韵铸童年,莽旷高原浩荡天。
敢驾扁舟游艺海,更攀危径上书山。
胸舒锦绣诗中史,腕起烟云画外禅。

三绝遗风谁复振，还期鼓翼迈时贤。

（二〇〇三年六月）

题《诗圣吟风颂》

诗圣传诗史，悲歌悯众生。
海深忧世意，火炽济时情。
启后开新路，承前集大成。
时贤争继武，华夏正龙腾。

（二〇〇三年八月）

咏画梅

谁破坚冰扫冻云，人间何处觅梅魂？
挥毫忽见和风起，香吐神州万里春。

（二〇〇三年十一月）

题乡友随笔集

深沉观世态，平淡度人生。
一画开天处，山川见性灵。

（二〇〇三年十二月）

癸未除夕

寒梅几树送幽香，酌酒聊酬一岁忙。
怒斥萨斯归地府，笔迎神五下天阊。
不求不忮心常泰，惟俭惟勤体尚强。
坐待金猴临玉宇，助他举棒扫贪狼。

（二〇〇四年二月）

读《涉江集》兼贺沈祖棻研究会成立

师友赓歌骋骑思,金陵快意几多时!
馀年尽写伤心史,薄海争传悯乱词。
龙汉劫消人遽逝,瑶光运转士交驰。
涉江精蕴群研讨,艺苑花繁柳万丝。

(二〇〇四年三月)

题《清源集》

水自源头清似酒,诗从心底美如虹。
旧游时忆浙东景,隽句长吟意万重。

(二〇〇四年三月)

读林岫自书诗词

展卷长吟月转廊,浮生弹指几沧桑!
镜湖着意钟灵秀,林海何心厄栋梁?
学邃才高鸿著富,词工墨妙盛名扬。
登高尚有奇峰待,十丈莲开万古香[①]。

(二〇〇四年三月)

注:①西岳有莲花峰。韩愈《古意》诗云:"华岳峰头玉井莲,开花十丈藕如船。"

游白水谒仓颉庙、墓

史官庙貌尚如生,想见轩辕任俊英。
欲代结绳观鸟迹,终凭造字启鹏程。

大开草昧神龙舞,丕创文明旭日升。
仓墓黄陵浮瑞霭,参天古柏万年青。

(二〇〇四年三月)

游孟州谒韩愈祠

起衰八代冠中唐,遗像雍容沐艳阳。
丕振儒风期爱众,独崇师道盼兴邦。
诗开异境山奇险,文涌狂潮海浩茫。
力去陈言务新创,艺林千载颂津梁。

(二〇〇四年三月)

酬黄君寄赠书刊

革文而后幸崇文,百鸟千花各占春。
每捧童心求赤子,忽开老眼遇黄君。
诗吟兰蕙茶初酽,笔舞鹓鸾酒半醺。
更创丛刊扶大雅,艺坛行见起新军。

(二〇〇四年三月)

咸阳怀古三首

电扫雷轰毕六王,秦都壮丽世无双。
倘除暴政行仁政,一统山河百代昌。

深憾阿房一炬焚,幸留秦墓出秦军。
秦人更创新奇迹,秀美山川起凤麟。

自炫功高号始皇,焚坑遗臭亦屠王。
神州开放尊才智,虎跃龙腾致富强。

(二〇〇四年三月)

老过邯郸

富贵荣华四十秋，卢生枕上足风流。
沧桑阅尽吾耄矣，不梦封侯梦自由。

（二〇〇四年三月）

题《中国名胜诗词辞典》

锦绣河山胜迹稠，名贤题咏耀千秋。
一编读罢春光好，万种豪情赋壮游。

（二〇〇四年三月）

生良老弟乔迁

已攻博士更攀登，直上高楼十六层。
读罢南华休梦蝶，终南晴翠扑窗棂。

（二〇〇四年三月）

绍良老弟乔迁

窗明几净沐晨曦，九级楼居莫厌低。
博览中西三万卷，书山绝顶揽虹霓。

（二〇〇四年三月）

李浩老弟乔迁

高楼放眼雨初晴，千里秦川万古情。
汉赋唐诗遗韵在，更挥彩笔绘文明。

（二〇〇四年三月）

题南京陇上柳山水画集

当年陇上柳青青,摇落江南岁几更。
终见秦坑芳草绿,复闻吴苑晓莺鸣。
怡情山水毫端现,过眼烟云纸上生。
画里诗传无限意,故乡遥望夕阳明。

(二〇〇四年三月)

丁芒老友八十寿庆

玄武湖光漾柳堤,戎衣脱去树吟旗。
雕龙绣虎传三昧,茹古涵今擅两栖。
振笔急书新燕舞,纵情高唱晓莺啼。
八十荣寿休言老,秀美山川待品题。

(二〇〇四年三月)

赠罗金保画师

春风腕底泛香波,魏紫姚黄竞袅娜。
富贵难求钱可买,红包争献牡丹罗。

(二〇〇四年三月)

甲申上巳雅集兰亭二首

卓绝兰亭会,风流想晋人。
骋怀天愈朗,游目鸟犹亲。
一序传神韵,联吟见笑嚬。
孤高尘不染,千载仰松筠。

兰亭今日会,岂让永和年。

修竹迎丹凤,芳林护碧天。
流觞仍曲水,列坐亦高贤。
墨妙诗尤好,崇朝四海传。

(二〇〇四年四月)

题《中国西部诗歌选》

西部山川腾异彩,中华文化焕新光。
春潮澎湃心灵美,致富图强跨小康。

(二〇〇四年四月)

题邢德朝诗集《年轮》

几经雨润几霜侵,直干擎天叶染云。
莫问扎根深几许,年轮无限见诗心。

(二〇〇四年四月)

孙老板果园吃樱桃

芳香远胜歌星口,鲜艳尤超影后唇。
好看中吃树难种,尝新应谢灌园人。

(二〇〇四年五月)

题孟醒《在兹堂吟稿》

上庠递讲忆当年,三辅风云几变迁。
一自文旌移笛浦,每于渭北望江南。
深析外史儒林赞,巧绘心声艺苑传。
吾道在兹仁者寿,朗吟无负晚晴天。

(二〇〇四年六月)

王权逝世一百周年感赋

风雨飘摇忆晚清,哲人奋起伏羌城。
为官只顾苏民困,讲学真能育国英。
抒愤高吟曾警众,图强卓论尚骇鲸。
家乡喜设百年祭,华夏腾飞万里晴。

(二〇〇四年七月)

小平百年诞辰献诗

驱倭覆蒋虎威扬,拨乱除妖剑有芒。
"凡是"枷开苏万卉,"特区"灯亮照八方①。
功高两制珠还浦,泽溥全民富济强。
岳降百年天地改,五洲惊看巨龙翔。

(二〇〇四年七月)

注:①"八",旧入今平,作平声用。

汪祚民博士论文《〈诗经〉的文学阐释》审毕喜赋

郑笺而后说纷纭,谁悟真情最感人。
汪子独抬诗本性,披沙拣金著宏文。

(二〇〇四年七月)

题《当代诗人咏中州》

岳秀河清草木欣,游人纵览动高吟。
择优拔萃三千首,彩绘中州万象春。

(二〇〇四年八月)

右任翁《望大陆》发表四十周年

推翻专制救危亡，草圣诗豪振大邦。
绝笔血凝分裂泪，中华一统慰国殇。

(二〇〇四年八月)

中秋飞温州为"诗之岛"揭幕

心系诗之岛，鹏抟揭幕来。
东瓯吟斾聚，孤屿讲筵开。
致富传模式，崇文育俊才。
讴歌新世界，大谢羡吾侪。

(二〇〇四年九月)

书条幅赠张桂生老友

共振风骚共运筹，十年三度到温州。
蓝图已绘东风起，诗馆摩天我再游。

(二〇〇四年九月)

西安电视台西部学子频道

西部开发擂战鼓[①]，中华崛起献嘉猷。
万千学子雄图展，赖有荧屏报五洲。

(二〇〇四年九月)

注：①发，旧入今平，作平声用。

题《湘君选集》

高歌入藏献青春，碧海难量爱国心。
晚卸戎装挥彩笔，诗文两卷壮三秦。

（二〇〇四年九月）

华山放歌二首

三峰挺秀壮关西，览胜惜无万仞梯①。
遍履悬崖经万险，始凌绝顶赏千奇。

唐松汉柏连天碧，玉观琳宫与日齐②。
欲彩岩花簪两鬓，不知足已跨虹霓。

注：①"惜"字旧入今平，作平声用。②"玉观琳宫"，指华山之云台观、白帝宫、金天宫、镇岳宫、翠云宫及亭台楼阁祠庙等许多建筑。

万顷松涛泼眼凉，仙人掌上捧朝阳①。
天池雁落重霄迥②，玉井莲开四季香③。
已讶呼吸通帝座④，岂无咳唾化琼浆？
题诗更有奇峰待，试倩苍龙负锦囊⑤。

注：①仙掌，亦称仙人掌，在朝阳峰北侧。②落雁峰有仰天池。③玉女峰西有玉井，传说井中生千叶白莲，然韩愈《古意》"华岳峰头玉井莲，花开十丈藕如船"等句，注家或以为咏莲花峰。④"吸"字旧入今平，作平声用。⑤华山苍龙岭作苍龙飞腾状。

（二〇〇四年十月）

题《百年情景诗词》

纽约诗词学会会长梅振才先生远寄新著《百年情景诗词》索题，全书精选作者一百五十，人各一题，一题一画，小传、简注卓有史识，喜吟八句。

秋宵朗月照庭㙩，跨海鸿来酒满卮。
入手瑶编钦妙选，绕梁逸韵动遐思。
百年情景诗中见，两戒山河画外知。
治乱安危传信史，堂堂华夏吼雄狮。

（二〇〇四年十月）

赠韩莉画师

胸罗万象腕生风，博览群书养性灵。
遗貌传神开异境，五洲艺苑闪新星。

（二〇〇四年十一月）

大雁塔北广场杂咏十首

雁塔昂头喜欲狂，长安日夜换新装。
黄昏北瞰惊疑梦，七宝楼台落帝乡。

万串银珠挟火龙，变形换彩上星空。
钧天乐奏鸾鹤舞，仙女拈花下九重。

千寻飞瀑泻琼浆，光带流金万米长。
雁塔凌霄复临水，自惊身影两辉煌。

贞观开元盛世传，万国车马赴长安[①]。
浮雕活现唐神韵，世界名都不夜天。

注：[①]"贞观"之"观"读"贯"，见《资治通鉴》卷192"贞观元年"下胡三省注。"国"字旧入今平，作平声用。

欲画真龙要点睛，大唐人物塑精英。
慈恩永忆唐三藏，四海沙门拜祖庭。

诗人选塑仙佛圣，亦塑茶神与药王①。
领异争奇兴百业，大唐文化放光芒。

注：①"仙佛圣"，指李白、王维、杜甫。陆羽著《茶经》，精茶道。被尊为"茶神"，见《新唐书·陆羽传》。今人或称陆羽为"茶圣"，似无据。"佛"字旧入今平，作平声用。

东西万里响驼铃，丝路浮雕寓意新。
国际交流开眼界，岂独珍宝聚唐京①！

注：①"独"字旧入今平，作平声用。

万佛双塔耀明灯，八柱高擎文化城。
富庶还需真善美，精神境界要提升。

博采群贤变二王，楷书雄健草书狂。
浮雕地景开生面，心画千秋颂大唐①。

注：①"心画"指字，这里指书法。扬雄《法言·问神》："言，心声也；书，心画也。"

水木清华楼殿新，繁花似锦草如茵。
人文荟萃园林美，益智怡神乐万民。

(二〇〇四年十二月)

鸡年元旦放歌

水绿山青明月夜，花香鸟语艳阳天。

无穷创造无穷乐，美妙神奇不羡仙。

（二〇〇五年二月）

鸡年咏鸡九首

鸡叫三更到五更，风凄露冷雾濛濛。
誓将黑暗驱除尽，不见光明不肯停。

尾巴割尽断钱途，灭资兴无样样无。
屁股银行终漏网，母鸡风采胜仙姝。

山呼万岁太阳红，百卉焦枯似火烘。
自放光芒何待唤，休将祸首怨鸡公。

幼伴鸡声夜诵忙，中年劳改拜文盲。
老来犹有刘琨愿，其奈闻鸡鬓已霜！

叫得东方现曙光，村村户户喜洋洋。
兴农已靠高科技，不似浮夸饿死娘①。

唤起朝阳照大千，犹多黑影互勾连。
官贪吏腐何时了？镇日喔喔欲问天。

长安米贱正伤农，枵腹司晨不怠工。
觅食何尝贪美味，只求吃尽害人虫。

蛋既生鸡又佐庖，母鸡窝里建功劳。
下蛋高呼"个个大"，也知炒作赶新潮。

我是鸡人偏爱鸡②，五德兼备凤来仪③。
金鸡报晓鸡年到，福寿康宁万事宜。

（二〇〇五年二月）

注：①大跃进时期大刮浮夸风，狂吹亩产万斤、数万斤；而湖北麻城编造的"天下第一田"亩产竟高达二十五万斤。由此导致的大饥荒，官方透露的"非正

常死亡人数"在三千万以上,实际远不止此。②这里的"鸡人"并非唐代宫中的报晓者,而是指属鸡的人。③鸡有文、武、勇、仁、信五德,被誉为德禽,见《韩诗外传》卷二。

秦腔正宗李正敏纪念馆落成

正宗推正敏,德艺冠群芳。
博取吾家美,兼融各派长。
育材垂范式,创业放光芒。
纪念开宏馆,崛起看秦腔。

(二〇〇五年三月)

香港梁通先生推崇黄遵宪,喜赠

鲸吞虎攫尚优容,铁板铜琶孰震聋?
政体维新扬巨纛,诗坛革命建殊勋。
盱衡异域兴邦史,作育中华济世雄。
丕振黄学关大计,高歌青眼望梁君。

(二〇〇五年四月)

入芙蓉园登紫云楼参加唐文化论坛三首

楼殿巍峨唐气象,园林壮丽汉风神。
回黄转绿新天地,锦绣神州乐万民。

振衣直上紫云楼,渭水秦山一望收。
汉韵唐风开万象,振兴华夏展新猷。

盛唐文化萃唐京,国际交流播四瀛。
海阔山高天远大,自强不息放光明。

(二〇〇五年六月)

杏园分韵得四支二首

百鸟争鸣喜可知，群贤分韵赋新诗。
回眸忽做开元梦，御苑花繁柳万丝。

赐宴杏园花满枝，题名雁塔傲群儿。
春风得意须回首，谁是骚坛百世师？

（二〇〇五年六月）

畅游芙蓉园观《梦回大唐》电影三首

芙蓉世界遍仙姝，杨柳楼台入画图。
谁谓秦川风土恶，曲江丽景胜西湖。

天际紫云浮瑞霭，江头绿水泛新波。
骄阳似火凉风起，来赏晴湖万柄荷。

创造敢为天下先，芙蓉出水柳含烟。
梦回盛世开元日，玉殿琼楼在眼前。

（二〇〇五年六月）

曲江流饮赋诗

曲江流饮继三唐[①]，南苑芙蓉正吐香。
四海骚人挥彩笔，三秦艺苑诵瑶章。
勃兴经济民初富，蔚起人文国始强。
娱乐深含敦品意，中华诗教焕新光。

（二〇〇五年六月）

注：① "曲江流饮"为"长安八景"之一，自唐代至明清，长安文人流饮曲江

相沿不衰，故建议以后改"曲水流觞"为"曲江流饮"以彰显本地风光，不必借重兰亭也。

南京师大钟振振教授来访畅叙往事

钟山皓月照梅庵①，细字笺书夜更贪②。
梧叶秋风归渭北，杏花春雨梦江南。
先师绝学君能继，外域新潮我待谙。
承访萧斋谈往事，陕茶余味正回甘。

（二〇〇五年六月）

注：①梅庵，是李瑞清任两江师范学堂（中央大学前身）总监时的居室，我上南京中央大学时梅庵犹在，距六朝松不远。②我上南京中央大学时，常以汪辟疆师为榜样，细字笺书，夜深不寐。

金水次拙韵七律见赠依韵致谢

瑶笺光采照茅庵，名利双忘百不贪。
初喜新诗雄日下①，复惊工楷肖河南②。
京西好雨君能赏，渭北春风我亦谙。
鸿雪联吟留后约③，推敲同品早茶甘。

（二〇〇五年六月）

注：①古以天子为"日"，故称京城为"日下"，此指北京。②赠诗以褚体工楷书写，褚遂良封河南郡公，人称褚河南。③金水为鸿雪诗社骨干。

抗日胜利六十周年二首

掳掠杀烧举世惊，夺吾国土毁吾茔。
救亡怒吼芦沟炮，雪耻围歼碧海鲸。

宁舍头颅争寸土,誓抛血肉筑长城。
八年百战驱强寇,万里山河四亿兵。

图强致富又长征,开放中华育众英。
丕建文明谋发展,勃兴经济保和平。
前瞻永忆侵凌史,后顾常怀友好情。
神社缘何尊战犯?堂堂首相拜亡灵!

(二○○五年七月)

挽启功先生

楼居坚且净①,四海仰清风。
书画千金贵,诗文一代雄。
言行垂典范,学养树高峰。
桃李门墙众,无忘化育功!

(二○○五年十月)

注:①启功先生自号书斋曰"坚净居"。

挽兰州碑林创建者流萤

代有雄才出会宁,杨思①而后数流萤。
做官只愿民心顺,办报惟思国运亨。
访帖寻碑攀险径,摩崖刻石上高峰。
红楼绿树连云起,三陇明珠耀四瀛。

(二○○五年十一月)

注:①杨思(1882－1956),字慎之,甘肃会宁人,清末进士、翰林院庶吉士。赴日就读于东京法政大学,入同盟会。民国时任甘肃省议会议长等职。解放后任西北军政委员会委员、人民监察委员会副主任、甘肃省政协第一届委员会第

一副主席等职。

题唐世政选编《红羊悲歌》

"文革"烟消迹未陈,小康人岂忘伤痕!
已惊青史无前例,尚恐红羊有后身①。
炼狱吟含伤世泪,牛棚笔吐济时心。
十年血火留龟鉴,一卷诗词万古新。

(二〇〇五年十一月)

注:①红羊,古以丙午、丁未为国家发生灾祸之年。丙丁为火,色红;未属羊,故称红羊劫,泛指国难。宋代柴望著《丙丁龟鉴》,历举战国至五代之间的变乱,发生在丙午、丁未年的多达二十一次。"文革"恰恰爆发于丙午(1966),次年丁未已全国大乱。

咏张良二首

涉危履险击秦君,誓报韩仇不顾身。
尽扫群雄归一统,运筹帷幄建奇勋。

急流勇退古犹难,兴汉功臣屡丧元。
堪羡留侯矜晚节,韬光养晦享天年。

(二〇〇五年十二月)

狗年元旦

鸡岁鸡人自吉祥,星逢本命亦无妨。
熬出酷暑神犹旺,战退严寒体尚强。
广育英才明善恶,博观青史感兴亡。
春回大地新年好,无限风光放眼量。

(二〇〇六年一月)

参加三秦名流闹元宵盛会应邀朗吟八句

亲民书记访延安,三陕腾欢拜大年。
社会和谐芳草地,山川秀美艳阳天。
腾飞经济鹏追日,蔚起人文虎上山。
闹罢元宵干了酒,图强致富各争先。

(二〇〇六年二月)

游户县牡丹山

姚黄魏紫遍山栽,溢彩飘香带露开。
争向花中求富贵,春寒犹有万人来。

(二〇〇六年三月)

题萧宜美《新声韵绝句选》

作诗宜美更宜新,除腐推陈万象春。
四海壮游开眼界,新声新韵助新吟。

(二〇〇六年四月)

题梁东老友诗集

吞吐能源气似虹,弘扬诗教建奇功。
挥毫更谱和谐曲,高唱神州日正红。

(二〇〇六年四月)

贺《中州诗词》创刊二十周年

中州廿载变诗乡,倡雅扬风颂小康。

社会和谐前景好，更挥健笔写辉煌。

（二〇〇六年五月）

《华商报·文坛演义会馆》创刊百期，将另辟专栏

会馆宏开雅士稠，文坛演义几春秋。
挥师更辟新天地，万里黄河涌巨流。

（二〇〇六年六月）

汉风台桃园吃仙桃

敢从王母买桃园，搬到长安硕果繁。
饭后吃它三四颗，心灵体健赛神仙。

（二〇〇六年六月）

诗 圣 颂

中华诗国，诗人万千。伟哉杜甫，诗圣名传。家世绵远，"奉儒守官"。席丰履厚，家学渊源。远祖杜预，名儒名臣。统一西晋，屡建功勋。杜甫仰慕，励志修身。"不敢忘本，不敢违仁。"祖父审言，沈宋鼎峙。确立律体，每多佳制。杜甫传承，龙吟虎视。激励儿曹，诗乃家事。

黄河赴海，嵩岳摩云。生长中原，强记博闻。七龄咏凤，早慧惊人。九龄书字，笔扫千军。行年十五，阔步文林。读书万卷，下笔有神。年近弱冠，寻幽吊古。纵览吴越，振衣天姥。放荡齐赵，呼鹰逐虎。继游梁宋，复访齐鲁。李白并辔，高适继武。快意畅怀，九历寒暑。山水登临，烟霞吞吐。教化耳闻，风俗目睹。开拓视野，疏瀹灵府。吟兴勃发，笔飞墨舞。望岳神驰，追踪尼甫。绝

顶纵目，众山皆俯。

西归长安，理想超群：贤路宏敞，立登要津；致君尧舜，大展经纶；治国化俗，国富民殷。孰知盛世，危机日显。君主荒淫，酒色沉湎。奸相忌贤，大权独揽。蕃将骄横，恃宠谋反。仕进无路，十载沉沦。缺衣少食，茹苦含辛。幼子饥卒，邻里声吞。农村凋敝，赋税交侵。饿殍在野，肉臭朱门。洞察隐患，忧国忧民。发为吟咏，动魄惊心。《奉先咏怀》，传诵古今。

安史叛乱，诗人切齿。投主陷贼，谏君忤旨。流亡放逐，一生九死。《月夜》《春望》，血泪满纸。《述怀》《北征》，无愧诗史。两京收复，官复拾遗。忠言逆耳，忧谗畏讥。《曲江》二首，心痛陵夷。留春无计，感慨嘘唏。贬官华州，案牍繁忙。怀念亲旧，东访洛阳。陆浑小住，满目凄凉。《忆弟》诸什，手足情长。此时唐军，邺城平叛。决战溃败，生灵涂炭。西归见闻，心惊泪溅。《三吏》《三别》，长留史鉴。

君王自圣，华州弃官。栖身无地，陇右颠连。峻险道路，伟丽山川。苍茫关塞，幽邃林泉。名胜乌啼，古迹碑残。征戍不息，烽火屡燃。采药拾橡，晨馁夜寒。异境频写，百感毕宣。历时四月，杰作百篇。诗风丕变，自辟新元。《秦州杂诗》，五律奇观。《同谷七歌》，泣鬼惊天。遣兴、咏物，感慨万端。纪行、怀友，历代盛传。

去陇入蜀，艰险备尝。初到成都，借住僧房。友好资助，始建草堂。几行垂柳，一曲清江。白鸥戏水，红蕖送香。陶情怡性，屡见诗章。热爱自然，善写风光。乌云乍涌，狂风恣肆。卷茅破屋，冷雨继至。长夜难眠，厌乱思治。安得广厦，大庇寒士。天下皆欢，独甘冻逝。仁声雷鸣，爱心火炽。慷慨悲歌，震撼百世。此日西蜀，已非乐园。军阀混战，吐蕃寇边。放眼南北，遍地烽烟。安史未平，外患连绵。朝政昏暗，宦官专权。大唐天下，风雨如磐。

草堂虽好，寝食难安。心忧国难，情系民艰。构思敲句，涕泪汍澜。四百余首，照耀诗坛。

客蜀五载，每念故丘。携家东下，暂寓夔州。老病交困，大愿未酬。江山信美，岂解百忧！家国迁变，人物去留。盛衰何故？荣瘁何由？抚今忆往，如鲠在喉。长吟短咏，瀑泻泉流。四百余首，美不胜收。众体兼擅，七律更优。《秋兴八首》，垂范千秋。

夔府孤城，两见菊黄。始出三峡，欲返故乡。江陵留滞，公安彷徨。以舟为宅，漂荡湖湘。身历眼见，百孔千疮。官厌酒肉，民少糟糠。税繁租重，卖女难偿。村无烟火，巷有豺狼。万方戎马，四海灾殃。天意难问，人祸未央。写实书愤，心瘁神伤。舟中苦热，蚊蚋猖狂。饥渴困顿，病入膏肓。犹存厚望，多难兴邦。文星遽陨，四野苍茫！

人品诗品，齐驱并驾。人品不俗，诗始高雅。伟哉杜甫，志存远大，希圣希贤，胸怀天下。终生不遇，颠沛流离。匡时淑世，此志不移。许身稷契，人饥己饥。举家冻饿，更念灾黎。一身正气，满腔仁爱。爱亲爱友，爱山爱海。尤爱吾国，务求安泰。尤爱吾民，惟恐伤害。惟其爱挚，是以恨深。恨官贪暴，恨君昏淫。穷兵黩武，恨乱乾坤。殃民祸国，不与同群。

诗史长河，众流所汇。诗圣杜甫，兼摄众美。上起《诗经》，下至同辈；转益多师，独得三昧。周行万里，博览千家。阅历体验，浩渺无涯。驾御各体，美玉无瑕。题材、风格，竞放百花。审美视野，广袤无际。特爱壮美，壮志所系。讴歌孔明，悲壮宏毅。咏鹰咏马，雄奇壮丽。承创相因，体认精细。承为基础，创乃真谛。自运斤斧，自辟天地。创体创格，创句创意。笔参造化，胸吐霓虹。讽时议政，如见深衷。写景状物，巧夺天工。意新语妙，魅力无穷。

一部杜诗，蕴含深广。社会百态，自然万象。文化精华，天高日朗。民族精神，光芒万丈。一部杜诗，诗艺渊薮。流传千祀，脍炙万口。革故创新，扶美除丑。哺育后贤，屡出高手。一部杜诗，爱国教程。弘扬诗教，广育精英。图强致富，揽月缚鲸。神州一统，共建文明。

（二〇〇六年八月）

诸葛庐二首

三顾茅庐起卧龙，联吴抗魏建奇功。
躬耕陇亩非无意，其奈乾坤战血红！

一统河山梦寐求，鞠躬尽瘁死方休。
未酬壮志精神在，万古英雄拜武侯。

（二〇〇六年八月）

张衡读书台二首

地动浑天仪器精，刷新科技破鸿濛。
七言诗与抒情赋，开创功高享盛名。

读书读到鬓毛衰，谁是发明创造才？
文理兼通驰想象，森罗万象画图开。

（二〇〇六年八月）

医 圣 祠

中华开放千帆举，官吏贪婪百病侵。
反腐有权唯受贿，扶贫无力且偷银。
谁肯治标先正本？岂能济世不活人！

回春妙手今安在，千里来敲医圣门。

（二〇〇六年八月）

此首四、五句失粘，特用拗体以突显傲兀不平之气，与杜甫《咏怀古迹》五首之"摇落深知宋玉悲"一首类似。

丙戌老年节文史馆雅集

枫叶初红菊吐香，风清日朗过重阳。
佩萸①宜享千金寿②，落帽③休嗟两鬓霜。
社会和谐人敬老，国家兴旺凤鸣冈。
崇文重史群贤集，喜赋新诗颂小康。

（二〇〇六年十月）

注：①《西京杂记》载：九月九日佩茱萸或萸囊，令人长寿。初唐沈佺期《奉和九日幸临渭亭》诗："魏文颁菊蕊，汉武赐萸囊。"②曹植《箜篌引》："主称千金寿，宾奉万年觞"。③《晋书·孟嘉传》载：征西将军桓温于九月九日率部下游龙山，参军孟嘉风吹帽落而不自觉，引起嘲笑。此后遂以"落帽"，为重九登高典故。

丙戌兰亭秋禊（四首）

气清天朗非春景①，逸少高文启后贤。
觞咏兰亭秋更好，风流不让永和年。

枫叶初红菊已黄，无风无雨近重阳。
兰亭秋禊开生面，竞谱新声第一章。

右军醉写兰亭序，文与行书妙入神。
峻岭崇山无限绿，追攀跨越待今人。

定武兰亭老父传，手临口诵忆髫年。

动馀三赴流觞会,曲水深涵未了缘。

(二〇〇六年十月)

注:①前人或谓"天朗气清"乃秋景,与"暮春之初"不合,故《兰亭集序》萧统《文选》不收。

龙岩海峡笔会赠台湾诗友

唐风宋雅见诗心,高会龙岩笑语亲。
一峡何堪分汉土,三生难改是乡音。
腾飞经济山河壮,蔚起人文草木馨。
四日同游千载史,联吟字字重南金。

(二〇〇六年十二月)

偕海峡诗会诸公游冠豸山泛石门湖

乌云突起雨声稠,两岸吟朋共一舟。
雾散天晴风日丽,奇山秀水任悠游。

(二〇〇六年十二月)

题周拥军《柴桑集》

人是炎黄胄,诗传世界村。
高攀南岳顶,昂首迓朝暾。

(二〇〇七年一月)

为汝伦贺岁,步见怀诗原韵

解吟"桃李一蹊春","吾山吾斗"亦出新。

才力未衰人自寿，时敲佳句慰"心邻"。

（二〇〇七年二月）

题骊山女娲文化论文集

做人妙手抟黄土，炼石精心补碧天。
博考娲皇开草昧，宏文一卷五洲传。

（二〇〇七年三月）

题于右任墨宝暨两岸名家书展

草圣墨缘连两岸，时贤继起各千秋。
闻风观赏人潮涌，争上长安亮宝楼。

（二〇〇七年四月）

杨凌六咏

缅怀后稷树高标，来访杨凌意气豪。
膴膴周原今胜昔，兴农科技涌新潮。

稼穑艰难岁屡更，农科今喜建新城。
连云麦浪接林海，不见疲牛带雨耕。

民为邦本食为天，莫废良田只敛钱。
善处三农兴百业，腾飞华夏写新篇。

杂交拔萃又挑优，更上神舟天外游。
良种空前惊四海，千村万落庆丰收。

鸭戏鱼游锦浪生，绿枝挂果豆牵藤。
风光秀美无公害，好鸟欢歌旭日升。

四化花红后稷乡，高新科技创辉煌。
杨凌示范开生面，一马争先万马骧。

（二〇〇七年六月）

读《汉三颂专辑》及《石门石刻大全》赠著者

汉辟褒斜道，凿山开石门。
摩崖光北斗，传世重南金。
遽陷沉渊厄，仅移旷代珍。
联珠应补缺，潜宝务求真。
详考忘昏晓，穷搜遍典坟。
专辑昌书艺，大全惠士林。
酬勤天有眼，皓首建奇勋。

（二〇〇七年七月）

贺《榆林诗词》创刊

油田气海浩无垠，遍野储煤贵似金。
地宝初呈光耀日，天荒已破绿连云。
人文蔚起群英聚，经济腾飞举世钦。
更创诗刊扶众美，先搜好句赞榆林。

（二〇〇七年八月）

题台湾刘延涛先生书画展

草书标准化，右老建殊勋。
门下多陈力，刘公独冠群。
金陵欣晤叙，宝岛断知闻。
尚有墨缘在，凭高望海云。

（二〇〇七年八月）

天翔孙女攻国际金融博士学位，书条幅嘉勉

蓝天万里任翱翔，国际金融放眼量。
学贯中西辟新路，心宽体健创辉煌。

（二〇〇七年九月）

题王延年山水长卷

重峦叠嶂起烟岚，拔地擎天亿万年。
素练横铺三十米，笔飞墨舞绘终南。

（二〇〇七年十月）

内蒙杂咏四首①

呼和浩特

初到青城眼倍明②，雄楼巨厦入青冥。
年来惯饮蒙牛乳，始见草原无限青。

青 冢

筑冢如山更护林，胡人何故重昭君？
结亲自比交侵好，一曲琵琶万古心。

成吉思汗陵

威加四海马萧萧，"只识弯弓射大雕"？
壮丽陵园游侣众，各抒己见论"天骄"。

鄂尔多斯

沙兴产业千家乐③，地富能源四海惊。
更选羊绒织厚爱，人间处处送温情。

（二〇〇七年十月）

注：①2006年秋，应内蒙诗词大赛评委会主任之聘，由长子有光陪同游览青冢诸胜，当时无暇吟诗，今补作。②蒙语"呼和浩特"今汉语"青城"。③上世纪八十年代以来，鄂尔多斯兴办沙产业，发展迅速，居民赖以脱贫。

泰山南天门

休夸已过十八盘，一入天门眼界宽。
更上日观峰顶望，始知天外有青天。

（二〇〇七年十月）

嫦娥一号

科技争先日创新，嫦娥奔月报佳音。
蟾宫奥秘从头讲，不负思乡夜夜心。

（二〇〇七年十月）

黄河壶口瀑布

万险千难只等闲，直奔大海气无前。
悬崖一跃风雷吼，怒浪狂涛泻九天。

（二〇〇七年十一月）

甘肃光明峡倒吸虹

光明峡水碧融融，巧夺天工倒吸虹。
休叹荒山无寸草，笑迎林海浴苍穹。

（二〇〇七年十一月）

莲芬吟长以《八十生日》七律索和，次韵祝嘏

志大何愁世事艰，八旬已越百重关。
政坛跃马原知止，艺海扬帆未肯还。
三绝在身轻富贵，一甘在口念饥寒①。
气吞云梦豪情涌，笔底龙蛇卷巨澜。

(二〇〇七年十一月)

注：①一甘，指一味美食，见《晋书·王羲之传》。钱谦益诗："一甘逸少与谁分。"

腊八赏雪

好雨深宵浥旱尘，连朝飞絮尚纷纷。
推窗细味儿时乐，笑看群童塑雪人。

(二〇〇八年一月)

全民抗雪灾四首

毁房伤稼断交通，大雪兼旬尚逞凶。
奋起抗灾终奏凯，每临考验见英雄。

空投陆运更修房，高效消灾国力强。
党政军民齐动手，冰天雪地换春装。

灾区遍访温家宝，险境频临胡锦涛。
领袖人民心共暖，冰消雪化涌春潮。

如此天灾史罕传，爱民如此亦空前。
兴邦真以人为本，万众腾欢拜大年。

(二〇〇八年二月)

读《犁破荒原》赠汝伦

一牛独瘦五羊肥,犁破荒原更突围。
赢得骚坛春意闹,千花百草竞芳菲。

紫玉箫吹凤入帏[1],唐音足醉是耶非[2]?
高楼西北宁吾有[3],孔雀东南任汝飞。

(二〇〇八年二月)

注:[1]紫玉箫,汝伦诗集名,戏用"吹箫引凤"典,极言箫声之美。[2]汝伦撰长文评拙诗,以"一阁唐音足醉吾"为题。[3]汝伦为我祝寿,有"巍然西北高楼有"之句,用古诗"西北有高楼,上与白云齐"意,然吾之唐音阁不过二层,真乃愧煞人也。

丁亥除夕,儿孙辈欢聚拜年,兼祝米寿,老妻率众设宴,一室生春,喜缀八句

孱躯劫后转康强,桃李成林老更忙。
始信河清人自寿,况逢天朗鸟高翔。
儿曹敢望兴科教,孙辈还期作栋梁。
贺岁声欢家宴好,高谈畅想乐无疆。

(二〇〇八年二月)

贺汝昌老九秩荣寿,次笃文老韵

石头一记证源流,小试锋芒已解牛。
激浊自宜怜玉洁,惜红谁不盼风柔。
劫余得米吾何幸,日下瀹茶公已修。
遥想唱酬无限乐,怀人欲上望京楼。

(二〇〇八年二月)

汝昌笃文老赐诗祝米寿，次韵奉酬

二周才调恰成双，酬唱燕京掩众长。
竞病随心赓险韵，瑶琼信口焕奇光。
姓名君已兼文武①，诗赋吾犹仰汉唐。
社会和谐天意顺，茶香米好寿而昌。

（二〇〇八年二月）

注： ①姓周名汝昌，昌周之文王、武王也；姓周名笃文，笃于周之文王也。

附笃文老　《贺松老米寿》

嫖姚今古两难双，武胜文雄奕世长。
夫子西雍弘大雅，将军高纛焕威光。
千秋霸业开天汉，三径讴吟溯盛唐。
百卷书成星斗灿，祝翁米健更茶昌。

附汝昌老　《霍松老步笃文韵为我觇寿击节吟赏欣喜不已因和笃文寿松老佳韵略表愚衷想不哂其拙陋矣》

才调依稀李杜双，秦川八百韵绵长。
景宗险韵将军霍，诗苑高标松柏光。
君为弘文挥玉麈，我因说梦落荒唐。
烹来仙茗同称寿，更待传觥祝永昌。

注： 嫖姚，指霍去病。"景宗"句：南朝梁大将曹景宗破魏而归，武帝于光华殿宴饮联句，令沈约分韵。至景宗，易押之韵已尽，唯留"竞"、"病"两险韵。景宗操笔立成一诗："去时儿女悲，归来笳鼓竞。借问行路人，何如霍去病？"武帝及群臣惊叹不已。见《南史》卷五五。

戊子新春，周笃文兄寄示《贺汝老九十椿寿》七律，约余步韵，遂作《贺汝老九秩荣寿次笃文原玉》。构思时忽然想到过了春节，余已八十八岁，因而以"米"对"茶"，吟成"劫余得米吾何幸，日下渝茶公已修"一联。不料笃文得此诗，竟邀京华名流纷纷叠韵，为汝老及余祝嘏，并编印《周汝昌先生九十华诞、霍松林先生米寿志贺》一书，遍寄吟友，一时传为盛世风流、诗坛佳话。

贺钱谷融老友九秩荣寿

多年热恋始公开①，"人学"居然是祸胎。
终见沧桑归正道，还欣善美破阴霾。
雄楼巨厦连云起，艳李秾桃带露栽。
介寿申江期异日，晴窗待我品茶来。

（二〇〇八年三月）

注：①上世纪50年代中期，钱先生登台作学术报告，开头说："我有一位情人，热恋多年，未敢公开，今天，我大胆把她领来了！"正当全场听众集中目光看他领情人上台时，他却在黑板上写了五个大字："文学是人学"。

贺天水书画院成立

陇山覆绿渭河清，社会和谐百废兴。
书画更铺天样纸，共挥健笔颂文明。

（二〇〇八年四月）

偕老妻儿孙辈春游

国色天香胜去年，阿姑泉畔一留连①。
轻车弹指百余里，更看高冠雨后山。

（二〇〇八年四月）

注：①阿姑泉，在户县牡丹山下。

远望高冠瀑布

鏊险林深不畏难，悬崖一跃现奇观。
出山岂为游人赏，欲为贫民溉旱田。

（二〇〇八年四月）

告别棉衣

一袭棉衣脱又穿，几番风雨酿春寒。
川原绿遍晴阳暖，最爱长安四月天。

（二〇〇八年四月）

赠 宪 生

长安苦学笔生花，卓异才情我暗夸。
大愿初酬鹏展翼，能源博采报国家。

（二〇〇八年五月）

全民救灾谱新声

一、救 灾

天府之国，地震突袭。千里城乡，满目疮痍。无数生命，挣扎在废墟深处，危在旦夕。总书记下令救灾，十万火急。温总理亲临指挥，废寝忘饥。山崩路断，地裂桥圮。风雨如晦，余震不已。直升机盲降盲投，前赴后继。救援队负重跋涉，屡仆屡起。共和国以人为本，救人第一；只有一线希望，决不放弃。八方驰援，军民协力。送粮送水，送药送医。捐款捐物献热血，爱心如火照天际。救死扶伤创奇迹，百折不挠夺胜利。烈火炼赤金，实践验真理。中华巨人，在严酷考验中昂首挺胸，顶天立地。

二、哀　悼

为死难百姓哀悼三日，史无前例，却发自十三亿心灵。八级地震，残酷无情。近七万亲人丧生，近两万同胞杳无踪影。国旗低垂，江河悲鸣。海内外炎黄儿女手足情深，心伤泪零。专制者草菅人命，凶暴狰狞；到如今已化尘土，中华万幸！伟矣哉！共和国以人为本，本固邦宁。大矣哉！党中央仁者爱人，珍惜人命。犯千难，救人！救人！冒万险，救人！救人！主震已过多日，搜救依然未停。唤起全人类良知，激发全人类善性。五洲元首默哀，万国人民致敬。救援呼声遍全球，义举善行无穷尽。陈见偏见有重评，和谐世界得响应。举世同悲，将化为四海同庆。

三、重　建

百炼成钢，多难兴邦。救灾长智慧，抗震添力量。炎黄儿女久经考验，灾区同胞自救自强。娃娃敬礼谢恩人，彰显祖国希望。教师舍己救学生，挺起民族脊梁。悲痛化毅力，废墟变天堂。家园重建，规划周详。惟此为大：固若金汤。拒绝豆腐渣，筑起不倒墙。图强致富建文明，弃旧立新创辉煌。新城市，新村庄；新学校，新工厂；新道德，新思想；新秩序，新风尚。风雨不动安如山，人祸天灾俱可防。江泛银波，稻翻金浪。树绿天蓝，人歌鸟唱。共和国长治久安除隐患，新社会幸福和谐颂小康。

（二〇〇八年五月）

汉风台吃葡萄

红黄紫绿炫朝霞，串串明珠万众夸。
一日三餐吃百颗，美容益智寿无涯。

八八生日，看"神七"直播，兴奋不已，口占八句

太空漫步长精神，起舞浑忘老病身。
扶杖乐山还乐水，笺书忧道不忧贫。
馀年欲化三千士，此日真成二八人①。
敢吐狂言君莫笑，神舟看我庆生辰。

（二〇〇八年十月）

注：①千帆学长88岁时自号"二八佳人"，令人捧腹，实不"不服老"之意也。

右任翁百卅周年诞辰献诗

育才办报树新风，帝制推翻气似虹。
御侮常萦兴汉梦，阋墙未竟补天功。
宜追草圣求标准，永忆诗豪唱大同。
欲洒一腔知己泪，玉山极顶拜髯翁。

（二〇〇九年四月）

惕轩先生百岁诞辰献诗

白门倾盖便心倾①，守岁犹烦折柬迎②。
弭乱安民谁借箸③，驱愁解愤酒为兵。
终投宝岛施甘雨④，仍恋诗坛主大盟。
百岁生辰遥寄慰：神州万里庆升平。

（二〇〇九年五月）

注：①抗日胜利后还都金陵，惕轩先生主编《今代诗坛》，余投稿承激赏，遂成忘年交。②1947年除夕，惕轩先生念余客中孤寂，邀余至其寓庐团年，腊鱼味

美，至今难忘。席上展示毛笔宣纸手书赠诗极珍贵，惜毁于"文革"，殊深怅惘。2000年余过八十生日，陈庆煌先生远自台北寄贺诗，附小注云："松林教授早岁在南京与先师成惕轩先生友善，先师尝赠诗云：'小园风雨盼君来，笑口尊前月几开。近局莫辞鸡黍约，妙年谁识马班才。钓鳌碧海今何世，市骏黄金旧有台。拔剑未须歌抑塞，良辰一醉付深杯'。欣逢霍教授及德配主佑夫人金婚及八秩双庆，谨步先师元玉以贺嵩寿。"陈先生注中所引者，即守岁席间所赠诗也。真喜出望外。③席间多议时事，相视莫逆。"借箸"，用《史记·留侯世家》典：汉王刘邦正吃饭，张良借其箸画策。④1948年秋，余以新作《望海潮·惕轩嘱题〈藏山阁读书图〉》请成先生改定。成先生读至结句，沉吟良久，提出不用"遐荒"。我反复修改，皆欠佳，仍以原作"出岫祥云，待作霖雨遍遐荒"为最好结局，成先生只好认同。"诗谶"云云，其此之谓乎？

题梅村《走近唐音阁》

行年八十九，碌碌何所成？除却革文命，惟与书结盟。读书求真理，教书育众英。钻研有心得，著书手不停。岂为名与利，文化要传承。所憾力不济，泛览未专精。梅村爱我厚，大笔赐品评。非吹亦非捧，促我上高峰。休叹吾耄矣，脑健目犹明。自应争分秒，日夜更兼程。

（二〇〇九年六月）

题《周易新解》

《周易》奥博，独冠六经。赖有新解，阐释简明。一编在手，观象知变。除旧布新，斥恶扬善。自强不息，体健心宽。和谐幸福，亿万斯年。

（二〇〇九年七月）

喜庆钻石婚之际，老妻跌伤住院，诗以慰之

含辛茹苦闯难关，垂老欣逢大治年。
盛世宁无仙鹤寿？良缘更比钻石坚。
儿曹创业争拔萃，孙辈游学各冒尖。
莫谓一跌爬不起，春回大地看花繁。

（二〇〇九年九月）

庚寅迎春

烟花炫彩夜辉煌，送旧迎新老幼忙。
牛去尚留牛力健，虎来即见虎威扬。
人文蔚起绍西汉，经济腾飞跨五洋。
反腐驱邪扶众美，神州一统万年昌。

《霍松林选集》十卷编成，口占八句

苦学学到鬓如银，不慕荣华不厌贫。
阅世读书辄妄议，忧时感事亦狂吟。
操觚细审今昔变，持论遥通宇宙心。
十卷编成祸梨枣[①]，岂堪覆酱又烧薪[②]！

（二〇一〇年元旦）

注：①祸梨枣：古人出书，刻板常用梨木枣木，故刻印无用之书，谓之"灾梨祸枣"。②覆酱烧薪：指出版之书不受重视，被用来覆酱瓿、点柴火。《汉书·扬雄传》载：扬雄著《太玄》，"刘歆亦尝观之，谓雄曰：'空自苦！今学者有禄利，尚不能明《易》，又如《玄》何？吾恐后人用覆酱瓿也。'雄笑而不应。"康有为《与菽园论诗书》："吟风弄月各自得，覆酱烧薪空尔悲。"

庚寅人日①遣怀二首

七窍凿通混沌亡②，人生一世亦匆忙。
韶光易逝宜珍爱，时倚雕栏看太阳。

脑不痴呆目不昏，耳聋正好养心神。
时贤莫笑吾耄矣，尚欲挥毫大写"人"。

注：①旧俗正月初七为人日。②参看《庄子·应帝王》。

九十思亲七首（新声韵）

气短心衰老病身，九十生日忆亲恩。
行医力稼修新院，织布绩麻建大门①。
望子传家终有子，施仁济世始安仁。
呱呱堕地雄鸡唱，被裹衣包夜向晨②。

注：①家父众特先生生于1879年。中秀才后入陇南书院深造，系名进士任士言（《清史列传》有传）山长的得意门生。废科举后返里，未承祖业。自己行医、种田，家母织布、纺线，终于修了新院。我出生时，北房尚未竣工。②我于1921年农历8月28日深夜，出生于天水琥珀乡霍家川。家母劳动终日，入夜疲困不堪，腹痛难忍。家父知已临产，亲自接生，母子平安，忽闻雄鸡高唱，喜极赋诗。

母无甘乳父缺钱，煮米熬汤夜少眠①。
不孝子常招众詈，老生儿最受亲怜。
未离怀抱认生字，初启童蒙看画刊。
双手扶床学走路，蹒跚步履逗亲欢。

注：①家母生我时已41岁，乳汁全无。家父喂我，备受熬煎，幸未夭折。

> 熟读经史整八年，练字吟诗作对联。
> 饭后背书常获奖①，堂前扑枣亦尝鲜。
> 心花怒放爬高树，视野宏开上大山。
> 欲令深知黎庶苦，手牵瘦马试耕田②。

注：①家父教我，仍用传统办法，熟读群经子史。《四书》及《五经》中的一部分，我都熟读背诵过。每天早饭后背书、认生书，然后诵读。所背书，分"生书"与"温书"。"生书"指先一天所认者；"温书"，指以前所背者。比如《四书》，已按顺序背熟了《论语》、《孟子》、《大学》，今天要背的"生书"是《中庸》开头的第一段，"温书"便是《论语》、《孟子》、《大学》中的某一段。背书时忽然想不起下文，父亲便"提"一、两个字。"提"了整句还背不下去，就要挨训。相反，如果"生书""温书"背诵如流，便会"获奖"：允许出外玩一阵子，再回来读书。至于子、史，并未教我读史书、子书原典，而是从《子史精华》中选读名篇。学诗词，对对子，练大小楷，则是穿插进行的。②农忙季节，父亲带我下地干活，要我"知稼穑之艰难"，匡时济世。

> 十三岁后上学堂，步步升级进大庠。
> 数理文哲参妙谛，诗词策论写华章。
> 登高作赋人豪喜①，入室传薪雅道昌②。
> 自是幼学基础厚，十年家教谢爹娘。

注：①1947年重九，得预紫金山天文台登高盛会。赋五古六十韵，深受于右任、张溥泉、冒鹤亭众诗老赞许。②业师汪辟疆（方湖）、陈匪石（倦鹤）诸先生皆视我为入室弟子。倦鹤师曾约我讲学于花溪之侧的南林文法学院，为我题《花溪吟稿》云："天水儒家承世业，方湖诗教有传人。为云我竟逢东野，寂寞溪头点勘春。"

慈亲创业倍艰辛，遗产双双让弟昆。
阿母勤劳尤省俭，阿爹刚正亦宽仁。
贫家治病捐良药，富户求医付重金①。
终老未酬饥溺愿，遗言犹盼世风淳。

注： ①家父是蜚声秦州的"儒医"，专精妇科、儿科，善治时疫及疑难诸症。因药店多有陈药、假药，故自备药材。穷人看病、取药，收费低廉；当时无钱者只记帐，年终交清。有困难者年终登门诉苦，家父温言宽解，并取出帐簿，一笔勾销。对富户则反此。家父以疾恶如仇出名，有乡绅姓马者贪污致富，患重病后只好远赴州城遍求名医，却服药无效。其子不得已跪求吾父，吾父诊视后用药数剂，即已痊愈。其子率家人登门叩谢，恭奉重酬。家父医德，有口皆碑，至今传颂不衰；乡人王纯业先生更亲身经历，在其《回忆录》中记述甚详。

教书高校六十年，运动纷纭变化繁。
晦雨盲风终反正，红桑碧海又扬帆。
亲方困饿儿无米，儿始宽馀亲已仙！
每遇生辰难忍泪，回眸遥忆霍家川。

天水关中结善邻①，开发西部换乾坤。
交通铁路兼公路，庄院新村更富村。
惊看吾乡疑做梦，回思往事剧伤神。
亲恩未报国恩在，独倚高楼望北辰②。

(二〇一〇年四月)

注： ①指建立"关中——天水经济区"。②北辰，指北极星。《论语·为政》："为政以德，譬如北辰，居其所而众星共（拱）之。"

陶文鹏吟友赐诗祝九十寿，次韵致谢

谢君诗赞后凋松，何似新林更郁葱？
学苑人夸红杏雨，文坛我爱大鹏风。
良朋唱和交游广，遗产传承气量宏。
况有华章评秀句，《掇英》一卷慰衰翁。

(二〇一〇年)

注：君任《文学遗产》主编，著有《古诗名句掇英》。

附原作　《诗翁赞——恭贺霍松林先生九十大寿》

林表南山傲雪松，根深叶茂郁葱葱。
九州学苑夸高足，一代骚坛唱大风。
驱寇燃烽歌浩荡，探骊吸海气恢宏。
我来喜上唐音阁，祝寿童心老放翁。

2008年冬获"中华诗词终身成就奖"后，又于2010年春获中国作协颁发的"对新中国文学事业作出贡献"的"从事文学创作六十周年荣誉奖"，感赋一律

扬骚倡雅爱中华，龙汉红羊亦有涯。
曾砍白旗批毒草，终颁大奖赞香花。
百年未满休言老，西日将沉尚吐霞。
开放神州无限好，更将余热献国家。

六言杂咏百八首

六言绝句先唐极少,唐代及其以后名家名作渐多,而且出现了空海带往日本的《贞元英杰六言诗三卷》、吴逢道《六言蒙求》、李攀龙《六言诗选》、杨慎《古今六言诗选》、黄凤池《六言唐诗画谱》等书,足见已有相当影响。

六言是偶数,而五、七言则是奇数,所以五、七言绝句的"粘、对"格律,无法在六言绝句中体现。粗略地说:六言绝句有"相粘"与"不粘"两类,而以"不粘"为多,又不限于用平韵,因而格律较宽。前人六绝,大都写景言情,我作于1995年元月的《从化温泉次厚示韵二首》亦然。就声情并茂、风神摇曳而言,六绝远逊七绝,这也许是六绝不像七绝那样受人重视的原因。然而不同诗体各有特点,各有用途,应该用其所长。六绝格律较宽,易于直抒胸臆,自由表达。作者如果伤时感事,便可纵情抒写,或能略补当前某些诗作疏离现实之缺。

打黑有感

有黑断然打黑,有黄能不扫黄!
谁信黄黑俱尽,贪腐依旧猖狂?

抗震抒怀

一

汶川崩山裂地,玉树摧城毁乡。
试问苍天何意,连年屡降灾殃?

二

中枢赴汤蹈火,举国救死扶伤。
感动亚非欧美,中华大爱无疆。

三

坚如金城石室,美似西湖曲江。
幸福家园重建,始知多难兴邦。

空 城 计

投资三十九亿，建楼两座八层。
地荒不见人影，因何计演空城？

赵作海冤案

真相偶然大白，杀人犯未杀人。
何日酷刑绝种，法官不造冤魂？

阿扁贪案

一

台独自陷孤独，扁贪已现原形。
堪叹"小龙"落地，何时万里飞行！

二

一峡难分汉土，两岸原是一家。
联手香江镜海，同心共建中华。

校园惨案

一

儿童天真烂漫，儿童笑靥常开。
此是家庭希望，此是祖国未来。

二

儿童放学回家，多少亲人等待。
竟有恶人行凶，挥刀一一杀害！

三

毫无道德约束，不顾法律尊严。
为何爱心丧尽？为何怨气冲天？

四

惨案惊天动地，教训刻骨铭心。
务须治标治本，力争利国利民。

通江四桥

一

县列扶贫重点,竟斥巨资修桥!
休夸彩虹落地,好看却未达标。

二

一桥横空出世,竟以"烂尾"扬名。
坠者或伤或死,沙溪日夜哀鸣。

注:沙溪大桥名为"伤心桥",又名"最牛烂尾桥"。

三

一桥高悬天上,无路怎到桥心?
何人废桥利用,居然种树成林!

注:此桥横跨街道,南端是列宁公园的墙,北端是阴龙山高达60米的山体,因而号称"天桥"。而"天桥"两端都无道路可上,遂成"废桥",有人种树、种菜。

四

设计不知防汛,洪涛奔涌谁拦?
过客归心似箭,其奈桥被水淹!

注:每到汛期,此桥常被水淹,故称"漫水桥"。

五

桥上车流似水,主拱突然断塌。
不知彭坎岩下,多少冤魂念家!

注:通江城西彭坎岩大桥主拱长达70米,1998年7月27日突然断塌,导致两起重大伤亡事故,因名"断塌桥"。

如此校友

一

冒充某校硕研,赢得头衔一串。
能挂教授招牌,只凭捐资百万。

二

谁料商界明星,忽然强奸成犯!
××教学大楼,这个冠名咋办?

故里之争

一

如今经贸唱戏,都以文化搭台。
倘是名贤故里,便有文化生财。

二

故里之争迭起,理应值得一争。
争来鸿儒硕彦,能使文化提升。

三

争到虚构人物,已经贻笑大方。
又争反面角色,不知为谁增光?

四

西门庆是何人?淫棍奸商恶霸。
争他开展旅游?争他发扬文化?

邯郸某县强拆民房

一

誓以三年为限,旧貌大变新颜。
可惜全县收入,一年一亿多元。

二

亏他敢想敢干,端的身手不凡。
大战十天九夜,强拆民房万间。

三
家家露宿风餐,夜夜啼饥号寒。
当局补偿无力,如何闯过难关?

四
近年各地强拆,恶性事件多端。
无人吸取教训,幻梦做到邯郸!

欣闻分配制度改革

一
先富虽帮后富,后先差距悬殊。
悬殊愈演愈烈,隐患何时可除?

二
见说公平分配,中央解决有方。
社会和谐在望,全民共赴小康。

我是局长

一
摩托突被挤翻,骑者爬起喧嚷。
轿车后座伸头,大呼"我是局长!"

二
"你是局长咋的,违规你还有理!"
舌战迅速升级,相互触及肢体。

三
不以公仆自律,反要局长威风。
不知威风常要,能否步步高升?

富士康"N 连跳"

一
楼高岂止百尺,跳者已逾十人。
令人心惊魄悸!令人泪落声吞!

二
如此连跳不已,"富士"已经不"康"。
鞠躬道歉无用,回天应有良方。

三

只图压低成本，只顾提高利润。
无视员工困难，岂能一帆风顺！

四

确认劳动价值，提升劳动报酬。
自能化解矛盾，更可力争上游。

打掉"小霸王"团伙

一

临潼旅游胜境，却有恶少结帮。
施暴头梳"爆炸"，示威胸刺恶狼。

注：这群恶少留"爆炸"头，仿效江湖上"文身"办法，臂刺老鹰，胸刺恶狼。

二

强奸轮奸作恶，斗殴抢劫行凶。
自恃"江湖义气"，不畏天理难容。

三

正当青春年少，原应奋发图强。
为何自甘堕落，一一关进牢房？

四

事关社会安定，尤关祖国前途。
加强少年教育，我欲大声疾呼。

教授争当处长

一

公派出国留学，意在为国育才。
为何流失百万，学成竟不归来？

二

或曰国内高校，不重人才重官。
权钱都不在手，如何开展科研？

三

不妨聊举一例，此例亦不陌生。
一个处长职位，四十教授相争。

四

处长尚且如此，校长不言可知。
岂不发人深省，岂不引人深思！

"神医"怎样成"神"

一

"神医"前仆后继，继者依旧迷人。
"患病不用服药"，悟本一夜成"神"。

二

绿豆煮汤狂饮，能使诸病除根。
茄子泥鳅生吃，亦可疗疾健身。

三

"神医"正"豆"你玩，媒体推波助澜。
谁能长期受骗，谎言终被揭穿。

四

药价虚高不下，绿豆毕竟便宜。
"医改"如何济困，当局勿误时机。

文强如此辩护

一

二审维持原判，文强自取灭亡。
却把滔天罪恶，归因官运不昌。

二

"环顾同级同事，才能惟我最高。
环顾下级同事，贡献惟我最超。"

三

"别人个个高升，提拔独我无分。
只能自我补偿，贪腐荒淫放纵。"

四

身处司法要位,竟无公仆意识!
官民谁仆谁主,自应循名责实。

五

不论官高官小,执政同样为民。
既要全心全意,更要克俭克勤。

六

不思奉献不足,反怨功高不赏。
公然护黑纳贿,犯法还喊冤枉!

七

"升官无望便贪",并非文强首创。
民间早有共识,名曰"五九现象"。

注:官当到五十九岁,面临退休,再无高升希望,便抓紧"用权",既贪又腐,名曰"五十九岁现象"。

八

贪腐快意一时,败露遗臭万年。
试问谁家儿女,爱听父是贪官?

九

社会转型未已,竞争激烈空前。
弱者争衣争食,强者争利争权。

十

确保身心健康,惟有提高素养。
不然心态失衡,后果何堪设想。

武汉某法院"前腐后继"

一

"腐败窝案"爆发,距今不过八载。
涉案五十七人,该院名扬四海。

二

新官高调上任，反腐大旗张扬。
谁知反腐旗下，依旧不见阳光。

三

肥肉既可同吃，苦果还须共享。
"集体受贿"曝光，法官纷纷落网。

四

试看贪官结局，岂能无动于衷！
何日廉风乍起，冤民不拜包公？

精神疾病患者过亿

一

精神疾病患者，全国已超一亿。
引发问题多端，闻之令人郁抑。

二

时当社会转型，致病诱因激增。
如何对症下药，请听群众呼声。

沙也有霸

一

神州万里山河，变化令人惊讶。
去年蔓草荒烟，今日高楼大厦。

二

楼厦已成商品，商人轰抬市价。
人人都要住房，因而有了房霸。

三

装修必须用沙，建楼泥沙俱下。
沙可垄断发财，因而沙也有霸。

四

有人贷款买房，装修花钱可怕。
自去别处拉沙，竟遭毒打恶骂。

五

沙商各霸一方，结派拉帮势大。
如不及早根除，必向黑恶转化。

"提拔"为何"突击"

一

临潼教育当局，一日连发三文。
区内中小学校，调整三三〇人。

二

无端双喜临门，升官更庆新春。
如此突击提拔，网民议论纷纷。

注：发文选在1月30日，恰值春节前夕，这也是网民的疑点之一。

三

当局立即出面，解释自谓真诚。
"此是改革试点，此是亮点工程。"

四

近年教育部门，类似事件多有。
对比武安耒阳，临潼并非魁首。

五

前者突击提拔，都以腐败收场。
但愿后者试点，确有"亮点"发光。

情人湖如此消亡

一

垂柳袅娜风软，晴波潋滟人娇。
堪羡情人湖上，几多柔橹轻摇。

二

游侣重来故地，沧桑巨变堪伤。
只见山庄别墅，已无柳浪湖光。

三

可恨商奸吏腐，空怜桥毁湖亡。
洱海风光不再，安能四海名扬？

富士康两次加薪

一

接连加薪两次，"连跳"终得补偿。
提高生产效率，"富士"必将更"康"。

二

工薪界限难破，有如铁壁铜墙。
一旦打开缺口，射出万丈光芒。

农民工、蚁族与房地产商

一

务工农民几亿，促进经济腾飞。
岁岁奔南闯北，依然处境艰危。

二

蚁族岂少精英，谁不开拓进取？
蜗居尚不可求，何处生男育女？

三

全国房地产商，谁有超人技艺？
为何暴利惊人，一年一万多亿？

寄语西湖

一

西子盛情邀约，隔年远房杭州。
直上飞来峰顶，湖山处处凝眸。

二

我亦隔年践约，看她浓抹淡妆。
西湖全面开放，遍览无限风光。

三

惊悉环湖胜迹，沦为豪家"会所"！
既与大众绝缘，自然无地容我。

注：报载"西湖环湖名胜古迹、绝版风景，特别是名人故居，已变为高档的私人会所或餐厅，普通人可望不可进"。

四

况我年及九秩，已难再到杭州。
寄语多情西子："年年梦里重游。"

纪念朱熹

一

理学文学兼擅，谁能否定朱熹。
著述讲学育士，终身乐此不疲。

二

八八〇年华诞，激动四个"故里"。
集资四十多亿，共作寿辰贺礼。

三

如此厚礼何用？网民已有质疑。
突出纪念意义，唯在措施得宜。

四

大办现代教育，弘扬先进文化。
如此纪念乡贤，必将传为佳话。

杀鸡该用何刀

一

"杀鸡焉用牛刀"？古语阐明常态。
"杀鸡必用牛刀"，今语阐明变态。

二

蒲县煤炭局长，不过科级小官。
倘按常规常态，"鸡刀"便可惩贪。

三

谁料小官大贪，居然力可通天。
此案终能查处，全赖"牛刀"高悬。

注：据 2010 年 6 月 19 日《21 世纪经济报道》：原山西蒲县煤炭局局长郝鹏俊因犯逃税罪、贪污罪等一审被判 20 年。蒲县纪检官员告诉记者："把郝鹏俊扳倒，如果没有国务院调查组的督办和省市纪检委的配合，单凭地方力量很难将案件查个水落石出。'杀鸡必须用宰牛刀'，唯此才能震慑煤炭领域腐败案件。"

四

小官大贪成风，公然有恃无惮。
杀鸡须用牛刀，倘要杀牛咋办？

注：据北京市的一份调查显示：该市 21 件"小官员大贪腐案"中，26 名处级以下干部犯罪数额超过三亿。同时，基层腐败的查处必须依靠高层推动才能顺利进展的现象，也日益普遍。

五

勿使鸡变为牛，勿将官比禽兽。
但愿无官不廉，鸡刀牛刀生锈。

悼念汝伦

一

汝伦辞世多时，其女未寄讣告。
怕我年老心衰，不堪突闻噩耗。

二

及见《中华诗词》，忽载汝伦挽诗。
怅望南天洒泪，不觉神往心驰。

三

汝伦之师公骥，为我谈及汝伦。
时隔五十余载，至今印象犹深。

注：老友杨公骥教授是汝伦恩师，上世纪五十年代在北京开会时，为我多次谈到汝伦，夸奖他上大学时已擅长诗词创作，给我留下了深刻印象。又谈到汝伦被划"右派"，不胜叹惋。

四

"鸣放"谨遵领袖,种瓜为何得豆?
倘知此是"阳谋",能否"宁左毋右"?

注:《种瓜得豆》,乃汝伦专著。

五

开放春风初起,名家云集长安。
研讨唐诗发展,汝伦畅所欲言。

注:1982年初春,我校召开全国唐诗研诗会,汝伦发言,畅谈振兴中华诗词问题。

六

《当代诗词》首创,骚坛已见曙光。
燕京共襄盛会,中华诗帜高扬。

注:汝伦主编的《当代诗词》,是改革开放后发行最早的诗词刊物。1987年端午节,与汝伦参加中华诗词学会成立大会。

七

玉箫吹彻声远,荒原犁破花肥。
堪羡终身成就,大奖实至名归。

注:《紫玉箫集》,乃汝伦诗集;《犁破荒原》,乃汝伦文集。2008年冬,汝伦荣获"中华诗词终身成就奖"。

八

领奖燕京欢聚,联床共话平生。
出游尚能阔步,相期更上高峰。

注：游览鸟巢、水立方等处，余与汝伦皆步行，健康状况尚好。

九

难忘握手良久，惜别却话重逢。
谁料重逢无日，忍泪遥望羊城。

注：握别时我提出渴望重游广州，共赴荔枝湾吃荔枝；汝伦提出渴望2010年秋重游长安，为我祝九十寿，同登大雁塔。

观"相亲"卫视有感

一

"宁坐宝马啜泣，不骑飞鸽欢笑。"
"相亲"发此宣言，竟然一时火爆。

二

不爱德才爱富，不要幸福要钱。
惟愿藏于金屋，甘心哭到黄泉。

三

开放新潮奔涌，女性争做强人。
创业各显身手，为国奉献青春。

四

美丑界限森严，岂容任意颠倒！
爱憎必须分明，卫视切莫误导！

喜闻天水重建石作蜀祠，壤、秦祠亦应重建

孔门七十二贤人，中有吾乡石、壤、秦。
万里投师传道统，千秋遗爱重儒林。
神州开放村村富，羲里繁荣处处春。
追慕先贤弘教化，新祠松柏碧连云。

九十自寿二首

不谋显宦不经商,砚种舌耕昼夜忙①。
抓进牛棚天乍黑,迎回马帐日重光。
人文古已关兴废,科教今尤致富强。
乐育英才浑忘老,秾桃艳李竞芬芳。

注:①大学毕业后,除了十年浩劫关牛棚,都在高校任教,今犹在岗。

诗文词赋慕名家,嗣响传神待指瑕。
劫罅已欣留"毒草",时清更愧奖香花。
童山天外飞新绿,老树楼前吐壮芽。
万象争荣人自寿,岂无健笔颂中华?

新诗二首

打更声

是寒夜的打更声,
敲击着我记忆的窗门。
我辗转在薄衾里,
从三更到五更。

往事似一只轻快的帆船,
荡入我记忆的湖心。
儿时,静寂的冬夜里,
曾惯听清晰的打更声。

你轻快的帆船哟!
是这样的飘渺、迷蒙。

在澄明的湖波里，依稀望见帆影，
却晃晃悠悠，捉摸不定。

那儿时游乐的场所——故乡，
静穆而安恬的小村庄，
飘泊者久违了你的音容！
冬之夜，
还有否清晰的打更声？

让暮霭朝雾隐没这只帆船吧！
但我无力摒绝对它的惦念。
彻夜的打更声震碎了我的心扉，
已经五更了，
绚丽的早霞，将映红黯淡的长天。

(载一九四一年十一月二十七日
《甘肃民国日报·学生园地》)

去吧！辛勤的园丁（散文诗）

前记：

　　我健忘得很！
　　为了留待
　　春天里把袂赏花时
　　谈笑的资料；
　　在塞北的雪泥里
　　先让我印上去
　　一两痕勾引记忆的鸿爪。

　　萧瑟的树叶飘动了，暮鸦一阵阵纠缠那围绕着炊烟的树梢。在塞北，又早是北风怒号。

忽而，你高歌了："君不见满山红叶，都是离人泪中血！"

"谁又别了你呢？"

"谁也不曾别！"

夕阳落山了，却把一片澄蓝的天，幻成千万道耀目的彩霞。黄河，也涨红了她修长的面颊。

黄河，正好像是一个顽皮的孩童；然而，它正象征着坚强的人生。激撞着岩石、翻起金色的浪潮，更顽皮而咆哮。

面对着这顽皮的、壮阔的金色浪潮，你，我，不约而同地发出会心的微笑。

蔚蓝的天，无数星星在眨眼。

静静地、凝神地、翘首远望东方天际，期待那圆润的皓月——游子们的温馨的安慰者，洒下晶莹的、无私的光，照彻这莽莽黄河之野。

中秋月，你这神奇的、勾人记忆的、飘逸而又凄迷的中秋月啊！

纶弟，你一贯坚毅而沉静，今宵，却对月豪饮，精神是这样的兴奋。然而啊，浓绿的酒、表面上的兴奋，都驱不散内心深处的隐痛，一缕缕留恋故人、眷念故乡的深情。

夜风，不像故乡的那样轻柔。我已经感到寒意袭人，有点颤抖；更好像带了几分酒。

我执拗地回来，离了你，虽然你不高兴。

你的电话来了，话很少，却情厚意深：

"明天我要走，大约是五点以前吧！太早了，不要来送行。"

你到哪儿去呢？那更辽远的塞外吗？冒着扑面的风沙，去驰骋拓荒的骏马？

金字塔是在沙漠里建造起来的，而况，我们希望着：在沙漠里培育出鲜艳的花。

用汗，用血，用全身心。别怕凄苦，别怕艰辛。勤勤地灌溉，勤勤地耕耘。

当漫天匝地的冰雪消融的时候，春风吹绿了陌上的野草。镀金般的柳条，引诱来不知名的小鸟，欢快的鸣叫。蜂蝶们忙忙碌碌地干什么呢？哦！沙漠里，竟然有那么多、那么鲜艳的花儿开放了！

纶弟，你辛勤的园丁！拭去你脸上的汗珠，抖去你衣上的沙尘。

（载一九四一年十月十六日
《甘肃民国日报·生路副刊》）

附录

（一）关于两首新诗的第一封信

霍松林老师：

您好！虽然无缘拜见，但早年熟读您的《文艺学概论》，正是您的这本书激励我上进，指导我从事文学创作，一步步走进文学殿堂，因而在我心目中，您一直是我最尊敬的老师。

有一个问题向您请教：我为了研究抗日战争时期甘肃的诗歌创作，翻阅《甘肃民国日报》，发现了两首署名"霍松林"的新诗，一首是《打更声》，另一首是《去吧！辛勤的园丁》。从《打更声》看，作者好像是家在沦陷区的流亡者，因而断定不是您；但反复考虑，近几十年来的诗人中，并没有和您同姓同名的。所以只好写信问您，那两首诗是不是您作的？如果是，希望能告诉我有关情况，冒昧打扰，千祈见谅。敬祝

健康长寿！

您未见面的学生 杨忠
一九九四年六月二十四日

（二）关于两首新诗的第二封信

霍松林老师：

　　来信收到了，感谢您对我研究工作的热情支持。

　　随信寄上散文诗《去吧！辛勤的园丁》的复印件和新体诗《打更声》的抄件。请查收。

　　《去吧！辛勤的园丁》载《甘肃民国日报》的《生路》文艺副刊，《打更声》载该报的《学生园地》副刊。当时，这两个副刊的编辑是沈宗琳和朱古力。沈宗琳后来到了台湾，成了世界文化名人。朱古力先生是留学日本的，思想比较进步，后为张治中任会长的西北文协的文学组组长，可惜留在大陆被埋没，早于五十年代初病逝了。就文学才华而言，朱古力胜沈宗琳多矣！正因此，那时《甘肃民国日报》的文艺副刊的质量、水平是比较高的。由于那时的报纸破损严重，早已入库封存，不外借，更不准复印，故无法再给您复印了。《去吧！辛勤的园丁》是从我过去的复印资料给您复印的，因而字迹不太清晰。《打更声》我过去未复印，是查阅资料时喜爱它，抄在笔记本上的，现在抄了一份寄您。我抄录时并没有想到这是您的作品，仅备写研究文章时举例之用。报纸上新诗不少，都没有抄，为什么要抄它供研究之用，我在笔记本上是这样写的：

　　抗战前期的甘肃诗歌创作中存在着热情有余、深厚不足、"杀杀杀""前进前进"之类的标语口号现象，而这首《打更声》却不落俗套，摆脱了那时诗歌创作中的公式化、概念化倾向，以深沉的笔调，表现了一个流亡的"飘泊者"怀念沦陷了的家乡的深情，泥土气息浓烈，爱国和忧国之情渗透纸背。艺术上很别致，不是正面去写日寇暴行和抗日救国，但表达的爱国之情却异常深厚浓烈。节奏和谐，又富于变化，排行打破了那时流行的呆滞的四四形的方块式，巧妙地把传统体与西洋的十四行体结合起来，独创了五节二十二行的新形式。这种新形式，既不同于四行四节的方块式，又不同于五五二二或二五五二排行的四节十四行体，给人以中西合璧的新颖感。

幸而由于我喜欢它特色突出，才把它抄在笔记本上，得以面世。不然，如今报纸破损封存，就再也没有人能够看见它了。我当时以为这首诗的作者是沦陷区的流亡者，现在看来这判断错了。我最近从您的《文艺散论》中读了您发表于1957年第五期《延河》的论文《诗的形象与诗人》。您在这篇文章中指出：抒情诗的形象一般认为就是诗人自己，这并不确切。您认为抒情诗中的"抒情主人公"虽然以第一人称"我"的形式出现，但那个"我"不一定就是作者本人，而一个艺术范畴。您举例说："张俞的《蚕妇》'昨日入城市，归来泪满巾。遍身罗绮者，不是养蚕人'，面对读者倾吐感情的不是张俞，而是蚕妇。李白的《春思》'燕草如碧丝，秦桑低绿枝。当君怀归日，是妾断肠时'，面对读者倾吐感情的不是李白，而是思妇。其他如杜甫的《捣衣》，温庭筠的《遐方怨》，牛峤的《望江怨》等等，都是这样的。至于海涅的《西利西亚的纺织工人》和《中国皇帝》，前者中的'我们'是纺织工人的群体形象，后者中的'我'，则是被讽刺的那个中国皇帝。"读到这里，我才恍然大悟那篇《打更声》面对读者倾吐感情的并不是生长于甘肃天水的霍松林，而是由沦陷区逃出来的流亡者。很清楚，您在五十年代关于"抒情主人公"的精辟论述，早在您少年时代的抒情诗创作中，就已经得到完美的体现了。一位生长于大后方的少年诗人，通过"打更声"真切生动地抒发了无数流亡者怀乡恋土的典型感情，从而也抒发了全国人民驱逐日寇、收复失地的民族感情。从艺术表现的角度看，这不是一件小事。"抒情诗应抒人民之情"，这种提法当然很必要；但理论家都是从诗人应具有人民大众的感情方面立论的，虽然也很正确，却在艺术上跳不出"表现自我"的小天地。您少年时代的创作实践和后来的论述，真可以说从表现方式上为抒情诗抒人民之情打开了无限广阔的新天地，但愿能引起诗人们的重视。

关于您的《文艺学概论》，有机会，我定要写篇短文，寄您求教。的确，我对此书是有特殊感情的。……

您的未见面的学生杨忠
一九九四年七月二日

（三）优美的青春之歌
——谈霍松林先生中学时代的新诗

霍松林先生是我国古典文学研究专家和著名诗人。他创作的古体诗词享有崇高盛誉，诗评家尊称他为"诗坛泰斗"，"足以衍派开宗"。1989年陕西人民出版社结集出版了含诗六卷、词一卷的《唐音阁吟稿》，一面世便风靡海内外，脍炙人口。当年我收到先生题赠是书如获至宝，摩挲吟诵不忍释手。后来研读吟稿《后记》，其中一段话引起了我的好奇和极大兴趣。霍松林先生说，三十年代末他在天水读中学时"抗日救亡的气氛很热烈。我正是十五六岁的青年，热血沸腾，在和同学们一起上街宣传的同时，还写了不少新诗和散文在《陇南日报》上发表，自己还主编过一个《风铎》文艺副刊"。霍先生创作新诗的事，我还是头一次听说，《吟稿》结集全是古体诗词，我想新诗一定另有选本，何不致信向先生索读呢？然而，霍先生在回信中，有问必答，至于新诗稿本有无只字不提，原由何在，真让人捉摸不透。

1992年的春天，我有幸和山东社科院学者王欣荣先生相约到西安访学，就有关学术问题向霍先生当面求教。我俩下塌于师大宾馆，与我们景仰的文学老前辈松林先生朝夕相处一月有余。亲耳聆听先生教诲，真是受益终身。有次先生设宴款待欣荣先生并邀我作陪，席间我趁兴旧话重提，一再要求读他学生时代发表的新诗。先生听完喟然长叹，不无伤感地说："年轻的时候，创作新诗的兴趣很浓，也发表了不少，我也收存了一些满意的诗篇。数十年来，经历了很多磨难,'文革大革命'浩劫,批斗抄家,文稿图书丧失殆尽。现在要找它,无异于大海里捞针啊!"想不到我的话触动了先生的痛处,当时我感到十分内疚。还是欣荣善解人意,宽慰道:"'文化大革命'让许多老前辈遭遇了残忍和暴虐,好多人家破人亡。你看我们的霍先生大难不死,身体健康,这是我们学术界的福气,让我们举杯祝福,干杯!"

回到住地,欣荣先生说,霍先生的少年之作,多数发表在天水出版的《陇南日报》上,你在天水工作,趁便跑跑图书馆肯定会有收获。如果查到了就抄寄给霍先生,也去掉了他一块心病。我答应试试看。结果还是一无所获,天水市图书馆、档案馆均未收藏民国时期的《陇南日报》,据传民间有个人收藏,道听途说,难以寻觅。然而,世界上许多事情的发生和结果往往出人意料,奇迹还是出现了。

1994年10月,我意外地收到霍松林先生一封厚重的挂号信函,拆开拜读使我喜不自胜。先生说,寻找学生时代的新诗,"我已经绝望了,没想到甘肃省社科院文学所的杨忠同志从1941年的《民国日报》上找到两首,准备编在什么集子里。现将他的信及两首诗寄您参考"。霍先生的认真精神让我十分感动。诗稿虽则仅找到了两首,但从茫茫大海能捞到两枚金针,还是值得庆幸的,同时我也十分感激杨忠先生,他真是个有心人!

霍先生寄的两首新诗为《打更声》(1941年11月27日《甘肃民国日报·学生园地》)、散文诗《去吧!辛勤的园丁》(载1941年10月16日《甘肃民国日报·生路副刊》),从发表时间上可以想象,霍先生当年创作的激情是何等旺盛,用热血与火焰构筑的青春生命如花一样在陇原怒放。两诗写作和发表于中华民族抗日烽火年代,字里行间无不透出浓烈的乡情、友情和高涨的爱国热情,忧国忧民之心跃然纸上。

诗稿的发现者杨忠同志是一位小说家和诗人,后从事于文学理论研究,也出了不少成果。他崇拜霍先生但从未谋面。他致霍松林先生的信中可以看出，他对先生的学术思想进行过深入研究，颇有心得。在谈及这两首新诗的时候，他评论道："抗战前期的甘肃诗歌创作中存在着热情有余，深厚不足，'杀杀杀'、'前进前进'之类的标语口号现象。"实际上，抗战诗歌创作中这种公式化、概念化的毛病全国都有。当时文艺理论界过分强调了文艺的为政治斗争服务，客观上促成了纯美诗艺的弱化。当然抗战诗中不乏鼓舞民族精神的传世之作。杨忠赞赏霍先生创作的新诗"不落俗套，摆脱了那时诗歌创作中的公式化、概念化倾向，以深沉的笔调，表现了一个流亡的'飘泊者'怀念沦陷了的家乡的深情，泥土气息浓烈，爱国和忧国之情渗透纸背。艺术上很别致，不是正面去写日寇暴行和抗日救国，但表达的爱国之情却异常深厚浓烈"。论及技巧，此诗节奏和谐而富于变化，排行打破了那时流行的呆滞的四四形的方块式，巧妙地把传统体与西洋的十四行体结合起来，独创了五节、二十二行的新形式。

我十分赞同杨忠对霍先生早期新诗很有见地的评论。霍先生写诗时风华正茂，加之他家学的渊源，文学功底已相当扎实。他的新诗是从古典诗词和五四新诗的基础上发展出新的风貌，又吸收了西方诗歌以及印度伟大诗人泰戈尔散文诗的丰富营养，极大地增强了新诗的表现力度。诗章语言凝练、蕴藉含蓄、意境幽远、韵律优美，注重内心世界的开掘，是诗人青春生命的真实感发。我惊诧他在学生时代就把形象思维运用于自己的诗歌创作，从而在五十年代就以胆识卓见发表了《试论形象思维》的文章，一度引来全国性的文艺思想理论批判，其声势之浩大、批判的尖锐严厉让人不寒而栗。后来由于毛泽东同志的提倡，形象思维才成为文学艺术的基本方法之一，被人们广泛接受和充分使用。从那时起，霍松林的大名及其学术论著在学界被视为权威。

关于霍松林先生的新诗创作，因手头资料限制，只能作以上粗浅的介绍，深入地进行探讨有待于将来新的发现。文学艺术欣赏，历来是仁者见仁、智者见智的事。新诗无须阐释，发挥不当会把读者导入歧途。好在《天水日报》热情为霍老的早期新诗重新面世提供了园地，就请读者朋友们尽情地品读和评论吧！

（载《天水日报》一九九九年六月二十日文艺版）

词·卷十三

莺啼序·寄友人

1942年深秋，余肄业国立五中高中部，宿舍乃天水北山玉泉观之无量殿。俯瞰山下，时见队队壮丁，骨瘦如柴，绳捆串联，押赴营房，往往颠踣于凄风苦雨之中。死去，则长官乐吃空名；或逢丁便抓，勒索财物。东夷猾夏，沧海横流；投笔有心，用武无地；念乱伤离，哀今叹往；百感丛生，不能自抑。聊拈此调以寄故人，借抒郁积。

寒飙又催冻雨，搅商声四起。暮笳动，塞马悲嘶，似惜驰骋无地。照长夜，烧残绛烛，华胥梦好空萦系。尽高歌，谁会奇情，唾壶敲碎。　　炉角香灰，箭底漏冷，甚鸡鸣未已！揽衣起，欲蹴刘琨，路遥鱼信难寄。任流光、风奔电击，掩尘匣、龙泉慵倚。望京华、南斗无光，大千云翳。　　因思旧日，坐领湖山，俯仰画图里。呼俊侣、雪江垂钓，酹酒平远；绣谷寻春，倚歌红翠。芰荷艳夏，鸳鸯迎棹，明霞如锦西趁日，换一轮满月中天丽。繁华易歇，庭花午咽余声，那堪顿隔秋水！　　伶俜自惜，彩笔干霄，叹故人尚滞。最感念、铜锣犹在，废苑凄凉；舞榭飘零，断垣尘委。狼烟会扫，胡沙将靖，还京应有诗待赋，浣青衫、休洒伤心泪。殷勤更理前游，画阁谈心，夜眠共被。

(一九四二年九月)

陈匪石曰：参梦窗三首定四声，守律极严，而浑灏流转，舒卷自如。沉厚空灵，虚实兼到，已入梦窗佳境。

端木蕻良曰：爱国之情，跃然纸上。

高阳台·东坡生日作

香透梅梢，阳回井底，忆公岳降眉山。雅望英操，不孤滂母知言。玉墀新拜龙团赐，更何人声动钧天！却赢将、贝锦诗成，岭海颠连。

笛中重谱南飞曲，问人间此日，天上何年？万柳苏堤，几番摇落春前！大江从卷英雄去，望晴、如见苍颜。便相期、汗漫同游，驾凤参鸾。

（一九四六年一月）

注：苏轼生于宋仁宗景佑三年（1036）12月19日。

　　陈匪石曰：有坡仙风神。

　　王季思曰：下片神采飞扬，略似东坡境界。

　　端木蕻良曰：可称东坡知己。

鹧 鸪 天

柳外楼高去路赊，曾随蟾影睇窗纱。调筝微露纤纤玉，印枕犹余淡淡霞。

寻好梦，恋春华。年来何计驻香车！凭将旧事供诗料，况卜新居傍酒家。

（一九四六年四月）

卜 算 子

大地寂无声，雨洗江天净。常记拏舟水上游，啸傲烟波境。

月忆旧时明，露是今宵冷。遥夜无端出户来，立尽梧桐影。

（一九四六年八月）

李宣龚曰：独立苍茫，感慨无端。

鹧鸪天·居南京古林寺作二首

一

古寺金刚不坏身，重来相对证前因。幽人事业杯中醑，志士生涯额上纹。

云入户，月当门。如今真是葛天民。高楼虽近休频倚，山外平芜有烧（去声）痕。

二

欹枕风轩客梦惊，乾坤如此几曾经。四垂天里团团月，一望林中点点萤。

云有影，露无声。都将幽意付残僧。恒河劫换人间世，弥勒龛前说凤城。

（一九四六年八月）

李宣龚曰：深情绵邈。

八声甘州·登豁蒙楼

战云迷望眼，叹纷纭蛮触几时休！自炎黄争立，齐秦竞霸，楚汉相仇。直到而今未已，白骨委山丘。谁挽银河水，一洗神州？

漫说儒冠堪用，甚知津孔某，感慨乘桴！甚肝人盗跖，富贵垺王侯！效庄生逍遥物外，更换来杯酒有貂裘。缘何事、无多危涕，却上层楼！

（一九四六年十月）

注：《八声甘州》开头有两式，叶梦得五首皆作五字、八字句，八字句一领七。此首从之。

八声甘州·与友人北极阁踏月

照乾坤万里净无烟，雪月斗清妍。算驱车陇阪，骑驴蜀道，射虎中原。莫叹狂踪似梦，好景又依然。深夜闻鹊喜，玉树重攀。

六代江山如画，更感音邈笛，随步生莲。笑宗之疏懒，不解话当年。任吴侬、珠歌翠舞，却掉头、商略酒中天。临飞阁，举觞白眼，一片高寒。

（一九四六年十二月）

注：此首开头句式从柳永。

点绛唇

倦理瑶琴,桂花满地珠帘静。画栏闲凭(皮孕切,去声),人在高寒境。

回首前尘,衰柳迷香径。西风劲,断鸿凄哽,雪里千山影。

(一九四七年一月)

王季思曰:意境浑成,尺幅有千里之势。

缪钺曰:情味隽永,极耐寻绎。

高阳台

宝殿灯昏,琼楼月冷,几番玉树歌残!无限愁思,夜阑又到吟边。而今只有秦淮碧,叹回波不驻流年。更何堪、征马长嘶,战鼓频传!

江南已是伤心地,况萧条岁暮,雪压长干。雁落鱼沉,依然烽火连天。五陵佳气应犹在,甚凭高、不见中原!怎消寒?莫问归期,且近尊前。

(一九四七年九月)

缪钺曰:伤今怀古,凄怆缠绵,玉田嗣响。

施蛰存曰:沉郁。

木兰花·梦归

卷愁不尽炉烟袅,一刻归思千万绕。昨宵容易到庭帏,衣彩长歌春不老。

人生自是家居好,客里光阴何日了?晴晖芳草一时新,梦转纱窗天又晓。

(一九四七年九月)

缪钺曰:纯用白描,清空如话。天伦至性之语,固不假雕饰而自工也。

满江红·病疟和匪石师立秋韵

敧枕支颐,憽腾里,乾坤变色。舒巨翅,一飞千里,大风层积。上浴银河余咫尺,下窥尘海无痕迹。甚九天虎豹逼人来,难停息。

天未补,怀奇石。地休缩,剩孤客。叹悠飏魂梦,梦回何夕!热泪堆盘烛尚赤,凉飙撼树月初黑。望药炉犹待拨残灰,胡床侧。

(一九四七年九月)

陈匪石曰:写病疟发烧而无一平笔。用意皆透过一层。

过 秦 楼

转烛光阴,曲屏心事,纵目小楼西畔。星文射斗,露脚飞空,水样旧愁飘乱。良夜未忍负伊,斜月多情,玉梅堪恋。甚肠回锦字,歌残金缕,好怀都变。

浑怕忆,绣轵寻春,金杯沽醉、镜里个侬天远。溪桃艳发,堤柳青垂,付与恼人莺燕。风送笳声自悲,清野都迷,遗钿谁见?更淮南楚尾,凄照危烽数点。

(一九四七年九月)

鹊 踏 枝

恼乱闲愁何处着!月子无情,故故穿朱阁。常是芳时甘寂寞,东风空送秋千索。

草长莺飞浑似昨。好梦惊回,事影都忘却。帘外犹喧争树鹊,罗衾怎耐春寒恶!

(一九四八年三月)

浣溪沙

春入桃腮晕素涡,含颦娇眼托微波。姹莺声里散鸣珂。
燕子未消巢幕感,美人谁唱踏青歌。玩珠峰顶夕阳多。

(一九四八年四月)

摸鱼子·访方湖师不值

一番番李婚桃嫁,东风催换人世。踏青挑菜都孤负,谁识倦游滋味。春雨细,见说道、野花开遍溪头荠。年华似水!任夹岸垂杨,万丝风袅,惹怨入眉翠。

流觞处,漫忆承平旧事。南朝风景如此!白云更比黄河近,帆影误人天际。无限意。待挈榼追陪,拚取无何醉。重门又闭!不见接䍦归,回鞭怅断,鸦背夕阳翳。

(一九四八年四月)

缪钺曰:疏宕有奇气。

大酺·和清真

又玉绳垂,金波漾,花影时移深屋。撩人浑欲醉,有余香轻袅,碎珂频触。凤舄牵愁,鸾绡掩泪,帘外风惊檐竹。银塘西边路,记飘灯月夜,绣鞍来熟。甚幽约无凭,旧欢难再,顿成凄独。

年华消逝速。暂留梦,天外寻飞毂。奈梦里怜伊憔悴,为我清羸,偶相逢倍酸心目。寄怨谁家笛,声尚咽,折杨遗曲。自飘泊,乌衣国。轻换人世,棠院新阴垂菽。照妆更谁秉烛?

(一九四八年四月)

瑞龙吟·豁蒙楼和清真

台城路。还见翠柳笼烟,绛桃生树。浮云西北楼高,万花镜里,湖山胜处。暗延伫。犹记艳阳醅酒,绣帘朱户。联肩小立楼头,画船戏认,临风笑语。

谁度清平遗调,露花栏槛,云裳羞舞。相伴乱飞群莺,游兴非故。金梁梦月,虚费怀人句。从头数、江干并马,楸阴联步,浪影东流去。探春尽有、遐情妙绪,牵引愁如缕。残照敛,斜风催诗吹雨。待挥健笔,拨开云絮。

(一九四八年四月)

缪钺曰:清真原作,层层脱换,笔笔往复,极尽回环宕折之致。和作亦深得此妙。

浪淘沙慢·匪石师和清真,嘱余继声

忍重记,花明阆苑,树拥芳堞。朱毂青骢竞发,轻歌曼舞未阕。甚蓦地西风离绪结!绾残照、碧柳难折。渐暮霭沉沉暗南浦,音尘望中绝。

凄切。故乡路远云阔。向漏冷灯昏无言际,隐隐孤雁咽。嗟万事迁流,经眼都别。泪泉顿竭。窥绣帘偏有当时圆月。

垂地银河星稠叠,霜华重、塞笳未歇。圣娲老,情天谁补缺。掉头去、即是沧波,泛画鹢,扶竿且钓芦花雪。

(一九四八年五月)

施蛰存曰:此词及前二词,俱得清真法乳。

青玉案·用贺梅子韵,时中原战火又起

中原万里来时路。更策马,何年去!野火连霄鸿不度。月明池馆,绿深门户,有梦无寻处。

不堪满眼旌旗暮。北望时吟放翁句。作个心期天定许：手分银汉，指麾云絮，飞送千峰雨。

(一九四八年六月)

缪钺曰：夏敬观谓，贺方回词，豪迈之处，有时下启稼轩。此作用贺词《青玉案》原韵，而豪迈近稼轩，殆能通两家之驿骑者。

玉 蝴 蝶

友人有暑假成婚者，中途为兵火所阻，两地情牵，徒增叹惋。因念自抗日以来，十数年于兹，儿女团圆，几家能够。凄然命笔，遂成斯咏。

永夜碧霄如洗、欲舒望眼，怯倚危栏。玉井风来，楼外故曳秋千。拂瑶阶、花思共影；入绮户、月忆联肩。怆离颜。一般光景，两处同看。

情牵。归程暗数：荒村宿雨，驿路冲烟。画角悲鸣，暗惊烽火又连天。误佳期，空移凤枕；传好语，谁寄鸾笺？悄无眠。水精帘卷，宝篆香残。

(一九四八年七月)

施蛰存曰：此词得清真神韵。

王季思曰：写离情有新意。

水调歌头·寄友

素魄不吾待，故故欲西流。可堪为客千里，对景忆同俦。一样良宵能几，无限衷情谁诉，目断白萍洲。屡换人间世，怀旧意难收。

沐陇烟，披蜀雾，几优游。而今白下，江净如练雁涵秋。忍把旧狂重理，漫道人生行乐，四海豁双眸。有酒谁能饮，试上最高楼。

(一九四八年八月)

八声甘州

记扬鞭并马上高台,浩歌气如雷。看朝阳喷薄,长河浩荡,鹰隼高飞。万里神州奏凯,草木放光辉。伟业相期许,一饮千杯。

往事风流云散,望皋兰夜夜,百感成堆。想前时踪迹,凉月照苍苔。又惊心燎原兵火,误答书鱼雁邈难谐。谁怜我,独彷徨处,又见寒梅。

(一九四八年十一月)

苏仲翔曰:神似苏辛。

水调歌头·偕友人泛北湖

霞脚散罗绮,一雨洗秋容。晴霄万里如拭,倒映碧湖中。喜共蓬莱仙伯,稳泛扁舟一叶,直上广寒宫。顾盼有余乐,谈笑起长风。

簸南箕,挹北斗,戏鱼龙。乾坤坐领,为问人海竟谁雄?八斗长才安用,百岁良宵能几,忍放白螺空!月桂未须斫,清影正无穷。

(一九四八年八月)

唐圭璋曰:一往豪雄,读之神往。

满庭芳·织女

眉月含愁,鬓云堆恨,泪雨欲霁秋容。牵牛今夜,归信误边鸿。不是星眸懒启,银河外、烟霭重重。三更过,风凄露冷,何处觅郎踪。

匆匆,成底事?穿针驰电,织锦垂虹。甚人间逐鹿,天上争龙!漫剪征衣寄与,鹊桥拆、鱼雁难通。徘徊久、参横斗转,绕砌沸吟蛩。

(一九四八年八月)

王季思曰：借天孙泪雨，写人间幽恨，融合无痕。

望海潮·惕轩嘱题藏山阁读书图

松涛排闼，烟岚浮槛，临风短袂微凉。肴核九经，笙簧百氏，弦歌日夜琅琅。幽境忍相忘！望美人不见，无限思量。梦里追寻，溯洄如在水中央。

今宵喜挹清光。便纵横万里，上下千霜。思绪纬天，词源泻海，尊前说尽兴亡。金兽篆余香。看画中月影，还照溪堂。出岫祥云，待作霖雨遍遐荒。

（一九四八年九月）

玉烛新·梦归

霜风吹客袖。越万水千山，里门才叩。短垣矮屋，摇疏影、一树寒梅初秀。抠衣欲进，怕老母怜儿消瘦。拈破帽、轻扑征尘，翻惊了，荒村狗。

仓皇持杖遮拦，却握了床棱，布衾掀皱。烛光似豆。依旧是、数卷残书相守。更深雪厚，听折竹声声穿牖。寻坠梦、愁到明朝，难消短昼。

（一九四八年十二月）

李宣龚曰：惟其情深，是以文明。

苏仲翔曰：至性深情，天真流露，遣词质朴，自运机杼，清折、幽咽，兼而有之。真写得出！

端木蕻良曰：写梦归者可以停笔矣！

台城路·新令丈返里，旋又回京，喜赋

江南毕竟风光好，斜阳漫还鸥鹭。绣谷寻春，澄湖待月，曾约

词仙为侣。凭虚醉舞，问如此河山，浮沉谁主？挽断柔条，柳丝无计系人住。

乍闻孤羽冉冉，破云超紫塞，飞下江浒。燕引芳堤，莺呼画鹢，重入溪桃深处。豪情欲吐，忍虚掷华年，听风听雨！料理吟笺，剪灯深夜语。

（一九四九年三月）

菩萨蛮二首

绕池杨柳千千缕，鸣蝉似作相思语。倒影一池花，画桥明晚霞。车声听又隐，鱼雁无凭谁。夜夜倚栏杆，月圆人未圆。

昨宵梦里分明见，斜阳却照深深院。鹦鹉不能言，隔花人倚栏。窗前风又雨，凄切寒蛩语。数尽短长更，曲池今夜平。

（一九四九年三月）

端木蕻良曰：可与宋人争地位。

王季思曰：光景明艳，情致芊绵，造语复明白如话。殆合温、韦为一手矣！

满庭芳·友人斋读画听筝，时在常州牛塘桥

寒杵敲愁，冷波流梦，断萍犹是天涯。素绢初展，人境有烟霞。天外遥青数点，青山下，应是吾家。临场圃，朱门映柳，犹记话桑麻。

浮槎。无好计，长河日暮，万里悲笳。便折梅能寄，顾影空嗟。三叠阳光漫谱，怕惊散，绕树残鸦。浮金兽，留香渐久，凉月上窗纱。

（一九四九年三月）

李宣龚曰：情景如绘。

施蛰存曰：宛然秦少游声口。

东风第一枝·春雪和梅溪

　　院落沉阴，江城积雨，东皇不放春暖。艳摹樱口红稀，怨入柳眉绿浅。偷施妙手，幻遍地茸纤茵软。漫错认、得意东风，冻损乍来莺燕。

　　撩谢女，絮飞诗眼；催觉尉，波窥酒面。去年记踏梁园，此日再游阆苑。袷衣寒重，忍湿透阿娘针线。待过午、万一天晴，又恐后时难见。

（一九四九年三月）

应天长·匪石师自重庆寄示和清真之作，依韵奉怀

　　云霾剩垒，烟锁断桥，江天共感愁色。正有万竿修竹，鸡栖凤难食。矜霜羽，怜倦客。念杜老、惯甘岑寂。料依旧月夜孤吟，短鬓蓬藉。

　　飞梦到渝州，穗冷兰釭，无计借邻壁。尚记四松垂鬣，时寻浣花宅。谁家燕，迷故陌。傍谢里、几年栖迹。展青眼，柳岸春回，风信先识。

（一九四九年三月）

龙山会·匪石师损词见怀，因为此解，同师集中韵

　　入户鸡声讶，夜静更阑，瑞脑飘香罢。几时重会面，揩倦眼、犹喜诗笺盈把。余韵落空梁，甚依旧吟高和寡。坐孤轩，芳樽映月，醉颜如赭。

　　连夕梦绕江南，万顷荷香，记柳阴嘶马。洗兵银汉在，清亢暑、还乞金风先借。迢递蜀江程，送鱼浪、归舟快泻。素练洒，料

劫后水天犹待画。

（一九四九年四月）

满江红·登玩珠峰，用白石平声调

何处寻春，倩紫骝嘶上翠峦。愁如许，绣笺题遍，强说天宽。放眼何妨空万里，开怀重与证千年。又夕阳冉冉下平芜，横暮烟。

龙虎地，漫踞盘。萁与豆，几相煎！看大江东去，何处投鞭！铁锁从教沉水底，东风应许到人间。待数枝催绽碧桃花，呼画船。

（一九四九年四月）

王季思曰：放眼江山，寄慨时事，意有可取，词亦浑成。

清平乐·重至渝州和清真

二水交流，万山合抱，尊酒向日频赊。轻别无端，漫游南国，前踪雾隔云遮。叹凤阙酣歌未已，仙掌酸风乍起，惊鸿万里孤征，又落平沙。来践西窗旧约，三载事，事事总堪嗟。

去留无准，阴晴未稳，秋月初明，还又西斜。休记省、旗亭画壁，金谷留春；暗悔、当年浪迹，连夕盘游，看遍长安树树花。聊向故人，求泥种竹，分水浇梅，暂假鹪枝，共度天寒，须知倦客无家。

（一九四九年八月）

注：此调句多韵少，颇难处理，倦鹤师命余同作。

水调歌头·己丑中秋

独上蜀山顶，古木战秋声。海风吹月初上，还似旧时明。政有如淮美酒，休问人间何世，奋吻吸长鲸。别有会心处，狂态漫相惊。

笑玉兔，捣灵药，求长生。要知此身如寄，天地是愁城。更笑杜陵野老，妄欲致君尧舜，奔走竟何成？却把好风月，轻付李长庚。

（一九四九年九月）

醉蓬莱·重九和东坡

问萧萧落木，滚滚长江，几番重九？风恶云昏，忍天涯回首。坐拥书城，但古贤相守。过雁惊心，啼猿搅梦，物华非旧。

盛会如今怕说，还记茱萸醉把，菊花同嗅。佳约曾留，指六朝烟柳。弦月多情，知是何日，照候潮淮口。更与同游，倚歌平远，一酹芳酎。

（一九四九年十月）

减字木兰花·登《为人民服务》讲话台怀张思德

一台突起，凭眺低徊何限意！赤县春回，锦绣河山血换来。为谁服务？思德精神光万古。毋负平生，泰岳鸿毛比重轻。

（一九五一年三月）

端木蕻良曰：随手拈来，便成佳句。

王季思曰：立意好，词笔振拔，足以副之。

浪淘沙·示明儿

闻有明国庆入团，并阅其反映三线战斗生活的小说《一代新人》，作此志喜。

打草冒严寒，电钻风旋，风枪穿透几重山。哪里困难哪里去，捷报频传。

旭日照心田，三线入团。洪炉烈火写新篇。一代新人初展翼，万里鹏抟。

（一九七二年八月）

注：有明自1970年8月赴紫阳修铁路，打猪草，开电锯，打风枪，六次荣获连部嘉奖。

水调歌头·周恩来总理逝世一周年

镜水出人杰，伟业著千秋。弘扬马列真理，奔走遍寰球。驰骋龙潭虎穴，荡涤腥天血地，开国赞鸿猷。灿烂指前景，稳驾万斛舟。

破封锁，排逆浪，护清流。遗恨未除"四害"，骨灰撒金瓯。忽喜迅雷激电，横扫妖云毒雾，四化已开头。总理应含笑，欢声满神州。

（一九七七年一月）

端木蕻良曰：不骋词藻，实事求是，最为得体。

鹧鸪天·闻明儿喜讯

拨乱反正，恢复高考。明儿来书，言应试顺利，喜而赋此。

万里鹏程片隙过，垂云有翼拂银河。待儿揽月攀华桂，共我扬帆泛玉波。

人不寐，夜如何，明朝应唱凯旋歌。书香换却儒冠臭，笑看晴湖万柄荷。

（一九七九年七月）

端木蕻良曰：真情实感，自然动人。

念奴娇·庚申初冬游赤壁，次东坡韵

九泉根屈，问蛰龙知否，人间奇物？贝锦居然织诗案，谁破乌台铁壁。远斥黄州，两游赤鼻，笔底奔涛雪。天狼未射，鏖兵空羡英杰。

吾辈劫后登临，浪平江阔，万橹争先发。磨蝎休嗟曾照命，正道沧桑难灭。废苑花开，荒郊楼起，衰鬓换青发。擎鲸沧海，九天还揽明月。

（一九八〇年十一月）

水调歌头·登岳阳楼

神往巴陵胜，徙倚岳阳楼。烟波浩淼无际，日月递沉浮。屈指今来古往，多少骚人迁客，望远更添忧。袅袅西风起，木落洞庭秋。

时屡换，楼几毁，又重修。我来恰值新霁，万里豁双眸。且莫坐观垂钓，堪羡同奔四化，破浪纵飞舟。赤县春如海，何处觅瀛洲！

（一九八二年四月）

减字木兰花·西湖抒情（四首）

1982年4月9日自西安赴杭州参加全国高等院校古籍整理研究所所长会议，住西子宾馆。湖光山色，悦性怡情。因想十亿神州，同奔四化，西子亦应漫游各地，为美化祖国效力也。

流莺百啭，垂老初亲西子面。乍雨还晴，淡抹浓妆总有情。
何妨小住，白傅坡仙吟望处。醉舞东风，夕照山前夕照红。

朝霞红映，一望春波明似镜。湖畔垂杨，携李牵桃照晓妆。
东山日上，一叶渔舟初荡桨。燕舞莺啼，越女如花满白堤。

恰逢三五，缓步湖滨天欲暮。散尽游人，柳浪浮来月满轮。
水天澄澈，西子嫦娥争皎洁。山外青山，戴毅披绡已睡眠。

眼波眉黛，神采飞扬生百态。树密花繁，装点湖山分外妍。

且留后约，休道秦川风景恶。美化神州，西子何时赋远游？

（一九八二年四月）

菩萨蛮·陇南春颂

当年李白还乡井，三杯醉卧青泥岭①。海眼出神泉②，芳醪自古传。

山川披锦绣，人物何灵秀！歌颂陇南春，诗情共酒醇。

（一九八二年四月）

注：①陇南春酒厂在徽县伏家镇，县志记载：李白曾醉卧于该县境内之青泥岭。②民间传说：陇南春酒所用水，出自当地海眼神泉。

水调歌头·题《延安文艺精华鉴赏》

滚滚延河畔，宝塔映朝晖。寻求救国真理，志士万方来。谱写炎黄伟烈，鼓荡乾坤正气，御侮辟蒿莱。赤帜迎风舞，天半响惊雷。

破妖雾，寒敌胆，壮民威。几年血战，扫除倭寇似尘埃。华夏已开新宇，艺苑犹传佳什，鉴赏出清裁。继往拓前路，四化待英才。

（一九八三年六月）

采桑子·题甘肃十二青年诗词集

汉唐文化丝绸路，传统弘扬，再造辉煌，陇上群英战斗忙。

诗坛老将扶新秀，遍访城乡，竞谱新章，一串高歌促小康。

（一九八四年六月）

水调歌头·题电视连续剧《司马迁》

史家夸绝唱，文士比离骚。发扬文化精蕴，光焰耀晴霄。穷究天人之际，洞察古今之变，褒贬别人妖。开卷照明镜，成败辨秋毫。

持正义，陷冤狱，不屈挠。撰成旷代名著，功比泰山高。今喜荧屏重现，亿万人民瞻仰，豪气荡心潮。继往开新路，前景更娇娆。

（一九八八年五月）

沁园春·赞引大入秦

直上天堂，竟挽银河，横贯祁连①。喜甘露池中②，锦鳞映日；秦王川内，稻浪含烟。近挹西岔，遥迎景泰，共泻琼浆溉旱原。雄奇处，看羊群鸭阵，林海粮川。

凭谁改地戡天？有科技精兵破险关。赞围堤截流，龙驯蛟顺；开渠掘洞，电掣风旋。富国功高，利民术好，引大入秦耀史篇。兴西部，变荒凉边塞，比美江南③。

（一九九〇年二月）

注：①从青海互助县天堂寺引大通河入甘肃兰州以北60公里处的秦王川，穿越祁连山，总干渠有隧洞33座，共长75公里。其盘道岭隧洞长达15公里，为全国之冠。②甘露池毗连秦王川。③引大入秦工程可溉田万顷，与景泰电灌工程、西岔电灌工程连成一片，在黄河上游建成巨大粮仓，林、牧、副、渔，亦相应发展。

金缕曲

国璘兄惠寄髯翁手书谒黄花岗诗曲五首，八十造像一帧。附书云："右老八十以后常怀念大陆亲友，每问我：'那位霍松林有无消息？他是我们西北很少见的青年！'这些话我听过好多遍。……右老于公余常提笔写旧作给我，已保存廿余年矣。随像寄上两片，留作纪念。……"

雨霁天澄碧。喜故人、书来万里，拆封心急。入眼于翁银髯动，奕奕风神似昔。更惊见、晚年墨迹。万岁中华申伟抱，礼人豪、频舞如椽笔。诗与字，连城璧。

长笺读罢情难抑，道馀生、劳翁屡问："有无消息？"两岸花明风浪静，执卷还思请益。却惆怅、山阳暮笛。往日青年今已老，叹白门、殊遇空追忆。酬宿愿，嗟何及！

（一九九〇年二月）

注：手书《越调天净沙·谒黄花岗》后三句云："开国人豪礼罢，采香盈把，高呼万岁中华。"

沁园春·三秦发展赞

华岳钟灵，黄陵毓秀，泾渭灌田。望唐都汉苑，花团锦簇；周原秦岭，林海粮川。银翼穿云，飙轮掣电，国际交流广富源。二十载，赖改革开放，换了新天。

还须比美东南，正西部开发战鼓喧。要普施教育，群英兴陕；宏扬科技，万众攻关。厂溅钢花，地翻金浪，绿化黄沙硕果繁。迎新纪，更鸿图大展，跃马扬鞭。

（一九九九年十一月）

浣溪沙·迎二〇〇一新春

华岳莲开旭日红，凤鸣岐下庆繁荣，三秦大地换新容。击鼓迎春花似海，鸣锣开道气如虹，腾飞处处舞群龙。

声声欢·贺北京申奥成功

今夜华人不寐,家家目注荧屏。群雄申奥争逐鹿,神州问鼎敢交锋。聚焦莫斯科,投票判谁赢。万众侧耳,万籁息声。萨马兰奇忽宣布,春雷震四瀛。喜煞炎黄儿女,个个扬眉吐气,江海涌激情。跳狮子,玩龙灯。锣鼓惊霹雳,歌舞起旋风。烟花焰火照天地,狂欢到五更。

鳌头独占非易,永难忘、积贫积弱受欺凌。赖百年拼搏,三代开拓,雾散日东升。振国威,建文明。敦邦交,促和平。得道由来多助,更兼悉尼夺锦,奥旗含笑选北京。

鹏抟凤翥,虎跃龙腾。奋战六年迎圣火,水更绿,山更青,巨厦摩云花满城。看我健儿显身手:五环联友谊,百技跨高峰。

(二〇〇一年七月)

陆湖讴

陆逊屯田处,风雨泣鹧鸪。一夜春回禹甸,妙手绘新图。筑起长堤大坝,截断奔腾陆水,百里造澄湖。助发电,资养殖,便运输。灌溉八方沃土,万象尽昭苏。赤壁名城开玉镜,楚天丽景耀明珠。名扬遐迩万人游,鸟欢呼。

诗词会,我来初。乘兴烟波纵艇,风光画不如。重峦叠嶂环抱,雾鬓云鬟隐现,天际舞仙姝。时见紫青溢翠,千岛态各殊。珍禽栖异树,沙暖浴双凫。自叹垂垂老矣,安得此地结茅庐;偕吾妇,共读书!

(二〇〇二年五月)

鸣沙山下月牙泉

鸣沙山,月牙泉。山抱泉,泉峦山。风卷黄沙绕泉过,清泉依旧绿如蓝。泉似月牙俏，泉映月牙弯。雾敛云开天地静，玲珑三月斗婵娟。

天上月牙儿，有圆有缺陷。塞上月牙儿，缺也不求全。但愿春风绿遍戈壁滩，阳关内外处处有人烟。

（二〇〇二年八月）

全民战非典

未见硝烟滚滚，亦无杀气腾腾。流感不规范，肺炎非典型。忽侵粤海，又犯燕京。急似狂飙凶似虎，伤人害命不闻声。

中枢部署英明，举国遍布精兵。白衣天使破危阵，科技奇才跨险峰。防治兼施，众志成城。

真金出烈火，旭日化寒冰。瘟君肆虐严考验，民族精神愈提升。试看神州大地，更加水绿山青。

（二〇〇三年八月）

飞龙吟·贺神五载人飞船发射成功

嫦娥奔皓魄，夸父逐骄阳。更有挥鞭魏武，欲骑白鹿上穹苍。休道痴人说梦，华胄凌霄壮志，万古闪光芒。御外侮，争独立，致富强。红旗乍展春潮涌，科教兴国国运昌。两弹惊三界，一星耀八荒。

太空奥秘费思量。封锁由他，攻坚在我，自力更生大愿偿。神舟零故障，飞人百炼钢。欢声动地巨龙起，寥天无际任翱翔。

软着陆，迓归航，还期揽月访吴刚。联手友邦遏制星球战，永葆和平四海共温凉。

（二〇〇三年十月）

鹧鸪天·贺《中华诗词》创刊 10 周年

终见诗刊四海传,十年辛苦亦甘甜。艳阳温暖香花放,绿树阴浓好鸟喧。

园拓广,门加宽。风情万种蔚奇观。不伤一美扶诸美,春色无边胜有边。

(二〇〇四年七月)

鹧鸪天·贺中华诗词学会成立 20 周年

盛会燕京国运昌,扬风倡雅过端阳。吟旗乍展迎朝日,诗教勃兴育众芳。

二十载,不寻常。百花齐放遍城乡。彩毫细绘和谐美,更谱新声颂小康。

(二〇〇七年六月)

沁园春·十七大颂

锦绣神州,改革花繁,开放果香。喜燕京盛会,北辰朗耀;邓公伟论,赤帜高扬。回顾征程,前瞻丽景,旷代宏文播四方。沐朝旭,看鸿图大展,凤翥龙翔。

脱贫已破天荒,更致富图强赴小康。赖南针导向,千帆并驶;东风送暖,百业齐昌。建构文明,恢张民主,社会和谐谱乐章。行两制,促金瓯一统,共创辉煌。

(二〇〇七年十月)

减字木兰花·己丑岁除，老妻康复出院，举家欢庆（二首）

气豪心小，万险千难都过了。休怨焚坑，夜雾初消日已升。
河清人寿，尽有清福供享受。坦路千条，体胖心宽竟摔跤！

血流头破，百日昏迷惟仰卧。子女婿媳，护理殷勤未解衣。
杏林誉满，妙手回春春意暖。盛宴团年，笑看烟花炫九天。

（二〇一〇二月）

散曲三首

［仙吕·一半儿］戊子除夕，举家欢聚

花钱救市逞英豪，年货扛来三大包。盛宴团年贪异肴：假牙摇，一半儿撕掰一半儿咬。

［正宫·叨叨令］己丑元旦放炮

欧风美雨海狂啸，金融独我无风暴。拜年声里金牛到，大街小巷人欢笑。快活煞也么哥，快活煞也么哥，老头儿放响了冲天炮。

［自度曲］团圆赞

团团，圆圆，憨厚出天然。憨得真，憨得美，憨得善。虚假邪恶不沾边。

团团，圆圆，乐群爱伴。互信互助，相亲相怜。分裂猜疑永绝缘。

团团，圆圆，国宝名传。生长大陆，落户台湾。爱心连两岸，中华庆团圆。

（二〇〇九年元月）

集　评

唐圭璋曰：松林同志为吾乡前辈词家陈匡石先生高弟，渊源有自，功力弥深。所作气象开阔，丰神俊朗，语挚情真，至足感人。

缪钺曰：松林词，清疏宕逸，才情并茂。

钱仲联曰：松林为词，出入清真、白石间，映丽多姿，一扫犷悍之习，一如其诗之卓绝。

施蛰存曰：出入淮海、清真，神情俊爽。北宋雅音，遗响斯在。

苏仲翔曰：大作取境甚高，吐词独隽。长调如和清真《大酺》、《瑞龙吟》、《浪淘沙慢》及《八声甘州·照乾坤万里净无烟》诸阕，深稳自然，恰到好处，善承匡石翁法乳，优入宋人圣域。梅溪、白石，偶得其一体。《八声甘州·记扬鞭并马上高台》、《摸鱼儿·上巳访方湖师不值》、《水调歌头·中秋泛北湖》诸阕，神似苏、辛，均为合作。《玉烛新·梦归》一阕，至性深情，天真流露。遣词质朴，自运机杼，清折、幽咽，兼而有之。真写得出！解放后诸阕，视前此各首稍逊。豪情易敛，客气难除，莫不皆然。惟《念奴娇·游赤壁次东坡韵》一阕，堪称压卷。兄家北地，游学江南，骨格坚苍，风华朴茂，宜诗词出手，迥异恒流，不致招傅青主南人无文之讥也。

万云骏曰：大作情文俱胜，豪放、婉约，两擅其美。东坡诗云："刚健含婀娜。"敢以评先生之词。步清真、白石、梅溪诸作，具见功力深厚。《梦归》二首，又出纯孝至性，词亦质朴。"文革"后诸作，熨帖精警，令人振奋。

金启华曰：典雅秾丽，实从清真、梦窗出，此为正宗。

吴调公曰：熔深邃与清新为一炉，功力充而性灵富。

吴丈蜀曰：格调高雅，情感真挚。置诸宋人词中，毫无愧色。

外编卷一·赋

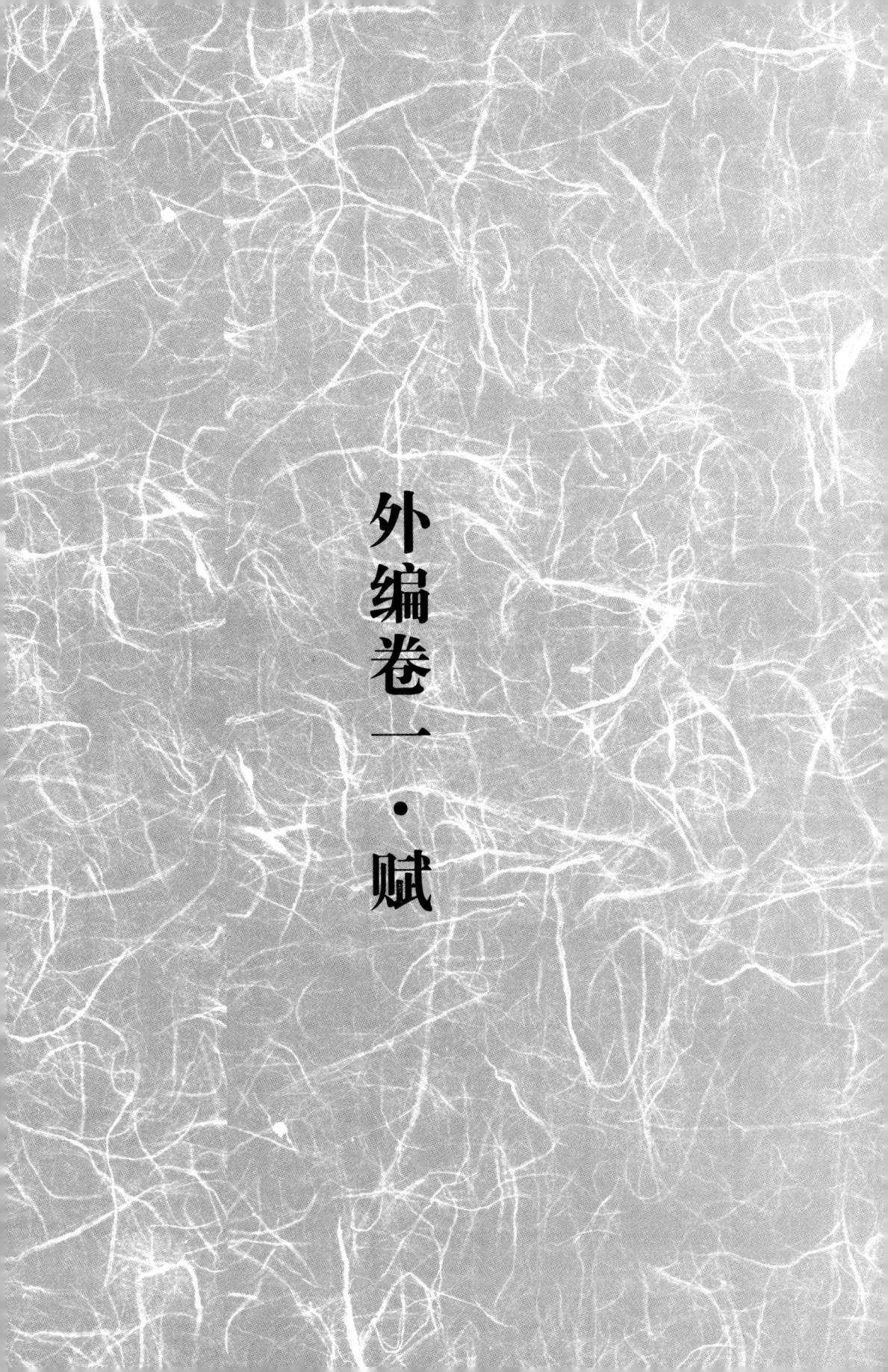

香港回归赋

东亚明珠，南疆巨港。帆扬碧海，集万国之珍奇；绿涨珠江，输宗邦之营养。瑞龙吐瑞，已为世界之名都；香岛飘香，原是中华之沃壤。睹石器之遗存，炎黄之伟烈如见；发古墓之文物，秦汉之声威可想。盖自洪荒以降，驱虎罴，辟榛莽，战飓风，斗鲸浪，以猎以渔，以耕以纺而垦此热土，建此良港者，皆华胄之勋劳，宜五洲之景仰者也。

慨晚清之腐败，愤英帝之侵吞。贩鸦片以掠我金银，更戕害吾民之肉体与灵魂。林公奋起，销毒虎门。英军避锐，北犯天津。道光震恐，竟贬忠臣！屏藩尽撤，揖盗媚秦。虽有义民之肉搏，良将之献身，抛头颅而洒热血，惊天地而泣鬼神；其奈舰冲炮击，豕突狼奔，强占香港岛，劫掠广州城，连陷厦门、镇海、宁波、上海、镇江而直逼南京！清廷被迫，城下缔盟；赔银割地，举国吞声！香江流恨，米字旗升。先例既开而列强竞效，外侮频仍。丧权辱国，剜肉馁鹰。而九龙、新界，亦相继割让、租借而泣别尧封矣！

溯港英之殖民统治，哀同胞之处境悲惨。港督为英皇之代表，属吏皆总督之干员。行政则保障英伦之利益，立法则维护英人之特权。极种族之歧视，居处则华洋隔离；夺华人之自由，行动则保甲束箍。开埠伊始，工程浩繁。华工效命，万役争先。而工资低微，温饱犹难。风餐露宿，苦何可言！况复税至人头，吸髓之剥削孰忍？令极宵禁，擢发之压迫何堪？乃不得已而罢工罢市，争生存之权利与尊严。孰料横遭镇压，弹雨遮天！"沙田"惨案，血迹斑斑。痛史俱在，其能忘焉！

神州解放，新国初建。英即承认，明智堪赞。香港之与内地，呼吸畅通；内地之与香港，血脉流贯。供淡水石油，送果蔬肉蛋。辅之以华南之资源劳力，济之以上海之资金技术与经验。凭地理条件之优越、贸易政策之自由与港人之勤奋干练，香港之经贸乃日趋繁荣，如百花之竞艳矣。

四凶既殛，华夏龙翔。改革开放，惠及香江。"三资"企业，遍布城乡。办厂则提供廉价之原料劳工与土地，销售则畀以十二亿人口之需求与九百六十万平方公里之市场。而从内地转口贸易中获取之利润，亦奚啻金山银海，炜烨而闪光。港人振奋，百业齐昌。船王地王，富追海国；华资中资，势压洋商。遂使弹丸之地，名重五洋。广厦争高，摩银汉以披云锦；明灯竞丽，乱繁星而耀艳阳。驰道连网，盘山腰而穿海底；公园铺绣，陋金谷而藐天堂。工业村中，望不尽林立工厂；金融街内，数不清栉比银行。船队联翩以出入，吞吐五洲之财富；机群络绎而升降，送迎万国之冠裳。伟哉香港，中华之窗。握国际金融之枢纽，总五洲航运之大纲。睹闾阎之富庶，忆历史之沧桑。痛百年之宰割，思合浦而珠垂泪；忍五世之睽违，望丰城而剑有光。剑合珠还，时其远乎？萼荣花艳，愿可偿焉！

一国两制，春雷乍响。恢复主权，港人治港。以情动众，盼统一者欢腾；以理服人，欲阻挠者怅惘。谈判虽极艰辛，结局未违理想。中英之联合声明，遂公布于世而邀万邦之激赏矣。

九七七一，云消浪静。香港回归，普天同庆。交接之盛典空前，祝贺之高轩盈径。旗除米字，始雪瓜分之耻；徽绽荆花，终圆璧合之梦。载歌载舞，喜四美之相兼；吹埙吹箎，乐二难之得并。迎澳门之踵至，动台胞之归兴。尽补金瓯之缺，慰祖宗而裕后昆；大兴赤县之利，除积弊而拓新境。共创文明兮，富强康乐；恢张民主兮，祥和稳定。猗欤休哉！亿万斯年，中华永盛。

长安雅集赋

伟哉长安！十三朝京城，万邦景仰。大哉长安！现代化都市，四海名扬。经济腾飞，健步追欧美；人文蔚起，雄风振汉唐。雁塔"高标跨苍穹"，昔贤已发高唱；曲江丽景甲天下，时彦谁不神往？二难既俱，长安之雅集开创；四美已备，盛世之盛典昭彰。历届各放异彩，今夏更创辉煌。展中外六百位名家之才智，德艺留芳；探长安五千年文化之精华，和谐至上。笔飞墨舞，超八怪，继二王。长吟朗咏，师李杜，追苏黄。书画长廊数十米，溢彩流光。诗词佳作数百首，吐艳飘香。喜迎北京奥运：五环联友谊，圣火照五洋。讴歌改革开放：甘霖普降春潮涌，旭日东升巨龙翔。锣鼓驱狐鼠，歌舞引凤凰。精神家园谁守望？请听专家演讲。猗欤盛哉！长安长乐，雅集未央。颂声不息，警钟永响。盛典年年鸣盛世，长治久安万代昌。

二〇〇八年七月

陕西师大赋

选千年古都之南郊，辟文化积淀之沃壤。建师范教育之学府，育国家建设之栋梁。历三代人经营缔造，经六十载风雨沧桑。陕西师大已造就十二万英才，荣登"211"金榜。

溯我校之简史，思创业之维艰。抗战晚期，师专始建。爱国师生，共赴国难。念闾阎之困穷，节衣缩食；怀救国之雄心，勤学苦练。神州解放，奋发图强。西安师院，初创辉煌。依大唐之天坛，设马融之绛帐。汇中西之典籍，图书馆环绕绿树；传古今之智慧，教学楼普照金阳。领导尊师重教，教师敬业爱岗。文理并重，学科之建设有序；德才兼备，师资之培养有方。历届毕业生派人各地中学者或任教职，或任校长。皆致力于提高教育质量，备受赞扬。

其奈好景苦短，灾祸无情。反右派，反修正。大批判，大跃进。三载饥荒，辍学放长假；十年动乱，停课闹革命。交白卷者树标兵，知识愈多愈反动。损失之惨重怵目惊心，永垂教训。剥极而复，人心所向。四害俱除，春雷乍响。三中盛会，甘霖晋降。拨乱反正，改革开放。我校即被列入教育部直属高校而扬帆启航，前途无量。

思想解放，理念更新。科教兴国，任务光荣。教书有理，读书有用。理直气盛，壮志凌云。我校遂以教师教育为主要目标之综合性科研型大学为办学目标而开拓进取，形势喜人。学院增至二十，专业六十有一。交叉渗透，结构合理。一级学科、国家重点学科、博士后流动站、博士硕士授权点、国家级省级实验室及研究中心、研究基地，溢彩流光，逐年增益。教授三百，博导二百，硕彦济济。长江学者、国家级名师、国家级省级有突出贡献专家，出类拔萃，屈指难计。水到渠成、实至名立。精品课程、优秀教材、名牌专业及特色专业不胜枚举，屡受国家级省级奖励。教学成果，奖项尤多，可贺可喜。

老校区春色满园，新校区鸿图大展。接韦曲之西隅，踞上林之旧苑。楼馆雄伟，厅舍完善。林带之晴翠扑眉，花圃之新葩耀眼。两区一校，分工共管。优势互补，争研斗艳。

教师教育，使命神圣。八字校训，引领校风：不愧人师，首要"厚德积学"；堪为世范，尤须"励志敦行"。讲授提纲挈领，举一而反三；著作厚积薄发，稽古以拓新。七拼八抄，往哲深讥赝鼎；千锤百炼，时贤更重真金。做园丁之园丁，乐育秾桃艳李；当人梯之人梯，共攀秀岭奇峰。迎终南之爽气，听雁塔之晨钟。看和谐社会之完美建构，盼中华民族之伟大复兴。豪情满怀，高歌猛进。

二〇〇八年教师节

百凤和鸣赋

张维屏，陈冠英；爱雄鸡，刻百印。题曰《百凤和鸣》，嘱余作赋以传神。

鸡者，吉也。有百利，兼百能。足挟距、武；头戴冠，文；见敌敢斗，勇；见食相呼，仁。秦穆公得鸡以定霸，孟尝君借鸡以逃秦；刘越石闻鸡而起舞，淮南王偕鸡上青云。不贪美味，只吃害虫。风雨如晦鸣不已，云际呼出朝阳红。

"名参十二属，花入羽毛深"。百鸡百态，颉颃翱翔以兆嘉瑞；百鸡百声，喈喈嘤嘤以颂升平。鸡虽非凤，然取威凤之神异、珍奇、灵秀、华丽、善良以镌鸡，而鸡遂众美纷呈；百鸡即百凤矣。

余属鸡，乃草窝之鸡，非丹山之凤；然闻百凤之和鸣，又安能不昂首引颈，讴歌社会之和谐、国家之强盛哉！

天水诗书画院赋

绘吟璧合，世传辋川之图；书画珠联，人羡襄阳之舫。形神兼备，吐滂沛乎寸心；情景交融，现寥廓于华章。实中华文化之瑰宝；亦人类艺术之津梁。名重三绝，誉满五洋，由来尚矣。

念吾天水，丝路名扬。乃大汉之雄郡，惟伏羲之故乡。画卦台耸，蔚起人文；麦积窟深，纷呈妙相。张芝索靖之碑帖，代代临习；赵壹杜甫之诗赋，家家传唱。汉唐之世，英杰辈出；宋元以来，贤达竞爽。今者人思改革，国谋富强。物质文明之建设，已结硕果；精神境界之提升，待举宏纲。邑人董君，奋发图强；诗书画印，蜚声上庠。知诗教之功殊巨，美育之力无疆。假玉泉之古庙，设扶风之绛帐。近延胜迹，天靖之楼台隐现；远借佳景，南郭之云树苍茫。振铎陇右，探学海之骊珠；折简寰瀛，邀艺林之宿将。陶情冶性，仁者之心声溢于毫端；敦品励行，高人之风采跃然纸上。净化风俗，神州之隆盛可期；美化心灵，世界之和谐有望。赞曰：

天高远，水深长。天水是吾乡。
四化新铺天样纸，竞挥彩笔创辉煌。

外编卷二·楹联

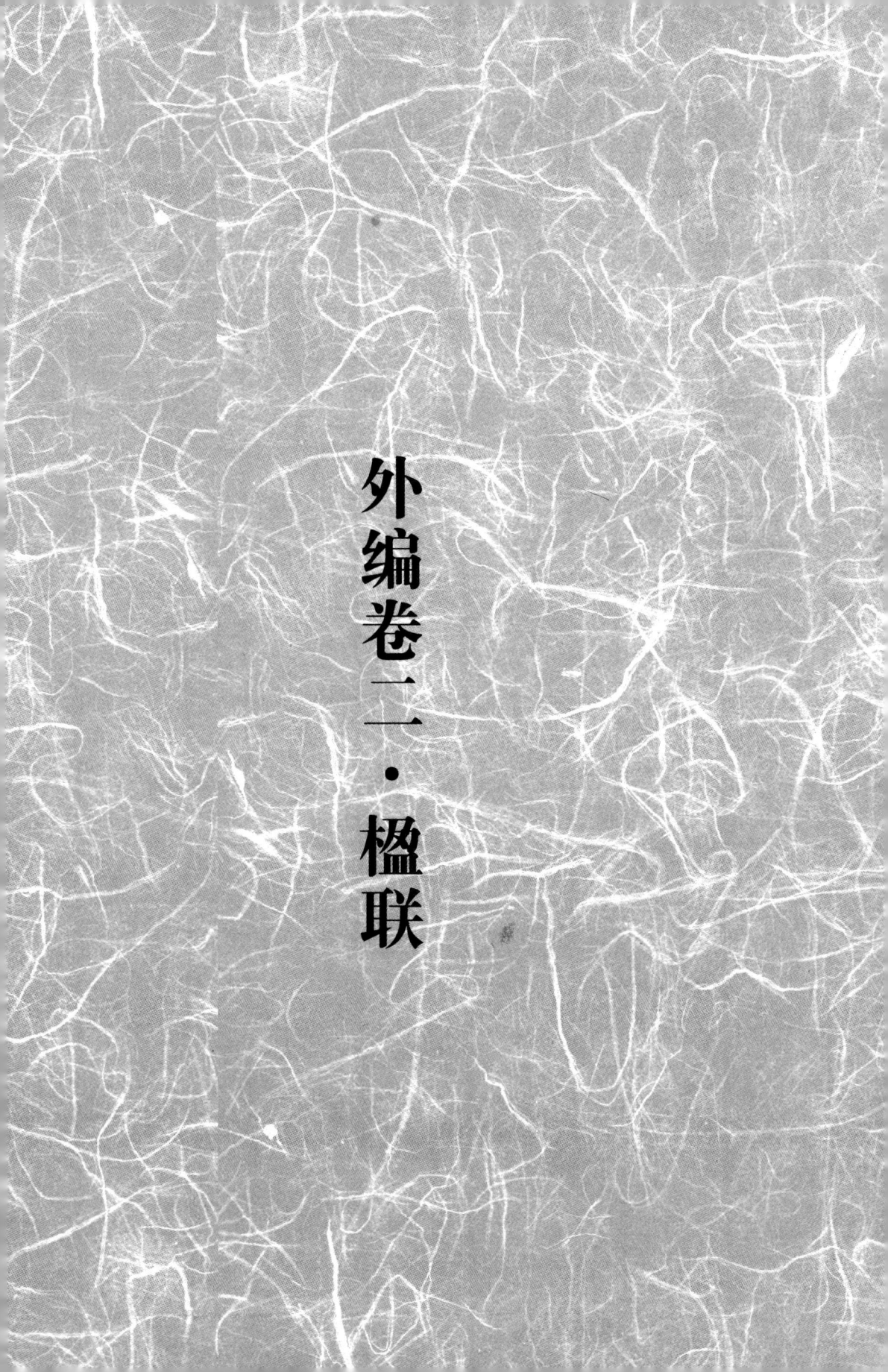

集《兰亭序》字

一

放怀宇宙外，得气山水间

二

崇山怀万有，大水会群流

三

兴观春日朗，俯仰惠风和

四

趣舍同天地，咏言系古今

集《东方朔画赞》字

一

雄风盖百世，大度包群伦

二

垂言弘大道，济世尽天功

三

宏图开万世，大道定中原

霍去病墓

长驱御北戎，独将雄师鏖瀚海；
转战通西域，永留高冢象祁连。

注：《史记·卫将军骠骑传》：骠骑将军霍去病卒，汉武帝纪念他大破匈奴于祁连山的战功，"为冢象祁连山"。即把他的坟，堆成祁连山的形狀。

唐太宗昭陵

百战展鸿图，兴邦端赖人为镜；
十思谋善政，固本深知水覆舟。

注：李世民曾说："以人为镜，可以明得失。"又曾比统治者为"舟"，人民为"水"，认为"水可载舟，亦可覆舟"。

马嵬坡杨贵妃墓

琼蕊初开，亭前喜唱清平调；
玉颜空死，坡下愁闻长恨歌。

黄河游览区极目阁

目极长河，喜波澄浪静，普照晴阳，侧耳如闻包老笑；
神游广武，叹虎斗龙争，空留废垒，呼杯欲共阮公评。

注：极目阁北瞰黄河。宋人谚语："包老笑，黄河清。"包老，即包公。极目阁西接广武。《晋书·阮籍传》："尝登广武，观楚汉战处，叹曰：'时无英雄，使竖子成名。'"

黄河游览区榴园

榴树盈园，看树树开花结子；
河声入耳，听声声鼓瑟吹笙。

乾 陵

一

好畤建皇陵，北踞梁山，东临豹谷。肃立宾王，森罗仪卫。望华表摩云，万国衣冠犹展谒；

才人登帝座，上承贞观，下启开元。尽除异己，终用贤臣。抚丰碑无字，千秋功过待评量。

注：高宗生前选陵墓于好畤县（今乾县）之梁山。武则天初为太宗才人，后为

高宗妃、后而登帝。"贞观"之"观"读贯,去声。

二

女祸任讥评,众口由来呼女帝;
乾纲终废毁,一丘何故唤乾陵。

喜闻粉碎四人帮

迷雾难消,十年禹甸罹千劫;
春雷乍震,一夜燕京殪四凶。

民生百货大楼

百货选名优,普献爱心昌国运;
大楼迎俊秀,喜酬壮志惠民生。

西安和平门春联

路经解放。创富强伟业,建改革宏猷,庆芳春毋忘同奔解放路;
门唤和平。迎欧美嘉宾,邀亚非胜友,赏好景还须共进和平门。

注:自西安火车站经解放路,便到和平门。此联正隅双关。

药王山孙思邈纪念馆

方著千金,济世深知人命重;
国除百病,求医毋忘药王灵。

西安市书法艺术博物馆

城楼耸峙,集四海人豪,汉殿唐宫凭想象;
艺馆宏开,汇千秋墨宝,颜筋柳骨任观摩。

西安松园

背水开园，种菊栽松娱晚节；
面城建屋，吟诗作画寄豪情。

西安钟楼

八水绕西都。自轩圣奠基而后，周龙兴，秦虎视，汉振天声，唐昌伟业，猗欤盛哉！赖雍土滋根，繁荣华胄。历五千年治乱兴衰，古国犹存，继往开来扬正气。

四关通异域。迨清廷败绩以还，俄蚕食，日鲸吞，英驱巨舰，美纵骄兵，呜呼危矣！喜延河秣马，再造神州。集十亿人经营创建，新风蔚起，图强致富展宏猷。

华清池海棠汤

汤温绣岭，问万国嘉宾，出浴谁如贵妃丽；
花艳骊宫，看三秦嫩蕊，临风尽让海棠娇。

西安古文化艺术节和平门联

大敞和平门。迎六洲钜子，交流信息。议旅游，谈贸易；签科技项目，讲管理经验。待金铺八百里秦川壮丽山河，经济腾飞鹏鼓翼。

欣逢艺术节。看十代雄都，焕发青春。放焰火，舞龙灯；列墨林杰构，展文物珍奇。要彩绘五千年禹甸光辉历史，人文蔚起锦添花。

兴庆公园沉香亭

一

亭号沉香，想亭前花艳、亭上人娇，尽有遗闻话天宝；
园名兴庆，看园外春浓、园中日丽，岂无盛世迈开元。

二

历史纪新元，广厦已淹双凤阙；
江山留胜迹，游人争泛九龙池。

三

妃美花香，征歌新谱清平调；
民康物阜，勤政曾登务本楼。

天水风伯雨师庙

好雨知时，保天水一方，年丰物阜；
和风解愠，愿神州大地，国富民康。

天水秦城区伏羲庙太极殿

广殿壮秦城，应力挽颓风，返朴还淳追太极；
全民兴汉业，须弘扬正气，图强致富纪新元。

天水玉泉观三清殿

瑶殿仰三清，一生二，二生三，三生万物；
玉泉参道妙，地法天，天法道，道法自然。

天水南郭寺卧佛殿

法雨频施，倾听渭水春潮涨；
佛光普照，卧看秦城瑞气浮。

南郭寺山门

空庭老树仍高寿；
古寺清泉尚北流。

琥珀中学校门

渭水西来,不畏长途奔大海;
龙山东峙,须登极顶望遥天。

天水卦台山伏羲庙

纳皮兴嫁娶,结网教畋渔,渭河犹奏立基乐;
设象契神明,布爻穷变化,陇坂长留画卦台。

注:史称伏羲氏"始制嫁娶,以俪皮为礼"。即男家向女家纳两张鹿皮作为聘礼。《易·系辞》谓伏羲"作结绳而为罔(网)罟,以畋以渔"。《孝经纬》:"伏羲之乐曰'立基'。"

黄 帝 陵

一

根在黄陵,五千年古柏参天绿; 泽流赤县,九万里春潮动地来。

二

首奠宏基,肇启文明仰初祖;
丕兴伟业,频添锦绣壮中华。

炎 帝 陵

岐山毓秀,姜水钟灵,遍五洲炎黄裔胄,龙腾虎跃,致富图强,咸知此是寻根处;

北岭迎阳,双庵破晓,逾百代华夏文明,霞蔚云蒸,飘香吐艳,共喜今逢结果时。

注:《国语·晋语》:"昔少典娶于有蟜氏,生黄帝、炎帝。黄帝以姬水成,炎帝以姜水成。"姜水,在今宝鸡市南;姬水,在今岐山下。北岭遗址,位于宝鸡市

区东北，属新石器时代早期。双庵遗址，位于岐山县双庵村，属新石器时代晚期。

岳阳楼

后乐先忧，万千气象希文记；
昔闻今上，浩荡乾坤子美诗。

南郑南湖陆游纪念馆

志复中原，平戎远略传千载；
气吞狂虏，爱国豪吟动九州。

注：陆游从戎南郑时向宣抚使王炎献策："经略中原，必自长安始，取长安，必自陇右始。当积粟练兵，有衅则攻，无则守。"见《宋史》本传。

常德春申楼联

争雄于战国四佳公子之间，稽古察今，审时度势。词源泻海，解储君久系长绳；辩口悬河，止敌将深侵劲旅。况兼筹策如神，指挥若定。救赵却秦师，越韩吞鲁邑。遂使宗邦气压鲸涛，威扬雁塞。独惜心灯半灭，枉死棘门，食客满堂，徒夸珠履。幸犹存歇浦申滩，怎说完街市繁荣，闾阎富庶；

挺秀乎江南三大名楼以外，雕梁画栋，碍日摩云。商贾凭轩，迎欧陆西来银翼；吟朋椅槛，咏洞庭东去飙轮。恰值振兴伊始，建设方殷。分洪弭水患，办学育楚材。且看沃野稻翻金浪，波卧虹桥。更添工厂千家，腾飞经济，诗墙十里，蔚起人文。纵复有屈骚宋赋，难写尽澧沅壮丽，兰芷风华。

石门夹山寺闯王殿

揭竿黄土坡，见饥民颠沛流离，称王自应行仁政；
卓锡灵泉院，愤强虏骄横跋扈，礼佛犹谋复汉疆。

挽缪钺教授

大雅云亡，怅望吟坛挥老泪；
典型犹在，倾听学海涌春潮。

挽丛一平书记

顶风排逆浪；冒险护清流。

福建南平市

沙溪送电，茫荡迎宾，兴致富图强大业，经济腾飞，岂徒杉海夸金库？

仲素传薪，定夫立雪，承尊师好学遗风，人文蔚起，会见龙光耀剑津。

注：罗从彦字仲素，游酢字定夫，皆宋代南剑人，著名理学家，《宋史·道学传》有传。

乙亥年春联，为《陕西广播电视报》作

乙夜看荧屏，争夸好戏连台，欢声一片家家乐；
亥年听广播，竞贺佳音迭报，美景无边处处春。

注：古代分一夜为五更，一更称甲夜，二更称乙夜。

大 雁 塔

一

登览曾摩唐宋日，品题犹诵杜岑诗。

二

涌地庄严明象教，插天突兀壮西都。

迎香港回归

耻雪虎腾欢，集十二亿英髦同奔富裕；
珠还龙起舞，继五千年历史更创辉煌。

曲江安灵苑

月明雁塔，日照龙池，此是尘寰胜境；
情系唐都，神游汉苑，何须海上仙乡。

三兆公墓

休夸马鬣高封，五陵宿草埋翁仲；
别有牛眠吉地，三兆新楸荫后昆。

牛年元旦试笔

保安常砺角，负重更扬蹄。

酷暑偶得

愿为云里鹤，不羡酒中仙。

虎年春联

牛建丰功，喜赤县山川，遍铺锦绣；
虎添双翼，看三秦儿女，更展经纶。

药王宫

健身如治国。要扶正祛邪，保元固本，问四海英才，谁为医圣？
济世先救人。能消灾解困，起死回生，赞三秦大地，自有药王。

唐圭璋先生诞辰百周年献联

两全①传巨帙。开新路，奠宏基，词学勃兴瞻北斗。
四教颂宗师。培秾桃，育艳李，人才辈出忆南雍。

注：①两全，指《全宋词》、《全金元词》。

于右任书法展

千秋书史开新派。一代骚坛唱大风。

天水龙园成纪殿

成纪三阳毓秀。看石门吐月，麦积摩云；仙人笄翠，赤谷流丹；玉泉飞殿，清渭萦村；蜗台布卦，南郭镌碑；至今美景纷呈，更联旧景添新景。

伏羲一画开天。赞作蜀兴儒，纪信扶汉；充国屯田，飞将御侮；德舆相唐，刘锜保宋；世甫工诗，其昌育士；自古名贤辈出，还望时贤继昔贤。

钱明锵西湖别墅

排门柳浪撩诗兴，泼眼钱塘助富源。

挽吴调公先生

辞章义理相辉，审美尤精人所羡。
诗论文评并美，知音顿失我何堪。

挽程千帆先生

鸿儒兴汉学，桃李无言，自有遗书传后代，
大笔赞唐音，蓬荜有字，每观斋榜忆同门。

慈恩寺山门

弘教慕唐僧，缩地鸾车来四海。
题诗追杜甫，摩天雁塔壮三秦。

慈恩寺大雄宝殿

伏魔乃大雄，殿耸唐都昭慧日。
救苦真先觉，门迎渭水渡慈航。

长沙贾谊故居

远谪何堪！旷世经纶馀两赋；
故居犹在，千秋文藻耀三湘。

挽陈贻焮教授

学苑失鸿儒，常留巨著开心智；
词林思化雨，永忆高歌动鬼神。

挽羊春秋教授

才情何富艳，几年扶病著书，尚涌波涛惊四海；
风雅共扬榷，一旦骑鲸去我，独挥涕泪望三湘。

新世纪祝福

日丽风和新世纪，国强民富大中华。

题《歌颂郑成功诗词集》

万弩驱鲸收宝岛,千家绣虎颂延平。

闽侯旗山风景区山门

摩天展翠旗,赏怪石,攀奇峰,穿芝洞,憩莲宫,谁不恋尘寰福地?

映日开明镜,泛瑶池,游锦水,渡龙潭、涉龟濑,何须寻海上仙山。

注:旗山山势如旗,一名翠旗山。

临海湖心亭

鱼戏湖心迎皓月,人来亭上赋新诗。

临海烟霞阁

浴日烟波摇阁影,耀天霞彩畅诗心。

临海大成殿

继圣希贤集大成,泽流四海。
仁民爱物开新运,道贯千秋。

临海骆宾王祠

山月常明,应知诗杰丞临海。
湖波乍涌,恍见文澜动则天。

注:骆宾王代徐敬业撰讨则天檄文,历数其罪恶,波澜迭起,武氏读"蛾眉不肯让人","狐媚偏能惑主"等句,犹勉强嬉笑;读至"一抔之土未干,六尺之

孤何托"，矍然曰："谁为之？……宰相安得失此人？"

天水北宅子

抗疏救灾黎，遗爱千秋存北宅。
挺身批虐政，直声四海重东林。

注：北宅子为明万历太常寺聊胡忻故居。胡忻名列东林，直言敢谏，留有《欲焚草》四卷，收奏疏90多篇，揭露虐政，为民请命。其奏免矿税及赈灾等，秦民受惠尤深。"抗疏"，向皇帝上奏疏。"奏疏"之"疏"，读仄声。

天水南宅子

按察山西，廉风广被雁平道。
退居陇上，惠泽长流马跑泉。

注：南宅子为胡忻之父胡来缙故居。来缙任山西按察副使，整饬雁平道，"厘别宿弊，吏不能欺"，颇有政声。归里病卒，葬于马跑泉。

麦积山书画院

麦积峰高，千窟深藏六代画；
南山柏秀，百碑精刻二王书。

翠 华 山

天外山崩，旷古奇观惊世界。
云中瀑落，无边胜景壮中华。

陇城娲皇宫

毋轻抟土意,选良工细塑精雕,自有英才清玉宇。
须重补天功,任硕鼠明吞暗啮,何来美政济苍生?

云南巍山县拱辰楼

登楼揽胜,想古迹连绵,足征文化传西汉。
倚槛敲诗,看青山环绕,堪比明星拱北辰。

麦积山瑞应寺

瑞应启禅林,松涛万壑烟浮翠。
麦积开净土,佛影千龛雨洗尘。

昆明市官渡镇赐书楼

官渡竞千帆,振兴经济千秋业。
螺峰荣万卉,蔚起人文万卷书。

注:官渡螺峰村人王思训任太子侍读,告老还乡时乾隆赐书万卷,并书"赐书堂"匾。

香 积 寺

尘外钟鸣,王维诗咏香积寺。
云间塔耸,善导衣传净土宗。

自 勉

奋进天行健,宽容地好生。

兰州碑林

金城天险建仙园。辟荒峰,植嘉树,乍凝眸、万间广厦飞来,凌霄耀日,溢彩流光,西部胜游惊异景。

草圣家乡传笔阵。刻巨石,摩高崖,一弹指、百代法书突现,卧虎跳龙,翔鸾舞凤,中华文化赞奇观。

岳飞九百周年诞辰

壮志继先贤,禹甸山河归一统。
宏图兴大业,尧天日月耀全球。

李广公园

功大名高,公侯何足羡;
花繁果硕,桃李不须言。

挽钱仲联先生

上寿可期,一代吟坛朝北斗。
德星忽陨,五洲学苑哭宗师。

丁玲百周年诞辰

小说绘奇观,曾有长篇传异域。
散文拓新境,尚留小品记牛棚。

挽陈冠英

篆貌刻神,艺林争睹千奇印。
殚精尽力,梓里常留二妙碑。

汉阴三沈纪念馆

新学导先河,珠联鼎峙尊三沈。

法书开觉路,凤骞龙腾变二王。

少林寺天王殿

　　剑护十方,民康物阜;龙行四海,雨顺风调。

注:四大王天变称"护世四天王",各护一天下。其中一天王持宝剑,一天王臂缠一龙。

少林寺大雄宝殿

　　除障伏魔开觉路;消烦救苦渡慈航。

注:"大雄",指佛有大力大勇,能伏魔除障。

少林寺方丈室

　　门迎慧日观拳谱;室绕慈云见佛心。

长沙杜甫江阁

　　云外放歌,弘扬风雅追诗圣;
　　日边把酒,藻绘山河赞楚材。

杭州西溪景点联六则

深 潭 口
　　樟古不知年,翠盖擎天迎晓日;
　　潭深难见底,龙舟竞渡过端阳。

烟水渔庄
　　兼葭皓曜休踏雪;烟水空濛且钓鱼。

秋 雪 庵

佛殿参禅，月明孤岛芦飞雪；

词林斗韵，日暖西溪柳舞烟。

梅竹山庄

月夜谈诗，山畔梅开香入户；

霜晨舞剑，庄前竹茂绿浮天。

西溪草堂

谈佛慕冯公，无边风月一溪水；

吟诗追杜老，有限乾坤两草堂。

高庄独醒斋

众鸟未喧晨读易，百花已睡夜敲诗。

芙蓉园联十二则

紫云楼北正门二层

紫云腾瑞霭，倚槛赏心，崛起神州鹏展翼；

曲水泛新波，登楼纵目，勃兴西部锦添花。

西大门正门西立面

曲水风光冠九州，忆一代明君，揽胜寻幽下南苑；

大唐文化传千载，看八方俊侣，探奇抉奥入西门。

西大门正门东立面

万民同乐，四海交欢，想见盛唐气象；

万木争荣，千花竞艳，发扬华夏文明。

西大门正门东立面二层

喜琼楼丽日，玉殿披霞，已彩绘千秋御苑；

望绿树连云，嘉禾遍野，待金铺万里神州。

南大门（九天门）二则

一

读赋曾瞻双凤阙；吟诗今入九天门。

二

琪树花繁群鸟乐；御园门敞万人游。

北大门（春明门）二则

一

四海无双胜地，三秦第一名园。

二

江畔寻春，垂柳摇金朝日丽；

园中避暑，芙蓉出水午风凉。

剧院舞台

咫尺地迎来一代英豪，开创中华新历史；

顷刻间拓展千秋事业，做成世界大文章。

陆羽茶社水云轩

对绿水澄明，休谈酒史；

看白云飘渺，且品茶经。

杏园南大展厅内院正面

天道酬勤，赐宴杏园花似锦；

春风得意，题名雁塔马如龙。

杏园二门东立面

楼殿嵯峨唐气象，园林壮丽汉风神。

荥阳刘禹锡公园

贬官为革新，夔府和州怀政彦；

淑世宜追远，楚河汉界颂诗豪。

题《大家水墨》

水贮一钵涵日月，墨分五色绘山河。

教师节自勉

火热一腔兴国愿，光腾千首育才歌。

元旦试笔

目存沧海心存佛，胸有阳春笔有神。

梦游玄武湖为清洁工撰联

半吨垃圾两只手，满湖风月一条船。

右任翁《标准草书千字文》初版七十周年献联

茹古涵今，博练千文追草圣；
忧民爱国，共谋一统慰诗豪。

西湖冷泉飞来峰

远离闹市泉常冷；热爱名湖峰不飞。

法门寺联五则

一

弘开觉路，创无限祥和，自是中华福地；
大敞法门，除千般苦恼，岂非世界佛都。

二

现清净身，看秦岭周原，无非梵境；
饶广长舌，听泾河渭水，俱是潮音。

三

华岳云开，看佛刹佛光普照；
秦川绿化，喜法门法雨频施。

四

一尘不染，万善同归，这便是无双乐土；
慧日常明，慈航普渡，更何求不二法门。

五

鱼跃鸢飞，参透一花一世界；

水流山峙，宣扬三藐三菩提。

杜甫故里联四则

"杜甫故里"大门

故里门开，自有群贤来四海；

新村楼起，岂无高咏壮中华。

"盛世大厅"大门（杜甫生当盛世）

富庶繁荣，彰显开元盛世；

和谐康乐，讴歌华夏新风。

"三友堂"房门（杜甫与李白、高适同游梁园）

梁苑论文，集三唐俊彦；

吹台怀古，会万里风云。

"上院"杜甫父母住房门

勤俭持家，欣逢八月收梨枣；

诗书教子，笑看七龄咏凤凰。

台北版《唐音阁诗词集》跋

　　唐音阁诗六卷、词一卷，天水霍松林教授之心路历程，亦国家近半世纪之沧桑写照也。举凡师友交游、人生际遇、民族圣战、世局艰屯，可以兴观群怨者，无不纪之以吟；其题材之广、寓意之深、行踪之远、丁变之巨，古今诗人殆罕出其右者。曩余就学南雍，主修政治之馀，尝从陈师匪石治词学，得以同门之雅，获交松林，固已叹其诗宗老杜而兼昌黎，不为同光体裁所囿；至其词之力追碧山而溯清真，以承匪石师之法乳，则自惭有所弗及。未几，同游羊城，分袂渝州，音书阻绝，垂四十年。不意今春辗转获赠是集，诵之至再，更深叹故人之才情风格，足以衍派开宗。因忆于右公在日，颇以松林之未随东渡为惜。老友成惕轩教授于松林之思念尤深，誉为西北奇才，盼能序其吟稿。余获是集时，惕轩已于客岁夏至日归道山，终不得偿其夙愿，夫岂天耶！兹者，冯国璘学兄分其退休金之所得，将在台再版是集，以敦乡谊，兼弘诗教。躬逢其盛，爰为之跋，藉申怀念敬佩之忱。

庚午秋姚蒸民谨跋

《唐音阁诗词集》在台再版跋

　　唐音阁主霍松林教授与余同里。昔年同客金陵，攻读于国立中央大学，虽所修学科不同，仍常相往来，且蒙时以佳作见示。余不能诗，而喜读诗。每读其作，无不悠然神往。其中尤以思亲廿四韵一篇，读之至再，不忍释手，至今犹保存于书箧中。

　　松林家学渊源，秉赋极高。肄业中文系，才华出众，深获文学院名教授胡小石、汪辟疆、陈匪石诸先生赏识，期许甚殷。金陵为人文荟萃之区，每逢重九登高或天文台雅集，莅会者皆诗坛一时豪英，松林虽在学，仍常被邀参加，为当日最年轻之诗人。革命元老于右任先生尤爱其才，时约谈诗至深夜。今则松林蜚声中国文坛多年，而先生早归道山，缅怀往事，诚不禁感慨系之。大陆巨变之际，余随右老来台，松林以道阻未克同行，从此音书隔绝，忽忽四十余年矣！两岸开放后，松林隔海寄来《唐音阁吟稿》。故人情重，感何可言！病中读竟，惜其版本全采横行，字体又小，且多简笔，阅读十分费力，与四十年前流行之诗集迥殊，顿生在台再版之念，拟以繁体字直行印行，以保存中华文化固有之风貌。商之在台老同学姚蒸民教授，深以为然，姚亦松林之旧识也。此后书信往返数阅月，松林亦略道及直行印行之优点。得闻在台再版之议，欣然赞同，并与夫人胡主佑教授连夜改写繁体本寄余，复承蒸民于百忙中检出多种诗集版本，参酌设计，乃得完成斯愿。

　　《唐音阁吟稿》刊诗六卷、词一卷，雄伟壮阔，扣人心弦，不惟道尽作者数十年来个人之际遇与感受，亦为中国半世纪以来之风云巨变留下见证,集中充满民族大义,师友深情,亦富人生哲理;为抗日胜利而欢呼,为兄弟阋墙而忧戚;历文革劳改之百般折磨,叹十年被囚之光阴虚掷;第仍寄希望于新曙光之来临,而思无忝所生。此则充分流露出中国文人之忠爱情操,与夫贫贱不移、威武不屈之高风亮节。昔人谓"亘古男儿一放翁",余谓松林为近代诗坛之奇男子,海内诸君子读其吟稿者,谅必有同感焉。

庚午年秋天水冯季子国璘谨识

新编《唐音阁诗词集》跋

霍松林先生是享有世界声誉的诗人和诗歌理论家,我早就读过他的学术著作和诗词作品。1987年3月,我和先生在西安初次相识,请教了关于汉诗的若干问题,给我的汉诗研究开拓了新的视野。此后,我多次访问西安,在诗词理论的研究上继续得到先生的关怀和指点。先生的精深理论和人格力量给我的汉诗研究以莫大的支持和鼓舞。

我认为当今诗歌已经迎来了它历史上的一个很大的变革期,处在这个时期,霍先生就对我们显得特别重要。先生的诗词理论和作品,已经成为世界诗人的奋斗目标。

有三千年悠久历史的中华诗词,不仅是中华文化的一个大支柱,而且也是处于领导地位的中华文明的召唤,同时也给亚洲汉字文化圈的人们带来很大的影响。特别是我们日本人,最喜爱唐诗,并把它作为自己的诗歌典范继承下来。1996年在日中友好汉诗协会成立十周年之际,我特邀霍先生访问日本,并举办了讲演会,印发了先生的许多诗词作品。先生的讲演和诗词作品使众多日本诗人深受启迪和教益,给日本的汉诗发展以极大的积极影响。

我最近又一次访问西安,碰巧霍先生新编的《唐音阁诗词集》正待付梓,我有幸通读,十分振奋。祝愿它早日问世,为汉诗的繁荣和发展发挥巨大作用。

亚洲文化国际交流会会长、日中友好汉诗协会理事长 棚桥篁峰

《霍松林诗词集》后记

1989年，陕西人民出版社为我出版了《唐音阁吟稿》，只发行3000册，流传不广。1991年，台北百骏文化事业有限公司为我出版了《唐音阁诗词集》，分精装、平装两种，繁体直行，纸张、印刷、装帧极精美，但发行于台湾及海外，大陆很少见到。2000年，河北教育出版社为我出版《唐音阁文集》，包含论文集、鉴赏集、随笔集、译诗集、诗词集等五卷，约440万字，纸张、印刷、装帧也极精美，但只有总定价，对只购诗词集者造成困难。2004年，北京图书馆出版社出版的《当代名家诗词集·霍松林卷》发行3000册，由于限制字数，删削较多，不无遗憾。

值得庆幸的是：中华诗词学会与北京中华典籍图书编著中心合作编印《中华诗词文库丛书》，承蒙关注，与我签订了自编诗词集的合同，经过教学科研之暇的多日忙碌，总算编出来了。

全集13卷，约1200首。诗词分编，先诗后词，都按写作时间顺序排列，以便读者联想写作背景，知人论世。河北版的《唐音阁诗词集》，前有钱仲联、刘君惠、程千帆、成应求、张济川诸先生的序和师友题咏；后有姚蒸民、冯国璘、棚桥篁峰诸先生的跋而以外编的五篇赋与若干楹联收尾。凡此种种，这次全部入编，师友题咏和楹联，则各有增加。这对了解作为主体的13卷诗词不无好处，因而占用了一定篇幅。

从1937年夏至1949年冬，我忧时感事，勤于诗词创作，积稿盈箧，发表者也多，因而师友也多有题赠。惜乎浩劫中劫掠一空，劫后多方搜求，诗词仅得二分之一，徒唤奈何；师友题咏仅得寥寥数首，尤耿耿于怀。例如《今代诗坛》主编成惕轩先生品高学富，兼擅诗词、骈赋及书法，曾以《藏山阁读书图》嘱题，因成忘年交。我每有新作，即承率先发表，并先后赠诗多首，皆写成条幅，弥足珍贵。今拙作《望海潮·题惕轩藏山阁读书图》幸存，而赠我者却俱化劫灰！出乎意外的是我八十初度之时收到台北来信，内有著名诗人陈庆煌教授贺诗，其小序云：

松林教授早岁在南京与先师成惕轩先生友善，先师尝赠诗云："小园风雨盼君来，笑口尊前月几开。近局莫辞鸡黍约，妙年谁识马班才！钓鳌碧海今何世？市骏黄金旧有台。拔剑未须歌抑塞，良辰一醉付深杯。"欣逢霍教授及德配主佑夫人金婚及八秩双庆，谨追步先师元玉以贺嵩寿。

从天外飞来惕轩先生的一首赠诗，真是喜出望外！1949 年以前的师友题咏也就新增一首，其写作时间，大约是 1946 年秋季。改革开放以来，"四凶"既除，阶级斗争熄灭，人际关系日益改善，"诗词热"方兴未艾，诗人词家与我交好者指不胜屈，题赠之作也美不胜收。取十一于千百，于河北版"师友题咏"中增加十余首编入新版，既珍惜友情，又借此一端以体现当今社会之和谐美好。至于师友们在题咏中所体现的殷切期望，则一息尚存，必当百倍努力，不敢懈怠。

《中华诗词文库》编委会主任郑伯农、周笃文先生审阅清样，不辞辛劳；秘书李葆国吟友负责校对，细致认真。这既是对我的爱护，更表现了对中华诗词事业的忠诚，心怀感激，谨致以由衷的谢意。

丁亥除夕霍松林写于唐音阁

附录

才胆识力　大气包举
——读霍松林先生的《唐音阁吟稿》

吴调公

最近读了霍松林先生荟萃其 50 年来诗词的力作《唐音阁吟稿》，深感于其才华之倜傥，胆气之豪迈，识见之卓越，功力之控纵裕如；而更为深入的印象则是：不管哪一个时期所作的诗，什么体制的诗，写什么生活题材的诗，或者是运用什么技法来写的诗，是奔腾起伏的长诗还是绰约隽永的短诗，诗篇的情韵和意象总是密切吻合，立意和遣词总是相因为用，思理的成熟也总是和艺术的推敲相贯通。按照司空图的话说，即是"真体内充，大用外腓"（《诗品·雄浑》）。按照翁方纲评韩诗的话说，即是"卓然大篇"（《石洲诗话》卷1）。一句话，大气包举。

我之所以认为松林先生的诗"大气包举"，实有一说。大，初不限于长诗、古诗，也不一定要纵横排奡。即使五、七言绝诗，而能堂庑开阔，表现为悠悠浩浩的心理时空、超逸气度和宽宏目光，这种内极深微、外涵八表的诗篇，其审美心理结构难道不也是很辽阔么？

这种辽阔，我不止是从三首、五首诗中看到；更值得庆幸的是，我从整个一部《吟稿》中看到这样一派烂灿光芒，这样一种淋漓元气，这样极丰富多彩、大地风雷之致，天伦聚散之情，骚坛迭起之势，务以深沉百虑，写出了索绪尔所谓"活的历史"（《人论》），竭尽人生变幻，广阔而深邃地反映了半世纪来的大泽龙蛇以至地覆天翻的海桑巨变，真可以说是一双慧眼看世界了。

记得抗战刚刚胜利，我从南京的两个诗词刊物《泱泱》和《今代诗坛》上看到了松林先生的少作，有感于其功力深稳，朴质清新，在当时一群老骥轮如于右任、陈匪石、汪辟疆诸先生祓席间，丝毫不显得稚弱。我确乎为之称许；但要说"大气包举"，那时却还没有得出这样的结论。之所以使我从风格高度上得出这样一个印象，应该说是只有在读了《吟稿》中的全部诗词以后。这正因为观诗而深得其髓，这就不仅要把握一首两首诗，最好还能更多地品味其年复一年的作品，探寻其纵向的审美历程和横向的心理结构，这才能在了解诗家生平思想一脉源流的基础上进而审视诗人的艺术道路，概括出他的艺术风格是如何形成，如何发展变化。按理说，鲁迅说的批评家之品评要看全人全文，李商隐也说"倾国宜通体，何人独赏眉？"（《柳》）。这所谓"全文"、"通体"，严格说来，都不应仅仅限于一诗之"全文"，一词之"通体"。松林先生之元气淋漓，不也是由《吟稿》整体而体现的"体性"的多样统一吗？虽说窥一斑也可见全豹；然而他那种融汇了西北高遒之气、东南和雅之情于一炉的，富于包举性的"兼才"（李商隐《献钜鹿公启》有评论"陷于偏巧，罕或兼才"之语），确乎使我在这本按编年辑录的包括六百首诗词的《吟稿》中豁然悟解；也只有在《吟稿》中，这种"兼才"表现得才更为清晰、更为充分，更加洋洋大观。

"大"和"化"是分不开的，古语有所谓"大而能化"（《唐音癸签》卷六评杜诗语），能"化"始"大"，"化"是"大"的结果，也是"大"的前提。松林先生为什么"化"而能"大"呢？

我想还是引用清初伟大诗论家叶燮论诗人应有的"才、胆、识、力"四个条件（《原诗》）来解释：既有刻貌传神之才，而以少总多；又有自辟町畦之胆，而敢于突破牢笼；既有纵横古今之识以开拓衢路；又有天转化工之力以熔铸素材，情采彬彬。总的说来，诗人自我修养的方面固然繁复，然而归总起来还是一个"化"

字。以大气包举之情化为大气包举之文。

松林先生之才，《吟稿》中钱老仲联序文所说的"豪杰之士"一词可以蔽之。你看，序文一开头，钱老生花妙笔下那一派西北高迥之气，可真是呼之欲出！而生于这样一个"艮乡"的文人，又该是多么"雄伟倜傥，秀茂挺逸"！造化之钟毓，地望之涵茹，松林先生之性情、风格也自然可想。但，也许你还要追问，究竟什么才是他才华的主要方面呢？依我浅见，这正在于他以诗词为馀事。平生酷爱诗词，自少到老写诗词不辍，与同人唱和不辍，开诗词风气不辍。然而他毕竟另有所专，不以诗人自限，并不同于那些退居林下、颐养天年的骚人墨客。也还是钱老说得好：

松林之为人，能文、能书、能倚声、能研说部、能雕文心，而尤长于诗。

除了"尤长于诗"，还可以进一步考虑外（我认为诗固松林先生所长，但"兼长"者也还不少，而"尤长"者则是古今文学理论），对松林先生学兼众长我是同意的。正因为如此，他的学问的渊博恰恰也为创写诗词提供了沃土。严沧浪曾说诗不关学问。究其原意也只不过是反对以学问为诗，反对卖弄学问而忽视神思的妙用。只要把学问和妙悟的关系摆好，那么，学问再大又何尝会害诗？松林先生的腹笥宽广，而尤精于古今文学理论（我还记得他对形象思维的论述是那么透辟），因而他的学问只有促进诗思的升华，而决不会像江西派和同光体中某些诗人之以"炫学"代替"写诗"，而又终于以其所谓"学问"扼杀了诗魂。

松林先生的诗由于有学问作为根柢（特别是将"文论"与"诗心"两相贯通），所以能以学人的功底驰骋其"才人"之气。由此可见，他的写诗决非仅凭才华，在他的审美经验和文艺素养中积淀着丰富的文艺理论素养，特别是对古典诗论中的金科玉律能心领神会，付诸实施。他从流连万象之区时起，一直到构思、命笔这一系列灵感迸发中,随时都有着卓越的审美规范作为其意象审度的引航。也正因为这样,他的一双慧眼的穿透力很强。他能够从纷陈杂沓的外物中凸现那些最具有典型特征而又富有思想妙谛的契机,作为"示意中心",构成审美天地的神态平衡。譬如,七七卢沟桥炮声一响,松林先生以16岁的青年而写出了《卢沟桥战歌》、《哀平津,哭佟赵二将军》、《闻平型关大捷》、《八百壮士颂》、《惊闻南京沦陷,日寇屠城》、《喜闻台儿庄大捷》等诗,巨构长篇,发聋振聩,至今读之犹令人热血沸腾,激情喷涌。这里特别需要指出的是:他的爱国忧民、御侮自强的情思,并不仅表现于正面描写抗战或其他重大题材的诗篇。举例来说,抗战次年,匝地兵戈,惨淡龙蛇,他移种竹子于渭川老家门口。为此,他想起了"竹报平安"的佳话,更难得的是想到了"碧血浩浩染八荒"中的炎黄子孙的命运,从而拓展了"霜枝欹斜护儿孙"的一种热切而淳朴的浮想和祝愿。这很有点像杜甫因自家茅屋漏雨而渴望出现"广厦千万间"以"大庇天下寒士俱欢颜"的思路。这确然是骨肉苍生之思,但从见微知著说来,这种艺术浮想的飞翔和灵感的飙发不能不说是才华的熠熠光彩。

这种心理空间的超越往往因生活题材不同而表现为多种境界。有的是把富有时代变幻色彩的景物内化为心灵的从容体验:

振衣直上豁蒙楼,手拍栏杆望五洲。乔木厌言兵后事,春波初泛雨馀舟。……(《登鸡鸣寺豁蒙楼品茗》1947年初春)

有的是通过解放前后先后两次乘火车经过洛阳一带地区时火车上所见的两极对比景象,揭示出痛苦与欢愉两种心态的不同时代投影,从陇海路新颜扩而为"一自神州解放民昭苏"的广阔天地。

这种想象的飞跃,有时表现为散点式的全镜头,有时也表现为焦点式的特写镜头。前者如行云流水,以万态纷陈胜。如他在1970年所作的《文化大革命书感》,从"四凶"的"狼奔豕突"

一路写到"忍对神州看暮鸦"的忧心国运，寥寥八句，写尽了"文化大革命"的反动百态。后者以凝眸谛视为主，既使适当地生发开去，但仍然突出坐标，施以浓墨重彩。如1947年所写的《思亲二十韵》五古就始终围绕着慈亲之爱和儿时承欢的如梦如烟这一个思维轨迹，多种多样的细节都笼罩在、凝聚在迷漫天地的积雪中。1985年所作的《寄李易》七古也与此有点依稀仿佛。管道冰封，反衬了李易来书的"字字如火"，而字字如火的来书又引出了李的著作生涯和精神面貌，有关唐贤的编著二种和他的坦率狂放。千回万转离不开一个"热"字。为人心热、爱唐诗心热。来书像火，其人更像火（写到此处，我不能不举起双手：霍公妙笔，李公之神全出矣。我为霍公之传神阿堵赞！）但不管是散点、焦点，作者都能卷能舒，亦控亦纵，卷舒得很自然，控纵得不落痕迹。看来决不是错金镂彩，相反地走进了梅宛陵的境界之中："因吟适情性，稍欲到平淡"（《和晏相公》）。古语有所谓"大巧天成"。唯其厚积薄发，而后由绚烂臻于平淡。以才运学而不见其学，绚烂之极归于冲夷。这是宋诗的上乘。霍公之诗，其庶几乎？

与才相伴者为胆。才大则胆大。松林先生得精髓于汪方湖，历经江西派陶冶，也不无受了同光体的涵茹。于古体则似乎与少陵、昌黎为近；于七绝，则我看又像有点得力于王荆公和黄山谷，间或也许融会了南宋诸家。但他绝不是一味摹古，拘于形似。相反地敢于发千古心胸，开一代风会。

以文行诗，以拗曲代流畅，取其古拙，汲其排奡。大体与此类似的风格，在《吟稿》中也是有的。《丁亥九日于右任先生柬召登紫金山天文台，得六十韵》五古一首就是一例。"一气苍茫中，冯夷之所宅"，这固然是散文句式，而，"或驰而甲胄，或拱而袍笏……"等十六句，则又不仅运用韩愈《南山》诗和《画记》一文笔法，还又句句连押入声韵。其高危迫促之情就更得到充分表现。这是偏于峭拔一路。但与此同时，作者也不是没有清新流转的手笔，则又体兼唐音。取老杜之浑凝，挹大历之清泠，而酌以宋人之淡逸，有如：

治学遵师法，为文拟化工。明朝归塞北，何日返江东？火炽薪犹在，时移道岂穷？趋庭须学礼，莫虑太匆匆。(《离渝前夕呈匪石师》)

入唐宋而又变唐变宋，这还不算。实际上作者又还博采菁英，吸收了汉魏乐府叙事诗精华，取其婉转状物、跌宕穿插、抒情唯真、遣词唯朴之法，创而为新体纪游诗，熔记叙、抒情、论说于一炉，假设辩难，出以想象，酌以奇诡，运现实主义之严谨，参浪漫主义之风华，这就更显得诗人之指点江山、驱使千古，收田园诗和山水诗的精华以为己用的宏伟气度了。1979年作者参加中国古代文论学会年会时的一首长篇七古《石林行》，可以说是这一艺术佳境的代表。

如果说胆是艺术的突破和创新的气魄与追求，那么，艺术的识见和眼光就是形成艺术气魄的动力和艺术追求的目标，松林先生既是文学通才，而于古今文论的造诣尤深，那么他的文学见解以至于诗词见解的深辟，也就可以想见了。

最最能够表现他的"诗识"的，我认为是他在1983年为岳麓诗会写的一首长歌。他以高瞻远瞩的气势纵谈中华诗词的渊源和发展道路，寓深刻的剖析于回顾之中，更对诗词的走向作出科学的前瞻。他的判断的深辟，植根于对一部整个中华诗史的了如指掌、洞中窾要。他指出了屈原的惊才，以至历代骚人在高度专制主义钳制下的才华难展，特别是点出了忧患意识成为古代诗人普遍的思想内涵。紧接着引叙到"一声炮响"，展示了近现代诗词的风雷飙发，终于毛泽东诗词以中国革命的伟大史诗出现，为中国新时代的新诗歌掀开新页。这一系列的化转天钧，有待开拓宏猷的新任务，给20世纪新骚人带来了多么光荣艰巨的责任感。作者发出这样的誓言：

论诗岂下前贤拜，宜有新诗胜古人。

当然，他不是要推翻传统。他要承传优秀传统并将其发扬光大，更上层楼。而真正要做到这一点，就不能不大声疾呼"泥古诗风须清扫"了。为此，他严峻指出，江西诗派末流的覆辙务须避免："换骨脱胎馀一息，诗家三昧要重评"（《滇游杂咏》）。

松林先生的诗力，主要表现在他的古典格律之创新与时代精神之发扬两结合上。按照叶燮《原诗》所说，诗识是"体"，诗力是"用"。那么松林先生的这种大手笔，自然是得力于前面所说的确"有新诗胜古人"的雄心壮志了。至于问这种"结合"在他的笔下究竟是什么表征，据我浅见，艺术气象的熔铸该是主要方面。

气象，最早见于杜诗"彩笔昔曾干气象"（《秋兴》）。后来刘熙载《艺概》对气象又做了一番形象化说明，似乎更透辟了。很显然，他把气象归结为显示一种作者特定情境的形象画面的审美特征。情境一经艺术的熔裁和点染，其结果，既保留了历久弥新的传统格律精华（如艺术形式上的高度浓缩与音节和谐，对句匀称之美，以及大多表现为篇幅短小，易于琅琅上口的优势），这主要属于民族形式。但与此同时，在内容方面，却又洋溢着社会主义时代精神。二者的结合，形成了诗词意象既是泱泱中华诗国的传统艺术的发扬，又是社会主义初级阶段中的时代强音；既是在新生活内容征服下形式对内容的适应和自我更新，也是历史积淀而成的审美规范的现代化。《唐音阁吟稿》里大部分诗篇恰恰就是这样一次在历史大潮中的新试航。

试看《吟稿》中的这一首七律《读〈胜利七场生产捷报〉》：

十万旌旗出玉关，乾坤再造气无前。金牛铁马惊荒野，麦海棉山庆有年。……

不由得使我联想起李商隐的《送户部李郎中》一诗。这两首七律都以沉雄深稳、玩味昌黎而上窥杜陵取胜，霍公诗又兼取山谷精髓，起首雄迈，结局悠然。这确乎是兼备唐、宋的音律和韵味。然而与此同时，两个画面的时代色彩却大有不同：李商隐诗的画面是一幅古代大将出征的煌煌气象，平叛以后，得以勒勋燕石、黼黻明时的气象；可松林先生的诗呢，那画面却分明是一位人民英雄带领着千万青年，面对茫茫大漠，与天地作斗争的社会主义建设图景。前者是"诏选名贤赞武功"；后者是"南泥传统花争发"，对比了这两幅画面的社会内涵和艺术风格，我们就会了解《吟稿》的功力，端在于借镜传统而又突破传统。大而言之，有如钱仲联老所说的"独取其（指赣派——引者注）长而不为所囿"终于蔚为"雄伟壮阔，自辟户牖"（《吟稿》序）的气象；小而言之，一词一句之间，原来古人的"阳关三叠"，到了霍公手里，一经改造，却蔚为"忍唱阳关第四声"的点染之功。"收朝华于已披，启夕秀于未振"（陆机：《文赋》）。松林先生熔裁之力，固已伟矣！

松林先生诗，万象端倪而具备凝聚性，故得其"才"；汪洋万顷而富于开拓性，故得其"胆"；高屋建瓴而明察是非，故得其"识"；神完气旺而掷地有声，故得其"力"。才、胆、识、力，四者大体兼备，而其最终，以杜诗的"大而能化"为归宿。这正是西北的高遒与东南的和雅二者相融汇的结晶。

（原载《陕西师大学报》（社科版）一九九〇年二期）

一代骚坛唱大风
——评霍松林先生《唐音阁吟稿》

王钟陵

一

霍松林先生既是驰名中外的学者、教授，又是一位饮誉骚坛的诗人、词家。他幼承家学，加之禀性爱诗，十六七岁时即表现出了出众的才华。到中央大学中文系就读后，师从汪辟疆先生（号方湖），同时兼受胡小石、陈匪石、卢冀野诸先生薰育。陈匪石先生所云："天水儒家承世业，方湖诗教有传人"（《题松林仁弟花溪吟稿》），就是说的霍松林先生的家学和师受渊源。在南京读书这一时期，他的诗名日播、遐迩传扬，是一个重要的发展时期。1947、1948两年的重阳节，于右任、贾景德、张继三先生遍邀南京、上海、苏州、杭州一带著名的诗人登高赋诗，在得到请柬的人中，他大约是最年轻的。1949年秋，陈匪石先生主持南林学院中文系，邀霍松林先生前往任教，在"寂寞溪头点勘春"（同上）的教书生活中，他们师生作诗填词，恬吟密咏。在词学门径上，霍松林先生又进一步受到了陈匪石先生的引导和指点。当时，汪、陈二师对霍松林先生均另眼相看、十分推赞。汪辟疆先生有诗云："吾党二三子，文章汝最工"（《送霍松林赴皋兰》），而陈匪石先生则借用韩愈《醉留东野》"吾愿身为云，东野变为龙"诗意，以"为云我竟逢东野"（《题松林仁弟花溪吟稿》）称美之。

汪辟疆、陈匪石二位是霍松林先生在诗学和词学上的导师，而于右任先生则可谓是霍松林先生诗词的知音。

羊春秋教授赠诗云:"已惊腕底波澜阔,更喜胸中岩壑幽"(《读〈松林词〉书感》)。《唐音阁吟稿》中的多种艺术风格,乃是兼融并汇了古代杰出诗人多方面艺术营养的结果。扎根于深厚的民族传统,感发于时代的风云雷雨,而又出之以个人的灵心慧眼,于是霍松林先生的诗词乃取得了很高的艺术成就,以至于钱仲联先生以"卓绝"二字相评,并曰:"余挟其全帙,泛舟于五湖烟水之间,倚棹朗吟,秋菊春兰,对之若一敌国矣!"(《唐音阁吟稿·序》)钱仲联先生生性耿直,平时论人无谀词,唯以真才实学评人,则《唐音阁吟稿》一书的分量也就不言而喻了。

二

从1937到1988,51年的时光在霍松林先生的笔下闪过,他的诗词中所表达的那份苍凉、炽热、欢乐、愤怒和痛苦的激情,深深地映现着一个民族艰难曲折的行程。《唐音阁吟稿》抒情主人公的心灵,正是搏动在一个大的时代迁流的背景中的。

霍松林先生的诗长于五古、七古,其七古尤流转奔泻,浩瀚汪洋。他的家乡天水,东邻西安,西依兰州。秦陇之间本有着周、秦、汉、唐的泱泱遗风,众多的名胜古迹,无不展示着一种博大的气韵,溉沃着黄土高原的黄河、渭水,则更昭示着一个夐远的文明传统。而麦积、崆峒、终南、太华诸山又复雄奇俊秀,附着了丰厚的文化沉积。鞠育生养于斯,弦诵游乐于斯,工作扬名于斯,厥山厥壤自必壮其志,厚其学,博其识,发而为诗,则无怪乎其擅为气势浑浩、才华横溢之五、七言长篇巨制。

历史的风烟,凝定在《唐音阁吟稿》中,一开头便呈现为一组抗日救亡的诗篇。从歌咏卢沟桥抗战到哀哭南京的沦陷、赞颂台儿庄大捷,共有七首。当时诗人的年纪虽尚幼,但诗已写得相当成熟。少年的爱国激情,涌动在诗句中予人以灼热感、豪宕感,而诗人酣畅的笔力又足以副之。《卢沟桥战歌》结尾云:"守军有多少?区区只一营,竟使强虏心胆裂,一夕丢尽大和魂。朝阳仍照汉乾坤，谁谓堂堂华夏真无人！"略带调侃意味的诗句中流露了强烈的民族自信心！而《哀平津，哭佟赵二将军》，造语更是健劲："元戎已订约，将士仍喋血。敌酋暗指挥，贼兵大集结。一夜鼙鼓渔阳震，虏骑长驱风雷迅。疲兵再战勇绝伦，十荡十决挥白刃。"前四句以一种短促的句式，写出一种临战的紧张气氛。后四句写敌我交锋，奇峰涌起，大有"银瓶乍破水浆迸，铁骑突出刀枪鸣"的韵味。

诗人的这一组抗日救亡诗篇，在诗体的探索上颇有值得注意的地方。由于造语浅易。这一组诗有着一种新诗的风韵，但比之散行而下的新诗，这一组诗无疑又整饬精练得多，有着更多的学养的滋育。即从造语上，我们便可以屡屡发现这一组诗同清季诗人们所写反抗帝国主义的诗篇的血缘联系。于右任先生1926年往返苏联期间，曾作《东朝鲜湾歌》、《红场颂》、《克里木宫歌》，以新观念写新事物，驱遣新词汇，诗句有长达17字者。霍松林先生后来在《读〈于右任诗集〉》十首其五中咏道："真理寻求马克思，西征万里赴俄时，红场赤帜乌城会，竟入髯翁解放诗。"于右任长髯飘拂，诗中"髯翁"者称此，而"解放诗"则指上述诗篇。霍松林先生的《闻平型关大捷，喜赋》一诗中，亦有二个长句。第一个长句为13个字："虏骑所至烧杀奸淫抢掠何疯狂"，强烈地表达了对敌人暴行的激愤情绪。第二个长句为诗之末句："地无南北人无老幼奋起杀敌还我好河山"，长达17个字，如长鲸出海，如雄风横空，不仅将一次重大战役获胜后的振奋心情淋漓尽致地表达了出来，而且还对全民抗战作了热情洋溢的呼唤。这种造语可以说是直承了于右任先生的解放体诗的。《八百壮士颂》一首，更是错综自由地运用了各种艺术手法和句法。此诗不仅首尾呼应，结构完整，而且以情纬文，在感情的充溢表达中叙事述志，所以行文舒卷而又洒脱。我以为新诗是可以从这种渊源于七古而又加以"解放"了的体式中，获得一个重要的生长点的。

少年霍松林就是以这样的一组歌吟，开始了他的诗人的生涯，应该说这是一个十分良好的发端。

霍松林先生笃于友情，爱好自然，诗集中留有一部分写登览、述友情的古体诗，这一部分诗才力更见雄大。《吟稿》中有一首登麦积山诗，长达六十四韵，写游山所见诸种物相，琳琅满目。由于篇制宏大，加强句段之间的流转贯连，便为诗人所注意。《游佛公峤，呈同游诸友》一诗，在这方面有其独胜之处。其奥秘乃在于将一些虚字运用到诗中、并注意词语之间的搭配。前者如"或寻"、"或倚"、"已觉"、"忽见"，后者如"蓦地"、"陡然"、"下临"、"仰面"、"转眼"、"掉头"等。这一些词语相互关连，诗行便如行云流水，任意舒卷，随物赋形，令人目不暇接。其寄好友许强华的二首诗，则更表现了一种在艺术上追求深细的倾向。《寄友诗三十韵》云："林际忽丹几树枫，白云出塞雁横空。穿扉远澄秋水碧，入户遥抹晚霞红。红叶妖艳白露初，苍烟空蒙翠雨余。新学商量鸡声远，旧句推敲月影虚。"这几句写景气象高展，造语新巧整饰，把律诗的技巧运用到古体之中。《别强华》一诗云："偶寻名山到麦积，峭壁幽壑森开张。奇峰突起插天外，琼花湿雨落山阳。四月仙风冷佛骨，六代寒云栖画廊。"造语亦空灵新巧。特别是此诗中"蜀山万点尖如削，只割愁肠不破颜"二句，化用杜甫诗"两行秦树直，万点蜀山尖"，而用以写离情，更是设喻新警。上述几首诗写于诗人二十多岁之际，在艺术上的造诣较前是大大加深了。

此外，我更喜爱的还是那些着想奇特的篇什，特别是《放翁生日被酒作》、《望剑阁七十二峰》、《游虎啸口同主佑》、《宝峰湖放歌》诸首。《放翁生日被酒作》作于抗战时期，借醉酒后的恍惚状态，抒发了收复失地，富民强国的理想。"飘然自轻举，乃与放翁接。……移步千万里，乾坤一茅宅。"于是看到了"豺虎噬黔黎"的惨象，从而求见"天帝"。"衔命赴疆场，万骑拥马鬣。先声夺胡虏，降幡一夜白。元恶磔诸市，从者还其役。铸甲作农器，百谷没牛脊"诸句，写得兴会淋漓，而"畜麟兽不狎，畜凤鸟不猗"的献策以及《文章篇》、《示子通》所传授的"诗诀",虽闻于"醉中","清醒"时岂不更有意义!《宝峰湖放歌》以"古往今来人人都说西湖好","湘西去杭更辽远,欲餐秀色叹无由"开头,采用欲扬先抑的手法,然后掉笔一转,由"历史已趋现代化","竟将西湖移向青山顶"上落想,从而使全诗有了一个很好的构思基点。《游虎啸口同主佑》笔力更是矫健,诗开头六句先从蜀道难娓娓写起,引出壮怀之抒:"寻常山水蚁蛭蹄涔耳,更欲东越大海西跨昆仑巅。安能局促守一廛!天公相慰意何厚,办此奇观付吾手。"这五句是一个重要的铺垫,平常的一次游玩因而有了不同寻常的意义,诗就此转入正面写景,仅只五句,结尾又抒愿曰:"堕涧奔流去不还,何当随汝出深山,涓滴岂是无情物,化作时雨洗尘寰。"就景写志,诗的境界为之升华。《望剑阁七十二峰》一首,更是绝去蹊径、独辟灵府:

　　昔曾刻舟求,今看倚天剑。大地为洪炉,寒暑经百炼。不作匣里吟,时飞空中电。岂为一人敌?欲报九州怨。峻嶒七二峰,奇正酣野战。鹰隼不敢窥,豺狼亦远窜。安得欧冶子,铸汝遍海甸?

从地名剑阁上生想,拟山峰为倚天之剑,通篇不作琐屑刻划,只是在兴象上著力,因此读来有奇情郁起之妙。

　　先生的古体诗风格是多样的:《石林行》的以对话展开多重想象,《采石太白楼诗词学会成立感赋》与《湖北安陆李白纪念馆落成》之铺陈史事,《穆济波教授嘱题〈海桑集〉》之跌宕感叹地叙述个人身世等,在艺术上都是各具特色的。无怪乎钱仲联先生叹其诗曰:"忧时感事,巨构长篇,层见迭出,含咀昌黎以入少陵,此其所以为豪杰之士也。"(《唐音阁吟稿·序》)是的,霍松林先生的诗愈是长篇,愈显其浑浩的才力,倘非着想超拔,学养丰厚,激情喷涌,而且胸有洪炉,万象都归熔铸,安能有此!

三

霍松林先生的古体以才气胜，纵横变化，波澜壮阔。他的律诗则凝重沉雄，意象超远。其绝句复空灵，清丽，深婉，雄肆，不主一格。

记得先生在谈治学心得和创作经验的文章中曾经说：他是先学古体，后学近体的。在善作古体的基础上作近体诗，就能运古入律，格调不俗，意境高远。读《唐音阁吟稿》，情况正是这样。20岁以前，他偶有五律，而七律则出现于20岁以后。不论五律或七律，都确有"运古入律"的特点。主要表现在：既格律精严，又腾挪跳掷，纵横变化，就像写古体那样自由驰骋，随意挥洒。且看他17岁时所写的《惊闻南京沦陷，日寇屠城》二首的第一首：

虎踞龙盘地，仓皇竟撤兵！元戎方媚敌，狂寇已屠城。血染长江赤，尸填南堞平。此仇如不报，公理更难明！

再看他24岁所写的《梦中得"已挟泰山超北海，还携明月跨南箕"之句，足成一律》：

梦魂扶我欲安之？地远情多不自知。已挟泰山超北海，还携明月跨南箕。此怀浩渺须谁尽，彼美娇娆倘可期。惆怅人天无觅处，却抛心力夜敲诗。

句法、章法、平仄、韵律，都无懈可击，却浑灏流转，生气远出。先生的律诗都以章法谨严，血脉贯通，通体完美见长。自古以来，尽管有些"有句无篇"的诗凭借其中的佳句得以流传，但就整篇而言，却不是艺术品。然而一首律诗只有八句，如果通篇无佳句，艺术上也就显得平庸了。《吟稿》中的律诗之所以通体完美，正在于既讲究章法，又注意炼字炼句炼意。首联往往破空而来，出人意表。如"此间不是蛟龙窟，何事忧烦日夜熏"（《渝州火》），

"井梧战风雨,天地入秋声"(《雨夜》),"蛟烂龙僵百怪颠,蓬莱浅尽见桑田"(《南泉书怀》),"豪气徒招十载囚,暮年着我最高楼"(《自蜗居搬入教授楼最高层》),"乌云拨尽起层楼,黄鹤归来赞不休"(《题重修黄鹤楼》),"远戍犹能立异功,天留荒野试英雄"(《林则徐二百周年诞辰,有感于戍新疆事》),"天围碧海海连山,万里长城第一关"(《山海关抒怀》)等等,都工于发端,引人入胜。中间两联,皆对仗工稳,或清丽,或雄奇,或壮阔,或典雅,或高华,往往比兴并用,情景交融,蕴含深广,余味无穷;而又前呼后应,抑扬顿挫,跳脱飞动。如"一心忘尔我,两地隔秦燕"(《月夜怀友》),"更无天在上,最怕路临歧"(《晨出阻雾》),"透松金破碎,入水玉团囵"(《望月抒怀》),"试灯花市人如海,敲韵高楼月满川"(《上元前二日青溪诗社雅集》),"怯剪残灯歌庾赋,惯来荒径验陶诗"(《无端》),"经霜始忆春晖暖,无路休言大地宽"(《腊八》),"桃李后时仍拼醉,江湖夜雨好谈诗"(《喜持生至》),"乾坤不负英雄手,群众能操造化权"(《南泉抒怀》),"欲令青霄翔白鸽,岂容碧海吼长鲸"《十四届国庆》),"雪中抖擞松含翠,狱底沉埋剑有光"(《劳改偶吟》),"已无枳棘栖鸾凤,尚有生灵餍虎罴"(《放逐偶吟》),"变穷苍狗浮云敛,散尽红霞落照圆"(《夜泛松花江》),"沁脾山色明如洗,泼眼波光翠欲流"(《武昌东湖即兴》),"帆扬江汉雄三镇,桥跨龟蛇通五洲"(《题重修黄鹤楼》),"立志仍须追稷契,传薪岂必效黄陈"(《谒杜公祠》),"江山壮丽供描绘,人物风流任品量"(《岳麓诗社雅集》),"波光溢岸河声壮,岚翠浮空岳势雄"(《黄河游览区抒怀》),"滋兰树蕙贪花好,点《易》笺《诗》爱晚晴"(《视力日增,喜赋》)等等,都善运单行之气驱遣骈俪之辞,沉挚中见灵动,凝重中显活泼,律诗对句中易犯的堆砌、呆滞、合掌的毛病,在这里是看不见的。

诗的结句,特别是律诗的结句,很难写好。而结句不佳,自然累及全篇。霍松林先生似乎特别注意这一点。这里不妨略举数例,看看他的律诗结句是怎样写的：《风起云涌，电闪雷鸣，而雨泽不至》一首以"风伯驱云阵，阴阴掩碧穹"发端，可谓警辣。中间的"电鞭抽百嶂，雷鼓震千峰"等对偶句，也很有气势。然而如果顺着这种思路结尾，那不过是写自然现象而已。诗人的高明之处在于他以"苍生待霖雨，天上斗群龙"作结，既与前六句一脉相承，又天人合写，正隅双关，使全篇的诗情诗意突然升华，展现出新的意味。其他如"怀人吊古瞻前路，海日初明远树边"（《关中》），"扬鞭欲去还须去，莫放离愁乱柳丝"（《送强华回沪》），"板荡乾坤当此日，却怜何地老麒麟"（《沪上谒墨巢翁》），"黎民愿作升平犬，敢望生儿似仲谋"（《庚寅六月三十日寅时得子》），"剩有孤灯须护惜，清光照夜盼鸡鸣"（《劳改偶吟》），"史无前例夸新创，忍对神州看暮鸦"（《"文革"书感》），"别后相思倘相访，夕阳明处是三秦"（《赠程莘农教授》），"重挽龙髯留后约，桥山回首柏森森"（《台湾作家王拓自美归国祭扫黄陵》）等等，或以景结情，含蓄蕴藉；或摇曳动荡，唱叹有情；或融化典故成语，熔抒情、写景、议论于一炉，耐人寻味，发人深省。

就我个人的喜好而言，在霍松林先生的律诗中，我最爱其《次韵奉酬匪石师见赠》二首其二，诗云：

天地悲歌里，光阴诗卷中。重开樽酒绿，又见醉颜红。吾道犹薪火，浮生亦驱蜑。绛帷还自下，秋树起西风。

全诗深沉浑厚，情意深长。开头二句尤佳，真可谓濡染大笔！次联承上而包孕感叹，三联述师生道业之相承和朋友之互助，末联更写出一脉苍凉的情韵。他的《寄山中故人》，则是一首极好的七律，造语奇横："路难何况出无车，且袖乾坤入敝庐。瓮牖当空吞日月，蜗涎着地篆虫鱼。"读着这种恢妙的诗句，是无法不令人拍案叫好的！

到了写"左倾煽毒雾，忧患迫中年"（《赴泰车中书感》五首其四）的时期，霍松林先生的律诗则记录了他坎坷的遭遇，抒发了一种异样沉痛悲愤的心情："横风吹雨打牛棚，黑地昏天岁几更。毒蝎螫人书屡废，贪狼呼类梦频惊"（《劳改偶吟》二首其一）。诗人时已49岁，在摧残文化的日子里，被迫于泾河之畔牧羊，这一段劳改生活达3年之久。"不信人妖竟颠倒，乾坤正气自堂堂。"（同上其二）诗人苦苦地盼望着。这些用正气、愤怒、企望凝成的诗篇，袒露了一个正直知识分子的心灵痛苦，其中又有着多少足供人们思索的东西，它的历史价值无疑是重要的。

"温汤一洗十年垢，新地新天赏嫩晴"（《滇游杂咏》十二首其一），这是霍松林先生1979年3月自陕飞滇到昆明参加古代文学理论研讨会时，得浴"天下第一汤"写下的诗句，其中有着多少欢悦！此次与会是"文化大革命"结束后霍松林先生首次出外参加学术活动，由此在他的人生中，划开了同"文化大革命"时期的坎坷形成鲜明对比的一个美好的晚晴时代。此后，他频繁地参加各种学术活动，足迹遍及全国以至东京、奈良、名古屋等地，先生诗兴又勃发了，写下了大量的诗篇，其中有不少奇想超拔的绝句。

《桃源亭纵目》第二首，以仙娥海浴写云海中黄山黛眉微露的美景，出想固在意表，属词又复清丽。乘车经过鸡公山时，诗人竟发问道："云中谁养大鸡公？""引吭高歌日渐红。"读来甚觉诗趣盎然。其《应明治大学客座教授之聘，自上海飞抵东京》一诗，在艺术上尤足称道：

徜徉天外览寰球，鲲化鹏抟汗漫游。眼底云涛方变灭，已随海客到瀛洲。

诗人点化《庄子·逍遥游》中鲲化鹏与《淮南子·道应训》中若士"与汗漫期于九垓之外"的典故，并活用李白"海客谈瀛洲，烟涛微茫信难求"（《梦游天姥吟留别》）的诗句，写乘飞机赴东京一事，可谓得夺胎换骨之妙。然而字句上的夺胎换骨还是缘于诗思的超拔脱俗。

其实，上述绝句中这种超拔的诗思，在他早年的《拟游仙诗十首》中就已表达得十分突出了。这一组诗写于1949年冬南林学院，我颇怀疑这是霍松林先生同夫人胡主佑先生恋爱的诗，意境十分空灵。其第一首云：

江上遥峰故故青，钱郎从此识湘灵。几生修到神仙福，一鼓云和仔细听。

这是化用钱起的《省试湘灵鼓瑟》诗，钱郎是自喻，而湘灵则是喻指生长于湘水之滨的胡主佑先生。这一组诗借用先生自己的话来说，真可谓"绮思丽藻入元虚"（《拟游仙诗十首》其十）了。

先生的绝句还有以意韵委婉隽永为特色者，如《牛塘桥杂诗》三首其三，诗云：

村儿叠鼓报新年，灯火疏疏出暮烟。可有闲人闲似我，桥头独立数归船！

时诗人除夕客居常州，孤寂凄凉，怀乡情切，但诗中并不直陈。首二句所写新年将至的叠鼓和暮烟中的疏疏灯火，乃"独立桥头"时的所见所闻，用以衬托出撩乱迷离的乡愁。末二句继续写所见，立足点仍是"桥头"，而所写者已不是一般的所见，而是由见到"数"（动词，计算数目）：一只船由远而近，穿过拱桥，"归"家去了；又一只船由远而近，穿过拱桥，"归"家去了；第三只，第四只，第五只……不断"数"下去。这也许是从午饭后就开始的，如今已"暮烟"中遥见"灯火"，船当然越来越少，但还是等，还在"数"。其念家之深，思归之切，已不难想见。而在字面上，却以两"闲"字活托出百无聊赖的心态。不错，时当除夕，出门人都忙着归家，家家都忙着办年，有谁像他那样清"闲"，"桥头独立数归船"呢？全诗真可谓微而婉，淡而远，甚有含蕴，耐人寻绎。比这首诗写作稍迟大约一年的《南泉杂诗》十四首中就多有此种特色的诗。其九云：

未肯常闲射雕手，不妨偶写换鹅经。悠悠此意何人会，入户遥山数点青。

其十三云：

香飘桂子我来思，照眼寒梅又几枝！除却闲游无一事，偶经川上立移时。

写壮志难酬，日月易逝的感慨十分委婉，也很深挚。

1982年春，霍松林先生主持首届全国唐诗讨论会，其后《当代诗词》编发了《唐诗讨论会吟咏专辑》。著名诗学家马茂元先生看到后写信给霍松林先生，信中说："这些诗篇的作者都是当今骚坛射雕手，各有极诣，自足千秋；但弟所击节叹赏者，则是尊作七绝中的第一、二、四、五、六五首。我以为这才是真诗。所谓真诗，指的是有真襟抱，真识力，真气内涵，精光外耀，掷地作金石声。如'论文今始窥三昧，管晏经纶稷契心'，'嬴政雄图并八荒，畏儒如虎亦屠王'，'当日才人临玉宇，不知功过怎评量'，没有真襟抱，真识力，能道出一字否？这样的诗，才是力透纸背，惊心动魄，一字千金。其感染读者，不在于韵调之美，色泽之华，而在于诗人身心独喻之微。故片言可以明百意，坐驰可以役万景。杜陵云：'或看翡翠兰苕上，未掣鲸鱼碧海中。'何谓'鲸鱼碧海'？过去只看到浩瀚波澜的长篇，如今始悟得真力弥满的短章，亦具此境界，征之于兄诗而益信。但是这样的短诗，即在名家集中，亦是不可多睹的。"细味《吟稿》的诗，便知马茂元先生的评论十分中肯，绝无溢美之词。

霍松林先生的律绝，既有真力弥满，光彩外耀的一面；也有笔力横绝，奇想超拔的一面；而意蕴深婉，神味渊永的篇章则尤耐咀嚼，不可轻易滑过。他在艺术上有着多方面的探求，他的艺术风格也是多样而丰富的。这一点在他的词中表现得更为突出。

四

霍松林先生的词有近于苏辛一路的。《八声甘州（记扬鞭并马上高台）》上片词意高举，《高阳台·东坡生日作》下片又确有坡仙风神，《青玉案·用贺梅子韵，时中原战火又起》歇拍所云："手分银汉，指麾云絮，飞送千峰雨"，则大有稼轩之豪情，他的《水调歌头·中秋偕友人泛北湖》，接近于张孝祥的《念奴娇·过洞庭》，虽感情色彩有所不同，但旷放的气象是一致的。

先生还有一路词，酷肖唐五代词，如《点绛唇》：

倦理瑶琴，桂花满地珠帘静。画栏闲凭，人在高寒境。回首前尘，衰柳迷香径。西风劲，断鸿凄哽，雪里千山影。

王季思先生评曰："意境浑成，尺幅有千里之势。"缪钺先生评曰："情味隽永，极耐寻绎。"二人都指出了此词含蕴的特点。他的《菩萨蛮》二首，写景明艳，情致芊绵，大得《花间》神韵。

不过，构成先生词的主体风格的，我以为还是那种传陈匪石法乳的沉郁顿挫之作。这一路词作写得很深沉，他将"骑驴蜀道，射虎中原"（《八声甘州》）的豪情，潜入词的血脉深处，出之以转折脱换之词，笔触凝重，情感的内涵十分深永。其忧时感事之作，同张炎的风格确有其相似之处。他的《高阳台》上篇云："宝殿灯昏，琼楼月冷，几番玉树歌残！无限愁思，夜阑又到吟边。而今只有秦淮碧，叹回波不驻流年。更何堪、征马长嘶，战鼓频传！"凄怆感慨，施蛰存先生以"沉郁"二字相评。《摸鱼儿·上巳访方湖师不值》一首，则在转折脱换中，见出遣词造句的深厚功力：

一番番李婚桃嫁，东风催换人世。踏青挑菜都孤负，谁识倦游滋味。春雨细，见说道、野花开遍溪头荠。年华似水，任夹岸垂杨，万丝风褭，惹怨入眉翠。　　流觞处，漫忆承平旧事。南朝风景如此！白云更比黄河近，帆影误人天际。无限意。待挐檝追陪，拚取无何醉。重门又闭。不见接䍦归，回鞭怅断，鸦背夕阳翳。

上片写春景，但以情顿挫之，使得烂漫春华，反衬出倦游心绪。下片意分三层：忧时、思乡、访师不值；一层层加浓着寥落之感。以"白云更比黄河近"表达难挹之归思，造语亦十分精警新颖。《满庭芳·友人斋读画听筝，时在常州牛塘桥》也是此种风格的词。"寒杵敲愁，冷波流梦，断萍犹是天涯"，这开头三句即见出造语工力，接着"素绢初展，人境有烟霞"二句，切住题目。"天外遥青数点，青山下，应是吾家。临场圃，朱门映柳，犹记话桑麻"，这几句大约是就图生发以写乡情，情景感很强。下片以顿折之笔写情，颇近《高阳台》（宝殿灯昏）的意韵。

精于造语，行文腾挪的特色，在《望海潮·惕轩嘱题藏山阁读书图》一首中表现得十分突出。词曰：

松涛排闼，烟岚浮槛，临风短袂微凉。肴核九经，笙簧百氏，弦歌日夜琅琅。幽境忍相忘！望美人不见，无限思量。梦里追寻，溯洄如在水中央。

今宵喜挹清光。便纵横万里，上下千霜。思绪纬天，词源泻海，尊前说尽兴亡。金兽篆余香。看画中月影，还照溪堂。出岫祥云，待作霖雨遍遐荒。

用"排闼"形容"松涛"，自然是从王安石《书湖阴先生壁二首》其一中"两山排闼送青来"脱化而出，而续之以"烟岚浮槛"一语，则进一步写活了物色。"肴核"二句简括有力。上片在刻画了读书之"幽境"后，忽转笔化用《诗经·蒹葭》篇，以一种迷离之笔写对理想的追求，读书图的境界便一下子升华了上去。过片由《蒹葭》篇的意境就"清光"二字生发，渗入历史兴亡之感。末四句一方面扣住画中景来点染溪堂，另一方面则又以祥云霖雨写济世之志。全词虚实相生，意境清脱，志向超迈，奇峰迭起。

这种超迈的志向，像在诗中一样，往往发为一种奇思伟想，从而形成一种以想象奇巧胜的词作，《病疟和匪石师立秋韵》即是一首代表作：

欹枕支颐，懵腾里，乾坤变色。舒巨翅，一飞千里，大风层积。上浴银河余咫尺，下窥尘海无痕迹。甚九天虎豹逼人来，难停息。　　天未补，怀奇石。地休缩，剩孤客。叹悠飔魂梦，梦回何夕？热泪堆盘烛尚赤，凉飙撼树月初黑。望药炉犹待拨残灰，胡床侧。

这首词就病中化鹏立想，陈匪石评曰："写病疟发烧而无一平笔，用意皆透过一层。"此词感人之处，不仅在于想象之奇伟，更在于渗透于其中的对世路艰难的那一脉苍凉的悲绪。在《满庭芳·织女》中，词人的奇想则发为缠绵的绮思。王季思评此词曰："借天孙泪雨，写人间幽恨，融合无痕。"这首词令我想起张炎的名篇《解连环·孤雁》来，一样的托物寄意、情怀低徊，藻采妙丽。由奇想归之于朴厚而见至性之真者，《玉烛新·梦归》一词，足以当之。此词上片写态逼肖，抒怀多端，活现出一派凄惶心绪。下片以更深雪厚、烛光如豆的环境，更衬出游子的孤寒。全词所写可谓力透纸背。苏仲翔评曰："至性深情，天真流露，遣词质朴，自运机杼，清折、幽咽，兼而有之。真写得出！"任何一个读了这首词的人，都会受到强烈的感染。端木蕻良曰："写梦归者可以停笔矣！"此岂虚语哉！

情真，应该说是霍松林先生词的根本特点。正是根源于此，他各种风格类型的词，才都给予读者以深刻的感染。

在生活的沃土上，茁生了昳丽多姿的艺术风华；秦吟吴歌，上承着大风泱泱的唐音。《唐音阁吟稿》以其出众的艺术成就，引人注目。集学者丰博学力和诗人灵性慧眼于一身的霍松林先生，在他美好的晚晴时代，无疑将创作出更多的好作品。唐音阁自辟户牖的吟唱必将更加洪亮，必将引起更大的反响。

(原载《当代诗词》总第十九期
一九九〇年六月花城出版社出版)

终南晴翠扑眉来

——评霍松林教授《唐音阁吟稿》

丁 芒

读完霍松林教授的《唐音阁吟稿》,一种浩瀚、沉厚、纯朴、凝重的综合感,如铁崖迎面,如苍溟侵眸,心被震撼而不能已者久之。我与松林仅有一面之缘,过去也只是零星拜读过他的一些诗作。这次系统研读,我对他的印象得到印证、坐实,更加丰满、清晰,也分外性格化、神韵化,分明有了体温与气息。松林生的浑厚、质朴,有如西北的山岩大地,我更体味到的是:"诗如其人"并非单指形似。

论年龄,松林只比我大四岁,论诗,他的功底、造诣,都比我高得多。掩卷思之,我析出四条:一曰夙慧,二曰基本功,三曰环境,四曰勤奋。松林十五六岁就能写出气势磅礴、文采斐然的古风来,不能不说是天分起了作用。不承认天生有贤愚,也不是唯物主义者。但我更想强调的是后面三种因素。据其后记中自我介绍,他父亲是个私塾先生,"认为小孩子记忆力强,应该多背诵些有用的书,念大狗跳小狗叫不合算"。松林就在家里读了好些年古书。我认为他父亲的见解是正确的,小时候读的书,一生受用,到老不忘,我自己有深切体会。私塾的教学法固有其缺点,然而充分利用小孩记忆力强的特点,删去旁枝末节,多读有用的书,这种指导思想是合乎科学的。我认为松林的诗词基本功底,甚至他一生做学问的功底,正是在这个阶段奠定的。后来他在天水读高中,在南京上中央大学，直到在重庆南林学院教书，都处在诗风很盛、名流济济的社会环境中，得到许多名师和诗界前辈，包括于右任、汪辟疆、胡小石、陈匪石、卢冀野诸先生的奖掖、指教，所处时代环境又是从抗日战争到全国解放的风起云涌、电击雷奔的十几年，又正是16岁至28岁生命力极度旺盛的青年时期，松林的诗能不磅礴乎中天、驰骋于万里吗？当然，勤奋也是其成功的要素，完全靠天分吃饭、靠环境促进，而自我驱策乏力，必然跬步而行，不能及远。"四美具"，霍松林乃成其为霍松林矣。

松林的诗，诗质深厚，诗意醇浓，诗情奔纵，诗风雄阔，固无法——举例论证，我只是从若干角度，举一反三，进行艺术上的探讨。这样既探索了艺术的精微，同时也加深了对松林诗的理解与欣赏。

先从"理与情"的角度来谈。

我一向认为诗是情的外化物，情是诗的灵魂。诗而无情，不知其可也。但有唯理而诗者，如哲理诗，又作何解？我认为：理者，情之极至，情之升华。哲理诗是从感情之中提纯而成。有如哀极而无泪，怨极而无言的高纯度，是以调动读者的感情经验。这是哲理诗之所以能感动读者的道理。所以，浅情、矫情、滥情之作，虽曰有情，倒不如理诗之隽永。当然，理如不是从亲身体验的感情中提炼，而是撷拾他人牙慧，甚至是一般习见的道理，这样的哲理诗就枯燥乏味，不复能动人了。松林这本诗集，可说都是情笔，却又多数以理胜，情与理几溶合为一体，不复能辨。例如他在"文化大革命"中写的《放逐偶吟》，都是悲愤之作，却又处处闪烁哲理的光芒："雪中抖擞松含翠，狱底沉埋剑有光"，"不战何能驱逆类，图存未肯树降旗"，都是至理，却又是至情之语，写诗能达到这样的地步，是不容易的。更难得的是：松林的某些诗句，乍看主要是写景；细细品味，则情思渊永，理趣盎然，而且现实性极强。例如粉碎"四人帮"之后不久所写的"围炉话尽苦寒夜，开户迎来初霁天"（《与恩培、尚如夜话》），"变穷苍狗浮云敛，散尽红霞落照圆"(《夜泛松花江》)等等,是景,是事,是情,是理,四者融合无间,所以十分耐读。

继谈"气与势"的问题。

松林的诗总体上表现的是"铁马秋风塞北"式的阳刚之美,他早年的大量歌行体诗作,如《卢沟桥战歌》、《八百壮士颂》等,给我感情的撼动最大最深。细思其原因,悟到一个气势的问题。气势,看去有点玄幻,其实真正存在于每一首诗作中。阳刚美是感情表达的美的类型,而气势则是感情在诗中的形态表现:气是情的浓度和力度的形态,势是情的流动的形态。神完则气足,情极则句遒,前者指浓度,后者指力度,气足则易出警句,情极则易出豪言。气的流动,为势,也就是在一首诗中,要充分表现气的发展,或要在发展中表现气。否则,神完气足地写了一两句后就戛然而止,就像顿兵于坚城之下,不能形成攻势,则士气很快就会泄光,道理是一样的。松林早年呼号抗日的诗歌之所以撼人至深,就在于一则是大气磅礴,二则是声势夺人,是气与势都达到一定高亢状态的艺术效果。这正是松林诗的艺术特色。

再谈"意与象"的问题。

松林的诗词为什么读后觉得富赡厚重,且有回味,不像当代有些诗作,像读政治论文,枯槁无味,主要由于他采用的是意象化手法。意包括诗人的感情以及抽象的立意——升华了的感情。象,包括诗直接描绘的外界的物象,以及包括抽象化了的某种思想感情。在我国古典诗歌中,一种故事、一种词语、一种象征形象,已经被普遍化、常识化了,也被运用习惯了,它就成了相对固定的形象语言。例如"斯世宁容嵇康懒,何人更许接舆狂",运用了两个人们熟知的典故,所以虽然并无形象,读去却似有嵇康、接舆的形象出现在眼前。"吟鞭欣指万花丛",现在诗人没有骑马的了,所以"吟鞭"是虚以设象,但因为用习惯了,读去还是很形象,也不致误解。另一种是有些用惯了的典型象征形象,如"剑"代表雄豪的气概或侠义之气,现在生活中很少有剑了,诗里却经常使用,松林的"狱底沉埋剑有光",只是一种象征形象,但仍能给人鲜明有力的意象效果。有些形象的象征性已经被历来诗家用成习惯,相对固定化了。例如菊花,因为被陶渊明作为隐逸清高的象征物,梅花被林和靖用暗香、疏影的名句加以象征化了,后人大多不出其窠臼,形成了惯性,稍欠创造性的人,且多以能重复其诗意、撷拾其诗句为荣,至今如是。松林"学古人不为古人所限",例如他诗中也不乏花草,但花草均被他赋以自己的意趣,或直接就是他诗意的象征:"微雨润花千树艳,轻风梳柳万丝柔","万柳连天碧,馀霞入水红","雪里寒梅几度红","天天溪畔桃,霭霭桃间雾。旧花随风落,新葩灿复吐。明月入溪中,反照溪前树。树边看花人,心随流水去"。或写壮怀,或抒远志,一草一木,均化入他意中诗中。松林主张形象思维,且因此"文化大革命"中大受其害。他的实践,就是他主张的最具说服力的论据。

关于"露与藏"的问题。

松林诗风昂扬豪壮、朴实刚健,如剑吐芒,如光照天,观其全集,很少有缠绵悱恻之情,隐晦曲折之笔,这当然与其性格作风有关,正如他夫子自道:"浮生无地息征棹,去来顺逆那可料?江湖风浪几时休,斫樯裂帆行直道。"诗言志,诗是感情的喷发,直抒胸臆最能传达真情。如果感情已经到达一定的强度,只要语言能够传达出来,就是好诗。所以写诗与其矫揉做作,或故意隐晦曲折,倒不如直抒胸臆,使感情能够畅达。但诗的艺术规律又要求含蓄,要耐人咀嚼,要回味无穷。前引松林诗:"明月入溪中,反照溪前树。树边看花人,心随流水去。"作者的情致就不像写其他诗作那样直露,而是隐藏一些,耐人寻味,因而产生另一种含蕴之审美感。这样的诗,他写得不多。现在新诗界有人主张把诗意隐藏得越深越好,结果走向极端,变成晦涩难懂,我认为这是对含蓄美的绝对化理解。露与藏所形成那种审美效应,可以并存,也是可以统一的。无论在一个诗人或一首诗作中,露与藏常常表现为相互的吸收和容纳,露中有藏,藏中有露。真正的好诗,往往兼藏露于一体,只是根据题材、立意、感情、手法之不同，有所侧重而已。很难绝对地说露与藏谁好谁不好，露既可说是优点，也可说是缺点，藏也是如此。要从每首诗的题材、立意种种角度来加以权衡。总之，灵活运用，存乎一心。强加划一，是非常可笑的行为。

再谈"文与质"的问题。

观松林的诗，总的印象是：词藻富赡，文采焕然，却又显得厚重朴素，天然无饰，词采之美与质朴之美非常调和地相溶于一体。他的《武昌东湖即兴》一诗就甚为典型："几年空说东湖好，今日扁舟得自由。仙侣已随黄鹤去，诗人肯为白云留？沁脾山色明如洗，泼眼波光翠欲流。楚国殊姿亦堪恋，不寻西子到杭州。"我认为诗是语言的艺术，毫无文采，也不能算作好诗。但我所谓的文采，是指从生活语言中提炼出来的、在表现上最为准确、最为生动、最富光彩的词句，而不是单纯的增添、堆砌、铺排、雕琢、形容、做作。从前有些文人喜欢逞能，爱在铺排上大做文章，看去灿烂辉煌，内容空洞却在所不计，这恰恰是反其道而行，为诗人所不取。我们历来提倡的是"清水出芙蓉，天然去雕饰"的质朴美。诗人要在强化诗质上下功夫，以不借助词藻的"铅华"而逞其天然丽质为最佳手段。美女不施粉黛也见其美，丑女浓妆艳抹，愈见其丑，是一样的道理。但美女在合适的时候略施脂粉，会益增妩媚，这也是合乎常理的。松林的诗好就好在文质两存、文质互补，这是一种很高的诗歌艺术造诣。

松林先生有诗才，但遭遇坎坷，全国解放后直到党的十一届三中全会以前的二十多年，成为他诗的空白段。而解放前所作大量诗词，又在"文化大革命"中罹劫，损失约二分之一。损失了大量时光，又损失了大量诗稿，真是双重的不幸。对这种痛苦，我尤有切肤的感受，因而与松林就有声气相应相求的情感。他所幸还能存留这些，所幸还有个好学生、好出版社在此诗歌贬值、纯文学贬值而出书又难于上青天之际，热心地将它出版了，我想这也足以慰其遗恨于万一了。

谨从玄武湖之滨的苦丁斋，聊寄江南一枝春，愿秦关花满，渭水长流，唐音阁新诗兼天而涌！

注释： "终南晴翠扑眉来"是程千帆《唐诗讨论会杂题》中句，会议期间程千帆曾为霍松林榜书"唐音阁"。

（原载《唐都学刊》一九九〇年三期，
《陕西诗词》一九九九年一期转载）

霍松林教授和他的《唐音阁吟稿》

王 澍

1947年重阳节，于右任先生曾邀南京、上海以及苏杭等地70余位知名诗人，雅集紫金山天文台，登高赋诗。就中最为年轻的一位，是尚在中央大学中文系学习的霍松林。为什么身居监察院长高位的于髯翁，偏要邀请这位青年学子呢？

原来这位青年不同凡响。他幼承家学，七岁念完四书，十二岁即已穷经，而在群经之中，尤其爱读《诗经》。同时熟读《唐诗三百首》、《白香词谱》以及杜甫的秦州诗，还曾浏览家藏的《全唐诗》和各种诗词选本，并且边学边写，打下了作诗填词的坚实基础；而在初、高中期间所为诗词已卓尔不群，极具功力，新近由陕西人民出版社出版的《唐音阁吟稿》诗部卷一和词部开头数首，都是这一时期的作品，足可证明；1945年，作者考入南京中央大学，就读中文系，在诗、词、曲方面进一步受到汪辟疆、胡小石、陈匪石、卢冀野诸名师的精心传授，同时参与青溪诗社的多次雅集，并在成惕轩主编的《今代诗坛》上发表诗词作品，诗名日著，经汪辟疆、卢冀野诸名师引介，得识于右任先生，遂有应召赴会的殊荣。就在这次诗会上，另一位东道主，身居铨叙部长高位的沁水贾景德，曾以所著《韬园诗钞》小楷手书石印线装本五册，亲笔题赠给这位诗坛后起之秀，并在日后郑重告以"一句融化数典"的作诗秘诀。青年诗人霍松林所写《丁亥九日于右任先生柬召登紫金山天文台，得六十韵》五古和翌年所写《戊子九日于右任先生柬召小仓山登高》七古，相继发表在《中央日报》副刊《泱泱》上，戛金戛玉，名噪一时。他在中央大学肄业期间，每于日夕趋谒于右任先生，如果座上没有别的客人，这两位忘年之交便论学谈艺，常至夜深。于先生曾告以"有志者应以造福人类为己任，诗文书法，皆馀事耳。然馀事亦须卓然自立，学古人而不为古人所限。"后学霍松林，果然不负厚望，卓然名家。正如海内外久负盛誉的著名教授、诗人钱仲联在为《唐音阁吟稿》写的序文中所说："松林之为人，能文、能书、能倚声、能研说部、能雕文心，而尤长于诗……于诗尤得精髓于汪方湖（辟疆），于词则传法乳于陈匪石。师弟镞砺，恬吟密咏，情深而文明，志和而音雅……"惟其音雅，所以程千帆教授送了他一个斋名叫做"唐音阁。"他在《唐音阁吟稿》后记末段对此作了解释："享有世界声誉的唐诗由于意境开阔，情韵悠扬而被称为'唐音'。我是研究唐诗的，自己也作诗，所以千帆先生送我个'唐音阁'的斋名。然而我国古代的诗论家就说过：'情发于声，声成文谓之音'。而'情'与'音'都是随着时代的变化而变化的。既吸收唐诗的音乐美，又唱出时代的最强音，这是应该追求的理想境界。虽不能至，心向往之。"后两句是谦词。实际上，霍松林教授秉承于右任先生关于"学古人而不为古人所限"的教言，他的吟稿，既吸取了唐音的音乐美，又唱出了时代的强音，已经达到了理想境界。

  远在解放以前，陈匪石先生在《题松林仁弟花溪吟稿》的七绝中写道："天水儒家承世业，方湖诗教有传人。为云我竟逢东野，寂寞溪头点勘春。"前两句指出他这位高弟的家学渊源和薪传所自，后两句是以"吾愿身为云"的韩愈自比，而以"东野变为龙"期许霍生，他们师弟在花溪之滨教书，切磋琢磨，相得益彰。陈迩冬先生和苏渊雷教授分别在《唐音阁吟稿》的题诗中，称他"盟会执牛耳，群贤仰马头"，"诗骚千载后，吾子启新风"。前者是就他在学术和诗词界的声望而说的，后者是就他在诗风上的开拓创新而说的。至于填词方面，1949年秋陈匪石先生在《满庭芳·怀霍松林羊城》一词中曾有"琴趣无弦有会，新声播，山晚青留"的比喻，原注说："君曾手录拙稿，所造亦日进千里，故以山村、蜕岩为比"。山村是宋末词人仇远的雅号，著有《金渊集》六卷、《无弦琴谱》二卷，其门人张翥字仲举，学者称蜕岩先生，著有《蜕岩集》五卷，《蜕岩词》二卷，其著名词篇《多丽》以"晚山青"开头。陈匪石先生词句的意思是说，仇远的琴趣虽然无弦，却有会心人张翥在，山色已晚，青翠仍留，也就是薪尽火传的意思，换句话说，陈匪石先生的词学，已由传人霍松林继承下来了。唐圭璋教授在《唐音阁吟稿》词部所附集评中证明："松林同志为吾乡前辈词家陈匪石先生高弟，渊源有自，功力弥深。所作气象开阔，丰神俊朗，语挚情深，至足感人。"缪钺教授称赞："松林词清疏岩逸，才情并茂。"钱仲联教授称赞他的词"眹丽多姿，一如其诗之卓绝"。施蛰存教授许其"神情俊爽"。苏仲翔教授谓其"取境甚高，吐词独隽……骨格坚苍，风华朴茂……"其余万云骏、金启华、吴调公、王季思、吴丈蜀等名家都有精当而公允的类似评语，就不一一缕述了。

我是在大半路上出家的业余诗词爱好者，本不足以言诗词，更不足以评诗词，尤其不足以评霍教授的诗词。只是因为在中华诗词学会成立期间看到了他的二十四韵五古贺诗，幸得私淑。《唐音阁吟稿》出版后，又蒙分赠一册，拜读之余，才勉力写了一首七律回报：

陇鹤排云上碧霄，鸣声嘹亮动人豪。
攘夷旧作成诗史，爱国新吟续楚骚。
青女见欺松益茂，红兵任劫稿犹饶。
与公一事差堪拟，学圃髫年技未抛。

古人说："诵其诗，读其书，而不知其人，可乎？"我是诵了霍教授的诗,读了他的书,才进一步知道他的为人的。我认为《唐音阁吟稿》是霍教授在新中国成立前后唱出的心声,既是一部诗史,又是一部诗传。何以见得呢?

《吟稿》诗部卷一所收《卢沟桥战歌》、《哀平津,哭佟赵二将军》、《闻平型关大捷,喜赋》、《八百壮士颂》、《惊闻南京陷落,日寇屠城》、《喜闻台儿庄大捷》、《惊闻花园口决堤》、《哀溺民》、《洛阳、长沙先后陷落,感赋》、《欣闻日寇投降》诸什,先从题目就可看出这是诗人喜怒哀乐和国运民生息息相关的悲壮史诗。即使在《浴佛前一日偕强华、宝琴……登麦积山……》六十四韵纪游诗中也吐露出"……举目观斯世,三岛纵长鲸,毒舌卷钜野,妖氛动昆仑。拳岑涂血肉,勺水潜悲辛"的一腔悲愤;在《放翁生日被酒作》这首类似游仙诗中,又感叹"……竭来扶桑侧,妖氛撼危堞。豺虎噬黔黎,积尸抵天阙"之余,想象出"帝曰咨尔游,忠愤塞肝膈。御侮致升平,尔其秉节钺。游再拜曰俞,兹惟臣是责。衔命趋疆场,万骑拥马鬣。先声夺强虏,降幡一夜白。元恶磔诸市,从者还其役"的情节,使陆游请缨得路,御侮功成,实现了生前未遂的遗愿,借以抒发作者本人抗日救国的壮怀,思想性和艺术性达到了高度的统一。他在《游佛公峤,呈同游诸友》的古风中,慨叹"神州自有佳山水,多少高人老鱼樵。只今猿鹤落浩劫,水涯山陬森兵刀。匡庐面目昨已非,西子颜色今更凋"。于是直截了当地提出了"剩水残山总伤神,便当弯弓射天骄!莫负男儿好身手,收复大任在吾曹"的任务。另一方面,抗战胜利后,他初到南京,看到的都是"劫收忙大吏,供给苦遗黎"的局面。1949 年他随于右任先生自沪飞穗在机中作的一首七律中,唱出了"有限乾坤仍逐鹿,无边烽火正燃萁!凌霄欲洒银河水,洗遍疮痍待曙曦"的心声,诗人迫切急待解放的端倪已露。后来,于右任先生被迫去了台湾,恰好陈匪石先生在重庆主持南林学院,便邀他去讲《历代诗选》和其他课程,他在《次韵奉酬匪石师见赠》二首五律之一中写道:"有意随夫子,麻鞋万里来。已知新弈局,休问旧楼台……"从而消解了陈匪石先生《重晤霍松林》原唱中所谓"远梦啼难唤，层阴郁不开"的怀旧情绪和迷惘心结。接着他在《解放次日自南温泉至重庆市》中，不禁纵情歌唱："休向胡僧问劫灰，江山再造我重来。一轮旭日烧空赤，万里沉阴彻地开。腰鼓声声催腊尽，秧歌队队报春回。磋砣忍负莳花手，艳李秾桃着意栽"。诗人在欢欣鼓舞之馀，已经准备为中国的教育事业尽心尽力了。类似言志诗句，如在《南泉书怀示主佑》（五首）中说："辟地开天宁袖手，试濡血汗谱铙歌"，在《读主佑〈慰母篇〉》中说："神州今解放，万事开新端。所学如可用，跃马竞扬鞭"，铙歌是军乐，诗人要濡染血汗谱写军乐，要与爱人竞相跃马扬鞭，看来已经不甘限于教书了。当他离渝将赴皋兰时在《济波先生以诗饯行，次韵酬谢》这首七律中，高唱"横磨大剑驱狂虏，力罄长鲸染战衫。好建殊勋光日月，肯将奇质混尘凡？"显然诗人要为解放大西北而请缨赴敌了。从 1951 年夏至 1965 年夏所写诗篇虽为数不多，但也每将解放前后进行对比，尽情讴歌新中国的建设成就，《过张茅》如此，《自上海回西安车中作》也是如此。而次韵新疆生产建设兵团左齐政委《读胜利七场生产捷报》七律，则把"十万旌旗出玉关，乾坤再造气无前。金牛铁马惊荒野，麦海棉山庆有年。绿树成阴扶巨厦，请渠作纲溉良田"的建设成就，与南泥湾精神联系起来，于是在结句中赞叹地说："南泥传统花争发，胜利赢来岂偶然？"

可是正当他为新中国大唱赞歌的时候，却因曾经发表过论形象思维的文章，而于 1966 年 5 月被揪出来批判，他在解放前所作诗词的完整稿本连同万卷藏书及《三袁年谱》等手稿一起被抄，以致后来虽经多方搜辑，迄今收入《唐音阁吟稿》中的解放前作品，也仅为原有的二分之一；而自 1969 年冬天至 1970 年夏天又被放逐到永寿上营，带着妻子住在寒窑，过着"休恨无门可罗雀，也知有釜亦生鱼"，"顽蝇尽日纷成阵，鼯鼠深宵屡合围"的艰危生活；1970 年又自上营转至泾阳，劳改达三年之久。多亏这位多才多艺的饱学善吟的书生,幼年时代种过菜,放过羊,有些劳动经验,还能对付度日,可是,又因病羊为野狼咬伤而罢去"羊倌"之职,"毒蝎螫人书屡废,贪狼呼类梦频惊",闹得日夜都心惊肉跳,不得安宁。这些描写,也许纯系实录,并无寓意,然而,经历过浩劫的读者,或者也能从顽蝇、鮚鼠、毒蝎、野狼的嘴脸中看出那些"唯我独革"者纠缠、围攻、打击、迫害正直知识分子的影子。在这种逆境中,霍教授屈服了吗?没有。他大声疾呼地写道:"不战何能驱逆类,图存未肯树降旗","雪中抖擞松含翠,狱底沉埋剑有光。不信人妖竟颠倒,乾坤正气自堂堂"。他在《悼周恩来总理》的两首五律中叹息:"竟毁擎天柱,谁挥返日戈?"同时也预见到"大海销冰窟,高山化雪堆。阳和回禹甸,会见百花开"的光明前景。1977年,已故毛泽东主席给陈毅同志谈诗的一封信发表后,他在《元旦试笔》中兴奋地写道:"形象思维终解放,吟鞭欣指万花丛。"又在《春节回天水,与恩培、尚如夜话,兼怀无息、无逸兰州》中写道:"未有微功伤往日,犹存壮志写新篇。"前一句是谦词,实际上,解放以后,霍教授已经为新中国着意栽培了无数株鲜桃艳李,其功不小;后句则表现了一个爱国诗人"亦余心之所善兮,虽九死其犹未悔"的执著精神。拨乱反正以后,霍教授又迎来了在学术和艺术上的春天。他身兼陕西师范大学文学研究所所长、中文系名誉主任、教授、博士研究生导师、国务院学位委员会评审委员、中国唐代文学学会副会长兼秘书长、中华诗词学会副会长、日本明治大学客座教授等职务,近更被评为全国教育系统劳动模范。每年外出开会、讲学,或他乡遇旧,或广结新知,或旧地重游,或寻幽览胜,兴会所至,发为吟咏、长篇短制,交错纷呈,《唐音阁吟稿》诗部卷四、五、六及词部最后十首,都作于这一时期,其中名篇隽句,举不胜举。这里只想谈谈他应日本明治大学客座教授之聘在友好活动中表现出的爱国主义:他在《参观静嘉堂文库》二首之一中写道:"珍藏一夜付东流,太息江南皕宋楼。库主连声夸'国宝',几番回首望神州。"原来日本静嘉堂文库所藏宋元珍本、被库主口口声声称为日本"国宝"的，都是清末四大藏书家之一陆心源"皕宋楼"的旧物。后来被他儿子陆树藩以十万金出卖给日本静嘉堂文库了。无怪乎诗人要为之太息，要"几番回首望神州"了。他在《赠岩崎富久男教授》四首之一中写道："精研华夏救亡歌，每过皇宫议论多。肯把裕仁呼战犯，从知正义满山河"。这是对岩崎富久男教授的嘉许，因为这位日本朋友能对日本军国主义者发动的侵华战争持正义观点。他还在《离日飞沪，恰遇重阳，机中口占一绝》中写道："瀛洲争赏菊花黄，把酒持螯忆故乡。归路登高万余米，闲看云海过重阳"。前两句具有瀛洲信美，而非吾士含义，因此他把酒持螯就想到了故乡。后两句可谓妙手天成，因为在重阳节坐飞机归国，无须徒步攀登，就高达一万余米，而机内无风，不怕吹帽，无形中使落帽龙山旧典失去了用场，从而免致宋人刘克庄所谓"常恨世人新意少，爱说南朝狂客。把旧帽年年拈出"的讥诮。

最后应当指出：霍教授在《吟稿》后记中曾说："苏渊雷先生评拙词，认为'解放后诸阕视前此各首稍逊'。诗，大概也可作如此观。"对此我有不同看法。关于词，苏先生也说：解放后所作《念奴娇·游赤壁次东坡韵》一阕，"堪称压卷"。至于诗，我觉得1979年4月所写《石林行》长歌，就颇有创新和开拓，他首先叙述游石林的缘起，其次描写石林的千姿百态，这与通常的记游诗尚无区别，但是陡然提问："人间安得此奇境？"接以同游诗翁实际上是作者自出心裁的各种想象：或云"李白斗酒难浇块垒平，一吐变作千奇峰"，或云"范宽胸中多丘壑，挥毫落纸忽然飞向南陬养潜龙"。辩者曰："李、范之前久已有石林，此说虽美吾不从。想是当年鲧治水，鸠集天下石族来堵壅。壅川之祸有似防民口，羽山一殛化黄熊。大禹聪明知水性，疏江导河弭巨洪。此辈流散徒作梗，挥鞭驱赶聚滇中。不见石林深处犹有石监狱，狱中永囚石族之元凶？"辩口未合遭反问："大禹岂有此神通？颂扬周孔且获罪，况乃禹是一条虫！我闻两亿八千万年以前海水涌，海底凸起露龙宫,瑶阙玉殿遽崩坼,琼花琪树失葱茏。有生之物亦化石,遂留石林万顷青蒙蒙。"这场前此罕见的辩驳,就此结束,于是:"同游闻此俱解颐,东指西点认遗踪:孰为云师孰风伯;孰为雷公孰雨工;鬼母兴妖献狐媚,夜叉丑态难形容;一峰之顶如花萎,应是当年御苑之芙蓉;彩凤高翔忽堕地,虽展双翅难腾空;长剑插天或断折,虾兵蟹将怎称雄?曼衍鱼龙演百戏,涛喧浪吼何汹汹!海桑巨变谁能料,人间正道愁天公。"真不愧为形象思维论者的杰作。最后结此:"回想往日关牛棚,钳舌垂首腰似弓;岂意终能笑开口,八方冠盖此相逢。揽胜小试谈天技,论文初奏雕龙功。莫叹明朝便分手,前程万里朝阳红。"请看,这样独具一格的精美诗篇,未必就比解放前所作同类作品有所逊色吧?!

(原载《河洛诗词》一九九一年第一期)

一个学者型诗人成功的逻辑之链
——评霍松林先生《唐音阁吟稿》

王钟陵

中华民族文化瑰宝之一的传统诗词确已失去了往日的雄风,唐诗、宋词早已成为一个虽然五彩光耀却愈益远逝的昔日的梦。时代的转移正在无情地冲淡、洗刷着一切旧时的荣光,它要求人们去创造新的荣光。异样沉恋于传统诗词的我,于是常常不免发出寂寥的慨叹:难道传统诗词真的没有生命力了?然而在这连新诗集的出版都很困难的时候,中华诗词学会副会长霍松林先生的《唐音阁吟稿》出版了,诗人用自己丰博的才力为传统诗词的生命力作了明证,我于是感到了一种快意和振奋!当我翻开书细细吟读这些诗行和词片时,一个学者型诗人成功的逻辑之链便在我面前渐次地展开了……

一

霍先生是我国著名的文艺理论家和古典文学研究专家,已出版《文艺学概论》、《诗的形象及其他》、《文艺散论》、《西厢述评》、《白居易诗译析》、《唐宋诗文鉴赏举隅》等专著十余部,发表学术论文百余篇。他又十分致力于诗词的写作,他的一生十分有机地将诗与学统一了起来。在他的研究与写作中,诗与学乃相得益彰:学受于诗,则灵性慧眼,会心者深;诗受于学,则根底深厚,有汪洋涵汇之丰姿。

就学受于诗而言,且不说他的其他专著和论文,即以五十年代中期出版的《文艺学概论》为例，此书至今还受到文艺界的高度评价和热情赞扬（参看1989年《文学评论》第5期第13页）。其重要原因之一，就在于作者邃于诗学，有丰富的创作经验，因而能够体察文艺的内部规律。当这本书于1982年修订，改名《文艺学简论》出版时，中国社会科学出版社编辑部在《内容提要》中特意指出："本书从文学艺术的特殊规律入手，系统地论述了文艺的性质，文学作品的构成，文艺的种类和文艺创作方法等文艺的基本问题。作者注意结合丰富的中外文学现象和实例来阐述自己的理论见解，深入浅出，娓娓而谈。……"而同一出版社1985年出版的《新时期文学六年》中，更着重指出这本《文艺学简论》"论证扎实，例证丰富，对文艺内在规律的探讨颇见功力，也十分引人注目"。试想，在教条主义流行之时出版的文艺理论著作至今还受到重视，还能修订再版，还被认为"阐发了文艺的内在规律"，有"自己的理论见解"，如果不是学受于诗，能取得这样的成绩吗？

霍松林先生精于鉴赏，写作了大量关于诗词散文的鉴赏文章，从《诗经》到清文，不仅涉及面十分广阔，而且所写文章质量均很高。霍松林先生总是在详细占有材料的基础上，以其诗心契入所评论的作家作品之中，从而不仅对于古代作家及其作品分析十分细致深入，而且他自己的行文又复十分清丽，更为可贵的是，在分析中他还往往从艺术哲学的高度发一光束，使读者从对具体作品的欣赏一下子上升到对一种形而上的感悟。因而，霍松林先生的分析文章已经是一种再创造，是他因藉于古代作家们的作品对于自己诗心文思的一种展示。一个自己不会写作诗词的人对于古典诗词的分析，难免隔靴搔痒，难以像霍松林先生契入得那么深，那么准，更不可能在构思、行文、遣词诸方面融入自己的体验，从而完成一种视界的融合，正是这种视界融合方才构造出一片丰融的艺术美空间。这是他的学受于诗的又一方面。

由于博览群书，特别是对古代作品进行了长期的揣摩和研习，霍松林先生的诗词承受了很深的学养和滋润，这又是他的诗之受于学的方面。中国诗歌源远流长，涵汇了尽可能多的种种艺术风格和方法，沉潜于这样的一个丰博深厚传统中，对于诗人打开艺术眼界，无疑具有巨大的裨益。当然，好诗往往出在民间，纯乎天籁的诗自有其深切感人之处，但没有深厚的学养则不足以出大诗人。人，本是文化的积累物。发抒情性的要求，本身就是一种文化化了的表现。诗作为抒情性的一种结晶，从本质上说即要求着文化的滋育。缺少文化滋育的诗，不可能达到博大精深的境界。霍松林先生在对中国古代文化的长期沉潜和精深研究的过程中，他所受到的挚乳是整体性的。关心国事，蒿目时艰，既抗争于外敌的侵略，又痛恨于内部的腐恶，这明显是沿承了以屈原、杜甫为代表的优秀文化传统。他不管境遇如何坎坷都没有消损心中对于未来的一轮太阳，坚信"攀藤直到无人处，一抹烟林好画图"（《南泉杂诗》十四首其十二），这又是源自于《周易》"天行健，君子以自强不息"的精神。至于在具体的艺术手法，路径上对于古典诗歌的继承比之于上述方面，还是属于次要的方面了。建国以后，创作界也曾一再提倡过对于民族传统的继承，但由于一种纯文学的狭隘眼光，更由于对古代文化的价值及其生命力的低估，所谓继承不过仅指文学的形式、技巧的某些方面而已。这样的一种继承，自然是无法得到真传的。这就犹如从彩剪花之绝少生韵一样，至多也只能达到瓶花一枝的地步。即使仅就艺术的范围来说，古代诗歌的形式、技巧、路径，是从其审美心理上生长起来的，对此种审美心理没有从体会到吸收的涵泳功夫，又如何能在形式技巧上得其真传呢？

霍松林先生正是在整体性地沉酣于古代文化而甚有得于民族审美心理的基础上，来继承古典诗歌的写作路径的。比如《游佛公峤，呈同游诸友》一诗，这是一首山水诗，甚具歌行意韵，全诗行文流转而句连，但如果仅仅只是得于此，也还只是得了古典诗歌的貌。此诗得古典诗歌之神处，乃在开头和结尾部分所述的对于社会人生的关注以及一种对于萧散意趣的喜好。诗发端即曰："夙已爱山水，今尤厌尘嚣。春色万里来陇上，山花映水泛雪涛。胡为逐名利，奔走入市朝？"爱山水，厌尘嚣，是最初由建安七子之一的刘桢在《杂诗》中首次加以表达，在东晋显著滋生起来，而后即一直弥漫于中国古典诗歌中的一种审美意趣。中国山水诗的刻画技巧，正是基源于这种审美心理之上的。又比如他的《寒夜怀人》诗，写见月忆人，这在中国诗歌中也有着久远的传统。然而，论者们很少认识到这一写作路径，乃是萌生在喜爱清趣这一审美心理上的。早在西晋，陆机的诗就曾在写见月怀思中，十分明显地表现出一种对于清趣的喜好。其名诗《赴洛道中作二首》其二最后四句云："清露坠素辉，明月一何朗！抚枕不能寐，振衣独长想。"士衡在《拟明月何皎皎诗》中对此更有精彩的表现："安寝北堂上，明月入我牖。照之有余辉，揽之不盈手。"唐代诗人们沿承着这一审美心理和写作路数，创作了很多佳作。李白的《静夜思》、杜甫的《月夜》，早已是脍炙人口的名诗了。郎士元的《醉二十八秀才见寄》一诗不大为人们所注意，其实也是一首好诗："昨夜山月好，故人果相思。清光到枕上，裊裊凉风时。永意能在我，惜无携手期。"此诗明确地把明月与怀人连结在一起，写得那样的明净、隽永、清纯。霍松林先生这首《寒夜怀人》，正是融会了唐诗精品中的多种艺术营养，"共引月为朋"句，不用说是来自李白的《月下独酌》四首其一中的"举杯邀明月"句。而"一样团圞月，应照双影同"二句，则是化用了杜甫《月夜》："今夜鄜州月，闺中只独看"，"何时倚虚幌，双照泪痕干"的诗意。而发端二句，"皓皓天上月，皎皎意中人"则又同于郎士元的诗，一开头就将月与朋友明确地联系在一起。如果对于古典诗歌艺术营养的汲取仅止于写作路径和诗意的化用，则所达到的层次还不是很深的，霍松林先生此诗得古代精品之神者，乃在于诗中明确表达了对于"银光漾四野"之清趣的爱好（在《南泉杂诗》中对于清趣的表现也很突出，如"清辉有意私吾辈，夜半云开月满林"，"图画天然那可题，清光写影入花溪"），以及用这种清趣相一致的全诗在艺术表现上的明净。

不把握到审美心理的层次上，我们对于霍松林先生作为学者型诗人在艺术涵汇百家的功力之认识，就没有达到应有的深度。以此，霍松林先生的诗词方才有着鲜明的民族特色和民族气派。

建国以来，创作界一直号召要继承民族传统，写出有民族特色的作品，正是在这方面，霍松林先生的诗词，可以给我们以重要的启示。

二

在一个新的时代，对于传统的继承和民族审美心理的涵汇，必然会表现为一种新的建构。一方面对于由古代作品所表现的民族审美心理的诸因素的吸收，必然有一种基源于新时代的选择。这种选择，包括拒斥、强调、淡化、改造等诸种形式。另一方面新的时代亦会萌生一些新的审美心理。这样两个方面，又是错综交织着的，也就是说新的审美心理往往正是在对传统审美心理诸因素的拒斥、强调、淡化、改造中萌生、成长的。这是一个你中有我、复又我中有你的过程。

综观霍松林先生的诗词，从卷首到卷尾，诗人对于国事的关心一直十分执著。虽然在这种关心中，有着传统儒家文化入世精神的因素，但也有着新的时代的投影。近代文明在中国大陆上兴起以后，摧毁了封闭的农村田园经济，所以自辛亥革命特别是五四以来，人从宗族、家族中解放了出来，直接以国民的身份将自己同国家联系了起来。在整个社会组织上，已经没有了家族和宗族这样的一个中间层次。对于个人来说，不仅作为高层次的自我实现的需要，甚至连作为低层次的安全与温饱的需要，也都与世道之治乱紧紧相关着，于是个人的遭遇同国家的命运就以一种更为直接的方式密切地纽结了起来，从而使得诗人们对于个人身世的歌咏中更多了一种社会历史的内容，史诗的色彩大为加强了。

全部《唐音阁吟稿》向我们所展示的，正是一个与祖国人民共命运的诗人对国家和自我身世的歌吟：从少年时代对于"一举歼敌清亚东"（《哀平津，哭佟赵二将军》）的呼唤，建国之初对于"艳李秾桃着意栽"(《解放次日自南温泉至重庆市》)的向往,三年困难时期对于"声声跃进火烧油"(《回乡偶书》三首其一)的讥嘲,"文化大革命"期间对于"著书壮岁谗犹烈,学圃髦年技未荒"(《放逐偶吟》四首其四)的慨叹,一直到"文化大革命"结束后,在频繁地参加各种学术活动中写下的大量的赠答诗,无一不脉动着一个民族在曲折中前进的心声。《唐音阁吟稿》阔大的历史容量,正是在于对这种心声的真切而广泛的传达中取得的。

　　由于这种将国事和个人身世结合在一起的歌吟,《唐音阁吟稿》表现了两个突出的特点:一是情真,二是格高。无论是慨国事,述壮怀,诉乡情,霍松林先生的每一行诗词流露的都是真情。他的《玉烛新·梦归》词以其对于至性深情的入骨抒写,引致了评论家们的众多赞词。并且在这种真情之抒中,又融铸了深厚的历史内容,因而《唐音阁吟稿》乃具有一种崇高而深沉的格调。霍松林先生诗词的这两个特点,从对古代诗人的继承上说,确又是对于杜甫、元结、李绅、白居易等唐代诗人现实主义精神的一种发皇。《唐音阁吟稿》的"唐音"二字从这一意义上说,正是点醒了这本诗集的特色。

　　由这种执著的现实主义精神出发,霍松林先生的诗词表现了对于传统审美心理的新的建构。比如上举《游佛公峤,呈同游诸友》诗中"厌尘嚣"、"爱山水"的意趣,并不导向于古代诗人所写的投簪之念,而是引出了"尽辟荆榛"、"广织锦绣"的为国为民的意向,并由此而表示了对于伯夷之歌采薇的拒斥。又如《宝峰湖放歌》在对湖光山色作过刻画后曰:"况闻不独自然风光甲天下,更泻万丈飞瀑发电利遐陬。无烟有烟皆工厂,欲探宝者请向此间求。"儒家信条是言义不言利,封建文人则又讲究脱俗清高,但是一个新时代的知识分子关心国事民生,只要利在民,又何不可言呢?霍松林先生的山水游览诗洗净了旧文人真心的或矫装的隐逸之气,焕发出一种新时代的光彩。仅从这一个侧面,我们便可以看出这本《唐音阁吟稿》有着如吴调公先生所说,将"时代精神与古典格律蔚然融汇"的可贵特色。

三

无论是民族气派，还是时代精神，都要通过诗人艺术个性的规范和熔铸，才能凝定成某种风格。也就是说，审美心理除了具有继承性、时代性外，还有个体性。审美心理的承续及其在新时代中的变动，虽具有普遍性，但其具体的建构则还是通过个体心灵而实现的。个体的气质及心灵的宽广度，无疑地成为选择作用所赖以进行的基础。正是在这个基础上，生成着属于诗人个人的感受方式和意象群，亦即是在生成着属于诗人个人的艺术世界。当然不可忽视的是，诗人的心灵状态亦非恒定而不变动的。

霍松林先生是天水人，但又曾就读于南京中央大学，从汪辟疆、陈匪石先生学习诗词，并在常州生活过一段时间，因此他兼得南北二方的熏育。记得鲁迅曾说过，南人而有北人之相，或北人而有南人之相，方可成大业。用《唐音阁吟稿》来印证鲁迅先生的这句话，倒是一个很好的例子。北土厚重，北士豪宕，有承于此，霍松林先生擅长于五古、七古，所作波澜壮阔，流转浑浩。南土秀丽，南士清俊，有承于此，霍松林先生的诗，特别是他的词，又复多有细腻、含蕴、婉丽、幽咽的笔触。建国前诸作多写于江南，故感时之中复饶乡思。感时和乡思的交织，豪宕与清俊的相兼，这便是青年霍松林的心理状况和气质状况。建国以后，乡思的因素消退了，而情怀之感荡仍然多端，南北之兼得亦复如斯，而"文章合为时而著，歌诗合为事而作"（白居易《与元九书》）的倾向，则更为加强。

由于霍松林先生有着兼具南北的气质，所以他对于民族审美心理的涵汇，对于古典诗歌艺术路径的汲取是相当多方面的。又由于时代和个人经历的种种因素，在上述涵汇和汲取中，他强化了现实主义精神的这一脉传统，成为他心灵之光折射到社会和自然物象上的主要窗口。他的诗词中的意象群正是主要依靠于上述窗口，而加以集聚和融铸的。

他的诗，钱仲联先生评为"雄伟壮阔，自辟户牖"，因为"终南、太华之气"之流泻；而他的词"一扫犷悍之习"又是因其"久习吴风"（《唐音阁吟稿·序》）之所致。程千帆先生读《唐音阁吟稿》称其"除五七言近体外"、"五七言古诗为数既夥，且风格雄浑、古朴、沉咽兼而有之，咀嚼玩味，流韵不穷"。这里所指的，正是其兼擅古、近体，复又风格多样的特点。我读《唐音阁吟稿》，感受十分深刻之处，即是其风格的丰富性。仅以词而言，或"出入清真、白石间"，或"典雅秾丽，从梦窗出"，或"嗣响玉田"，或"神似苏、辛"，或"合温、韦为一手"，或"宛然秦少游声口"……钱仲联先生"昳丽多姿"一语，可谓确评！由此可见，霍松林先生所拥有的艺术世界是相当宽广的。借用他自己的话来说，正是因为他有着"咀核九经，笙簧百氏"的学力，他在诗词写作上方才能达到"思绪纬天，词源泻海"（《望海潮·惕轩嘱题藏山阁读书图》）的地步。这正是一个学者型诗人的高境！

从学与诗的相辅相成出发，霍松林先生沉入了民族审美传统的深处，甚有得于古典精品之神；复又在新的时代和个人经历的作用下，对古典传统作出一种选择性的建构，从而使时代精神与古典格律蔚然融汇；由此种选择性的建构出发，南北兼得心灵容量乃产生了古近体兼擅、诗词具美、风格昳丽多姿的《唐音阁吟稿》，这就是作为学者型诗人的霍松林先生成功的逻辑之链。

我以为，在这一导致成功的逻辑之链中，正是蕴含着如何成为一个才力雄大并具有鲜明的民族气派的诗人之奥秘。而这正是《唐音阁吟稿》所给予我们的重要启示。这一启示不禁使我产生了如下的遐想：如果有更多的人能写出像《唐音阁吟稿》这样高质量的诗词，那么传统诗词的雄风很可能以新的风貌重返于神州大地。因为时代要求人们创造新的荣光。

我缓缓地合上了书，封面上一株枝干遒劲的松树映入了我的眼帘，也映入了我的心田。于是，我的心田里晃漾起了一片绿色，这绿色旋又化为了一阵阵久久回响的松涛，轰鸣在胸中，复又飞向那白云星光的灿烂远方。

（原载《天津师专学报》一九九一年四期）

学古善化 启来轸以新途
——读霍松林先生《唐音阁吟稿》

侯孝琼

霍松林先生《唐音阁吟稿》共收诗六卷，词一卷。其中诗约五百三十篇，五、七古，五、七律、绝，短制长篇，无不赅备；词四十四首，双调、四迭，舒促张弛，各得其宜。

各体诗中，五、七古近百篇，占五分之一。最长的一首七古《题张謇〈送王生新令毕业归天水〉诗卷》，六百二十字；最长的一首五古《浴佛前一日游麦积山》，六百四十字，其篇幅可知已远远超过五分之一的比例。在多攻近体、古体几无人问津的当代诗坛，这个比例无疑是非常突出的。

尤其引人注目的是，诗稿以七古开篇，以七古终卷，歌哭唱叹，始终与时代紧密相连。颂淞沪八百壮士："堂堂壮士，壮士堂堂。四夷望汝正冠裳，中华赖汝扬国光。士气为之振，民气为之张。"哭平津佟、赵将军："滚滚贼头落如驶，纷纷贼众来不止。孤军力尽可奈何？白虹贯日将军死！将军战死举国哭，平津沦陷何时复？玉池金水污虾腥，琼殿瑶宫变贼窟……呜呼！安得军民四亿尽学将军勇，一举歼敌清亚东！"以散行骈，灏气流转。读其歌，如见一摩云拿日之血性少年以金鼓催阵，令人热血腾涌。

胡震亨说："歌行大小短长，错综阖辟，素无定体，故极能发人才思。"又说："非博大雄深，横逸浩瀚之才，鲜克办此。"纵观霍先生《吟稿》，其少年成名之作，非七古如《小仓山登高》，即五古如《紫金山天文台》，实非偶然。

自1957年夏至1978年，其间五、七古辍吟22年。三中全会后，或以时事感兴，或为山水触情，题赠应酬，时复发一长吟。如卷末《长安诗词学会放歌》"群贤结社古长安，放眼神州气豪迈。改革热浪已奔腾，四化宏图正描绘。诗境浩茫纳五洲，诗情溁溁容九派。时代风云越汉唐，应有鸿篇凌百代。"足见此老胸中，豪气未除，才情亦未减当年。

《唐音阁吟稿》中，五律五十多首，七律一百一十多首。比较而言，似先攻五律而后习七律。其早期五律写于十六七岁，即已语工律细，又于严格的韵律羁束中自由驰骋，腾涌着时代的激情，如《惊闻花园口决堤》、《偕同学跑警报》诸篇。诗人审美注视的焦点，是社会动荡的生活而不是大自然，他诗心的跃动始终和时代的脉搏息息相关。

从形式上看，五十来首五律首联对起的，几乎占了一半。唐初五律，"多于首二句言景对起，止结二句言情"（胡震亨《诗薮·内编》卷四）。而霍先生五律，多于首句对起叙事。如《惊闻南京沦陷，日寇屠城》："嘉定三回戮，扬州十日屠。"用对举的形式，铺叙清军南下时的两次大屠杀，通过类比，把南京大屠杀纳入历史的坐标。又如《次韵奉酬匪石师见赠》二首之二的开头："天地悲歌里，光阴诗卷中。"本自陈与义的名联"客子光阴诗卷里，杏花消息雨声中"，但这里以时间、空间对举，形象地概括了当时的社会氛围和个人的生活态度，而"悲歌"、"诗卷"的主语都是诗人，"悲歌"和"诗卷"间又有着模糊的因果关系。浓缩、凝练而关系松散的语言，大大地加强了语言的弹性。这些一气三联对仗的律句，常常能造成一种条梳缕析、娓娓叙事的气氛，为第四联的抒情作充分的铺垫。如《月夜怀友》一首："优游越万里，吟啸逾三年。孰谓人分散，不同月共圆？一心忘尔我，两地隔秦燕。访戴无舟楫，悠悠望渭川。"

首联从无尽的时、空中，截出万里、三年的一段与友人共同游学的生活。颔联用"孰谓"、"不同"一气串写,似对而非对,变凝重而为流动。三联反用王勃"海内存知己,天涯若比邻"诗意,虽知己一心而忘尔我,其奈两地相隔秦、燕何?末联用《世说新语》王子猷访戴事,抒发自己月夜怀友,急于一晤之情,用典而不觉其为典。

霍先生是很长于用典的。他的许多律诗几乎是无一字无来处,多从唐诗,尤其是李白、杜甫诗中来。如《次韵奉酬匪石师见赠》二首之一:"有意随夫子,麻鞋万里来。已知新弈局,休问旧楼台。孤抱向谁尽?蓬门为我开。灯前听夜雨,一笑散千哀。"第一联来自杜诗《述怀》"麻鞋见天子,衣袖露两肘",令人联想到乱离人的狼狈处境。第二联来自杜诗《秋兴》"闻道长安似弈棋,百年世事不胜悲。王侯第宅皆新主,文武衣冠异昔时",从中可窥见在新旧交替的社会变化中诗人的困惑。第三联来自杜甫《客至》"花径不曾缘客扫,蓬门今始为君开"。但杜甫上下句只说得一个迎宾的热诚,而这里的"孤抱"对"蓬门",一言情,一言事,变前联"已知"、"休问"之时,空递进流动而为非同类项的对峙、并列,其间的非关联跨度,必须由读者参与创造,思而得之:"抱"虽曰"孤",非无人可尽,故麻鞋万里,来归夫子;夫子"花径",久不缘客而扫,今日我至,始洒扫开门,供我一敞胸怀。师弟宾主间的欢笑逢迎,畅叙契阔,仅以十字说尽。尾联本自杜甫《醉时歌》"灯前细雨檐花落",青灯夜雨,本凄愁之境,但"夫子"细语,浸润我之"孤抱",终于豁然有悟。此"一笑",是苏轼《二虫》"江边一笑无人识"的彻悟之笑。全诗句句有典,但是切其真情实境,故丝毫不觉其堆砌。

据《吟稿》所辑录,第一首七律是 1945 年所作的《过留坝》,比五律晚 8 年。方东树曾说,各体诗中,以七律最难,"束于八句之中,以短篇而须具纵横奇恣、开阖阴阳之势,而又必起结转折、章法规矩井然,所以为难"(《昭昧詹言》)。霍先生是深谙此中三昧的,所以,在第二首七律《梦中得"已挟泰山超北海,还携明月跨南箕"之句，足成一律》中，即有"惆怅人天无觅处，却抛心力夜敲诗"之慨。

《吟稿》中百余首七律，多写于解放以后。1966年至1970年，诸体俱废，只留下11首七律。其《劳改吟二首)》之二："泾河曲似九回肠，河畔伶俜牧羝羊。戴帽难禁风雨恶，挥鞭敢斗虎狼狂？雪中抖擞松含翠，狱底沉埋剑有光。不信人妖竟颠倒，乾坤正气自堂堂！"这首诗就很有些元好问"丧乱诗"那忧愤激楚的风格。不同的是在艰危的逆境中，诗人穷且益坚，对未来始终没有丧失信心，因此，激楚中又流转着慷慨之气。诗人还在谨严的格律之中，有意拗一字，诸如"不信人妖竟颠倒"、"休恨无门可罗雀"（《放逐偶吟》四首之（一）等，造成一种挺劲峭拔的力量。

霍先生晚年七律多酬赠之作，工切典赡，时有新意。

《吟稿》各体诗中，以七绝为最多，共260多首；五绝最少，不足20首。七绝多写景、题赠等即兴之作，其中，如1984年所作的《题黄河诗词》"嵩岳参天翠霭浮，八方文物萃中州。新诗一卷闲披览，浩荡黄河掌上流。"二十八字，高则参天，广则八极，于极高广中，徐徐着一"闲"字，又于"闲"字后，引出浩荡黄河，更出人意外地将"浩荡黄河"轻轻收于"一掌"之中，诗境之阔狭顿挫，尽如人意。李白《赐裴十四》"黄河落天走东海，万里写入胸怀间"；陆游《过灵石三峰》"拔地青苍五千仞，劳渠蟠屈小诗中"；都是以大入小的范例。而此诗，不仅置大于小，豪气逼人，且非常切题。手披"黄河"，则诗词中之山水情境、八方文物岂不均托于一掌？

"唐诗尤辉煌，宋词亦卓越"。霍先生诗爱唐音，词尊宋调，守律极严且又多彩多姿：其俊逸豪爽处，神似苏、辛；浑成、宛丽处，出入周、秦。如《玉烛新·梦归》一首上阙："抠衣欲进，怕老母、怜儿消瘦。拈破帽，轻扑征尘，翻惊了荒村狗。"纯用白描，写天伦至性，感人肺腑。又《点绛唇》："倦理瑶琴，桂花满地珠帘静。画栏闲凭，人在高寒境。　　回首前尘，衰柳迷香径。

西风劲,断鸿凄哽,雪里千山影。"这里,桂花、衰柳、西风、雪,未必是眼前实境。作者只是择取一组意象群,用来表现一种孤寂、惆怅而又朦胧、灵动的精神境界。只能意会,未可用指涉性语言来阐释。"遇之匪深,即之愈稀",司空图用来描写"冲淡"的这八个字,用在这里倒挺合适。

《吟稿》之词品,各大家多有定评,这里不赘述。

"欲将风雅继三唐","吟稿"以"唐音阁"命名,正见霍先生学习古代优秀文化遗产的积极态度。他的五、七律,特别是五律具有杜诗的沉郁、老苍;五、七古,特别是七古,具有李白的淋漓酣畅。霍先生尤其倾心于老杜,"诗圣尊少陵,窃比稷与契"(《贺中华诗词学会成立》)。"'至日常为客,穷愁泥杀人'。今朝吟此语,老杜是前身。"(《至日》)《吟稿》中不仅常用杜甫诗语,而且还直接表示对杜甫诗风的景慕和追随的热诚。但是霍先生学古而不泥古,在《端砚》中,说:"书画宁泥古?诗文待创新。精研忘岁月,落笔自超群。"在《友人嘱题〈狱中诗草〉》中,又说:"诗以写情境,未可拘一格,雕琢失天真,效颦失本色。"

"前贤兼旧制,历代各清规",有唐一代诗人也正是学古而不泥古,因此出现了唐诗的高度繁荣,形成了卓立千古的"唐音"。霍先生亦学古善化,一如他在《后记》中所强调的:今天的传统诗既要吸收唐诗的情、韵,又要随时代的变化而变化,唱出时代的最强音。霍先生用自己杰出的诗词创作,实现了这个理想境界,为后学者开辟了传统诗词传承的广阔的途程!

(原载《湖南诗词》一九九〇年第三期)

"时代风云越汉唐 应有鸿篇凌百代"
——评霍松林先生《唐音阁诗词集》

许志刚

"唐音阁"为霍松林先生书斋名，系程千帆先生所赠。霍先生研究唐诗，自己也作诗。已出版诗词集《唐音阁吟稿》（陕西人民出版社1989年出版），增补后，出台湾版《唐音阁诗词集》。《诗词集》出版于1991年，共收作者50余年间创作的诗词600余首。

霍先生的诗一向受到人们的激赏。唐诗专家马茂元教授评其诗云："我以为这才是真诗。所谓真诗，指的是有真襟抱，真识力，真气内涵，精光外耀，掷地作金石声。"王达津教授赠诗云："文章每发凌云气，定是江山入画图。"唐圭璋教授评其词曰："所作气象开阔，丰神俊朗，语挚情真，至足感人。"钱仲联教授曰："松林为词，出入清真、白石间，昳丽多姿，一扫犷悍之习，一如其诗之卓绝。"足见霍松林先生的艺术造诣，已为文坛所公认。

读《唐音阁诗词集》全卷，足以感人至深，引起共鸣处很多，但是，贯穿其诗词之间，回肠荡气，夺人心魄的，乃是他50年信守不移、老而弥坚的诗魂。"满腔愤世忧民意"（《星期日陪于右任先生园中消暑，同国璘》），"都将爱国忧民心，化作匡时淑世稿"（《岳麓诗社讨论中华诗歌继承发展问题，因献长歌》），是其诗魂的直白；"立志仍须追稷契，传薪岂必效黄陈"（《谒杜公祠书感次苏渊雷韵》），"许身稷契忧黎庶，追踪管晏清海疆"（《湖北安陆李白纪念馆落成》），是其诗魂见贤思齐的表述。

可贵的诗魂植根于优秀的文化传统和良好的教育。他幼年学诗，即以杜甫为宗，入门严正。杜诗不仅给人以作诗之法，更示人以少陵诗魂。杜甫"窃比稷与契"、"穷年忧黎元，叹息肠内热"的诗魂贯穿于杜诗全卷。正如宋黄彻《䂬溪诗话》所说：杜甫"仁心广大，真得孟子之所存矣"，是"宁苦身以利人"，"饥寒而悯人饥寒者也"。霍先生推尊唐诗，推尊杜甫，他的动人诗句"巨钟重铸振唐音"（《同主佑游嵩山少林寺》），"斯文重振迈前修，哲士宁忘黎庶忧？"（《门人邓小军、尚永亮、程瑞钊俱获博士学位，设宴谢师，口占四句以赠》）从中我们不难发现，其诗魂如何继承前修的遗绪，而又站在时代基点上。

霍先生的充满奇情壮彩的诗篇，发自他的耿耿丹心和刚正人格。1941年秋，这个热血青年曾至兰州，欲投笔抗日。尽管这个愿望未实现，但他的满腔赤诚却不能不表现出来。《诗词集》开卷便是一组有关抗日战争的诗篇。这些诗，或痛切憯怛，以寄愤懑；或痛快淋漓，扬眉吐气。诗人之心与国民之心同热、同悲。《哀平津，哭佟赵二将军》、《惊闻南京沦陷，日寇屠城》等诗，悲壮、愤怒之情不能自已。前诗写二十九军副军长佟麟阁和师长赵登禹率部同日寇顽强作战的情景："失桥夺桥战正酣"，"疲兵再战勇绝伦，十荡十决挥白刃"。将士们誓死保卫国土的民族气节跃然纸上；而蒋介石所采取的不抵抗政策及其恶果，则令人切齿："撤军军令重如山。妄说和平未绝望，欲将仁义化凶顽。"特别是这种倒行逆施发生于日寇猖獗之时，致使大片国土沦丧，致使佟、赵二将军的抗敌战斗孤立无援。"孤军力尽可奈何，白虹贯日将军死"，表现出诗人对敌人、对置将士于死地者的强烈愤慨。后一首诗则对日寇占领南京，疯狂屠城，"血染长江赤，尸填南埭平"的罪行进行了揭露，表现出"此仇如不报，公理更难明"的同仇敌忾之情。

另一些诗，如《卢沟桥战歌》、《闻平型关大捷，喜赋》、《八百壮士颂》、《喜闻台儿庄大捷》，则写得激昂雄壮，"白日巷战短兵接，黑夜奇袭捣贼穴。"把粮将尽、弹将绝，却又屡仆屡起的顽强意志和奋不顾身的精神,突现得十分鲜明。"直冲弹雨摧枪林","挥刀横扫犬羊群","竟使强虏心胆裂,一夕丢尽大和魂",这些诗篇所塑造的将士的整体形象、一些诗句所表现的英勇果敢精神,都具有感人至深的艺术效果。读这些作品,不难感受到少年诗人蒸腾的意气、赤诚的襟怀和不满足于笔墨诛讨敌寇的强烈冲动。"男儿尚勇毅","虎跃决世网,龙骧观宇宙"(《春末咏怀》),这些内心直白时的主体精神,在歌咏抗日战争诗篇中,已同爱国将士的杀敌报国精神融汇在一起。

这些诗篇多采用五古、七古的形式,这固然与诗人先学五古、七古,后学五七言律绝有关,而更主要的,这些题材以及与之伴生而充溢于诗人心中的豪情、肝胆,更适于用古体形式淋漓尽致地宣泄于世人前。随着感情的起伏和内容的变化,诗句的长短、节奏的迟速亦各有别。尤具特色的是,在《闻平型关大捷,喜赋》中,运用了两个长句:"虏骑所至烧杀奸淫抢掠何疯狂","地无南北人无老幼奋起杀敌还我好河山。"前句写敌寇惨无人道的罪行,紧张、痛恨之情如一笔写出;后句写平型关重创日寇,大长中华民族志气,全民之心,作者之心,受到极大鼓舞,以长句写出,有酣畅淋漓、一气呵成之势。

诗人的报国之心,对国家、民族命运的关切和对敌人的愤慨,在直接歌咏抗日战争题材的诗篇中表现得极为充分,在其他题材的歌咏中,也时时得到表现。在《游佛公峤,呈同游诸友》中,诗人与二三好友春游,见佛公峤的山光水色,而念及神州的佳山秀水,念及神州的浩劫,匡庐、西子湖的厄运,使他心中的收复之志脱口而出:"剩水残山总伤神,何当弯弓射天骄!莫负男儿好身手,收复大任在吾曹。"祖国命运深铭于心,故能从寻常事物中萌生如此强烈的感受。在《放翁生日被酒作》一诗中,作者之心与八百年前爱国诗人陆游之心息息相通。陆游生活于金人占领大片国土,广大爱国志士徒有爱国之心,无从报效的时代,他昼思夜想、梦魂萦绕的都是失地的收复和国家的统一。陆游的诗情也强烈地激荡在霍先生的心中。他欲投笔抗日之志、他对国土沦丧的关切，都在纪念陆游生日酒醉后汇为创作冲动。在幻境中，他飘然轻举，竟同陆游相遇，受其接待。诗中的人与事是虚幻的，问题却是现实的："竭来扶桑侧，妖氛撼危堞。豺虎噬黔黎，积尸抵天阙。"在幻境中，八百年前想要"直斩单于衅宝刀"的诗人，真的成了骁将。他"衔命赴疆场，万骑拥马鬣。先声夺胡虏，降幡一夜白。"久蕴的诗情通过特殊的诗境与意象得到了充分的表现。

杜甫"仁心广大"、"悯人饥寒"的精神也是构成霍先生诗魂的基因。人民的疾苦，时时震撼着诗人的心灵，促使他发出强烈的不平之感。在《惊闻花园口决堤》、《哀溺民》等诗中，对陷于水深火热中的人民表现出深切的同情，对国民党政府不积极抗日，却妄图以洪水阻止日军的荒唐之举提出了批评。在自陕赴郑州之时，车慢遇雨、旅客食住维艰，有如乱离之难民，诗人吟成两首古风，抒发了"于此见飘零，忧心惄如捣"的感情。这虽是偶发的事件，却表现出他对人民的一向的关心。在《接家书，敬和原韵》四首七绝中，他对"几处流民呵冻声"深感痛心，他要像前贤那样设广厦千万间，长裘万余里，大庇天下寒士，他要以传统文化陶冶、治理人民（"广厦长裘儿有愿，本仁陈义治人情"）。由于对人民寄予深切的关心，他也写出在大跃进时人民生活所受到的破坏。"鸟道也须车子化，窗框门板一时休"，描写了疯狂造车浪潮的恶果；"刀勺锅铲都熔铸，敞开肚子上食堂"，讽刺了大炼钢铁的虚假冒进和所谓的人民公社"一大二公"的优越性。清醒地看到这些问题的荒谬，并在诗篇中加以描写，这在那个狂热的时代，在许多人因言获罪的形势下，是十分难能可贵的。诗人能够做到这一点，既取决于他的实事求是精神，更可以看出他对中国文学的优秀传统的继承与发扬。文学的使命意识熔铸成新时代的诗魂，因而能有感人至深的诗篇。

中国文学历来不乏应酬之作。这些作品往往表现了狭小圈子内的特定感受。时过境迁之后，这些在狭小圈子之外原本就缺乏共鸣的作品，便理所当然地被时间淘汰了；文学史上有些即事抒怀之作，也因缺乏应有的内蕴，较难得以流传。《唐音阁诗词集》则不然。尤其近年诸作，或登高览胜，或凭吊古今，或应邀酬简，或友朋唱和，能有所为而为，驰想遐方，寄托幽深。诗人参观延安革命纪念馆，见战马遗体，深有所动，"皮毛宁异众？肝胆不寻常。"赞扬此马刚毅英武，驰驱百战，献身革命。诗中的马已不是纯然客观的马，而是经过主体精神贯注，不仅是有血有肉，而且有超凡脱俗的肝胆之马。这个意象给人们所提供的审美内蕴，已完全不是展览馆陈设的马所能有。霍先生曾撰文论形象思维，"文化大革命"初起，便因此而被批判、抄家、放逐、劳改，吟诗只打腹稿，大多散佚，只存全篇数首，以记一时之事，一时之感。尽管如此，我们仍不难看出他的坚贞不二的诗魂。"已无枳棘栖鸾凤，尚有生灵厌虎罴"，"顽蝇尽日纷成阵，黠鼠深宵屡合围"（《放逐偶咏》），"毒蝎螫人书屡废，贪狼呼类梦频惊"（《劳改偶书》），这些诗句所展现岂止是对苍蝇、黠鼠作恶的客观描写？诗人身之所历、目之所见的大环境，"文化大革命"对广大知识分子所构成的整体情势，已被浓缩于这数句当中。而另一方面，"雪中抖擞松含翠，狱底沉埋剑有光。不信人妖竟颠倒，乾坤正气自堂堂"（《劳改偶咏》），则更表现出对前途光明的坚信和对磊落人格的恪守。

其他如"嬴政雄图并八荒，畏儒如虎亦孱王"（《唐诗讨论会杂咏》），"乾坤整顿终生志，日月光辉百战心"（《题汤阴岳飞纪念馆》），在思古之幽情中，或寓现实的感慨，或寄耿耿之丹心，都使吊古咏史之作中的古人古事活动起来，不是对往古的复述，而是实现其贯穿古今的精神，赋予它以鲜明的现实感。作者是诗魂贯注于古人古事中，并借往古以震动读者的心灵。在朋友、师弟唱和或献诗题咏间，他善于利用这些偶然性的题目，将久蓄的夙愿和郁结的块垒展现出来。在岳麓诗社讨论中华诗歌的继承与发展问题时，他献长歌一首，历陈古代优秀诗人的杰出成就和中国文学的可贵传统，然后写道："都将爱国忧民心，化作匡时淑世稿"，"论诗岂下前贤拜?宜有新诗胜古人"。这匡时淑世既是前代精神,也是当代志向,以及作者对当今诗坛的殷切期望。那胜于古人的,不徒在韵律辞藻之美,更在于内蕴的精湛,在于精神对素材贯注的整一与深刻。在赠给门生邓小军等人的诗中,他写道:"斯文重振迈前修,哲士宁忘黎庶忧",这似乎可以视为他对自己诗魂的最好概括。

(原载《社会科学辑刊》一九九三年四期)

唐音阁歌行"大气"探源

王亚平

胡应麟《诗薮》云："李杜之才，不尽于古诗而尽于歌行。"研读霍松林先生《唐音阁吟稿》，似亦应作如是观。

《吟稿》收诗530首。其中七言歌行达30余首，且多为鸿篇巨制。《吟稿》以《卢沟桥战歌》开篇，以《题江海沧法门寺印谱》终卷，歌行地位显赫，隐然有深意在焉。现试分论之。

一

今人多以"大气"论唐音阁诗[①]，固为敏锐之观察，然于唐音阁诗"大气"之审美特质及其文化底蕴，则似皆语焉不详。

最能展示唐音阁"大气"者，实为唐音阁歌行。《诗薮》云："古诗窘于格调，近体束于声律，惟歌行大小短长，错综阖辟，素无定体，故极能发人才思。"以之移评唐音阁歌行，若合符契。

霍老曾于《吟稿》后记中以1949年为界，将其诗作分为前后两期。概而言之，其前期歌行以才气胜，其后期歌行以才学胜。

前期歌行最杰特者为抗战歌行五首。1937年秋，抗日军兴，地无分南北，人无分老幼，尽皆卷入抗日怒潮。少年霍老目光如炬，密切关注事态发展，并以其诗笔，对当时之重大战事予以实录。兹举数例：

寸步不让寸土争，直冲弹雨摧枪林。……挥刀横扫犬羊群，左砍右杀血染襟。以一当十十当百,有我无敌志凌云。……竟使强虏心胆裂,一夕丢尽大和魂。

——《卢沟桥战歌》

平型关上军号响,健儿突起搏魑魅。……人仰车翻敌阵乱,我军乃作白刃战。追奔逐北若迅风,刀起刀落如闪电。

——《闻平型关大捷,喜赋》

守庄将士目炯炯,满腔热血怒潮涌。再接再厉胆更豪,屡仆屡起气愈勇,白日巷战短兵接,黑夜奇袭捣贼穴。粮将尽兮弹将绝,伤亡过半不退却。

——《喜闻台儿庄大捷》

存与亡,在神州大地碰撞;血与火,在诗人笔底翻腾。民族之正气,赖诗行得以伸张;烈士之雄风,因诗行再现辉煌。"真气内涵,精光外耀,掷地作金石声。[2]"而这一切,竟然出自一位16岁少年之手!少年霍老之才气,真令人叹为观止!

霍老前期歌行尚有10余首,或纪游,或抒怀,或寄友,亦皆情文并茂,笔健而思深。若综而观之,则无论写景或抒情,霍老笔下皆时时萦绕着中国知识分子忧时感事之历史情结。如《游佛公峤,呈同游诸友》,开篇极写佛公峤山水之秀丽,继而笔锋一转,抒发对国家命运之关怀:"只今猿鹤落浩劫,水涯山陬森兵刀。匡庐面目昨已非,西子颜色今更凋。剩水残山总伤神,何当弯弓射天骄!莫负男儿好身手,收复大任在吾曹。"又如《穆济波教授嘱题〈海桑集〉》,开篇极写穆教授失偶丧子之悲,篇终则由穆教授抚孤而引发深沉之感叹:"奈何世人不解此,骨肉之间森刀兵。杀劫相寻无穷已,干戈直欲尽生灵。安得穆翁千万亿,宏开四海为家庭。男女长幼皆相爱,天伦之乐乐无伦。"再如《游虎啸口同主佑》,开篇极写虎啸口之飞瀑惊湍,动人心魄,而结尾则由涧水之奔流而生发出人生之宏远志向:"堕涧奔流去不还,何当随汝出深山。涓滴岂是无情物,化作时雨洗尘寰。"以情思而论,《游佛公峤》近少陵,《题海桑集》近香山，而《游虎啸口》所表现之对人世人生之终极关怀，其博大与深厚之哲理意蕴，则绝非少陵香山所可牢笼。

华夏美学以儒学为其底蕴。孟子云："充实之谓美，充实而有光辉之谓大③。"霍老歌行之大气，正是传统儒学精神在20世纪之自然延续。李泽厚云："总之，文艺讲究的阳刚之气，经常与这种气势、骨力相关，即它主要不在于外在面貌，而在所蕴含的内在的巨大生命——道德的潜能、气势。……它是在任何形态或形象中的凝聚了的主体道德——生命力量，这种力量经常通过高度概括化了的节奏、韵律等感性语言而呈现④。"霍老前期歌行正是以其"高度概括化了的节奏、韵律"，呈现出其人格之力量，人生之领悟，以及对国家民族"虽九死其犹未悔"之深情，从而获得"真体内充，大用外腓⑤"之审美特质与当代品格。

1957年而后，霍老20余年无歌行之作。其中原委，自不必细述。1979年4月2日，霍老草得《石林行》，自此一发而不可收，至1988年止，共得歌行11首。

《石林行》小序云："篇中问答辩难之辞，皆出想象，非纪实也。"综观《石林行》，忽太白诗，忽范宽画，或鲧禹治水之雄，或深谷高陵之变，雷公鬼母，鸾凤鱼龙，实实虚虚，纷至沓来，令人目不暇接。在赞叹诗家想象力丰富之际，亦不由人不钦佩霍老胸中之学识，笔底之波澜。

后期歌行尤其引人注目者为论诗四首，计次为：《岳麓诗社讨论中华诗歌继承发展问题因献长歌》、《采石太白楼诗词学会成立感赋》、《湖北安陆李白纪念馆落成》、《长安诗词学会成立放歌》。霍老驾驭鸿篇，得心应手，或论诗史，或谈诗艺，经史子集，信手拈来，北风南骚，炉锤共锻，展示出通古今而观之之宏伟气度。《沧浪诗话》云："夫诗有别材，非关书也；诗有别趣，非关理也。然非多读书，多穷理，则不能极其至⑥。"霍老后期歌行，正乃读书穷理而极其至者。此"极至"即"大气"。与前期大气之豪情激荡、浩气纵横有别，后期大气则表现为眼界之阔大，胸襟之博大。

羊春秋教授《读松林词书感》云："已惊腕底波澜阔，更喜胸中岩壑幽。"若以之移评霍老歌行，似更显贴切。霍老歌行前期见才气，后期见才学，然"内充实而外辉光"此一华夏美学之底色，却始终极其鲜明而浓烈。

二

歌行滥觞于汉魏，大盛于四唐，增华于两宋，复兴于明清之交。考其盛衰之本，莫不关乎时事。孟启论杜甫云："杜逢禄山之难，流离陇蜀，毕陈于诗，推见至隐，殆无遗事，故当时号为诗史[7]。"刘克庄论陆游云："剑南集可称诗史[8]。"赵翼论吴梅村云："梅村身阅鼎革，所题咏多有关时事之大者"，故"梅村亦可称诗史矣[9]"。

如前所述，霍老歌行初发于抗日战争，再绽于改革开放，一为民族危急存亡之秋，一为国家振兴崛起之际，时代精神之影响，何其显明！"笔挟风云斡造化，酒兵十万助戈矛[10]"，似最能表现霍老之少年意气；而"时代风云越汉唐，应有鸿篇凌百代[11]"，似最能体现霍老之暮年壮心。时代选择霍老，霍老选择歌行。读霍老少年歌行，似闻战鼓频惊紫塞之垒；读霍老暮年歌行，如见龙光直射斗牛之墟。时代风云因霍老歌行之描绘而有声有色，霍老歌行因时代风云之濡染而溢彩流光。

霍老歌行因贴近时代而富有"史诗"之气魄。霍老歌行之大气，正是其弘扬前贤"诗史"传统进而获得当代品格之生动体现。

"文变染乎世情，兴废系乎时序[12]"。信不诬也。

"史笔诗情，两擅其妙[13]。"当代唯霍老足以当之！

三

论唐音阁诗者颇多涉及其地域文化底蕴。首倡此议者为钱仲联先生《唐音阁吟稿序》：

秦陇之间，仰禀东井，是为艮乡。天水、平凉、庆阳诸郡，嶓冢之山，神禹导漾所自；麦积、崆峒、仙人崖，雄奇峭异，与岱、嵩垺，士生厥壤，俊伟倜傥，秀茂挺逸。

又云：

长安，固李唐诗人掉鞅之地也；至宋而少衰。终南、太华之气，郁久而后泄，松林乃及其时而出焉。其诗之雄伟壮阔，自辟户牖，启来轸以新途，将毋收功实者，其在西北乎！

钱老正是试图由人文与自然相结合之角度，揭示出秦陇文化之特质。是以吴调公先生读后不由感慨系之："钱老生花妙笔下那一派西北高遒之气，可真是呼之欲出⑭！"

然细观钱序全文，乃在强调霍老广收博采而不为秦陇之气所囿，所谓"情深而文明，志和而音雅，乃若不类秦陇间块垒尚气之士所为者"，所谓"一扫犷悍之习"，"乃能柔其拗怒而稍殊其陇右之音也欤"，其言所指，何其昭然。

若以钱老所论衡量霍老词与古近体诗，则确为的论，而若以之观照霍老七言歌行，则未必尽合。如前所述，无论霍老前期歌行之慷慨雄强，抑或后期歌行之醇雅博大，虽貌离，却神合，均应视为"块垒尚气"之"陇右之音"在不同历史时期之交感共震。换言之，正是由于霍老注重弘扬其"陇右之音"，其七言歌行方能永葆磅礴之大气，横扫千军，独步当代诗坛而大放异彩。

前贤于地域文化对诗文风格之影响多所论证，富真知而多灼见。沈德潜云："余尝观古人诗，得江山之助者，诗之品格每肖其所处之地⑮。"所强调者似仅在自然地理。孔尚任云："盖山川风土者，诗人性情之根柢也⑯。"山川与风土并重，其观察更显深入。

至于西北雄风与地域文化之联系，前人更是言之凿凿：

……故秦地，于禹贡时，跨雍凉二州，诗风兼秦豳两国。……天水陇西，山多林木，民以板室屋，及安定、北地、上郡、西河，皆迫近戎狄，修习备战，高上气力，以射猎为先。

——《汉书·地理志》

对此，朱熹《诗集传》更发而明之曰：

秦之俗，大抵尚气概，先勇力，忘生死。然本其初而论之，岐丰之地，文王用之以兴，二南之化，如彼其忠且厚也。秦人用之，未几而一变其俗，则已悍然有招八州而朝同列之气矣。

鉴于此，当代有研究者认为："从《秦风》的杀伐之音到北周至唐代边塞诗的豪迈之格，可以看出它们一脉相承的地域文化传统[17]。"

霍老歌行中所渗透者，正乃此一"尚气概，先勇力，忘生死"之雄劲豪迈之文化地域传统。对此，今之贤达已有明确之认同："一阁连天水，唐音继汉讴。南东多绮丽，西北自高遒[18]。""文病江南弱，才真北地雄。诗骚千载后，吾子启新风[19]。"即其明证。

霍老本人对"秦陇间块垒尚气"之文化传统，实亦具有高度之自觉。1944年7月，日寇陷洛阳、长沙，少年霍老赋诗云："南犯贪无已，西侵欲岂穷？秦兵须秣马，陇士要弯弓[20]。"即表现出对秦陇之士之厚望。1988年长安诗词学会成立，68岁高龄之霍老作《长安诗词学会成立放歌》，更对雄强豪迈之秦陇诗传统予以明确之描述：

太华终南气势雄，洪河泾渭波涛壮。钟灵毓秀出诗人，三秦处处歌声放。远源直溯诗三百，《豳风》、《秦风》光万丈。……风土各殊民情异，南诗绮丽北雄豪。

对秦陇诗传统之自豪感，可谓洋溢于字里行间！

秦陇诗传统乃奠定霍老诗大气之基石。如前所述，霍老之大气集中而强烈地体现于其歌行之中。可以认为：若无秦陇之诗传统，即无唐音阁之大气；而若无唐音阁之歌行，秦陇诗传统亦未必能有如此浩瀚汪洋之体现。故唯歌行方显霍老诗英雄本色。

四

厚古薄今乃中国诗史上之逆流。自有明前后七子"文必秦汉,诗必盛唐"之说出,鼓吹唐后无诗者,代不乏人,甚嚣尘上:

秦无经,汉无骚,唐无赋,宋无诗。
——何景明:《杂言十首》

文自西京,诗自天宝而下,俱无足观。
——《明史·李攀龙传》

宋诗近腐,元诗近纤。
——沈德潜:《明诗别裁集序》

高青邱后,有明一代,竟无诗人。
——赵翼:《瓯北诗话》

诗自唐中叶以后,殆为羔雁之具矣。故五季北宋之诗,除一二大家外,无可观者。
——王国维:《文学小言》

唐以后诗,但以参考史事存之可也,其语则不足诵。
——章炳麟:《诗辩》

我以为一切好诗,到唐已做完,以后倘非能翻出如来佛手心之齐天大圣,大可不必动手。
——《鲁迅全集》卷一

其间虽有一二有志之士奋起反击,然势单力孤,终未能挽狂澜于既倒。"五四"运动后传统诗词一蹶不振,良有以也,岂偶然哉?

真正对诗史上厚古薄今之逆流进行彻底清算,乃在20世纪80年代改革开放之后。霍老力挽狂澜,振臂疾呼,声如雷鸣:

论诗岂下前贤拜,宜有新诗胜古人。
——《岳麓诗社讨论中华诗歌继承发展问题,因献长歌》

敢向班门弄大斧,新秀岂宜逊前贤?

——《采石太白楼诗词学会成立感赋》

新人歌唱新时代,应有新诗胜杜韩。

——《贺陕西省诗词学会暨长安诗社成立》

时代风云越汉唐,应有鸿篇凌百代。

——《长安诗词学会成立放歌》

后来居上之高度自信,超迈前贤之过人胆识,真足以振衰而起懦,振聋而发聩!

尤为值得称道者,乃在少壮时期之霍老,其超越意识已自强烈而鲜明。如:"已挟泰山超北海,还携明月跨南箕②。""寻常山水蚁垤蹄涔耳,更欲东越大海西跨昆仑巅㉒。""偶然吐气出长虹,一望云山几万重。更欲立身向高处,振衣直上建文峰㉓。"由此可见霍老文化人格之崇高与辉煌。

厚古薄今必然导致民族文化人格之卑微,而超越意识则可铸就民族文化人格之自尊与自信。霍老歌行之大气,正是以超越意识为其心理机制,故读霍老歌行,吾辈皆能感受到华夏民族自强不息之强大生命力。

五

论霍老诗者颇注重其诗学渊源。钱仲联先生序云:"自其少年攻读于中央大学时,胡小石、柳翼谋、卢冀野、罗根泽诸先生各以一专雄长槃敦,松林俱承其教而受其益。而于诗尤得精髓于汪方湖,于词则传法乳于陈匪石。"又云:"金陵一隅,尤为赣派诗所萃。松林独取其长而不为所囿,忧时感事,巨构长篇,层现迭出,含咀昌黎以入少陵,此其所以为豪杰之士也。"钱老所云,固为灼卓,然惜乎深而未周。吴调公先生以"才、胆、识、力"论霍老诗,揭示其出入唐宋,汲取汉魏,"运现实主义之严谨,参浪漫主义之风华","发千古心胸,开一代风会"之"宏伟气度㉔",方堪称深得霍老诗艺之精髓。

唐音阁所收 500 余首诗中，涉及前贤者不胜枚举。除钱、吴二老文中提及之杜少陵、韩昌黎、梅宛陵、王荆公、黄山谷外，诗史上风格各异之诗家诗派，大都受到霍老之高度尊崇：

远源直溯《诗三百》，《豳风》、《秦风》光万丈。
——《长安诗词学会成立放歌》
多少骚人步后尘，吊屈伤时同一恸。
——《岳麓诗社讨论中华诗歌继承发展问题，因献长歌》
怯剪残灯歌庾赋，惯来荒径验陶诗。
——《无端》
当时已羡诗无敌，后代仍惊光焰长。
——《湖北安陆李白纪念馆落成》
振兴诗教复谁赖，李杜王白典型在。
——《长安诗词学会成立放歌》
聊学白傅诗，千里寄元九。
——《怀友》
何时能回天地了，扁舟颇忆玉溪生。
——《南泉杂诗》
六一风神想象中，满亭泉韵满林枫。
——《题醉翁亭》
髫年早读坡仙赋，垂老欣为赤壁游。
——《赤壁留题》
词豪推稼轩，誓补金瓯缺。功夫在诗外，放翁传真诀。
——《贺中华诗词学会成立》

略举数端，已可见霍老海纳百川之气度。

尤其值得一提者为《题新购拜伦全集》一诗。诗前小序云："往在天水玉泉观，读拜伦哀希腊、赞大海诸诗，爱其宏丽，欲购其集不可得。今获全豹，珍若拱璧，即题其首。"诗作于 1945 年，作者 24 岁。由此序可知：（一）霍老诗艺所采者，非仅古今，而实兼中外；（二）霍老虽博采众长，而其追求者仍为宏丽之格调，史诗之气魄。

若就歌行论之，则抗战歌行五首得唐边塞诗之豪迈，《雪夜醉歌》得陆放翁《长歌行》之悲怆，《游虎啸口同主佑》得李太白之豪逸，《石林行》得李长吉之瑰怪，《寄友诗三十韵》用蝉联格，得初唐体之流丽，《穆济波教授嘱题〈海桑集〉》夹叙夹议，得白乐天之深婉，抗战诗与论诗诗之组诗规模，则又颇近吴梅村之"规模效应"。其他如重转韵、重三平、重对仗、重句式之参差等等，亦皆能学古而不泥古，自出手眼。因篇幅所限，姑且置而不论。

"黄河纳百川，浩瀚谁与敌㉕"，兼收并蓄，实乃霍老一生之追求。1942 至 1944 年冬，霍老曾作《读诗三百》50 首，《吟稿》选入 16 首。其四有云："积辐为巨轮，集栋结高阁。栋牢阁常稳，辐坚轮不弱。"1944 年冬，又作《放翁生日被酒作》，诗中借放翁之口，传达出少年霍老兼收并蓄之宏伟志向："咒杖跨其背，授我以诗诀。源汲大海涸，根蟠厚地裂。下袭黄泉幽，上穷苍冥赜。"明乎此，若复诵霍老暮年之"诗境浩茫纳五洲，诗情潆漾容九派"，就自会深信其渊源有自，而绝非夸大其词。

《管子》云："海不辞水，故能成其大；山不辞土壤，故能成其高……士不厌学，故能成其圣。"综上可见，唐音阁歌行之大气，实乃其地负海涵，兼收并蓄之必然结果。《老子》云："有容乃大。"其此之谓乎？

六

唐音阁歌行以大气包举为其审美特质，以时代精神为其基本品格，以秦陇之音为其文化底蕴，以超越意识为其心理机制，以兼收并蓄为其源头活水，其成功经验对当代诗坛具有多方面之启示意义：

1、"文章合为时而著，歌诗合为事而作㉖。"弘扬时代精神乃诗人之天职。当代诗坛钓誉消闲者甚众。读唐音阁诗,可以辨明真诗与伪诗之别,增强当代诗人之责任感与使命感,进而追求史诗之庄重与恢宏。

2、风格流派之形成乃一代诗歌成熟之标志。读唐音阁诗,可以启迪当代诗人弘扬地域文化传统之自觉性,促进当代诗坛风格流派之形成,进而打破当代诗坛热闹而单调之格局。

3、厚古薄今与历史虚无主义均为当代诗坛之大敌,读唐音阁诗,可以增强当代诗人之自信心与超越意识,有利于当代诗人文化人格之重铸,以便肩负起超越前贤开创未来之历史重任。

4、海纳百川,有容乃大。当代诗坛行万里路者众,读万卷书者少。读唐音阁诗,可以启示当代诗人读书穷理,广收博采,厚积薄发之自觉意识,以逐步消除当代诗坛之肤浅与狂躁。

"李杜诗篇万口传,至今已觉不新鲜。江山代有才人出,各领风骚数百年[27]。"清代诗论家赵翼曾以其过人之胆识给后来人以巨大鼓舞。然而正是同一位赵翼,在评议吴梅村诗时,却以己之矛,攻己之盾,大放厥词。其《瓯北诗话》云:"故梅村后,欲举一家列唐宋诸家之后者,实难其人。"赵瓯北未及目睹《唐音阁吟稿》,其失误固情有可原;而《唐音阁吟稿》现已蜚声海内,赵瓯北"后无来者"之论,可以休矣!

注释:
①详见吴调公《才胆识力,大气包举》,文载《陕西师大学报》1990年第2期;侯孝琼《学古善化,启来轸以新途》,载《湖南诗词》1990年第3期;王钟陵《一代骚坛唱大风》,载《当代诗词》总第19期。
②马茂元先生语。转引自许志刚《时代风云越汉唐,应有鸿篇凌百代》,载《社会科学辑刊》1993年第4期。
③《孟子·尽心下》。
④《华夏美学》。
⑤司空图《诗品》。
⑥严羽《沧浪诗话》。

⑦《本事诗》。

⑧《坚瓠外集》。

⑨《瓯北诗话》。

⑩《唐音阁吟稿》卷二《雪夜醉歌》。

⑪《唐音阁吟稿》卷六《长安诗词学会成立放歌》。

⑫《文心雕龙·时序》。

⑬靳荣藩《吴诗集览》。

⑭㉔《才胆识力,大气包举》。

⑮《芃庄诗序》。

⑯《古铁斋诗序》。

⑰陶礼天《北"风"与南"骚"》。

⑱陈迩冬《题松林老兄唐音阁诗抄》。

⑲苏洲雷《题松林诗老唐音阁吟稿》。

⑳《唐音阁吟稿》卷一《洛阳、长沙先后陷落·感赋》。

㉑《唐音阁吟稿》卷一《梦中得"已挟泰山超北海,还携明月跨南箕"之句。足成七律》。

㉒《唐音阁吟稿》卷二《游虎啸口同主佑》。

㉓《唐音阁吟稿》卷二《南泉杂诗》。

㉕《唐音阁吟稿》卷六《祝河南黄河诗社成立》。

㉖白居易《与元九书》。

㉗赵翼《论诗绝句》

一九九三年五月上旬初稿(载《华夏翰林·诗词丛刊》二〇〇七年第一期

琴趣无弦有会
——读《唐音阁词稿》札记

熊盛元

一

霍松林先生之词，深得江宁词家陈倦鹤（匪石）前辈法乳，境界清旷而兼有雄豪，笔致芊绵而不乏疏宕。倦鹤丈曾以《满庭芳》词寄怀松林先生，中有"琴趣无弦有会，新声播、山晚青留"之句，盖以元代仇山村、张蜕岩喻其师弟之承传也。陶潜尝云："但识琴中趣，何劳弦上音。"故"琴趣"遂成词之别名。仇山村词集名曰《无弦琴谱》，殆取义于此。"山晚青留"化用张蜕岩《多丽》"晚山青，一川云树冥冥"之句，以况松林先生能摩张仲举之垒也。此言甚惬，非邃于词者不能发。试以松林先生《瑞龙吟·豁蒙楼和清真》词为例：

台城路，还见翠柳笼烟，绛桃生树。浮云西北楼高，万花镜里，湖山胜处。

暗延伫，犹记艳阳酤酒，绣帘朱户。联肩小立楼头，画船戏认，临风笑语。

谁度清平遗调，露花栏槛，云裳羞舞。相伴乱飞群莺，游兴非故。金梁梦月，虚费怀人句。从头数、江干并马，楸阴联步。浪影东流去。探春尽有，遐情妙绪。牵引愁如缕。残照敛，斜风催诗吹雨。待挥健笔，拨开云絮。

缪彦威先生评此词曰："清真原作，层层脱换，笔笔往复，极尽回环宕折之致。和作亦深得此妙。"似仅就其结构而论，实则就风格而言，二词大异其趣。清真沉挚，松林高旷；沉挚则沾粘不化，譬如春蚕织茧，愈缚愈紧；高旷则畦町尽泯，恰似秧针逢雨，弥久弥青。观其结拍，一曰"断肠院落，一帘风絮"，其怅惘之情，始终犹在；一曰"待挥健笔，拨开云絮"，则扫尽愁云，指出向上一路，诚可谓"使人登高望远，举首高歌，而逸怀浩气，超然乎尘垢之外"（胡寅《酒边词序》）。倘欲寻松林先生此词之渊源所自，不妨参看张蜕岩之《瑞龙吟·癸丑岁冬，访游弘道乐安山中，席宾米仁则用清真词韵赋别，和以见情》）："鳌溪路，潇洒翠壁丹崖，古藤高树。林间猿鸟欣然，故人隐在，溪山胜处。　久延伫，浑似种桃源里，白云窗户。灯前素瑟清樽，开怀正好，连床夜语。　应是山灵留客，雪飞风起，长松掀舞。谁道倦途相逢，倾盖如故。阳春一曲，总是关心句。何妨共、矶头把钓，梅边徐步？只恐匆匆去。故园梦里，长牵别绪。寂寞闲针缕。还念我、飘零江湖烟雨。断肠岁晚，客衣谁絮？"其所抒情怀，虽与松林先生此词迥异，然其笔力之包举，境界之疏宕，则与松林先生若合一契。蜕岩之词极力描绘乐安山中猿鸟之欣然，以烘托隐居之乐，最后却掉转笔头，设想家中贫妻正切盼游子归来，言外隐含山居虽好不如归之意。松林先生则于刻画"翠柳笼烟，绛桃生树"之江南绮丽风光时，忽插入"浮云西北楼高"一句，用古诗"西北有高楼，上与浮云齐"之字面，隐含"一弹再三叹，慷慨有余哀"之感喟与"愿为双鸿鹄，奋翅起高飞"之希冀，不仅遥启结拍"待挥健笔，拨开云雾"之意，亦暗蕴"虽信美而非吾土兮，曾何足以少留"（王粲《登楼赋》）之悲。松林先生《清明》诗云："麦饭倘容来日荐，待回天地赋归农。"殆亦此意。惟诗显而词隐，盖词之为体，贵在要眇也。

二

倦鹤丈论词，标举"高处立，宽处行"六字，以为"能高能宽，则涵盖一切，包容一切，不受束缚。生天然之观感，得真切之体会。再求其本，则宽在胸襟，高在身份。名利之心固不可有，即色相亦必能空，不生执着。渣滓尽去，翳障蠲除，冲夷虚澹，虽万象纷陈，瞬息万变，而自能握其玄珠，不浅不晦不俗以出之。叫嚣儇薄之气皆不能中于吾身，气味自归于醇厚，境地自入于深静"（《声执·论词境》）。松林先生为倦鹤丈之高弟，承其教诲，挹其精粹，故发而为词，每出侪辈之上。如"大地寂无声，雨洗江天净。常记挐舟水上游，啸傲烟波境"（《卜算子》）。"云入户，月当门。如今真是葛天民。高楼虽近休频倚，山外平芜有烧痕"（《鹧鸪天》）。"任吴侬、珠歌翠舞，却掉头，商略酒中天。临飞阁，举觞白眼，一片高寒"（《八声甘州》）。"回首前尘，衰柳迷香径。西风劲，断鸿凄哽，雪里千山影"（《点绛唇》）。"垂地银河星稠叠，霜华重、塞笳未歇。圣娲老，情天谁补缺？掉头去，即是沧波，泛画鹢，扶竿且钓芦花雪"（《浪淘沙慢》）……此等疏朗清空之境，不仅周、史、吴、王难以梦见，即白石、玉田亦难侧身其间，能于焉徜徉者，其惟坡仙乎？我尤爱其《玉烛新·梦归》一词：

  霜风吹客袖。越万水千山，里门才叩。短垣矮屋，摇疏影、一树寒梅初秀。抠衣欲进，怕老母、怜儿消瘦。拈破帽、轻扑征尘，翻惊了、荒村狗。 仓皇持杖遮拦，却握了床棱，布衾掀皱。烛光似豆。依旧是、数卷残书相守。更深雪厚，听折竹、声声穿牖。寻坠梦、愁到明朝，难消短昼。

此词一空依傍，想落天外，拓前人未有之境，恍如电影镜头中之"蒙太奇"，使人如临其地，如闻其声，起坡仙于九原，亦当瞠乎其后矣。苏渊雷先生评此词曰："至性深情，天真流露，遣词质朴，自运机杼，清折、幽咽，兼而有之，真写得出！"虽只寥寥数语，却能切中肯綮，的是探本之言。然对作者文心之秘，则嫌语焉不详。盖松林先生此作缘起，昉于霜风之吹客袖。"霜风"起时，天下皆秋，游子羁泊，能不思归？归而不得，遂形之梦寐。唐代诗人刘兼《梦归故园》诗云："桐叶飞霜落井栏，菱花藏雪助衰颜。夜窗飒飒摇寒竹，秋枕迢迢梦故山。临水钓舟横荻岸，隔溪禅侣启柴关。觉来依旧三更月，离绪乡心起万端。"诗中颈联是梦归情景，其梦之起因则是"夜窗飒飒摇寒竹"。前者是"想"，后者为"因"，"因""想"结合，遂成归梦。钱钟书曰："心中之情欲、忆念，概得曰'想'，则体中之感觉受触，可名曰'因'。当世西方治心理者所谓'愿望满足'及'白昼遗留之心印'，想之属也；所谓睡眠时之五官刺激，因之属也。"（《管锥编》第二册《列子》卷论《周穆王》）松林先生之所以梦中归家，正坐其平时忆念之深，因"霜风吹客袖"之触发，遂结想成梦耳。妙在其能曲曲传出梦归之神，尤以"翻惊了、荒村狗"此一细节描写，最为形象，掩卷思之，韵味无穷，诙谐之中，寓慨遥深。反观刘兼之诗，虽亦采用因想成梦写法，然缺乏形象，遂觉味同嚼蜡矣。盖"忆往事者，写梦境者，或自己设想者，或代人设想者，只于前后着一语，或一二字，而虚实立判。就点破时观之，是化实为虚；就所描写者言之，则运虚于实"（陈匪石《声执·词之结构》），松林先生深明此法，故能将虚幻之梦，化为实有之境也。倘无"高处立，宽处行"之胸襟，焉克臻此哉？

三

词之声律，较诗更严，尤于上、去两声，最宜注重。万红友《词律·发凡》云："平仄固有定律矣。然平止一途，仄兼上、去、入三种，不可遇仄而以三声概填。盖一调之中，可概者十之六七，不可概者十之三四，须斟酌而后下字，方得无疵。此其故，当于口中熟吟，自得其理。夫一调有一调之风度声响，若上、去互易，则调不振起，便成落腔，尾句尤为吃紧。"陈倦鹤丈于词之四声，亦极讲究，其《声执》上卷，专列"四声不可紊"、"四声因调而异"、"音理应求密"、"填词须据名家"诸章，加以强调。松林先生于此，必耳熟能详，是以倚声之际，严守四声。如《八声甘州》起句之第四、五字，柳永词为"暮雨"、梦窗词为"四远"，均为去上。松林先生此调共三首，一为"望眼"，一为"万里"，另一为"并马"，无不吻合。又，柳永此调下片"误几回天际识归舟"之"识"为入声，梦窗遵之，于此处亦用入声。东坡虽是"曲子中缚不住者"，然观其"愿谢公雅志莫相违"句，"莫"字亦用入声，可知此字乃"吃紧"处。松林先生"误答书鱼雁邈难谐"之"邈"字，正是入声，可谓律细矣。此外如《台城路》中"凭虚醉舞"，"剪灯深夜语"之"醉舞"、"夜语"，皆谨依清真、梦窗，以"去上"二声连缀，以避落腔。词中最长之调，为《莺啼序》，共240字，常人为此，能按平仄，已差强人意，而松林先生则参照梦窗三首同调词，以定四声，情辞双美，音韵铿锵，允称合作。其词云：

寒飙又催冻雨，搅商声四起。暮笳动，塞马悲嘶，似惜驰骋无地。照长夜，烧残绛烛，华胥梦好空萦系。尽高歌，谁会奇情，唾壶敲碎。　　炉角香灰，箭底漏冷，甚鸡鸣未已！揽衣起，欲蹴刘琨，路遥鱼信难寄。任流光、风奔电击，掩尘匣、龙泉慵倚。望京华，南斗无光，大千云翳。

因思旧日，坐领湖山，俯仰画图里，呼俊侣、雪江垂钓，酹酒平远；绣谷寻春，倚歌红翠。芰荷艳夏，鸳鸯迎棹，明霞如锦西趁日，换一轮满月中天丽。繁华易歇，庭花乍咽余声，那堪顿隔秋水！　　伶俜自惜，彩笔干霄，叹故人尚滞。最感念、铜驼犹在，废苑凄凉；舞榭飘零，断垣尘委。狼烟会扫，胡沙将靖，还京应有诗待赋，浣青衫、休洒伤心泪。殷勤更理前游。画阁谈心，夜眠共被。

此词守律极严，如起句"冻雨"之用去上，第二片第二句"箭底漏冷"之用"去上去上"，又如"风奔电击"、"画阁谈心"与

"繁华易歇"中"击"、"阁"与"歇"之用入声，均与梦窗吻合。或难之曰：此词第三片之第三句"俯仰画图里"，似不合律。不知梦窗此调此句，实有三式：①座有诵鱼美，②水乡尚寄旅，③叹几萦梦寐。《词律》、《词谱》以第二式为正格，而松林先生则选用第一式。难之者之曰：第三片末句"那堪顿隔秋水"，似未遵梦窗格律，此言亦似是而非。盖梦窗三首词分别作：①露床夜沉秋纬，②泪墨惨淡尘土，③镜空画罗屏里。第①与第③式相同，为"仄平仄平平上"，第②式则为"去入上去平上"，松林先生参照此二式，易为"平平去入平上"（"那"字古作平声，东坡诗"一笑那知是酒红"，可证），将拗句变为律句，且一句之中，四声俱备，诵之琅琅，闻之悦耳，有何不可？我初以为此词末句"夜眠共被"之"被"字出格，盖梦窗三首，一为"溯春万里"，一为"断魂在否"，一为"恨盈蠹纸"，皆作"去平去上"。后经霍先生赐教，"被"有上、去两读。读上声字属"四纸"，为"被褥"之"被"，乃名词；读去声字属"四寘"，为"覆被"之"被"，乃动词。而"夜眠共被"之"被"正属名词，当读上声也。抑更有言者，此词只在声律上仿效梦窗，然就境界而言，则高出梦窗不知凡几。盖梦窗之作，纯乎儿女私情，而霍公此词，则深蕴家国之恨。首二句以景衬情，烘托悲凉气氛，并点明时值战乱。"商声"，秋声也。欧阳修《秋声赋》云："夫秋，刑官也，于时为阴；又兵象也，于行为金。……故其在乐也，商声主西方之音，夷则为七月之律。商，伤也，物既老而悲伤；夷，戮也，物过盛而当杀。"如此发端，既浑融，又含蕴；既是凄清秋景之写照，又是黯淡神州之缩影，寥寥数语，则"笼罩全阕，它题便挪移不得"（况周颐《蕙风词话》卷一），可谓力能扛鼎矣。以下分别用"暮笳动、塞马悲嘶，似惜驰骋无地"及"掩尘匣、龙泉慵倚"等句，抒发"投笔有心，用武无地"之恨；又以"望京华、南斗无光，大千云翳"之象征性描写，隐含"庙堂无策可平戎"（陈与义《伤春》）之慨。第三片由"哀今"转写"叹往"，以秾丽之笔墨，绘当日之繁华，然后复以

"繁华易歇"作当头棒喝,并揭示导致"东夷猾夏,沧海横流"之缘由——"庭花乍咽余声",诵杜牧"商女不知亡国恨,隔江犹唱后庭花"(《泊秦淮》)之句,真不知涕下之何从矣!"那堪顿隔秋水",照应首片之"谁会奇情"及第二片"路遥鱼信难寄",又为第四片"叹故人尚滞"、"画阁谈心,夜眠共被"伏脉,结构可谓绵密。有此数句,"寄友人"之题旨便不致落空。第四片于叹息"铜驼犹在,废苑凄凉;舞榭飘零,断垣尘委"之同时,又宕开一笔,写将来之前景:"狼烟会扫,胡沙将靖,还京应有诗待赋,浣青衫、休洒伤心泪",具见其坚定之信念与乐观之精神。端木蕻良谓此词"爱国之情,跃然纸上",允称知言。

四

苏渊雷先生极为推崇霍公《大酺》、《瑞龙吟》、《浪淘沙》、《八声甘州》、《摸鱼子》、《水调歌头·中秋泛北湖》、《玉烛新·梦归》诸作,但以为"解放后诸阕,视前此各首为逊",并推究其原因,是"豪情易敛,客气难除,莫不皆然"。霍公于1995年12月22日曾赐我一函,对此亦有分析,谓"一则岗位工作甚忙,二则理智多于情感。……求变求新,言之甚易,而落实于创作实践,殊不易易也。"实则霍公建国后词作,精品亦复不少。如"流莺百转,垂老初亲西子面。乍雨还晴,淡抹浓妆总有情。　　何妨小住,白傅坡仙吟望处。醉舞东风,夕照山前夕照红"(《减字木兰花·西湖抒情》),笔致闲淡,境界悠远,风格逼近永叔。就辞藻而言,虽不及少作之明丽,然反复寻绎,转觉其别有一番韵味。东坡尝云:"大凡为文当使气象峥嵘,五色绚烂,渐老渐熟,乃造平淡"(转引自何文焕《历代诗话·竹坡诗话》),殆此之谓乎?又如"神往巴陵胜,徙倚岳阳楼。烟波浩淼无际;日月递沉浮。屈指今来古往,多少骚人迁客,望远更添忧。袅袅西风起,木落洞庭秋"(《水调歌头·登岳阳楼》),"烟波"二句,气象阔大,笔致沉雄,堪与少陵"吴楚东南坼,乾坤日夜浮"之句后先媲美。"巴陵胜"隐括范仲淹《岳阳楼记》"予观夫巴陵胜状"之意;"袅袅西风起"点化屈原《九歌·湘夫人》"嫋嫋兮秋风,洞庭波兮木叶下"之句,吐辞娴雅而又自然,故"巴"与"西"二字虽宜仄而平,不似其少作"霞脚散罗绮"与"顾盼有余乐"(《水调歌头·中秋偕友人泛北湖》)之严遵格律,然揆之宋人此调,突破者比比皆是,又何足病哉?至于其《念奴娇·庚申初冬游赤壁,次东坡韵》一阕,则更为脍炙人口:

九泉根屈,问蛰龙知否,人间奇物?贝锦居然织诗案,谁破乌台铁壁?远斥黄州,两游赤鼻,笔底奔涛雪。天狼未射,麀兵空美英杰。　　吾辈劫后登临,浪平江阔,万橹争先发。磨蝎休嗟曾照命,正道沧桑难灭。废苑花开,荒郊楼起,衰鬓换青发,好天良夜,浩歌无负风月。

全词奔放激宕,恣肆雄豪,奇情壮采,兼而有之。起句劈空而下,点化东坡"根到九泉无屈处,不知龙向此中蟠"之句,了无斧凿之痕。"贝锦"二句,构思奇特,造语精警,令人拍案叫绝。"磨蝎休嗟曾照命,正道沧桑难灭",熔感喟与哲理于一炉,可谓"立片言以居要,乃一篇之警策"(陆机《文赋》)。当时同游赤壁者,多为词坛耆宿,次东坡韵赋《念奴娇》者,颇不乏人。其中钱仲联词丈之作,与霍公此词,堪称双璧。钱词云:"卅年前路,战尘飞,红染满空云物。草草金陵春梦断,泪眼残山半壁。江水东流,楼船西上,曾此听涛雪。沧桑弹指,回天谁是英杰?　　胜地换劫来临,亭台金碧,兴与黄花发。玉局仙人何处去,文字光芒难灭。落落千秋,堂堂四海,异代同霜发。南飞笛里,词心都化明月。"试比较二词,上片霍公似胜钱老,盖钱老感喟虽深,然就赤壁其地而言,则不如霍公浓缩之紧凑也。惟"江水东流,楼船西上"一联,气象恢宏,以视霍公之"远斥"二句,似差胜一筹耳。下片则钱老优于霍公,尤其结拍二句,空灵缥缈,含不尽之意于言外;而霍公"好天良夜",则未免落于言筌。然就"灭"韵二句观之,霍公兴慨无端，兼含理趣，而钱老则稍嫌质实，不耐远想。钱老对霍公亦极推许，尝云："松林为词……一如其诗之卓绝。"又云："今松林以其唐音阁诗词稿相示……余挟其全帙，泛舟于五湖烟水之间，倚棹朗吟，秋菊春兰，对之若一敌国矣。"（《唐音阁吟稿序》）老辈风流，于兹可见，其谦抑之怀，尤令人歆慕。诵太白"高山安可仰，徒此挹清芬"之句，不觉神驰于华岳之巅、太湖之畔矣。

注：《念奴娇·庚申初冬游赤壁，次东坡韵》结尾"好天良夜……"已改为："掣鲸沧海，九天还揽明月。"

一九九九年十二月八日于南昌

（载《华夏翰林·诗词丛刊》二〇〇七年第一期）

读《唐音阁诗词集》札记

刘梦芙

引 言

丙寅（1986）春，余承林从龙先生邀，出席黄河游览区题咏会，得识霍先生松林。时诗人云集，酬酢纷繁，后生末学，未遑请益，惟略致钦挹之忱耳。还乡蛰居，偶有习作寄呈乞正，蒙先生复书嘉勉，而关山暌隔，霄壤悬殊，未敢以鄙俚之篇，多所烦扰也。至甲戌（1994）冬，余诗《登采石矶翠螺峰瞻太白塑像浩然作歌》获"李杜杯"海内外诗词大赛首选，赴羊城受奖，兼与清远举办之全国中青年诗词研讨会再晤先生，多聆矩诲。先生主持大赛评诗，以法眼公心衡天下士，拙作幸能中式，实赖栽培。因执弟子礼，先生欣然允列门墙，且锡华章，宠题拙集，弥切知遇之感。近数年来，屡通鸿鲤，交谊滋深，梦芙学能寸进，有先生督导之力在焉。今夏滥列"世纪颂"中华诗词大赛评委，寓京多日，侍先生座侧，春风沐我，抚掌论诗，真不数浴沂咏雩之乐也。瞻望明秋，先生从教60周年暨80华诞将届，陕西师大特筹庆典，预征文稿，不遗在远。先生以名诗人兼学者驰誉中外，著述山积，梦芙则幽谷栖迟，鸿篇弗睹，奉读者仅先生所赠《唐音阁诗词》一集耳。管窥蠡测，思以献芹，而览及吴调公、丁芒、王钟陵、王澍、侯孝琼、许志刚诸先生论斯集之文，洋洋大观，固已先我探星宿海、得骊颔珠矣，识陋如小子者奚能赞一词？然每念先生厚我，畀望殷殷，纵有妄言，或当宽宥。乃仿昔贤札记体例，略述读诗心得，兼志文字因缘。任笔所之，每则长短不一，所论不成体系，亦不求全面深入。譬诸木屑竹头，无助宝阁琼楼之建；愧乏真知玄解，宜蒙雷门布鼓之讥。晚霞散绮，乔木凌霜，西望长安，遥介眉寿。夫子大雅，一哂之馀，倘蒙匡谬，则幸何如之！

一

《唐音阁诗词集》开卷为钱公仲联所撰序言。钱公在当代诗坛，尊若泰山北斗，学识淹博，著述闳深，文论以外，诗词创作尤所擅长，弱冠即驰名大江南北。其《梦苕庵诗词》，都1400余首，融贯百家，森罗万象，钱默存先生誉为"天海伟观，一集兼备"，余纵览20世纪名家诗集千馀，求成就博大超卓能颉颃钱公诗者，寥寥可数也。钱公秉性耿介，于诗界名流，未尝轻易许可，为近、当代诗人作序，余获睹者，霍先生外，仅杨云史、溥心畬、冒叔子、程千帆、饶选堂、彭鹤濂、富寿荪数家耳。霍先生与程千帆先生同出彭泽汪方湖辟疆前辈门下，而年辈较晚，钱公特许其"诗之雄伟壮阔，自辟户牖，启来轸以新途"，自有其艺术风格审美蕲向之深层原因在焉。试观钱撰《闲堂诗存序》："辟疆汪先生之为《光宣诗坛点将录》也，以陈散原为都头领，旧头领则以湘绮老人当之。夫散原规北宋，而湘绮则趋晋、宋，均之学古也，我不知何者为旧。鼎革以还，则闽、赣流派几于弥天，然豪杰之士不屑寄两者樊篱下者，岂无其人哉？"此于方湖独尊同光体作家颇有微辞。《唐音阁诗词集序》中则明言云："余尝叹百年以来，禹域吟坛大都不越闽、赣二宗之樊，力蕲咳唾与之相肖，金陵一隅，尤为赣派诗流所萃。松林独取其长而不为所囿，忧时感事，巨构长篇，层现叠出，含咀昌黎以入少陵，此其所以为豪杰之士也。"两相参照，俨同答问，钱公论诗之宗旨昭昭然矣。夫清季乃及民初，郑海藏、陈石遗（皆闽人）、陈散原（赣人）诸家为魁首之同光体风靡天下，学诗者几于人人口吸西江，手摹北宋，驯至末流，庸滥已极，为诗枯涩暗哑，了无生气。故南社柳亚子奋起而抨击之，斥为"亡国之音"，此近代诗坛一大公案，亦千年以来唐宋诗派论争之延续。然钱公又非鄙薄宋诗及学宋者，其《梦苕庵论集》中于同光体诗，有客观公允之评价；所撰《近百年诗坛点将录》，虽推诗界革命之魁杰黄公度为天魁星宋公明、丘逢甲为天罡星玉麒麟卢俊义，取代方湖所点之陈三立、郑孝胥，而第三席智多星吴用，则以散原老人当之，仍居高位也。钱公自为诗，浑涵万派，亦颇从宋诗汲取营养："壮游江湖，与贤豪长者游，若映庵、若拔可，则皆赣、闽诗坛之杰。余饫闻其绪论，以宛陵、西江、白石为高境。及讲学梁溪，与石遗老人连几席者三载，受其熏染者尤深（《闲堂诗存序》），《梦苕庵诗》中锤炼精严、风骨清峭之作，殊见宋人法度。所嗤者时人一味尊宋，不知通变，致成优孟衣冠，全失自家面目耳。"（参见《梦苕庵论集》论近代诗各文）霍先生少从汪方湖学诗，"而不为所囿"，诗格以宗唐为主，兼取宋贤，变化神明，宏开新境，钱公乃深赏之。复观刘君惠先生序云："金陵者，赣宗诗风之所萃也。而松林之诗，雄奇骏发，能出闽、赣窠臼外，无盘空硬语，无缒幽凿险语。'传薪岂必效黄、陈'，盖灼然见苦吟之无益，且与时代精神不忤也"，与钱公所论，笙磬同音。"黄、陈"者，宋诗江西派所谓"一祖三宗"中黄山谷、陈后山、陈简斋也，乃同光体作家推崇之偶像。同光体为世所诟病，非全由学宋之过，乃在诗之内容褊狭，多写闲情逸致，无关国计民生，是以"与时代精神不忤"，故霍先生不欲效此，而自辟新途，足见抱负宏远，非故违师训也。程千帆先生序则云："（方湖）先生则博隆雅教，总领众流，各依其才性之所宜，授之则效前贤之道，初不欲其类己。故门下弟子渊源虽一，致力乃殊其方，宋雅唐风，皆斐然卓然有以自树立。松林之为诗，兼备古今之体，才雄而格峻，绪密而思清，至其得意处，即事长吟，发扬蹈厉，殆不暇斤斤于一字一句之工拙。或者遂以为与先师异趣，不知此正其善体先生之意，善承先生之教也。"此殆程翁读钱序后未便苟同，乃申说方湖施教之法，取瑟而歌，音传弦外，洵尊师之美德焉。前辈文章，多涵微旨，吾侪宜深味之，于研究诗人风格之渊源嬗变时，俾能圆览，不至于偏堕一边也。程翁亦当世儒林祭酒，论著丰硕，诗风近宋，传西江法乳，且兼收异量之美："空堂独坐，嗣宗抚琴之怀也；天地扁舟，玉溪远游之心也"（《闲堂诗存序》），整体风格，与霍先生诗迥然有异，秋菊春兰，各擅其胜。钱公独称松林先生为"豪杰之士"，乃针对同光体末流，有感而发，非否定闲堂一老之诗学成就，此又不可不细辨也。

二

唐宋诗风孰优孰劣，千年以来谈艺者聚讼纷纭，见仁见智，其中多有门户之争，偏激之见。当代诗学大师缪彦威、钱默存两先生于唐、宋诗各有论述，剖析精微，持论平允。缪著《诗词散论·论宋诗》云："唐诗以韵胜，故浑雅，而贵蕴藉空灵；宋诗以意胜，故精能，而贵深折透辟。唐诗之美在情辞，故丰腴；宋诗之美在气骨，故瘦劲。唐诗如芍药海棠，秾华繁采；宋诗如寒梅秋菊，幽韵冷香……譬诸游山水，唐诗则如高峰远望，意气浩然；宋诗则如曲涧寻幽，情境冷峭。唐诗之弊为肤廓平滑，宋诗之弊为生涩枯淡。虽唐诗之中，亦有下开宋派者；宋诗之中，亦有酷肖唐人者，然论其大较，固如此矣。……就内容论，宋诗较唐诗更为广阔；就技巧论，宋诗较唐诗更为精细。然此中实各有利弊，故宋诗非能胜于唐诗，仅异于唐诗而已。"钱著《谈艺录》则云："唐诗、宋诗，非仅朝代之别，乃体态性分之殊。天下有两种人，斯分两种诗。唐诗多以丰神情韵擅长，宋诗多以筋骨思理见胜。……夫人禀性，各有偏至，发为声诗，高明者近唐，沉潜者近宋，有不期而然者。故自宋以来，历元、明、清，才人辈出，而所作不能出唐宋之范围，皆可分唐宋之畛域。"松林先生出尊宋之汪方湖门下，非不熟聆师说也，非不知宋诗亦独有其胜也，然性之偏嗜，终在唐音。盖先生为人，坦荡宽厚，少时即秉报国雄心，拿云意气，虽世事多艰，身罹患难，而壮志未尝摧折。先生"都讲长安大庠，长安固李唐诗人掉鞅之地"（钱撰《唐音阁吟稿序》），平生治学，重点亦在唐，故诗振唐风，良有以也。诚如缪公所言，唐、宋诗各具特美，亦各有弊病，然唐诗为吾国古典诗歌发展之峰巅，总体成就实胜于宋诗；艺术之精，宋以后诗纵多新变，尚难超越，此亦公论。缪公《论宋诗》复云，宋人"务求充实密栗，虽尽事理之精微，而乏兴象之华妙"；"唐诗中深情远韵，一唱三叹之致，宋诗中亦不多靓。故宋诗内容虽增扩，而情味则不及唐人之醇厚。"此从诗之兴象情韵方面相较，宋不及唐；余则以为唐诗之气魄雄浑，境界博大，尤非宋诗可及。盖自贞观之治乃至开元盛世，为吾国历史之鼎盛时期。诗人豪情奔纵，高唱入云，实时代精神之扬厉；纵逢安史之乱，国渐衰颓，而杜陵一老之诗，虽沉郁亦未减雄杰之气。缪公《论宋诗》结语云"欲对某时代之诗得完美确切之了解，亦须研究其时代之特殊精神。盖各时代人心活动之情形不同，故其表现于诗者风格意味亦异也。宋代国势之盛，远不及唐，外患频仍，仅谋自守，而因重用文人故，国内清晏，鲜悍将骄兵跋扈之祸。是以其时人心，静弱而不雄强，向内收敛而不向外扩发，喜深微而不喜广阔。……扬雄谓言为心声，而诗又言之菁英，一人之诗，足以见一人之心，而一时代之诗，亦足以见一时代之心也。"此探本求源之论焉。由此观之，诗坛风气，每每关乎时世，六朝之诗多绮靡无骨，晚唐之诗气象衰飒，清季同光体诗枯寂消沉，历历可证。然剥极必复，当国势极衰、沧桑易代之际，则有英杰挺生，诗词作雷霆鸣，发狮子吼，期以警醒沉酣，挽狂澜于既倒，此在异族外夷入侵时尤剧。如南宋之陆放翁、张于湖、辛稼轩、陈龙川；如晚清之黄公度、丘仓海、谭复生、梁任公；民初则有柳弃疾为首之南社诸子；抗战期间诗词名家如杨云史、唐玉虬、王蘧常、夏承焘、钱仲联诸公之爱国篇章，皆沉沉夥颐——松林先生少年为诗，发端即讴歌抗日英雄，亦显著之例也。且上举诸家集中之代表性作品，于诗则雄迈悲壮，纵非有意学唐亦近唐人；于词则铁板铜琶，一洗绮罗香泽，殆有其共同规律，非偶然也。盖国难当头，热血慷慨之诗人欲藉此唤起民魂、恢宏士气，喑哑之调、柔靡之音能收此效乎？《唐音阁诗》中，诸如"须抒虎虎英雄气，要鼓泱泱大国风"、"都将爱国忧民心，化作匡时淑世稿"、"汉唐馀烈飘零甚，正待英才振国威"、"时代风云越汉唐，应有鸿篇凌百代"、"重光汉业心潮热，大振唐音视野宽"、"立志仍须追稷契，传薪岂必效黄陈"、"翡翠兰苕虽可爱，还需碧海掣鲸人"，警句叠出，霍先生抱负之伟，于斯可见。通读全集，先生诗一则讴歌抗战，呼唤救亡；次则深痛于十年浩劫后文化断层，诗坛沉寂，志欲重兴诗教，宏放天声，二者皆爱国情怀之吐发也。唐诗乃诗中正调元音，反映华夏民族之雍容气象、雄武精神最为鲜明强烈，故复兴诗业，首重唐风。然此非全盘复古，模仿因袭，乃在继承精粹之基础上创新拓境，超越前修，以期建立雄视世界之辉煌文化也。先生非特于诗中畅抒怀抱，在近20年来之诗词活动中即躬行实践；连续出任全国诗词大赛评委会主任，多次在全国诗词研讨会作指导性论述，奔走辛劳，不遗馀力，著书治学，亦重在弘扬诗教，于中华诗词之承传，功莫大焉。处兹商潮腾涌、拜金风盛之世，先生秉此精神毅力，为天下先，洵我诗坛学子之楷模也。

三

毛泽东与陈毅通信谈诗："又诗要用形象思维，不能如散文那样直说，所以比、兴两法是不能不用的。赋也可以用，如杜甫之《北征》，可谓'敷陈其事而直言之也，然其中亦有比、兴。……韩愈以文为诗，有人说他完全不知诗，则未免太过，如《山石》、《衡岳》、《八月十五酬张功曹》之类，还是可以的。据此可知为诗之不易。宋人多数不懂诗是用形象思维的，一反唐人规律，所以味同嚼蜡。'"毛氏读诗甚多，喜作传统诗词，世所熟知，此以现代文学术语涵括唐、宋诗之主要区别，且指明比、兴为诗中体现形象思维之重要方法，不可谓不精确，然亦属常谈，未为创见。老杜、昌黎，实唐人而下开宋派者，宋人承其馀波，铺张扬厉，以文为诗，以议论为诗，致招"味同嚼蜡"之讥，然非杜、韩之过，乃宋人不善学，前人于此亦多有论述。毛氏嗜读三李（太白、长吉、义山）诗，三李诗皆想象瑰奇，藻采丰美，盖多用形象思维者。

霍先生于"文化大革命"初即因早年论形象思维而获罪，备遭迫害，株连全家，毛泽东致陈毅函发表后，方得解放，《唐音阁诗》中有《元旦试笔》志其事。政界领袖偶尔谈诗，片言可雪士人之沉冤，令人啼笑皆非，时代之悲剧也。毛之于诗，原属个人喜好，万机之暇，聊以消遣耳，未曾明诏大号，施之于众，倘有善承意旨者，据此以推动传统诗词之创作，不可不谓之功德；然左氏诸徒竟曲解毛氏所言诗词"束缚思想"、青年中"不宜提倡"之只言片语，禁锢诗词。建国廿馀年，仅毛诗一花独放，报刊除偶有政要之诗点缀升平外；万千能诗者噤若寒蝉，至今冰雪虽融，犹未全复本元，此吾国诗歌千古以来未有之劫难也。论者谓诗词沦落，咎在五四，此言未察其实，仅知其表。盖新文化运动虽云废弃诗词，不过宣诸口号，从未经政府施以强横手段。作旧体诗与新诗者各行其是，互相攻讦亦无碍其同时发展，胡适、鲁迅、郁达夫、郭沫若、沈尹默诸家或专为旧体，或新旧并用；且南北各大庠国文系均以诗词写作为必修课，霍先生之诗学根基，非厚植于四十年代之南雍欤？而大陆解放后以迄"文化大革命"，中小学乃至大专院校，诗教顿绝，中文系仅授诗词理论，批判古人远多于鉴赏，为政治服务、艺术粗劣之新体诗则高踞诗坛，斩断千秋，仅见斯世。旧体诗无人倡导，无处刊发，无学校教育，偶有藉此陶写性情者，每遭罗织，有文字狱之虞，此则不禁亦自绝矣。由此复生感慨：霍先生志在重光汉业，丕振唐音，为此鞠躬尽瘁，然揆诸实际，先生之影响范围仅在诗词界本身，于广大社会功效甚微。千百热爱诗词者近廿年来亦莫不为复兴诗业而竭力呼号，其中大多皆白发老人，而诗词终难为国家政府所重视，其地位尚不及京剧与俗文艺。长此以往，诗词不过如夕阳之回光返照，纵有传承，亦一脉如缕耳。故当务之急，需继续荡涤当年左倾政策否定传统、鄙弃诗词之遗毒，敦请政府于各级学校恢复诗教，作诗列为学子必考之内容，诚如此，社会方可关注诗词，方有亿万青少年继起于诗坛，方可诞生千百位大诗人，复我中华诗国之隆誉，真能超唐越宋矣。因读先生诗，既钦挹于先生振兴诗道之如火丹忱，又不得不于当前诗词局面作冷静之思考，吾侪不可为诗词暂时繁盛之表象所眩，而不察其内在之深刻危机也。

四

霍先生为中、青年诗词选本《海岳风华集》撰序，论述极精："继承、创新，前者为基础，后者为目的。对初学者而言，自宜先打基础。……粗陈三义：一曰应先作古体，渐及近体，古近各体兼擅，始能表现各种情境；二曰能入能出，先入历代名家堂奥，含英咀华，尽取其法度、韵调及遣词、锤字、宅句、安章与夫言情、写景、叙事之经验、技巧，为我所用，然后出其樊篱，于反映新时代、抒发新感情之创作实践中求变求新；三曰提高文化素养，深入现实生活，识解高，感受深，既有助于'入'以领会名作意境，更有利于'出'以描状新人新事。……当前诗词热方兴未艾，令人欢欣鼓舞。然未谙格律，不辨平仄，而昌言诗体革新者有之矣；穷心力于律、绝，斗小技于咏物，而不知传统诗歌中尚有各体古风可供纵横驰骤以反映时代风云者有之矣；不博古通今，不关心国计民瘼，略能钉饾成篇而沾沾以诗家自炫者有之矣。上述浅见，岂无的放矢也哉！"此为中、青年学诗者说法，"三义"皆甘苦有得之切实语，兼对当今诗词病症痛下针砭，足资鉴戒。读《唐音阁诗词集》，知上述观点即先生数十年为诗经验之结晶也。先生幼承庭训，饱读群经诸子及名家诗词，厚植根基，熟谙格律；习作时先学五、七古，后及律绝，故能意境广阔，笔力纵横，各体皆工，风格多彩；及入上庠深造，广从名师，博通万卷，诗艺已如洪炉锻剑、大器初成；投身社会后，辗转万里，阅历多方，兼以国难家危，屡遭困厄，使诗境愈增深广矣。先生怀兼济之心，于中华文化冀有献替，且具艺文通变之远大目光，故所作与时代紧密相联，歌哭情真，诗艺则化古为今，新开堂庑。纵观历代诗人成大家者，亦莫不具超卓之才华、积深厚之学养，抱宏伟之志向、历艰苦之磨炼，岂独先生哉！吾侪学诗，自宜取法乎上，期以远大，慎勿略有所成而踌躇满志也。

五

霍先生诗诸体皆擅，试先论其五、七古。然今人作古体者已不多觏，本章略费笔墨，为之疏说焉。

诗至唐而诸体灿然大备，唐以后诗人作近体之数量，远越古体，但古体并未因此废除。凡大家之诗，必有古体，诸如青莲、少陵、昌黎、乐天、义山、东坡、山谷、放翁、诚斋、遗山乃至有清、近现代大诗人，无一不在古体着力。古体诗之优长，在于篇幅不拘长短，短者数十字，长者可达数千言，适于表达重大题材及展现广阔之生活画面；兼以声律之束缚远远少于近体，韵脚可平可仄，转换灵活自由，七言古更可运用句式参差不齐之杂言。才力丰富之诗人，可藉此纵情驰骋，畅写胸襟。古体诗以声律而言，大体可分三类：汉乐府、魏晋南北朝五言诗至初唐五、七古，音节天然，时近体尚未定型，故古体中多杂律句；盛唐以后，太白、工部、昌黎之五、七古则有意多用平仄不谐之拗句（如每句末三字作仄仄仄、平平平或仄平仄、平仄平，甚至整句全仄或全平），使其声调明显不同于近体，后人奉此为古体之正格；至若中唐白乐天、元稹所创之长庆体及清代吴伟业之梅村体七言歌行，则多用宫商和畅之律句，散句中杂以对仗，又成变体。古体之押韵，五古多一韵到底，七古每每平仄韵转换，且古体所用之字词与句式多有不宜于近体者。今人作古体，若不知源流正变，不谙其特殊音调与法度，以为可任意抒写，信笔为之，往往似古非古，篇章拖沓，词句俚俗，一如鼓书弹词，为识者所笑。有精于律、绝者，反视古体为畏途，实由才力窘弱，为古体难于控纵自如也。南宋诗人如"永嘉四灵"，多作近体，仅成小家；近、现代诗人如苏曼殊只为七绝，郁达夫工于七律，虽诗才清丽而无力作古体长篇，乏虎掷龙拏之概，故难当大家之目。近有治诗词理论者排斥古体大篇，以为诗只宜作短章，识陋不值一哂也。

《唐音阁集》中古体诗近百篇，风格绚烂多彩，若建章之宫，千门万户。有质朴明畅似少陵之《三吏》、《三别》及白乐天之新乐府者，如开卷之《卢沟桥战歌》、《哀平津，哭佟赵二将军》、《闻平型关大捷，喜赋》、《八百壮士颂》、《喜闻台儿庄大捷》等；有高古苍浑若魏、晋诗者，如《读〈诗三百〉》（十六首）、《遣怀》（四首）；有雄奇峻拔似工部《北征》、昌黎《南山》者，如《放翁生日被酒作》、《丁亥九日于右任先生柬召登紫金山天文台，得六十韵》；有词采清绮、情思和婉若初唐诗者，如《寄友诗三十韵》；有奔放豪迈似太白、东坡者，如《石林行》、《采石太白楼诗词学会成立感赋》、《寄李易》、《湖北安陆李白纪念馆落成》、《宝峰湖放歌》、《长安诗词学会成立放歌》等，偻指不尽。长篇如五古《浴佛前一日游麦积山》（六百四十字），七古如《题张謇〈送王生新令毕业归天水〉诗卷》（六百二十字），滔滔莽莽，一气卷舒；短章五古如《望剑阁七十二峰》，七古如《移竹》、《题灵谷寺塔》，百炼精金，字字光焰，读之如游绝大山水；时而黛色浮空，绝壁千仞；时而明漪漾湖，清溪九曲；时而娇鸟弄簧，万花成春；时而老松蟠虬，孤月泻影……山阴道上之行，奇景纷来，目不暇接也。

霍先生五、七言古体诗，多为数百字大篇。夫作大篇者，第一要胸襟广阔，抱负奇伟，善养浩然之气，如沧溟可纳百川，峻岳可凌霄汉；其次需才力雄、书卷富、阅历丰，凡天地古今万事万物，无一不是诗材，皆能驱遣笔端，得心应手。至于作法，前贤论述颇多，下引清朱庭珍《筱园诗话》数节：

作五古大篇，离不得规矩法度，所谓神明变化者，正从规矩法度中出，故能变化不离其宗。然用法须水到渠成，文成法立，自然合符，毫无痕迹，始入妙境。少陵大篇，最长于此。往往叙事未终，忽插论断；论断未尽，又接叙事。写情正迫，忽入写景；写景欲转，遥接生情。大开大阖，忽断忽连，参差错综，端倪莫测。如神龙出没云中，隐现明灭，顷刻数变，使人迷离。此运《左》、

《史》文笔为诗法也,千古独步,勿庸他求矣。

七古起处宜破空陡起,高唱入云。有黄河落天之势。而一篇大旨,如帷灯匣剑,光影已摄于毫端。中间具纵横排荡之势,宜兼有抑扬顿挫之奇,雄放之气,镇以渊静之神,故往而能回,疾而不剽也。于密处叠造警句,石破天惊;于疏处轩起层波,山曲水折。如名将临大敌,弥见整暇也。至接笔,则或挺接、反接、遥接,无平接者,故愈显崚嶒。转笔,则或疾转、逆转、突转,无顺转者,故倍形生动。其关键勒束处,无不呼吸相生,打成一片,故筋节紧贯,血脉灵通,外极雄阔,而内极细密也。结处宜层层绾合,面面周到,而势则悬崖勒马,突然而止,断不使词尽意尽,一泻无余。此作七古之笔法也。

又云:

大篇则当如天马腾空,神龙行雨,纵横跌宕,变化神明,莫可端倪,始见才力之奇。

所引皆行家深造有得之言,霍先生古体长篇,多能暗合朱氏所云之法。其谋篇也,波澜壮阔,气势飞腾,而章法严整,针缕细密;其用韵也,或一韵到底,或多番变换;其炼句也,或全用齐言,或参差错落;表现手法复变化多端,叙事、状景、议论、抒情,铺陈排比中兼用比兴,浓墨重彩中间以白描,警语珠联,辞采秀发。而慷慨雄放之真情元气,浑涵流转于章句之间,喷薄欲出,故绝少平弱之作,凑泊之篇,非力举千钧、才大如海者莫办也。

严沧浪云:"学诗入门须正,立志须高。若自屈退,即有下劣诗魔入其肺腑之间,由立志之不高也"(《沧浪诗话》)。古人谓"取法乎上,仅得乎中",亦言宗法之不可不正。五、七古至唐人已臻绝顶,要以太白、少陵成就最高,昌黎稍次之。三家分踞鼎足,雄视千秋,后人纵能澜翻百变,鲜有出其疆域者,至若唐、宋、明、清诸家古体诗,虽有偏胜,而总体成就,皆不及李、杜、韩之大也。霍先生幼承父教,入手即学古体,宗法杜、韩,首途正大。故少年熏染，受益终身，虽出尊宋诗之名宿汪方湖门下，而未能改易其重唐音之习性焉。钱仲翁序云"巨构长篇，层现叠出，含咀昌黎以入少陵"，巨眼锐识，特指其五、七古也。先生五古，余最喜读者为《放翁生日被酒作》、《登紫山天文台》二章：前者想象神奇，借写梦幻中放翁形象以弘扬爱国精神，与抗战时局密切关合，屈曲而洞达，字字如精铁铸成，无一懈笔。后者写重阳嘉会，铺陈壮丽，借题发挥，叙事绘景中融入时代深忧，雄放兼能沉郁，此即少陵高境也。篇中警句，如"钟阜压江濆，势与泰华垺，陡起插天关，穴此日与月"，一起即有矫首八极之气象。"大江泻千里，势欲吞溟渤，一气苍茫中，冯夷之所宅"，不知胸中吞几云梦耶？至若连用"或"字十数句，以状群峰之千姿百态，则脱胎于昌黎《南山》，而别开生面。二诗笔阵森严，开阖动荡，纯是杜、韩家法。七古长篇，尤爱者为《寄李易》，融太白之高逸与工部之沉雄于一手。诗中写李易饮似长鲸，厕中醉卧，极写名士风标，高朋气谊，具见磊落嵌崎之概，真妙笔也。复如《石林行》、《湖北安陆李白纪念馆落成》、《长安诗词学会成立放歌》诸章，或奇想联翩，或长歌浩荡，不为杜、韩所限，新境叠现，足见先生入而能出，变化融通，自成高格。总之，《唐音阁诗》各体兼工，余以为古体尤胜于近体，精品特多。宗法杜、韩外，兼汲魏晋及三唐多家精髓，故风貌多姿多彩。然合而观之，其总体风格"雄伟壮阔"，所谓百变不离其宗也。当代大家长于古体者，余所知者有唐玉虬、钱仲联、潘受、饶宗颐、刘逸生诸先生，才士多在东南；而松林先生异军突起，诚如钱序所云"终南太华之气郁久而后泄"，"将毋收功实者终在于西北乎？"

六

前云霍先生诗中古体胜于近体，此就集中二体之总体成就比较而言，非谓近体不佳也。《唐音阁诗》中，近体约400余首，七绝最多，次为七律，再次为五律，颇多力作。兹先论七律。

自齐梁间周颙、沈约等人抉汉字四声之秘后，历经诗人之创作实践，诗至唐初发展为近体，与古体并行。近体中七律，八句之平仄相对相粘，每句中平仄亦协调搭配（七绝之四句亦如此），中间二联须用对仗，限以平声押韵，宫商谐畅，风调悠扬，诵之极为美听，世称"唐音"，多指律、绝。七律乃传统诗各体中格律最严亦最精美之形式，前人多有论述。叶燮《原诗·外编下》云："七言律诗，是第一棘手难入法门，融各体之法，各种之意，括而包之于八句。是八句者，诗家总持三昧之门也。"沈德潜《唐诗别裁》云："七言律平叙易于径直，雕镂失之佻巧，比五言更难。"七律极难工，唐人中惟杜甫为圣手，"杜公七律，含天地之元气，包古今之正变"（姚鼐《五七言今体诗钞》）；"杜五律虽沉郁顿挫，然此外尚有太白一种，暨盛唐诸公在。至七律则雄辟万古，前后无能步趋者，允为此体中独立之一人"（翁方纲《石洲诗话》）。自老杜以后，历代诗人殚精竭智于此体，多以杜律为法："少陵七律，无才不有，无法不备。义山学之，得其秾厚；东坡学之，得其流转；山谷学之，得其奥峭；遗山学之，得其苍郁；明七子学之，佳者得其高亮雄奇，劣者得其空廓"（施补华《岘佣说诗》）。钱默存先生《谈艺录》亦云："少陵七律兼备众妙，衍其一绪，胥足名家，譬如中衢之尊，过者斟酌，多少不同，而各如所愿。……然世所谓'杜样'者，乃指雄阔高浑，实大声弘……山谷、后山诸公仅得法于杜律之韧瘦者，于此等酣畅饱满之什，多未效仿。惟义山于杜，无所不学，七律亦能兼兹两体"。老杜七律风貌多变，且于声调朗畅之正格以外，别创"吴体"，有意用平仄不和谐之句式，运古为律，生涩拗峭。江西派开宗者黄山谷及学宋之同光体诗人，均喜学杜律之"瘦"。兼用"吴体"，虽收兀傲奇崛之效，而音调多哑，不耐吟诵。汪辟疆先生"以诗学讲授南雍，力尊江西坛坫。自此亦限于此畛域"（钱仲联《近百年诗坛点将录》），其《方湖诗钞》中七律，清奇苍朴，骨重神寒，得老杜之一体，工力虽深，终是宋人门径。松林先生则不拘师法，七律多学老杜正格，气象雄浑，音节高亮。如下引诸篇：

振衣直上豁蒙楼，手拍阑干望五洲。乔木厌言兵后事，春波初泛雨馀舟。谁家玉树翻新调，此处残僧欲白头。尘劫几经何必问，龙芽遮莫负金瓯。

——《登鸡鸣寺豁蒙楼品茗》

海运风旋事亦奇，图南何处是天池。投怀星斗撩新梦，入望云山惹故悲。有限乾坤仍逐鹿，无边烽火正燃萁。凌霄欲洒银河水，遍洗疮痍待曙曦。

——《随于右任先生自沪飞穗，机中作示国璘》

凤泊鸾飘未肯驯，花溪邂逅亦前因。一窗灯火能消夜，万卷诗书岂误身！浩气由来塞天地，高标那许混风尘？林泉小住原非隐，尺蠖逢时亦自伸。

——《南泉书怀示主佑》（五首录一）

河溃山崩地欲沉，大鹏高举出汤阴。乾坤整顿终生志，日月光辉百战心。武略文才陷冤狱，忠肝义胆付瑶琴。擎天一岳谁能撼，爱国英风万古钦。

——《汤阴岳飞纪念馆》

诸诗笔力沉雄，气脉弘畅，格局严整，境界阔大。"海运"一章，将云天奇景与内战时局浑融一片，沉痛而出以壮怀，尤为精警。又如《放逐偶咏》（四首录二）：

奴仆旌旄又一时，不须出处费然疑。已无枳棘栖鸾凤，尚有生灵餍虎狼。南郭子綦将丧我，东方曼倩欲忘饥。凭窗尽日嗒焉坐，却为看云每挂颐。

庑下相依事事非，更怜无复董生帏。顽蝇尽日纷成阵，黠鼠深宵屡合围。不战何能驱逆类，图存未肯树降旗。防身莫叹无馀物，残卷犹堪奋一挥。

复如《劳改偶咏》（二首）：

横风吹雨打牛棚，黑地昏天岁几更。毒蝎螫人书屡废，贪狼呼类梦频惊。久闻大汉尊侯览，休叹长沙屈贾生。剩有孤灯须护惜，清光照夜盼鸡鸣。

泾河曲似九回肠，河畔伶俜牧羜羊。戴帽难禁风雨恶，挥鞭敢斗虎狼狂？雪中抖擞松含翠，狱底沉埋剑有光。不信人妖竟颠倒，乾坤正气自堂堂。

诗皆作于劫难期间，处恶劣之环境，饱经磨折，悲愤而不消沉。"已无、尚有"、"不战、图存"、"剩有、清光"、"雪中、狱底"数联，殊见铮铮风骨。使事雅切，属对精工，犹馀事也。

霍先生七律，大都笔墨酣饱，声调茂越，器局宽宏。不用僻典，不押险韵，无生涩语，无寒瘦态，与专学老杜奥峭风格之宋派诗人迥然异趣，自是堂堂之阵，正正之旗。然若干作品，稍觉空泛，伟丽有馀，而坚苍不足，晚期之诗，尤有此失。虽小疵不碍大醇，而春秋固有责备于贤者之义也。小子姑妄言之，先生其许我乎？

先生之五律，亦录尤爱读者数章：

日夜苦相思，相思安所之？感君高士义，贻我古人诗。皓月明东岭，清光照北池。狂歌谁与和，掩卷立多时。

——《读〈十八家诗钞〉，因怀强华》

有意随夫子，麻鞋万里来。已知新弈局，休问旧楼台。孤抱向谁尽，蓬门为我开。灯前听夜雨，一笑散千哀。

天地悲歌里，光阴诗卷中。重开樽酒绿，又见醉颜红。吾道犹薪火，浮生亦驹蛩。绛帷还自下，秋树起西风。

——《次韵奉酬匪石师见赠》（二首）

井梧战风雨，天地入秋声。忽似秦关夜，而闻塞马鸣。病魔欺久客，经卷守孤煢。忍负浮槎意，黄河未肯清！

——《雨夜》

诸诗清苍朴茂，多用流水对法，交融情景，一体浑成，气格在青莲、浣花之间，集中之隽品也。

七绝共 260 余首，沈沈夥颐，或作单章，或成组诗，大多不假雕琢，纯任天然，风调悠扬，情怀朗畅。韵味深永者如《观棋》：

一局相持殊未阑，孤灯照影夜漫漫。斧柯烂尽浑闲事，春雨飘萧入指寒。

寓观时局于观棋局，起句点题极警辣，以下不写如何争战，惟以孤灯夜雨作侧面烘托，诗境极空灵。第三句用王质观棋烂柯故事，紧切题意，耐人寻味。结句"入指寒"三字关联雨夜，细腻真切，写影传神。复如《拟游仙诗十首》之一：

江上遥峰故故青，钱郎从此识湘灵。几生修到神仙福，一鼓云和仔细听。

写对爱侣之追恋，托喻游仙，情辞双美，典丽而深婉，颇近玉溪。

感慨苍凉者则如《谒杜公祠》：

荒祠寂历鸟声哀，遗像凭谁洗劫灰？万里桥西花似海，诗魂宁返杜陵来！

诗作于 1982 年春，乃《唐诗讨论会杂咏》组诗九首之一。据诗后附注，马茂元教授于此九首评价甚高，以为"有真襟抱，真识力，真气内涵，精光外耀，掷地作金石声"。余读之则独爱此章之沉郁：盖首句以寂历荒祠、哀鸣寒鸟与第三句所写似海繁花作鲜明对照，第二句与结句相呼应，四句之间关锁紧密。作者对浩劫之悲愤控诉，对诗魂之深情呼唤，对重振风骚之美好希冀均包涵郁积于寥寥数语中，令人一咏三叹也。

《题黄河诗词》乃七绝中压卷之作：

嵩岳参天翠黛浮，八方文物萃中州。新诗一卷闲披览，浩荡黄河掌上流。

纳须弥于芥子之间，气象雄奇，真力弥满。起句警竦，结句更佳。第三句承上启下，着一"闲"字极为精妙。太白诗"黄河落天走东海，万里写入胸怀间"，笔力似之，然无此雍容气度也。

绝句极难工，唐人七绝超凡入圣者，惟太白、龙标二家，以少陵之才，尚未能在此体争胜。五绝较七绝更难，霍先生所作不多，引述从略。上举七绝数章，已足列历代作手之林矣。极精之品，万选方出，可知诗道之艰也。

七

《唐音阁集》中存词44阕，附李宣龚、陈匪石、唐圭璋、缪钺、施蛰存、王季思、钱仲联、苏仲翔、万云骏、吴调公、金启华、吴丈蜀、端木蕻良诸多名家评语。于霍先生词之风格，或云似"清真、白石"，或云似"淮海、梅溪"，或云"神似苏、辛，"或云"嗣响玉田"，或云"合温、韦于一手"，或云"入梦窗佳境"，所评角度不一，同中有异，足见霍先生词广挹两宋各家之精英，风貌多姿多彩。兹综合群言，观照词作，试为疏说之。

欲知与霍先生词有密切联系之近、现代词学，不得不先探本源。夫有清一代260余年，词业鼎盛，比隆两宋，甚有过之。清初秀水朱彝尊力挽明词之尘俗，为词宗法白石、玉田，以清空醇雅为归，是为浙西词派开山，厉鹗后起为中坚，继厉鹗执浙派词坛牛耳者乃吴锡麒。与朱氏同时之陈维崧，上继苏、辛，多作壮词，创立阳羡词派，与浙派对树旗帜。嘉庆以前，词人为朱、陈二家所牢笼者十居八、九（谭献《箧中词》语）。嘉庆年间，武进张惠言推尊词体，倡言"比兴寄托"，周济、陈廷焯、谭献诸人继而扩充张氏词说，乃成常州派词论体系。嘉、道以降之晚清词坛，浙宗衰微，常州派遂一统天下。清末王鹏运、朱祖谋、郑文焯、况周颐四大家皆沿常州派涂辙，其中朱祖谋彊村兼收浙、常两宗之长，造诣尤深、叶恭绰誉为"清季词学之大成"者，流风所及，自清末直至民国20年以及朱氏谢世之后。大体而言，常州派词人多尊清真、梦窗，周济《宋四家词选目录序论》所言"问涂碧山、历梦窗、稼轩，以还清真之浑化"，学词者奉为圭臬，均以词至清真之境界为极诣。彊村朱氏乃深得梦窗精髓者，手编《宋词三百首》，选周、吴两家词独多（清真词22首，梦窗词25首），已明示宗法所在矣。彊村晚年卜居吴门，郑文焯、况周颐、张尔田、陈锐诸名词人皆聚会于此，友朋酬唱、弟子云从，故后辈多承彊村余绪。至三四十年代，词学中心仍在东南，吴梅、汪东、刘毓盘、王易、陈匪石、胡小石、卢冀野诸名家执铎金陵各大庠，授徒极广。成就卓特者如唐圭璋受业于吴梅，沈祖棻出汪东门下，观其现存词集中早期词作，皆以取法清真、梦窗者为多，故溯其渊源，实传常州词派之一脉也。

　　明乎此，可窥松林先生青年时代为词之门径及风格。词集开卷即《莺啼序》，此非梦窗之创调欤？复如《过秦楼》、《大酺》、《瑞龙吟》、《浪淘沙慢》、《应天长》、《玉蝴蝶》诸慢词，典丽精工，严守声律，皆得清真法乳。盖清真、梦窗，风貌相近，惟吴词色泽更秾，手法特多变幻，意境亦愈加沉晦，转不及周词之浑成醇美，故学者以周词为归，避梦窗之病也。晚清至民国数十年间，为诗者尊同光体实即学宋，为词者尊彊村实即学周、吴，蔚成风气，上庠耆宿，皆受此熏染，弟子辈景从，良有以焉。陈翁匪石自为词，取法周、吴，复济以白石、稼轩之骨力，堂庑甚广，徐森玉称其"瓣香两宋，谨饬不苟"，"朱彊村、况蕙风以下，殆罕其俦"。论词著有《声执》上下卷，陈义甚高。松林先生恪尊师教，学清真之外，转益多家：长调如《高阳台》（香透梅梢）"有坡仙风神"（陈匪石评）；《八声甘州》（战云迷望眼）具稼轩气格；《摸鱼子》（一番番桃婚李嫁）、《水调歌头》（霞脚散罗绮）亦"神似苏、辛"（苏渊雷评）；《高阳台》（宝殿灯昏）"玉田嗣响"（缪钺评）；《满庭芳》（寒杵敲愁）"宛然秦少游声口"（施蛰存评）；短调如《青玉案》（中原万里来时路），"通两家"（贺铸、辛弃疾）之驿骑"（缪钺评）；《菩萨蛮》二章（绕堤杨柳千千缕、昨宵梦里分明见）"合温、韦为一手"（王季思评），凡此皆见博采旁收，不局促于清真之室也。合而观之，其总体词风，密丽而兼疏宕，婀娜复能刚健，钱仲翁所云"出入清真、白石间，映丽多姿，一扫犷悍之习，一如其诗之卓绝"，的评也。

周美成词，为婉约词风之集大成者，人称"冠冕词林"（刘肃《片玉集注》）、"独绝千古"（周济《介存斋论词杂著》），故常州派奉为至尊，非浙非常之王国维亦推为"词中老杜"（《清真先生遗事》），此皆纯从周词之艺术着眼。然今人观之，周词病在题材狭窄，内容贫弱，若专学清真，终身亦不过雕红刻翠耳，安能反映广阔之社会生活？即以艺术论，勿论东坡、稼轩之雄放，仅言白石、玉田之清雅，美成、梦窗岂能必胜哉？宗派门户之见，已不足一哂。为词者宜广挹百家，含英咀华，然后自出机杼，宏开新境，成就乃大。旧时奉婉约为正宗，斥壮词为别调，固属传统偏见，然亦有至理在焉：作词若不究体格，不守法度，一味叫嚣奔放，则全失词之特色。必也雄丽相兼，刚柔并济，得中和之道，方臻完美。霍先生词取法两宋群贤，能入能出能柔能刚能融会变通，故不愧豪杰之士也。然集中精品，四分之三在建国前，1949年以后所作，不过十余阕。苏渊雷教授以为"解放后诸阕视前此各首稍逊，豪情易敛，客气难除，莫不皆然"，霍先生《后记》中云："诗，大约也可作如是观。近40年的光阴过去了，应该大有长进，然而却是退步了！这里面的原因是不难探究的，也是令人痛苦的"，又云："自念虽耽吟咏，而用力不专。兼之豪情始纵，文网忽张；略感宽松，已临暮景。……'唐音永继'云云，徒增惭恧！"多少感喟，于我心有戚戚焉。缘诗词为吾国传统文学之精粹，欲继承、创新、超迈前修，谈何容易！纵有才智之士酷嗜此道，须在年富力强之际，锐思猛进，锲而不舍，方望大成；若至垂暮之年，精力渐衰，则势如逆水行舟，不进则退矣。和平环境中，为诗尚进取弥艰，况劫难频罹，蹉跎岁月哉！建国初至"文化大革命"结束凡27年，风波叠起，魑魅噬人，沦落英才，何可胜计！掩卷涕零，为之三叹也。

八

苏渊雷教授评霍先生建国后所为词，"惟《念奴娇·游赤壁次东坡韵》一阕堪称压卷"，余颇有同感。此词作于庚申初冬，即1980年11月间，时在武汉举行中国古代文学理论学术研讨会，名流云集。会间诸学者同游黄州赤壁，和东坡《念奴娇》词。赋此调者，余所知尚有王季思、钱仲联两先生。自大苏首唱后，千年以来，继声步韵者不可胜计，而鲜有名篇。王、钱二公与霍先生皆当代鸿儒，三家同赋，各擅胜场，洵词坛佳话也。兹并录三词，略为阐析：

王季思的《念奴娇·1980年11月13日游览东坡赤壁》云：

百战山河，淘洗出、多少中华英物。一炬曹瞒何处也，长想东坡赤壁。笛韵悠悠，天风渺渺，吹起漫江雪。浩然赋就，千秋无此词杰。　　因念年少清狂，登高怀远，意气因公发。头白亲临觞咏地，但见烟波明灭。一谪黄州，再投琼海，宁损公毫发？长吟归去，车窗还见眉月。

原注为："此词与钱仲联教授同赋。《念奴娇》首句依律当平起，或谓可改'山河百战'，则气势顿减。因不能以声害意，遂仍其旧。"

钱仲联的《大江东去·庚申初冬游黄州赤壁，次东坡韵，王季思先生邀同作》云：

卅年前路，战尘飞、红染满空云物。草草金陵春梦断，泪眼残山半壁。江水东流。楼船西上，曾此听涛雪。沧桑弹指，回天谁是英杰？　　胜地换劫来临，亭台金碧，兴与黄花发。玉局仙人何处去，文字光芒难灭。落落千秋，堂堂四海，异代同霜发。南飞笛里，词心都化明月。

霍松林先生的《念奴娇·庚申初冬游赤壁，次东坡韵》云：

九泉根屈，问蛰龙知否，人间奇物？贝锦居然织诗案，谁破乌台铁壁。远斥黄州，两游赤鼻，笔底奔涛雪。天狼未射，鏖兵空美英杰。　　吾辈劫后登临，浪平江阔，万橹争先发。磨蝎休嗟曾照命，正道沧桑难灭。废苑花开。荒郊楼起，衰鬓换青发。掣鲸沧海，九天揽明月。

王词劈空而起，极为雄放，论议以形象出之。"淘洗出"三字与东坡原词"浪淘尽"相较，意味顿异：苏词仅是悲慨，王词则言经历史检验后，惟有流芳千古者方为真英杰也。故以下写曹操，只一笔带过，暗含贬意，而扣住本题，重点赞美东坡。"笛韵悠悠，天风渺渺。吹起漫江雪"，写景清丽，境界广邈，大有髯仙神韵。下片即景抒情，写东坡屡遭放逐，不易其坚贞之性，旷达之怀，隐喻当代士人历劫不磨之节操。歇拍融情入景，"眉月"意蕴双关："如眉之月"、"眉山之月"，乃坡翁精神光耀、永照山河之象喻也。

钱词做法则迥然有异。上阕起句，引入对往事之追忆：四十余年前卢沟桥战火燃起，日寇全面侵华，钱先生随无锡国专西撤，溯江而上，途经武昌。炮火声中，南京迅即沦陷，面对残山剩水，词人惟涕泪纵横而已。光阴弹指，神州叠经巨变，力挽乾坤之英杰为谁？词中以问代答，顿挫有力。下阕抚今，时为十一届三中全会以后两载，消除浩劫，政通人和，百废俱兴。词人来游胜地，豪情勃发，怀想东坡，颂其文字光芒永在。"落落千秋，堂堂四海，异代同霜发",吐露欲继髯公、同建文学史上千秋伟业之宏大抱负,壮声英概,磊落嵚崎。一结亦融情入景,顿转缥缈空灵之境:笛韵悠扬中,词人之心都化晶莹之月,光华朗照,焕映全篇,嫋嫋馀音,含蕴不尽,真天外神来之笔也。

  霍词起句即化入东坡诗句,震魄惊心。以下写坡翁陷于乌台诗案,被贬黄州,方有赤壁之词。"天狼"句亦化用苏词,悲悼东坡空怀壮志,报国无门,实则借古人酒杯以浇胸中块垒,笔重千钧。下阕亦如钱词之抚今,写四凶粉碎后国家生机蓬勃之政治方面,抒发重焕青春、再建功业之豪情。歇拍情景交融,境界开朗,风格雄健,通体浑成。

  三词相较,钱词沉雄瑰美,内涵丰厚,警句珠联,当居第一。霍词雄浑悲壮,劲气直达,然铸辞精警、意境灵妙处视钱词稍逊,屈居第二。王词虽发端高唱,但全章惟写东坡,内容略嫌单薄,结句亦觉纤弱,整体既未及霍词之完美,更不及钱词之气象高华,宜在第三。因读霍先生词,连类引出王、钱二公之作,妄为月旦,唐突大贤,所谓童言无忌,嗤我罪我者,皆所未计也。

(原载《运城高专学报》一九九九年第六期)

雄深雅健　气象高华
——读霍松林先生的近体诗

钟振振　周子翼

霍松林先生是我国当代著名的古典文学学者,也是我国当代诗坛上杰出的诗人。作为学者,先生治学严谨,著作等身。作为诗人,先生主要致力于文言诗词的创作。与一般学者诗人不同的是,先生的诗作不是书斋中的低吟,不是学问典故的铺陈,而是推陈出新,古典传统与时代精神有机融合的典范。先生诗作的魅力,在于先生作为诗人的郁勃才情和作为学者的深厚学养,以天运化工的笔力展示出的那种雄深雅健的高华气象。先生诗作,时贤已有很多精当的评述。本文仅就先生《唐音阁诗词集》中的近体诗,谈谈自己粗浅体会。

统观《唐音阁诗词集》,数量最多的是近体诗,有780多首。从这些作品的创作年代来看,可分为三个时期:一,从1937年至1949年;二,从1950年至1976年;三,从1977年至2000年。这三个时段的划分,是以先生诗词集中所呈现的创作状态为依据的。这三个时期,我国现代社会也发生了三次重大变革。"时变诗亦变"(《题匡一点兄〈中华当代绝句选〉》),社会的激荡影响诗人的创作,先生的诗作在不同的时段自然也呈现出不同的风貌。

一

在1949年以前,先生写的较多的是古体诗。这些古体诗不少以抗战为题材,笔酣墨饱,挥洒淋漓,极富激情,在社会上引起了广泛反响。但是先生这一时期的近体诗创作也已十分成熟。如《惊闻南京沦陷，日寇屠城》两首五律：

（一）

虎踞龙盘地，仓皇竟撤兵。
元戎方媚敌，狂寇已屠城。
血染长江赤，尸填南埭平。
此仇如不报，公理更难明。

（二）

嘉定三回戮，扬州十日屠。
暴行污汗简，公论谴狂胡。
忍见人文薮，又成地狱图！
死伤盈百万，挥泪望南都。

这样的诗放笔直书，悲壮激愤，今日读来，犹令人怒发冲冠。与古体诗的慷慨激昂、高呼杀敌相比，这一类近体诗更多流露出深沉的忧国之怀。如写于1944年7月的《洛阳、长沙先后陷落，感赋》：

湖湘添贼垒，伊洛遍狼烽。
南犯贪无已，西侵欲岂穷？
秦兵须秣马，陇士要弯弓。
莫恃函关险，泥丸那可封？

尾联寥寥十字，抵得上一篇抗战策论。与一千多年前的杜甫相比，先生青年时的老成忧国，不能不叫人惊叹。这是数千年中华民族忧患意识的陶冶，也是诗人天性敏感，一腔赤诚的自然流露。抗战结束，国民党当局又挑起了内战。1949年初夏，先生随于右任先生自上海飞往广州，在飞机上吟出了这样的诗句：

> 海运风旋事亦奇，图南何处是天池。
> 投怀星斗撩新梦，入望云山惹故悲。
> 有限乾坤仍逐鹿，无边烽火正燃萁！
> 凌霄欲洒银河水，遍洗疮痍待曙曦。

诗风沉郁顿挫，得杜少陵之神髓。但诗人不是一味的忧虑，而是在忧虑中寄寓了自己的豪情和希望，沉郁中颇有健举之气。诗人的这种家国之忧，有时也表现为一种深婉的讽刺。作于1945年的五言律诗《风起云涌，电闪雷鸣，而雨泽不至》，就是婉而善讽的佳作：

> 风伯驱云阵，阴阴掩碧穹。
> 电鞭抽百嶂，擂鼓震千峰。
> 尘压山村暗，雾迷野树浓。
> 苍生待霖雨，天上斗群龙。

全诗从首联到颈联，都是在写暴雨欲来的景象。写风，写云，写闪电，写雷鸣，写漫天灰尘，写雾塞四野，都是为尾联蓄势。最后以"苍生待霖雨，天上斗群龙"归到人事上来。如此开合，非大手笔不可。联想到中国1945年的政局，实在是意味深长。

总体来看，先生这一时期近体诗的题材更多的是旅途风物、羁客情思、登临感怀、师友唱和、怀人念远。这些作品有的意韵隽永，耐人回味。如《过马道》：

> 绿柳丹枫翠浪间，鸥闲鹭静鸟绵蛮。
> 渔人收网愁云散，柔橹轻歌下碧湾。

小诗流丽清新，别具风神，诗人的闲容逸态，宛然可见。写羁客之思的有《通渭旅夜》、《清明》、《至日》、《腊八》、《牛塘杂咏》等等，足以动人心旌。登临感怀之作则有七律《关中》、《登鸡鸣寺豁蒙楼品茗》两首，浑厚雄健，是七律中的正法眼藏。录之如次：

乘慢车过关中

百感中来不可宣，凭窗日夜望秦川。
五陵佳气诚何似？三辅繁华已渺然。
零落秦宫余断瓦，萧疏灞柳剩孤蝉。
怀人吊古瞻前路，海日初明远树边。

登鸡鸣寺豁蒙楼品茗

振衣直上豁蒙楼，手拍栏杆望五洲。
乔木厌言兵后事，春波初泛雨余舟。
谁家玉树翻新调，别院残僧欲白头。
尘劫几经何必问，龙芽遮莫负金瓯。

师友唱和之作，有《次韵奉酬匪石师见赠》两首五律，风格清苍朴茂，为不可多得的杰构：

（一）

有意随夫子，麻鞋万里来。
已知新弈局，休问旧楼台。
孤抱向谁尽，蓬门为我开。
灯前听夜雨，一笑散千哀。

（二）

天地悲歌里，光阴诗卷中。
重开樽酒绿，又见醉颜红。
吾道犹薪火，浮生亦驵蛩。
绛帷还自下，秋树起西风。

先生笃于友情,怀想朋友之作,情深意长。如《读〈十八家诗钞〉,因怀强华》:

> 月夜苦相思,相思安所之。
> 感君高士义,贻我古人诗。
> 皓月明东岭,清光照北池。
> 狂歌谁与和,掩卷立多时。

又如《应强华之邀,自天水赴郑州,汽车抛锚于娘娘坝,望月抒怀》:

> 皓月明东岭,旅人出户看。
> 透松金破碎,映水玉团圞。
> 俯仰怜孤影,吟哦忆比肩。
> 一自悲折柳,于今几度圆?

这两首诗都是思念友人之作,但章法却不雷同。前一首首联开门见山,直抒思念之情。"相思安所之",运古入律,诗格坚苍。颔联写朋友之谊,作流水对,自然妥帖。颈联写月色,是工稳的正对。尾联以"狂歌"回应颔联的"高士",以久立月下,写思念之深。后一首,徐徐唱出,不作转折。首联承题而起,颔联描写月色,极体物之能事。颈联转入相思,尾联对月感慨。比较两诗章法,可见先生为诗法度森严。从上所引录,我们可以看出,先生五律的中间两联,善于使用流水对,或用虚词勾勒。读来一气直下,十分圆转。

另外,先生在 1949 年所作《拟游仙诗》十首七言绝句,情思绵渺,或为爱情之辞。兹录数首:

> 江上遥峰故故青,钱郎从此识湘灵。
> 几生修到神仙福,一鼓云和仔细听。

半瓯何幸饮琼浆，一往情深不可忘。
倘许蓝桥桥畔住，便持玉杵捣玄霜。

不惜吹箫作凤鸣，木桃聊以报瑶琼。
还将一枕游仙梦，未卜他生卜此生。

天风吹上五云车，一洞深深锁绛霞。
恐有樵人入仙境，门前休种碧桃花。

谁道银河待鹊填，有仙合是自由仙。
玉皇巧会天孙意，不向牛郎要聘钱。

读遍瑶函万卷余，绮思丽藻入元虚。
织成云锦三千四，待写人间未见书。

就整体来说，这一时期的近体诗，七言绝句风格流丽清新；五言律诗沉郁苍健；七言律诗深宏阔大，遣词造句，尤有老杜之风。以下就句法作一些简单的分析。以《梦中得"已挟泰山超北海，还携明月跨南箕"之句，足成一律》为例：

梦魂扶我欲安之，地远情多不自知。
已挟泰山超北海，还携明月跨南箕。
此怀浩渺须谁尽，彼美娇娆倘可期。
惆怅人天无觅处，却抛心力夜敲诗。

颔、颈两联，以古人的标准，"已挟"、"超"、"还携"、"跨"、"此"、"彼"、"须谁尽"、"倘可期"，都是虚字，读来转折如意，往复尽情。这种句法在杜诗中非常突出，如"此时对雪遥相忆，送客逢春可自由。幸不折来伤岁暮，若为看去乱乡愁"，这是杜诗

《和裴迪登蜀州东亭送客逢早梅相忆见寄》的中间两联，明代谢榛认为这两联用了22个虚字（加点的字），称其"句法老健，善用虚字，开合呼应，悠扬委曲，皆在于此"（《四溟诗话》）。先生学杜可谓入神。胡应麟《诗薮·内编卷五》曰："七言律，对不属则偏枯，太属则板弱。二联之中，必使极精切而极浑成，极工密而极古雅，极整严而极流动，乃为上则。然二者理虽相成，体实相反，故古今文士难之。要之人力苟竭，天真必露，非荡思八荒，神游万古，功深百炼，才具千钧，不易语也。"诚哉斯言！先生此诗可为一证。

二

第二时期，先生存诗不多。其内容为四类。一，对新中国的讴歌。全国解放，先生对国家的前途充满了希望，心情十分愉悦："一轮旭日烧空赤，万里沉阴彻地开。腰鼓声声催腊尽，秧歌队队报春回。"（《解放次日自南温泉至重庆市》）"腰鼓声声"、"秧歌队队"，自是实录，而一轮旭日驱开万里沉阴，则是诗人当时心境的写照。如《骊山杂咏七首》其七：

斗鸡故址牛羊众，校猎遗场禾黍稠。
渭水亦知人世换，只流欢笑不流愁。

诗中流荡着欢快之情，表现了诗人历经劫难，得见太平的欣喜。其他如《登青岛回澜阁》、《大港晚眺》、《黄海即兴》、《赴骊山道中》等，也都是欣逢盛世精神爽的快作。二，对"大跃进"等"左"倾错误的针砭。如《回乡偶书三首》其三：

报产三千未表扬，公粮交够剩空仓。
冲天干劲如何鼓，莫怨伶俜小脚娘。

这样的作品写在那个举国如狂的时代十分难得。如果没有为民请命的精神，很难想象诗人会有如此辛辣的笔触。三，"莫作寻常诗史看"的"文革"之作。1956 年，先生发表《试论形象思维》一文，1966 年因此被批斗、抄家、劳改。在那段风雨如磐的岁月里，先生虽有郁闷之情却以旷达之怀出之。写于 1970 年 5 月的《放逐偶吟》四首，反映了诗人此时的精神状态：

（一）

一息犹存虎口余，破窑权寄野人居。
翻江倒海吾兹惧，淑世匡时愿岂虚？
休恨无门可罗雀，也知有釜亦生鱼。
携家放逐宁关命，佳气曾传夜满闾。

（二）

奴仆旌旄又一时，不须出处费然疑。
已无枳棘栖鸾凤，尚有生灵厌虎罴。
南郭子綦将丧我，东方曼倩欲忘饥。
凭窗尽日嗒焉坐，却为看云每挂颐。

（三）

庑下相依事事非，更怜无复董生帏。
顽蝇尽日纷成阵，黠鼠深宵屡合围。
不战何能驱逆类，图存未肯树降旗。
防身莫叹无余物，残卷犹堪奋一挥。

（四）

劳心劳力费商量，辟谷休言旧有方。
斯世宁容嵇散懒，何人更许接舆狂？
著书壮岁逭犹烈，学圃耋年技未荒。
窑畔拟平三亩地，倘能种菜老山乡。

这组七律和前期七律那种沉郁顿挫、气韵高迈的风格相比，多了一份旷达，内蕴豪劲，也更加深沉。又《劳改偶吟》二首云：

(一)

横风吹雨打牛棚,黑地昏天岁几更。
毒蝎蜇人书屡废,贪狼呼类梦频惊。
久闻大汉尊侯览,休叹长沙屈贾生。
剩有孤灯须护惜,清光照夜盼鸡鸣。

(二)

泾河曲似九回肠,河畔伶俜牧羝羊。
戴帽难禁风雨恶,挥鞭敢斗虎狼狂?
雪中抖擞松含翠,狱底沉埋剑有光。
不信人妖竟颠倒,乾坤正气自堂堂。

诗有小序,自记1970年夏天由上营转至泾阳,中间一度放羊。后来病羊被狼咬伤,羊倌的职务也被取消。诗作凝重浑厚,笔势愈加老健。第二首以苏武牧羊自比,"戴帽难禁风雨恶,挥鞭敢斗虎狼狂"既是写实,又是暗指。"雪中抖擞松含翠,狱底沉埋剑有光",用《晋书·张华传》:晋初,斗牛二星间常有紫气照射。雷焕告诉张华,是宝剑的精华上彻于天。张华命雷焕寻找,结果在丰城牢狱的地下挖出宝剑一双。先生时在劳改,用"狱底沉埋"语是非常妥贴精妙的。雪松含翠,埋剑有光。一副铮铮铁骨。尾联表达了诗人对正义必将战胜邪恶充满信心,其浩然正气充塞天地。同年秋,先生写下《"文革"书感》:

熬过严寒待物华,狼奔豕突毁春芽。
凋零文化连年火,寥落人才到处枷。
吉网罗钳通地狱,蛇神牛鬼遍天涯。
"史无前例"夸新创,忍对神州看暮鸦。

诗中讽刺了"文革"时期是非颠倒的荒唐,寄托对祖国前途的忧思。最为感人的是先生将个人生活的困苦，岁月蹉跎的感叹，以及那不屈的信念，一并融入对国运的忧虑。写于1971年的《狗年（庚戌）除夕》一诗，堪称代表：

牛棚除夜拨寒灰，五十年华唤不回。
囊内钱空辞狗去，肠中脂尽盼猪来。
恶攻罪大犹添谤，劳改期长未换胎。
明日饿羊何处放？谁施春雨润枯荄！

四，写父子亲情，患难之中倍觉温馨。《寄明儿》二首其一：

雪暴风狂忆上营，窑中灯火倍温馨。
候门喜我还家早，阅课夸儿用力勤。
虎卧龙跳临晋帖，蟹行鴃语学英文。
裁诗问字无休歇，谈笑浑忘夜已深。

在众多写父子亲情的诗篇中，这是最突出的一首。全篇只有首联烘托气氛，以下六句娓娓叙事，一片深情，只是平平道来。可见先生此时的七言律已是"百炼刚化为绕指柔"。

在这27年的时间里，先生所作最多的是七言律诗。明代胡应麟《诗薮》云："七言律诗最难，迄唐世工不数人，人不数篇。"清代叶燮《原诗》亦云："七言律诗，是第一棘手难入法门。"七律难工，乃诗家之共识。胡氏又言："七言律，壮伟者易粗豪，和平者易卑弱，深厚者易晦涩，浓丽者易繁芜。"（《诗薮·内篇》卷五）先生这一时期的七律有壮伟者，有和平者，有深厚者，但没有粗豪、卑弱、晦涩的弊病。七言律诗，历来首推杜甫。杜甫工于七律。在其漂泊西南之际。先生遭遇困厄而工七律，亦如其曾言"老杜是前身"（《至日》）。其所以如此，是先生那忧念家国的心灵和千载之上的杜甫发生感应的结果。

三

"文革"结束,迎来"改革开放"的新时代。我们这个古老的民族焕发了勃勃生机,学术上也出现了繁荣的局面,这一切为先生的诗歌创作提供了新的源泉和动力,其近体诗呈现出新的面貌。《唐音阁诗词集》中收录这段时间的近体诗有 600 多首,比前两期多出两倍。其中很多是在学术会议上、讲学旅途中的即兴之作。"即兴之作",没有"兴"是写不出来的。先生青年时期壮志凌云,所谓"鲲鹏变化谁能料,有翼终期万里抟"(《腊八》1948 年作),足见当年的抱负和自信。这种进取的人生态度,经过三十年的风霜雨雪,并没有被消磨,晚逢盛世,先生胸中的豪情更加奔放。从下面的两首七律中我们不难感受到这种奔腾不息的激情:

棒棰岛宾馆楼顶闲眺

岛上雄楼压翠峦,偶来楼顶独凭栏。
宏开眼界天犹小,顿豁胸怀海自宽。
健羽联翩迎晓日,轻帆络绎逐晴澜。
会心不数濠梁乐,鲲化龙潜一例看。

偕唐代文学国际学术研讨会诸公游扬州,登平山堂

当年酬唱几人英,六一风神四座倾。
盛事宁随前哲尽?远山仍与此堂平。
绿杨城外枫林艳,红药桥边秋水清。
欲约群贤留半宿,共看淮月二分明。

前一首,"天犹小"、"海自宽",可见先生怀抱;"迎晓日"、"逐晴澜",可知先生心绪。后一首写山、堂依旧,抒发嗣响前贤之志。感情纵放,而笔意舒缓,尽得"盛唐气象"的雍容之度。

先生晚年酬赠之什较多。所作往往借题发挥,蕴含自己的见解和情感。如《题胡迎建〈江西诗话〉》三首:

(一)

师韩祖杜拓新疆,双井神功接混茫。
诗派汪洋传近代,洪峰迭起看西江。

(二)

从师白下问骊珠,亲授江西宗派图。
上溯黄韩追杜老,脱胎换骨忆方湖。

(三)

开放中华万象新,胸罗万象笔如神。
扬帆岂限西江水,入海尤能掣巨鳞。

第一首肯定江西诗派的地位和影响;第二首则由江西诗派写到自己的师承,转而怀念自己的导师汪辟疆先生;第三首发表自己的诗学观,言不必拘于江西诗派,而应该转益多师,紧随时代去追求壮丽奇瑰的风格。再如《唐诗讨论会杂咏,录呈与会诸公,兼以送别》:

昭陵高耸九嵕阳,遥望乾陵气郁苍。
当日才人临玉宇,不知功过怎评量!

这是1982年在唐诗讨论会上的送别诗,诗人并不粘着于题目来写与会的情况,而是通过对历史人物武则天的评价,在无限的感慨中见出自己的史识。有的诗作则不作议论,纯以气象取胜。如《题〈黄河诗词〉》:

嵩岳参天翠霭浮,八方文物萃中州。
新诗一卷闲披览,浩荡黄河掌上流。

诗的前两句热情洋溢地赞美中州的山川风物,后两句出语新奇,展示了诗人吐纳万象的气度。清叶燮《原诗》云:"应酬诗有时亦不得不作,虽是客料生活,然须见是我去应酬他,不是人人可将去应酬他者。如此,便于客中见主,不失自家体段,自然有性有情,非幕下客及捉刀人所得代为也。"叶氏所论"客中见主"、"自家体段"、"有性有情",先生此类应酬之作颇能得之。读先生的这些作品,可以感觉到那是一种圆融之境。以《题〈雁塔区民间文学集成〉》一诗为例:

> 雁塔俯唐京,凤原临汉城。
> 闾阎饶气象,人物富才情。
> 传说赖搜辑,歌谣待品评。
> 民间文学盛,汲取育文明。

首联点雁塔,吐语高昂。颔联以"闾阎"顺接,写民间文学的丰富多彩。颈联说搜集民间文学成书,尾联指出该书的意义。全诗章法严密,紧扣题目,字不虚设。清代王士禛说:"律诗贵工于发端,承接二句尤贵得势,如懒残履衡岳之石,旋转而下,此非有伯昏无人之气者不能也。"(《带经堂诗话》卷三)先生这首五言律诗,可作渔洋此说的注脚。

先生此期尚有不少登临吊古之作,正大庄严,一时佳构有《周公庙》、《成都谒武侯祠》、《谒司马迁墓》、《登汉中拜将坛》等。试比较北宋张方平《题歌风台》和先生《登汉中拜将坛》两首题材相同的七言绝句。张方平诗曰:

> 落魄刘郎作帝归,樽前感慨《大风诗》。
> 淮阴反接英彭族,更欲多求猛士为?

此诗旨在讽刺汉高祖刘邦的虚伪,是一首咏史的好诗。但是辛辣有余,温婉不足。先生诗则曰:

> 烹狗藏弓古亦然，猎人余技汉王传。
> 世间毕竟存公道，浩劫犹留拜将坛。

第一句似乎是为刘邦开脱，接下一句，笔锋一转，讽刺之意已在言外。后两句没有停留在对历史人物的批判上，而是荡开来写历史的公正。先生胸中的浩然正气，于此化作诗句的堂堂正气。

张济川先生《〈唐音阁诗词集〉序》云："'唐音阁'斋名，乃程千帆先生题赠霍兄者，盖以其盛唐音韵词章之美复见于今日也。"所谓"唐音"，用先生的话来说，就是"须抒虎虎英雄气，要鼓泱泱大国风"（《中国古代文学理论学会在广州珠岛宾馆召开，喜赋七律三首》）。清代沈德潜说："有第一等襟抱、第一等学识，斯有第一等真诗。"（《说诗晬语》）先生诗歌雄深雅健，气象高华，有盛唐诗歌的风采神韵，正体现了其胸襟怀抱和学识才力。

（载《华夏翰林·诗词丛刊》二〇〇七年第一期）

图书代号：ZH10N0957

图书在版编目(CIP)数据

霍松林选集. 第二卷, 诗词集 / 霍松林著. —西安：陕西师范大学出版总社有限公司, 2010.10
ISBN 978-7-5613-5259-5

Ⅰ.①霍… Ⅱ.①霍… Ⅲ.①霍松林—选集②诗词—作品集—中国—当代 Ⅳ.①I217.2

中国版本图书馆 CIP 数据核字(2010)第 173670 号

霍松林选集 第二卷 诗词集

霍松林 著

出版统筹	刘东风 冯晓立
责任编辑	淡懿诚 姚 菲
封面设计	安宁书装
版式设计	朱 雨
出版发行	陕西师范大学出版总社有限公司
	（西安市长安南路 199 号 邮编 710062）
网 址	www.snupg.com
印 刷	万裕文化产业有限公司
开 本	710mm×1020mm 1/16
印 张	326
插 页	5
字 数	6135 千
版 次	2010 年 10 月第 1 版
印 次	2010 年 10 月第 1 次印刷
书 号	ISBN 978-7-5613-5259-5
定 价	2980.00 元（全十册）

读者购书、书店添货或发现印刷装订问题，请与营销部联系、调换。
电话：(029)85307864　　传真：(029)85251046